本书由陕西师范大学优秀著作出版基金资助出版

秦岭学术书系

主编：党圣元　李继凯

现代文化视域下的中国文学现象探析

XIANDAI WENHUA SHIYU XIA DE
ZHONGGUO WENXUE XIANXIANG TANXI

李继凯　马　杰　白若凡　等　著

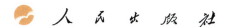人民出版社

总　序

　　"秦岭学术书系"是由陕西师范大学人文科学高等研究院组织编撰的一套学术丛书，丛书主要收录本院学术团队的科研成果，侧重于文史哲领域专家们撰述的学术新著。丛书在选题方面呈开放性，分辑出版，每辑由3—5种著作组成，由人民出版社出版。

　　丛书取名"秦岭学术书系"，其中出现"秦岭"字样，然不敢以"秦岭"之峻拔庄美、雄奇高崇自诩也。而之所以选择"秦岭"二字，用意有三：其一，陕西师范大学位于古都西安市长安区，南依秦岭，北向渭水，只要抬眼朝望去，终南山可以随时悠然见之。从秦岭来的风，从秦岭来的云，从秦岭来的水，从秦岭来的一年四季、早晚晨昏时分各各不同的物候气象，身在校园，凝望秦岭的群山峻岭，目之所见，即心之所感，皆可直寻而无需补假，远处若近天都的太乙之山那峰峦叠嶂、山色佳胜的自然英旨，尽可收得之。故而，我们特选"秦岭"二字，以表学校所位之地理佳美也。其二，大秦岭是中国南北地理分界山脉，秦岭北麓属黄河流域，有渭河注入黄河；秦岭南麓属长江流域，有汉江注入长江，从秦岭的峪口进山，站在高处山脊上南北分界的分水岭处，南北两向极目展望，远近高低回环揽视而尽情领略，则华夏南北山河地貌、水土植被、物候景观尽收眼帘全入心田，而正是黄河与长江这两大流域，数千年来浇灌出了中华民族璀璨的文明，中华文脉、学脉正如延绵不断、坚毅挺立的秦岭山脉那样，生生不息，风力永驻，魂魄不散，重峦叠嶂，风光无限。因此，我们特取"秦岭"二字，亦以表我们对源远流长之中华文明、文脉和学脉的一份崇礼和敬畏之情也。其三，秦岭是具有战略性意义的中华南北水源涵养区域，以及极其重要的动植物基因养护和保存场所，这两者，无论是水源涵养，还是动植物保护，都与事关中华民族生息繁衍、发展前进千年万年大计的生态文明建设息息相关；关于生态问题，原生、多样、丰富、平衡数者，实为其中关键之关键。人们珍爱秦岭、呵护秦岭，容不得对它施加任何糟践虐待行为，其意义正在于此。其实，对于思想文化和人文学术而言，同样存在着一个生态问题，而原创性、丰富性、多样性也正是维系良好的学术文化生态之关键所在，不如此便无法得到既具传承性又具创新性的发展进步，而中华思想文化、中华文脉和学脉之传承创新和发展繁盛，亦系于此。职是之故，我们特用"秦岭"二字，以示这样一种心迹，即新时代中国的人文社会科学研究应该营构和保持自身良好的学术生态环境，应该体现出犹如秦岭般的广袤雄阔、刚毅挺立的文化自信，应该扎根于犹如秦川般沉稳而沃厚的现实与历史交融的土壤之中，在传承中创新，在创新中传承，延伸中华文脉、中华学脉，续写中华思想文化的新篇章。

该丛书所收各种著作，主要为陕西师范大学人文科学高等研究院学术同人们所撰述之学术新作，丛书的编撰和出版则是为了进一步支持和推动陕西师范大学的人文社会科学研究和学科建设，尤其是强化学校的"双一流"学科建设，而这也正是学校所赋予人文科学高等研究院之使命和职责所在。陕西师范大学是一所教育部直属的师范类大学，悠久的办学历史，数代学者孜孜不倦的努力，使陕西师范大学在人文社会科学研究方面具有优良的学术传统和丰厚的学术积淀，形成了鲜明的治学特色和端直的学风，弥足珍贵，在新时代里我们理应使之传承弘扬，并且续写出新的篇章来。人文科学高等研究院是陕西师范大学为了贯彻落实全国哲学社会科学工作会议和习近平总书记重要讲话精神，增强文化自信、学术自信，响应新时代中国哲学社会科学学科体系与话语体系建构和创新性发展之需，整合学校人文研究学术资源，助力本校人文社会科学研究学术、学科的发展，尤其是配合、支持、强力推进学校"双一流"人文学科建设，而成立的一个实体性研究机构。研究院以"高端引领、学术至上、开放自由、包容创新"为方针，面向国家发展战略、面向国家重大需求、面向高端智库，旨在引进、汇聚和培养一批人文社会科学研究领域的高端学者和优秀人才，加快推进学科交叉融合和高水平原创成果产出，孵化高层次学术平台和团队。研究院自 2017 年 11 月 6 日正式揭牌以来，聚集了一批在不同学术领域各有研究专长的学者，坚持研究院的定位和办院方针，积极承担自身的功能与职责，在学校领导的关爱下，在校内相关学院同人们的加持和相互协同、一致努力下，在国内外学界的多方支持下，传承弘扬陕西师范大学人文社会科学研究的优良学风。短短两年的时间里，便打造出了一个具有良好科研条件和治学氛围的学术平台，并且已经产生了一系列学术研究成果，这些学术成果以及今后陆续生产出来的成果，将随着"秦岭学术书系"的批次编撰、出版而陆续面世，并接受学界的检视。

新时代中国的人文哲学社会科学研究迎来了一个新的历史起点。新时代中国人文社会科学的兴盛和创新性发展，关系到国家和民族的思想创造、文化繁荣、学术创新、文化传播和影响力，更是坚持文化自信、实现中华民族伟大复兴征程中必不可少的一种支持力量。秉持"以人民为中心"的学术导向，以求真求善、"明德""筑魂"为学术价值追求，坚持学术本位、学术创新观念和学术精品意识，为我们研究院学术团队全体同人们的共同学术理念，也是"秦岭学术书系"的学术实践目标。"渭城朝雨浥轻尘，客舍青青柳色新"，我们热切地期望在新时代的好雨时风吹拂下，通过研究院学术同人的精心研究和结撰，通过"秦岭学术书系"的编辑出版，为新时代中国的人文学术研究带来一缕来自秦岭的带有秦川黄土气息的微细的清风，带来几声如八百里秦川孕育而出的秦腔那般的或为粗粝喊唱、或为轻声低吟的乐调，能为新时代中国的哲学社会科学研究和学科建设添砖加瓦，以不负时代所赋予我们的文化学术使命。文律运周，日新其业。我们将倍加努力，让"秦岭学术书系"在时代的风雨里成长！

党圣元

2020 年 7 月 10 日

目　录

前　言

　　人们在实际生活包括阅读体验中，会发现普遍存在的矛盾、冲突甚至斗争的现象。在人类的历史长河中，这些矛盾、冲突乃至斗争也许只是"大历史"持续"磨合"进程中的一些波澜不惊的浪花，但在文艺世界中大抵也会留下一些"悲欢离合、喜怒哀乐"交织的形象和情节。作为人类文化创造的一种形态，文学艺术的魅力主要来自它的丰富多彩及千差万别。这也就是说，人类的或世界的文学艺术都是这个小小寰球上的文艺工作者的劳动成果，无论文学艺术之花多么缤纷美丽也都是来自人类的文化积累和文化创造。但由于历史、地理、语言、文化、心理等方面的差异，小小寰球上不同国家、地区的文学艺术也会有诸多或显或隐的不同。对这些实存的不同，我们既要进行比较分析，又要在超越二元对立的前提下，不断寻求其沟通、交流、互鉴、共享的可能性。而在笔者看来，这个文化对话、文化运演的过程其实也就是不同文化之间的"文化磨合"过程。

　　"文化磨合"，大而言之可以说是人类积累至今的众多文化学说中的一种，有其丰富复杂的意涵及延展伸论的空间。这里仅结合本书选题及其旨趣，强调以下五点要义：

　　其一，"文化磨合"首先看重和强调的是多元文化或异质文化之间的关联性、适配性、吻合性、调适性、互动性，既看重文化主体性、平等性以及差异性、矛盾性，更看重文化"主体间性"以及共同性、和合性，其间虽会有各种磨合过程甚至有折磨乃至磨难，但经由持续的磨合，多能取得适配契合的效果。

　　其二，"文化磨合"来自人类历史和现实的深刻启示，更来自人类对平

1

等、和平、幸福生活的期盼和追求。从"文化磨合"视域观照"进行时"的国际政治、人类命运、文化交流、文艺实践以及团队、家庭、个人等，自然可以通过持续磨合来超越对立对抗、纷争战争带来的困局与苦难，创造人类社会及人文世界的美好未来。

其三，"文化磨合"同时具有理想目标和实际诉求的"复合性"指向：一方面，"文化磨合"之说是理想的，旨归于"异而能和""磨而能合"的"和而不同"，从而期冀逐步实现多元共存、共生共赢、互补互惠、分享永享的"共享主义"；另一方面，"文化磨合"之说更是现实的，因为就在当下，人类就实际处于各种各样的"磨合关系"中，通过实际且高效的磨合即可建构相互吻合、相互适配的各种关系。

其四，"文化磨合"与人们熟悉的所谓"文化融合"有相通之处，但更有本质的区别："文化磨合"是质朴的、接地气的，而要实现真正理想化的不同文化的"深度融合"其实是非常困难乃至是虚妄的，因为在实践层面总有个以"谁"为主体进行"融合"的问题，而这个"主体"或"本位"之争（包括先进与落后之争），恰恰是许多族群、国家纷争不已的深层根源。而可行性很强的"磨合"却相对易于进行且实际普遍存在着——从个人的"适者生存"到家庭的"和睦幸福"，都非常需要有效磨合，其间也都实际存在一个不断磨合的过程和相对易于达成的磨合境界。

其五，在中外文学艺术发展过程中其实都需要磨合尤其是"文化磨合"，都要讲求多元多样、百花齐放，都要实行包容兼容以求有容乃大。因为文化发展包括文艺发展，更不是简单地选择东方或西方、推行"清一色"及"弃旧图新"的问题，亦即不是要不断消灭某些文化／文艺以求"我花开后百花杀"的问题，而是要持续促成文化／文艺和谐发展问题。

正是基于上述对"文化磨合"诸多要义的体认，本书在吸取前人研究成果的基础上，从文化研究的视角以一种整体性眼光综合考察"大现代"①中

---

① "大现代"是笔者所使用的一个学术概念，是指自晚清、民初直至当前仍在延续的时段。

国文学与文化，在凸显"文化磨合"现象的同时，也对诸多文学个案进行专题探讨，并提出一系列学术观点。总体来看，现代中国文化与文学是古今中外文化在现代时空中持续磨合、创化而来的重要的文化成果，同时这种"文化磨合"所酝酿的人文思潮也已成为一种"文化自觉"，促进、导引着"大现代"中国文学与文化的建构与发展。

本书除了绪论，共有五章。前四章以理论与观念为中心，分别从"文化磨合"的理论创构、文艺观、"大现代"中国文学观以及文学地理图景等宏观层面展现"文化磨合"的理论思考与文化价值取向。第五章则注重"文化磨合"在"大现代"中国文学与文化研究中的理论指导与实际应用，分别选取"民族魂灵"鲁迅、"文化游子"林语堂、"革命作家"丁玲、"天才诗人"吴兴华四位著名作家以及"延安文艺观"这一重要命题作为考察对象，从"现代文化人"的主体生成过程与文化创造成果来把握"文化磨合"在微观层面的映现与成就。

"文化磨合"视域是开放的，具有较强的思想方法启示及阐释功能，不仅可以持续研究"大现代"中国文学，也可以向其他学术领域扩展，尤其可以在比较文学、比较文化、人文学、未来学等学术领域发挥较大的作用。

李继凯

绪论 "文化磨合"与"大现代"中国文学

近些年来，从文化视野观照文学成了学术界的一个重要范式，从文化思潮以及文艺思潮角度观照文艺的发展变化，也成了一种行之有效的学术途径。然而，人们通常言说文化思潮指的就是"二元对立"的文化激进主义与文化保守主义，言说文艺思潮指的就是"三分天下"的现实主义、浪漫主义和现代主义。其实，在所有这些思潮的深处都涌动着"文化磨合"的潜流，文化人士不论信奉什么"主义"，骨子里都期望着通过不同文化的对话、互动、融合、会通或衬托，来实现自己心中的文化愿景。而在文学创作领域，作家们从各自的出发点都走进了"现代"中国的门户，并将笔触伸进了现代中国人所能感受到的时代生活与现实人生之中。而他们采用的语言、题材及思想资源，都"与古有异"，莫不与时俱进，既与国民同在相关，也为众生忧怀多虑，且都与"古今中外化成现代"的"大现代"特征相契合。虽然他们的文化选择或"配方"存在差异，但他们作为"现代文化人"的文化身份却无法改变，因为他们同处于现代文化生态环境中，在不同向度、不同程度上也都提供了经历"文化磨合"的经验及相关思考。

一、"文化磨合"的形成和体现

现代中国文化是在现代时空中的中外文化逐步"磨合"而来的。于是，我们看到了从"文化碰撞"走向"文化磨合"的现代中国文学演进过程。在这个过程中，以《新青年》创刊①为标志，百余年来的文化思潮在初期便显示了"文化磨合"的凝聚和外溢，其中，五四前后旨在"拿来"的"文化习语"倾向尤其令人难忘，由此我们真正踏上了从事"大现代"中国的文化创造之路。在初期，这个"文化习语"过程本身就相当痛苦。有学者曾用"文化碰撞"来形容，其间便深含着某种"灾难性"的感受。但这又是历史文化演进的必然选择，显现出从"文化习语"到"文化创语"的规律和要求。同时也表明，主要向西方现代文化进行学习、借鉴的这一历史性选择，包括对人道主义、马克思主义、科学主义等学说的学习和评介，总是与国人的现实生存与发展需求息息相关，而百余年中国文学的现实感之强烈，恰恰表明从清末民初与五四以来，作家们始终将中西"磨合"的现代文化（不单纯是"文化习语"所得的外来文化，更有趋向现代转型的民族文化），努力"复活"在繁复多样的"文本"里。在百余年来的中国文学的文本里，我们可以看到各种各样的文化因素，其中，通过"文化习语"所获得的外来文化因素则起到相当关键的作用，"文化习语"与"文化创语"的互动也愈益成为突出的文化现象。无论是强调"人"之存在的"自觉"与"启蒙"，还是强调"人民"的"反抗"与"解放"，都体现了中外文化的交流和磨合，也都体现出了百余年中国文学的"文化习语"、"文化创语"与文化追求。

在新文化运动的发生期，可以看到这种积极意义上的"文化习语"和文化追求。而这种"文化习语"和文化追求便是通向文化创语、文化创造的前提和动力。五四新文化运动的兴起催生了一系列文化新变和成果，在此后发生的曲折变化中，已经发生、形成的中外"文化磨合"、文学思潮、文学运动、文学实践和文学批评等，也大都转化为现实存在的文化资源，对同时期及此后的文化创造、文学创作都产生了或明或暗的影响。即如五四文学中的启蒙文学、反帝文学、儿童文学、女性文学及劳工书写等，既体现为新文化、新文学的业绩，对后来的文学而言也体现为通常所说的"新文学传

---

① 原刊名《青年杂志》，1915 年创刊，陈独秀主编。

统"①。从文化创造角度看，这种磨合而成的"新文学传统"便是对"现代民族文化"的积极建构，直到新时期以来的文学，仍然深受其影响。从文艺社团流派看，文化团队也积极参与了"文化习语"和文化创造，仅从文化思想角度看就可以领受其创造性的贡献。如《新青年》团体的宏观性新文化创造意识，文研会的改造社会人生意识，创造社的"创生"意识，"左联"的革命和大众意识，以延安"鲁艺"为代表的"延安文艺派"的"人民解放"意识，新时期文学的新启蒙意识和后新时期文学的多元化文化创造意识等，都对相应的文学创作现象产生了非常深刻的影响。其中，文化名家和文学大师们在文化创造中更是发挥了突出的作用。尤其是我们的新文化先驱进行了世界化与民族化复合性的文化选择，表现出了难能可贵的明智和练达。即使是文化保守主义者，也有其"新思路"，也在某些方面竭力去从事"会通中西"（如学衡派和桐城派），并获得了真正意义上的"文化磨合"与文化创造。此后，随着历史的发展，当年的文化保守主义还在文化传播和接受层面转化为真诚的文化建构主义，具有了越来越广泛的文化影响（尤其是进入 21 世纪更是如此）。而如何才能有效地改造不能适应现实发展需要的文化现状，是五四以来一代代文化人共同面对的严峻问题，不同的文化派别都会给出不同的改进方案或文化策略。而这些方案或策略大都会保持或包含"接触"与"磨合"的要素，其区别只在于特定时空中如何措置传统与"西化"之关系即究竟以何种文化为主导。而这样的问题迄今为止仍是具有争议性的大问题，也是困扰人们的重点和难点问题。

事实上，一种文化与另一种文化相遇，一定会有其历史的机缘，也一定会有一个磨合期，这其实是一种非常正常的现象。正如人们熟悉的"车磨合"那样，经过磨合才可能谐和、顺畅，才可能避免车碰撞而酿成灾难。现代生活、现代外交以及现代大学和期刊等建构了一个又一个文化相遇相交相融的平台，它们也是"文化磨合"的"高效平台"，昭示和引领着民族文化发生

---

① 参见夏志清：《新文学的传统》，新星出版社 2010 年版。

创造性的转化。学者林毓生提出的"中国传统的创造性转化",强调的就是"传统"在现代文化中的地位,既要承续传统,又要接轨世界,传统一定要有适应现代的"更新改作"。只有这样才能既接续且又改造了传统,由此我们便因对传统价值的共识树起民族信心,获得民族的凝聚和文化的自信。①有些人总是热衷于强调文化的对立、冲突和碰撞,并在此基础上进行文化决策,且一定要给出非此即彼的文化价值判断。事实上,从文化层面上看,"文化磨合"的前提就是不同文化形态之间的差异和冲突,而之所以需要"磨合"也恰恰反映了文化理念与文化环境的冲突。由历史积淀而形成的每一种文化都有自己独特之处,其文化特点往往不能与另外的文化所兼容,甚至容易陷入二元对立状态,形成敌对关系。文化征服与军事征服相携而至,于是文化帝国主义和军事帝国主义成为 20 世纪极为突出的现象。同时,"不打不相识",中外文化由此相遇了,伟大而又艰难的"文化磨合"历程开始了。在中国,被帝国主义打击式唤醒的同时,五四时期众多"主义"也给中国人带来了极为丰富的文化启示。如马克思主义作为"主义"之一,便逐渐给我们带来了历史唯物主义和辩证唯物主义的思想方法——将忠实于历史与现实的"具体问题具体分析"和"实事求是"视为最具有科学性、针对性的思想方法。而"具体问题具体分析"被视为马克思主义"活的灵魂"。列宁曾指出:"马克思主义的精髓,马克思主义的活的灵魂:对具体情况作具体分析。"②循此思想方法便不难理解五四各种文化派别的所思所虑各有其具体的针对性与合理性,客观上又相互构成了互补或"磨合"的关系,从效果上看,恰恰极大地促进了中国封建文化体系的解构和中国现代文化体系的建构,这种文化功绩毕竟是主要的方面,已经有很多专门史著及论文进行了阐述,这里不再赘述。

但近些年始终有一些非议五四的声音此起彼伏,需要予以积极回应。其中意在彻底否定五四新文化的声音尤其尖锐刺耳。这种声音背后的意图虽

---

① 参见林毓生:《中国传统的创造性转化》,生活·读书·新知三联书店 2011 年版。

② 《列宁选集》第 4 卷,人民出版社 2012 年版,第 213 页。

然复杂，却也有对复古的同情和对文化暴力的反思，值得关注。但我们知
道，总体而言，五四新文化本身就是古今中外的文化交汇、磨合的结果，其
中有文化冲突、摩擦，也有文化互动、激活，出现了空前的百家争鸣的文化
场景。在五四时期，即使是我国最为古老的文化遗产，也有可能被重新改造
或建构，成为"在场"的亦古亦今的实存文化，并成为"五四文化生态圈"
中的一个有机部分。正如有的学者指出的那样："在作为历史发动火车头的
五四新文化派的背景上，存在着一个更为广阔的'五四文化圈'，它由新文
化的倡导者、质疑者、反对者与其他讨论者共同组成，他们彼此关系有疏有
密，但远非思想交锋之时的紧张和可怕，他们彼此的砥砺和碰撞连同中国社
会自五四始见端倪的'民国机制'一起保证了现代中国文化发展的能量和稳
定，属于我们重新检视的'五四遗产'"。① 这也就是说，五四新文化除了须
与西方文化的磨合之外，也有与传统"文化磨合"的问题。中国传统文化也
在顺应时代生活过程中被人们有意识地进行置换和化用。如中国书法文化的
转型就体现了这种新的发展趋势。五四作家一方面没有放弃传统的书写工具
和书写方式，另一方面也在逐渐适应时代发展对书写活动提出的变革要求，
开始对"硬笔"书法有所接触和适应。五四作家的文学文本（手稿）也体现
了这种"文化磨合"的特征，由此创作的"新文学"，从内容和形式上看，
也都是在中国与世界的"磨合"特别是"文化磨合"中诞生的文化产物。再
如，五四新文化先驱和守成派学者都对"文化创语"有巨大的热情。新文化
派在文学革命亦即创造新文学的追求中，充分地体现出了新文化运动的启蒙
主义的精神特征。由此也构成了一次相当彻底的对旧文化、旧文学的变革，
并凝练成为新语词、新话语和新语法，"现代汉语书写"由此成为文化潮流，
现代文化形态逐渐置换了古代文化形态。这从鲁迅创作的"启蒙文学"和建
构的"新三立"（立人、立家、立象）范式②、周作人提倡的"人的文学"以

---

① 李怡：《谁的五四？——论"五四文化圈"》，《中国现代文学研究丛刊》2009 年第 3 期。
② 参见李继凯：《略论鲁迅的"新三立"和"不朽"》，《鲁迅研究月刊》2013 年第 9 期。

及文学研究会"为人生的文学"、创造社崇尚的浪漫文学以及张扬个性解放的思想，都可以看出新文学、新文化的文化建设功能及作用。而文化守成派也实际进入了中外"文化磨合"的语境之中，探求着中外文化会通的另一途径，即使仅仅是"改良"，即使仅仅是有限度的借鉴和会通，也是非常值得珍视的。如林琴南等人的翻译尽管存在诸多"改译"的问题，但其传播外来文化、外国文学之功却是无法否认的；再如吴宓等人的"学衡派"，也明显体现出了追求中外"文化磨合"的意向。吴宓还曾表白说："世之誉宓毁宓者，恒指宓为儒教孔子之徒，以维护中国旧礼教为职志。不知宓所资感发及奋斗之力量，实来自西方。"① 由此可见这位哈佛学子的文化志趣早就经由"文化磨合"通向了中西"会通"，学界将他视为"会通派"的代表人物，确实由来有自，是深知吴宓的"知音"之论。

有学者指出："纵观当代西方文论百多年的发展历史，可以发现，解构作为一种强大的思潮一直存在并持续发挥作用"。② 与这种西方"解构"的思潮不同，在中国更加强大的文化则是讲求"磨合"。即使其过程会有摩擦甚至磨难，但追求化合、和合、契合、融合的目标却非常明确。笔者认为，我国自晚清民初以来，中外文化便开始了不断"磨合"的或痛苦或欢欣或悲欣交集的曲折历程，并在文化思想与实践层面形成了一种具有普遍性、持久性和复杂性的"文化磨合"，对中国的五四新文化运动、民主主义文化运动、社会主义文化运动及相应的文学现象都产生了极为重要的影响。晚清翻译家严复曾鲜明地指出："必将阔视远想，统新故而视其通，苞中外而计其全，而后得之。"③ 近代革命家孙中山也曾格外强调："发扬吾固有之文化，且吸收世界之文化而光大之，以期与诸民族并驱于世界。"④ 即使在"局限"于特定时空中的延安时期，毛泽东也和陕甘宁边区同人尤其是许多延安文人一样讲

---

① 吴宓：《吴宓诗集》卷末，载《空轩诗话》，中华书局 1935 年版，第 197 页。
② 张江：《文学理论的未来》，《社会科学辑刊》2015 年第 6 期。
③ 严复：《严复集》第 3 册，中华书局 1986 年版，第 560 页。
④ 孙中山：《中国革命史》，载《孙中山全集》第 7 卷，中华书局 1981 年版，第 60 页。

求"古今中外法"①。尽管理论与实践有时候会脱节甚至背反，尽管中国文化与外国文化的磨合之路向来曲曲折折，但时至今日却也已经大有成效：世界文化进入中国、中国文化走向世界，业已成为越来越正常和经常性发生的文化现象，中国人企求文化交流与磨合的意识也更加自觉。曾经"弱国无外交"的中国变身为"强国多外交"，并越来越有"文化磨合"能力及文化自信，在世界上的多方面影响力也越来越大。同时，"文化磨合"说也逐渐置换了曾经流行甚广的"文化碰撞"说，从隐在的文化追求上升为一种理论的文化的高度自觉。

二、在"文化磨合"中建构"大现代"文学

这种"文化磨合"也对中国现代文学的发生发展产生了深切而又重要的影响。从文化哲学层面上看，"文化磨合"折射了理想文化与现实文化的矛盾与冲突、对立与统一。异质文化只有不断地进行广泛的文化交流才能被刺激、激活，才能变则通、通则畅、畅则达、达则显，从而升华到新的文化境界，达到新的文化发展阶段。辩证唯物主义认为，存在的矛盾是事物发展的根本动力。这也就是说，新文化的期待与现实的矛盾恰好是民族文化发展的动力所在，必然会推动本民族文化在原有基础上多方借鉴并不断向前发展。但文化"矛盾"的化解就是文化"磨合"，矛盾运动是过程，磨合融合是目的。尤其在现代文化语境中，强调"文化磨合"而非强调文化碰撞更为重要，"文化磨合"堪称"正道"和"大道"，是从"古代文化"转型为"现代文化"的"大势"。顺此大道所至和大势所趋，讲求的就是对文化碰撞、冲突的化解，而在化解方式上则需要坚持多对话、不对抗、不互灭，并由此增进文化共识共存，各美其美，和而不同，切实促进世界各民族文化的发展和复兴。

唯有"大磨合"，才有"大现代"。比如，自古而来的丝路文学，在"现

---

① 《毛泽东文集》第二卷，人民出版社 1993 年版，第 400 页。

代转换"过程中又迎来了一个新的阶段。在中外"文化磨合"中创化丝路文化、文艺，这是历史现象，也是当代丝路文学发展的文化背景。在当今时代背景及文化语境中来观照和讨论"丝路文学与丝路文化"这一话题，显然会发现无论古代的丝路文学，还是现代的丝路文学，都尚缺乏一种文学自觉，都需要当今文人尤其是丝路沿线的作家和批评家给予更多的关注和"创造"。此外还有，继新时期"寻根小说"之后，新世纪的"新寻根小说"有了新的民族文化自觉，一方面，表明文化寻根觅魂的文学取得了长足的进展，另一方面，如何更好地发现和书写民族文化的"优根""劣根"仍然是难以把握的文化主题。笔者认为，当今之世，迫切需要有更多高水平的旨在寻找民族文化"优根"的具有"正能量"和真正"人民性"的小说，通过否定之否定的文化辩证亦即"文化磨合"途径，达成一种新的文化平衡以及文学表达上的"生态平衡"，力求通过更好的"文化磨合"，更快、更好地恢复我们的民族文化自信心。[①]

百余年中国文学在整体上呈现为与古代传统文学判然有别的"新文学"或"大现代文学"，且作为古今中外"化合"亦即在多元文化交汇、融通中生成的文学现象，尤可视为在中国与世界的"磨合"特别是"文化磨合"中诞生的文化产物。事实上，在笔者看来，百余年以来中国与世界的"磨合"尽管艰难异常，却也已经创造和正在创造着人间奇迹和文化盛景。这也就是说，百余年来中国文学的文化创造是在中西文化的"磨合"中发生的，这种趋势在相应的历史时空中，早已成为非常突出的文化现象。这种"磨合"中的文化创造，也通过"新文学"显示出永恒的魅力，这魅力主要体现为对"文化创造精神"的强烈认同和大力弘扬。在"大现代"的文化视野和文学格局中，必然会出现越来越多的丰富而又复杂的文化现象，比如中外文化的磨合融合，文艺界便出现了各显异彩的众多流派风格，而这些流派的"文化配方"不同或主义不同，也会造就各种不同特色的文化形态，于是从五四时期的兼

---

① 参见李继凯：《论〈盐道〉之"道"及其特色》，《小说评论》2015 年第 2 期。

容并包到晚近的多元文化，就体现了历史文化的丰富和发展，唯此，才有了新时期、新世纪的中国文学和文化盛景。

在百余年来中国文化变迁的背景上观照中国文学，就可以坦然地承认它与古今中外文化资源的密切关联。贾植芳先生曾指出："正像我国的古典文学曾对世界文学的总体构成产生过重大影响并作出巨大贡献一样，我国的现代文学也是世界现代文学总体构成中的一个重要组成部分，这不仅表现为它曾经以'拿来主义'的态度接受过马克思主义与其他外来思潮、理论和文学样式，同时还表现为它以辉煌的文学成就向全世界宣告了一个东方古老民族在文化上的新生。"① 贾先生的评说确实相当中肯。这也就是说，百余年来中国文学与世界文学通过有机的"磨合"业已建立了你中有我、我中有你的不可分割的关系。无论如何，百余年中国文学所创造的文化遗产中既有世界性的东西，也有中国文学独有的东西，并且作为独特的创作整体，构成了百余年中国文学的价值内核。② 长期以来，我们经常处在"西化"与"国粹"两难的抉择中，在新文学作家的心魂与文本中，总想分析哪些是西来的，哪些是本土的东西，结果却往往忽略了蕴藏于众多现当代文学名著文本中"磨合"生成的创造物，这种合金型的创造物是无法取代的。这种由"文化磨合"而来的文化创造也是值得我们珍视的。

在比较文化视野里，我们还特别注意到"文化磨合"中也可能产生负面的东西。如百余年来的曾经发生的军事暴力、政治高压导致的文化暴力以及暴力语言，就对各相关文学现象产生了不可忽视的深刻影响，也在较大程度上"局限"或"规范"了文学图景与文学主题，遂导致真正"反暴反战"的文学杰作相当罕见。还有文化上的颓废病毒，过度物化及欲望化的精神取向等，也都对中国文学产生了一些消极的影响。就百余年来中国的文化实践及文学发展历程而言，人们看到的"文化错综"现象确实非常普遍，但对内在

① 贾植芳：《贾植芳文集》（理论卷），上海社会科学院出版社 2004 年版，第 211 页。

② 参见唐金海等主编：《百余年中国文学通史》，东方出版中心 2003 年版，第 738—743 页。

的"运动目标"即"文化磨合"的战略意义、策略价值也认识不足，这是需要唤起一种新的"文化自觉"、倡导充分的"文化交流"，才可能逐渐走向前途光明的"文化磨合"之境界的。

三、"文化磨合"与新世纪文学的发展

进入 21 世纪以来，伴随着"文化磨合"的深入发展和渐入佳境，更具兼容性和多样性的多元文化，使我国"新世纪文学"呈现出多元多样的文学形态，在体现出有容乃大的文化气度、文化自觉以及文学和文化创新等方面，呈现出了新的气象，但同时也难以避免地出现倾向"传统"与坚持"解构"的思潮各持一端，这种趋向不仅妨害着现代文化创造，也对文学创作产生了消极影响。

新世纪中国文学展示了新的气象，也显示了更为丰富的文化价值，那种"厚古薄今"或"崇洋贬中"的妄断，以及基于所谓"纯文学"立场而产生的悲观其实是不必要的。近些年来，学术界对诸多文化现象都仍在争论不休，莫衷一是。这就需要拥有历史唯物主义的实事求是精神和辩证唯物主义的明智来把握"文化磨合"的"度"。百余年来的中国历史证明，我们不仅需要讲求"适者生存"的大道理，更要讲求"适者适度"的硬道理。可喜的是，进入新世纪以来，国内众多学者对文化研究可谓情有独钟，已经展开了多方面的探讨，特别是对百余年来中国文学及作家文化创造方面的研究也取得了新的进展。但在如何看待百余年来中国文学的成就及价值方面仍存在较多分歧，或者多从政治视角进行阐释和划线，或者多从西方艺术观出发给予贬斥，嘲弄其为模仿的赝品，更有"当代文学垃圾说""文学死亡说"等说法的流行。却缺少对百余年来中国文学的文化创造包括文学创作的价值以及重要作家对文化事业支撑作用的深入研究。究竟应该如何全面观照新世纪中国文学，在此择其要者，仅强调这样几点：

其一，新世纪文学能够提升相关认识并发现和积累文化建设的"正能

量"。文学是文化的重要组成部分，作家是文化创造的重要方面军。百余年来中国文学包括新世纪文学在古今中外文化的碰撞、磨合、汇通中，在精神文化创造方面进行了积极探索并取得了重要业绩，这点是无法否认的。特别是新世纪文学在从"文化习语"到"文化创语"，从"文化碰撞"到"文化磨合"，从"文化制造"到"文化创造"的文化发展过程中，进入了一个新的历史阶段，在充实、丰富精神生活的同时，也通过切实的文化创造为不断发展的现代中国创作了更多的文学作品，而网络文学的崛起也在促进"文学大众化"方面，进入了更为"现代"也更为普及的阶段。生态文学的兴起更能表明，中国"大现代"文学也体现出了新的"四为"精神：为国运思、为民服务、为众物虑、为生挂怀。这不仅有了更自觉的人文关怀（新阶段的人道主义），还有了更高层面上的"天文关怀"（新层面的道法自然），其间显然蕴含了更多的利于国民利于众生的"正能量"。为此，我们也需要更高层次的积极意义上的"现实主义"。正如有的学者强调的那样："无论是现实主义文学的哪一副面孔，现实主义都只是新世纪文学中的一部分而不是全部，但这可能是新世纪文学中最需要也最重要的部分。而且新世纪中国现实主义文学并不具有 80 年代现实主义文学的思潮背景，而是成为一种喧嚣之后走向深化的文学新常态。新世纪文学的现实主义精神与西方的、东方的、传统的、现代的多种多样艺术方法和多种多样文学样态共同构成多元共生的文学系统，表现出巨大的发展潜力。现实主义精神作为审美形态的社会正义论则已成为新世纪中国文学的灵魂所在。"①

其二，新世纪中国文学具有丰富的文学和文化价值，体现了文化创造精神。从社会文化特别是行为文化的角度，可以看到新世纪中国作家仍然积极地投入创作，对现代社会中的各种面相和生活真相进行了更多的描绘和揭示，从这些作家的坚持和努力中，不仅可以看到他们的"文人行为"及其从事的种种文化活动，更可以领略到他们葆有的文化创造精神。从当代文化建

---

① 周晓风：《现实主义精神与新世纪文学》，《中国文艺评论》2016 年第 11 期。

设和提升文化软实力的现实需要出发，结合中华文化伟大复兴的发展大趋势，逐渐出现了重新建构的"新国学"格局和"新文学"版图。对推动和加快中国现代文学与世界现代文学的接轨和融合，对发现和揭示中国现代文学的文化创造价值和精神，也具有很大的启示作用。文学的现代性或当代性价值由此也得到了进一步的彰显。有学者指出：这种关注文化的文学"向外转"现象，是新世纪文学的客观现实和重要特征。"向外转"对当下的中国文学来说，恰恰是一股积极的力量。其中，以底层文学为代表的现实主义创作，给新世纪文学增添了许多亮色，我们有理由对它们怀有期待；我们也有理由相信，在这一次"向外转"的文学运动中，会产生像20世纪80年代"向内转"时一样丰富的、一样杰出的作品。① 与此"向外转"相关，新世纪文学发展与新媒体传播关系也相当密切，即使新近才广为流行的"微信"，对文艺也产生了相当重要的影响，在丰富文艺形式和价值方面也有其积极的贡献。②

其三，新世纪中国文学的深入发展能够有效强化学科建设意识和学科地位。借鉴文化学、创造学、价值论的研究方法，能够对百余年来中国文学的文化创造及其文化建设的价值意义进行更为深入的研究，为中国现代文学学科奠定基础，凸显出"大现代"文学专业的新格局。而对新世纪中国文学的研究表明，新世纪中国文学的深入发展，更能有效地强化这个年轻"新兴学科"的学科建设意识和地位。可以说，经过跨世纪的不懈努力，面向"大现代"的中国现代文学学科建设业已进入了成熟的发展阶段，而从"文化磨合"亦即"文化创造与文化建设"的视角重新审视中国文学的百余年来发展历程，必然会发现许多被遮蔽或被忽略的理论问题和文学史问题，从而找到新的学术增长点，为百余年来中国文学深入的"再研究"提供理论支撑与现实依据，并可以在进行文学、文化研究的同时，不断拓展思维空间和学术视野，对作家的"超文学"的文化创造活动及其成果进行研究。这从学术文化角度看，

---

① 秦法跃：《论新世纪文学的"向外转"——以"底层文学"为例》，《小说评论》2016 年第 4 期。
② 党圣元：《微信：文艺和舆情研究新领域》，《江海学刊》2016 年第 5 期。

则有"去蔽"的作用。也更贴近中国"大现代"作家的实际人生，同时也有利于相关学科的教学实践。而作为教师的现代作家与人文教育的关联也很值得研究，"作家即师者"也是一种文化身份，也是一个严肃命题。即使仅从人生角度研究作家也不能忽视"师者"这一"文化身份"。

诚然，文化不可能一成不变，文学更不能千篇一律。从理论或思潮层面言说，文化必定是要不断创造、发展的，文学毕竟也是要有所"创作"、创新的，这应当是一种客观规律或普遍现象。有学者强调："中国是一个以'变在'（becoming）为方法论的文明，而不是一个固守其'存在'（being）本质的文明。"① 近些年来，社会和学术界的思想相当活跃，却也相当纷乱，其间二元对立思维模式依然常被某些人套用和发挥。其实在文化实践层面，人们的文化主张固然可以不同，但对"文化磨合"及"文化创造"的期待与追求才是关键的。因为无论古今，只要有真正的文化传承和创新，就可以磨合成真金，化成文化创造的硕果。正所谓：磨合融合，流派纷呈；各显异彩，"配方"不同；主义各异，并包兼容。由此才会有中国新时期、新世纪文学和文化的盛景呈现。总之，百余年来的"文化磨合"已经浩浩荡荡，莫之能御，并将继续造福中华，不断建构更具特色的中国"大现代"文化。

---

① 赵汀阳：《作为方法论的中国》，《陕西师范大学学报》2016 年第 2 期。

第一章 "文化磨合"的理论创构

　　"大现代"中国文学无疑是现代中国文化所缔造的迥异于中国传统文学的具有新质素的文化产物，处于中国文学时间序列中的最新阶段。面对这百余年繁复错综的文化与文学，学者们的阐释欲望与其研究对象的解说难度造成了研究界聒噪与失语此起彼伏的尴尬境地，同时也造就了众多的名词与概念以试图整合、统摄与研判百余年文化创造的成败得失。"文化磨合"是在吸取前人研究成果的基础上，从文化研究的视角以一种整体性眼光综合考察"大现代"中国文化与文学而提出的核心观点与文化理论。其指出，现代中国文化的建构是晚清以来，在古今中外大的时空范围内多种文化背景的主义与思潮在中国文化场域内不断"磨合"而得以生成，并在"文化磨合"过程中创造出了无愧于时代的文化成果，同时这种"文化磨合"已经成为一种"文化自觉"，促进、导引着"大现代"中国文化与文学的建构与发展。

第一节 "文化磨合"的理论脉络："新国学"—"文化磨合"

　　20世纪下半叶，美国史学界先后出现了两种有关中国史研究的理论模式，一是以费正清（John K.Fairbank）、列文森（Joseph R.Levenson）为代表的"西方中心主义"观点，其中费正清与邓嗣禹（Teng Ssu-Yu）于1954年合著的《中国对西方之回应》（*China's Response to the West*，1954）一书中提出了具有深远影响的"冲击—回应"模式（impact-response model）；列文森在其一系列著作中提出了所谓的"传统—现代"模式（tradition-modernity model）。他们秉持"西方中心论"，认为中国长期处于一种"停滞"的历史进程中，由于近代西方全方位的"冲击"才使得中国社会得以改造，从而走出传统，实现近代化。而另一是保罗·柯文（Paul A. Cohen）在其《在中国发现历史》（*Discovering History in China*）中批驳了"冲击—回应"模式，提出的"中国中心观"模式，认为中国的近代化主要源于其社会结构内部的改革力量。[①] 实际上，无论是"西方中心论"还是"中国中心观"，二者的史学观点都在一定程度上试图通过对中西文化语境的研判来"解码"中国的近代化进程，却不可避免地走向了某种偏执和偏颇，或者说是呈现出一种所谓的"片面的深刻"。中国的现代化进程有其内在的历史机缘，而"文化磨合"便是为极力摆脱这种分析模式而提出的，其试图阐释现代中国文学和文化的生成与建构中所展现出的别具一格的"磨合态"，既强调近代以来"欧风美雨"的持续性"侵袭"，又看重现代中国文化生成与构建过程中所承袭的文化传统，但最为显著的特征便是强调其在共时层面所结成的"古今中外化为现代"的磨合机制。

一、"文化磨合"的理论脉络

"国学"是 20 世纪初产生的一个学术概念。21 世纪初王富仁又提出了"新国学"，相隔百年，这两个学术概念的诞生都因时而起，力图调适、整合中国学术以适应其发展现状。然时过境迁，两个学术概念背后的学术概况与文

---

① 参见 [美] 柯文：《在中国发现历史——中国中心观在美国的兴起》，林同奇译，中华书局 2002 年版；张铠：《从"西方中心论"到"中国中心观"——当代美国中国史研究的发展趋势》，《中国史研究动态》1994 年第 11 期；仇华飞：《从"冲击—回应"到"中国中心观"看美国汉学研究模式的嬗变》，《上海师范大学学报（社会科学版）》2000 年第 1 期；李学智：《冲击—回应模式与中国中心观——关于〈在中国发现历史〉的若干问题》，《史学月刊》2010 年第 7 期。

化语境已判然有别，"新国学"之"新"便在于其以一种多元融合的文化观将"中华民族古往今来所有文化现象的研究及其成果"重新整合为"国学"，以实现这一概念本身的逻辑自洽、独立性与完整性。王富仁指出："'新国学'不是一种学术研究的方法论，不是一个学术研究的指导方向，也不是一个新的学术流派和学术团体的旗帜和口号，而只是有关中国学术的观念。"然而这种观念背后实则承载着那一辈学人对于中国现当代文学与文化价值归属的隐忧与不安，其最为紧要、直接的目的便是将现代中国文化注入中国绵长的历史文化长河之中。基于对学科现状的现实感触与中国学术文化的历史反思，王富仁通过概念的更新（"国学"—"新国学"）赋予了中国现当代文学学科的价值归属，重新厘定其在中国学术格局中的特殊地位。

"新国学"真正具有现实意义的是王富仁在《"新国学"论纲》中对于现代中国文化格局与文化创造的客观评价与理性认知。王富仁认为："'五四'新文化运动的发生标志着'新文化'的产生。但却并不意味着'旧文化'的灭亡。实际上，整个中国现当代文化都是由所谓的'旧文化'与'新文化'在交叉、交织、纠缠、相互转化、相互过渡而又对峙、对立、对抗中构成的一个充满张力关系的文化格局。"并且"中国现当代文化是较之中国古代文化更加丰富和复杂的文化，它不但包括像鲁迅、胡适这样一些现代中国人所创造的'新文化'成果，同时也包括像孔子、老子这样一些古代人创造的'旧文化'成果。所有这一切，都在我们现当代的社会上存在着，流行着。现当代的中国人是在感受、理解、接受所有这些文化成果的过程中形成自己的文化心理和知识结构，并在这样一个文化心理和知识结构的基础上进行着自己的文化创造的"①。王富仁的文化观跳脱出了新旧、古今、中外等简单对立的二元思维，以平视的文化视角将古今中外多元文化置于现代中国社会这个共时性的文化场域内，揭示出现代中国文化是在多元文化间的多重"互动"关系中逐渐生成的，并在此文化格局中塑造现代中国人的文化心理与知识结

---

① 王富仁：《"新国学"论纲（中）》，《社会科学战线》2005 年第 2 期。

构。由此，作为文化主体的现代中国人才能在现代中国文化场域中进行新的文化创造。在王富仁的"新国学"论述中，自五四新文化运动之后，中国文化，包括中国现代革命文化、中国现代社会文化、中国现代学院文化及其内部的传统派与西化派在不断的互动、论争中开始呈现出"分化""裂变"的趋势，也就是在所谓的"文化磨合"中形成了"同存共栖"或是"你中有我，我中有你"的现代中国文化格局。因此从文化立场上来说，"王富仁的'新国学'概念，对他自己所坚守的'五四'新文化、社会文化立场又是有所超越的，从另一个角度来说，也是一种包容。"① 同时，王富仁特别强调了"新国学"概念"不是规定性的，而是构成性的"，是由"民族语言"和"国家"这两个构成性因素构成的学术整体。同样，现代中国文化也是由学院文化、社会文化以及革命文化等构成性因素建构起来的，并且也是一个动态的、不断生发的生成性的文化整体，遵循着"生成—积淀—生成"的逻辑形式存在并发展着。

实际上，自五四以来国人在精神文化层面的核心问题就是对于文化的认知，包括如何认知中国传统文化或是旧有的文化、当下的文化以及西方泊来（"拿来"）的文化及其相互间的复杂关系。这不仅左右着中国步入"现代化"的方向与姿态，同时也深刻影响着现代中国文化的建构、学术研究的开展以及文学艺术的创作。王富仁提出的"新国学"主要是从民族学术角度建构了一种关于中国学术的整体观念。而就文明（文化）关系理论而言，最具有代表性的便是费孝通于晚年（1997 年）提出的"文化自觉"论。他从内外两个角度对"文化自觉"进行界定与阐释，首先，从内部而言是要对自己的文化有"自知之明"，即"生活在既定文化中的人对其文化有'自知之明'，明白它的来历、形成的过程、所具有的特色和它发展的趋向。自知之明是为了加强对文化转型的自主能力，取得决定适应新环境、新时代文化选择的自主

---

① 钱理群：《我看"新国学"——读王富仁〈"新国学"论纲〉的片断思考》，《文艺研究》2007 年第 3 期。

地位"①，并且他强调这并不是主张"文化回归"与"复旧"，也不指向"全盘西化"或"全盘他化"，而是在全球化语境下的跨文化交际中要确立自主地位，首先，要"自知"，不仅要对中国古代文化传统有着清醒而深刻的认知，同样也要对五四新文化传统进行客观评价与综合研判。其次，从外部而言，既要摒弃"油盐不进"式的文化自闭，也有谨慎盲目"拿来主义"式的泥沙俱下，而要以中华文化的包容性进行积极的交流磨合与融合吸收。

费孝通指出："中华文化的包容性和中国古代先哲提倡'和而不同'的文化观有密切的关系。'和而不同'就是'多元互补'。'多元互补'是中华文化融合力的表现，也是中华文化得以连绵延续不断发展的原因之一。"② 中国文化传统中不仅有着"大一统"思想观念，也暗涌着诸多风格各异、各具特色的"潜流文化"。由此，多元文化间的相互交流、磨合塑形了一种"和而不同"的文化观，而这也是"文化自觉"论的精要之处。费孝通曾在其80 岁寿诞用"各美其美，美人之美，美美与共，天下大同"四句对"文化自觉"论进行了高度概括，后经方克立调整，把最后一句"天下大同"改为"和而不同"③，将"文化自觉"的本质内涵表述得更为精切、明确，既强调了文化主体的自主、自觉意识，也表达对各文化"场"间形成多元互补、共识共存的文化格局的殷切展望。费孝通于 1997 年提出的"文化自觉论"一方面是对自己学术生涯的反思，另一方面是针对美国学者亨廷顿（Huntington S.P.）于 1993 年提出的引起巨大争议的"文明冲突论"而作出的理论回应。这两种文明（文化）关系理论都共同承认了一个文化观点，即"世界上将不会出现一个单一的普世文化，而是将有许多不同的文化和文明相互并存"，都认为"现代化"并不意味着"西化"。然而针对多元文化间的关系，二者

---

① 费孝通：《中华文化在新世纪面临的挑战》，载《费孝通文集》第十六卷，群言出版社 2004 年版，第 404 页。

② 费孝通：《中华文化在新世纪面临的挑战》，载《费孝通文集》第十六卷，群言出版社 2004 年版，第 407 页。

③ 方克立：《"和而不同"：作为一种文化观的意义和价值》，《中国社会科学院研究生院学报》2003 年第 1 期。

却得出了截然不同的结论，亨氏的"冲突论"无疑过度强化了文明或文化在国际关系中的作用，甚至是决定性作用，认为"文明的冲突是对世界和平的最大威胁"①；费孝通的"文化自觉论"则主张各个文化主体在对自有文化充分认知的基础上展开充分的文化交流与沟通，实现文化上的融合与互补，同时又"和而不同"，从而化解文化间的冲突与对抗。

费孝通的"文化自觉论"与王富仁的"新国学"是 20 世纪和 21 世纪之交中国学术界重要的理论成果，他们敏感于时代文化的气息与趋向，在各自的学术领域进行了积极的理论建构与现实思考。从二者的学术理论中可以明显看到他们文化观念的精神内核是一致的，都强调文化主体的自主意识与整体观念，主张在现代社会无论是国家、共同体的内部或外部（各文化主体之间），各文化间多元共存、融合互动是现代文化的基本格局，是大势所趋。"文化磨合"的提出可以说是在充分吸收、借鉴"文化自觉论"与"新国学"的理论成果基础上，立足现代中国文化场域内"文化磨合"与"文学创作"的双重互动，建构起从晚清民初直至当前仍在延续发展的"大现代"中国文学，强调文化与文学间复杂紧密的互动关系，并将"文化磨合"视为一种新的"文化自觉"，从而为"大现代"中国文学的发展开拓出更为丰富的文化资源与广阔的文学前景。

二、"文化磨合"视域中的"大现代"中国文学

自晚清民初"西风初拂"之际，中国文化领域就开始酝酿、涌动着一股"文化磨合"的潜流。时至今日，这种潜流依旧为现代中国文化建构发挥其积极的策略价值。在 20 世纪中国文化语境中，文化激进主义与文化保守主义在历史文化舞台上演着"你方唱罢我登台"的轮番好戏，而"搭台设场"的则是追求不同文化间对话、互动、融合与会通的"文化磨合"。无论是主

---

① ［美］亨廷顿：《文明的冲突》，周琪等译，新华出版社 2012 年版，第 297 页。

张激进还是强调保守的文化人士，都立足于变化着的社会现实而提出对应的文化主张，而在具体的文化实践中却无不显露出"文化磨合"倾向与立场。五四新文化运动时期倾向于保守的林纾在不懂外语的情况下，竟能与精通外语者合作翻译外国小说两百余种，同样被视为复古的"学衡派"也主张"昌明国粹，融化新知"；而新文化派的代表鲁迅与胡适留学归国后在倡导"新文化"、译介外国文学艺术作品的同时也能自觉关注中国传统文化。实际上，自晚清民初的欧风美雨始，一种新的开放型的现代文化语境便开始生成。古今中外多元文化并置于"大现代"这个共时性的文化场域，这个"'大现代'是指从晚清民初直至当前仍在延续的现代历程，这是一个历史更长久的现代化进程"①，也是一个迥异于中国古代文化但又必有承继的现代文化发展进程。所谓"古今中外化为现代"即是"文化磨合"的精要之处，"古今中外"指在现代中国文化场域内无论是"新文化"还是"旧文化"，无论是"西方的"还是"传统的"都能在这个场域内发出自己的声音，也能听到不同声音混合的回响。在这里引入费孝通提到的"场"的概念："'场'就是由中心向四周扩大，一层层逐渐淡化的波浪，层层之间只有差别而没有界限，而且不同中心所扩散的文化场在同一空间相互重叠。"②在现代中国文化场内，古今中外多元文化都由其各自中心向四周扩散，在互动、交流、对话与碰撞中走向彼此共存、互补与融合，从而"化为现代"。而此处的"化"便指向"文化磨合"这一综合性的过程。因此，现代中国文化场域就呈现出多元共生、文化交融的复杂样态。

"事实上，一种文化与另一种文化相遇，一定有其历史机缘，也一定会有一个磨合期"③，不同的文化土壤所孕育、诞生出的文化形态必有其独特性，而自晚清民初以来，直至五四及新时期，大规模的中外文化的接触便开

---

① 李继凯：《"文化磨合思潮"与"大现代"中国文学》，《中国高校社会科学》2017 年第 5 期。
② 费孝通：《反思·对话·文化自觉》，载《费孝通文集》第十四卷，群言出版社 1999 年版，第 159 页。
③ 李继凯：《"文化磨合思潮"与"大现代"中国文学》，《中国高校社会科学》2017 年第 5 期。

启、接续了现代中国文化的磨合、建构之路。现代中国文化场域是一个"文化磨合"的广阔平台，在中外文化接触之初，必然会存在不同程度的摩擦、碰撞与冲突。异质文化出现"水土不服"是一个极为正常的现象，在此过程中各文化主体间所展开的频繁的交流沟通、批判论争与质疑反思无疑为异质文化提供了生长空间与话语空间，尽管其中存在着一些偏执、极端的文化主张，但从总体上看是一种积极的、倾向于"文化磨合"的价值选择。例如，现代文学史上的一场公案——《新青年》同人导演的"双簧戏"便是囿于"文学革命"之初革命发起者所处的如"独角戏"般的尴尬境地——响应、批驳者寥寥，从而以《新青年》作舞台自导自演了一场"双簧"，这才引起了较大的社会反响并激起了保守派的反驳论争。"惟沉默是最高的轻蔑"，而一场"双簧戏"却能使得各派下场对话、论争与批判，这在客观上推动了五四文学革命的进程。实际上，处于"文化磨合"中的各方通过不同程度的对话、互动甚至是对抗得以不断调试，寻求在文化观念与价值认同上的平衡点。现代中国文学就是在这种"磨合"中逐渐生成的，从而具有一种"和而不同"式的文化兼容性。

陈平原的著作《在东西方文化碰撞中》（1987年）用"文化碰撞"来描述五四时代中国传统文化与外来文化间的关系。这种提法曾流行一时，影响甚广。而"文化碰撞"说与"文化磨合"不同之处在于二者对五四以来中外文化关系的认知与理解尚且有异，并且深层的文化追求也不尽相同。"碰撞"说强调文化间的对立、冲突与异质性，而"磨合"则涵盖了"碰撞"说并侧重于化解文化间的对立与冲突，主张交汇融通、同栖共存。实际上，一种文化就是一种生活方式、一种规范，或者就是一种话语，而中国由传统文化进入现代文化所借助的无疑是西方话语（但并不意味着"现代化"等同于"西方化"）。由初期的"文化习语"（习得性话语）到"文化创语"（创造性话语）实则展现了现代中国文化所走过的"磨合"之路，文化创造是"文化磨合"根本的价值追求。但在现代中国文化的"磨合"历程中还存在消极的一面，即在文化建构同时也在消解自我的文化身份，亦即文化归属与自我定位的困惑。而问题的根本依然是"如何措置传统与'西化'之关系，即究竟以何种文化为主导"的二元立场选择的老问题。但若要摆脱这种二元式的思维方式，只有将五四以来文化的主导视为由现代文化人基于国人的实际生存态以及自己的生命体验与生存感受在古今中外"文化磨合"中生成的现代中国文化，认识到"现代中国的文化发展归根到底只能来自于现代中国人对于当下生存境状遇的体验，只能来自于在新的生存境遇之中对自我意识的重新唤起和发扬"①。以平视的态度来看待东西方文化，无论是传统文化还是西方文化都是我们进行文化创造的重要文化资源，而让现代中国人能真正感受到"文化自信"的是作为文化主体的现代文化人所创化的现代中国文化，而非"躺"在"国学"遗产里的扬扬自得。这种高度的"文化自觉"，既是对中国传统文化有自知之明、也是对舶来文化有充分认知的基础上，来理解中国现代化转型背后所依靠的"文化磨合"与"文化创造"。

立足于现代中国的文化立场，从"文化磨合"视域来看待"大现代"中国文学是我们应有的"文化自觉"。"百余年来的中国文学，在整体上呈现为与中国古代传统文学判然有别的'新文学'或'大现代文学'面貌，且作为古今中外'化合'亦即在多元文化交汇、融通中生成的文学现象，尤可视为是在中国与世界的'磨合'特别是'文化磨合'中诞生的文化产物。"②因此，"大现代"中国文学内含了"世界性"的文学品质。实际上，在"文化磨合"视域下，"大现代"中国文学与现代中国文化始终保持着互为表里、彼此映衬的紧密关系。现代中国文化作为一种嫁接型或是合金型文化，已然为其文化创造物——现代中国文学注入了世界性的因素。现代中国文化内在的以"文化磨合"为内核的"文化自觉"要求现代中国作家在多元文化滋养下，将自己的生命体验与现实思考进行创造性的文本展现，并且这种"文化自觉"也为中国现当代文学与文化研究提供了更为开阔融通的学术视野与理论自觉。

---

① 李怡：《生命体验、生存感受与现代中国的文化创造——我看"新国学"的"根据"》，《社会科学战线》2005 年第 6 期。

② 李继凯：《"文化磨合思潮"与"大现代"中国文学》，《中国高校社会科学》2017 年第 5 期。

总之，"文化磨合"作为一种文学文化学的研究范式，从宏观上来说是研究考察百余年来中国文学的现代转型与学科建构的重要理论视角，并且也是推动新世纪中国文学更具现实性、丰富性与世界性的"文化自觉"。

第二节 作为文化资源的"国学"

"文化磨合"作为一种文化理论与研究范式，是在充分吸收借鉴了王富仁所提出的"新国学"基础上，进一步进行理论创构与观念整合。而对于"国学"这一带有历史意味的学术概念与重要命题，必须在"古今中外华为现代"的"大现代"视域中得到全新的认知与审视，尤其是作为文化资源的"国学"所具有的现代价值。

"国学"是在20世纪初西学强盛、中学衰危之时，出现于国人视野内的用以区分中西学术的一个概念。因其内涵含混，且与国粹、国故（学）、中学、古学等概念并存互用、异文互训，所以自诞生起，关于"国学"的争论就接连不断，在经历一度退隐的命运后，"国学"于20世纪晚期复兴，并形成一股热潮。应该说，在20世纪的中国，"国学"是一个关涉中国与西方、传统与现代、民族与世界、学术与社会的关键词，在文学批评、文艺研究中其实也是一个或显或隐的关键词。"国学"作为文化资源和文化思潮，对话语、语境乃至思想方法产生着重要的影响，对文学创作和文学史书写的影响也不可忽视。它于新世纪的兴起尤其激发了国人对中国传统文化的再认识，而对其排他性、保守性或学术冲突的深刻反思，又促成了"新国学"这一概念的提出。其实，无论"国学"还是"新国学"，对于中国学术文化整体的前途与命运的思考和关注是一致的，即共同注目于中国文化的生命力和发展趋向问题。

据考证，"国学"是外来词，其近代意义转借自日本，主要是对古代典籍进行文献学式的研究，以探明其固有文化。① 清末民初之际，知识界对于"国学"的界定相对含糊，围绕其定义和科学性发生过多次论争，在称谓上大体经历了"从'中学'到'国学'/'国粹'再到'国故（学）'/'国学'"的过程。② 早期的"国学"是指与国家的生存紧密相连的思想或学说，到章太炎"国学"具有了学术性质，主要指古代的高雅文化。其后，关于"国学"大致有两种看法，一种认为"国学"指中国固有之学问或学术，如曹聚仁主张："国学者，以我国固有学术为研究之对象，而以科学方法处理之，使成为一种科学者也。"③ 另一种看法来自胡适，他认为："中国的一切过去的文化历史，都是我们的'国故'；研究这一切过去的历史文化的学问，就是'国故学'，省称为'国学'。""国学的目的是要做成中国文化史。"④ 前一种看法当时为多数人所认可，后一种观点却为后来人所继承。然而，在科学主义盛行的时代，"国学"因其模糊性和包容性无法与西方的学科分类相对接，遭遇当时人对其作为"学"的科学性的质疑，其范畴内含的传统文化内容各自归入具体的学科之内，"国学"概念本身已经被拆解。20 世纪 80 年代末"国学"重新回到人们的视野中，并于 90 年代和新世纪初形成两次热潮。再度现身的"国学"自然是传统文化的代称，如 1992 年创刊的由北京大学兴办的《国学研究》发刊词称"国学作为固有文化传统深层的部分"，其刊发文章的内容依然是传统文化研究范畴。当时也已经出现"新国学"的提法，如袁行霈

---

① 桑兵：《晚清民国的国学研究》，上海古籍出版社 2001 年版。此外，《简明不列颠百科全书》对国学的解释是"17 世纪末和 18 世纪盛行于日本的学术研究活动"。（《简明不列颠百科全书 3》，中国大百科全书出版社 1985 年版，第 565 页。）曹聚仁也说过："国学乃是外来语，并非国产。日本人原有'支那学'、'汉学'这样的名词。因此，十九世纪后期，留学日本归来的学人，译之为'国学'，也就是'中国学术'之意。"载曹聚仁：《中国学术思想史随笔》，生活·读书·新知三联书店 1986 年版，第 3 页。

② 罗志田：《自序》，载《国家与学术：清秀民初关于"国学"的思想论争》，生活·读书·新知三联书店 2003 年版。

③ 曹聚仁：《国故学之意义与价值》，转引自孔祥骅：《国学入门·绪论》，上海人民出版社 2006 年版。

④ 胡适：《〈国学季刊〉发刊宣言》，载《胡适文集 3》，北京大学出版社 1998 年版。

表示《国学研究》"要具有当代特色，要将它办成开放的刊物，成为新国学的一面旗帜"①，萧兵关于"新国学"的悬想认为："所谓'新国学'本应该除了对象（中国传统文化）依旧之外，全体焕然一新"②，四川大学主办的《新国学》集刊，关注传统文化融入现代的问题，其新只在材料、方法、领域等方面。综观公开出版的国学研究刊物和各种言论，"国学"或"新国学"只是在研究方法和学术判断上有些新变，其论域基本限于中国古代文化。

古代有考据学、校勘学、训诂学等，现代却变成了作为文化分支的文学、文献学、哲学、汉语言文字学等具体学科。由此，"国学"作为既定存在（文化遗产或学术文化），对文学发展的影响实质上表现在两方面，一是文学创作中强大的思想文化资源，二是文学批评和学术研究中的方法和范式效应。

如果把"国学"看作传统文化研究，那么整个 20 世纪中国传统文化对文学创作的影响其实仍是巨大的。在一般意义上，传统文化和文学经验会通过对作家的无意识影响或作家本身的有意借鉴，具体反映在作品中。以新文学至今的发展实例看，五四的反传统是整体性的，而不是反对古来所有的一切。当时，不但胡适等人在整理国故，新文学创作的主将也都有对古代文化研究的成果，如鲁迅对中国古典小说的研究、茅盾对古代神话的研究等。以反传统彻底而著称的鲁迅本身就受到传统的多重影响，如他与中国士人传统的联系，与庄子、屈原、嵇康、章太炎等人的精神相通，其杂文部分继承了"魏晋文章"的笔调和风格，小说创作不仅从古代的神话传说中汲取资源，而且作品中的名士人物形象，简约、白描的艺术手法，隽永、诗意化的语言，都与传统文学有着千丝万缕的联系。深入来看，在新文学史上，不论是诗歌、小说还是散文创作，都不同程度从传统文学中汲取过营养。以诗歌为例，20 年代"新月派"的"理性节制情感"的美学原则和新诗格律化的主张，

---

① 袁行霈：《开放的国学与开放的〈国学研究〉》，《北京大学学报》1994 年第 6 期。

② 萧兵：《"新国学"悬想》，《文史哲》1994 年第 3 期。

"同时也是与中国传统的'哀而不伤，乐而不淫'的抒情模式，特别是与将情感消融于自然意象之中，追求情景交融、物我合一的唐诗宋词传统相暗合：这正是闻一多所提倡的'中西艺术结婚后产生的宁馨儿'"①。而闻一多本人对于旧文学的信仰，对于东方文化的赞赏同样是真诚的，他关于诗歌创作的"三美"主张，对诗歌形式的均齐和对韵律、节奏的强调，是与传统诗学相通的。30 年代卞之琳、戴望舒等现代派诗人对古典诗歌的借鉴同样令人瞩目，如他们对意象（古井、残阳、深谷等）的重视，对人与自然和谐交融的追求，对晚唐"温李"诗风的推崇等。在某种意义上，他们的意象创造与古典诗歌的意境相一致，可以说是象征派的形式和古典派的内容的统一。在当时就有人指出："中国现代派只是袭取了意象派的外衣，或形式，而骨子里仍是传统的意境。"② 由于对民族形式和大众化的重视，尤其是毛泽东关于创作"新鲜活泼的、为中国老百姓所喜闻乐见的中国作风和中国气派"③ 式作品的主张的广泛传播，民间的艺术传统形式被文学创作大量吸取，形成了民歌体的叙事诗，如李季的《王贵与李香香》、阮章竞的《漳河水》等。这些作品不同程度地借鉴了民间小调和民歌的手法和句式，从另一路径探索新诗发展的可能性。解放区也出现了新评书体小说和新章回体小说，并产生了有重要影响力的作家赵树理，他的小说以及其他如《吕梁英雄传》《新儿女英雄传》，包括 50 年代的《铁道游击队》《敌后武工队》《烈火金刚》《林海雪原》等章回体小说，都汲取了古典小说的结构和叙事方式，故事性强且语言通俗。再以乡土小说创作来看，废名 20 年代的乡土小说，如《竹林的故事》《浣衣母》等，以冲淡、质朴的笔调，展现了带有古民遗风人物的纯朴美德，加上对乡间人情、自然景致的描绘，营造了一种牧歌般的意境美，而这正是他借鉴古典诗词简练、含蓄、留空白等经验，将之转化成情节简约的

①　钱理群、温儒敏、吴福辉：《中国现代文学三十年》，北京大学出版社 1998 年版，第 129 页。

②　孙作云：《论"现代派"的诗》，转引自李怡：《中西交融的理想与现实——论卞之琳诗歌的文化特征》，《江海学刊》1997 年第 5 期。

③　《毛泽东选集》第三卷，人民出版社 1991 年版，第 844 页。

散文化小说的结果。并且废名本人深受禅学思想影响，更是把佛道精义、诗禅传统融进自己的小说和诗歌创作当中，颇具六朝风致。30 年代则有沈从文的文化守成式创作，他对于优美、健康、完善人性的歌颂，对于乡村正直朴素人情美的留恋，对于都市"文明病"的嘲讽，以及关于民族品德的消失与重造、传统文化与现代文明的冲突等问题的思考，展现出了传统与现代之间更为复杂的一面，这一问题在新时期的贾平凹、张承志等作家笔下也得以体现。值得注意的是，这种文化守成与 80 年代的文化寻根思潮具有一致性。80 年代后期，作家们在历经"伤痕""反思"之后，认识到文学之根深植于民族传统文化的土壤里，所谓"文化制约着人类"。其时汪曾祺、贾平凹、阿城等人的创作朴素节制、清淡自然，让人再一次领略了传统佛、道文化的魅力。并且，由这一思潮带动的对民间风俗和地域文化的重视也产生了积极效果，即作家笔下带有地域色彩的艺术世界。如贾平凹的商州世界，李杭育的"葛川江"系列，莫言的红高粱系列（山东高密）等。在 90 年代，严家炎曾主编过一套"二十世纪中国文学与区域文化丛书"，系统梳理了三秦文化、巴蜀文化、湘楚文化、齐鲁文化等与文学创作的关系，而这一思路在此之后更为广泛地被应用到作家作品和文学现象的研究当中。总的来说，中国传统文化可以通过学术研究、民间流传、文学创作等各种途径得以展现，而"国学"作为母本性的思想文化资源，对于现代中国文学创作的潜在影响也可谓"润物细无声"。

　　同样，在文学批评和学术研究领域，"国学"也在发挥积极作用。王国维对"意境"说的吸收和转化，周作人对"趣味""平淡自然"等古典概念的运用，以及对重印象感悟的传统批评方法的吸取，都显示了古典批评的强大生命活力。尤其是"京派"批评家，他们不仅在美学观上崇尚古典的"和谐"美，更是在操作中继承了传统的直觉印象式批评。与左翼批评相比，朱光潜、李健吾、沈从文等人的批评确是别具一格。在"整理国故"前后，以科学方法围绕"国学"展开的学术研究，完成了由传统向现代的学术转型，确立了中国现代学术研究的一些范式，并促成了现代意义上的中国史学的建立。以胡适为例，其"'双线文学观念'为整个中国文学史的研究建立了新的理论框架，'历史演进法'为章回小说的解读提供了有效的眼光与方法，'《红楼梦》自传说'则为新红学的发展奠定了根基"①。《中国哲学史大纲》和《白话文学史》是中国现代学术的典范之作，其体例及部分观点对后来的学术史研究产生了深远影响。胡适对考据的重视，与清学传统尤其是注重考据训诂的乾嘉学风相契合，对现代学术有重要影响。如现代文学研究，80年代樊骏就撰文强调文学研究中的史料问题，马良春等人也积极呼吁建立中国现代文学的史料学，现在这一问题已为多数学人所重视，古典学术研究扎实、严谨、重考据的学风，在现代文学研究者中间产生了辐射效应。在具体的研究取向中，近年表现出对文学版本、报纸期刊甚至是出版传播体制的重视。在全球化趋势日益深入、中外文化交流频繁的今天，国学热体现了对以西学剪裁中国文化的反思。西学东渐带来了中国学术研究的新变，也造成了生搬硬套和过度阐释的问题，事实证明，很多时候以西方标准来衡量中国文化是错位的、不尽准确的，我们需要的是一种立足自身而又不拒他者的阐释模式。在此情况下，向传统寻找资源，重建中国学术自己的理论批评术语，成为一种现实选择。"国学"是我们反抗西方文化，反思中国学术的内在依据。

尽管如此，"国学"本身也是有其局限性的。在20世纪"整理国故"之际，同时出现了借"国学"以谋利或赚取声名的现象，如鲁迅所说："现在爆发的'国学'之所谓'国学'是什么？一是商人遗老们翻印了几十部旧书赚钱，二是洋场上的文豪又做了几篇鸳鸯蝴蝶体小说出版。"②此等现象自然为新文化派所不容，他们一方面迫于"整理国故"的实绩承认整理中国旧文学之必要，另一方面为了提防借"国学"研究而复古的趋向又对"国学"或"国故学"猛烈抨击，力图将一些旧的糟粕性的研究对象和商人、洋场

① 陈平原：《中国现代学术之建立——以章太炎、胡适之为中心》，北京大学出版社1998年版，第211页。

② 鲁迅：《所谓"国学"》，载《鲁迅全集》第1卷，人民文学出版社1981年版，第388页。

文人、老秀才等"怪力乱神"排拒在"国学"之外。当时北京大学、清华大学、厦门大学等高校都设立了国学院之类的研究机构，它们各自对国学的理解不尽相同，吴宓在主持清华研究院时说，国学的研究之道，在"正确精密之方法"，"并取材于欧美学者研究东方语言及中国文化之成绩，此又本校研究院之异于国内之研究国学者也"。① 也即是说，"国学"在当时是一个区分性概念，具有排他性，旧派以之标分中／西，新派以之区分新／旧，研究者以之划分他／我。由此可见，在大致统一的"国学"范畴之内，其实存在着严重的分裂。如今，这种区分依然存在，从空间上划分了中西，在时间上阻隔了古今，并且主要表现在古／今对立方面。即只要是古代文化的内容都可以归入国学，而现当代文化却被拒之门外。其实，被建构的"现代文化"最具有包容性：现代以来研究古代文化领域的各学科，也只能说是和"国学"相关，其本身则必然也是现代学术的组成部分。如前所述，"国学"一词回归后，其本身的褒义性被放大，成为一个具有潜在情感色彩和价值判断的概念，即有着"'它是我们自己的文化和学术'，'是与我们自己国家、自己民族的生存和发展息息相关的'等微妙的含义"②。如果说"国学"诞生之时，中国现代社会刚起步，有其时代局限，那么在经历近一个世纪的发展变动后，我们有必要对现当代学术文化与旧有国学之间的关系进行界定。严家炎认为，"国学"有两个传统："一个是几千年的老传统，还有一个是近百年形成的新传统"，"这两个传统应该是能够融合的"。③ 只要承认"国学"是中国学术文化的整体，那么作为中国学术文化一部分的现代学术研究，就应当归入"国学"这一整体。从文学研究来讲，文学作为作家的内在创造活动，对文化传统和文学经验的吸收和借鉴是正常的，并且这种吸收旨在表达现代人的生存体验和生命感受，从这一意义上讲，这种创造

---

① 吴宓：《清华开办研究院之旨趣及经过》，载徐葆耕编：《会通派如是说——吴宓集》，上海文艺出版社1998年版，第174页。

② 王富仁：《"新国学"论纲（下）》，《社会科学战线》2005年第3期。

③ 严家炎：《从"五四"说到"新国学"》，《甘肃社会科学》2007年第1期。

同样是有其价值的。因此，对国学的强调并不一定以对现代文化的排斥为代价，毕竟现代文化中依然包含着传统的因子。从文学史书写来看，五四新文化运动成为现代文学与古代文学的分界线，这一划分使得现代文学对于古代传统一直比较"反感"。在文学史叙述中，对文化保守派别、通俗文学等与传统有密切关联的现象评价较低，甚至对现代时间框架内产生的带有旧体特征的文学样式（如旧体诗词）不予认可。在倾向上对于新文学与西方文化之关系的强调多于与古代传统之关系，即注重断裂、移植，而非继承、发展。

正因为如此，自诞生起直到现在"国学"一直遭遇到许多人的批判和质疑，当然，其中有过激的指责也有辩证的反思。从学术研究的角度看，这未必不是一件好事，众声齐鸣才能促进学术的繁荣，事实上"国学"并未在批判中消亡，反而更为人所关注。对于文化和文学的研究者来讲，实现了背景上和思维方式的会通，现代文学研究不一定就是严格以五四为分界，在那之前就在酝酿着新的变动，它的发展是从古代到近代一路走来的，只是在近代加入了西方影响，古代文化或文学的研究也不一定到五四就戛然而止了，它在现当代仍然有着显在或潜在的影响。至此，不同的学科之间实现了沟通，学科内部也不必因观点或方法的不同而相互排斥、攻击。对于现代文学，不必因为作家汲取古典传统就责备其丧失立场，对通俗文学、旧体诗词创作也应给予正确对待，它们也是文化发展的一种可能。同样，也不必因为作家借鉴西方经验就认为其具有先验的进步性，这只是发展自我的一种选择。重要的是作家在此基础上的自我转化和文化创造。

由此看来，体现"大现代"兼容精神的"新国学"对"国学"的反思，并不是颠覆性的，而是对它的继承和发展，无论"国学"还是"新国学"，着眼点都是中国文化的发展走向和未来命运。以今天的角度看，传统文化作为一种过去完成时的存在，与其伴生的历史和社会已不复存在，传统只是当代文化的一个组成部分，"整个中国现当代文化都是由所谓的'旧文化'与'新文化'在交叉、交织、纠缠、相互转化、相互过渡而又对峙、对立、对抗中构成的一个充满张力关系的文化格局"①。"国学"也只是现当代文化分支之一的学院文化的一个学术领域。现代的国学研究，只是现代人对古代文化的理解和认知。思维方式的差异、知识结构的不同、社会背景的迥异，我们不可能精准地还原古人的思想，研究者所能把握的只是传统在当下的具体表现和实际影响。目前对我们最为重要的就是当今中国文化的发展需求和未来走向，这种发展无论是照搬西方还是回归传统都是不现实的。正如李怡所说："如果说简单引入西方的文学传统与批评传统最终导致了现代中国文学理论的'失语'，那么简单回归中国古代的文学传统和批评传统依然会再蹈'失语'的陷阱。"② 推而广之，文化依然如此，毕竟传统文化无法实现与现代社会的无缝对接。

如今，现实可行的就是以当今中国文化的现实状况和今后的发展需要为依据，以现代中国人的生存体验和全面发展为基础，从传统文化和西方文明中吸取有益的精神成果，进而创造出一种新的文化类型。在现实中，构建创新型国家、创新型社会的要求同样广受重视。从这一意义上讲，我们面临的形势更为复杂，所进行的文化创造也不会一帆风顺。但这是摆在当今知识分子和所有中国人面前的一项现实课题，无可回避也不容回避。因此，我们的立场是总结过去，立足现在，面向未来，而不是陷入无谓的概念和名分之争，这是历史的教训。今人不妨让学术自由，尤其是在文学研究领域，在"大历史观"中把握"大现代"精神，正如鲁迅所说"各干各事"，不拿自己的旗子来号召，更不要以为"大家非如此不可"③。无论研究古代、现代，东方、西方都各随自便，相互之间可以基于共同的关注点展开对话、广泛交流，建构"和而不同"的学术研究格局。显然，"新国学"的提出意图搭建一个共存互动、对话交流的平台，而基于"新国学"所创构的"文化磨合"

---

① 王富仁：《"新国学"论纲（中）》，《社会科学战线》2005 年第 2 期。

② 李怡：《现代性：批判的批判——中国现代文学研究的核心问题》，人民文学出版社 2006 年版，第 158 页。

③ 鲁迅：《未有天才之前》，载《鲁迅全集》第 1 卷，人民文学出版社 1981 年版，第 167 页。

显然提供了更为广阔的学术研究路径，现代人文学术的发展与"新国学"学术观念的构建息息相关。

第三节　现代人文学术与"新国学"建构

如何加强"新国学"的建构？即主要从"新""化""通"三个方面入手来理解我们所期待的现代人文学术境界或应达到的较为理想的状态，其是"文化磨合"之精要所在。

所谓"新"，说的就是"新国学"之"新"，强调的是综合创新。王富仁《"新国学"论纲》在前人所论的基础上对"国学"给予了新的整合与阐释。[①]由此体现着个体学者对学术现状的深刻洞察和对社会现实的独特体验，也表达了学院派知识分子重建中华民族学术格局并进行文化创造的诉求。"其学术目的是使新国学真正成为涵盖中国学术的全部成果、真正体现中国学术的独立性和整体性的学术概念。"[②]这种国学理念其实也是对吴宓国学思想的继承和发展。吴宓当年在主持清华国学研究院时就说过："惟兹所谓国学者，乃指中国学术文化之全体而言。"[③]当今重新强调大格局、大整合的"新国学"还是很有针对性、很有现实意义的。文化发展需要不断的文化创造、创新，无论是"政治经济"还是"文学艺术"，无论是理工学科还是人文社科，都需要真正意义上的学术创造与创新，由此才可能有理论创新和实践创新。而在积极建构"新国学"的过程中则尤其需要"综合创新"。即使在真善美及道德文化等最稳定、最基本的文化价值层面，也需要与时俱进，

---

① 王富仁：《"新国学"论纲》，《社会科学战线》2005 年第 1—3 期。

② 李继凯：《"新国学"与"新文学"》，《陕西师范大学学报（哲学社会科学版）》2005 年第 5 期。

③ 吴宓：《清华开办研究院之旨趣及经过》，载徐葆耕编：《会通派如是说——吴宓集》，上海文艺出版社 1998 年版，第 174 页。

守本开新，赋予更多的个性主义、人道主义的人文色彩，使之既有"人性"，也更加"仁义"。

所谓"化"，是指"现代化"的"化"，是"古今中外化成现代"所必不可少的"化成"与"化合"。显然，当今所有从事人文学术研究的学者学人都是"今人"而非"古人"，都需要从古今中外的文化资源中汲取营养，为"现代"而非"古代"的人文学术作出自己力所能及的贡献。由此也在为建构"新国学"作出应有的贡献。可以说，来自不同学科的学者都在自觉或不自觉地为现代"新国学"建构奉献着自己的心力和成果，而"新国学"也就是所有国学研究成果之和、之积。那种用减法、除法的方式对待"新国学"及现代人文学术的人，常常说这个是古人的东西，那个是舶来的东西，除去之后的"新国学"或现代学术就没有自己什么东西了。这样的说法本身就忽视了"古今中外化成现代"的学术规律。其实，无论是搞古代研究还是搞现代研究，都是为我们国家的学术事业增砖添瓦。不可否认，我们拥有一个灿烂辉煌的古代文化大传统，但是我们搞现当代研究的人，都特别钟爱或者珍惜五四以来许多志士仁人前赴后继创造的这样一个"新文化"的新传统。这个"新传统"与"老传统"如何贯通接轨？这是一个大问题，这需要在"文化磨合"视域中进行种种整合、化合。可以说这个"化"字很重要，我经常爱说"古今中外化成现代，这个化是现代化，这个现代是大现代"。事实上，我们这个"大现代"的文化建设任务还远远没有完成，而要完成这个任务，建构"新国学"就是一个非常重要的方面。由此，建构"新国学"的基本途径就是一个大整合、大化合的过程。古今中外冶于一炉，于是"化合成精""百炼成钢"，多元文化之间的"化学反应"可以催生、创化更具活力的"新文化"和"新国学"，反之，则会趋于僵化、封建或封闭，甚至走向末路。

所谓"通"，意指"新国学"的"通达"境界，具体而言，可臻于"五通"——会通中西、融通古今、打通雅俗、贯通文理和沟通左右。窃以为这"五通"对于建构"新国学"具有非常关键也非常重要的实践意义。

其一是会通中西。这是个近代以来人们经常提起的老话题。会通中西，就是不要先验地妄自菲薄或崇洋媚外，不要蓄意大搞中西对立。要想繁荣人文学术，就一定要超越那种"中西对立"的思维局限，要有现代人文学者的世界意识和宏通的世界眼光。要有比较文化的自觉意识和思想方法，切实奉行鲁迅先生的"拿来主义"和吴宓先生的"会通中西"，为推动"新国学"的发展作出较大的贡献。

其二是融通古今。建构"新国学"，其实就是要总结和升华中国经验、中国文化，从而为中国也为人类不断作出具有创造性的贡献，在这种意义上研究古代中国与研究现代中国都具有重大意义，都是"新国学"格局中的重要组成部分。因此，我们无论古今，只谈国学，力避古今之争，努力建构"新国学"，这理应是我们当今人文学者的一种光荣使命。

其三是打通雅俗。雅俗共赏也可以成为人文学术的一种境界，就像古代小说中的"四大名著"那样，原来在古代是不入流的文学文本，到了近现代却由俗向雅，成了文学经典。而相应的研究也成了国学中的重要组成部分。这种情形到了现当代更为明显，即使在通俗的民间的文化世界和相应的学术成果中，往往也蕴含着宝贵的人文精神。

其四是贯通文理。人文学术不兴、不幸，总有人习惯将之归罪于"重理轻文"的社会思潮及理工科对人文学科的挤压。这种情况在一段时期确实存在。不过也不能把问题绝对化。理工科学术在促进社会与文明发展的同时，也为人文学术提示了新的研究对象及价值新论的可能性。理工科本身的自我反省往往借鉴了人文学术的成果，比如绿色化学、生态学、灾害社会学以及人文地理学等，就出现了贯通文理、崇文重理的学术取向。而《钱学森讲谈录：哲学、科学、艺术》同样也会给人文学者以有益的启示。[1] 其实，人文学术也可以适当借鉴理工科研究方法，如在20世纪80年代，人文学术尤其是文艺研究引入了"老三论"（系统论、信息论、控制论）和"新三论"（耗散结构、协同论、突变论），便对人文学术产生过积极的影响作用，而理工

---

[1] 钱学森：《钱学森讲谈录：哲学、科学、艺术》，九州出版社2009年版。

科强调的团队精神对完成人文学术的大型项目也会有所启示。

其五是沟通左右。历史上曾经出现左与右的极端化，固然，在人文领域存在左中右或多样化是客观事实，但毕竟都是"人民内部矛盾"，要努力对话、沟通，要尽量兼容、包容，要学会换位思考，还要牢记和实施人文学术发展不可或缺的"双百方针"。否则，学术环境不好，人文学术与社会发展肯定都会大受影响。

社会可持续发展，有"人"则有望，有"文"则兴盛。国学就是国学，无所谓新与旧，但在固化的"国学"即古典、即经典、即真学问的思维定式制约下，唯此为大、为本，这样必然会导致思想保守、僵化、排外而趋于封闭、封建。在这种情况下，提倡"新国学"就是很有必要的了。"新国学"旨在整合所有中国学术文化的"新国学"，有助于整合中国学人的各种人文学术研究，既体现了中华优秀文化"尚和合"的理念，也体现了现代化、全球化时代的大包容、大和谐走向使诸多人文学术、学科和平共处与共生发展。因此，人文学术的"新""化""通"，尤其是"五通"境界的实现有利于现代人文学术环境的不断优化，更有利于"文化磨合"的理性观念与文化主张融会于学术研究的肌理之中，从而创化出更具民族性与世界性的文化成果。

第四节 "新国学"与"新文学"

现代中国文学作为现代人文学术研究的重镇，彰显或映现着中国现代学术理念与文化观念的发展与演化，"新国学"理念对于"新文学"（"大现代"中国文学）的发展有着极为深刻的文化启示，而这也是"文化磨合"提出的更为直接的现实动机，为"文化磨合"的理论创构提供了广阔而深远的文化视野。

自晚清起而积极建构的"新国学"，曾是五四新文学最重要最直接的文化资源，此后"新国学"的曲折命运也折射着"新文学"的坎坷历程。而近年来趋向复兴和崛起的"新国学"，则必将对持续发展中的"新文学"产生深远和重大的影响。应该说，对"新国学"的提倡和言说并非自王富仁始。因为对"国学"进行革新创新是近现代以来很多学者文人的心结和梦想，对新文化新文学的不懈追求，包括在理论和实践上持续的艰苦努力，并非像某些人认为的那样"失语"、"失败"甚至"罪责难逃"，而是结出了相当丰硕的果实，重构了传统文化，建构了新文学传统。其中，基于"中国学术"立场进行的古今中外文化的学理思考和应用研究，尽管思路或取向有异同，策略或方法有区别，实际上近代以来每一个"为中华崛起而读书"的中国学派都在为"新国学"增砖添瓦。譬如，五四前后的文化激进主义、文化自由主义和文化保守主义的基本文化立场，就都与重建中国文化密切相关，《新青年》如此，《新潮》如此，《学衡》其实也如此；再如20世纪80年代在"方法热"中就有人积极思考国学的方法更新了，文学领域尤其是中国现当代文学学科领域率先借鉴和采用新方法，并很快产生辐射性影响。即就明确提出"新国学"话题而言，在20世纪的90年代，也有萧兵等学者撰写了《"新国学"悬想》等文，提出了自己的一些想法；四川大学也积极创办了《新国学》集刊，还有一些高校和社会团体组建了国学院或汉学院，并相继诞生了《原道》《学人》之类的同人刊物及"国学"之类的网站，但其论域仍基本限于中国古代文化、文学的研究，旨在弘扬中国传统文化。这样的"国学"或"新国学"大抵仍是传统意义上的国学，研究格局基本未变，只是在研究方法和学术判断上有些新变而已，因此仍存在着明显的局限。但近些年来，试图重新建构"国学"的大势或针对那种狭义的"国学"进行重新整合的学术努力业已显露，大象出版社出版的《新哲学》《新史学》《新文学》等系列丛刊，就是突出的一例；中国人民大学等高校成立或调整了国学院（中心）之类的教学科研机构，应该说也在体制和实践层面上作出了新的切实努力。

王富仁的"新国学"研究固然是个体学者对新国学学术格局的积极重建，

对理想的"中国学术"（中国学）蓝图的精心重绘，却也折射着学院派的思想高度和学术实力，在某种意义上讲，他业已成为关注现实问题而又力图融通古今中外的学者群体的一位代言人；他精心撰写的《"新国学"论纲》可以说是"新国学"厚重而又坚实的标志性学术成果，在重构的意义上也可以视其为"新国学"奠基的一块新的学术界碑，更是对现实学术文化进行大规模整合的一次艰苦的努力。他鉴于崇古贬今、学科分立等学术分裂的实际，谋求重建民族学术，通过有机整合以期确立民族学术的独立意识，从而促进民族学术的全面昌兴。尤其是力图将五四以后生成和发展起来的中国现当代文化，特别是由陈独秀、李大钊等开其端的中国现代革命文化，以鲁迅为主要代表的中国现代社会文化，由翻译家和学者创造的"中介文化"（既非纯粹的外语文化也非纯粹的母语文化）及学院派文化等，成功地纳入"新国学"这个学术概念之中，并紧密结合中国现代学术文化产生和发展的历史实际，结合诸多人文社会科学学科建设的实践经验，严肃指出长期流行的固守古代传统、忽视现代传统之"国学"观念的重大缺陷。其学术目的是使"新国学"真正成为涵盖中国学术的全部成果、真正体现中国学术的独立性和整体性的学术概念。显然，其基于深沉的理性和雄辩的论证而对"新国学"或中国知识分子之"道"的积极建构，对于中国现代学术文化无疑具有重大的理论价值和建设意义。

在面对古典与现代交错的文化景观时，人们的文化选择可能既自由又困难，任何单一的选择都可能陷入顾此失彼的境地。在现实文化与学术领域，像"国学网"和"汉学集刊"等媒体，实际也在不断增强兼容意识，已将"国学"的内涵给予了一定程度的刷新和拓展。由此看来，王富仁的提倡也确有了较好的社会基础或文化环境。开放的学术界使有识之士完全能够以宏论开道，不惮于前行，将"新国学"的旗帜高擎入云，为"中国学"的建构作出自己更大的贡献。诚然，"新国学"之于世界的意义非常重大，王富仁对新国学的关切也并非出于民族主义情结和趋于怀旧的情绪，而是他长期关注文学、文化发展的合乎逻辑的思想体现。值得注意的是，与那种感叹"呜呼中华，悲哉中华，五千年之基业，毁于百年之手"的谴责派明显不同，同时基于接受理论和实际生活的启示，王富仁充满自信地认为：尽管20世纪中国历史与文化受到外来文化的影响，但仍然主要是中国人民、特别是中国知识分子的独立创造；中国现当代文化是较之中国古代文化更加丰富和复杂的文化，它不但包括像鲁迅、胡适这样一些现代知识分子所创造的"新文化"成果，同时也包括像孔子、老子这样一些古代人创造的仍在"接受"中的"旧文化"成果。所有这一切文化，都在我们现当代的社会上存在着、运用着。现当代的中国人是在感受、理解、接受所有这些文化成果的过程中形成自己的文化心理和知识结构，并在这样一个文化心理和知识结构的基础上进行着自己的文化创造的。之所以需要对它们进行新的阐释、研究甚至批判、否定，不是因为它们已经不能发挥自己的作用，而是它们对于我们有各种不同的影响作用，需要重新思考和确立它们参与我们文化心理建构的方式和方法。

正是由于摆脱了新旧、古今、中外等简单对立的二元思维，王富仁也在现代兼容意识的平台上确立了多元融合的文化观，并在学术上真正进入了宏通、圆融之境。同时，随着像王富仁这样一批力主思想革命、热烈拥抱新启蒙的学者的进一步发展和提升，他们在主动寻求与中国古代文化、文学研究的接轨与会合（如杨义的"重绘中国文学地图说"、赵园的古代文人心态研究及陈平原的中国叙事研究、学术史研究等）。长期以来，我们确实较多地强调了与外国文化、世界文学的接轨，尽管我们在这方面做得还远远不够，但同时我们却也要高度重视我们自己的文化传统和学术传统，必须自觉地和我们自己民族的文化、文学传统接轨与会合。"新国学"的学术实践也许从此开始走向了更加自觉的历史阶段。在此之前，确实存在着将中国现当代文化的研究（或现当代学术文化）有意无意排除在"国学"论域之外的现象。因为在中国文化语境中，所谓"国学"便是研究中国古代文化的学术或对我国传统学术文化的概称，对此大家都心照不宣，甚至有些人总认为在学术上愈古愈好，唯古方可成就学问。正所谓习惯成自然，很多人也便见怪不怪。偶尔有人将研究现当代问题的学术成果和学者纳入"国学"或"汉学"之中，还会被视为"另类"或"不伦不类"。为何会如此呢？因为长期以来，在人们的习惯中，"国学"原本就是研究古代文学、文化者的专利，而关注当下中国现实问题、跟踪当红青年作家等则不能厕身"国学"，甚至连是否是学问、学术都成了问题。对古代的探究哪怕仅是对一个文字的考证，一位作者或细节的辨析都可以反反复复、连篇累牍，但对还活着的作家进行研究，哪怕是他的心灵闪亮、影响巨大，也成了问题。在传统根深蒂固的某些文学院或中文系，一般也或显或隐地存在着这样的成见。但像北京大学、南京大学等气象恢宏的大学，就向来具有兼容并包、融通古今中外的大学科意识。笔者以为，当重"古典"的向"现代"微笑、亲"当代"的向"传统"招手时，文化建设和文学创作的恢宏大气就将诞生了，赖此"国学"才可能更好地走向世界。

回顾过去，尽管"国学"的明确命名始于 20 世纪初，是随着中西文化的相互碰撞而产生的，是相对于"西学"而言的，但如今看来，相对于原有"国学"概念而来的"新国学"，确实应包括中国学术的多学科内容，其门类不应人为设限；在学术研究和学科建设中也要有更为明确的今人的立场、观点和方法，并寻求其全新的意义或文化创造："新国学"的建构和"新文学"的实践及它们研究所积累的学术成果，也应成为"国学"世界中很富有成效和活力的部分。古代中国的文化文学是重要资源，外国的文化文学也是重要资源，而近现代以来中国有志有识者的"文化习语"和"文化创语"所结晶的成果，也理应是我们进行再创造的重要文化文学资源，抑或是最重要的文化资源。在全球化语境中，"资源共享"理当成为人类社会的共识。也正是由于学术视野的拓展，我们才会既依然高度重视《新青年》及其代表的五四新文化新文学的历史价值，又会坦然理解现代新儒学在中国现当代文化史上始终存在并得到持续发展的原因和意义。不过，恰如王富仁强调的那样，中国现代"新儒家"学派是在新文化运动之后"新"起来的，是作为中国现当代文化的一个独立的学派而发挥着自己独立的作用和意义的。这也就是说，即使是看上去力图回归的"传统学术"，也是在中西文化会通背景上展开的，而传统文学样式的延续也有"旧瓶装新酒"意义上的重构意味。前者如"学衡派""新儒学",后者如现代旧体诗歌和章回小说。实际上,在中国近代以来的文化舞台上,文化保守主义、文化激进主义和文化自由主义的"现代意识"虽然形态有异,取向不同,但在现代中国"同一个屋檐下"却可以构成一个活生生的文化大家庭,一起经历着风雨雷电的考验。不同学派之间既有剑拔弩张的分歧争议,更有相逢一笑泯恩仇的情通意洽,还有文化追求多样化所造成的生动活泼的文化格局和充满历史情趣的文学史话。因为文化追求的不同而发生争议甚至互相攻击是难以避免的,但却是为了更好地申明和彰显自己的文化追求,同时也是对对立性的文化派别的教训或激励。政治派别"你死我活"型的冲突尚可化解,文化流派"殊途同归"型的争论更可以时时转化为"对话",并成为文化创造的重要机制和途径。在"大现代"中国文学的文化创造进程中,曾经历了从单向创造走向综合创造,从表层创造走向深层创造,从"文化习语"走向文化创造,从简单仿制到复杂创造等极其繁难曲折的过程,这个过程本身就非常耐人寻味,并催人不时地回顾和前瞻。

时至今日,人们仍然在关切这样的问题:中国"新文学"究竟是否有可观的成就?是否有真正的文化创造?这类对"新文学"的文化创造的追问是非常大的问题,是对大问题的大追问,是一个沉重、庄严和重大的追问。它是个真实的命题而非"伪命题"或虚无的观念。那么"大现代"中国文学的文化创造究竟体现在哪里呢?贬低者似乎与日俱增,构陷者更是讨伐不已。然而,我们坚信"大现代"中国文学(文化)是有重大创造的,是综合性的,也是微观性的;是原创性的,也是继发性的。既体现在大的历史文化转型中,也体现在小的文化演变的细节中;既体现在"道"的置换更新中,也体现在"器"的千变万化中;既体现在反叛传统的文化选择中,也体现在承续传统的创造转化中。王富仁在《"新国学"论纲》中强调:"发展现代学术可有多条路,就其与传统之关系而言,反叛传统为一条路,深化传统亦为一条路。"诚然,在文化创造、文学创作的过程中,确实存在着如荣格所说的

"互创"现象，从比较直观的层面看是歌德创造了浮士德，但从文化传动的角度看却是浮士德创造了歌德。此间存在着非常重要的"互创"关系，而促成并推动这种关系的文化环境便是常设的互创现场。对于现代新文化新文学而言，"西学东渐"和"激活中学"同等重要，由此而来在中国才能形成伟大的互创现场或有助于文化创新的文化语境。即使那些原本被视为偏颇的文化主张和实践，在文化建设史上也有自己独特的贡献。诚如王富仁指出的那样："实际上，中国本位文化建设的主张与全盘西化论的主张是在对立中显示其各自的价值和意义的：正是因为有了全盘西化的主张，我们才感到坚持中国文化的独立性、民族性的必要，才感到中国本位文化论的价值和意义。"同时他也指出："不同的学术领域、不同的思想倾向、不同的学术派别、不同的学术成果在'新国学'这个民族学术的整体中泯灭了彼此的差别，成了一个浑融的整体，但这决不意味着我们每一个知识分子及其学术的研究活动是没有任何独立的价值和意义的，也绝不意味着知识分子之间就没有必要进行任何形式的学术争论。"事实上，只有思想与学术的逐渐解放，才会有学术派别的活跃，也才会有文化、文学及批评的繁荣。比如，新时期以来的文化思潮的演进就对中国现当代文学研究产生了深刻影响。其中拨乱反正、解放思想、清理极左思潮，就不断拓展了中国现当代文学的研究视野；而"走向世界文学"的提出，新方法的引进，文化热的介入，文学流派、思潮研究的兴起和多种研究思潮的交织碰撞则促成了中国现当代文学多元复杂、丰富深入的研究格局。

在当前，人们对国学的热衷往往与反西化、反全球化的冲动联系在一起。对此我们也应保持清醒的认识，不应把"大现代"中国文化主动接受西方文化的影响、革新与发展本民族文化的行为一律视为对西方话语霸权的屈服和顺从。历史早已证明，奉行"拿来主义"既是必要的，也是必然的。从"新文化"也是"新国学"的意义上讲，五四文学就是在当年"新国学"土壤上开放的花朵；如今要创新、想创新的文学作者，也要汲取"新国学"的营养，把握新国学与新文学共存、互动的规律，才有可能写出有价值的"新文学"作品。这也就是说，五四前后的"新国学"促成了五四时期的"新文学"；此后曲折发展的"新国学"也仍对走在创新道路上的"新文学"产生着重大影响。我们也有理由相信：伴随着汉语言魅力尤其是中国综合文化国力的快速提升，"新国学"当可以成为中国知识分子文化的学术的和精神的归宿，"大现代"中国文学等的地位也会大不一样。随着人类目光对中国的聚焦，尤其是对汉语言写作（包括世界华文文学书写）本身的接触和理解增多，并逐渐学会运用中国美学观点理解问题，或运用新的人类学文学观看待问题，那么也许就会看到中国现当代文学大师亦非罕见，文学业绩也并非那么渺小的。总之，伴随着"新国学"的整合与崛起，也伴随着"文化磨合"观念与理论的不断深入，"大现代"中国文学与文化将在新的时代条件下展现出更具民族风范与世界眼光的文化品格。

第二章　"文化磨合"的文艺观

　　"文化磨合"不仅仅是一种有关于文化交际互动的文化阐释范型，其更是一种基于"大现代"中国文学的发展与演化而提炼、归纳出的文学文化学理论。"文化磨合"主张多元共生、众声喧哗的世界文学图景，具有动态性、反思性和现实性。其强调多元多样文化/文艺的共存与磨合，强调"中外古今化成现代"的文化观、文艺观。"文化磨合"强调文学作为一种文化创造，更应在比较文化视野中去审视其文学成就与文化业绩，同时重视文化策略全面且积极的运用，从而在"文化磨合"中促进文艺发展。

第一节　"文化磨合"视域中的文艺与世界

　　要探索当今文艺思潮及相关问题，必然要关注作为其思想背景的各种社会思潮和文化思潮，也离不开关于东西方文化、全人类共同发展或建构和谐世界的理性思考。本书所涉论的"文化磨合"、文艺思潮、世界主义和知识体系等一系列问题，也与理论界业已提出的诸多"主义"密切相关。在我们看来，无论东方主义（Orientalism）还是西方主义（Occidentalism）、天下主义（All-under-heaven System）抑或是世界主义（Cosmopolitanism），从根本上都涉及如何再现其他文化、社会及历史，如何处理知识与权力的关系，如何看待知识分子的角色，如何处理不同文本、文本与语境、文本与历史之间的方法论问题。①

日常生活中无论对东方还是西方的偏见确实存在，但是理论上建构的东方主义与西方主义批判非但不能消解，反而会加剧这种偏见，为一些极端暴力行为提供理论上的借口。相对于过于强调"解构"体系或"建构"秩序的文化理论，我们倡导动态的"文化磨合"。它是与特别强调文化碰撞、文化冲突、文化斗争诸说不同的一种理论尝试；它体现于动态的、延续的、反思的、自觉的文化交往活动中；它重视不同文化的"重叠共识"但又顾及差异；在文化交往交流方面强调广义的"丝路精神"，且借重时代大势进一步强化和彰显世界意识，并力避文化霸权或厚古薄今等"文化偏至"的弊端。"文化磨合"的当代思想价值在于，作为一种理论，其发生作用的方式在于改变人的思维模式，提供思考现实的一种方法和前提；也有助于我们认识到反省与自觉相结合的动态磨合在文化交往和思考中国知识体系过程中的重要意义。而从"文化磨合"视域中观照文艺和世界，也会涉及众多相关的复杂命题，这里仅侧重从与文艺／文化发展最为直接相关的思想文化的三个方面进行初论。

一、东方主义与西方主义

从"文化磨合"视域观照文艺与世界，首先要思考的是东方与西方文化的关系问题。对这一问题的认识深刻影响着我国当下的文艺创作与批判话语。作为 20 世纪兴起的后殖民主义理论，东方主义与西方主义已经不再新鲜，但其影响在全球化的今天非但没有消退，反而成了评价文艺作品时一种最缺乏新意但却约定俗成甚至根深蒂固的批判话语。这种约定俗成的后殖民主义批判本身就是一种对作品和作者的"新殖民"，建立在二元对立，而非

---

① Edward W. Said, "Orientalism Reconsider", *Culture Critique*, No.1 (Autumn 1985), p.89.

"文化磨合"的思维模式之上。必须承认，东方主义与西方主义这种对他者的偏见无论在日常生活还是学术话语中都真正存在。然而又必须注意，虽然指出这种不平等现象本身就是一种意义，但是必须避免只囿于指出现象，而忽略作品的文化语境、其他审美意蕴和思想内涵。如果只注重于前者，所有的文化、艺术与文学批判都有陷入千篇一律、缺乏情节、套用"老故事"框架的危险。鉴于当下这种二元对立批判思潮的流行，我们更需要去思索，在评价文化、艺术以及文学作品时，东方主义与西方主义作为一种批判话语为何是不公平的、任意的。

（一）无限扩大的批评话语

无论东方主义还是西方主义批判，都是一种扩大了的批评话语。每一个人、每一件作品都可以被贴上东方主义或西方主义的标签。

萨义德在《东方学》（*Orientalism*）一书中致力于揭露西方世界如何通过"评判""研究""描写""图示""重构"等从而将东方他者化的过程。他强调东方主义不是"西方"帝国对愚昧"东方"的粗浅描述，而是更广层面、深层次的对东方的误读、浸透与掌控，其中隐含着政治权力、学术权力、文化权力以及道德权力。萨义德将其概括为："它是地域政治意识向美学、经济学、社会学、历史学和哲学文本的一种分配；它不仅是对基本的地域划分（世界由东方和西方两大不平等的部分组成），而是对整个'利益'体系的精心谋划——它通过学术发现、语言重构、心理分析、自然描述或社会描述将这些利益体系创造出来，并使其得以维持下去。"① 在这种意义上，萨义德认为西方很多著名的研究东方的学者，以及旅行日记中关于东方的描写都有东方主义的嫌疑。对于萨义德的这种扩大了的东方主义批判，有学者认为这种划分"严重扭曲了历史"，是对西方历史学家思想的"简化"。②

---

① 　[美] 爱德华·W. 萨义德：《东方学》，王宇根译，生活·读书·新知三联书店 1999 年版，第 16 页。

② 　David Kopf, "Hermeneutics versus History", *Journal of Asian Studies,* Vol 39（May 1980）, p.499.

萨义德在《东方学》中指出，"对东方的直接观察或详尽描述只不过是由与地方有关的写作所呈现出来的一些虚构叙事"①。当西方的作者歌颂赞扬东方时，就是一种想象中的浪漫的东方主义，将东方理想化，异国情调化；当西方作者贬低、曲解东方时是一种现实的东方主义，突出描写东方的丑陋和怪异。总之无论褒贬，都不是关于东方的"客观知识"，而是一种东方主义的虚构。但是，即便是东方学者书写东方，关于东方的客观知识是否可能？尽管萨义德在《东方学》出版后的补充论述中指出，他不会愚蠢到认为只有东方学者才能书写东方，但他在《东方学》中的论述容易给批评者造成如下错觉：西方学者研究东方就必然构成东方主义吗？

东方主义 / 西方主义的批判话语必须面对如下问题：如何界定批判的界限？当每一个作家、作品都有可能沦为东方主义 / 西方主义时，其作为一种批评话语存在的必要也就式微了。

（二）对作者 / 作品不公平的批评话语

东方主义或西方主义批判作为一种批评话语，在批评态度上对作者与作品缺乏应该有的客观性。"在某种程度上，话语的分析对作者总是不公平的"②，如果批评者已经抱定了以某种"主义"为理论来分析作者及其作品，就总能在对方的话语中找到其立论的依据。

面对批判所有带有中国元素的作品都是本质化，认为正是因为本质主义才让这些作品占据了西方市场的论断，可否思考这样一个问题：是艺术家们诚如被批评的那样借中国元素讨好西方？还是我们本身过度依赖"西方之眼"或"东方之眼"来认识自己？面对如上问题，萨义德"自我的东方主义化"这一论断无疑是深刻的。他强调，东方地区"知识阶层与新帝国主义之间的

---

① [美] 爱德华·W. 萨义德：《东方学》，王宇根译，生活·读书·新知三联书店 1999 年版，第 229 页。

② James Clifford, "Review: Orientalism by Edward W. Said", *History and Theory*, Vol.19, No.2 (Feb. 1980), p.218.

汇合也许可以被视为东方学所取得的特殊胜利之一"①。当东方的知识阶层自觉以东方主义的话语批判本土文化且反观自身的时候,东方学作为一种话语已经在一定程度上扩展到了东方本身。

如果研究者对文化与文学的批判只是在东方和西方的对立而非磨合中打转,这种批判就没有任何意义。弗里德·福格尔曼将批判分为三种,评估性批判(Measuring)、颠覆性批判(Disrupting)和解放性批判(Emancipating)。评估性批判聚焦于规范性的尺度和标准;颠覆性批判颠覆批判对象和批判模式;解放性批判"将我们从所批判之物的掌控中释放出来"②。我国当下文化、艺术与文学批评中的东方主义/西方主义式批判,无疑是一种评估式的、缺乏颠覆尤其需要解放自我的批判。

(三)亟须超越二元对立的批评话语

无论对东方主义还是西方主义的批判,都需要超越二元对立的思维方式。东方主义与西方主义批判都以反对东方与西方、自我与他者、"我们"和"他们"等二元对立的意识形态为前提和基本内容。但是作为一种批判话语,其自身又不可避免地陷入二元对立的话语之中。

处在被批判话语中的萨义德身份是复杂的,反对者认为他自身就是一个东方主义者和西方主义者的矛盾结合体。他之所以是一个东方主义者,因为他建立的批判话语还是以西方话语为基础,且内心深处有"自我东方化的情节";他之所以是一个西方主义者,因为当一个人批判西方关于东方的知识都是重构的非客观知识时,批判者已经为你划好了立场,"萨义德的话语分析本身没有挣脱他详细批判的与东方主义对立的无所不包的西方主义"③。有论者认为,批判东方主义或者西方主义本身就需要"超越二元立场"(beyond

---

① 〔美〕爱德华·W.萨义德:《东方学》,王宇根译,生活·读书·新知三联书店 1999 年版,第 415 页。

② 〔德〕弗里德·福格尔曼:《评估、颠覆和解放:批判的三种图像》,《国外理论动态》2017年第 10 期。

③ James Clifford, "Review: Orientalism by Edward W. Said", *History and Theory*, Vol.19, No.2 (Feb.1980), p.219.

the binary），从"我们"与"他们"的二元主义立场中抽身出来，否则"批判的《东方主义》的作者自己就会成为被批判的对象"①。

无论萨义德还是陈小眉，他们都反复强调自己不是一个二元对立主义者，他们是想借对东方主义或西方主义的批判，实现文化上的平等对话。"二元对立的区分，比如说东方/西方，自我/他者，传统主义/现代主义，还有男性/女性，并非能够产生出有效的批评办法；通过质疑一系列的二元对立，并且展开持续性对话，同时绝不能以牺牲真理的多元性来宣称某一真理的正确性，在我看来这才是产生出恰当的批评的有效途径。"②但是这可能就是理论和实践的矛盾之处，理论的多元倡导并不能免却批评实践中东方主义/西方主义的二元对立模式，必然造成理论上的乌托邦与实践中的偏颇。萨义德对这种二元区分或立场表达了他的思考。他认为现实中东方/西方，南方/北方，白色/有色等各种二分都是存在的，我们不可能装作视而不见，也就是说问题是真正存在的，但是采取二分的方法批判这些现象又会陷入二元主义方法论的泥潭。在学术和文化活动中，这种区分只会让各种对立更为加剧。

东方主义/西方主义批判文化之间的不平等，批判二元对立，但本身又困于二元主义立场，无法实现它们所期望的文化多元与平等对话，不能对文艺作品的审美意蕴和思想内涵有多维的认识。有论者认为，萨义德的东方主义批判"只指出了偏狭和成见，没有体现他所赞同的世界性的平等主义"③。那么，试图建构多元文化的天下主义和世界主义是否能真正实现文化间的平等对话？文艺与世界主义的关系又是怎样的？以文学为例，世界文学与文学的世界主义有何关系？以世界主义为批判话语与以东方主义/西方主义批判

① Daniel Martin Varisco, *Reading Orientalism: Said and the Unsaid*, Washington：The University of Washington Press, 2007, p.xv.

② [美] 陈小眉：《西方主义》，冯雪峰译，南京大学出版社 2014 年版，第 169 页。

③ James Clifford, "Review: Orientalism by Edward W. Said", *History and Theory*, Vol.19, No.2 (Feb.1980), p.219.

文化、艺术与文学是否同为一种失效的批判模式?

二、天下主义与世界主义

天下主义抑或世界主义,是"文化磨合"视域中探讨文艺与世界的第二个主要方面。在全球化的今天,文化和文艺思潮中与东方主义/西方主义批判话语共存的,还有与其有明显对峙特征的天下/世界主义的理论设想。天下/世界主义这一概念既是追求平等对话的政治哲学概念,亦是文化、艺术与文学概念,强调世界主义的文化、艺术与文学(影响范围),以及文化、艺术与文学中的世界主义(表现内容)。无论作为哪种概念的世界主义,它们都共享一个理论基础,那就是对平等交流与多元文化共存的理论设想。但是,天下/世界主义倡导的文化多元主义是否可能且有无必要?世界主义如何兼容民族主义与国家主义?世界主义的文化、艺术与文学是否可能?艺术作品中的世界主义如何展现?以及将世界主义作为一种批判话语评价文艺作品是否客观和现实?

(一)文化多元主义反思

能否实现以及是否有必要实现文化多元主义,牵涉到世界主义如何看待和处理不同文化之间的普遍性、特殊性、相对性以及三者之间的关系。实现文化的普遍性以丧失其特殊性为代价,保持文化的特殊性又有陷入文化相对主义的危险。世界主义既然要建立一个去中心、去等级的文化秩序,自然追求文化的普遍性,但又认识到普遍性的本质主义倾向,因而倡导建立在普遍性之上的特殊性。天下主义强调"无外"不是字面意思理解的完全同一,而是"和而不同""由外而内""整个世界的内部化""差异最小化"。① 世界主义强调一种"考虑到所有文化因素的多元文化主义"②。因而,天下/世界主

---

① 赵汀阳:《天下体系的未来可能性——对当前一些质疑的回应》,《探索与争鸣》2016年第5期。
② 王宁、薛晓源主编:《全球化与后殖民批评》,中央编译出版社1998年版,第252页。

义都认为应该建立文化多元主义。

但是，文化多元主义的弊端如下：

文化多元主义只是指出多元文化的存在，但忽略了不同文化之间的相互影响以及这一过程中可能会出现的矛盾。文化之间的关系不可能是静止的，各种文化的特殊性都有向普遍性转化的可能。天下／世界主义只指出了不同文化之间"共存"的必要性，但却没有探讨"共存"的可能性。

文化多元主义只强调不同文化之间的"重叠共识"，但对"差异"的重视不够。如果"共存"只是建立在取消或者忽视差异的共识基础之上，就不能称其为真正的文化多元主义。因而，可能面对的两种情况是，所谓的文化多元主义仍然是以"假设文化的本质主义个性和对抗性"为前提，最终的结果是"文化多元主义与文化相对主义的联合"；① 或者，所谓的文化多元主义只是追求"重叠共识"与普遍化。

在特定的文本与话语中，坚持文化多元主义的文本尝试表现出多种不同的视角是一种方法论上的考虑，但是并没有解决将多种视角综合成文本的难题。无论如何，多种视角仍旧有一个统摄性的视角，"它们发出了明确的多元文化主义的信息，但是，它们的视角还是单一的、单义的"②。尽管多元文化主义会在设想中对多种声音、多种视角实现同等表现，但是"却没有明确说明如何解释存在于多种声音和视角之间的关系，以及如何把这些声音组装成一个连贯的、相互关联的结构"③。

（二）天下／世界主义与民族／国家主义

本尼迪克特认为，民族属性以及民族主义是一种特殊类型的文化构造物，属于一种想象的共同体。有的国家由同一民族构成，有的国家由多民族

① ［德］乌尔里希·贝克：《世界主义的观点——战争即和平》，杨祖群译，华东师范大学出版社 2008 年版，第 88 页。
② ［美］罗伯特·F.伯克霍福：《超越伟大故事：作为文本和话语的历史》，邢立军译，北京大学出版社 2008 年版，第 310 页。
③ ［美］罗伯特·F.伯克霍福：《超越伟大故事：作为文本和话语的历史》，邢立军译，北京大学出版社 2008 年版，第 314 页。

构成，是政治、经济与文化各种关系凝结的共同体。无论是民族主义还是国家主义，它们都有两张面孔，对内"大力消灭差异"，对外"制造并强调差异"。①内、外之分，是民族与国家作为一种共同体存在的关键。

从讲求差异出发，"没有任何一个民族会把自己想象成为全人类"②；没有任何一个国家会认为自己就是世界。从讲求绝对统一出发，民族主义或者国家主义的另一重面孔还可能是，以天下／世界为背景，承认自己是其中的一员，但是发展到一定阶段后，有成为天下／世界体系下唯一的民族与国家的野心。

因此，必须考虑在民族／国家与天下／世界之间的关系中，谁被谁代替或兼容的问题。天下主义会是"消解民族主义以及世界主义对立话语模式"的自说自话吗？是混杂了现实政治操作性的"乌托邦"吗？③天下主义作为一种建构话语，其困境诚如有些学者所总结的："所谓天下太平之乌托邦却刻意忽略了天下概念所隐含的差序政治，霸道内涵或帝国意识，从而形成了一种'非历史的历史叙事'。"④

事实上，人们是否可以破除对民族主义与国家主义的偏见，从对它们的"区域性忠诚"的评价中稍微探出身来，认识到宏大的秩序固然重要，但是不能忽略这一秩序下的每一个民族、国家以及个人，这是现实。而且，注意到民族主义和国家主义非但不是天下／世界主义的绊脚石，而是真正构成天下／世界的一部分，这是前景。因为民族主义不是民族间绝对相互排斥的理念，国家主义亦如此。无论国家主义还是民族主义都不见得与天下／世界主义完全冲突，在它们的"前行道路上是存在一条走向世界主义的通道的"⑤。

---

① ［德］乌尔里希·贝克、埃德加·格兰德：《世界主义的欧洲：第二次现代性的社会与政治》，章国锋译，华东大学出版社 2005 年版，第 18 页。

② ［美］本尼迪克特·安德森：《想象的共同体：民族主义的起源与散步》，吴叡人译，上海人民出版社 2003 年版，第 6 页。

③ William A. Callahan, "Chinese Visions of World Order: Post-Hegemonic or a New Hegemony ?", *International Studies Review*, Vol.10, (2008), pp.750, 751.

④ 韩琛：《王道与霸道——鲁迅的天下观》，《文艺研究》2016 年第 5 期。

⑤ 任剑涛：《天下：三重蕴含、语言载体与重建路径》，《文史哲》2018 年第 1 期。

（三）世界文学（艺术）与文学（艺术）的世界主义

在天下 / 世界主义思想的助推下，世界文学（艺术）以及文学（艺术）的世界主义成为当下文艺思潮的一个热点。以文学为例，世界文学强调各个国家和民族的文学都是平等的，都是世界文学这个大家庭的一员。这是从最朴素的意义上理解世界文学，认为世界文学就是各个国家的文学。文学的世界主义强调文学作品中对世界主义这一思想的表达，探讨作品或作者的世界主义情怀。且不说如上文所论述的世界主义所倡导的文化多元的矛盾性，仅仅从世界文学以及文学的世界主义这两个概念出发，需要指出的是，如果世界文学只是在范围上指各个国家的文学，这是可能的；如果强调各个国家文学的平等，这种理论构想在现实中是不可能的，结合当今世界文学的发展，这一点已经无须证明；同样，如果文学的世界主义旨在通过作品传达多元、沟通、平等与对话等世界主义的理论构想也是可能的；但是将世界主义作为批判文学作品的理论话语就有像东方主义 / 西方主义一样有陷入偏狭、忽略作品审美意蕴或思想内涵的危险。

世界文学并不是一个新术语，论者多将这一术语的提出者追溯为歌德，当然也有论者考据是维兰德甚至更早的施勒策尔早歌德几十年提出这一术语。① 是谁提出已经不再重要，重要的是这一术语在当代的新变及其代表的文化转向。在全球化的今天，不同文化之间追求对话的欲望呈现出前所未有的热烈，不同文化在世界范围内争得话语权的企图也变得史无前例的高涨。在这一大的背景下，世界文学的内涵发生了变化，从各个国家的文学这一朴素的概念上升为能够屹立于世界的、有影响力的文学，经典化的文学，表现世界主义思想的文学，这种提法将世界文学等同于文学的世界主义。然而，一部作品能否在世界上获得影响力，或者能否经典化，并不完全是美学因素能决定的问题，而是涉及了政治、经济等非文学因素；世界主义也如上文指出的，究竟是谁的世界与天下。因而，上述三种世界文学的概念，都有将世

---

① 方维规：《何谓世界文学》，《文艺研究》2017 年第 1 期。

界文学变成"世界上占支配地位的国家的文学，或世界主要国家的文学"①的危险，都窄化了世界文学这一概念的内涵，背后隐藏了"前所未有的文化的单一性"②。

同样，文学的世界主义也存在诸多问题。天下主义／世界主义的弊端上文已经有所论述，诚如上文所言，世界主义倡导的文化多元主义既不可能亦无必要，无论在政治还是文化上，它无法平衡世界与民族、国家之间的关系。那么，将世界主义与文学相关联，在文学中表现世界主义也无非限于一种理想的情怀，无法也没有必要真正实现所谓的世界主义。需要强调的是，如果从不同民族与国家的文学共享某一主题、共同讴歌爱情与友情、共同追求善而扬弃恶等一系列论据出发，就认为这是文学的世界主义，因而可以建立一种世界诗学或者普适伦理，这无疑是一种过于求同的世界主义，忽略了世界主义这一概念的复杂性，也忽略了文学内涵的丰富性。尤为需要注意的是，更不能通过某部作品是否体现了世界主义思想来评判其优劣。伟大的作品，无论是何种形式，都不可能是单一思想的体现，也不可能经由某单一的批判话语来认识其价值。

无论世界文学还是文学的世界主义，或者其他艺术的如上定义，都窄化、固化了文学以及其他艺术的概念内涵、表现方式以及内容。与其指出世界文学是什么，还不如思考世界文学不是什么；与强调文学应该表达世界主义相反，更应该思考文学的世界主义是否可能与必要。世界文学与文学的世界主义应该是一种思维方法和模式，让我们认识到"从来没有单一的世界文学经典，没有任何单一的阐释方法可以适合所有的文本，也没有一种方法对某一文本的阐释一直都有效"③。这种动态与多维的思维方式，正是从"文化磨合"的视域认识文艺与世界的有效方式。

---

① 高照成：《"世界文学"：一个乌托邦式文学愿景》，《外国文学动态研究》2016年第6期。

② 陈众议：《当前外国文学的若干问题》，《外国文学动态研究》2015年第1期。

③ David Damrosch, *What is World Literature?*, New Jersey: Princeton University Press, 2003, p.5.

三、"文化磨合"及其当代思想价值

我们反对东方／西方主义理论批判，因为其批判的主观目的是要实现东西文化间的对话，但客观结果反而会加剧两者之间的隔阂，对作者与作品而言不是一种客观的批判话语；我们反对天下／世界主义倡导的文化多元主义，以及建立在此背景上的世界文学（艺术）与文学（艺术）的世界主义，因为它们只强调"重叠共识"却忽视"差异"，无论强调文化或艺术的特殊性还是普遍性都是静态的，执着于在体系与秩序的框架内探讨不同文化之间交往的可能性，否定了艺术在审美与内涵方面的多样性。因此，能否超越体系与秩序的框架，寻求更具实践性的不同文化之间交流的可能性？建立更具客观性的对作者与作品的批判话语？探讨更具多样性的艺术概念范畴和内容表现？针对如上问题，在深入思考各种文化现象以及借镜相关理论的基础上，我们提出"文化磨合"，探讨其历史语境、理论维度及当代思想价值，为认识文艺与世界的关系提供一种新的视角和理论前提。

（一）"文化磨合"的历史语境

纵观我国几千年的文化发展史，"文化磨合"一直或显或隐地存在于特定的历史语境中。要人们在笼统的意义上达成文化是不同历史阶段发展"融合"的结果似乎并非难事，但是要人们认识特定历史阶段不同文化之间的相互"磨合"现象却并不那么容易。人们更注重、更容易发现不同文化"内容"上显见的相互"融合"，而非思维和方法"模式"上隐蔽的相互"磨合"。我们以五四新文化运动这一特定历史语境来探讨"文化磨合"的复杂性。

五四新文化运动被批判的弊病之一就是"全盘反传统"。以对鲁迅的批判为例，有人抓住鲁迅文字中关于中医、京剧、汉字、吃人、国民的劣根性等方面的内容大加发挥，歪曲强调鲁迅思想中的解构而忽略其建构。但是却没有认识到鲁迅对传统文化的否定批判本身就是一种意义，是将传统文化放置在一个更大的文化视野和背景中来认识其优劣。从这种意义上而言，鲁迅对传统文化的批判本身就建立在自觉的反思和反省之上，是思想、方法、思维模式全方面"文化磨合"的结果。

在《文化偏至论》中，鲁迅写道："此所为明哲之士，必洞达世界之大势，权衡较量，去其偏颇，得其神明，施之国中，翕合无间。外之既不后于世界之思潮，内之乃弗失固有之血脉，取今复古，别立新宗，人生意义，致之深邃，则国人之自觉至，个性张，沙聚之邦，由是转为人国。人国即建，乃始雄厉无前，屹然独见于天下，更何有于肤浅凡庸之事物哉？"①"洞达世界之大势"要有将不同文化收入眼底的视野；"去其偏颇，取其神明"要有面对不同文化取其精华、去其糟粕的批判意识；"取今复古，别立新宗"要有磨合古今文化之胸怀和创立新文化之气魄。

林毓生认为："鲁迅不仅能更深一层地探寻如何超越整体性反传统思想，并进而为中国传统之创造的转化（creative transformation）奋斗。"②综合鲁迅后期主张辩证看待中西文化的《拿来主义》，以及强调中国文化有自己的"筋骨和脊梁"的《中国人失掉自信力了吗？》等其他文章，有理由认为，"鲁迅本人就是诸多文化思潮和文化元素积极磨合的一个杰出代表……'文化磨合'和鲁迅的双向'拿来主义'是相同的，与五四以来的'文化磨合'也是相同的。鲁迅的'双向'而非单向的'拿来主义'实际上就是'文化磨合'的经典表述。"③因而，以鲁迅为代表的五四新文化先锋们，并不是对传统文化的全盘否定。这种否定本身就立足于"文化磨合"的视野、方法以及思维模式。

五四新文化被批判的弊病之二是其代表人物如蔡元培、胡适等关于中西文化关系以及世界主义等思想的前后矛盾性。笔者认为，正是这种前后不一致及其矛盾性，体现了五四新文化运动的先驱们本着尝试新事物与新文化的初衷，以巨大的热情但又在认识的过程中坚持动态的发展观念去反思文化本身的精神。他们中的有些人可能缺乏鲁迅那样的清醒与自觉，他们可能在某

---

① 鲁迅：《坟·文化偏至论》，载《鲁迅全集》第 1 卷，人民文学出版社 1981 年版，第 5 页。
② 林毓生：《中国传统的创造性转化》，生活·读书·新知三联书店 1988 年版，第 158 页。
③ 李继凯：《鲁迅：现代中华民族魂》，《鲁迅研究月刊》2018 年第 3 期。

一阶段因过度的热情丧失了对西方文化应有的批判意识，或因"哀其不幸、怒其不争"的愤懑情绪而一度缺乏对中国传统文化的客观评价，以为"变"就是生机与价值。但是，他们的可贵意义就在于以发展与动态的认识，经历了对传统文化或西方思想的由排斥到接受到再排斥等周而复始的过程。这一过程本身就是"文化磨合"的表现及其意义所在。

以蔡元培为例，他一开始是世界主义的信徒，但是后来认为："中国受了世界主义的欺骗，所以把民族主义失掉。所以，我们不必谈世界主义，谈民主主义；民族达到了，才好谈世界主义。"① 从世界主义到民族主义的转变，一定程度上说明他认识到不能只接受西方的观念，而是要结合中国的实际解决中国的问题。这样一个转变过程建立在对中西社会与文化的比较与反省之上，其思想意识的转变本身就是"文化磨合"的结果。

中国文化上下几千年的历史，每一个历史阶段都有"文化磨合"的现象。本书主要以五四新文化运动这一特定历史阶段来认识"文化磨合"的历史语境。"文化磨合"既存在于古今之争，又涵盖于中外之辩。可以说，"文化磨合"既是文化的自然现象，又是各种原因驱动下人类的自觉活动，是自律的，也是他律的。因而，我们不仅需要认识其历史语境，更需要分析其理论维度。

（二）"文化磨合"的理论维度

"文化磨合"是人类学研究中的一个重要概念。"文化磨合"（cultural adjustment）是与纯文化（pure culture）相对而言的一个概念。但是真正的纯文化是没有的，所有的文化都面临因不同原因而"磨合"的情况。"文化磨合"的关键就在于如何处理包容性（compatibility）和相容性（consistency）的问题。② 包容性原则要求平等对待不同文化之间的差异，相容性原则是在包容性基础上"融合"而成的"新文化"内部功能的相互协调。前者相对文化单

---

① 高平叔编：《蔡元培全集》第 5 卷，中华书局 1984 年版，第 27 页。

② Cillin, John Philip, "Cultural Adjustment", *American Anthropologist*, New Series, Vol. 46, No. 4 (Oct.-Dec.,1944), pp.429-447.

一主义而言，后者相对文化相对主义而论。

在文化研究领域，中外学者都注意到了不同文化之间的相互影响，提出"对话"（Dialogue）、"碰撞"（Encounter）、"协商"（Negotiation）等方法试图实现不同文化之间的平等交流。但都只是提出对话的"必要性"，而没有认识到不同文化之间相互磨合的动态过程以及可能产生的文化"新变"。

在"文化磨合"必然注重文化"创化"和"新变"这个意义上，林毓生强调"要使西方思想符合中国之用，必须在吸收之后加以消化"，要摆脱对西方文化"教科书的心理信仰"，将其当作"参考书"①；另外，国外有学者借用海德格尔的"世界中"（Worlding）这一概念强调文学与文化发展的动态过程。美国学者谢永平（Pheng Cheah）借用"世界中"这一概念强调应该将世界构想成是一个正在进行的（Ongoing）动态的生成过程（Becoming）。追求文化的"世界中"过程，其关键不是达成或共享同一性，而是互相理解，把世界变成一个正在进行中的对各种差别协商的过程。"世界在更高层次上其意义是通过精神上的交流、沟通、融会最终达成普遍意义上的人性。"②西奥多·亨特（Theodore Hunter）借用"世界中"这一概念分析了清末民初以来中国知识分子对传统文化的极度批判现象，认为这种批判实际上体现的是将"世界"纳入"中国"的文化"新变"过程。③王德威认为利用海德格尔"世界中"这一动词化的概念，实际上不仅是在观察中国如何遭遇世界，也是将"世界带入中国"。他认为"世界中"这一概念的意义就在于"提醒我们世界不是一成不变地在那里，而是一种变化的状态，一种被召呼、揭示的存在方式（being-in-the-world）。'世界中'是世界的一个复

---

① 林毓生：《中国传统的创造性转化》，生活·读书·新知三联书店 1988 年版，第 233 页。

② Pheng Cheah, "What Is a World?: On World Literature As World-making Activity", *Routledge Handbook of Cosmopolitanism Studies*, Edited by Gerard Delanty, Oxon: Routledge, pp.141,145.

③ Theodore Hunter, *Bringing the World Home: Appropriating the West in Late Qing and Early Republican China*, Honolulu: University of Hawaii Press, 2017.

杂的、涌现的过程，持续更新显示、感知和观念，借此来实现'开放'的状态"①。

不难发现，如上论述都强调了文学／文化的"动态"发展过程，无疑比只指出思想上应该保持"对话"的"开放性"更进了一步。但是并没有更进一步论述如何（how）实现这种"动态"发展。文化的"对话"论与"动态"论，都强调文化的"包容性"原则，后者虽然一定程度上指出了"相容性"的必要性，却没有进一步具体加以说明如何"相容"。而这正是我们在"文化磨合"中尝试说明的问题。我们强调，"文化磨合"在思想内容、方法论以及思维模式上是自省与自觉相结合的动态过程。

"文化磨合"首先是一种去秩序、去框架、去体系的理论尝试；"文化磨合"以不同文化间的"重叠共识"为基础，但更重视"差异"的客观存在；"文化磨合"更是一种动态的、延续的、反思的文化对话活动，其目的不仅仅是发现共识或消灭差异；"文化磨合"不给出非此即彼的文化价值判断，而是坚持亦此亦彼的客观态度；"文化磨合"不是只关注中西文化的对话，也关注中国文化与周边国家文化、中国古代文化与现当代文化的磨合；"文化磨合"还是不同理论、学科、研究方法之间的对话。

其次，"文化磨合"并不是以文化的同质化为代价，而是以共识为基础但又强调差异的"文化磨合"，在不同的文化环境中，即便共识也会有差异，差异会产生新的差异。人们往往会结合自身跻身于其中的社会状况、文化环境以及个人际遇来理解文化。我们不能以担心同化为借口而拒绝"文化磨合"，更不能宣扬学习其他国家的文化是因为本国文化在"衰弱"和"消亡"。以五四新文化运动为例，"不是'西方文化'对'中国文化'的挑战，不是'西方文化'对'中国文化'的胜利，而是在中国文化圈里中国现代知识分子对禁锢着中国思想发展的传统霸权话语的反叛，是'中国话语'对中国传统霸权文化的批判。它的结果是中国文化的革新和发展，而不是中国文化的衰弱

---

① 王德威：《"世界中"的中国文学》，《南方文坛》2017 年第 5 期。

和消亡。"① 因此，我们不应该只注意到"文化磨合"导致了文化同质化，还应该注意到"文化磨合"对文化同质化的消解。

（三）"文化磨合"的当代思想价值

"文化磨合"的提出有特殊的现实语境。随着我国经济与文化的全方面发展，如何在新的文化语境和文化发展策略下看待文学／文化的民族性与世界性、传统性与现代性，以及怎样看待和建构中国知识体系问题成为迫切需要探讨的问题。

首先，"文化磨合"的思想价值之一在于为我们认识文化现象、选择文化策略以及思考中国知识体系问题提供了一种方法和思考前提。夸大事物负面因素或不顾现实基础的拔高，都是一种缺乏辩证的思维模式，不能以更加包容的态度和视野来认识和解决问题。例如，我们应该强调发扬传统文化，但是将传统文化与现当代文化摆在二元对立的位置，厚古薄今，片面认为当代的文化一定就比传统文化差，这种评判就丧失了客观性。这种批判立场无疑没有以"文化磨合"的视野看待文化的传承与新变。

其次，"文化磨合"强调的反思与自觉精神也是其思想价值之一。反思建立在承认矛盾、失败以及挫折等思想尝试之上，而自觉在于主体的主动与自律精神。无论社会还是文化／文学的发展，无疑有走弯路的阶段，但是完全否认或批判反而丧失了"弯路"本应该带给我们的思考和启发。无论反思还是自觉都将文化的磨合看成是一个动态的过程，而不是坚持纯粹的"肯定"或"否定"式机械思维。缺乏反思与自觉精神的主体，不具备文化自信应该有的客观态度；缺乏反思与自觉精神的文化，不可能实现真正的文化自信。

再次，"文化磨合"的包容性与相容性原则是其当代思想价值的重要构成部分。以如今新媒介文化的发展为例，我们不能一方面利用其带来的便利，一方面又将其置于文化秩序的最底层，甚至采取排斥的态度。我们不应

---

① 王富仁：《"西方话语"与中国现当代文化》，《文学评论》2004年第2期。

该将媒介文化本质化，将媒介时代的他者本质化，更不要将我们自己本质化。我们不可能回到石器时代，我们面对媒介文化的精华与糟粕，保持反思与自觉，承认在新的文化语境下必然遇到的困难与矛盾以及文化新变的可能，这才是"文化磨合"的精神及其当代思想的价值所在。

最后，"文化磨合"为思考我国的知识体系问题提供了一种视角和思路。"文化磨合"的意义就在于认识论和方法论上强调文化、知识体系的动态"生成"和"转化"过程，就在于批判非黑即白的二元对立思维。关于中国知识体系的问题与建构，不应该在"有"与"没有"，"好"与"坏"，"中国"与"西方"等二元模式中打转。而应该是落实到具体的问题上，既看得见中国知识体系的弊端，也能发掘它的长处；在不同文化的交流中，以"磨合"而非"替代"的思维模式建构中国知识体系的理论构想。

综上所述，笔者着重讨论了东方／西方主义，天下／世界主义的理论盲点，但是我们认为这种盲点本身就是其意义所在：盲点说明了不同文化理论之间确有进一步"磨合"的需要。在文化实践层面，笔者也注意到，"人们的文化主张固然不同，但对'文化磨合'及'文化创造'的期待与追求却是共通的"①。笔者强调不同的文化以及理论之间存在互补与磨合，从而产生新的思想，进而探索解决现实问题的方法。以"文化磨合"的视域来重释一些相关文化／文艺问题，其意义既是学理性的，也与当下的文化现实语境密切相关。笔者所倡导的"文化磨合"，具有动态性、反思性和现实性。它强调多元多样文化／文艺的共存与磨合，强调"中外古今化成现代"的文化观、文艺观。这种看重"化成"的"文化磨合"机制与建构"大现代"文化格局的文化理念，既与近期世界和文化的大变局密切相关，也建立在对我国文化／文艺（文学）以及知识体系发展现状的思考之上，因此也可以为思考当下我国知识体系的相关问题提供一种视野和思路。

---

① 李继凯：《"文化磨合思潮"与"大现代"中国文学》，《中国高校社会科学》2017 年第 5 期。

第二节 比较文化视野中的文学与文化

"大现代"中国文学在整体上呈现为与传统文学判然有别的"新文学"，且作为在多元文化交汇、融通中生成的文学现象，尤可视为在中国与世界的"磨合"特别是"文化磨合"中诞生的文化产物。在这里，笔者坚持认为中国与世界的积极"磨合"尤其是极为深广的"文化磨合"，体现了20世纪中国现代文学和文化的整体追求。而此种"文化磨合"说也较之于曾经流行甚广的"文化碰撞"说对中西文化、文学关系的描述，更准确、更本质，也更合乎求和谐、求共生、求沟通、求发展的人类愿望。"碰撞"是暂时的、突发的、互损的且通常还是暴力的，而"磨合"则是渐进的、持续的、运作的和创化的，是在彼此接触沟通过程中逐渐达成的相互适应和协调，结果是"和而不同"与"互惠共赢"，其理想之梦则明显带有"终极关怀"或人类"大团圆"的味道。自然，"磨合"尤其是"文化磨合"就像"车磨合"或"婚姻磨合"那样需要一个过程，也会有多种磨合形式。事实上，在笔者看来，近现代以来中国与世界的"磨合"尽管艰难异常，却也已经创造和正在创造着人间奇迹和文化盛景。

这也就是说"大现代"中国文学的文化创造是在中西文化的"磨合"中发生的，这种趋势在近代以来的时空中，早已成为非常突出的文化现象。积极"磨合"主要体现为文化创造，消极"磨合"主要体现为文化消费，这两方面既矛盾又互动，在"大现代"中国文学和文化的发展中起到了非常重要的作用。这种"磨合"中的文化创造，也通过"新文学"显示出永恒的魅力，这魅力主要体现为对"文化创造精神"的强烈认同和大力弘扬。无论21世纪的人们是多么地崇尚解构主义或后现代主义，也无法拒绝维系人与文化存在与发展的这种不朽的文化创造精神。文化创造业已内化为人的本性。美国学者 J. 希利斯·米勒曾明确指出："其实，我一点儿也不觉得解构主义过时，而是认为它是或者应当是文学和文化研究的一道永远的风景。"追求"永远的修辞性阅读"的解构主义既是如此，追求"永远的文化创造"的中国文学无疑更会成为一道"永远的风景"。①事实上，积极的解构就是积极的"磨合"，经过运动和接触，寻求契合与互动的最佳结构，从而确立最具效应的文化创造机制。

自"西风初拂"时节，世所公认的"西学"的魅力就对中国人产生了难以逃避的诱惑。我们看到："清末民初的文化界在'内外交困'中寻求文化突围，发现执奉文化保守主义再难奏效，只好另觅新途。选择中西交合或启蒙西化的开放性文化策略，从总体上体现为一种历史的明智，其间的文化'习语'较之于文化'失语'更重要；文学的改良更新较之于文学的因循守旧更可贵。通观清末民初文化发展的轨迹，尤其是文化改良、文学变革的历程，可以说都须臾离不开西风的吹拂，尽管有时是峻厉、冷酷的吹拂。"②如果说通常被视为近代的西学东渐还只是中国走上现代化道路的必要准备，那么五四前后的现代文化语境的建构与新文学运动的建基，就展示出了中国人走向世界走向现代的坚定决心，为此无论付出多么沉重的代价和走过怎样曲折的道路，都没有改变这样的初衷。这从新时期初期对五四启蒙传统的回归与弘扬中，就可以非常清晰地看出。在五四时期，中国人敞开怀抱拥抱西方文化，接纳各种各样学说与主义的亲吻。这种情形在新时期再度出现，而到了20世纪末期，中国人的改革开放意识与思想解放程度更是超过了以往任一时期，文化建设的速度也在整体上加快了步伐，综合国力与文化国力在国际上有了较大幅度的提升。尽管存在的新旧问题仍有许多，但都不能否认这种起码的现实和事实。

在这样的时代变迁和文化发展的背景上来看"大现代"中国文学，就可以坦然自若地承认它与世界文学的接轨不是自掉身价，更不是自我泯灭；就

---

① ［美］J. 希利斯·米勒、［中］金惠敏：《永远的修辞性阅读——关于解构主义与文化研究的访谈——对话》，《外国文学评论》2001 年第 1 期。

② 李继凯：《西风初拂之时》，《东方》1999 年第 4—5 期合刊。

可以理直气壮地宣告"大现代"中国文学已经实现了现代转型，并在发展中形成了具有中国特色的文学风格，取得了不可轻视的文学成就。贾植芳先生曾明确指出："正像我国的古典文学曾对世界文学的总体构成产生过重大影响并作出巨大贡献一样，我国的现代文学也是世界现代文学总体构成中的一个重要组成部分，这不仅表现为它曾经以'拿来主义'的态度接受过马克思主义与其他外来思潮、理论和文学样式，同时还表现为它以辉煌的文学成就向全世界宣告了一个东方古老民族在文化上的新生。"① 诚然，这样的评说并非夸张，相信事实（文学传播与国力增长往往成正比）会越来越有力地证明这点。这也就是说，"大现代"中国文学与世界文学通过有机的"磨合"业已建立了你中有我、我中有你的不可分割的关系，但正如有些学者所认为的那样，在世界文学的视野下，"大现代"中国文学的独特性或民族性价值主要体现在以下几个方面：一是历史价值——像"大现代"中国文学这样，把一个多世纪的历史（何止于此）像编年体史书一样描摹下来，如此执着于记录现代民族悲壮而又复杂历史的，这种具有中国史传文学传统血脉和底蕴的文学，在世界文学史上相当罕见；二是审美价值——除了"大现代"中国文学对中国民俗民情、山川风物的描写，更有众多作家营造的意境之美和情感之美，将现代汉语言写作所能达到的美学高度一再呈现在世人面前，令人感受深切；三是文学价值——现代中国作家将自己的文学传统与外国文学相结合，在文学观念、经典作品、文学形式、表现手法等方面，进行了独特的艺术探索，收获了一批无愧于列入世界文学之林的经典作品；四是精神价值——"大现代"中国文学在精神向度上也呈现出了丰富性：表达了人类一些普遍的精神追求，揭示了一些普遍的精神痼疾，开拓了一些独特的精神空间……无论如何，"大现代"中国文学所创造的文化遗产中既有世界性的东西，也有中国文学独有的东西，并且作为独特的创作整体，构成了20世纪

---

① 《序言：博采众花以酿己蜜》，载贾植芳主编：《中国现代文学的主潮》，复旦大学出版社1990年版。

中国文学的价值内核。①曾经，我们经常处在"西化"与"国粹"两难的抉择中，忽东忽西，忽左忽右，在新文学作家的心魂与文本中，总想分析哪些是西来的，哪些是本土的东西，结果却往往忽略了蕴藏于《呐喊》《边城》《围城》《女神》《雷雨》《子夜》《寒夜》《四世同堂》《京华烟云》《雅舍小品》《白鹿原》《长恨歌》等众多杰出文本中"磨合"生成的创造物，这种合金型的创造物是无论哪一个外国作家作品或中国作家作品（包括古代中国最杰出的作家作品）都无法取代的。这种由"文化磨合"而来的文化创造才是最值得我们珍视的。我们还曾经常陷入某种文化自卑中，不是说新文学不及外国文学，就是说新文学不及古代文学，将我们的总体创造行为仅仅看成幼儿式的模仿，致使鄙视自我和哀悼不已的言论在学术界相当流行，这理应引起我们的反思。

恰是在"文化磨合"的过程中，同时也基于全球化背景下比较文化视野所带来的深刻启示，中国"现代"文学和文化的"现代性"建构便成了非常突出的重大命题。这种命题迄今也未失去其重要的文化建设意义。近些年来，急切跟随西方、效仿西方的冲动和努力，在通过积极"磨合"而取得文化建设实效的同时，也使文化界文学界出现了"中国版"后现代主义话语的狂轰滥炸，给人们造成了某种错觉，以为中国文化、中国文学终于找到了"消解自我"的前进方向，以为现实主义、浪漫主义、现代主义统统成了过去，以为痛快淋漓的解构策略可以为我们拓展出一片崭新的天地，从而在"颠覆"的破坏性快感中多少忽略了后现代主义本身隐含的危机。其实，整个20世纪的中国文化（文学）主潮都是追求"文化磨合"的"现代性构建"，且期待由此实现民族独立自强和个人独立自强的统一。尽管其间曲曲折折、起起伏伏，各种文化、文学现象交错并存，呈现出驳杂的复合、磨合的状貌，但这条主线却异常清晰，迄今依然是当务之急，成为大势所趋的历史性选择，显示出前所未有的强劲的发展态势。人的现代化，民族现代化，民

---

① 唐金海等主编：《20世纪中国文学通史》，东方出版中心2003年版，第738—743页。

主、科学、自由、平等和法制等，都实际处于积极建构而有待完善的过程之中。在某些情况下，前现代和后现代的文化现象确实会错综存在，比如在文学中，古典性的话语（像古体诗词、成语对联、传统叙事等）和最时髦的解构叙事或文本游戏都并不少见，但这些均未成为 20 世纪中国文学实践的主流。从鲁迅的《阿 Q 正传》到陈忠实的《白鹿原》，启蒙理想和忧患意识都一以贯之；从郭沫若的《女神》到王蒙的《活动变人形》，个性解放和反叛精神也始终是心的呼唤、灵的冲动。即就目前的"多元"格局而言，也并非现代话语、后现代话语和古典话语均衡并存的三足鼎立，在这里，后现代的先锋性与古典的保守性均可以从不同方面、不同层次上对现代性话语给予丰富和充实。据此也可以说，从主导方面看，"大现代"中国文学是现代性的文学，而不是后现代主义文学，更不是古典主义文学。但综观其存在的真实状况，尤其是 20 世纪初期的二三十年代文学和后期的八九十年代文学，既显示出明显的主导形态，又显示出丰富的多元风貌。故其文学性质殊难简单地予以把握。勉强为之，或可说"大现代"中国文学具有"文化磨合"生成的多元主导的性质。所谓多元，是指多种多样的文学的历史性真实存在；所谓主导，是指现代性文学的无可争辩的历史性的主导地位。倘若从更广阔的文化视野来看，所谓多元，也正是"现代性"的一个生动具体的体现。多元的开放的建构的"现代性民族文化"，将积极开发利用近代以来中国文化史上的文化激进主义、文化自由主义、文化保守主义，以及具有新综合意味的"新国学"范畴的"改造国民性""社会主义""新儒家""新道家"（包括生态主义）等丰富的思想文化资源，同时继续发扬"拿来与创造并举"的文化创新精神，走出自己的文化道路，但也要汲取"百年风流的历史文化人物已给了我们深刻的启示：错位"①。汲取历史教训，从而避免走更多的弯路。

在比较文化视野里，还应特别注意"文化磨合"中也可能产生负面的东西。"大现代"中国文学在磨合中感染到西化的"法西斯病毒"，也出现了

---

① 张宝明：《忧患与风流——世纪先驱的百年心路》，东方出版中心 1999 年版，第 284 页。

相应的文学取向，"以暴易暴"或"报仇雪恨"也成了比较常见的文学图景与文学主题，基于深挚的人性立场的"反暴反战"的文学杰作却比较少见。还有文化上的颓废病毒，过度物化及欲望化的精神取向等，都对中国文学产生了一些消极的影响，这也是不必讳言的。就"大现代"中国文化实践及文学发展历程而言，"文化错综"乃是基本国情与文情，"文化磨合"乃是基本策略（包括书写策略），"文化自觉"乃是基本目的，"文化传播"或"文化交流"乃是基本途径。"文化错综"描述的是古今中外文化现象（包括先进与落后、本土与国外、现代与古代、前卫与守旧以及现代与后现代等）错综交织的多元化多样化，这种现象在当今中国最为突出；"文化磨合"与早先流行的"文化碰撞"说不同，强调的是中外文化在非对抗对立关系中的调适与互动，这种文化策略思想尤其具有特别重要的现实意义；"文化自觉"不仅注重个体文化创造意识，而且注重集体（各种层次的集体如行业集体、阶级群体、民族群体等）文化创造意识，自尊自信自爱自强是文化自觉文化创造的前提与目的，由此也才能真正葆有文化特色与文化活力。而就全球化或人类文化的发展来看，就是要在 21 世纪努力建设和而不同、共生共荣的文化格局，促进人类文化的整体多元互动、繁荣昌盛。为了人类与民族文化的未来，自然我们也要格外重视"文化传播"或"文化交流"。

黄修己主编的《20 世纪中国文学史》的"导言"，富于智性的启示作用并充满了民族主体意识和自尊自信，更兼有学者难得的激情和理性的表述："20 世纪的中国文学，同样经历了巨变，从延续了几千年的古典文学，转变为崭新的现代文学，这是几千年才有的一变！经历过近百年来作家艺术家们的共同努力，在光辉灿烂、源远流长的民族文化传统基础上，以人类史上少见的规模，广泛吸纳外部世界先进的、新鲜的文化和文学养料，创造了一批优秀的新文学作品，有的堪称本世纪世界文学的经典之作。它们描绘了百年来的时代风云，反映了历史的大变迁，展现了一个世纪间中国人民的精神面貌，有的已成为中华民族文化宝库中新增的精神宝藏。""这是伟大的变革，这是伟大的创造。这变革，这创造，当然是不平静的，充满了大痛苦，大欢乐，大胜利，大挫折，大进军，大迂回，大喜大悲，大开大合，大起大落。这里有多么丰富的、值得珍视的宝贵的经验、教训。历史从来都是我们的良师。"① 是的，"大现代"中国文学经历了空前的巨变，参与了古老中国最伟大的一次文化转型，并成为其中最活跃的一个重要组成部分。在我们关注中国文学的世纪变迁和美学新貌，关注中国文化的艰难复兴和创造精神的时候，自然不能忽视"大现代"中国文学的存在。在此也许可以认真地说，"文化磨合"中的"大现代"中国文学自有其文学的价值和意义，但它的文化价值和意义则更为重要，更应引起我们的重视。新文学作家从早期就几乎没有冲着"文学"去求取和享受审美的乐趣，而是自觉冲着"文化"变革、创造并改变民族整体面貌去的，希图通过积极的"文化磨合"达成文化创造并获得文化新生与民族振兴。即使是这样的有意为之的"利用"或"超越"新文学，显然也是可以理解的文化追求与文化策略。那么，从"文化策略"的视角来审视"大现代"中国文学，能够更为深入地理解"文化磨合"的文艺观。

第三节　"文化磨合"视野中的"文学终结论"

J.希利斯·米勒（J.Hills Miller），美国解构主义文论家。虽然米勒不认为自己是一个解构主义者，但他在学界的名声主要还是以作为耶鲁学派的重要成员之一建立起来的。解构主义的风光年代早已成过往，作为其曾经的旗手，米勒近年来的学术研究方向也与时俱进，全球化与新媒介时代文学何去何从这一论题成为他近年来的主要关注方向；学术影响地域也有所偏移，与中国学界的交流成为其学术对话的重要部分。因此，也就不难理解，其文《全球化时代文学研究还会继续存在吗?》会首先见诸中国期刊《中国文学评

---

① 　黄修己主编：《20 世纪中国文学史》，中山大学出版社 1998 年版。

论》（2002 年第 1 期）；以及米勒在这篇文章中提出的"文学终结"这一问题，在国外并没有引起过多的反响，反而在中国引发了一场关于文学是否终结的大讨论。

关于文学是否终结的问题古往今来一直存在。黑格尔曾经认为，喜剧达到顶峰时，也就是艺术消亡，让位于宗教与哲学之时。但是时间证明，黑格尔的预言并未成真，今天文学以及其他艺术并未消亡。米勒的文学终结论自然有迥异于黑格尔的特殊时代背景，但是两者都体现了主体一定程度上的"想象性"；更为重要的是，为什么米勒带有悖论和"想象性"的结论会在中国学界引起如此大的反响，且对"误读"米勒的批评远远多于米勒"误读"文学的认识？作为理论提出者的米勒、作为"文学终结论"本身，以及作为接受者的中国学界，在这一过程中体现了怎样的文化差异和对话诉求？从"文化磨合"的角度出发，这一过程又提出哪些需要思考的问题？中国文论对西方的接受及其与文学的具体关系应该如何处理？

一、"文学终结论"的想象性

21 世纪初，被誉为"米勒预言"的"文学终结论"出场，[①] 到后来的英文专著《文学死了吗?》（*On Literature*，2002），[②] 再到期刊，米勒都坚持认为，在这样一个全球化和电子媒介极其发达的时代，文学越来越不重要（literature matters less and less）。[③] 相对于"文学终结论"的耸人听闻，"文学越来越不重要"这一说法明显比较克制和冷静，但是其中体现的焦虑一如既往。文学在全球化与新媒介时代如何生存的问题是当今文论界较为热门的话题，

---

① ［美］J. 希利斯·米勒：《全球化时代文学研究还会存在吗?》，载《萌在他乡：米勒中国演讲集》，国荣译，南京大学出版社 2016 年版。

② Miller, J.H., *On Literature*, London：Routledge, 2002. 中文版为：《文学死了吗?》，秦立彦译，广西师范大学出版社 2007 年版。

③ Miller, J.Hillis,"Response for College Literature's Forum on Thinking Literature across Continents", *College Literature* 45, No. 4 (Fall 2018), pp.861-868.

但是说"文学已死"无疑太过夺人耳目，其中的"想象性"大于"客观性"。就米勒的"文学终结论"而言，其"想象性"主要体现在以下几个方面。

米勒的"文学终结论"以"全球化"和"新通信手段"的发展为时代背景，强调这两者是造成文学终结的罪魁祸首。客观而言，米勒对全球化与新通信技术所产生的影响虽有真知灼见，但也不乏过于否定、较为夸大之词。

从非文学的、政治的、意识形态的层面而言，米勒认为，全球化带来国家权力和完整性的衰落，进而出现"国家和民族观念的淡化"[1]。但是，事实真是如此吗？现实给了我们真正的回答：如今是一个全球化的时代，这一点不容否认；如今也是一个国家权力集中的时代，国家与民族观念非但没有淡化，反而更加强烈。

米勒认为技术主导下新兴的电子空间改变了经济结构甚至国家的政治结构。具体体现在，电子游戏以及各种社交媒介"对人们的所思所感有极大的决定作用"，他们左右了人们如何行事，"消费以及投票"。[2] 米勒在其他文章中详细指出，网络利用了人们的幻想，制造了"虚构场景、幻想和大量幽灵相互纠缠的舞台"[3]；新的通信技术传递的意识形态远比书籍强大；新媒介"创造和强化意识形态，不仅仅是语言本身，而且是被这种或那种技术平台所生产、储存、检索、传送和接收的语言或其他符号"[4]。米勒的如上论断无疑具备一定的客观性，但是，网络真的有米勒强调的那么强大吗？新媒介真的有如此大的作用？尤其是将文学的陨落归罪于全球化的影响以及网络和新媒介的"过分强大"是否言之成理？

---

① ［美］J. 希利斯·米勒：《全球化对文学研究的影响》，载《萌在他乡：米勒中国演讲集》，国荣译，南京大学出版社 2016 年版，第 66 页。

② Miller, J. Hillis, "Western Literary Theory in China", *Modern Language Quarterly* 79, No. 3 (Sep 2018), p.351.

③ ［美］J. 希利斯·米勒：《全球化时代文学研究还会存在吗？》，载《萌在他乡：米勒中国演讲集》，国荣译，南京大学出版社 2016 年版，第 82 页。

④ ［美］J. 希利斯·米勒：《全球化时代文学研究还会存在吗？》，载《萌在他乡：米勒中国演讲集》，国荣译，南京大学出版社 2016 年版，第 83 页。

从文学本身的层面而言，按照米勒的说法，全球化和新的通信技术造成了文学的终结，文学本身、文学研究以及比较文学与世界文学都不能幸免。米勒提出的问题是：在全球化的新世界里，文学以及文学研究的意义何在？因为，"在世界范围内，在全球化的新文化中，传统意义上的文学扮演的角色越来越不重要"；在新媒介时代，"曾经由小说扮演的文化功能，正在日渐被电影、通俗音乐以及电子游戏所取代"；电子设备改变了人们阅读文学和研究文学的方式，而这种新型的通信技术和设备改变甚至破坏了"文学的历史感"；在全球化背景下，文化研究代替了文学研究；在全球化时代，文学势必边缘化，因为"'文学'这个词语已经不足以研究我们的对象"；比较文学将以"一种固步自封的方式，比较任何可以贴上'文化'标签的事物"，而所谓的世界文学或比较文学必将文学的"阅读"让位于"可译性"，形成英语独霸天下的"帝国主义倾向"；最终的结果是，全球化和新媒介时代将导致德里达认为的文学、哲学、精神分析学甚至情书的终结。米勒将其表述为："新的电信时代正在通过改变文学存在的前提和共生因素（concomitants）而把它引向终结。"而全新的网络时代的人类，"他们远离甚至拒绝文学、精神分析学、哲学和情书"。①

米勒的如上论述缺乏从不同文化、不同艺术形式、不同媒介手段之间共生共荣的磨合角度思考问题的视角。不能总是"强调文化的对立、冲突和碰撞"，而是要探讨其"构成互补和磨合关系"。② 从"文化磨合"的视角出发，比米勒提出的"文学以及文学研究的意义何在"更有价值的问题是："全球化及新媒介时代文学的审美以及文学研究的范式应该有怎样的变化？"

在全球化的语境中，传统意义上的文学并非越来越不重要。首先，如何理解全球化。全球化并不是无限的趋同，也不是以牺牲民族文学为代价走向文学的大同世界，更不是推崇文学的普遍化标准。全球化利弊同在，处在一

---

① ［美］J.希利斯·米勒：《全球化对文学研究的影响》、《全球化时代文学研究还会存在吗?》，载《萌在他乡：米勒中国演讲集》，国荣译，南京大学出版社 2016 年版，第 55—92 页。

② 李继凯：《"文化磨合思潮"与"大现代"中国文学》，《中国高校社会科学》2017 年第 5 期。

个不断变化的过程之中,而全球化背景下的人并没有完全被同化为意识的共同体。其次,必须指出的是,无论在任何时代,文学本身就在特定的知识阶层范围内传播。即使在全球化的时代,文学也并未实现真正的大众化抑或全球化,因此又何谈消失。最后,米勒所谓的"传统意义上的文学"这一限定也必须注意到。与传统相对的当然是所谓网络文学,但是后者的兴起并不是以牺牲前者为代价。从目前的文学发展现状来看,网络文学与传统意义上的文学受众不同,前者并没有影响后者的生存空间。因此,笔者认为,全球化背景下传统意义上的文学越来越不重要这一命题并不成立。

小说的功能与电影、音乐以及游戏的功能并不冲突。艺术本来与游戏就有密切的关系,席勒认为艺术产生于游戏。无论是艺术还是游戏,它们带给受众的无外乎是情感的宣泄或释放。这种释放既可以是审美的共鸣,也可以单纯是情感的共在。如果将小说的功能只局限于审美,将电影、音乐以及游戏归类为所谓的"大众文化",进而认为其功能只限于娱乐,这就难免有陷入精英主义的自高自大之嫌。小说与电影、音乐以及游戏的功能自然是不同的,但不至于互相冲突,有此无彼,不能共存。相反,在现实中,小说可以改编成电影或者游戏,且有些改编后的电影比原著小说更有审美意蕴。因为决定艺术功能的不是艺术的形式,而是艺术的内容。

网络、电子设备并没有破坏文学的历史感。文学的历史感并不在于必须读纸质书,而是在于其内容。用电子设备读《莎士比亚全集》并不破坏其历史感,读精装纸质版的致富书并不能增强其历史感。另外,文化研究也不完全是全球化的结果。如果说文化研究是文学的外部研究的话,那么这种研究与其相对的文学内部研究古已有之。而且,文化研究并没有如米勒所言将文学变成了与穿衣、走路、烹调、缝补一样的东西。文化研究(外部研究)与修辞研究(内部研究)相结合,是文学研究的历史,也是其方向。

全球化时代的比较文学并非"可译性"的游戏,更不是故步自封的贴标签式的研究。比较文学无论作为一门学科还是一门方法都有其存在的客观问题。米勒指出的比较文学中存在的"英语"语言的"帝国主义"也是客观事实。但是，"可译性"是任何文学研究者不得不做的事情。因为没有人通晓所有语言，也没有人类普遍理解的语言文字。所以"可译性"有其客观原因，也有译者的主观选择。而且，比较文学的目的并不是建立一种普遍理解的语言或文学。

米勒所谓的"网络人类"拒绝文学、哲学、精神分析学甚至情书的论述过于耸人听闻。网络没有如此大的效力与现实完全隔绝。更确切地说，网络中的自我与现实中的自我，共同构成了人的总体自我，网络与现实并非如米勒论证的如此二分。网络的效力并非米勒想象得如此巨大，可以动摇民族以及国家的根基，瓦解文学的存在。网络也并非如米勒论述得如此负面，情书的意义在于其传递的感情，用手写、用信封装固然诗情画意，但用电脑打字、用邮件发送也不见得就没有情调。而且，真正想写情书的人，可以选择自己用哪种书写工具传情达意。

综上所述，米勒提出的"文学终结论"虽然不乏其客观性，但其对文学终结论背景的论述和具体概念的指涉，在一定程度上不免建立在他的想象之上。这种想象可以让人居安思危，反思文学在当今时代的现状，但其隐隐透露出的过度强调文学的弱势、夸大其对手的做法，让米勒提出的"文学终结论"有失其客观性，有站不住脚的嫌疑。

二、"文学终结论"的中国接受现象思考

米勒提出的"文学终结论"在国外并没有引起多大反响。连米勒本人也很惊讶他的这一提法在中国会引起一场关于文学是否终结的论争。这里已经没有必要再列举国内学界对米勒这一理论的不同态度，而是需要反思，为什么"文学终结论"这一不太新鲜的提法会在国内学界中引起如此论争？从现有的资料看，为什么国内的学者强调中国学者对米勒理论的"误读"，多于批判米勒理论本身对文学的"误读"？这里先从分析后者入手。

认为国内学界"误读"了米勒"文学终结论"的观点主要强调如下两个方面：

其一，"误读"了米勒对"文学"这一概念的界定。"问题的症结在于：米勒所说的'文学'不是中国的理论家和学者们视野中的'文学'，米勒的'文学终结论'也不是中国的理论家和学者们视野中的'文学终结论'"①。米勒所谓的"文学"是什么？"米勒'文学终结论'中的'文学'不是指一个独立的学科门类，而是指一种产生在特定的时代、具有特定的含义的文化建构，是指一种独特的文化话语。"相对应的，米勒所谓的"文学终结论""是指产生于特定的历史阶段富有明显的意识形态色彩的文化建构物或者说是文化话语的终结"。②而中国学者与米勒的对话之所以会严重错位，"根本原因在于：两者所处的时代不同，思想观念不同，对文学概念的理解不同，因而构不成对话关系"③。

"文学"观念的不同、时代的不同、思想观念的不同，并不是国内学界与米勒不能达成对话的原因。米勒所谓的"文学"是指传统意义上的文学，印刷时代的文学，与网络文学相对的文学。朱立元认为："应当强调指出，米勒认为将要'终结'的文学，指的是17、18世纪以来建构、形成的'文学'观念及此观念所统摄涵盖的包罗万象的文学形象和各种类型、体裁的文学作品的总称。这种狭义'文学'是印刷时代的产物，'作者'作为主体和核心在其中占有主导地位。"④ 这一看法得到了米勒本人的认同，"他正确引用了我所说的东西，我们对'文学'这一概念的理解是相同的"⑤。因此，米勒所谓的"文学"就是我们上文所论述的"文学"。也诚如上文所论，

---

① 肖锦龙：《希利斯·米勒"文学终结论"的本意考辨》，《兰州大学学报（社会科学版）》2007年第4期。

② 肖锦龙：《希利斯·米勒"文学终结论"的本意考辨》，《兰州大学学报（社会科学版）》2007年第4期。

③ 肖锦龙：《希利斯·米勒"文学终结论"的本意考辨》，《兰州大学学报（社会科学版）》2007年第4期。

④ 朱立元：《"文学终结论"的中国之旅》，《中国文学批评》2016年第1期。

⑤ Miller, J.Hillis, "Western Literary Theory in China", *Modern Language Quarterly* 79, No.3 (Sep 2018), p.346.

如果米勒的"文学终结论"是站不住脚的，那么可以说，并不是国内学者"误读"了米勒的"文学终结论"，而是米勒的"文学终结论"本身"误读"了文学。

其二，"误读"了米勒"文学终结论"的真正意涵。即米勒的原意并非如此绝对强调文学的"终结"，而是同时也强调文学的"希望"。"米勒'文学终结论'实际上要明朗乐观得多，按照他的理论逻辑，文学首先要经历一个'休克'阶段，如今金蝉脱壳般蜕去过去狭义'文学'观念的外壳，然后才能在电信时代借尸还魂、焕然新生。"① 米勒同样对这一认识表示了赞同，"从更广泛的意义上而言，'文学'不可能终结，但是可以有更多的表达形式和媒介"②。

必须指出的是，米勒发表这番文学"希望"论的时间是 2018 年，在 2002 年发表的《全球化时代文学研究还会存在吗?》一文中，米勒并没有表达这种想法，更多的是突出文学的终结。就这一篇文章中米勒强调"文学终结"的绝对性，朱立元也认为，"当然，我们可以认为这是由于米勒中国讲演在某种程度上的表述不清晰或不充分所致，尤其在《论文学》一书的映照之下更显得如此。"③ 米勒的思想当然是一个发展的过程，在最近的一篇书评中，他强调其 2016 年推出的《跨洲际对话》一书放在现在，他有可能会重写某些章节。这正是一个学者应该有的实事求是的态度。当然，米勒也有他一直坚持的东西。虽然他认同文学表达的多种形式和媒介，但是他关于"文学终结"的焦虑并未停止。从其最新发表的文章来看，他表达了对全球气候变暖、美国政治形势以及电子媒介极速发展将促成文学之死的担忧。④ 一个显而易见的事实是，米勒对文学"终结"的论述明显多于文学"新生"的寄

① 朱立元:《"文学终结论"的中国之旅》,《中国文学批评》2016 年第 1 期。

② Miller, J.Hillis, "Western Literary Theory in China", *Modern Language Quarterly* 79, No. 3 (Sep 2018), p.346.

③ 朱立元:《"文学终结论"的中国之旅》,《中国文学批评》2016 年第 1 期。

④ Miller, J.Hillis, "Western Literary Theory in China", *Modern Language Quarterly* 79, No. 3 (Sep 2018), p.351.

望。之所以做如此对比意在说明，我们在解读米勒的"文学终结论"时，实际一定程度上是论述自己的理论，且这种理论并不乏其合理性，而且也助推了米勒注意到其理论的盲点，并将其完善。这可以说是某种程度上的"文化磨合"的结果。也从一个侧面说明，米勒的理论并不新鲜，也非原创，但为什么还会在国内学界引起论争？

文化对话中的不对等，以及国内学界对西方文论的看重这一客观事实是其中原因之一。正因为国内学界对"西方文化"的看重，他早期的代表作和近期的演讲集才能在中国出版，以及"文学终结论"这一在国外并无太大反响的理论在中国引起论争。

国内文学与文论发展的现状，是引起这种论争的另外一个重要原因。其原因并不是这一理论的新鲜性和原创性，而是它刚好契合了中国文学和文论发展中存在的问题。这一点朱立元做了非常好的说明。他认为，中国学界围绕米勒"文学终结论"的论争，"显示的不只是中国学界对于米勒及其文学观念的特殊兴趣，更重要的是，'文学终结'这一话题实际上聚集了中国文艺学学科在进入新世纪十多年来，对自身的研究对象、学科建制、理论方法等多个方面的总结、讨论和反思"①。而且，从中国文学与文学研究发展的现状来说，学术界并没有觉得有"文学已死"的征兆，但是对比米勒的"文学终结论"，不免滋生出难道我们的文学又落后于西方的疑问和不自信。因为对国内学界而言，"中国当代的文学研究尚有太多对传统文化和当下历史记忆的整理研究工作要做，尚有大量宝贵的文学财富没有得到充分的研究，没有走向世界成为人类共有的思想资源，何以在后现代全球化的西方话语中就要'终结'了呢"②。

所以，米勒"文学终结论"在中国的接受现象，实际上体现的是不同文化的对话和磨合。这种对话的文化背景有其不平等性，但也有其建设性：正

---

① 朱立元：《"文学终结论"的中国之旅》，《中国文学批评》2016 年第 1 期。

② 朱立元：《"文学终结论"的中国之旅》，《中国文学批评》2016 年第 1 期。

是在对输入理论的思辨中，触发了学界对国内文学与文学研究的思考；也反映了学界在接受外来理论和文化时的复杂心态；更进一步引发的思考是，这样一个理论互动过程，作为输出者和接受者，体现了怎样的"文化磨合"过程？又引发了关于"文化磨合"的哪些思考？

三、"文化磨合"视野中的"文学终结论"

面对不同的文化与艺术形式，笔者倡导以"文化磨合"的视角建立对话体系。"文化磨合"是一个从未过时的"老问题"和"老方法"，但总是要面对很多"新问题"。在今天这样一个多元文化和电子媒介极速发展的时代，"文化磨合"尤其体现出其重要性。"文化磨合"强调文化间的对话是一个曲折和复杂的过程，既是同一文化体系内新旧文化的碰撞，也是异质文化的交流。但是无论在理论上还是现实中，"文化磨合"总是处在挑战之中。这一理论的反对者也许会质疑："文化磨合"是否又是一个新的"理论口号"，缺乏理论体系的建构和用之于实践的操作性，这里以"文化磨合"的视野分析米勒的"文学终结论"，来体现这一理论的核心观点，进而对"文化磨合"的若干问题有所思考。

从"文化磨合"的视角出发，米勒的"文学终结论"无疑有其想象性。因为它夸大了文学真正可能面临的问题，过于突出了全球化和新媒介对文学与文学研究的挤压。读者对其理论陷入"修辞"的幻觉：文学的生存境地真的如此绝望，还是"终结"只不过是米勒为了倡导其理论的"修辞"话语。认识到米勒思维中的二元对立，是在"文化磨合"的视野下对其理论进行客观性分析的基础。

从"文化磨合"的角度思考问题，也在于认识到作为理论的提出者，米勒本人的思想也在经历一个发展变化的过程。不可能有一成不变的思想，所有的思想都是"否定之否定"的过程。单一的肯定或否定，是"文化磨合"批判的思维模式。因此，也必须认识到米勒"文学终结论"有其想象性、修辞性,但也不乏客观性和真实性。

"文化磨合"更多的是将理论与现实相结合,不是理论的空泛论证,在两种理论中实现没有区别的"融汇";也不是单一"求同",而是认识"差异",不惧"差异",将其引入对当下问题的思考。如果说米勒引起的争论有何意义的话,其价值就在于认识到我们的文学和文学研究现状。这场论争让我们认识到,"当前文艺学学科的危机很大程度上不在于日常生活审美化的冲击,而在于文艺学对中国当下文学发展的现实有所疏离,对信息时代大众媒介的艺术形式研究不够"①。国内学界有对西方文论的青睐,这是事实;西方文论并不能与中国的文学发展及其研究一一对应,也是事实;西方文论催生国内学界对自身文学及其研究的思考,并在对话中促进输入理论的完善,同样也是事实。

从"文化磨合"的理论视野出发,"文学终结论"是一种想象和修辞,但是也体现了当下文化发展、文学创作以及文学研究中存在的问题。提出这种问题,就是"文学终结论"的意义所在。米勒"文学终结论"本身及其在中国的接受,也体现了"文化磨合"的复杂和曲折。两者的结合说明,文学和理论的传播不是外贸生意,不是你来我往的等价交换,而是一个更为复杂、反复以及动态的过程。这一过程历经各种学术理论的洗礼,每种学术理论都为解释这一过程提供了一种理论视野,每种学术理论都试图以"具体化""普遍化"的方式理解文学及其发展。但是一劳永逸的理解在文化或文学活动中是没有的,只有坚持动态的磨合,坚持"否定之否定"的思维方式,以冷静、克制、宽容和开放的态度,才能对文学的发展有一个较为中肯的认识。文学终结的时代远未到来,因为它并没有故步自封,而是在不断磨合中更新自己,借助多样的形式和媒介表达人类的审美和思想。

---

① 朱立元:《"文学终结论"的中国之旅》,《中国文学批评》2016 年第 1 期。

第四节 从文化策略视角看"大现代"中国文学

"文化磨合"和"文化策略论"是相伴而生的两个概念，并且从"文化磨合"、文化策略视角来看"大现代"中国文学可以理解不少令人长期纠结困惑的问题。所谓"古今中外化成现代"，这个现代是"大现代"且贯通了所谓近代、现代和当代，与所说"古代"恰好相对而言且必有承传。从文化策略视角来考察"大现代"中国文学，必须从近现代中国改革与文学发展、现代中国文学与文化策略以及文学经典化三个方面剖析"文化磨合"的文艺观所具有的策略性的文化价值。

一、近现代中国改革与文学发展

近现代以来中国的发展变化包括文学的发展变化令人惊心动魄且感慨不已。不仅五四前后的种种革命性追求（包括政治革命、新文化运动、文学革命、白话运动及戏剧革命等）及实践是如此，而且40多年来的依然志在建构中国现代性或建设现代中国的改革开放也是如此。我们由衷讴歌这40多年改革开放所创造的伟大成就，包括礼赞文艺、文学领域所发生的整体变化及所取得的伟大成就，并且也由衷希望改革开放取得更加深入的发展和更加辉煌的成就，不仅能够实现中华民族的伟大复兴，实现中国文化、文艺的繁荣和向世界传播，而且能够作出更多、更大的贡献。

2018年8月底，加拿大温哥华召开了以"中华文明的自信力和传播力"为主题的"国际儒学温哥华论坛"①，国内外诸多学者如成中英、安乐哲、牛喜平、乔尼·文森特、金圣基、梁燕城等人都作了报告，尤其是来自吉林大

---

① 参见《国际儒学温哥华论坛昨开幕》，《华报》（加拿大）2018年8月31日。

学的学者张福贵的学术报告极具启发性。他在对当下中国思想文化态势进行判断和评价时指出有两点特别值得关注：其一，思想文化的极度分化与背反，凸显出文化中国与全人类共同发展的价值，彰显了文化认同与人类意识。其二，分化本身具有历史价值与思想价值——从单一的有序到多元的无序，从"愚昧的单纯"到"清醒的自私"。人类文化发展历史以同一性为基础，经历了三种文化时代：点的同一性——孤立的同一性；圆的同一性——有限的同一性；球的时代——周遍的同一性。在报告中，他还有针对性地指出：儒家文化中有关中国文化的两个意识的不足，即个人性和人类性。他认为在"越是民族的越是世界的"这个命题之上，还可以增加一个反命题即"越是世界的越是民族的"。由此也才能体现出中华文化的胸襟。

张福贵的报告引起了相当强烈的反响与共鸣，由此也促使我们进一步思考这样一种文化、文学研究现象：近些年来探讨中国现当代文学与世界文学（文化）或西方文学（文化）的论文及著作确实明显少了，探讨其与中国传统文化包括古代文学的论文及著作则越来越多，相关的学术会议也频繁召开。这显然与提倡民族文化自信的时代语境相关，也与学科相互影响以及学术评价有关。但如今思想界包括学术界确实出现了一些混乱现象，甚至在人文社科领域也出现了某学科过度膨胀、某学科过度萎缩的现象。其间最令人困惑的问题就是中国新文学亦即现当代文学与传统文化的关系究竟应如何理解和把握？倘从"文化策略"的角度进行考察，窃以为也可以作出比较中肯的解释。

中国传统文化的形成和发展有其自身的规律，由散而聚、由弱而强、由兴而衰、转而复兴，绵延几千年。到了现当代，则面临着更为迫切的发展和创新的历史任务。于是，在这种大时代、大变革的语境中，尽快实现传统优秀文化的创造性转化和创新性发展就成了现当代中国发展的重大需求和使命，所有明达、智慧、爱国的知识分子都应参与其中，奉献个人的"绵薄之力"，发挥自我力所能及的潜能，作出无愧于时代的贡献。就"生正逢时"的文化工作者而言，则既要大力弘扬传统优秀文化，也要加强国际文化交流；既要推进物质文化建设，也要推进精神文化建设。除了杰出的政商界、文艺界等各界人士之外，近现代以来的众多学者，如梁启超、严复、王国维、蔡元培、胡适、陈寅恪、吴宓、潘光旦、熊十力、黄侃、章太炎、鲁迅、钱玄同、郭沫若、吴梅、傅斯年、侯外庐、白寿彝、钱锺书、吕思勉、王瑶、唐弢、敏泽、饶宗颐、王元化、王富仁、张岱年、启功、季羡林、任继愈、梁漱溟等（此处仅为举例，排名不分先后），也都各尽其能，作出了重要贡献。事实上，传统优秀文化的传承和通变既需要时代和集体的力量，也非常需要每一个文化个体以及学者"自我"的努力。因为每一个"自我"都能自觉传承和创化着传统文化，那么传统文化的重构就容易实现了。由此可见古代先贤强调的"修身齐家治国平天下"迄今也不失为一种重要的文化策略。笔者熟悉的一位语言学家乔全生教授即从学术文化建构角度总结说：坚守是学术殿堂必备的精神，探索是学术研究神圣的使命，创新是学术生命永恒的主题，超越是学术进步不止的追求。正是由于有这样的信念和策略——坚守、探索、创新和超越，学术文化自身也才会趋于丰富和兴盛。①

每当历史大变局，"文化策略"思想的正确或谬误就会显现出来，对民族命运和文化发展都会产生极其重大的影响。近现代的诸多文化名人与团体实际都有其"文化策略"思想，如康有为、梁启超的文化改良方略，《新青年》团体的文化改革战略，《学衡》团体即学衡派的文化会通谋略，林纾及桐城派的文化守成策略，等等，总体看都内含着各具特色的文化策略思想，也各有其文化设计及文化实践功能。在五四前后也形成了"百家争鸣"的态势，客观而言，激活了思想，发展了文化。爱国主义（民族主义）的"救亡"和爱民主义（民主主义）的"启蒙"在本质上是相通的，古今中外的文化价值观念在此也找到了契合点。新时期以来逐渐加强的文化建设，在物质文化、精神文化方面都有重大创获。五四时期和新时期所采取的力求变革、思想解放、批判与磨合并举等文化策略在推动中国现代进程、发展现代中国文化

---

① 朱慧：《乔全生：为晋方言"拍照"留档》，《山西日报》2013 年 1 月 29 日。

过程中发挥了巨大作用。

二、建构现代中国文化与文学的文化策略

说来在近现代以来的中国历史上还确实存在着一种文化批判传统，这个传统本身也有如何把握"批判"分寸和"度"的问题。过犹不及，批判导致陷入文化虚无主义的陷阱，这种悲剧确实留下了很痛切的历史教训。但是为了更好地走向世界、探寻未来和建构共同体，采取恰当的批判策略，恰恰也是为了更好地继承和弘扬传统的优秀文化，更好地促成多元多样文化的有机磨合。在2017年春节前夕，中共中央办公厅、国务院办公厅印发了《关于实施中华优秀传统文化传承发展工程的意见》，体现了重要的也更加明确的文化策略思想，以及更加具体的有关当代中国思想文化、文学艺术的建设方略。建构"大现代"的中国文化与文学的文化策略有很多，笔者在此仅结合个人的理解和体会强调以下三种重要的建构文化策略：

其一，端正思想、增强自信的思想文化策略。中华民族在漫长的历史演进过程中，形成了两大文化更新机制以确保自身的可持续发展。一是兼容并包、择优而化，二是变革求新、创生不息。由此体现出了强大的文化自信和包容并举的文化心态，更由此生成了相应的文化策略思想。而这文化策略思想本身也有其传统根源。正所谓"究天人之际，通古今之变"，知世界之势，立创造之功，由此方能应对有方，既可葆有特色，也能与时俱进。不忘"本来"和"初心"，更求"未来"和"复兴"。其中渗透的恰恰是明智的"通古今之变"的现代"文化策略"思想。时下人们多讲文化自信，而且多从古代传统文化的角度进行讲述，并以讲好传统中国的故事为重要的目标和手段。这样的求取文化自信无疑十分必要。但是，中国人作为文化创造主体为今人提供的文化资源确实并不限于古代。除了丰富的古代文化资源，还有"古今中外化成"的现代文化资源。这个"现代"虽然远不如"古代"那样悠久，但却与我们今天强调的"文化创新""文化发展"和"文化自信"等有着直

接的关联，且其本身也以"新文化"形态为其主要特征。这就意味着，我们不仅拥有辉煌的古代传统优秀文化，而且也拥有灿烂的且已经形成自身传统的现代新文化。事实上，自晚清民初以来，中国几代人尤其是与"民族魂"相通的仁人志士上下求索、接续奋斗，创造了以现代汉语为符号体系、以现代文化为价值目标、以改革创新为发展机制的"新文化传统"。而这样的"新文化传统"在很多方面都接续和重构了古代文化传统，在促成古老的中国走向现代化、走向新世界的进程中，发挥了巨大的作用。其中，也包括五四文人建构的启蒙文化、"左联"文人建构的左翼文化和延安文人建构的革命文化，都在这一历史文化发展进程中发挥了不可替代的重要作用。

事实一再证明，立足于当下现实生活中的人们要在文化创造上有所作为，就需要不断开阔文化视野，在"古今中外化成现代"的文化发展规律制约下，积极而又明智地采取多向度的"拿来主义"，"化合多元文化"，由此建构宽容的、和谐的、丰富的"大现代文化"，在跨文化、跨民族的层面逐步实现文明互鉴、共生双赢。

其二，承继传统、磨合开新的创造文化策略。在承继传统真正的优秀文化基础上进行文化创造，在古今中外文化的磨合开新中进行文化创造，由此切实体现了如何传承与创新的文化策略。中华传统文化虽历史悠久、博大精深，但也存在着不少糟粕，因此要立足于现实，用时代精神去凝练、去整合传统文化，并善于进行创造性的转化。由此也要继续发扬"拿来与创造并举"的文化创新精神，走出我们自己的文化道路。传统文化中的"民本"思想、"文心"学说、"家国情怀"、"道法自然"、"魏晋风度"、"诗经情结"、"史记意识"、"雅集爱好"等，都可以在重构中追求创造创新，彰显传统优秀文化的时代价值，让活力永在、魅力无限的中华优秀传统文化在当代中国文化建设和文学创作中焕发出新的生命力。

从近现代以来的文化思潮和文艺思潮角度来观照文化、文艺的发展变化，就会看到不同"主义"的文化思潮及其影响下的文艺思潮。无论是文化理想主义、文化激进主义还是文化保守主义，都有如何维系和发展文化的考量；无论是文艺思潮中的现实主义、浪漫主义还是现代主义，也都有如何承继传统、创化新作的探索。其实，在所有这些"主义"各有所秉的思潮深处，都涌动着"文化磨合"的潜流，包括作家在内的文化人士不论信奉什么"主义"，其骨子里都期望着通过不同文化的对话、互动、融合、会通或衬托，来实现自己心中的文化愿景。而在文学创作领域，中国作家们自然会带着"中国的"语言文化、思想文化传统逐渐走进"现代"中国的门户，并将笔触伸进现代中国人所能感受到的时代生活与现实人生之中。而他们采用的语言符号、生活题材及思想文化资源，都"与古为邻"也"与古有异"，通变化成，从而与"古今中外化成现代"的"大现代"文化特征相契合。虽然"主义"有别的文化选择或"配方"存在差异，但"主义"的信奉者也是文化的创造者，他们作为"现代文化人"而非"古代士大夫"的文化身份终究无法改变，因为他们同处于现代文化生态环境中，在不同向度、不同程度上也都提供了经历"文化磨合"的经验及相关思考。事实上，现代中国文化就正是在现代时空中通过中外文化逐步"磨合"而来的。于是，人们看到了从"文化碰撞"走向"文化磨合"的现代中国文化、文学的演进过程。在这个过程中，五四前后旨在"拿来"的"文化习语"倾向尤其令人难忘，由此我们真正踏上了从事"大现代"中国的文化创造之路。

可以说，在承继传统、磨合开新中创造新的文化，体现了契合大时代精神的大胸怀和大智慧，这在当代中国学术文化的创造方面也有重要的体现。诚然，文化不可能一成不变、机械复制，文学更不能千篇一律、万人一面。从理论或思潮层面言说，文化必定是要不断创造、发展的，文学毕竟也是要有所"创作"、创新的，这应当是一种客观规律和基本要求。

其三，积极主动、驾驭自如的媒介文化策略。就全球化或人类文化的发展来看，业已进入科技发达、传媒盛行的时代，要在 21 世纪努力建设和而不同、共生共荣的"大现代"文化格局，促进人类文化的整体多元互动、繁荣昌盛，就要采取积极主动、驾驭自如的媒介文化策略。如今公共媒体和个人媒体都极为活跃，在传播的软件和硬件都比较理想的情况下，如何更好地发挥公共媒体和大众媒体的作用，弘扬优秀传统文化当是一种无法回避的历史使命和责任。这也意味着，为了中华文化的复兴和人类文化的未来，我们也要格外重视"全方位"的"文化传播"。由此也要特别重视"全方位"传承优秀传统文化的媒介策略。《关于实施中华优秀传统文化传承发展工程的意见》也强调，中华优秀传统文化的传承发展也要与教育普及、传播交流等方面"协同推进"。这就离不开功能日益强大的媒体传播，既要关注和支持纸质学术期刊传播汉学及相关学术文化，也要特别关注和借助新媒体快速高效的传播，将中国文化包括传统学术文化推送到网络世界，由此甚至可以"锦上添花"和"化腐朽为神奇"。事实上，中华优秀传统文化的传承发展完全可以有效地借助新媒体平台在世界范围内进行传播。这也就是说，除了要充分发挥国家长期发展的报刊和电视等传统媒体的重要作用，还要高度重视最新通信技术支撑下的新媒体的重要作用，诸如微博、微信、快手、抖音等新媒体也都可以成为快速传播优秀传统文化的重要途径。古代中国特别强调"文以载道"，如今我们则要特别强调"新媒载道"。

正是出于对"新媒载道"的理解，当我们进入"微讯时代"的大门，就要高度重视"微传播"形式的载道功能，自如而又充分地发挥新媒体尤其是"微传播"在传播现代文化、文学和优秀传统文化、文学方面的巨大功能。发展迅速的"微传播"系统是"高音喇叭"，其传播的声音极为强劲、广泛，且能及时得到接受者的回应，能够诱发接受者参与传播的积极性。所谓"微传播"，就意味着社会普通个体也能介入新媒体并可以发挥自己的传播作用，从而发出自己有关"微感受"和"微评论"的"微声音"。即使仅仅是片言只语或表情符号，抑或是镜像叙事或图文并茂，都能通过介入媒体者的"微动作"来快速完成。这种"微传播"的"坐地日行八万里"既可以神游万仞之上，也可以穿越时间丛林，其高效快捷的神奇功能已经俘获了越来越多的"低头族"。借助这些"低头族"的专注，就可以更好地传播优秀传统文化。自然，利用新媒体传播优秀传统文化也要真正区别何者为优秀文化，何者为垃圾文化，不能任由消极的破坏性文化肆意传播。健全法治社会，在这方面也要讲求"微传播"的合法性，由此也可见有关"合法性"文化传播策略方面的考量。多年前伴随着全球化的步履我们就迈进了所谓"信息大爆炸时代"，如今信息真的狂轰滥炸起来，人们又会常常陷入迷离恍惚、难辨真伪的境地。唯其如此，为信息传播而立法立规，使之有利于彰显传统优秀文化、传播世界先进文化、培植健康青年文化，就是理所应当的文化选择了。

其实，几乎所有符号都有文化传播作用，环境文化也会成为悄然传播、润物无声的"文化环境"。如人们日常生活中能够接触到的馆藏文化、校园文化、公园文化、社区文化、街道文化、市招文化、书店文化以及各类文化活动和文艺文化等，大都具备实存文化媒介或仿真媒介的传播功能，如果能够将精彩的实存文化进行数字化处理，与视屏和网络等媒介紧密结合起来，就会形成巨大的传播优势。不但能够使优秀传统文化获得现代经济社会的润泽，而且能够使优秀传统文化找到新的具有现代意蕴的传播语境，彰显出中华优秀传统文化的无穷魅力。

总之，优秀传统文化包括重构和创化的中国现代文化（文学）作为中华文化中的精华具有强大的生命力，通过采取积极主动、驾驭自如的媒介文化策略，坚守"文化磨合"的文化价值理念，就可以更好地传承与发展中华优秀传统文化（包括古今中外优秀文化"化成"的现代文化及文学），从而重建文化信心，重构传统文化，发展现代文化和文学事业，由此进一步振兴中华，实现中华民族的伟大复兴。

三、从文化建设策略来理解文学经典化

提起"经典"太沉重，言说"经典"不容易。文学经典化，其本身亦堪称是一个沉重而又"经典"的话题。事实上，人们业已从很多角度或层面讨论过这个沉重而又重要的难题了。至于言说悠久的"古代文学"之经典，似乎名正言顺，而言说"中国现当代文学经典或经典化"就要困难得多了。《20世纪中国文学的文化创造》一书强调：20世纪中国文学建构了中国文学的新

文化、新传统，由此涌现出了一批经典作家和作品。同时展开了与"新虚无主义"的对话，从社团流派、文学大师、文体创造、比较文学、文学批评、文学传播及文学教育等层面逐一展开论述，旨在推进 20 世纪中国文学经典化进程，这对学科发展及学术文化建设包括增强经典意识显然是有积极意义的。① 如今看来，从文化创造角度来探讨"大现代"中国文学（20 世纪中国文学以及新世纪文学）依然很有深入的必要。而从"文化建设"尤其是"大现代"文化建设策略的角度来审视和理解近现代以来中国文学的经典化，无疑也是一个可取的重要视角。当我们面对"中国现当代文学经典化"这样的命题时，自然会关切其究竟有无能够经得住历史考验的经典作家作品、重写文学史如何选择和阐释经典作家作品、中国现当代文学经典化的可能性及限度等一系列问题，也会关切现当代文学经典的生成条件与衡量标准、文学观念的嬗变与中国现当代文学经典化、多元审美视域与中国现当代文学经典化、国别 / 族别 / 性别理论与现当代中国文学经典化、国际化语境与中国现当代文学经典的生成、文学研究方法与中国现当代文学的经典化、比较文学视域中的中国现当代文学经典化、作家作品论与中国文学经典化趋势、读者接受与中国现当代文学的经典化、媒介传播与现当代文学经典化、国内外文学奖与中国现当代文学经典化、文学翻译 / 改编与中国现当代文学经典化、异域 / 异元文化对中国现当代文学经典的遮蔽或误读等诸多话题。所有关于经典作家作品的选择和文学史建构以及学术研讨，也都是文化建设包括学术文化建设行为，因此，我们一定要具有宏观的文化建设视野，自觉地从"文化建设"尤其是"大现代"文化建设的角度来审视和理解中国现当代文学的经典化及其相关问题。

文学是一种文化，也是人类或民族文化建设的一个重要方面。而中国文化建设尤其是"大现代"文化 / 文学创造无疑也是一项重要的事业，其领域非常广阔，其历程也极为艰难。唯有杰出的作家及其具有经典价值的文化创

---

① 参见李继凯：《20 世纪中国文学的文化创造》，中国社会科学出版社 2009 年版。

造业绩才能对国家民族和人类世界的文化建设作出重要的贡献。由此可以推想，文学经典确实是文学中的精华，而文学经典化也折射着一种文化追求、文化创造的艰难。在文化建设的诸多论域中，上述的"文化创造"之于中国现当代文学经典的关联就是一个切要话题。除此之外，从笔者特别看重的"文化磨合""文化策略论""文化传播论"等理论视域，也都可以更好地理解"大现代"中国文学的经典化及其相关问题，进而更好也更精心地建构经典，由此也才能够具体践行和彰显复兴中华优秀传统文化的建设策略。

在当今时代语境中，我们要强调在"文化磨合"历程中来建构经典。也许在先秦或古希腊时代，比较单一的文化形态即可孕育文化经典，仅仅是那些神话传说就可以被视为不朽的经典。但到了现当代中国，各种文化的交流磨合会通成为不可逆转的文化发展趋势，在这样的具有广泛性的文化生态中，大作家和经典作品创作都离不开丰富多元的文化滋养。而那些堪称重要文学现象的五四文学、左翼文学、延安文学、新时期文学，抑或启蒙文学、反帝文学、儿童文学、女性文学及劳工书写等，也都体现了多元多样文化滋养并皆有经典作家作品产生。

千禧之年的世纪回眸，使我们看到了 20 世纪时代风云的变幻和文学世界的斑斓，古老的中华民族经历了欢欣而又痛苦的新旧嬗变，文学创作也经历了曲折多变的历史进程。百年中华文学的发展与演变，尽管有不少失败的教训，但留下了丰富多彩的文学遗产和深厚凝重的人文精神，在世人面前展示了一幅犹如《清明上河图》般辉煌、奇丽的艺术画卷，亦如春意盎然的百花园，使人情不自禁地驻足观赏、流连忘返，并从中汲取丰富的精神营养。"大现代"中国文学是对通常所说的近代文学、现代文学和当代文学的一种新的整合，在这样的文学视野中，可以领略到浑然一体的革故鼎新、呼唤创造、揖别古代、走向现代的文学史迹和文学风貌，可以从"大现代"中国作家的文学创作中感受到强烈的文化创造的激情和叩询人生、改造社会的热切愿望。也许，"大现代"中国文学只是一种历史长河中"过渡形态"的文学，但她仍然是摇曳多姿、硕果累累的。这里有各种各样的文体，小说、诗歌、散文、戏剧以及杂合而生成的许多边缘文体，显示了现代意义上的文体系统的完整形态；这里有革命文学、个性文学、高雅文学、通俗文学、乡土文学、城市文学、文人文学、民间文学、大陆文学和港台文学等，显示了百年中华文学的丰富和文学格局的拓展；这里有流派纷呈、风格不一的有如群星灿烂一般的文学作品，如《官场现形记》《女神》《呐喊》《寄小读者》《野草》《子夜》《家》《死水微澜》《骆驼祥子》《白毛女》《围城》《射雕英雄传》《创业史》《台北人》《九叶集》《白鹿原》《平凡的世界》等，显示了20世纪中国文学创作的实绩与震撼人心的艺术魅力。

尽管这里的简要表述不免挂一漏万，但也还是可以表明，在古今中外"文化磨合"的时代风云中，确实有一些文学经典诞生并具有不朽的艺术魅力。而那些经典作家，如鲁迅、老舍、郭沫若、茅盾、周作人、沈从文、林语堂、郁达夫、巴金、穆旦、张爱玲、孙犁、柳青、陈忠实等，都有着值得称道的文学成就和显著的文化贡献。他们的文化追求和文学实践也充分证明，中国现当代文学确是在古今中外的多元多样文化交汇中生成的文学现象，是在中国与世界的"磨合"特别是"文化磨合"中诞生的文化产物。从"文化策略"角度来看，强调这些作家的文化人尤其是文化名人身份，也表明他们具有丰富睿智的思想文化素养，并在中国与世界的"文化磨合"中努力建构"大现代"文学，为后世留下了众多具有思想深度和艺术魅力的经典作品。倘从广义的文化传播角度来审视文学经典化，也可以说"经典化"原本是一个"接受—传播"过程。从读者包括学者"接受"情况来看文学史上的经典，便要承认经典既是历史生成的，也是通过不断"接受"建构而成的，因此具有历史的和动态的特征。恰如童庆炳指出的那样："文学经典是时常变动的，它不是被某个时代的人们确定为经典就一劳永逸地永久地成为经典，文学经典是一个不断地建构过程。"① 而持有不同的文学史观或审美观的具有"话语权"的学者，也可以像作家从事创作那样，在从心中到笔端的"文心雕龙"

---

① 童庆炳：《文学经典建构诸因素及其关系》，《北京大学学报》2005 年第 5 期。

过程中，伴随着主体能动性的发挥，往往各显神通各有发现，从而创构出或推举出不同的经典建构序列或层次（如王瑶与夏志清、黄修己与李欧梵、陈思和与顾彬等就是各自表达的典型案例），即使对待同一位文学史上重要的或活跃的作家（如沈从文或张爱玲），是否视其为"经典"作家及如何把握论析也会颇多争议。在文艺领域，仁者、智者式的争议可谓此起彼伏，很难止息。即使就"鲁郭茅巴老曹"这些似乎早已被文学史经典化的作家，也有诸多较大的争议。但在笔者看来，他们在中国现当代文学史上经典地位的确立，既是由他们自身的成就所决定的，也离不开历来持续"书写或重写"的文学史和开放的学术界对他们的评价和定位。然而就在这种不断经典化的过程中，某些刻意彰显的东西却同时也会造成对作家本体某种程度上的遮蔽和扭曲。那种"万全"或"万能"的文学史是不存在的。

近些年来，从政府到民间，从学界到商界，大家都在强调文化的价值及其重要性，常常将文化兴国家兴，文运顺国运畅、文化强民族强以及文化自信之类的话语挂在嘴边，但却有一些人误以为这个"文化"仅仅是指本民族的古代传统文化，由此忽视了"大现代"中国文学的存在，更看不到这个"大现代"中国文化在古今中外文化基础上"磨合"所形成的综合优势，看不到中国文化包括文学在世界性联系中的实质性发展，甚至还有人蓄意神化中国古代文化/文学和贬损中国现当代文化/文学，人为地将二者对立起来，只认古代文学有经典，错把现代文学当"习作"，由此从文化自信走向文化自大，走向新的文化保守主义，这显然对现实和未来意义上的文化建设不利。事实上，这类"开倒车"或"向后看"的言论及思维惰性并不能左右时代发展大势，现实和未来的文化建设、文学发展也定会"稳中向好"，并会创造出属于自己时代的文化成果、文学经典的。就像过去改革开放40多年文学界能够涌现出蒋子龙、路遥等"改革先锋"一样，在未来，伴随着中国持续前行的脚步，文学界也会涌现出更多优秀的作家，并会为时代和文学史奉献出具有经典性的杰作。要建设真正意义上的现代强国和文化强国，过去的经典作品会活在"活的中国"，且被建构为"大现代"中国文化的重要组成部分，而未来活力四射的"经典"无疑也是可以期许的,读者们不仅可以品味过去的经典,而且也会有新创的经典来满足未来读者的期待视野。

第五节　在"文化磨合"中促进文艺发展

这是一个全球化和媒介技术高速发展的时代,也被认为是文学与其他艺术处于极大"危机"的时代。此处强调的"危机"包括:作为文艺创造本身,如今的文学与其他艺术有美学标准衰退的危险;文艺的接受现状为,消费性的大众文化代替了对文学与其他艺术经典的接受;文艺的批评模式为,对理论本身的关注代替了对文学文本或其他艺术本身的强调;而在蕴含着诸多表现形式的文艺内部,随着媒介技术的发展,文学的存在空间正在遭到其他艺术形式的挤压,电影对文学的胜利是这一前提下常常被提及的例子;具体到文学,人们又强调如今文化研究代替了文学研究。在这种"危机"视野下,如今的文学与其他艺术无论创作本身还是理论批评话语,都不够原创、不够经典、不够体系化。

这种"危机"批评的解构意识,激发了人们对当下文学与其他艺术发展的焦虑、失望与不信任;同时也催生了一些人想要解决"危机"的决心。但是,如果这些所谓的"危机"本身就建构在诸如传统与现代、精英与大众、理论与文本、文化与文学、文学与其他艺术等二元对立的思维模式之上,那么,"危机"的解决是否意味着"危机"的真正到来?答案是肯定的。这种对当下文学与艺术发展所谓的"危机"认识,才是真正的危机所在。因为,这种"危机"认识不能从"文化磨合"的角度看待当下文学与其他艺术的发展,不能对其形成客观的评价。

从"文化磨合"的视角认识当下文艺的发展,首先应该摈弃的是如上所述将"危机"变为口号,将"焦虑"变为时尚的操作方式,而是应该更为倾向于以一种心平气和但又理性反思的态度认识文学与其他艺术发展中存在的问题；更为强调，对文艺作品的分析，不应该以寻找完美的艺术为目的。而是应该客观承认，无论在何种艺术形式中，问题与缺陷总是存在的，没有完美的艺术；尤为重要的是，对文艺作品的评价不是在传统与现代、东方与西方、文学与其他艺术形式之间作出高与低、优与劣、好与坏的比较。批评不应该是站在某一固有文化角度的居高临下和自鸣得意。

从"文化磨合"的角度客观评价当下文艺的发展和价值，需要"否定之否定"而非"二元对立"的思维模式。以"否定之否定"的思维模式可以认识到不同传统的"再生"和"发现"，认识到不同文化思潮、艺术形式以及批判话语的相互影响和动态磨合。不同传统、艺术形式以及理论话语都是一个独立的"气泡"，当不同的气泡相互碰撞时，它们不再可能保持各自的完整，而是相互融合形成新的东西。

因此，在"文化磨合"的视域中，将文学仅仅限于文学范围内是不可能的，文学研究与文化研究是可以相互借鉴的。文学与其他艺术形式，诸如电影与音乐，不是谁取代谁的关系，更可能的是相互之间借鉴艺术表现方式。在科学技术快速发展的今天，新的媒介必然生成新的艺术表达方式，与其慨叹当下文艺发展中美学标准的衰退，不如尝试更新我们关于何为经典的认识。作为这个时代的一分子，我们必须在批判文艺作品的同时反思作为批判主体的我们。我们关于艺术的阐释标准是否仅仅限于我们了解的东西，而没有从"只缘身在此山中"的状况中脱出身来，更新我们对于新事物的认识？我们是否只囿于传统的"经典"，以一种"好古"主义的立场，以一种居高临下的贬低而不是平等的客观评价来认识新的艺术形式？我们是否执着于旧的传统，而没有认识到新的传统正在形成？

需要注意的是，强调不同文化、艺术形式以及批判话语之间的共存与相互影响是"文化磨合"的理论前提，但是"文化磨合"的理论宗旨并不是强调不同文化和艺术形式的"共存"这么简单和机械。"文化磨合"不是一种惰性的文化多元主义，它更为强调文化的动态生成与传统的再生。如艾瑞克·霍斯鲍姆在《传统的发明》中指出的，不同文化体系中每一代人都会继承各自的传统，但是又会根据当下社会的发展有所变更。"文化磨合"也不是简单的支持不同文化、艺术形式以及批判话语的"大杂烩"。它反对的是在文化和艺术的发展中建围墙、树篱笆这样一种二元对立思维，但并非意味着它放任文化、艺术与理论批判话语的基本准线于不顾。"文化磨合"并不是对"多样性"不加分辨地收纳，也不是简单地与当下流行的"多元主义文化"同流。"文化磨合"是让人们认识到，无论在哪一个时代、哪一种思潮、哪一种传统以及哪一种艺术表现形式中，共存与相互影响大于彼此之间的斗争。

从"文化磨合"的角度出发认识当下文艺的发展，并不急于一定要对其作出一个界定性的陈述。好与坏、高雅与低俗、精英与大众这样一锤定音的评判并不是"文化磨合"的理论追求。相反，"文化磨合"的理论旨归在于帮助人们认识到，无论文学还是其他艺术，它们都有自己的历史，有对特定传统的接受，同时又有对传统的变形与反抗。在接受与反抗中，当下的艺术才有了自己的生机与活力。因此，我们对当下文学与其他艺术的批判，是否可以从"好古"主义与对"经典"的迷信中走出来，以认识新事物的文化包容心给予"理性"大于"激情"的评价？

从"文化磨合"的角度观照当今文艺的发展，旨在认识不同文化、艺术形式与批评话语之间的共存与互动，试图以一种反思的精神认识"文化磨合"视域下文艺的发展现状和未来发展的可能途径。这是一个复杂的问题，很多重要的细节需要进一步讨论。但是，可以肯定的是，从"文化磨合"的视角出发，无疑可以对当下文艺发展的景观有一个更为整体、客观以及前瞻性的认识。坚持"文化磨合"的视角，对于作为批评主体的我们，就在于认识到对艺术作品的认识不能只有批判而缺乏同情与共鸣；艺术批判的原则不能只是"危机"式耸人听闻的概括，而是多一点宽容和耐心，深入艺术本体的肌理；不能以尊重传统与经典的名义将当下的艺术盖上"衰退"与"危机"的标签；更应该认识到，批判的过程应该包含对自我的反思与批评，应该有更新自我知识和解放观念的自觉意识，批判艺术的同时也应该是揭露与发现自我的过程。

　　文学与艺术总是处在"危机"之中，但总是涅槃重生；各种文学与艺术都是相互关联，一荣俱荣，一损俱损，相互影响；这就是"文化磨合"的过程。关于"文化磨合"及其意义，萨义德的陈述更为有力："使得文化和文明让人感兴趣的东西——不是它们的本质或纯粹，而是它们的结合和差异、它们的逆流、它们所具有的与其他文明之间形成引人注目的对话形式。"①

---

　　①　[美]爱德华·W.萨义德:《人文主义与民主批评》，朱生坚译，中央编译出版社2017年版，第34页。

第三章　在"文化磨合"中创构"大现代"中国文学

"大现代"中国文学的发生与发展，与中国近代以来的现代化进程相伴相生、互为表里，甚至在数次历史关口，文学的发展前路导引了中国革命与历史的进程。总体而言，"大现代"中国文学自清末民初以来的发展，始终坚定地朝着"世界文学"的方向前进，尤其是晚清"王纲解纽"的大时代，文学从其僵硬固化的狭隘空间中挣脱开来，逐渐获得其"现代"内涵，文学的思想内容得以更新，艺术形式也进行了变革，创构出了具有过渡性的"中介型文学"。直至五四，在新的文化语境下，新文化人创造出了更具"现代性"的新文学。要之，"大现代"中国文学在整体上呈现为与传统文学判然有别的"新文学"，且作为在多元文化交汇、融通中生成的文学现象，尤可视为在中国与世界的"磨合"特别是"文化磨合"中诞生的文化产物。

第一节　走向"世界文学"：清末民初文学的"文化创造"

在"大现代"中国文学的历史行程中，清末民初文学是其艰难的过渡期，五四文学是其大转型的初兴期，此后的"左翼"文学，"十七年"文学以及新时期以来的复兴文学、多元文学等，皆是其发展过程中的波浪式推进、回漩、起伏的不同时期。"大现代"中国文学的历史行程和沧桑变化，促使我们情不自禁地抚今追昔、反思前瞻；而同处于世纪之交的文化境遇，也使得我们更加关切百年前同胞面对世界、面对文学的文化策略及相应的文化选择，以期获得对当下文学发展的有益启示。

清末民初文学是西风初拂下的文学，也是中国近代仁人志士极具文化策略性的文化选择的结果。中西文化交流的历史源远流长，比较明确和活跃的"西学东渐"发生在明代。尤其是明末清初的徐光启、李之藻等人在传教士的影响下，已较明晰地意识到了会通中西文化的必要性，并且在引进西方科学技术方面做了一些可贵的努力。但彼时将"西学"斥为"奇技淫巧"的声浪很大，很快便淹没了徐光启等人微弱的声音。只有到了鸦片战争之后，强行送来的西学和主动拿来的西学才逐渐汇成"西学东渐"的沛然莫御之势，构成了对中国传统文化主流的强劲冲击与渗透，使中国近代文化昂然登场，艰难地从师法西方物质文化的自觉层面（如"师夷长技"及洋务运动），进至师法西方政治文化、价值文化或精神文化的自觉层面（如维新运动、民主革命及初步的新文化运动），在军事、经济、文化、教育以及政治法律等许多方面，显示了日益增多的"西化"色彩。换言之，近代中国在西方多重侵略（政治侵略、军事侵略、经济侵略和文化侵略等）的袭击或影响下，激活了本民族潜蕴的文化热力，加速了本民族迈向"近代"的进程，开始由一个闭关自守、故步自封的古老国家，艰难地向一个趋向开放、迎纳新知的国家转化。这一转化过程当然非常痛苦，欧风美雨的吹拂喷洒经常引起病态式的反应，但其总体趋向却预示着一种民族新生的强烈希冀，并引发了一系列具体的对于文化更新的策略性思考。各种出于救亡自强的文化策略，诸如"师夷长技""中体西用""启蒙西化""维新革命"等，陆续登台亮相，在历史的特定时期均显示了应有的进步作用，并沿着否定之否定的辩证路径向传统的封建文化提出了愈益严峻的挑战，从而促成了中国近代文化的发生和发展。

如果说中国近代文化的发生发展为近代文学的发生发展提供了不可或缺的文化背景与文化资源，那么"西学东渐"也就在中国人的被动接受和主动迎纳的交错运动中，逐渐酝酿出了一些行之有效的文化策略及相应的文化选择，其中，近代文学的提倡便是一个重要方面。可以说，近代文学思潮的涌发即得益于对西方文化的借鉴。尽管"师夷长技""中体西用""启蒙西化""维新革命"等文化策略各有其历史的局限，但其开启的向外国文化学习的视野却将中国的一批文人逐步引向文学改良的思路。近代史上的这一批志在救亡强国的文人，原本是很瞧不起文学的，以为"文无所用，不如实学"那样能够切实地"经世致用"。然而伴随着"甲午海战"的失败以及视野的扩大，对"实学"的单纯信赖很快被动摇，并且似乎还得到了西方兴国史的证实。康有为说："尝考泰西人所以富强，不在炮械军兵而在穷理劝学。"①作为学生的梁启超亦从其说："泰西之强，不在军兵炮械之末，而在其士人之学，新法之书。"②出于这种对西方的认识，清末民初的文化走向和文化策略便有了明显的调整，注重穷理劝学和新法之书，这使近代仁人志士更加青睐于文化教育与文化传播。新式学堂的陆续建立，留学生成群结队地涌出国门，以及近代报刊业的逐渐兴起和"西文""东文"带来的丰富信息等，使近代文学思潮发生了显著变化。对外国文学的重视诱发了翻译文学热，对外国文学的加深了解，又诱导出模仿或师法的冲动，于是有了文学改良运动，有了小说戏剧地位的攀升，有了白话文的初兴，有了西风初拂下的中西杂陈、新旧交并的创作面貌，也有了康梁"维新"的文艺观，南社的"革命"文艺观，王国维的悲剧美学观、鲁迅的《摩罗诗力说》等。

这一切都是因了"内外交困"，这一切也都是因了"内外交合"中西文化的碰撞与初融给中国人、中国文学带来了新的人文景观。

考察清末民初文学与外国文学的关系，很容易发现这样一个突出的现象：以单向输入为主。这固然显示了当时中国现实文化的弱势，但也表明了彼时"翻译当先"的文化策略，显现了中国人渐由被动接受转向主动接受的文化姿态，并由此集中上演了"世界走向中国"的生动一幕。

---

① 康有为：《康有为全集》第二册，上海古籍出版社 1990 年版，第 95 页。

② 梁启超：《读〈日本书目志〉书后》，载《分类精校饮冰室文集·教育》（上），广智书局宣统元年，第 64 页。

在国际的文化（文学）传通方面，翻译的重要性是毋庸置疑的。曾有人说翻译是"媒婆"。这"媒婆"诚然有好有坏，但近代以来的动机良善、倾心尽力的"媒婆"总是多数。正是有赖于他们的涉猎面较为广泛的翻译，使中国读者较多地了解了西方文化，尽管误读现象并不罕见，但受益更多却是基本的历史事实；也正是有赖于他们的各具特色的文学翻译，使中国文学找到了一条会通外国文学的重要渠道，加速了传统文学观念的消解和近代文学观念的生成，促进了中国近代化的文学创作的发展，使文学翻译在整个文学变革中扮演了非常重要的角色。

在近代翻译界，外国文学的各体文学都有译介，数量也均可观。在清末民初这一时段里，翻译的诗歌、小说、散文、戏剧作品陡然增加，形成名副其实的"翻译热"。其中的小说更是翻译的热点，为世人瞩目。译量之大，居然占到总翻译量的百分之八十左右。据《中国近代文学大系·翻译文学集》主编施蛰存介绍，近代的外国文学译本约有八百至一千种。这些是书，散见于报刊的译作当更多。由于外国小说通过翻译大量涌入了国门，西方的学说思想以及文学技巧等，也都对中国人产生了深入的影响。小说这种原本受到歧视、忽视的文体，正是因为有了外国小说的显赫地位作为参照，也变得日益重要起来，并对整个 20 世纪中国文学的格局变化及历史发展都产生了很大的影响。正如陈平原所指出的那样：

> 域外小说的输入，以及由此引起的中国文学结构内部的变迁，是二十世纪中国小说发展的原动力。可以这样说，没有从晚清开始的对域外小说的积极介绍和借鉴，中国小说不可能产生如此脱胎换骨的变化。对于一个文学上的"泱泱大国"来说，走出自我封闭的怪圈，面对域外小说日新月异的发展，并进而参加到世界文学事业中去，并不是一件轻而易举的事情，特别是在关键性的头几步。①

---

① 陈平原：《二十世纪中国小说史》第一卷，北京大学出版社 1989 年版，第 28 页。

伴随着"西学东渐"而来的文学景观，显示了新的视野和新的特点，使近代文学得以和传统的古典文学相区别。主要有以下两点：

其一是思想内容得以更新。所谓"欧风美雨作吟料""更搜欧亚造新声"，就表明在"西学"的思想观念影响下的文学，确实显示了新的时代精神。在民族国家濒临危亡的险境之中，相当一批爱国知识分子深受进化论学说的影响，将西方舶来的"物竞天择、适者生存"的天演进化思想奉为圭臬，用以指导自己的言行和文学创作。梁启超在《二十世纪太平洋歌》中，以充满激情的歌吟，强调民族只有奋发努力才能生存发展，否则就会被大风浪吞噬；严复投入很大的心力来翻译赫胥黎的《天演论》，文采斐然，雅译夹议，其文本亦可视为文学性散文，其诗文也渗透了强烈的天演进化的文化意识；马君武的组诗《华族祖国歌》，激情洋溢地抒发着团结奋进、拯救民族的时代强音；直至鲁迅早期杂文，进化论的积极意义被表现得淋漓尽致。此外，西方民权、民主的思想也对近代文学产生了重要影响。当时，不少西方思想家成了中国知识分子心目中的偶像。梁启超在诗中便写道："我所思兮在何处，卢（梭）孟（孟德斯鸠）高文本我师。"尤其是撰写了《民约论》等著作的卢梭，深获国人之心，赢得了许多著名近代作家的赞佩，章太炎自题一名为"希卢"，柳亚子自题一名为"亚卢"，诗人蒋智由还以《卢梭》为题写诗予以讴歌："世人皆欲杀，法国一卢骚。/《民约》倡新义，君权扫旧骄。/力填平等路，血灌自由苗。/文字收功日，全球革命潮。"正是由于民权自由、博爱民主之类西学思想的影响，一些反封建、张个性、提倡妇女解放、主张婚恋自由的作品也便应运而生，就连那位后来成为著名保守派的林琴南，也曾在西方思想的熏染下，写出了《盈盈》《绿娥》等几篇短篇小说，叙述着青年男女冲破礼教束缚终于取得了爱情自由、婚姻自主的故事。他是如此，像苏曼殊、黄小配等作家的小说，则表现出了更明显的进步性。

其二是艺术形式有所变革。外国文艺的启示是多方面的：移植外国文艺为文苑增添了新的品种，如话剧；打破了传统章回小说的单一模式，结构与叙述都有了新的变化，如《二十年目睹之怪现状》《孽海花》；注重人的心理活动、情感世界，使文学在客观的铺叙中增加了心理内涵和情感力度，如《老残游记》《断鸿零雁记》；文学语言的变革已经比较普遍地开始，尤其是受到外国文学语言的启发，提倡言文一体的白话文运动，在近代也已兴起，并产生了较为普遍而持久的影响，如楚卿所言"俗语文体之流行，实文学进步之最大关键也。各国皆尔，吾国亦应有然"。裘廷梁所言"愚天下之具，莫如文言；智天下之具，莫如白话"等，逐渐赢得了大家的认同，为后来的五四白话革命和文学革命奠下了不可缺少的基础。

清末民初重翻译、重小说的倾向从身处其时的小说家及理论家黄世仲的言论中亦可得到印证。他在《中外小说林》杂志上发表了许多小说和理论批评文章。其中《小说风尚之进步以翻译说部为风气之先》[①] 一文，集中表述了他的翻译观以及对译与著关系的理解。他在文中说："自风气渐开，一切国民知识，类皆由西方输入。……然既非人人尽精西语，尽善西文，与尽历西土，终得如是之观感者，谓非借译本流传，交换智识，乌能有是哉？""自西风东渐以来，一切政治习尚，自顾皆成锢陋，方不得不舍此短以从彼长，则固以译书为引渡新风之始也。……忽有所谓小说者，得睹其源流，观其态度，宁不心往而神移？故译本小说之功用，良亦伟矣哉！"黄世仲于文中还鲜明地指出"翻译者如前锋，自著者如后劲"，道出了译与著的密切关系。黄氏的翻译为"风气之先"的观念，并不限于小说一个方面，对其他文体的翻译也基本适用。由此也可以看出翻译在国别文学传播中的作用及在清末民初的文人心目中的重要地位。

在清末民初的文坛上，并非所有社团流派的作家都与外国文学建立了较为密切的关系。守旧的社团流派被历史的惯性或传统的惰性控御着，虽然趋新的社团固然很多，但作为文艺社团的并不多，能够视为流派的则更少。特别值得提起的有两个社团，即春柳社和南社。这是两个比较纯粹意义上的文艺社团，与外国文艺的关系也更为密切一些，影响也更大一些。

---

① 见《中外小说林》1908 年第 4 期，署名"世"。

　　春柳社是 1906 年底由留日学生在东京组织的一个综合性文艺团体，只因首先成立演艺部并先声夺人，在演戏方面取得了突出的实绩，遂成为中国早期话剧的重要团体。称其是"中国"的，自然是因为它是中国留学生组成的，其实它的诞生地及文化氛围的非中国化，似乎更能昭示其社团的属性。该社团上演的第一幕剧便是法国小仲马的《茶花女》第三幕，演出的指导也由日本新派名优藤泽浅二郎担任。接下来又公演了《黑奴吁天录》，也获得了很大的成功。这两个剧的演出得益于日本新派剧和西方戏剧的深刻影响，显示了外国文化及其环境对中国新生话剧艺术的滋养。这也体现在春柳社的剧本编创方面。该社重要成员之一的欧阳予倩曾回忆说：春柳社上演的剧本《黑奴吁天录》，是由曾孝谷根据美国斯托夫人的小说《汤姆叔叔的小屋》林纾译本《黑奴吁天录》改编的五幕剧目，这个剧本"可以看作中国话剧第一个创作的剧本。因为在这以前我国还没有过自己写的这样整整齐齐几幕的话剧本"。经过分化及过渡，春柳社的成员后来重聚于上海，亮出了"新剧同志会"和"春柳剧场"的牌子，实际是春柳社的继续。春柳剧场上演的剧目共计约 81 个。其中有四分之一左右的剧本来自外国文学的原作。有的是翻译剧本，如《热血》《茶花女》《鸣不平》等；有的是据外国剧本改编的，如《猛回头》《社会钟》《不如归》《真假娘舅》《血蓑衣》等；有的是据外国小说改编的，如《迦茵小传》《兰因絮果》《黑奴吁天录》《火里情人》《爱欲海》[①]。对外国文学较大程度的借重乃至依赖成了春柳社这一话剧团体的鲜明特色，也使它在中国旧有的文艺场中，开拓出了一片崭新的天地。

　　南社是一个较为晚出的主张民主革命的文学团体，也是一个整体上比较庞杂的以诗歌创作为主体的文学社团，在清末民初的文坛上声势很大。尽管南社的政治功利色彩极浓，有突出的民族主义倾向，但也有努力与世界先进政治文化接轨的突出表现，其有"同盟会宣传部"之称便印证了此点。柳亚

---

　　① 欧阳予倩：《回忆春柳》，载《中国近代文学论文集·戏剧、民间文学卷》，中国社会科学出版社 1982 年版，第 276 页。

子作为南社最具代表性的诗人，虽在诗歌形式上有以古（唐音）为美的倾向，但思想观念上却非常仰慕卢梭，崇尚其"天赋人权"的学说，曾更名为"人权"，号"亚卢"，并有诗赞之曰："卢梭第一人，铜像巍天闾。《民约》创鸿著，大义君民昌。"他也心仪斯宾塞、孟德斯鸠、华盛顿等西方思想家和政治家。其迷恋西方的情绪甚至使他在少年时节便写下了这样的诗句："嫁夫嫁得英吉利，娶妇娶得意大利"（《读〈史界兔尘录〉感赋》）。及长，他对舶来的女权思想也颇为认同，不仅在诗中尽情讴歌巾帼英雄，悼念女中豪杰，还撰文（如《革命与女权》等）写戏（如《松陵新女儿传奇》等）来张扬女权，提倡男女平等。南社的许多重要成员也和柳亚子相仿佛，能够开怀迎纳欧风美雨，歌颂民主自由。"诗坛请自今日始，大建革命军之旗"（宁调元《题〈纫秋兰集〉》）。"做人牛马不如死，淋漓血灌自由苗"（高旭《海上大风潮起作歌》）。"谁起平权倡独立，普天尽蠕待同伸"（吕碧城《书怀》）。诸如此类的诗句均凝聚了西方文化的影响，透露出较为清新的"近代味"。但比较而言，在成员极为庞杂的南社中，苏曼殊明显是一位与外国文化、尤其是欧美浪漫主义文学和日本文学有着至密关系的作家。他倾注心力翻译过拜伦的诗歌和雨果的小说，他尤其对拜伦的诗歌世界心驰神往。他选译拜伦诗歌成集，为之作序云："美哉拜伦！以诗人去国之忧，寄之吟咏，谋人家国，功成不居，虽与日月争光可也。"在时人争译《哀希腊》的文化奇观中，苏曼殊的译作是有自己的特色的。尤其重要的是，他能汲取拜伦浪漫诗学的精髓，尽情尽性地写好自己的诗歌与小说。从艺术形式的创新来看苏曼殊的创作，其小说《断鸿零雁记》《绛纱记》《碎簪记》《焚剑记》等，在叙述角度、表现手法、描写技巧以及审美情调上，都较多地借鉴了西洋小说，为促进中国小说的近代化作出了难以磨灭的贡献。

　　像有重要影响的春柳社、南社也均可以文艺流派目之，它们的存在昭示了向外国文学（文化）学习的必要性和可能性，同时也显示了初步的实绩。在清末民初文坛上，守持民族本位而少进取的保守派仍有相当大的实力，不少原本是"也逐欧风唱自由"的人也在退隐乃至堕落。但综而观之，以维新派和革命派汇合而成的"维新·革命派",虽有内在的矛盾,但在文学功利观的基点上接纳外国文化(文学)的取向却颇为一致①。"诗界革命""小说界革命""文界革命""戏剧界革命"以及"崇白话废文言"等一系列文学(文化)主张的提出,便显示了这一复合流派在大体上顺应时代的文化姿态,同时也显示出以外国文学(文化)为参照系的文化策略,既造成了笼罩文坛的一种"时代文学"的氛围,又切实促进了文学翻译和创作的发展。

此外,清末民初出现的以消闲消遣为旨归的"礼拜六派",实际也与外国文学(文化)的影响有关。广义的"礼拜六派"不仅包括鸳鸯蝴蝶派,而且也包括清末民初其他通俗小说,如侦探小说、黑幕小说、武侠小说等。这种广义的"礼拜六派"也可以说是"通俗小说派"。此派中的言情小说(即鸳蝴派)便受到了西方言情小说的影响,对爱情的理解、对个性的刻画、对悲剧结局的处理等,便得益于对西方舶来的言情小说的借鉴②。更明显的是侦探小说,直接受同类翻译小说的影响,虽然模仿的痕迹尚在,但像《中国新侦探案》《春阿氏》等清末民初的侦探小说,在师法西方侦探小说方面,毕竟迈出了可喜的一步,在中国小说史上,也有填补空白的意义。

俗话说"不打不相识"。在跨国文化传播的过程中也常体现着这样一个极为朴素的道理。中西文化在清末民初的激烈碰撞与冲突,应该说是空前的,然而也正是有赖于这种碰撞和冲突,促使乃至逼使中国人去加紧加快加深对西方文化的认识,这从大的方面来看,不仅是必要的,而且也是有益的;俗话又说"万事开头难",在20世纪中国文学不断建构其现代化的人文精神及文本特色的艰难过程中,最艰难的阶段当在清末民初,其时在近乎饥不择食地译介和师法外国文学(文化),文化策略的难以把握和会通中西文化的实践难度,都是可以想见的。因此,清末民初的文学对外国文学的接纳,表现出了不少难能可贵之处,但也正因其难,所以也出现了"开头乱"

---

① 比如在清末民初,上海既是维新派的"新学基地",亦是革命派的"革命基地",同受着复杂的海派文化的影响。见杨东平:《城市季风》,东方出版社1994年版,第50页。

② 范烟桥:《小说话》,载《鸳鸯蝴蝶派文学资料》(上),福建人民出版社1984年版,第41页。

的种种局限。

综观清末民初文学与外国文学初建起来的较为密切的关系，窃以为下面几点应给予足够的注意。

其一，在"世界走向中国"的文化大背景上，清末民初作家在痛苦焦灼中将目光投向异国文苑，遂形成了基本是单向输入、被动接受的文化传播现象。此间的文化"习语"与文化"失语"交并发生，但以前者为主导，并相当充分地体现在文艺思潮与创作实践的新变上。这也就是说，在世纪之交，中国文学面向外国文学（文化）呈现出逐渐开放的态势，尽管其所体现的文化策略及其效应并不怎么理想，但"已是悬崖百丈冰，犹有花枝俏"，相当难能可贵，故不可轻忽乃至否定。处于当时的人们，也许会受到复兴的文化保守主义的影响，并出于对殖民主义文化的义愤而站在复归传统的立场上，对近代文化先驱扣上民族虚无主义或文化激进主义的帽子。其实这是一种反历史的态度，对当时的文化策略和文化语境缺乏设身处地的体察。如果说清末民初的启蒙西化、维新革命的文化取向还有什么局限的话，恰恰不是什么"虚无"和"激进"，而是其文化策略还较保守，文化革新还较缓慢。只有到了五四，才顺向地加快了前进的步伐，更进一步地密切了中国文学和外国文学的关系。

其二，在清末民初趋向兴盛的翻译文学，构成了中外文化交流史上的第二个翻译高潮的一个重要部分。此次翻译高潮较之于第一次高潮（译佛经）在翻译对象、范围、水平乃至数量方面，显然均不可同日而语，因而对这一时期的外国文学翻译及相应的评介，均应给予足够的重视。在异元文化、国别文化之间的翻译，是文化媒人或文化桥梁，舍此难以沟通、交流和媾和，文化因缘也就难以建立，而文化误解与隔阂便会酿成大大小小的灾难性后果。清末民初的翻译家们，艰难地摆脱了狭隘的"华夷"尊卑观念，开始放出眼光，尽可能地多译外国先进的文化书籍及文学作品，尽管仰视外国文化的态度和各种情形的误读误译仍然存在，但在总体的质量、数量上均有较大提高、增加。表现在文学作品的翻译上，1905 年至 1918 年的译量超过了此前的60余年的总译量，翻译文学的品种更趋完备，翻译的世界文学名著明显增多，翻译的技巧以及语言也有所进步，对创作影响也更加显著。除了翻译外国文学，评介外国作家作品的文字在清末民初也有了明显的增多，其中既有像《红楼梦评论》（王国维）、《摩罗诗力说》（鲁迅）等堪称典范的比较文学论著，又有许多生动鲜活的关于外国作家作品的印象式、随感式的评介文字，散见于各类文章（包括旅外日记）。这些或深刻系统或吉光片羽的有关外国文学的评论介绍，对加深加强中国人对外国文学的了解，显然也都起过促进的作用。由此所形成的"中西文学比较的热潮"初显出"综合比较研究"的特色，并使相应的文论成为"'在朝'文论"①。

其三，清末民初文学在外国文化（文学）影响下，不仅没有淡化政治色彩、使命意识或功利特征，反而有所强化，甚至给人以"过分强调文学的政治宣传、教育作用"②的印象。文学救国、文学启蒙的声浪在清末民初的确是一种时代的强音。而这强音既受传统的"文以载道"思维模式的影响，也与外来文化（文学）的影响有关，因为在文化策略、文化译介中，先在的文化心理总在发挥着或显或隐的作用。不过，外来文化的积极影响，又确实导致了"道"的置换，原有的道归一统，道即封建的文化板块被外来文化撞击得四分五裂、七零八落，各种各样的"道"便有了伺机侵入、寻求发展的可能。在这种情形下，文以载道仍然是一种宿命，文学的社会作用受到特别的重视仍然是难以避免的事情。其实，古今中外的大作家、大作品都难免从大"道"着眼去营构文学世界，文学救国与文学救人类相比，也许还只是"小"道。清末民初作家固然在译介政治小说、创造新民文学时将文学的社会作用极力夸大，几成神话，但与西哲马克思或海德格尔的文学救人类的思想相比，这种"夸大"也许恰是"夸小"。这种实质上是局限了文学作用的清末民初的文学思想，虽然合乎彼时的"道"或情理，但

① 卢康华、孙景尧：《比较文学导论》，黑龙江人民出版社1984年版，第256页。

② 龙泉明等主编：《中国现代文学历史比较分析》，四川教育出版社1993年版，第9页。

却限制了作品的"道",也淡化了作品的"文",使其处在不够成熟、完满的状态。

其四,清末民初文学的这种不够成熟、完满的状态,说明它确属于一种过渡性的"中介型文学"①,也说明它确是西风初拂下的中西交杂、新旧杂陈的文学。作为接受主体,清末民初作家在面向世界文学时视野还不够宽广,对西学的理解还欠深刻,对传统文化的接受也陷入迷乱,未能充分发掘传统的优势和潜能,从而也就不能很好地促成中西文化的深度融合或创造性的转化。这样的重大文化创造工程,的确不是清末民初作家所能完成的,但他们为此打下了坚实的基础,并将之引渡或移交给了五四作家。清末民初作家面对外国文学(文化)的开放姿态、具有文化策略意味的文化选择以及在译介、创作上的多方面尝试和探索,尤其是在文体层面的革新,为五四以及以后的作家留下了丰富的经验和教训。

第二节　变则通:在"文化磨合"中建构近代文体

走向"世界文学"的清末民初文学,最为重要的文化业绩或文学功绩便是革新了中国传统文体,在"文化磨合"中建构了"四大文体",为后世文学的发展与变革及文学史叙述在文体层面奠定了基本格局。

书写行为是人类最具有"人文"意味且区别于其他动物的行为方式,具有人之为人的"本体"性质和特征。而书写成文即有其"文体",它承载着文化命脉,也犹如人的生命躯体的现实存在,其价值意义自不待言。正如党圣元指出的那样:"我们时常为中华文化源远流长发展数千年而斯文常在、中华文脉数千年生生不已而根深叶茂感到自信、自豪,而中华文脉之延绵不

---

① 李继凯、史志谨:《中国近代诗歌史论》,吉林教育出版社 1995 年版,第 58—61 页。

已，实际上离不开中国文体之根殖蕃衍，中国文体与中华文化相互成就、相互辉映，探源中国文体及其观念之生成发展演化，对于中华文脉研究而言，毫无疑问是一个需要引起充分关注的基础性的、深层面的研究领域。"① 中国古代文论包括文体观有其博大精深的思想体系，既彰显"守成"的传统，也看重"通变"的规律，赖此更具思想的魅力。这在古代文论大家刘勰的代表论著《文心雕龙》中便有精到的论述。如众所知，刘勰继承了《易》所提出的穷则变、变则通、通则久的思想，结合文章文本修辞达意的需要，提出了著名的"通变说"并给予了专论。刘勰的"通变"理念代代相传且为后人多所阐发，在文学文体发展进程中亦有重要影响。如他在《文心雕龙·通变》②中就格外强调了"通变说"的重要性，指出"夫设文之体有常，变文之数无方。何以明其然耶？凡诗、赋、书、记，名理相因，此有常之体也。文辞气力，通变则久，此无方之数也"。他一方面看到了"有常之体"，却也看到了"通变则久"，意在把继承和创新紧密结合起来，从而达到通变的佳境。由此，"文体通变"也成为文艺理论一个极为重要的命题。

诚然，在古代，中国文人有着"以文体为先"的牢固观念，将文体的本体性视为文学的一个核心问题。③ 而在"与古为邻"的近代中国文人看来，这一观念理应继承，认定文学文体其实非常关键，文体有其"生命"且也需要与时俱进、吐故纳新，总体看也在不断成长和发展变化中，需要不断地磨合再造。事实上，当中国历史进入通常说的"近代"，即鸦片战争（1840 年）至五四运动（1919 年）期间，中国社会便进入了一个"中外磨合""新旧磨合"或"古今交合"并逐步走向"现代"的过渡时期，在这个历史时期里，文学也和社会一样发生了许多重要的变化。文学思潮和文学创作都出现了新的动向，并且都在文学文体的理论与实践上体现了出来。

---

① 党圣元：《探寻中国古代文体的起点》，《中华读书报》2019 年 12 月 11 日。

② （南朝梁）刘勰：《文心雕龙》，浙江古籍出版社 2001 年版，第 164 页。

③ 参见吴承学：《中国古代文体学研究》，人民出版社 2011 年版，第 1—2 页。

一、中外"磨合"凸显"四大文体"变革

在中国古代的文学/文章世界里，众多文体能够渐次生成且能并存共荣。到了近代，最为明显的一个变化就是"文学"的四大文体（诗歌、散文、小说和戏剧）被格外凸显了出来，并为后世文学史叙述奠定了基本文体格局。为此，近代作家文人进行了多方面的努力，甚至以文体"革命"为口号，激励前行，导引先路。从文论原理层面讲，文体不但是一种表现形式，而且是作家精神特性的表现；从近代文体观念层面看，近代意义上的"文学革命论"确实非常引人注目，彰显着古今中外"文化磨合"的初步形成和激荡不已，体现出中国近代文人对文体创新的强烈渴望与自觉追求。其中，在传统的既有文体和外来的外国文体观念及其实践的基础上，近代文人作家融合再造，紧扣诗歌、散文、小说和戏曲四大文体，近代文学先驱提出了著名的"诗界革命""文界革命""小说界革命"和"戏曲改良"等主张，知行并举，切实推动了四大文体的嬗变与创新。

（一）"诗界革命"的提倡，开启了近代诗歌变革尤其是其诗体变革的旅程

在这一诗歌改革思潮中，近代许多优秀的感时忧国的诗人都参与了"诗界革命"并作出了自己的贡献。黄遵宪在《杂感》（1868 年）中就提出了"我手写我口，古岂能拘牵"的诗歌改革主张，并且在诗歌形式上进行了相当自觉的创作实践。夏曾佑、谭嗣同和梁启超等也积极跟进，在近代诗歌变革过程中扮演了重要的角色。这也就是说，虽然从理论和创作上给"诗界革命"开辟道路的是黄遵宪，但如果没有更有影响力的梁启超等人的跟进和推进，"诗界革命"的兴起也会大受影响。素来善于思考和表达的梁启超对文化的力量有深切的体认，他对整体文学革命的必要性、重要性有相当全面的认识。这也体现在他对"诗界革命"的自觉提倡和竭力推动上。他在《夏威夷游记》《饮冰室诗话》《亡友夏穗卿先生》等著述中，进一步提倡和彰显着带有理想色彩

的"诗界革命",不仅要创作"新诗"以开通民智,而且在尝试近代诗歌文体探索方面也付出了很大的努力。主张诗歌要融入"新意境""新语词"并化入"古人之风格"。在梁启超竭力提倡"诗界革命"的著述中,《饮冰室诗话》①堪称公认的代表作。这也是梁氏一生的诗评代表作。《饮冰室诗话》在及时评介康有为、黄遵宪、谭嗣同、夏曾佑、蒋观云等近代诗人创作的时候,精到地总结了"诗界革命"的诗歌创作理论和见解,也阐释了他自己关于"诗界革命"的诸多观点,还为后世留下了重要的文献资料及线索。其他诗人如丘逢甲、马君武、苏曼殊、宁调元等也闻风而动,以"诗界革新"的言说与实践呼应着"诗界革命"。柳亚子、高旭、秋瑾与周实等也都努力尝试新体诗歌创作,具体呈现彼时的新思想、新意境。但整体看,近代诗歌在诗歌体式方面仍只是有限度的革新,笔者曾在《中国近代诗歌史论》(1995 年)②中指出:近代诗歌多呈现"旧瓶装新酒"的形态和体式,由此表明近代诗体的变革还只是过渡性的"中介"形式,与五四时期白话诗、自由体诗相比还不够"革命",却是后起的白话诗、自由体诗的先导与基础。

(二)"文界革命"的提倡,意在将散文从桐城派等古文文体的束缚下解放出来

"文界革命"的提倡是为摆脱僵化的旧体格式,趋向易于阅读接受的"新式文体",也就是"新民文体"或"新文体"。"文界革命"的口号是梁启超在《夏威夷游记》中首次正式提出的,且能躬行实践。人们口中所说的近代新文体,最容易唤起记忆的其实就是梁启超所提倡的新体散文。他的新文体实践对当时文章书写的语言表达、文章格式、行文风格等都产生了极为广泛的影响作用。完全可以说"文界革命"的首功应该归于梁启超。具体而言,梁氏具有整体性质的文体革新意识,他在 19 世纪末就提出了一系列文体创新主张,其中就包括了他明确提出的"文界革命"主张。他认为散文在内容

---

① 梁启超:《饮冰室诗话》,载《饮冰室合集·文集》四十五(上),中华书局 1989 年版。

② 李继凯、史志谨:《中国近代诗歌史论》,吉林教育出版社 1995 年版。

和形式方面都应该进行一次亘古未有的改革。认为新体散文创作应该冲决传统古文的诸多文法的桎梏，依循"文界革命"提出的理论进行广泛的文体创新，他个人在改革散文的实践方面也非常积极。如众所知，梁启超是近代非常重视媒体作用的文化名人，他的言论通过近代传播媒介(主要是报刊及"报刊体"文章)确实产生了非常广泛的影响，他的新文体在很大程度上说也是适应报刊媒体的产物，"载体"化育着新的"文体"，这是一种典型的"文化磨合"生成现象：梁启超主张要积极借鉴"欧西文思"，汇通古今中外，同时对散文的文体形式提出了更为前卫的主张。如在散文语言改革方面，竭力主张言文合一，倡导俗语文学，要求语言表达要通俗晓畅，这对后来的白话文学热潮的形成有着最为直接的影响。他自己在散文创作实践上也努力践行"文界革命"主张，并形成了雄放隽快、激情洋溢、广有影响的文风。被时人视为"新文体"的范文。梁启超的新文体观念与散文创作在近代散文发展转型中无疑是具有代表性的，也有力地促进了各体文章的写作向现代散文创作的嬗变和转型，在很大程度上改变了一代文风。完全可以说，梁启超是此后五四白话文运动的先驱。

（三）"小说界革命"的提出和实践，在近现代文学史上特别引人注目

近代小说革命堪称最具有"革命"意味的"变则通"现象。梁启超在这方面也有倡导之功。他在《译印政治小说序》《中国唯一之文学报〈新小说〉》《论小说与群治之关系》等文中，相当充分地阐述了他的"小说界革命"观。尤其是他在1902年发表的《论小说与群治之关系》①一文，被学界普遍视为正式开启"小说界革命"的标志性论文，对变革小说文体以及内容表达有着经典性的阐述。如果说梁启超在许多方面都是名副其实的"改良派"，在小说理论表达上却可以说是相当彻底的革命者，确实站稳了"革命"立场。在当时依然普遍轻视小说文体的时代语境中，是他及同道竭力高抬小

---

① 梁启超：《论小说与群治之关系》，载《饮冰室合集·文集》十，中华书局1989年版，第6页。

说这一传统意义上的"低贱"文体，使之由"小说"变为"大说"（后人常将这一文体视为最重要的文体即与此有关），从而逐渐摆脱鄙俗乃至恶俗之弊，登上了大雅之堂，变为文坛令人瞩目的文体，甚至被目之为"文学之最上乘"。这种文体革命性的成果直到今天乃至很久的未来都会被珍视（当今国家设立最高文学奖即为鼓励长篇小说创作的"茅盾文学奖"），并有无数小说作家积极地承传和弘扬，创作出了具有崭新面貌的"新小说"。其中，梁启超本人也有积极的奉献。尤其在近代政治小说创作方面进行了大胆的探索，也作出了尤其重要的贡献，但同时也显示了急切服务于现实政治改良的概念化倾向。倒是与此不同的抒情小说创作，出现了更多值得关注的一些优秀作家作品，在小说文体变革方面也有着深刻的意义。从中国文学史角度看，抒情小说在古代几乎湮没无闻，但到了清末民初，在"文化磨合"语境中，抒情小说在接受外来小说影响和古典抒情诗歌与散文影响的同时，便出现了文体上的诸多变化，其时诞生的一批抒情小说已经出现了淡化情节叙事、结构松散自如、诗文叙事互渗、情感色彩浓厚、心理刻画细致且能入情动人等艺术特点。这种文体及风格的变化在著名的"情僧"苏曼殊的小说《断鸿零雁记》以及"鸳鸯蝴蝶派"代表作《玉梨魂》（徐枕亚）等小说里就有着相当充分的体现。这类擅长抒情的小说作家感受丰富、情感复杂，其作品文本繁复、内涵深微，较之于古代传统的叙事小说或情节小说文体明显有异。这类增强了抒情性的近代小说所彰显的"近代文体"创新，对后来的中国现代抒情小说、新时期抒情小说、新世纪（21世纪）抒情小说都有着深远的影响。

（四）"戏曲改良"在近代也浮出地表，并呈现出新的风貌

史料显示，戏曲改良运动开始于光绪末年，其发起的标志是光绪三十年（1904年）同盟会的陈去病和京剧艺人汪笑侬等创办戏剧刊物《二十世纪大舞台》[①]。有学者认为，戏曲改良运动持续至五四时期接近尾声。[②] 戏曲改良

---

① 参见张次溪编纂：《清代燕都梨园史料》（下），中国戏剧出版社1988年版。

② 李世英主编：《中国戏曲艺术思想史》，人民文学出版社2015年版，第302—303页。

运动是近代开启、后续弦歌不断的一种文艺现象。良性的戏曲改良一定是在多元多样文化的磨合兼容中发生的。近代戏曲改良明显受益于近代中外文化的交流,尤其是伴随着维新、启蒙思潮,西方文化包括基督教宗教文化以及西方戏剧观念的传入,对中国古老的戏曲文化产生了极为深刻的影响,从而形成了近代的戏曲改良理论和创作实践,在戏曲剧本创作和戏曲艺术等方面都取得了突破与发展。也有史料显示,梁启超在倡导"小说界革命"时已经兼顾了戏曲,认为小说戏曲的改良势在必行,戏曲具有自己的特色和优越性。他在《劫灰梦》传奇中说福禄特尔(即伏尔泰)编剧本以求振兴民族精神,就借此阐明了戏曲改革的迫切性和必要性;在《小说丛话》中则指出戏曲的"唱歌与科白相间"可淋漓尽致地展示人物的性格与行动,通过各种戏曲表现方式包括"任意缀合诸调"亦可表达"自由之乐"。近代许多热衷于"戏改"的倡导者们大都非常看重戏曲的教育功能,强调戏曲在启蒙开智、兴邦建国中可以发挥很大的社会影响作用。如梁启超、陈去病、天修生、陈独秀等都强调了戏曲的社会功能,认为戏曲作为一种舞台艺术,具有更加直观的形象化的特点,有形有声有色。陈独秀在专论戏曲的文章中指出:戏曲"虽聋得见,虽盲可闻,诚改良社会之不二法门也",特别看重戏曲有现场感和互动性,能够感染观众,故应在全社会大力提倡。由此,他甚至空前强化了戏曲的宣传功能,特别提出"采用西法""戏中有演说"等观点,① 虽然有倡导概念化之弊,客观上却也有推动戏曲变革并进一步走向民众的作用。

二、新旧"磨合"彰显"多体共存"现象

在古代文论中,也注意到诸多文体并存的现象,但很少注意从新旧"文化磨合"视角去进行观察,而是着力从书写者个人驾驭文体的写作能力方面进行判断。也就是说,古代文论非常重视作家文人驾驭文体的能力。其基本

---

① 陈独秀:《论戏曲》,《新小说》第 2 卷(1905 年第 2 期)。

的判断恰如曹丕《典论·论文》指出的那样："夫人善于自见，而文非一体，鲜能备善"①，即是说很少有作家能够"文备众体"，大多作家都是"偏长某体"。这种情形到古今交接的近代仍然普遍存在。但在逐新求变的时代，文化语境毕竟有了重要的变化，新文体和旧文体客观并存，构成了更加丰富和错综的文体世界。

如前所述，在近代文坛上有文体变革促成的"四大文体"凸显现象，这个现象不仅意味深长而且呈现出强劲的不可逆转的发展态势。但我们同时也注意到，中国文化/文学的强大传统却依然会守护其众多的固有文体②，从而促成了新旧"文化磨合"生成的诸多文体共存现象，且各显神通，各有语境和表达的空间。这也就是说，在中国近代文坛上进行各种书写的文人作家很多，都运用自己擅长的文体进行书写，部分文人且能兼用新文体和旧文体进行创作，这在客观上便造就了非常繁复的文坛景观。无论是被视为新派文人还是旧派文人抑或亦新亦旧文人，实际上他们都在积极写作自己的作品，认真经营自己的文本文体，同时也或多或少地相互影响着彼此，遂出现了新旧共存、新旧磨合现象，由此在文体上也呈现出新旧文体并存现象，古今中外的文体在"近代"这个时空中几乎都得到了程度不同的展示。著名汉学家王德威曾注意到清末民初文坛呈现出的丰富的"现代性"，并在与五四的关联和比较中，郑重指出"我们应重识晚清时期的重要性，及其先于甚或超过五四的开创性"③。他这么看重晚清也许确实有点故意"夸张"之嫌，但我们也要看到在中国近代文学/文化场域中呈现的"近代性"，恰恰有其魅力无限的文体世界和文化景观，可以给后人带来无穷无尽的启示。

---

① 胡云翼：《历代文评选》，知识产权出版社 2016 年版，第 3 页。

② 据清代桐城派古文家姚鼐《古文辞类纂》（边仲仁标点本，岳麓书社 1988 年版），将战国至清代的古文文体分为论辨、序跋、奏议、书说、赠序、诏令、传状、碑志、杂记、箴铭、颂赞、辞赋、哀祭十三类。此外还有其他分类法。

③ 王德威：《想象中国的方法历史·小说·叙事》，百花文艺出版社 2016 年版，第 3 页。

历史是难以割断的，文学包括文体的历史更是如此。中国近代文学／文体尤其能够显示出新与旧的交织、冲突和共存，生动地演绎着"对立统一"的文化发展规律。近些年来，国内外不少学者都在强调中国文学的"新文学传统"，而在笔者看来，"新文学传统"固然有贯通古代的思想内容意义上的"传统命脉"，也肯定有文体形式方面的"传统样式"，而这种在近代开始逐渐形成的新文体、新旧杂糅文体、新旧并存文体等共同构成的"文体生态体系"，这个文体生态体系也可以被视为宝贵的甚至堪称伟大的文体传统。这种具有包容兼容特征和强大生命力的文体传统是在近代历史文化时空中多元文化交汇、磨合中建构而成的，也是中国近代文人作家文化创造能力的体现，在文体转型和重构方面，为中国文化／文学作出了重要贡献，并对习惯上所说的中国现当代文学（五四以降）产生了巨大的持久的决定性的影响。近代历史文化意义非常重大，诸多事件对中国命运包括文运艺脉都具有明显的导引作用，比如甲午战争就影响很大。事实上，正是从甲午战争败北开始，中华民族开始了加速的觉醒和奋斗，在物质文化、精神文化和制度文化等多方面都开始积极探求改进、改革乃至革命的良策。诚所谓：没有甲午何来五四，没有五四，何来当代！新文化传统、新文学传统、新文体传统的建构建立由来有自，不仅影响了中国现当代的很多方面，而且也必将影响着中国的未来乃至世界的未来。再比如，近代历史文化名人的思想与文体影响也很巨大。我们知道，近代史上有"康梁"著称于世，在紧密承续的近现代文史语境中也便有了"梁鲁"之说，尤其从文学文体发展史的角度看，梁启超和鲁迅为中国近现代文学文体的革命或创新在理论和实践方面都作出了巨大贡献。笔者把梁启超看成中国近现代的"苏东坡"，把鲁迅看成现代中华"民族魂"①，梁启超对四大文体变革的诸多论述都具有开创性，而受教于近代、崛起于现代文坛的鲁迅更是在小说和杂文领域贡献卓著。不少学者对他们的

---

① 参见李继凯：《梁启超手稿管窥》，《小说评论》2018 年第 6 期；《鲁迅：现代中华民族魂》，《鲁迅研究月刊》2018 年第 3 期。

文学成就包括文体思想与实践都进行了专题研究。事实上，以梁鲁为代表的近现代作家群为中国"近现代文学"包括文学文体作出了不可磨灭的重要贡献。

从学理层面的角度看，文学文体也是有其"生命"的，总体看也在发展变化，且需要不断吐故纳新、磨合再造。中国文学文体的发展变化也是如此。不过文体发展会进入不同的时期，有时以守成平稳为主，有时却以创新求变为主。当历史进入近代，即鸦片战争（1840年）至五四运动（1919年）期间，中国社会进入了一个"古代式微"走向现代的过渡时期，在这个历史时期里，文学也和社会一样发生了许多变化。文学思潮和文学创作都出现了新的动向，并且都在文体的理论与实践上体现了出来。对此有不少重要的学者都进行了相关论述，提出了时代发展、历史进步的"必然论"和近代"过渡论"等重要观点，在各种教材中也基本采用的是这类"必然论"和近代"过渡论"，为人们所熟知且影响非常广泛。然而，过去的研究思路基本是竭力论述"新为贵"，何为新，新为何，着力强调要"拿来"西方文化来刷新自我，唯此为大，唯此为"新"，其线性思维特征非常明显，即使强调中西融合也是为了出"新"，维新成为运动成为思维也成为习惯。

其实，从近代整体环境、语境及文化氛围来讲，旧派或习惯采用传统的旧文体进行书写仍是绝对的"主流"。大量的文人书写也仍是传统样式。即使是"但开风气不为师"的龚自珍，其著名的《己亥杂诗》即为旧体，主张"我手写我口"的黄遵宪，其旧体诗集《人境庐诗草》，也只是加多了口语化的语词。而风行于社会的"鸳鸯蝴蝶派"小说，也基本承袭着明清小说的文言叙事方式，显示其热衷于骈俪化叙说的语言特征。总体看，从文体上讲，中国近代的旧体文学确实仍占据当时主要的文学场域。即使最接近外国文化/文本的翻译家也是文言雅语的高手，他们作为竭力主张变革的翻译家、革新派，在笔下彰显"欧西文思"传播西方精神的同时，仍旧习惯地采用文言、雅语。如翻译家严复就坚持认为应"固守古文雅言"，他那广为人知的"信、达、雅"翻译文体主张（既是内容翻译标准也是文体要求），落脚之处就是带有极强传统色彩的“尚雅”文论。① 他的文体观念和翻译文体及语言范式，对彼时年轻的学子如鲁迅等，都产生了巨大影响。鲁迅嗜读其《天演论》等译本，就对其思想和文体都有了深切的了解。正是由于近代的文坛影响，才有了鲁迅早期的小说翻译及创作的尝试，还有了多篇文言宏论，迄今也具有思想和文体的双重魅力。这也就是说，中国近代文化（包括进入近代的翻译文本、中外文化思潮与“依然生存”的传统文化等）的影响，尤其是广泛的阅读、接受对鲁迅文体意识形成的影响，是非常值得关注的。由此也可以反观一代学子的“师辈”所习用的文体和语言。其中，鲁迅和他的老师们都兼擅多种文体的书写就是明证。事实上，从近代文场进入现代文坛，鲁迅和他的老师们都有革新的追求，但也都有新旧文体融汇的意识和相当到位的书写。此外，还有林纾的大量翻译，也对众多年轻的学子产生了影响。“翻译本身也是一种创造性的工作，文学翻译在文化创造活动中的重要作用不可轻估。”② 奇妙的是，近代新派文人或旧派文人抑或亦新亦旧文人都有人热衷于翻译（或改译、编译），并形成了明显区别于中国古代文体的“翻译文体”。而这样的“译文体”和区别于“纯文学文体”的“亚文体”以及由媒体催生的“报刊体”，形成了斑驳陆离、繁杂丰富的“文学／文体生态圈”，同时也促进了新旧文体、中外文体的磨合与互渗，由此也超越了新与旧、简单的“二元对立”，从宏阔的长远的文化视野来看，由此显示的“多体共存”现象和渐进“改良”特征，也许还是一种比较理想的人文状态。

有学者特别注意近代文体的整体形态，指出“在文体形态上，表现为从以传统文章学、文类学为基本标准、以经史子集四部为基本知识谱系和价值内核的传统文体形态，向具有明显西方知识体系与学术色彩、以西方近现代思想文化观念为价值追求的近现代文体形态转变。”③ 诚然，转变是历史大趋势，“变则通”是规律，且体现了渐进的历史特征。然而人们却非常容易忽

---

① 参见严复：《天演论》“译例言”，冯君豪注解，中州古籍出版社 1998 年版，第 1 页。

② 李继凯等：《20 世纪中国文学的文化创造》，中国社会科学出版社 2009 年版，第 326 页。

③ 左鹏军：《文化的中西古今之变与近代文体的转换新生》，《学术研究》2018 年第 5 期。

视稳定和守成的文化规律，将自觉继承、传扬已有的人文精神和文体形态视为"正当行为"。正是新与旧的交织、叠合、磨合，造就了近代文人书写的文体呈现出五花八门亦即"多体共存"的现象。既有与外来文化和文体密切相关的小说、诗歌、散文、戏剧等文学／文体形式，与此伴生的是逐渐活跃起来的译介著述、政论时评、翻译文学及报刊文章等，也有恪守传统文论理念和文体习惯的各种旧体文章（诗词曲赋、骈文联语、史传序跋等），文体、语词乃至使用的笔墨纸砚都散发着浓厚的传统气息。

三、多重"磨合"强化文学／文体"中介"特征

文体作为一种文化存在方式，也是在"文化磨合"中渐变、发展的。近代文学／文体的发展演变亦然，也是在中外磨合、新旧磨合的近代文化的生态环境中生成、建构的。而其生成、建构的取向即是走向更具有包容性、丰富性的"大现代"。在建构具有整合特征的"大现代文学／文体"过程中，近代文人无疑也有导引先路、铺路种树的贡献。其文体观念和文学实践构成了五四以降文学／文体最直接的源头。而近代文学／文体的多重磨合也在多方面强化了其"玉汝于成"的"中介"特征及作用。

实际上，中国近现代逐渐形成了一种具有总体性、综合性和持续性的"文化磨合"。而这种"文化磨合"也对中国"大现代"文学（从近代开始建构迄今仍在继续）的发生发展产生了深切而又重要的影响。从文化哲学层面上看，"文化磨合"折射了理想文化与现实文化的矛盾与冲突、对立与统一。异质文化之间只有不断地进行广泛的文化交流才能被刺激、启动，才能变则通、通则畅、畅则达、达则显，从而升华到新的文化境界，达到新的文化发展阶段。这也就是说，文化／文学的期待与现实的矛盾恰好是民族文化／文学发展的动力所在，必然会推动本民族文化在原有基础上多方借鉴并不断向前发展。文化"矛盾"的化解其实就是"文化磨合"，矛盾运动是过程，磨合融合是目的，反反复复而又生生不息，至今依然。在中国近现代历史进程

中，外来的文化征服与军事征服相携而至，于是文化帝国主义和军事帝国主义成为近现代极为突出的现象。但与此同时，"不打不相识"，中外文化由此相遇了，极其伟大而又艰难的"文化磨合"历程开始了。在中国，被帝国主义"打击式唤醒"的同时，近现代的文化交流、"文化磨合"包括各种学说或众多"主义"也给国人带来了极为丰富的文化启示。正是这种堪称驳杂而又雄浑的近现代"文化磨合"涌起的时代大环境，孕育了混合形态以及"多体共存"的文学和文体。而在这样的复合形态的文学世界中，众多新旧杂陈的文体承载的"文心"或精神，既有世界性的东西，也有中国独有的东西，更有多种文化混合、结合生成的东西。长期以来，我们经常处在"西化"与"国粹"两难的抉择中，对近现代以来作家的心魂与文本的探究，也总想分析哪些是西来的，哪些是本土的东西，并给出优劣、好坏或先进与落后之类的判断，结果却往往忽略了蕴藏于众多近现代文学名著文本中"磨合"生成的创造物，这种合金型的创造物是无论哪一个外国作家作品或中国作家作品（包括古代中国最杰出的作家作品）都无法取代的。窃以为这种由"文化磨合"而来的文化创造才是最值得我们珍视的。这其实也是近代文学/文体理论和实践给我们提供的"中国经验"。

总体看，近代文学文体确实出现了比较全面的嬗变。如前所述，四大文体都有一些"革命"性的变化，且在理论和实践上都取得了可观的进展。同时也都体现出了承先启后的中介特征，在文体的古今演变过程中发挥了"桥梁"作用。简而言之，近代文体的"中介"特征及作用主要体现在四个方面：其一是历史性的"承上"，即对古代文体的自然而然的继承，前述诗歌、散文、小说与戏曲四大文体都是依托既有的古代文体进行实质性改良的，根本做不到另起炉灶，这大概也是学术界习惯上仍将近代文学纳入"古代文学"大格局的内在原因（但从语词概念讲，说"古近代"别扭，说"近现代"顺畅，在这种习惯性的语词表达中，也表明了近代是逐渐脱离古代、较快走向现代的一个重要历史时期）。其二是过渡性的"启下"，近代文学发展包括文体嬗变的意义是指向现代的，具有指向当下、开启未来的价值取向。有学者称

"没有晚清,何来'五四'"①,这话语既有思想史的"现代性"意义,其实也有文体史的"现代性"意义。比如诗歌的近代化,无论在内涵还是形式方面都带有过渡性特征,其各种诗体的有限度的尝试包括口语化、新语句的采用,就启发了后来者可以进行更多的诗歌艺术探索。其三是与时俱进的"载道"。古代文学的"文以载道"作为一种强大的传统或"文心文道",到了近代也只是在体式上有所嬗变更新,在"载道"功能上依然受到重视,甚至赋予四大文体更多的教育功能和社会使命。文体所载的"古道"可以被置换为"新道",但仍是"旧瓶装新酒",新旧交合或杂糅的形态也别具魅力,也可以醉人心脾。这也许还是西化"启蒙"难以彻底达成的深层原因。其四是古今中外的"磨合"。文学发展和文体嬗变都与特定时代和文化环境密切相关。中国近代的主要特征之一是"被动性开放",在中西文化冲突交融、古今文化嬗变会通的背景下,外来文化与传统文化的遭遇促发了"文化磨合"现象,也助成了"文化磨合"的潜滋暗长,对近代文体的创化产生了非常直接的影响。比如在散文、小说和戏曲的变革过程中,外国文艺的译介和西方媒介(报刊)传入的影响就极为明显,而在众多文学文本中,研究者都可以"析出"古今中外的文化元素,都可以看到具有近代特征的"文化配方"及具有磨合痕迹的文句和故事。过去学界在探讨近代文体嬗变原因的时候,一些学者看重的是大时代政治的推动作用,认为在"旧民主主义"进入"新民主主义"的时代演进中,恰是时代政治引领了文学艺术发生了深刻的变化;一些学者则格外看重外来文学、舶来文化对近代文学文体的影响,认为新文体是"西化"变革旧文体的结果;还有一些学者努力发掘中国固有文化、文体资源的潜在影响,尤其在文化寻根、文化固本思潮兴起的某些阶段,这种强调文体

---

① 参见王德威:《被压抑的现代性:没有晚清,何来"五四"?》,该文收入王德威《想象中国的方法历史·小说·叙事》,百花文艺出版社 2016 年版。该文也是王德威《被压抑的现代性——晚清小说新论》(北京大学出版社 2005 年版)的"导论"。该文格外看重晚清即近代文学的现代化追求及其重要意义,认为应对晚清文化重新定位,应重识晚清时期的重要性和开创性。认为晚清文学的创作、出版及阅读蓬勃发展,真是前所未见。而小说一跃而为文类的大宗,更见证了传统文学体制的巨变。但最引人注目的是作者推陈出新、千奇百怪的实验冲动,较诸五四,毫不逊色。

自发变化创新的观点更有"文化自信"的特征。其实，这些论述都可以"自圆其说"。但在笔者看来，只能是各种古今中外文化资源和动因的合力创化，亦即"文化磨合"，才是持久、高效推进近代文学/文体发生嬗变和共存的"综合力量"，单一强调哪一方面都各有道理却不是全面而又恳切的说法。

在中国近代文学/文体世界中，"文化磨合"所取得的历史性成果是丰富的，新旧文体/文学得以共存共荣，直至今日乃至未来都很难摆脱这一基本格局。恰恰是基于中国近代文体/文学的经验，从五四时期到当前，我们无论如何进行文学革命还是讲述中国故事，都与中国近代奠基的文学思想、文学叙事、文学语言等有着千丝万缕的联系。由此可以彰显出中国近代文体/文学的"中介"作用。比如语言"文白"的论争和磨合，是近代以来很突出的文化现象，对文体也有持续的影响。因为文言与白话所形成的不同语体，对建构或确定文体规范有关键作用。在倡导白话文方面，近代的一些文化先驱如裘廷梁、陈荣衮等便作出了可贵的努力，既通过论辩彰显白话，也通过创办白话报刊推行白话。恰是近代裘廷梁们的"挺身而出"，才会有五四时期胡适们的"发起总攻"。胡适们明显是对裘廷梁们提倡的白话主张的继续言说和积极开拓。胡适的"八事说"或"八不主义"其实与裘廷梁的"八益之说"①也有着非常密切的关系。值得注意的是，尽管近代以来"文白之争"乃至文化斗争很激烈，争论者常常采取激烈乃至暴力化的话语来强化自己的主张，其间也有明显的"二元对立"思维的局限，这种激烈的论争在五四时期达到了一个高潮。但我们仍要看到，五四时期新旧文学在纷争中继续强化了来自近代的磨合态势，新文学崛起但并没有消灭也不可能消灭旧体文学（包括旧体诗词曲赋、传统戏剧戏曲、通俗文学及民间文学等），新旧文学其实各有其价值和作用。再如延安时期大力提倡工农兵文学，较多地继

---

① 裘廷梁：《论白话为维新之本》，载郭绍虞主编：《中国历代文论选》，上海古籍出版社2001年版，第401页。白话八益：一曰省日力，二曰除骄气，三曰免枉读，四曰保圣教，五曰便幼学，六曰炼心力，七曰少弃才，八曰便贫民。奇妙的是，裘廷梁提倡白话的文章采用的是文言语体。历史业已证明：文白皆有用。

承了新文学的传统，但依然对旧体文学的文体样式多有实践，并取得了显赫的业绩——延安革命家对旧体诗词的喜爱和实践，就促成了"怀安诗社"及怀安诗派的诞生，直接承续着近代诗词"旧瓶装新酒"的文体形态及抒情策略①；又如近些年来的文学，中外、新旧的界限其实更加模糊，崇尚后现代的作家文人往往对远古的民间的魔幻的东西更加痴迷，不少学者也都竭诚呼吁文化／文学的多样性。在文化／文学走向繁富的同时，传统文化、民间文化和外国文化都在文学／文体实践层面得到了尊重和发展的空间。事实证明，由近代以来的文学／文体实践证明，"通变"的方向是"大现代"，"通变"的目的是"更丰富"，而不是相反。近代以来的文化、文学、文体的运演（主要不是"天演"而是"人演"）不断证明了"采取的力求变革维新、思想解放、批判与磨合并举等文化策略的必要性和重要性"②。策略和智慧同在，各类事业的成功有赖于此，中国文学、文体的繁盛也有赖于此。

总之，中国文学文体的发展变化有其自身的规律或"节奏"，当文体发展进入不同的时期，有时是以守成平稳为主，有时却以创新求变为主。而中国近代文体的演变，却几乎同时体现了这样两种态势，既有守成平稳，也有创新求变，这是非常难能可贵的。与中国古代文体相比，中国近代文体毕竟发生了明显变化，客观上也推进了中国文学的发展，并开启了中国文学进入"大现代"建构的旅程，而这个旅程最引人注目也最耐人寻味的则是近代文人上下求索的"文体革命"诉求和难能可贵的创作实践。由此真正进入了本土文化／文学接受／融入世界文化／文学的时空，其价值意义显然已经远远超出文学文体改革本身了。

---

① 从文学史发展的角度来说，数十位延安革命家几十年来的大量诗词创作，是具有重要的文学史及诗史意义的：它们不仅继承传统文化／文学的精华，而且对中国近代开拓的文化道路、文学经验有自觉的继承和发扬。由此接续了近代诗歌传统并向现代延续发展，具有重要的文学史意义。延安时期由怀安诗社创造的诗词传统，值得深入研究。参见程国君、李继凯：《延安革命家的诗词创作实践及诗史价值》，《中国社会科学》2020 年第 3 期。

② 李继凯：《从文化策略视角看"大现代中国文学"》，《文艺争鸣》2019 年第 4 期。

第三节 五四新文化语境下的新文学创造

从"文化创造"而非"文化守成"的文化视域来考察五四文学，就会发现五四文学及其代表作家的文化活动和文学创作，总的来说确实具有崭新意义的文化创造，并且在对新文化或现代文化的不同形态（如民主、科学、自由主义与个性主义等）的追求中，经历了非常艰难曲折的"文化磨合"的过程。由此也可以认定，五四文学及"大现代"中国文学确实已经形成了自己的传统，其中围绕着民族重建、走向现代而兴起的启蒙主题、救亡主题、解放主题和建设主题等，构成了讲求"充分务实"的文化创造（观念上求实即觉醒启蒙，文学上写实即直面人生）的现代文学传统。这也可以视为五四文学最为重要的文化传统。这样的传统本身也很复杂，其形成原因自然也很多很复杂，而一旦形成后，则便作为文化性存在，成为一种无可否认也难以消解的历史性存在。即如近些年来学术界颇多争论的"现代性"，就确实集中体现着现代中国文化人的文化追求，其过程的艰难自不待言，但现代性的逐步获得或积极建构却也是基本事实。中国"现代性"的建构迄今亦未完成并与其他文化追求错综复杂地交织在一起，这种进程也并没有"终结"。

一、五四新文化语境与新文学创作

对现代中国学术思想（包括文学思潮）、文化历程进行回顾与反思，是学界的一项重要使命。其中最重要的一个问题，就是如何看待五四新文化运动。这不仅是因五四新文化运动自身的重要和影响的巨大，而且是因为五四新文化运动从整体上体现出了中华民族渴望新的文化创造的强烈冲动。压抑甚久的创造潜能在中外文化的碰撞与交融中，受到了空前的激发，在积极接纳、借鉴外来文化的同时，在多种向度、多个层面上进行了旨在创造新型文化的探索。是固守旧的文化传统，还是创造新的民族文化，围绕着文化选择及其相应的诸多现实问题，于五四时期发生了非常频繁、激烈的争论。这在客观上也造成了五四新文化运动的丰富和复杂：时代的强音和噪音交织在一起，精神的振奋和颓唐也交替发生，文化创造的成功和陷入误区的迷失形成了异态纷呈的文化景观。其中，作为五四新文化运动重要组成部分的新文学运动，也在令人激动的氛围中有声有色地展开，从文学观念、审美意识、价值尺度、创作方法到文体变革、语言转换和传播方式等众多方面，进行了一场名副其实而又意义深远的"文学革命"。由此，五四新文学以其鲜明的现代"大文学"的形态，成为中国文学史上重要的里程碑。丰富的五四是"说不完"的。历史记忆与现实体验的交织可以催生很多有意义的话题。从文学及史学的角度也可以论及激扬青春的五四、意在创新的五四、策略批判的五四、性别和谐的五四、文学母题的五四、文化传播的五四、"文化磨合"的五四、文化创语的五四和面向未来的五四等多个方面。由此也喻示着五四文化经脉的顽韧、通达，文化精神维度的多元、多向和文化命运的强健、博大。

五四新文学不是猝然之间降生的，其文化话语生成也有一个艰苦的过程。可以说，其生命和孕育实际在近代文化（文学）中就植下了根苗。尤其是在清末民初亦即 19—20 世纪之交，中国历史和文化已经发生了相当重要的变化，从而形成了一种新的国内环境，同时初步形成了一种能够迎纳外来文化、努力建构新型文化的新文化语境，这就为新兴的文化话语提供了适宜的土壤和传播的环境，并在这特定的语言环境中赋予新兴文化话语以特定的语义及语用功能。这也就是说，文化语境为文化话语、文化创造提供了不可或缺的氛围与背景。离开了一定的文化语境而孤立、抽象地看待某些文化话语，便有可能造成对历史上的文化话语产生误解或曲解。因此，这也就要求我们在研究历史文化（文学）现象时，应依循历史唯物主义的方法，尊重历史、回复语境，深入细致地探察文化（文学）现象发生发展的来龙去脉。面对五四新文学，我们首先要关注的就是新文化语境及其由近代而来的逐渐生成。如果说近代是中国文学从传统到现代转型过程中一个极其关键的过渡时期，那么，其由近代而来逐渐生成的新文化语境也就成了五四新文学最直接的一个话语来源。

在鸦片战争之后，强行送来的西学和主动拿来的西学逐渐汇成了"西学东渐"的沛然莫御之势，构成了对中国积弊甚多的传统文化的强有力的冲击（但不是消灭），使中国开始艰难地从师法西方物质文化的自觉层面（如"师夷长技"及洋务运动等），进至师法西方政治文化、价值文化或精神文化的自觉层面（如维新运动、民主运动、宗教传播及准新文化运动等），在军事、经济、文艺、教育、宗教以及政治、法律等许多方面显示了日益增多的"西化"色彩，从而加速了中国迈向"近代"的进程，开始由一个故步自封的古老国家，艰难地向趋向开放、迎纳新知的国家转化。尽管这一转化过程所渗入的"殖民文化"因素曾引起种种刻骨铭心的痛苦，但其总体显示的跨文化影响，主导方面无疑是积极的，预示着一种民族新生的强烈希冀，并由此引发了一系列具体的对于文化更新的策略性思考：各种出于救亡自强的文化策略，诸如"师夷长技""中体西用""启蒙西化""变法维新""民主革命"等，陆续出台亮相，其"求新声于异邦"的思路在历史上均显示了应有的进步作用和难以避免的局限性。在当时的"策划人"和"实践者"中，来华的外国人、改良的维新派及"帝党"、海外的中国人（主要是在海外的留学生及一些官员、商人等）、新式学校的师生、新型的文化工作者（主要是编辑、作家、翻译家、记者等）是推动中国"近代化"的主要"人力"。而由此引发的生活、心灵及文学上的诸多变化，便逐渐形成了一种较之古往不同的新的文化氛围，建构了一种致力于革故鼎新的新的文化语境，产生了越来越强烈的创造新型文化的冲动。孙郁在《同人们》①一文中谈到《新青年》同人之间的书信，从中亦可看出他们的奋斗精神和创造意志。面对旧有文化遗存和现实文化危机，"知识群落的使命之一，就是直面着它，且以创造的精神构建自己的生活。有一种奇怪的论点曾说，鲁迅这些人以自怨自贱的方式对

---

① 《十月》2005 年第 3 期。

待世界，且败坏了自己的判断力。事实却恰恰相反，那一代人对自我和周围的世界看得何等清楚、透彻！一个不懂得痛感，且与旧我分离的人，至少可以说是麻木的。但那一代人却唤起了沉睡的民众，使麻木的人们懂得了站立的价值。他们以恶意的方式，建立了人间世善的园地，又不惜背着黑暗的重负和恶的名声，放人们到光明的地方去。今天的人们，觉得他们是如此的遥远，又如此的亲近，那是自然而然的了。"无论创新的人们蒙受多少攻击和委屈，但他们对创新的渴望或冲动却总是难以遏制的。

如果说这种趋新的文化创造冲动必然会参与重构中国"现实"文化和"未来"文化，那么由此而来的逼近当时的近代文化（文学）所提供的文化土壤、文化语境，便顺其自然地构成了五四文学赖以诞生的关键性的前提条件。事实上，只要从发展的眼光来看清末民初的"近代"文学，就会看到它是典型的过渡文学，在"完形"近代化、趋向现代化方面起到了特殊作用，尤其是为五四新文化（文学）提供了文化语境得以生成的诸多条件，使悠久的中国传统文化的"定势"逐渐被一种要求文化创新的"强势"所代替，并不断由此生成新的文化话语，构成更加趋新的文化语境，引发更大规模也更加深刻的新文化（文学）运动。在 1919 年五四运动爆发的前后，于思想文化领域曾发生过一场规模空前的文化革命运动。这次新文化运动虽以五四这一最具轰动性的日期来命名，但它的起点却应该向前追溯。事实正如《五四新文化的源流》① 的作者陈万雄在该书"序言"中指出的那样："五四新文化运动的肇始，是以 1915 年《青年杂志》的创刊为标志。1917 年北京大学新文化运动倡导力量的结集，遂使运动得以风靡全国。""作为五四新文化运动的重要内容，无论是反传统思想、白话文的倡导、西方文学理论的介绍等，都可在晚清追溯到其渊源，而五四新文化运动之与此前的辛亥革命运动在革新思想上更有一脉相承的条理。"在晚清民初以来的文化环境中诞生了《青年杂志》（1915 年 9 月创刊于上海），而《青年杂志》（从第 2 卷始更名为《新青年》）

---

① 生活·读书·新知三联书店 1997 年版。

又成了新一轮文化运动肇始的标志。耐人寻味的是，这个后来以《新青年》的刊名著称于世的刊物，集中体现了一代青年知识分子渴望创造新型文化和现代"大文学"的心愿和激情。其创刊号上不仅发表了主编陈独秀激情洋溢的《敬告青年》一文，向青年殷殷地提出了六点希望，而且在封面上非常醒目地印着美国著名的成功者（也是成功学的缔造者之一）卡内基的肖像，同期杂志还发了彭德尊撰写的《艰苦力行之成功者·卡内基传》①。而北京大学本身昭示于天地之间的"自由精神"和"创造精神"，也已成为新文化新文学传统的核心意涵。

由此也昭示了当时中外文化汇通所形成的新的文化语境，的确能够培植出新鲜的话语，并由"文化习语"进至"文化创语"，以其富有生机的文化力量参与重构文化语境，使新文化运动展示出更加辉煌的文化景观，同时也使《新青年》成了五四新文化运动的中心刊物和最重要的文化阵地。赖此，《新青年》同人既可以酣畅淋漓地发挥其创造潜能，写出正面提倡和阐发新文化种种主张的华彩篇章，亦可有针对性地对种种文化保守主义主张给予必要的反驳与批判。同时在其他许多进步刊物的响应、声援或互补、映衬下，将思想启蒙运动和文学革命运动推向高潮。1917 年初，《新青年》连续推出胡适的《文学改良刍议》、陈独秀的《文学革命论》等提倡新文学的重要论文，不仅表明着承续晚清而来的新文化运动结出了新的理论果实，而且鲜明地昭示着一种更加新颖的非古非纯的"大文学"必将诞生。

二、启蒙热与文学热的兴起

在五四新文化运动及相应的新文学运动中，含蕴于新的文化语境中的话语透现出了鲜明的倾向性，这便是倾向于对旧文化、旧文学的变革，倾向于

---

① 卡内基，现通译为"卡耐基"。在这篇传记中，综述卡耐基成长、成功的历史，将其描写成为一个自尊自强的理想人物，意在感召中国青年向他学习。

对新文化、新文学的创造，倾向于启蒙主义的"改革国民劣根性"，也倾向于在"立人"的基础上"立国"，亦即实现文化救亡，从而体现出五四时代特定的文化政治使命。《新青年》"标志着新的知识分子群体开始按照他们所理解的现代意义与标准，尝试重建中国社会的价值体系"①。胡适即曾将《新青年》同人的文化言论明确概括为"重新估定一切价值"。循此理路，五四人便针对旧文化、旧文学的弊端开展了声势浩大的文化批判和文学批评，同时也在力所能及的情况下进行新文化、新文学的建设，从而致力于中国文化传统的创造性转化，促使中国文化和文学发生深刻的变革，并获得长足的发展。

就新文化、新文学运动的总的倾向来看，在外来先进文化影响下，五四人高擎的是民主与科学这两面思想文化旗帜。正是由于对民主与科学为代表的先进文化的接受和信赖，遂兴起了影响极其深远的"启蒙热"（即思想革命）和"文学热"（即文学革命）。而在文学革命亦即创造新文学的追求中，也充分地体现出了新文化运动的启蒙主义的精神特征。自然，启蒙思潮和启蒙文学的兴起也可以说是近现代中国发展的历史必然，"启蒙"从某种意义上业已成为现代中国人尤其是人文知识分子的精神追求的一种"信仰"，并着意于张扬民主和科学，反对封建专制与愚昧，提倡新道德、新文学，反对旧道德、旧文学，由此构成了新文化、新文学最具倾向性的内容，同时也构成了一次相当彻底的对旧文化、旧文学的变革。在文学理论上也通过凝练和增益启蒙话语来建构其现代品质。"启蒙话语的建构是中国文学理论现代性的主导性的核心思路，其主要价值取向是人的主体性的自觉与获得，是人的解放与人性的全面提升，由此形成了文学价值论中的功利主义和文学创作论中的现实主义。"②不仅如此，也在相当深潜的层面上，促进了国人（尤其是追求进步青年学子）的文化心理的更新。《新潮》第一卷第五号上发表的《白

---

① 许纪霖等主编：《中国现代化史》第 1 卷，上海三联书店 1995 年版，第 299 页。

② 姜文振：《中国文学理论现代性问题研究》，人民文学出版社 2005 年版，第 59 页。

话文学与心理的改换》(傅斯年)便体现了这种理性的自觉。文章强调指出,可用"心理改换"一说来代替"思想革命",因为"心理改换"不仅包括了思想的革命,而且还包括了感情的发展。文章认为"思想固然有一部分创造的力量,然而不如感情更有创造的力量"。此语抑或有偏颇之处,但却将人们的视线引向文化心理变革的更加广阔和深微的空间,不仅包括了理性上的变革与创造,而且也包括了非理性方面(情感无意识及灵感体验等)激发的变革与创造。该文值得注意的还有对文学的文化建设功能的强调,认为文学是发达人生的重要手段,"凡提高人生以外的文学,都是应该排斥的"。即谓能够改善、增益人生与社会的文学,能够提高人的整体素质的文学,因其体现了文化建设的宗旨而应予以提倡,反之,则应予以"排斥"。这种来自"新潮社"的声音,在五四时期所盛行的"人的文学"世界中,可以说得到了极普遍的呼应。正是由于有五四时期众多作家及社团流派的共同参与,才有了五四新文化、新文学的辉煌业绩,以及投入文化(文学)创造过程的令人称羡的前倾的文化姿态与昂扬的精神风貌。五四人意识到了文学艺术作为人之自由本性对象化的产物,能够以艺术的形式使"个人生命与人类生命"得以"结合、交流、融会、扩大",从而成为"一种文化或文明的利器"①。这从鲁迅创作的"启蒙文学"、周作人提倡的"人的文学"、李大钊呼唤的"青春文学"以及创造社崇尚的浪漫文学、文学研究会崇尚的写实文学中,都可以看出新文学的文化建设功能及作用,既可以提高人的素质文化,优化人的文化行为,又可以在自由创造的欣慰中,激发出更大的革新与重构文化(文学)的热情。

倘要具体地缕述五四新文学融会中外、别出新机的文化内涵,则必将涉及它的极其丰富而又复杂的众多方面,而仅仅强调作为新文学的变革性、创造性的文化内涵,也至少要涉及以下几个方面。

其一,变革传统的伦理文化和封建的专制主义,创造以"新道德""新

---

① 柯庆明:《文学美学综论》,春风文艺出版社 1988 年版,第 64 页。

民主"为标志的人本文化与民主文化。五四运动的时代命题首先是基于爱国主义（民族主义）而萌发的反对帝国主义，其次是基于个性主义而萌发的反对封建主义。这种特定的政治性运动的内涵在与新文化运动相结合时，发生了结构性的重要变化，亦即在文化视境中，基于个性主义的反对封建主义的文化追求上升到了首要位置，启蒙理性超越了民族自恋情绪，由此也可以格外清晰地看到外来进步文化的积极影响。在这里，西方的民主、科学思想成了反对封建专制主义、蒙昧主义的犀利的思想武器。从这种角度来看鲁迅和钱玄同关于"铁屋子"的对话，当可以看出其所内蕴的丰富的文化象征内涵。于"铁屋子"中唤醒昏睡者的努力实际正是一次带有反抗绝望色彩的文化突围。值得注意的是，在五四时期，因受西方各种先进思想学说（包括马克思主义）的影响，封建传统文化的"权威"或文化话语的"霸权"受到了猛烈的冲击，来自资产阶级和无产阶级的新的文化话语，在挑战和颠覆封建文化话语的同时，也在努力建立自己的文化话语。"人的文学"的普遍崛起和早期"革命文学"的积极提倡，就正是对新文化话语权力的努力争取。周作人在《人的文学》《平民文学》中提出了以个性主义、人道主义与人的文学、平民文学相统一的新文学主张，产生了广泛的影响，且在理论建构上也有某些创新之处 ①；胡适在新诗《威权》《一念》等尝试性的作品中，对封建"威权"的消解及对个性自由的渴念已经表现得相当鲜明。类似于周、胡的呼声在五四时期诚是响彻云霄、震撼心灵的，尤其是在鲁迅、郭沫若那里，真正创造出了足以代表五四新文学成就的"诗的话语"，使新生的文学站稳了脚跟。胡风曾说："借用'人的发现'这一旧的说法来形容五四的历史意义，虽然浮泛是有些浮泛，但我想并不大错。这并不是说，五四以前的一部中国文学史没有写人，没有写人的心理和性格，但那在基本上只不过是被动的人，在被铸成了的命运下面为个人的遭遇或悲或喜或哭或笑的人。到了五四，所谓新文学，在这个古老

---

① 参见袁少冲：《周作人早期"人学"思想价值新论》，《鲁迅研究月刊》2008 年第 8 期。

的土地上突然出现了。那里面也当然是为个人的遭遇或悲或喜或哭或笑的人，但他们的或悲或喜或哭或笑却同时宣告了那个被铸成了的命运的从内部产生的破裂。"① 尽管胡风的感悟和表达未必都很准确，但他强调五四新文学中提倡的人生与传统"铸成了的命运"明显不同，却是相当精辟的见解。

其二，变革封建的封闭文化、迷信文化，创造进步的开放文化和科学文化。为了创造新文化、创作新文学而主动奉行"拿来主义"，已成了五四一代人的文化共识与文化抉择。除了鲁迅、郭沫若、茅盾等人之外，其他许多作家、评论家在这方面也都有非常清晰的表述。比如刘大白说："一国的文学，如果不和外国文学相接触，一点不受外来的影响，年代久了，一定会入于衰老的状态，而陈陈相因地变不出新花样来，终于得到腐朽的结果的。"② 郑振铎说："想在中国创造新文学，从那些纷如乱丝的，古典式的，陈陈相因的，大部分为非人的文学书中，是决不能成功的。所以不能不取材于世界各国。取愈多而所得愈深。新文学始可以有发达的希望。"③ 作为倡导新文化、新文学运动的先驱者陈独秀和胡适，也将文化视野充分敞开，说出了这样果决的话："吾国文学界豪杰之士，有自负为中国之虞哥、左喇、挂特、郝卜特曼、狄铿士、王尔德者乎？有不顾迂儒之毁誉，明目张胆以与十八妖魔宣战者乎。予愿拖四十二生的大炮，为之前驱。"④"西洋的文学的方法，比我们的文学，实在完备得多，高明得多，不可不取例。"⑤ 正是由于五四作家对西方文化和文学的高度重视，所以才会出现这样的文学敞开胸怀、广纳博取的景观："十九世纪到二十世纪这百多年来的西欧活动过了的文学倾向也纷至沓来地流入到中国。浪漫主义、现实主义、象征主义、新古典主义，

① 胡风：《文学上的五四》，载《吹芦笛的诗人》，华夏出版社1999年版，第108页。
② 刘大白：《从毛诗说到楚辞》，《当代诗文》创刊号（1921年11月）。
③ 郑振铎：《文学丛谈》，《小说月报》第12卷第1号（1921年1月）。
④ 陈独秀：《文学革命论》，《新青年》第2卷第6号（1917年2月）。
⑤ 胡适：《建设的文学革命论》，《新青年》第4卷第4号（1918年4月）。

甚至表现派、未来派等尚未成熟的倾向都在这五年间（指 1922—1926 年，引者注）在中国文学史上露过一下面目。"① 由此也拓宽了五四新文学自由创造的空间，在借鉴乃至模仿外国各种文学流派（多是通过翻译文学）的情况下，推出了众多趋新或崭新的作品，在总体上使五四新文学呈现出了丰富多彩而又自由多样的"天文学"状貌。其中，基于"女性解放"思想而兴起的女性文学，便在丰富青春内容方面提供了非常新鲜的东西。相当一批女作家借助于五四新文化运动及其文化语境，得以进入文坛，浮出地表，在变革传统的男尊女卑文化、消解男权中心意识、创造男女平等的社会文化方面，作出了历史性的重要贡献。从冰心、庐隐到丁玲，20 世纪初期女性文学的灿烂一页由她们写就。同时，认同男女平等的男性作家也日见增多，他们与辜鸿铭式的人物所奉行的妻妾主义不同。他们同情女性的不幸，理解新女性的追求，透察女性异化的文化根因，在创作中充分表现出了对男权中心文化弊端的清醒认识，在郭沫若、冯至等抒情诗人那里，甚至表现出了对理想女性的深深的崇拜与期待。

其三，变革陈腐的文言语体与文学模式，创造以白话为表征的语言文化与中西结合的文学范式。"语言活动是在文化的大背景中进行的，作家的文体创造，《新青年》在创刊不久，便发表了《现代欧洲文艺史谭》等文，介绍了西方各种文艺思潮。读者的文体期待以及文体本身，都有深厚的文化意味，语言本身就是文化。"② 所以，五四新文学作为文化成果既与五四新文化运动、五四新文学运动密切相关，也就必然与五四白话文运动密切相关。甚至从文学本体的意义上讲，与后者的关系更密切、更直接、更醒目。故而胡适不仅在《文学改良刍议》中强调"务去滥调套语""不用典""不讲对仗""不避俗字"等，而且在《建设的文学革命论》中，更加关注文学语言形式的"白话"变革，径直提出要以"国语的文学，文学的国语"作为文学革命的宗旨。

---

① 郑伯奇：《中国新文学大系·小说三集》导言，上海良友图书印刷公司 1936 年版。
② 陶东风：《文体演变及其文化意味》，云南人民出版社 1994 年版，第 125 页。

另外还撰写了《白话文学史》来阐扬其"白话文学正宗"说。在创作上也进行了相应的"尝试"，写出了白话诗集《尝试集》和白话话剧《终身大事》等，体现出了相当可贵的语言变革的价值。胡适的"白话"观及其实践，应该说是抓住了中国文学变革的一个要害。这从林纾等守旧派的"痛恨"中亦可得到反证。尽管有林纾等人竭力阻遏白话文运动，但"白话学堂"却越办越红火，其势已锐不可当。据统计，在五四新文化运动高潮期，全国至少已有四百余种白话报刊出版，更加之有鲁迅的白话小说、郭沫若的白话诗歌以及文学研究会、创造社、新潮社、戏剧协社等众多社团作家的白话创作，这就撑起了崭新的语言文化空间，形成了"强势"的文化环境，并迫使统治者当局不得不承认白话为"国语"，通令国民学校采用，使白话历史性地赢得了"合法"的地位。正是从五四时期开始，白话成了中国语言文化的表征，也成了中国文学的基本语言形式，这不仅将中国文学导入了一个崭新的时代，而且也对整个中国文化的变革或重建，起到了绝不可轻视的重要作用。就中国文学的"可持续发展"而言，扫清陈腐的语言障碍固然是非常重要的方面，但也不能忽视对僵化的传统文学模式进行变革。伴随着五四的"人的觉醒"和"文的自觉"，构成传统文学模式的"老八股、老教条"渐次失去了其文学范式的约束力，创构新的文学范式在诸文体的创作实践中得以鲜明地体现了出来。于是，五四新文学的体式变革便取得了实质性的胜利和长足的进步。在文体建构方面，除了语言形式的"白话"化或"现代汉语"化之外，诸文体在外国文学以及民间文学的积极影响下，均发生了明显的变化。小说的文化地位的提升，客观上促进了五四作家对小说体式的意识觉醒与强化，而外国小说艺术的新颖别致，对五四小说家来说，也带来许多有益的启示。比如，有学者在细致考察异域文学影响下的中国现代小说时，便断言："中国现代小说的形成与发展，是属于西方模式的"①。尽管这话说得太过，有以"西"代"中"之嫌，但确实强调指出了西洋小说艺术对中国现代小说产生

① 应锦襄等：《世界文学格局中的中国小说》，北京大学出版社1997年版，第189页。

的突出的影响作用。不过，真正的艺术创造绝不是对某种单纯的文学模式的因袭或模仿，尤其是在"世界走向中国"及中国开始走向世界的开放时代，单纯地因袭传统文学或模仿西方文学，都难以成就杰出的作品。只有那些善于吸收中外文化（文学）营养而又能够融会再造的作家，才有可能出手不凡，比如鲁迅和郁达夫可以说就是这样的作家。当然，"在文体的创造和变迁中，继承和变异总是如影随形。一个作家为了进行艺术传达，必须用充满（似应改为'带有'）因袭形式的语言。创造离不开某种程度的因袭。已有的文体会限制作家的传达能力，但同时也赋予他表达的能力，在特定的时间里必须适应已有表达方式的经验，同时又会破坏这些方式。这个过程是辩证的"①。在诗歌体式更新方面，胡适等人的尝试之功固然不可埋没，但郭沫若的奠基作用却最为突出。诗乃中国文学正宗，体式完备，格律森严，唯其如此，革新诗体也最艰难。郭沫若凭借融会中西诗风和猛打猛冲的闯劲，以激情洋溢的浪漫主义诗歌，把现代白话自由体诗送上了诗坛的中场席位。此外，新月派对现代新诗的"新格律"化的提倡，陆志苇、刘半农、冯至、沈尹默、康白情、刘大白等人对新诗体式多向度的探索，使现代白话新诗的自由诗体、无韵诗体及散文诗体等都得到了相当成功的构建，并初步产生了一批优秀或比较优秀的新诗。在戏剧和散文的体式革新方面，五四作家也都进行了重要的创新实践。胡适、田汉、欧阳予倩、汪仲贤等人在移植与创作中国话剧方面，都写下了可贵的一笔。鲁迅、周作人在现代杂文、小品散文等文体的创新方面，是有口皆碑的。此外，瞿秋白的报告文学、冰心的抒情书信、朱自清的写景妙文、叶圣陶的写实散文、林语堂的幽默小品、郁达夫的现代游记（或"文化散文"），等等，也都在五四新文学的文体革新方面，作出了弥足珍贵的贡献。

---

① 夏德勇：《中国现代小说文体与文化论》，中国广播电视出版社 2005 年版，第 32—33 页。

三、新文学的六大文化母题

五四是一场空前的民族新文化运动，是在中外文化碰撞、交会、融通中试图整体改革陷于僵化的民族文化传统、重建具有活力的现代民族文化的一场新文化运动。更新民族自我、改善民族命运的文化启蒙和文化救亡的双重选择和积极实践，构成了极为辉煌也极具创造性的伟大历史事件和历史丰碑。其五彩缤纷的文化板块和百家争鸣的文化语境非常生动地显示了文化创新所必不可少的时代条件，同时也由此昭示了"大五四"的多元多样、兼容百家的宏阔的文化视境。然而总有些人将五四狭隘化、片面化，或仅赞其文化批判的威力，或仅贬其文化激进的偏颇；或刻意强调其西化倾向，或着力批评其形而上学，其居心也许并非不良，但却都有违历史的基本事实，与多元互补的系统完整的"大五四"观不相吻合。正由于误解误读甚多，以及传统惰性力的强大，也便造成了五四精神，尤其是其文化创新精神的普遍失落。

在 19、20 世纪之交，文化创新意识的生成和张扬，成为中华民族追求进步、自强不息的一个重要标志，并由此得以逐渐提高文化创新能力、改善文化创造环境。作为一场久蓄必发的新文化运动，五四的文化创新自然是针对中国古旧传统而言的，它既包括精神文化层面的创新，尤其是价值观念的现代转换，也包括物质文化层面和制度文化层面的创新，尤其是对家国同构的封建制度和生活方式的改变。如果说文化创新是民族文化进步的灵魂所在或文化国力提升的动力机制，那么五四新文化运动的历史合理性和现实重要性便是毋庸置疑的。

无论是从历史语境还是现实问题来看五四，无论是从民族利益还是人类需要来看五四，五四以文化创新为主而非以文化保守为主，其文化创造远大于文化因袭、文化移植及文化剽窃；五四以文化增殖为主而非以文化贬值为主，文化的质和量较前有所提高而不是有所减低；五四以积极的文化解构为主而非以消极的文化解构为主，亦即以文化"输血"为主而非以文化"放血"为主，以文化"疗救"为主而非以文化"自杀"为主；五四以建构性的文化转型为主而非以告别性的文化决裂为主，根深蒂固的爱国情结、民本思想以及知识者的忧患意识等，与现代的科学强国、民主自由思想实际已经有了相当深切的融合；即使是五四的文化激进主义，其作为文化策略的实践价值也一再为"铁屋子"改建之难的严酷现实所验证，何况作为新生的弱势文化，即使声嘶力竭地"呐喊"，其启蒙的作用也并不见得怎样显著……在五四新文化运动中，我们既可以看到中华民族抑压甚久的创造潜能受到了空前的激发，在积极接纳、借鉴外来文化的同时，在多种向度、多个层面上进行了旨在创造新型文化的探索，但也可以看到彼时的文化界确是歧路纵横、众声喧哗，信仰不同"主义"的人们在莫名的激动中冲入了沙漠、沼泽与荒原，跋涉一场，辛劳一阵，结果一切似乎还是旧模样，不少人竟如出走的娜拉，不是堕落，就是回去，像鲁迅那样"荷戟独彷徨"而仍"上下求索""反抗绝望"的，寥寥无几。这也就使我们在领略五四文化创造的有如太阳初升般伟力的时候，几乎是同步看到了五四像月亮隐落般苍凉而又无奈的情形。

五四诚然是一个伟大的开端，也一度取得了显赫的文化创新的伟绩，但还难以说取得了如所期许的成功。民主、科学、自由、平等，反帝、反封建，提倡新道德、提倡新文学，等等，大多还局限于话语层面或刚刚步入文化创新的初级阶段。大致可以说，既未获官方鼎力支持又未获大众普遍接受的五四新文化，在当时整个文化格局中还并未争得主导地位或成为真正的主流文化。知识者"醒后无路可走"的困境和不期而然的分化，以及此后时局的变迁、革命的高涨、救亡的急迫、强权的延宕，也都表明五四新文化的许多重要命题被莫名其妙地悬搁了起来，并成为跨世纪的难题。那种出于短视而挥别五四以图通过暴力一蹴而就的选择，实际已把一些难题留存了下来，还不期而然地增加了它们的复杂性。五四确未彻底解决 20 世纪中国的难题，这似乎给某些人留下了攻击的话柄。

不过，至今依然让人心折的是五四人的创造新文化的昂扬姿态和勇敢精神。即使以超越的目光去看待五四人创造的文化果实，却也难以忘怀五四人那种洋溢着青春气息的文化姿态和神态。五四人在继往开来中拓展出了一片创造新文化的天地。

五四新文化运动及相应的新文学运动促发了影响广远的"启蒙热"（即思想革命）和"文学热"（即文学革命）。而二者的密切交融便形成了五四文学丰富的文化主题意蕴。大致而言有六大文化主题亦即文学母题：

一为理想主题，追求民主主义和社会主义；

二为理性主题，弘扬科学主义和人道主义；

三为现实主题，践行实用主义和民族主义；

四为批判主题，反对封建主义和殖民主义；

五为浪漫主题，热恋个人主义和自由主义；

六为永恒主题，心许爱情主义和女性主义。

在五四时期，作为理想主题意蕴出现的民主主义思想倾向非常鲜明，连"革命"也以之命名。但在实际生活中基本尚属"理想"性的存在，尤其相对于根深蒂固的封建主义定式而言，民主主义的追求则更具理想色彩。而作为进一步的社会主义思想倾向虽然探出了头角，但大抵仍属乌托邦范畴（其实这还并不限于五四时期）。在文学创作和批评中，民主主义体现得较为充分，而社会主义却还基本停留在概念化阶段。作为理性主题意蕴的科学主义和人道主义，在赋予五四文学以现代性的"科学性"和"人性"的时候，将"白话文学"的优势和"人的文学"的魅力表现得相当充分——广义的科学精神与人道精神，对身处"铁屋子"中甚久的人们来说，是启蒙启迪启智的法宝，也是动人动心动魄的灵药。作为现实主题意蕴的实用主义和民族主义，特别明确地昭示出五四新文化、新文学的功利性，并在特定时空条件下为这功利设定了边界。所谓救亡、爱国以及诸多变幻的诗化表达，大抵皆根源于积淀甚深的实用理性及民族情结，因之贯通着并未"断裂"的民族传统文化的血脉。作为批判主题意蕴所关涉的封建主义和殖民主义，首先是以被批判的对象，出现于五四时期盛行的文化话语之中，五四人由此推出了一系列旨在彻底反封反帝的学术论著与文学作品；其次是作为潜在的批判性文化力量，出现在与新文化、与民族文化的对抗中，并在文化保守主义的"守望"和殖民主义文化的"侵略"中隐含着否定性的批判意向——封建传统文化和殖民外来文化在客观上分别对救正逐新的文化盲动和本土文化的封闭滞后，也有其不可忽视的作用，亦即文化保守与文化侵略有时也会起到一定的积极作用。作为浪漫主题意蕴的个人主义和自由主义，带着前所未有的激情、热情包括爱情以及西方浪漫主义的影响创造出了多情而又奔放的文学景观，以至于梁实秋眼中的五四新文学"到处弥漫着抒情主义"的气氛，浪漫主义和渗透浪漫主义因素的现实主义文学，将五四烘托成了勃发的浪漫抒情的时代。然而同时也由于个人主义和自由主义毕竟与中国传统和现实相冲突而显得有些荒诞不经。作为永恒主题意蕴的爱情主义和女权主义，被打上了鲜明的时代烙印。向来作为被蹂躏、被压抑的"隐形"文化形态的爱情文化和女性文化，在五四新文化运动中，终于比较彻底地冲破了封建礼教和男权文化的禁锢，以相当动人的姿态上演了恋爱自由和女性解放的歌舞。中国传统伦理文化在性际关系的措置上煞费苦心，曾经制造和继续制造着无数个"维持会"式的家庭以及数不清的人间悲剧。由此，也更使人难忘五四。是五四对传统的男尊女卑、男女授受不亲的礼教观念给予了猛烈抨击，使爱情主义和女权主义"浮出地表"，在文学中有了相当充分的表现。

通观"大现代"中国文化（文学）历程，可以说在大部分时段里，五四新文化传统，尤其是五四的文化创造精神未能得到很好的继承和发展，在不少方面抑或在主要方面反而出现了严重失落的现象。比如五四时期作为文化旗帜高举的"民主"和"科学"，在中国 20 世纪的文化历程中几乎也是两位命运最为坎坷的"先生"了。

五四精神或新文化传统并未完全失去。其如春风化雨所滋润的心田也总会顽强地生成着自由的思想和向上的欲望，将民主、科学、自由、平等以及其他现代性文化观念付诸百折不挠的社会实践，从而保持文化创新和文化更新的内在活力。有学者指出："只有直接面对当下的欲望表现，在前人智慧的基础上进行新的欲望叙述，我们才会有真正属于我们自己的新的文化创造。"①比如，鲁迅就是直面现实和欲望的代表性作家，其清醒冷峻的文化批判思想、改造国民性思想、立人立国思想以及他的"反抗绝望"意识、"中间物"意识和独立不羁的人格与文格，等等，也皆有一些真正的传人，从而守护住来自五四并有所发展的精神自由和话语空间，不断冲破思想禁锢，包括突破虚伪地神化鲁迅的话语障碍，艰难却也坚实地推进着社会的发展、文化的创新包括"鲁学"自身的重建。当然，五四新文化运动本身还仅限于对"现代性"文化的初建，存在不足之处在所难免，其中对外来文化和传统文化皆存在着一定程度的双向"误读"，包括五四的激进，其间也有利弊等不同之处应加区别对待，对此也应深入研究并从中汲取应有的教训。然而却不能以偏概全面整体否定五四，更不可蓄意诬陷、妄加罪名，置五四于万劫不复的境地。倘执意否定五四，其结果既会徒劳无益，也易于导致知识者自我戕害而失去共同奋斗的目标。在笔者看来，五四时期大抵算是中国知识分子的一个真正的春天。春天的气息沁人心脾，激活了久未爆发的文化创造潜力，疏导了深似海洋般的情感源泉。在这种意义上也就可以说，春天般的五四诚是现代知识者心中葱俊的有进取气象的"恋人"，故而知识者与五四不应相厌相弃，而应相伴相恋，心意相通，携手并进，启迪来人，迎接更加自由、幸福、美丽的春天。

五四新文化运动及新文学运动，从一开始便将"现代性"文化的两个主角"民主"与"科学"推上了前台或前锋的位置，使其带动了思想解放、人的解放与文学革命等多方面的文化变革，并在总体上显现出了令人振奋的新的民族文化取向，即对"现代性"文化的积极构建。就五四人对这种新型文化构建的实际成就（包括文学成就）而言，也许是不尽如人意的，在今天看来可以指陈的局限不少，如某些文化观点的偏激、文化思想的单薄，文学创

---

① 程文超等:《欲望的重新叙述——20 世纪中国的文学叙事与文艺精神》，广西师范大学出版社 2005 年版，第 26 页。

作的幼稚以及创作心理的障碍等，但就是从五四初建的"现代性"而非"复古性"的文化世界中，却异常清晰地凸显出了五四人从事新型文化创造的不避艰辛的战斗姿态，凸显出了他们积极而又亢奋的精神状态，同时展示出了一系列别有意味的文化创造活动，从而在促使整个中国文化、中国文学的现代转型方面，起到了重大作用。从中国现代文化史、中国现代文学史来看，其现代化转型的确是既艰难又复杂多变的，不能因为后来发生的曲折而失悔当初迈出了五四那一勇敢的步伐。事实上如前所述，五四新文化近动和新文学运动的发生发展，是其特定文化语境中的文化创造与文化抉择，不仅具有着丰富的文化内涵，而且具有多方面的文化启迪的价值与意义。仅从五四新文学来看，主要有如下一些方面值得注意。

（一）五四新文学承载并发展着五四新文化的精神，体现并弘扬了新文化的创造品格。以五四新文化、新文学所竭力倡扬的民主与科学的现代性文化精神为核心而建构的文化体系，其根本的文化立场便是对封建传统文化的叛逆和对现代新型文化的创造，其主要的文化策略便是通过"文化习语"、文化借鉴和对旧文化、旧道德的清算与否定，呼唤新文化、新道德的诞生和发展。在这里不仅充盈着对因循守旧的传统的厌弃，渴望着对"凤凰涅槃"的新生的追求，展示着初建的现代性文化的丰富内涵（诸如民主与科学等观念影响下的思想解放、个性解放、平等自由、妇女解放、劳工神圣、科学救国、新式教育等），而且淋漓尽致地显示出了五四作家及那一代知识分子的可贵的创造精神。他们不仅看重文化创造物的"新"，而且似乎更看重文化创造活动本身的"新"——面对着陈腐却又庞大的旧传统，必然"立意在反抗，指归在动作"，新的文化姿态、行为方式以及"上下求索"的追求过程，对开辟一个新的文化时代来说，显然具有着非同小可的意义。这是一种关乎文化方向、文化性质选择的"行为"，在这里，即使是倾向于新文化建设的"不问收获，但问耕耘"的"尝试"性的探索，也较那种守持旧观念、捍卫旧传统更具有文化创造和积极探索的价值与意义。

（二）五四新文学在整体上体现了五四新文化建设的宗旨，在优化人文环境和提升人的素质方面作出了积极的贡献。五四新文化（文学）的先驱者和实践者，在呼唤人性复归与个性解放的同时，亦即在激活现代意义上的人的生命意识的同时，没有忘记这种文化（文学）追求的社会价值或人文价值，不约而同地走上了"大文学"的文化（文学）启蒙之路。尤其是相当坚定地抓住了改造国民劣根性、提升中国人整体文化素质这一关键，担负起了新文化、新文学理应挑起的时代重任。在这方面，鲁迅堪称是五四新文化、新文学最杰出的代表。他的改造国民劣根性思想及一系列杰出的艺术创造，充分表明这是这位"民族魂"站在创造中国"现代性"文化立场上的极为关键的选择：既是现代文学"主题学"意义上的选择，更是现代文化"立人"的"文化哲学"意义上的选择。其所体现出来的远见卓识及深刻性，已经和必将继续得到更为广泛的有力证明。① 与鲁迅的创作动机相仿，五四作家的文学创作大多在"立人"进而"立国"的文化进路上，作出了多样化的探索。五四对人的发现也包括对知识分子自身的发现，作为启蒙者的作家也在启蒙性的文学创作中升华了自己的灵魂。在实现自我价值的同时提高了自己作为知识者的文化品位，于是五四作家与五四新文化（文学）在互动中得到了共同提升。

（三）五四新文学作家在整体上初步实现了文化心理的现代转换，并展示出了站在古今中外交合点上吐故纳新、融会创造的开放胸襟。为了远离"古典"而尽快地进入现代性的文化语境，五四作家们的激进姿态的确非常亮眼、非常鲜明。对外国文学的抬举之高与对中国传统文学的贬压之低，恰构成了鲜明的对比。但这种情形其实是历史文化演变过程中经常会出现的一种现象。事实上，"闯将"们不畏一切的实践取得了显著的成就和质的飞跃。现代性的文化观、文学观及相应的审美方式、艺术形式不仅在话语层面赢得了普遍承认的重要地位，而且在创作层面也得到了相当广泛的颇有成效的实践。由此也深刻地表明，观念更新、视野扩展、新作迭出正是五四作家告别"古典"、融入"现代"的具体体现。"睁了眼看"世界、现实、人生、艺术

---

① 　参见李继凯：《民族魂与中国人》，陕西人民教育出版社 1996 年版，第 3—16 页。

的五四作家，其文化胸襟是开放的、宽阔的，"偏激"即或不免，而"变革"更属急需。何况，细究五四作家的创作，真正能够站在古今中外的交合点上迎纳八面来风、独出机杼的作家毕竟不多，融会中西的杰出的艺术创造也还少见。在一切都还处于较低的"初级阶段"的情况下，固然不能失去"民族信心"，但似乎更需要"民族虚心"。虚心从事"文化习语"的急切，在五四时期远比对"文化失语"的担忧更重要，彼时呼唤"文化习语"的开放心态与叫唤"文化失语"的保守心态也判然有别。

（四）五四新文学在促进现代语言文明并赖此更为有效地传播新文化方面，作出了重要的贡献；同时也在创构新的文学范式并赖此导引中国新文学的发展方面，作出了同样重要的贡献。如果说文化建设难以离开文学艺术的繁荣和发展，那么文学语言的重大更新也势必会影响文化的建设。在五四时期发生的声势浩大的"白话革命"，正体现了中华民族渴望改善语言工具、加强中外文化交流的良好心愿。其作用不仅在五四时期传播了新文化、创造了"活文学"，提高了中国现代的语言文明，而且从整个 20 世纪乃至更久远的时空来看"白话革命"的作用，便会发现它是中外文化交流"语境"中的现代产物，对现代文化传播亦即"信息革命"，乃至当今的"电脑换笔"都提供了重要的语言基础。认定语言变革（亦即以白话代替文言）是提倡新文化、新文学的基础，这是五四人的重大发现。而由此展开的文学创造活动及相关的办刊办报的传播活动，都鲜明地显示了"现代性"的文化特征，其中内蕴的汉语文化的不断趋向更新的活力，足以证明"白话"作家"把语言文字的变革与文体革新结合起来，运用白话写作格式新颖的诗歌、小说、戏剧、散文，致力于创作纯正的富有艺术魅力的现代文学新体裁，从而改变了各类作品的艺术风貌和神韵，使人耳目一新。尤其是小说、戏剧由附庸小道，踏进了文学殿堂，取得了文学正宗地位，具有划时代的意义"。① 文体革新、语言转换成为五四新文学建构新的文学范式中的重要方面，但除此之

---

① 龙泉明：《在历史与现实的交合点上》，陕西人民出版社 1992 年版，第 49—50 页。

外，悲剧审美观的确立、叙事角度的灵活、创作方法的多样（包括现代主义的多种方法）、结构模式的更新（如"大团圆"结局的扬弃）以及艺术风格的繁盛等，也都生动地显示了五四新文学在创构新的文学范式上所进行的可贵的努力，并对五四以后的新文学产生了持久而又深远的影响。五四和五四文学，鲁迅、郭沫若和茅盾等五四文学代表作家，使我们在面对新世纪"峥嵘岁月"逐步展开的时候，对"大现代"中国文学的文化创造也有了更多的期待。而对五四文学及其代表作家经验教训的总结，显然对其后世的文学创作实践甚至文化建设也都有着重要的启示意义。

第四节 "大现代"中国文学的文化创造

除了对于五四文化的褒贬不一，学术界对全球化与民族化、文化整体主义与文化相对主义、文化西方化与文化东方化、雅文化与俗文化，甚至对现代文化与传统文化等文化现象都仍在争论不休，莫衷一是，其贯穿的二元对立思维模式可谓是根深蒂固，影响深巨。其实在文化实践层面，笔者以为人们的文化主张固然可以不同，但对"文化创造"的期待与追求才是最根本、最核心、最关键的问题所在：新型的也是真正具有现代性或兼容性的"文化创造"恰是"大现代"中国志士仁人（包括优秀文学家）共同的美好愿景，同时由于不同民族和国别文化传统的差异性，人类文化的创新和发展也必然呈现出多样化特征。无疑，文化抉择上的困境总是存在的。但究竟如何才能逐渐走出困境呢？我们的 20 世纪文化先驱者实际早就给予了相当明确的回答，这就是要在中外文化的结合、创新上大做文章，对于传统文化和外国文化都应给予重新审视和力所能及的改造，从"拿来主义"进至"创造主义"，既不是简单的"中体西用"（根本上仍是中国传统文化，有限度地整合、利用西方文化），也不是简单的"全盘西化"（西方什么都好，外国的月亮比中国的圆），而是勇于进入世界性的跨文化语境，努力追求和建构有别于中外传统文化的新型文化，这显然只能通过多元文化的有机结合这样的文化实验（这也许类似于"化学实验"），反复摸索，坚持不懈，融合创新，才能取得富于创造性的文化成果，创造新的文化语境，凝练新的文化话语。简言之，由此也昭示着通过"文化习语"走向"文化创语"的路径与规律。

这种通过"文化习语"走向"文化创语"的创造文化（尤其是文学文化）的思路，在"大现代"中国文化名人和作家梁启超、鲁迅、胡适、郭沫若、茅盾、沈从文、巴金、张爱玲、曹禺、穆旦、林语堂、赵树理、丁玲、王蒙、北岛等甚至是林纾、陈寅恪、吴宓那里，都有或显或隐的体现。他们其实都是中国现当代文化版图中具有突出个性特征的"这一个"，尽管他们有时表现出了这样那样的"偏颇"，抑或其文化主张和价值体系的侧重点有所不同，但他们却实际都在关注着、思考着中国文化的现实命运和未来命运，都在文化策略上千方百计谋求着属于中国现实和未来的文化创造；他们的具体文化主张和文化追求确有许多不同之处，见解与爱好因人而异，但在共同渴望有新的文化创造方面确实也都在费尽心机，殚精竭虑，求索不止，都有一颗宝贵的"创造性心灵"，他们共同营造了一个"创造文化圈"。这也就是说，尽管他们一生的文化创造的成就有所区别，各自存在的历史局限或教训也无法避免，但他们都有各自的新的文化创造（包括文学文化创造）则是无疑的一即使文化保守主义的"与古为邻"有时也可以"与古为新"，并与文化激进主义一起发挥各自的文化功能（比如相反相成）而共同创造了重要的中国现代文化或新文化（现代文学或新文学）。尽管"如今学界是万物破碎、中心消解，仅有杂乱无章在持续地蔓延"①。但随着中国文化实力的不断增长以及文化交流的持续加强，在世界范围内对"大现代"中国文学的文化创造给予承认和称扬的人也必然会越来越多，并在"新兼容并包主义"或"新国学"格局中必将形成一种属于中华民族也将属于人类的"共识"。且总会有

---

① [美]哈罗德·布鲁姆：《西方正典·序言与开篇》，江宁康译，译林出版社 2005 年版。

人像重拾西方文学传统那样"光顾""大现代"中国文学，从中领略几代作家、批评家继承、借鉴和创造的艰难困苦和喜怒哀乐。

开放的文化系统昭示着文学研究的广阔的文化视野和众多的研究角度，从不同层次不同角度进入"大现代"中国文学，都可以发现作家们追求文化创造、文学创新的足迹。这里仅从习见的物质、制度和精神文化三个层面，简略考察"大现代"中国文学的文化创造。

（一）物质文化与"大现代"中国文学

物质文化与"大现代"中国文学，是一个非常重要的命题。中国人寻求突围之路的初期是在近代，那眼光也不由自主地注意到了"经济基础"，这种注重物质文化的思维取向显示了难得的明智。但这种关于物质文化的思维却相当单一，希求"船坚炮利"，开展"洋务运动"，能生产的东西逐渐多了起来，却仍然失败，于是思维开始从"物质文化"向"制度文化"与"精神文化"层面扩展，探路的触角也才渐渐有了系统机制与全面功能。到了20世纪末期，中国人的"物质文化思维"业已经历了一个从弱到强的过程，真正达到了一个高峰阶段。这在主要方面无疑是件好的事情。对物质的关注必然生成实效意识，物质文化的追求和创造自然会对作家生活与创作产生影响。他们对现实性社会需要的高度重视使"大现代"中国文学显现出了自己的特色，也显现出了自己的局限。在鸦片战争以后的一个较长时期里，走上"洋务运动"道路的中国人与新时期以来进行改革开放的中国人，可以说怀着大致相同的渴望与激情，但整体的物质文化思维图式却有较大的差别，即前者比较单一和狭隘，后者则比较全面和开阔；前者意味着简单有限的模仿，后者却意味着开放前提下的创造。在洋务运动的文化背景上，推行着的文化主张是"中学为体，西学为用"。在这种仅仅将西学有价值的部分视为物质文化的思维格局中，我们自然看不到变革制度文化和精神文化的必要性与紧迫性，也自然仍旧觉得我们自己的文化、文学天下第一，制度秩序也井井有条，社会变革与文学变革就这样被"忽视"了。而在改革开放的过程中，文学的先锋性与边缘化都成为人们格外关注的文化现象。

文学曾经是思想解放的急先锋，其作用是十分显著的。但近些年来文学被物质文化浪潮推挤到边缘位置，虽然也有受到社会冷落的尴尬，却也大有"功成身退"的味道。何况并不处于风口浪尖或领先地位的文学也开始赢得了更加充分的自由，由此而来的多样化和自由化也让人感到了别样的惬意。

在注重物质文化的思维渗透下，务求实效的文学实用目的，对五四文学、左翼文学、抗战文学、解放文学、建设文学等，都产生了前所未有的重要影响。这在20世纪中国文学史上有着大量的例证，由此也形成了以"务实派"文学为主流文化代表的历史现象。但特别应该注意的是，我们在大半个世纪里还并没有真正形成建立在坚实物质文化基础上的"务实派"。物质生活的贫困、现实社会的变动对现代中国作家的巨大吸附力和制约力，使他们对文学的现实主义有着更大的热情和更多的实践，也实际取得了不少优秀的创作成果。但从内容上看还主要是描写经济贫困与政治反抗的链式（因果）生活，而这样的生活景观显然很难透出社会物质文化的现代建设方面的信息。作家自身的穷苦体验往往也使他们在作品中更多地关注物质生活及当下现实需要，而对人之灵魂的深广与复杂则缺乏充分而又精彩的揭示。直到20世纪80年代中期以后，中国人的物质文化生活包括饮食文化、旅游文化和服饰文化等才逐渐有了比较明显的改观，现代生活体验的丰富性才有了明显的增强，在文学作品中也才有了越来越浓厚的现代生活气息。各种类型的"先锋文学"纷纷涌现，便是这种生活"刺激"的结果。不过，从历史与现实的对比来看，前大半个世纪的文学都处于时代的前沿地位可谓非常突出，但其文学性总体而言却未必与之相适应，而后的文学性则有越来越强的发展趋势，在中国人的现代生活格局中文学却又显得无足轻重了。这种现象的发生主要还是因为物质文化生活发生了重大的变化，"物质—政治"中心与"经济—娱乐"中心的社会形态毕竟有着明显的不同。

物质文化与作家的事业性联系，除了衣食住行、书写工具之外，最为密切的莫过于印刷出版发行方面的现实条件。现代印刷出版发行作为现代文化产业的发展，就为现代作家群体的形成提供了基本的保障。也正是由于有这样的现代文化产业，作家的物质文化生活才有了起码的基础。特别是版税与稿费，成了作家生存的物质来源。中国作家生存的空间由于找到了更多的物质支持点而赢得了更多的自由，作家的胆识和批判力度自然也与这自由相关。如果没有这样的自由，要谈新文学则近乎痴人说梦。仅就商务印书馆的存在而言，就为近现代中国的文化产业作出了巨大贡献，同时也为很多文人作家的"就业上岗"提供了许多机遇。比如，文学研究会的《小说月报》即为该馆主办，就吸引了许多投身于新文化运动的作家，扶持了大批文学新人，连远在北京的鲁迅、周作人以及新人沈从文等也积极投稿支持（同时也从中受益）。① 也正是由于当时南方的物质文化条件越来越优于北方，整个文化重心便向南方转移。许多著名文人作家的南下除了文化事业上的追求，也肯定有着经济生活方面的考虑。现代作家的文学创作走向社会的前奏是走向现代传播媒体，因此他们往往与出版界保持了非常密切的关系。比如，鲁迅与北新书局、茅盾与商务印书馆、郭沫若与泰东图书局、田汉与中华书局、老舍与晨光出版公司等，都曾建立了较为密切的关系，相互受益的"双赢"局面给民族新文化新文学的发展带来了明显的促进作用。② 而他们与许多报刊的密切关系以及他们往往也投身于媒体传播事业的事实，都能表明他们对物质文化生活的介入，已经达到了相当深广的程度。

在我国，曾经很长时间被抑制和破坏了的物质生产体系由于改革开放而获得了巨大的生命力。伴之而生的以休闲、消遣和享乐为主的大众文化或消费文化冲击和覆盖着市场，与此相应的为消费服务的文学与文化市场成功地接轨，也刺激了一些文学新现象的发生，大众文化的强劲发展促使审美

---

① 杨扬：《商务印书馆，民间出版业的兴衰》，上海教育出版社 2000 年版，第 104 页。
② 参见周葱秀、涂明：《中国近现代文化期刊史》，山西教育出版社 1999 年版。

文化迅速重组：崇高让位、悲剧下岗和诗意引退，随之而生的则是低俗盛行、喜剧崛起和散文走俏。在这些文学现象中自然经常会掺杂许多非文学因素，甚至会导致文学与作家的堕落，对纯文学艺术的创造也会产生遏制的消极作用。比如，带有拜金主义倾向的消费文化、流行文化的大幅度膨胀。此间可谓是利弊兼有：影响到精神文化创造的队伍产生了比较普遍的浮躁、惶惑、自信力丧失、不安于清贫等消极情绪，本来蕴藏于个体的文学创造力因而会受到程度不同的阻遏；自然也不能忽视，随着文学市场的扩大，也能接纳更多的文学经典，具有厚重文化意蕴的文学作品如鲁迅的小说、沈从文的小说、九叶派的诗歌、巴金的《随想录》、余秋雨的《文化苦旅》、陈忠实的《白鹿原》等都能占有较大的市场份额，再版次数和印数之多，表明文学也拥有大量的读者。即使是带有一定官方色彩或学院派特征的与教育青少年密切配合的"百年百种优秀中国文学图书"的推出，也受到了市场的欢迎。尽管还说不上畅销，但社会对好的文学作品毕竟还是有一定的鉴别能力并能给予较多的接受。这说明文化界所说的"双效"（社会效益和经济效益）途径也并不是走不通的。而《亚洲周刊》组织评选的"百年中文小说百强"，在"双效"的获取方面，大多也是成功的。在此还应特别强调，新时期以来中国物质文化条件的大为改观，使影视、电脑、光盘与网络等媒体在传播中国文学方面起到了越来越大的作用。如中国现当代小说中不少作品就得益于影视的传播，使其"畅销"和深入人心，尤其是彰显了原文的文学创造性。譬如老舍的《骆驼祥子》、钱锺书的《围城》、林语堂的《京华烟云》、周立波的《暴风骤雨》，等等，难以尽数。即使如柔石的短篇小说《为奴隶的母亲》被改编为电视剧之后，也对提高该小说的知名度颇有裨益。该电视剧的主演何琳也为中国获得了一个国际大奖——"艾美"电视奖最佳女演员奖。这个奖是与"奥斯卡"电影奖、"格莱美"音乐奖并称为国际艺术三大奖的重要奖项。学者王德威注意到"20世纪中国文学与电影的研究，近年在海外有异军突起之势"，"文学暨电影工作者还有他们的观众，运用想象、文字、映像所凸显的中国，其幽微复杂处,远超过传统标榜知性研究者的视野极限"。① 镜像时代的到来对激活人们的感官无疑起到了积极作用,但有时对文字性读物的传播也会产生一定的抑制作用,文学的阅读和接受出现了新的困难。如今人们更乐意随着当下洋溢着物欲气息的流行文化而随波逐流,文学特别是文学巨著的阅读便成了奢侈或沉重的事情。

(二)制度文化与"大现代"中国文学

科技就是生产力,物质维系生命力。没有物质支撑,一切都无从谈起。然而,在整个文化系统工程中,仅仅对科技与物质层面的东西给予关注,又很难成就大事。这也是被历史所一再证明了的基本事实。在近代洋务运动失败的教训中,就表明传统的制度文化(现实的与观念的)对物质增长也有着很大的抑制作用。特别是封建制度的腐朽与落后,与发展近现代经济的整个机制有着本质的抵触,即使有所收获也会很快予以断送。事实的教训培养出了一代维新派。他们的变法思想与实践即使没有得到实现,却仍对中国命运产生了深远的影响。比如,他们认为:"变法之本在育人才,人才之兴在开学校,学校之立在变科举,而一切要其大成,在变官制。"(梁启超《论变法不知本源之害》)这种对制度文化变革的高度关注,使中国的社会变革加快了步伐,也使中国文学的政治性得到了足够的强化。维新派对文学宣传教育作用("新民"等)的强调就是有目共睹的。而这种由"小说界革命""诗界革命"及"新文体"所体现出的文学观念,通过鲁迅一代人的继承、弘扬与发展,对"大现代"中国文学都产生了巨大的影响。自然这种影响是文化的影响,而不仅仅是文学的影响。当维新的改良不能成功时,便有了更为激进的政治文化追求,这就是革命。力倡"文学革命"的陈独秀对政治革命似乎更感兴趣,他热切关注"关系国家民族根本存亡的政治根本问题",提出"当排斥武力政治""当抛弃以一党势力统一国家的思想"等政治主张(陈独秀《今日中国之政治问题》)。政治革命的追求曾有力地推动着中国文学的发展,政

---

① 王德威:《想像中国的方法》,生活·读书·新知三联书店1998年版,第360页。

治理想激发了很多有才华作家的创作激情。政治（政权）不当即会导致文学的政治性反叛或反抗。在现代中国文学史上，20世纪30年代国民党失去知识分子及左翼文学兴起就是显例。"蒋介石领导的南京新政府，不是通过适应或者劝说去争取文艺界的知识分子，它只表示出不信任，随后是30年代初期的检查制度与迫害。……这就为30年代主宰文坛的左派统一战线提供了舞台。"① 蒋介石政权的独裁统治无疑存在较多罅隙，否则左翼文学很难发展，鲁迅杂文也难风行。

国运兴衰与政治变化密切相关，文学命运也常维系于此。作为国家命运的特殊记录和民族心灵的审美观照，"大现代"中国文学及其发展，就是与百年间自己国家和民族的命运密切相连的：世纪之初，当国家非常衰败时，文学的变革也非常艰难；五四时期，当民主革命与新文化运动成为时代主潮时，文学革命也便掀起了前所未有的高潮；三四十年代，中华民族面临外族入侵的危亡时刻，文艺发出了抗击侵略的怒吼和团结御侮的呐喊；中华人民共和国成立，文艺带着革命文学传统进入了新英雄儿女传的时代；改革开放后国家逐渐强盛，文艺也迎来了繁荣发展的春天。因此如果离开对国家与民族百年历史的深刻了解，就很难理解和把握"大现代"中国文艺的演进脉搏。

（三）物质文化与"大现代"中国文学

总体而言，精神文化的增殖是"大现代"中国的一种主要发展趋势，即使精神危机四伏的时期，文学也以其顽强的生命力维系着民族精神文化的血脉。一般说来，大师往往代表着一种精神文化的高度，"大师级"作家意味着一种沉甸甸的精神分量。莎士比亚、巴尔扎克、托尔斯泰、海明威、泰戈尔、卡夫卡和鲁迅，等等，都能够震撼人的灵魂，感召或激发人们对人生与社会进行更多的思考。相对而言，20世纪中国文学大师们——尽管不算很多——的文化创造，也可以看出其文化水准与特色。像鲁迅、老舍、郭沫

---

① ［美］费正清等编：《剑桥中华民国史》（下），刘敬坤等译，中国社会科学出版社1993年版，第485—486页。

若、茅盾、周作人、沈从文、曹禺、林语堂、郁达夫、巴金、冰心、朱自清、艾青、徐志摩、穆旦、张爱玲、丁玲、田汉、钱锺书、张恨水、金庸等，都有着值得称道的文学成就和显著的文化贡献。他们都在相对意义上堪称文学大师，但有的是综合型，有的是单一型，或各自有所侧重，在分量上也不完全一样，有的是泰斗，有的是巧匠，有的是文化巨人，有的是文化名家。他们创作心理中都有着堪称丰富而又复杂的创造意识。

从文学与汉语言文化的关系来看，也可以清晰地看出其继承性与创造性。汉语言文字的生命在现代中国虽然受到冲击，但却在适度变革中又有了新的发展。这对作为语言艺术的新文学来说提供了必不可少的基础和载体。语言既具有物质性，更具有精神性。作为媒介的语言以可视性符号与可闻性声音显示其存在的物质文化特征，但其中蕴含的民族文化信息或个体心态情绪则带有精神文化特征，从语言文化学角度看，语言的选择往往还带有伦理性，意味着要担负和履行相应的语言责任。在五四前后发生的汉语言文化的巨大变化，对文学产生的影响是如此显著，没有人能够忽视它和贬低它，也就是这种文学语言形态的整体转变，使文学从旧文学到新文学的整体转型加快了步伐。而以白话文学为主体的新文学，也在整体上体现出了新的文化价值。新潮社代表人物傅斯年曾发表《白话文学与心理的改换》一文，就比较准确地揭示了白话文学对文言文学的胜利，以及必然引起的精神文化的深刻变化。无论是胡适还是陈独秀，实际都注意到语言变革与新文化运动之间存在着密切关系，否则他们也不会那样冒着被林纾等人诅咒被军阀迫害的危险去张罗"白话学堂"。"正是从五四时期开始，白话成了中国语言文化的表征，也成了中国文学的基本语言形式，这不仅将中国文学导入了一个崭新的时代，而且也对整个中国文化的变革或重建，起到了绝不可轻视的重要作用。"①白话作为新文学的载体已经取得了普遍的成功，或者说现代汉语写作已经成为 20 世纪中国文学最基本的操作规程和表达方式。特别是在现代小

---

① 李继凯：《五四新文学的文化创造》，《文学评论》1999 年第 3 期。

说与艺术散文方面，白话或现代汉语的运用已经显示了无可动摇的"正宗"地位。但在诗歌写作方面，却存在着较多的争议。特别是近些年来，诗歌作为中国文化与民族精神的一种主要表现形态，却面临着较大的生存危机。于是就有人认为主要是白话不适于汉语诗歌写作，要增强汉语诗性，就要向古代诗歌或文言诗歌靠拢。这样的语言保守主义主张显然并不具有普遍的意义。中国新诗的成就是否可以轻视，语言形式是否"迄未成功"，都还有待于历史的进一步检验，现在下结论也为时过早。

"大现代"中国文学与中国传统文化的关系，既有反叛的一面，也可以说仍然有血脉相连的一面。传统文化作为文化资源，对现代中国作家也继续产生了深刻影响。现代中国作家的忧患意识与儒家文化的关系可以说最为明显，无论海外汉学家（如夏志清）还是国内众多学者，都就这样的专题进行过深入细致的探讨。其实，古代文化板块也非单一色调，后人也自会进行一些必要的选择，如鲁迅选择魏晋风骨来砥砺自己和感召他人；周作人则选择古人的隐逸和明代的小品来滋润自己和宽慰他人。亲兄弟尚有如此不同的选择，所以也就难怪现代中国作家和知识分子有那么多人乐于从事"我注六经"与"六经注我"式的文化创造。即使从表象上看，现代新诗与古典诗歌的距离拉开最大，但正如有的学者指出的那样："从总体上看，中国现代新诗与古典诗歌传统的关系时隐时现，时而自觉，时而不自觉，时而是直接的历史继承，时而又是现实实践的间接契合。"① 在中国现代小说的研究视野中，则有更多的学者注意到现代小说并非是外国小说的简单模仿，而是中外文学传统融会与创造的结晶。比如说现当代作家与《红楼梦》的密切关系，就是非常突出的例证。鲁迅、茅盾、巴金、曹禺、林语堂、丁玲、张爱玲、张恨水、路翎、陈忠实、路遥、二月河，等等，都曾表现出阅读上的亲近和创作上的借鉴，如果允许详细开列那些与《红楼梦》结缘的作家作品名录，那将是一个长长的名单；如果耐心从事"大现代"中国文学与《红楼梦》的专题

---

① 李怡：《中国现代新诗与古典诗歌传统》，西南师范大学出版社 1994 年版，第 11 页。

研究，那将可以写出一部大大的专著。从对"家国同构"的文化透视中，作家们可以发现中国人生与社会太多的奥秘。正是"古典小说《红楼梦》启发和影响了一批现代作家，使得'世家'衰变的演化史，成为三四十年代长篇小说创作中一个长盛不衰的稳定性叙事类型"①。更有学者认定：《红楼梦》对"大现代"中国文学来说并不是可有可无的，它在个性解放、悲剧精神、女性形象塑造和叙事模式等方面都具有原型和示范的作用，这也是"大现代"中国文学能够健康成长起来并取得惊人成就的一个重要原因。同时，作者也指出：20 世纪中国文学对《红楼梦》是有超越的，而它所受到的后者的不良影响亦应引以为戒。② 如果从文化原型、文学原型的意义上来考察"大现代"中国文学与中西文化、文学的关系，恐怕过于强调哪一个方面都会引起怀疑和争议。如果从作家生平与文化环境的关系史来看，起于童年与少年时代的家庭文化、地域文化和校园文化等，对作家的影响、熏陶也许更深刻细微、更切实持久一些。仅此一例，便足见在"文化磨合"中创构的"大现代"中国文学所具有的丰厚且多元的文化内涵。

---

① 方锡德：《中国现代小说与文学传统》，北京大学出版社 1992 年版，第 22 页。
② 王兆胜：《〈红楼梦〉与 20 世纪中国文学》，《中国社会科学》2002 年第 3 期。

第四章 "文化磨合"的文学地理图景

文学与地理间的互动关系向来是作家与研究者都极为看重与关注的命题，作家的文学生命与文学给养在极大程度上都源自其"起点"意义上的文学"故土"，而研究者也在更为宏观意义上审视二者间"根与叶"般的文化"羁绊"，勾勒描摹出一幅文学地理图景。总体而言，联结起了文学与地域之间的相互映射关系的是文化，而晚清民初以来的现代化进程与文化输入，冲击并重塑以往相对稳固的文化形态，并衍生出了具有多元文化背景的文化创造物。本章将目光聚焦于"丝路文学"与西部文学等极具地域色彩的文学命题，从"文化磨合"的理论视角探寻"文学地理学"意义上的"大现代"中国文学。

第一节 文化融合背景下的丝路文学

丝绸之路是开拓开放之路，是创生兴业之路，也是绵长悠久、精彩纷呈的文化交流、文明互鉴之路。肇始于中国西部的"陆丝"（"陆上丝绸之路"的简称）和肇始于中国东部的"海丝"（"海上丝绸之路"的简称）都蕴含了言说不尽的中国故事。近年来，广义的丝路研究或"丝路学"如火如荼，尤其是随着国家"一带一路"倡议的提出，在文学研究领域，越来越多的学者将目光投向丝路文学这一研究领域。

一、丝路文学的文化内涵

丝路文学是在中西文化交流的背景下产生的文学类型，丝路文学的主题和艺术形态，因为不同文化之间的交流和碰撞得以生成、传播和创新，进而构成了丝路文学多样的风格和多元的文化内涵。丝路文学包含了丝路沿途人民独特的生命体验和文化观念，在发展过程中也早已超越了最初的地域范畴，从对商贸之道和异域风情的文学抒写上升到文化情怀的多样呈现，在历史的演进中逐渐成为一个象征着东西方文化交流的符号表征。

丝路文化的特质在于中原农耕文化和西部游牧文化的融合，这种文化特质一方面是在汉族和西部少数民族漫长的历史中形成的，另一方面也是各族人民和艺术家自觉建构的结果。陕西作家高建群曾提出"第三种历史观"。

> 一部中国历史，除了二十四史的正史观点以外，除了阶级斗争的学说观点之外，它也许还应当有第三种历史观。
>
> 这第三种历史观就是：一部中华民族的文明史，也许是农耕文化与游牧文化相互冲突相互交融从而推动中华文明向前发展的历史。

新疆作家周涛在《游牧长城》中也表达过类似的观点，还有曾客居新疆十年之久的陕西作家红柯认为中国文化与文学传统中一直有一种边疆精神。这种农牧文化的精神传统不但深刻地影响了丝路文学的主题和风格，而且也是丝路文学在中国文学史中最为重要的文化标志。创造了中国历史辉煌时刻的汉唐文化的构成，一个是以长安为中心的中原文化，另一个是以西部为代表的游牧文化，丝绸之路的开辟使其成为连接和传播两种文化的主要通道，丝路沿途各民族的文学记录和见证了这一文化交流的历史景观，凸显了一种开阔的文化情怀。

　　提到丝路文学，人们最先想到的是边塞诗中"但使龙城飞将在，不教胡马度阴山"（王昌龄《出塞》）的豪迈激越，还有长安城中胡人所带来"落花踏尽游何处，笑入胡姬酒肆中"（李白《少年行》）的奢华旖旎，也有"无数铃声遥过碛，应驮白练到安西"（张籍《凉州词》）的质朴写实，这些经典诗词连同"明月""关""胡马"这些携带着异域风情的文学意象，拓展了古代文学的题材，同时也真实地记录了历代人民在文化交流过程中的心理轨迹。从文学发生学的角度来看，丝绸之路所带来的中西文化的交流和融合，是丝路文学艺术风格形成的一个重要文化场域。世界大多数民族文学的形成和发展都说明了一个共同的现象，即文学的生成几乎都会受到"显现与异民族文化相抗衡与相融合的文化语境"的影响，正是这种多元文化的冲突与融合，不断促进丝路文化的发展和繁荣，同时也内在地决定了丝路文学开放的精神品质和文化心理。

　　丝路文学所描写的东西文化交流的盛况，以及西域对中原文化所带来的影响，集中体现在长安这个地理文化空间中。长安视角是我们研究丝路文学的一个非常重要的地域维度。"长安不仅是通过丝绸之路远道而来的各色人群的聚居之地，也是世界各地货物的汇聚之所，同时还是科技、宗教、文化交流和发展的中心，在东西方政治、经济、文化交流的过程中起了重要的不可替代的作用。"对于长安城里的异域之风，此前引述的元稹诗歌《法曲》，不仅有一个整体概括，而且对胡人的衣食住行、艺术爱好等都有相当生动的具体描述："自从胡骑起烟尘，毛毳腥膻满咸洛。女为胡妇学胡妆，伎进胡音务胡乐。"长安自周秦以来历为国都，在政治上和文化上俱为对外之中心。同时长安也是丝绸之路的历史起点，从这里传播到西域的不仅有丝绸、茶叶等贸易产品和有关生产技术，随之带去的更为重要的是以长安为核心的汉唐文化观念。从丝绸之路带回的西域的玉器、香料以及胡骑、胡妆也主要集中在长安，对于生活在长安的文人来说，西域不再是南朝贵胄为激发想象模拟出的乐府旧题，也不是胡人酒肆中讲述的天方夜谭，而是他们浴血边塞征战的对象，也是与他们共处一地的胡商、胡音。但同时我们需要指出的是，在汉唐的文化体系中，以长安为核心的中原文化和以西域为代表的游牧文化，并不是处在平等的地位上的，而是有鲜明的主次之分。中原文化始终占据主导地位，它以一种文化高地的姿态吸引和融合西域文化，西域文化的引进，丰富和促进了汉唐主体文化的繁荣。唐朝统治者始终以儒学为主体的中原文化为皈依，唐太宗多次说过："朕今所好者，唯在尧舜之道、周礼之教，以为如鸟有翼，如鱼依水，失之必死，不可暂无而！"（《贞观政要》卷六）在唐朝的统治者看来，中原文化关系到国家的生死存亡，他们不但在观念上重视儒学，而且通过一系列的文化教育制度保证中原文化的主体地位。尽管长安普遍出现汉人的胡化和胡人的汉化，但中原文化的主体地位不可动摇，这充分体现了汉唐时期文化的凝聚力和自信力。鲁迅在《看镜有感》一文中说道："汉唐虽然也有边患，但魄力究竟雄大，人民具有不至于为异族奴隶的自信心，或者竟毫未想到，凡取用外来事物的时候，就如将彼俘来一样，自由驱使，绝不介怀。"这"如将彼俘来一样，自由驱使"形象地解释了汉唐时期文化接受的自主性和自觉性。

21世纪"一带一路"倡议的提出，使丝路文学这个在特定时空中生成的文学类型释放出新的文化意蕴和阐释空间。如果从文学生成的文化语境来看，当代丝路文学和古代丝路文学都是文化交流的产物，只是文化交流的内涵已从中西的融合演变为传统和现代的冲突，随之带来当代丝路文学对古代丝路文学的继承和新变也由此得以凸现。

目前对丝路文学的研究，从空间维度来说，"至少可以划分出包括汉族在内的同一空间内存续的各民族文学，以及重要空间节点为依托的'五凉文学''敦煌文学'和'西域文学'。无论是前一种还是后一种切分，有一个共同点，那就是它们都呈现多民族、多宗教、多种语言、多种审美意趣的对话、交流与融合"。现有的研究成果主要集中在"五凉文学""敦煌文学""金山国文学"等具有西域特色的空间维度中，以文献资料的钩沉和整理为主，重还原而轻阐释。这样的研究模式忽视了对丝绸之路起点长安文学的研究，丝绸之路所体现的东西文化之间的交流与融合在长安这个空间体现得最为集中、最为鲜明，而丝路文学长安段的研究却在以往的研究中被忽视，这对我们从文化交流的角度来认识丝路文学造成了很大的缺憾。现代以来以长安为中心的陕西文学不仅是丝绸之路的表现者，同时也是丝路历史文化的内在描摹者。"地域在这里不完全是一个地理学意义上的人类文化空间意义的组合，它带有鲜明的历史的时间意义，也就是说，它不仅仅是一个地理疆域里特定文化时期的文学表现；同时，它在表现每个时间段中的文学时，都包容和涵盖着这一人文空间中更具历时性特征的文化沿革内容。"基于以上的认识，本书从陕西的丝路文学书写，来观察和分析处在丝绸之路历史起点的陕西作家在新的文化语境中，在中原文化和西域文化、传统文化和现代文化冲突与融合的背景下对生命体验和情感认知的文学表达。

当代丝路文学产生于中国由传统文化向现代文化的转型过程中，两种异质文化所带来的矛盾、冲突不但是每一位作家感同身受的时代语境，也是文学重要的主题。近代以来，灾难深重的民族命运彻底摧毁了民众的"中国中心论"观念，加之西方列强的入侵，深重的民族危机感对20世纪中华民族的文化心理产生了重要的影响。一部分有识之士从器物、观念、政治制度等层面推行社会变革，努力探索，介绍和引进西方的现代文化。从此中国社会开始迈上漫长而艰难的现代化之旅，由此而带来传统与现代、新文化与旧文化之间的矛盾和冲突，这些文化主题构成了中国社会变迁的根本问题，并内在地影响和决定了现当代文学的主题构成、审美特征、形式风格。黄子平等在概括20世纪中国文学时说："就是由上世纪末本世纪初开始的至今仍在继续的一个文学进程，一个由古代中国文学向现代中国文学转变、过渡并最终完成的进程，一个中国文学走向并汇入'世界文学'总体格局的进程，一个在东西方文化的大撞击、大交流中从文学方面（与政治、道德等诸多方面一道）形成现代民族意识（包括审美意识）的进程，一个通过语言的艺术来折射并表现古老的中华民族及其灵魂在新旧嬗替的大时代中获得新生并崛起的进程。"传统和现代，这两种文化之间的差异和激荡带来的问题及生命体验贯穿了现当代文学的发展历程。

西安作为古丝绸之路的起点，东西方的经济、文化、宗教都在这里交流和融汇，蕴含着丰富的丝路文化和精神遗存，深刻地影响了当代陕西作家的价值取向和文化观念。在长期的历史发展中陕西形成了以儒家文化为主体的中原文化和游牧文化，乡土文化和现代文化的多元并存状态，这些文化在现代社会转型过程中带来的矛盾和冲突形成了巨大的张力空间，提供给陕西当代作家源源不断的情感体验和文学想象。例如，路遥作品中生活在"城乡交叉地带"的一群年轻人的悲喜命运，陈忠实在白鹿原上演绎的儒家文化的兴衰，贾平凹的商州故事里的人生起伏，这些日常生活故事，内蕴着现代中国文化转型的基本命题。这种似曾相识的文学记忆让人不由得想起唐人孟浩然在《与诸子登岘山》所感慨的"人事有代谢，往来成古今。江山留胜迹，我辈复登临"。相同的地域，相似的语境，一条丝绸之路，连接的不仅是中西，还有古今；在丝绸之路上诞生的文化命题和文学思考，不但没有因为时空的隔绝而中断，反而在今天激起更大的回响。

与古代丝路文学注重对异质文化的外部描摹不同，当代丝路文学的文化书写主要体现在日常生活的叙事中，更加注重文化变迁对生活、观念层面所带来的影响。例如，《创业史》从梁家几代人创家立业的生活故事中讲述了一个关于社会变迁的现代主题，《人生》中高加林抛弃刘巧珍选择黄亚萍的爱情抉择，其背后的心理动因就是他对现代社会的向往和追求，《古炉》中作家所着重探讨的是文化建构的激进实践是如何在底层社会得以推进和展开的。在一个个普通人命运的生活叙事中，作品熔铸了深刻的社会变革。在整个社会文化由传统迈向现代的过程中，陕西因其在历史中所积淀下来的文化精神，决定了这里的作家无法像鲁迅等新文化运动的学者那样对待传统文化十分决绝和彻底，也无法像沈从文一样在"人性的殿堂"里遗世独立，同时陕西作家作品中所蕴含的文化观念和寻根文学退守的文化观念也有本质的区别。秦地深厚的历史积淀使他们无法完全抛弃和割裂传统，但汉唐时期丝绸之路所体现的开阔文化胸怀又使他们对现代文化充满向往，这样一种既留恋又进取、既保守又向往的矛盾心态，最深刻地体现了中国社会从传统向现代转型时陕西儿女乃至整个中华民族的文化心态。

古代丝路文学的视角主要集中在对西域文化的异域风情以及由此带来的新奇感受的描写上，胡服、胡音以及性感妖娆的胡姬成为代表西域的文化符号，而西域文化所携带的价值观念并未和中原文化展开真正的对话，这就造成古代丝路文学的描写很少能深入观念心理层面。而当代丝路文学更注重对文化心理的揭示，例如张贤亮的《灵与肉》、张承志的《心灵史》《清洁的精神》、贾平凹的《浮躁》等作品，单从小说题目就能感受到当代丝路文学叙事视点的转移和新变。梁生宝、高加林这些农村的穷小子们，敢于轻视和挑战乡土社会的权威，原因就在于他们拥有现代文化的自觉和自信。这些社会转型中的生活故事，真实而形象地呈现了文化变迁的心理内容，把古代丝路文学对异域风情的外部展示引入对文化心理的内部描写，极大地拓宽了古代丝路文学表现的范围，推进了当代丝路文学的发展。

二、丝路文化语境中的西北丝路文学

在丝路文学中，西北丝路文学无疑占有重要的位置。西北丝路文学是源于西北丝绸之路地带的文学创作，描写了西北社会的风貌、历史文化、民风民俗，更书写着生活在西北丝绸之路地带的人的种种人生经历，表达着他们被西北地域文化浸染的思想感情。这里通过探讨西北丝路文学中的长安丝路文学，来总结西北丝路文学的主要特征，探析其在当代如何发展等问题。

（一）丝路文学的界定与古代西北丝路文学的发展

当今，丝路学已经成为以丝绸之路为研究对象、综合诸多学科为一体的综合性学科，在这门综合性学科中，分属于各学科的研究对象是不同的，由此生发出的丝路学各个分支学科也有所不同，以文学为研究对象的研究，便形成了丝路文学分支学科。

迄今为止，对丝路文学的定位与研究尚未在学术界与文学界取得共识，诸多问题仍有待进一步探讨，比如，如何界定丝路文学的范围？甚至对于何为丝路文学，目前学界尚存争议。一般来说，丝路文学包含两种含义，一是指丝绸之路沿线国家和地区的文学，二是指题材涉及丝绸之路的文学。目前大多数研究者所使用的丝路文学的概念，是将二者都包含在内的。但需要强调的是，无论哪一种丝路文学的含义，都不涉及作品的价值评价与艺术评价。

通常所说的丝绸之路是指以中国的西安为起点，经中国甘肃、新疆，到中亚、西亚各国，并连接地中海各国的贸易通道。可见，丝绸之路作为一条贸易通道连接了亚欧大陆。目前，学术界普遍认可的丝绸之路交通路线包括"陆上丝绸之路"和"海上丝绸之路"两大类，包括"草原之路""绿洲之路""海上之路"三大干线。"草原之路"东起蒙古高原，西至黑海、地中海沿岸，横贯亚欧北方草原地带；途经中亚陆路的丝绸之路被称为"绿洲之路"；"海上之路"则由东海航线（也称"东方海上丝绸之路"）和南海航线（也称"南海丝绸之路"）两大干线组成。东海航线从中国东部沿海港口起航经过渤海或东海通向朝鲜半岛和日本，南海航线从中国东南沿海港口起航，往南穿越南海到达东南亚国家，或由此进入印度洋、波斯湾地区，最远达到东非、欧洲。丝绸之路是中国古代联系东西方世界的大动脉，是中国联系世界的重要纽带，它在推进中国古代贸易发展的同时，加强了中国与世界各国的文化交流，推动了沿线各国的文化交流、碰撞与融合。

中国古代的丝路文学源于先秦，到明清时期有了进一步的发展。丝路文学涉及丝路地带发生的社会生活、历史文化、民族宗教等方面内容的文学作品。这些文学作品以不同题材和形式存在着，其中既有上层社会的创作，也有出自普通百姓之手的作品；有汉族作家所写，亦有少数民族甚至域外作者所作；既有诗歌，又有散文、小说和戏剧，还有带有丰富地域文化色彩的民间传说与神话故事，其中也不乏民歌、说唱文学与英雄史诗等。

西北丝绸之路是古代中国与中亚等地进行经济贸易、文化交流的交通要道，这同时决定了西北丝路文化的特点是在穿行中交流，在交流中融合。因此，古代西北丝路文学突出的特点是融合。古代西北丝路文学相当数量的创作者都是客居的身份，他们或征戍、或出使、或居官、或游历、或远嫁来到丝路地带，在此书写着他们的人生经历和所见所感。中国古代丝路文学的创作繁荣时期，也是西北丝路地带贸易畅通和强盛的时期。两汉时期，西北丝绸之路贸易兴盛，丝路文学亦呈现繁荣之势，刘彻创作了《西极天马歌》，霍去病创作了《霍将军歌》，班彪创作了《北征赋》。东汉末年，蔡文姬创作了《胡笳十八拍》，书写塞外生活的同时表达了哀怨悲愤之感。隋唐时期，以王昌龄、高适、岑参为代表的边塞诗人创作的边塞诗，更鲜明地表达了丝路地带的历史文化、社会政治与地域风情。然而，西北丝路文学并非只有客居者的创作，西北丝路地带本土作家的创作，同样构成了西北丝路文学的重要部分，从某种程度上来说，它构成了西北丝路文学的根基。东汉时期甘肃的王符讥讽时政的《潜夫论》，甘肃汉阳郡（今甘肃天水）的赵壹创作的表达对不合理社会制度强烈不满的《刺世疾邪赋》，还有秦嘉、徐淑的五言诗以及北朝民歌《敕勒歌》等是西北丝路本土文学的代表。唐代的边塞诗更是西北丝路文学繁荣的体现，明清时期仍有李梦阳、秦维岳等所写的诗文，鲜明地呈现了西北丝路文化。

（二）现当代西北丝路文学的特质

在现当代，西北丝路文学中也有一大部分流寓者的创作。抗战时期，一大批作家来到甘肃、青海、新疆等丝路地带，写下了不少有影响力的文学作品，如罗家伦描写大西北奇崛的壮丽风景、表达异域情调风俗民情的《西北行吟》，于右任意境清隽、风格沉郁雄壮的《陇头吟》《敦煌纪事诗》，范长江真实记录西北民俗风情的《中国的西北角》《塞上行》，以及茅盾深情歌颂不折不挠、坚忍不拔，体现了丝路精神的《白杨礼赞》等。1949年以后，西北丝路文学掀起热潮，"石油诗人"李季旅居甘肃玉门，创作了一系列描述丝路地域风情的诗作。以新疆风土人情为素材，闻捷创作了《天山牧歌》，碧野创作了《天山景物记》等反映丝路社会民情风俗与自然风物的文学作品。一些作家由于种种原因流寓到大西北，在西北的所见所闻及生活经历触发他们创作了大量的作品，如王蒙的《布礼》《蝴蝶》、张贤亮的《绿化树》、张承志的《黑骏马》《心灵史》，杨牧的诗歌和散文等。西北丝路文学在现当代进入了繁荣发展阶段，涌现出了路遥、陈忠实、贾平凹、红柯等一大批颇具影响力的本土作家，他们的创作昭示了西北丝路文学进入辉煌的时代。

西北丝路文学取材于西北丝路地带的日常生活，书写着人们在这一地域的人生经历、社会文化、民风民俗，表达着人们被西北丝路风物所激发的思想情感。丝绸之路以西安为起点，以西安为核心的陕西文学自然是西北丝路文学的重要组成部分，总体来说，以陕西文学为代表的西北丝路文学体现出了以下特质：

1. 本土文化与丝路文化的精神契合

中华文明的文化在流动和融合中重构发展，在中国文化起源的阶段就表现出一种不变的规律。长安文化，在秦汉隋唐时代就展现出一种开拓和改革的精神。"人们往往对三秦文化史（在秦汉隋唐时期也足以代表中华文化史）上的开拓创业精神、改革开放精神等等给予由衷的礼赞……""无论是在你打开《延安府志》的时候，还是在你静聆毛泽东《在延安文艺座谈会上的讲话》的时候，抑或在你展读陕北作家柳青、路遥、高建群等人作品的时候，都会使你从不同的侧面，体会到在陕北这块古老的土地上文化乃至人种的融合，以及开放求变、开拓进取作为一种地域文化精神的抽象。"这些论断强调了陕北古老土地上开放求变、开拓进取的地域文化精神内质。丝绸之路，以长安为开端，在三秦时期便形成了一种开拓进取、改革求新的文化精神，而这种文化精神发展到当代与本土文化形成了精神的契合。在陕北的古老土地上，民风是雄壮的，在这里生活着一群勇敢坚毅、粗犷直率、行侠仗义的汉子，也聚集了一群性格直爽、唱着信天游柔情万种的女子，"在山丹丹盛开的黄土高原上，在黄帝陵所在的珍藏着悠长之梦的桥山上，在西北风和信天游拂过的地方，绝不是一贫如洗的文化荒原"。淳朴的民风、坚毅果敢的民众性格促使了本土文化的形成，其汲取了古代长安多民族融合的文化精神和农民反抗式的叛逆精神，从而形成一种独特的文化特色，即一种"对于奋斗目标不折不扣的信心——这是一种乐观主义的精神；对于面对的现实采取切切实实的态度——这是一种实事求是的精神；对于困难不屈不挠的顽强——这是一种英雄主义的精神"。在这样的精神感召下，《保卫延安》《延安人》等一系列作品塑造了周大勇、王老虎、吕有怀等人物形象，他们或在建立中华人民共和国的过程中浴血拼杀，或在平凡岗位上辛勤劳作，其身上充分体现了脚踏实地、勤于奋斗、不屈不挠的本土文化，这种精神恰恰契合了丝路文化中涉及的锐意进取的精神内质。

2. 求实求变心态与丝路文化精神的体现

丝绸之路，是一条寻求发展的改革之路，其中求实求变是丝路文化精神的体现。漫长历史长河中古老的三秦文化，是一种求实求变的文化。"尤其是关中及古都西安（长安），在历史上曾有三次大的崛起，这就是周族的崛起与西周文化的显赫，秦人的崛起与秦汉文化的显赫，拓跋鲜卑的崛起与隋唐文化的显赫。"而这些文化的崛起固然与改革家艰苦卓绝的奋斗密不可分，其更要求同属此地域的人们保持务实谨慎的精神，转换封闭落后的心态，竭力更新自我意识，寻求改革与发展。如弱小的秦国，在变法改革的环境之下，注重任用有才华又有能力的人，锐意改革，逐渐强大。新时期西北丝路文学作家在创作态度上笃定务实、严肃认真，贴近生活的真实，注重表达真实的内心，同样，在创作方法上，他们采用严肃的现实主义，铸造了一系列符合求实精神的文学形象。西北丝路文学的作家生活的本土文化背景和文学传统，决定了他们自然而然地倾向于现实主义的创作方法，秉持严谨的创作态度，这体现了其求实的文化心态，而求变的精神指向又使得他们在选择现实主义创作方法的同时，借鉴了其他多种艺术方式和创作方法。如贾平凹、红柯等，现实主义是他们遵循的方法，他们同样对浪漫主义、心理分析等艺术手法有所借鉴吸收。这种求实求变的心态恰恰契合了丝路文化既强调务实又要求改革与发展的精神特质。

3. 日常民俗与丝路地域特色的书写

文学具有民族性，同样丝路文学也具有民族性。民族的生活、习俗、语言文化以及共同的心理素质乃至审美文化都通过丝路文学作品得到了充分的表达。然而，民族性又和地域性密不可分。地域是民族赖以生存的基础，民族依托于地域，民族文学艺术离不开地域文化的滋养，"人类的生存时空所显示的自然环境以及长期建构而来的人文环境，对民族性的养成和延伸提供了最基本的条件……这也就是说，地域文化作为与民族性浑融一体的传统成分，具有持久的生命力和存在价值"，可见，文学是与特定时空中的人、事、物相关联的，而这种特定的时空，就构成了文学的地域性。因此，西北丝路文学也着意于描绘丝路地域文化特征。

红柯作为西北丝路文学的歌者，其作品深刻地体现出西北丝路文化的地域特色。红柯走遍新疆大地，在地域文化体验中，他琢磨着大漠浩大的生命，新疆的地域文化与其民风民俗以及美丽的神话史诗都为他的创作提供了源泉。漫游天山的十年，使红柯成为一位卓越的丝路文学表达者，《美丽奴羊》《西去的骑手》《乌尔禾》《生命树》等都是他的代表性小说，在这些作品中，丝路地域文化体现得较为明显。在其"天山文学系列"最有代表性的《西去的骑手》中，沙漠、草原、古城、骑手都成为其着力描写的对象，并渗透了历史与现实的想象，文字充满了诗意。《奔马》描绘了马的速度和力量，飘逸而富有神韵；《美丽奴羊》写出了大自然宠爱的精灵；除此之外，还有柔美而极具生命意象的鱼、代表了荒野豪放和智慧的狼，这些极具飞扬生命力的动物，是丝路地带人们精神上崇拜的图腾与精灵，更蕴含了丰富的地域文化。

红柯回到陕西后，试图用文学将陕西与西域打通，使关中与天山相连，因此，他的作品始终充满了浓重新疆色彩，这也使得他成为文坛上公认的"丝路文学上的歌者"。红柯虽然离开了新疆，但大漠、群山、戈壁、草原以及悠扬的马嘶仍然出现在他的文学世界里，这些都是清晰可见的丝路日常民俗的书写，是地域文化的体现。红柯通过其文学文本再造了一个文本意义上的西域，再造了一条自己的文学丝路。《星星》诗刊主编助理、作家杨献平在谈到红柯的丝路文学创作时，曾由衷地感慨道："红柯的小说有一种苍莽的气质，即恢宏的，有天地之气的那种力量感。小说乃至一切艺术，都是深入人心，探测和呈现人的生存和人性幽微的。红柯小说在对古之西域，今之新疆的文学书写和艺术提纯，显然是一种趋向成熟的，有自己特色和思想的文学创造。"与西北丝路作家苦涩的创作风格不用，红柯的作品对新疆独具特色的地域文化、历史知识刻画得十分周详，并运用了诗意的表达方式。

对红柯以文学的形式观照新疆历史地理，表达丝路地域文化的特色方面，文学评论家李敬泽给予了客观细致的分析，红柯的特别还在于，他是从文化上、历史上、情感上把新疆当成自己血液的一部分来谈的。他所全情关注的西域新疆不是一个简单的地方，它涉及我们这个伟大国家的精神文明的整合。总体来说，我们对西域充满了不了解。行政区域的庞大，需要艺术、思想、情感、心灵的弥合，而文学是很好的桥梁。可见，以红柯为代表的西北丝路作家，其创作中渗透了丝路地域文化的特色，这是一种融注了丝路文化、历史与情感的地域特色。

4. 创业精神与丝路文化的表达

从古至今的丝路文学与人的创业密切相关，西北丝路文学中的创业文学与创业精神自然是西北丝路文化的体现。以柳青的《创业史》、周立波的《山乡巨变》为代表的创业文学有以下三个特点：其一，创业文学范式的积极建构；其二，创业文学母题的时代书写；其三，创业文学形象的精心塑造。从创业文学结构、母题与形象三个方面阐释了当代中国创业文学的书写，可以说柳青、周立波的这种书写行为本身就是一种实践和创业，他们在面对农村土改与农业合作化等巨变时可以深入生活本身去创作，体现了巨大的使命感与责任感。丝绸之路是一条改革发展之路，求新求变的思想体现其中，而在改革发展的过程中人们自然要秉持一种艰苦奋斗、坚忍不拔的精神，这种精神也是创业文学的诸多体现。

同时，创业文学与丝路文学存在着诸多的内在关联，具体表现在：其一，在创业中追求长治久安的价值取向，在两种文学形态中都有充分的体现。追求国家尤其是西部的长治久安乃是古今相通的政治文化诉求。其二，创业文学与丝路文学具有交叉互补性，在丰富当代中国文学版图方面作出了重要贡献。其三，丝路文学作为与时俱进的创业文学，是更加具有发展潜力的文学形态。其四，从创业文学和丝路文学中可以看到，中国人的创业和守业同等重要。可以说，这些相关论断也许并不很全面，却深切地揭示和凸显了丝路文学与创业文学的诸种内部关联，看到了创业文学与丝路文化精神特质的内在联系。丝路文化中体现的开拓性和创新性与实现中国梦的发展战略有着内在的精神关联，其切合了"一带一路"倡议。创业文学中所弘扬的英雄主义与乐观主义，是丝路文化创新改革精神与使命意识的体现，创业文学主题与丝路精神呼应的同时更进一步实现了二者文化内质的契合。

（三）西北丝路文学在当代如何发展

1.注重民族文学的发展

古代丝路文学所涉及的范围极为特殊，因为其汇聚了不同民族的文学，他们成就了丝路文学的丰富和多样。自古以来，丝路上不同的风物人情、宗教信仰、节庆仪式等，就是不同民族历史、文化传统和心理素质的具体表现，这些也体现在具体的丝路文学作品中。而在具体的文学创作中，不同民族使用不同的语言，通过不同的表达方式塑造本民族的文学形象、刻画本民族的人物性格，于是丝路文学在发展传播过程中自然而然地表现出与其他文学的迥然不同。

西北丝路文学具有多民族性，首先体现在题材的多民族性上。中国历史上，西北是氐族、羌族、匈奴、吐蕃、回鹘、突厥、乌孙、鲜卑、党项等多民族繁衍生息之地，今天仍旧生活着蒙古族、回族、藏族、东乡族、裕固族、维吾尔族、哈萨克族、塔吉克族、保安族、柯尔克孜族等少数民族。因此，西北丝路文学大多表现当地多民族的生活习俗文化与历史等方面。例如，《西极天马歌》《霍将军歌》书写了西北战事；《悲愁歌》书写了西北的婚嫁；《敕勒歌》描写了西北少数民族日常的生活。进入现当代，西北多民族的生活仍然是西北丝路文学表现的主题，如闻捷的《天山牧歌》、张承志的《黑骏马》等。其次体现在少数民族作家众多上。例如，藏族史诗《格萨尔王》、柯尔克孜族史诗《玛纳斯》出自少数民族作家之手，元代边塞诗人耶律楚材是契丹族，元代诗人马祖常是回族。现当代丝路文学中的少数民族作家众多，如哈萨克族作家艾克拜尔·米吉提、回族作家张承志、藏族作家班果等。

可见，西北少数民族的独特文化、独特思维与个性赋予了西北丝路文学丰富的内涵，民族性也显示了西北丝路文学最为独特的一面。当代西北丝路文学的发展，要注重少数民族文学的发展。石一宁曾在《丝路文学：少数民族文学新的发展机遇》一文中提到：无论是北方丝路还是南方丝路，其"地域乃多民族聚居地，丝绸之路与少数民族的经济和文化生活关系紧密。发展和繁荣丝路文学，给丝路地域的少数民族文学带来的机遇是不言而喻的。丝路文学固然各地域、各民族的作家都可以创作，然而，最了解、最熟悉和亲历亲受丝路地域历史文化与现实生活的，莫过于身处该地域的少数民族作家，丝路文学创作，应更多地寄望于他们"。可见，丝路文学的复兴意味着少数民族文学的重要性得以再次凸显，西北丝路民族文学在进一步发展的同时，西北丝路少数民族文学应加快发展步伐，深厚的底蕴，光辉的传统，将使西北丝路民族文学勃兴。

2. 探索当代的新创造

当代西北丝路文学呈现出一种发展开放的姿态，表达了多民族和谐共处、共谋发展的内在诉求，西北丝路文化的价值也是多方面的，其应重视在当代的新创造。

随着国家经济的发展、中华民族的复兴，以及"一带一路"倡议的提出，丝路文学面临着巨大的机遇与挑战，这些都对西北丝路文学有着直接的召唤和推动作用。

丝绸之路是一条开放之路、发展之路，在此背景下的丝路文学必然会延续着远古丝路宏伟的汉唐气象，进一步呈现出 21 世纪的中国气派和民族精神。西北丝路文学在当代的发展，必然是朝气蓬勃的、充满活力的，是强健硬朗的、有丰厚内涵的人民性的文学，其必然渗透着深刻的思考、恢宏的气度与健康的审美，并成为当代文学的重要组成部分。"一带一路"是经济之路、民生之路、交流之路，在"一带一路"倡议的时代感召下，希望当代西北更多的作家以丝路为创作题材,书写汉唐气象、大漠雄风、异域风情、戍边贸易等历史文化内涵,去挖掘、钩沉、打捞这些历史回忆与文化记忆,书写当代丝路地带的经济风貌、生活变迁、民风民俗、民族文化等,使得丝路文学更加丰满、生动并富有感染力。作家面对时代发展带来的机遇需要开启想象、激活情感、深刻感受领悟,以深刻的文学直觉和文化自信去迎接丝路文学的美好明天。

丝绸之路是一条和平之路、发展之路,因此丝路文学是多地区、多民族、多国家的文学,当代中国西北丝路文学的新创造,应该具有国际化视野,应该胸怀全球、放眼世界。西北丝路文学的发展,应该与经济全球化背景相呼应,使其成为世界文学中的重要组成部分,其既是民族的又是全人类的。因此,西北丝路文学的发展应注重对当代世界文学流派、风格和写作手法的借鉴,充分吸纳世界前沿性创作中成熟的现代性的风格手法,并融合本民族的文化形成自己的特色,进一步表现丝路地带的社会生活、历史文化、民风民俗,贴近当代读者的审美趣味。

总之,西北丝路文学是中国文学的重要组成部分,也应成为观照中国现当代文学的有效窗口,探讨与构建西北丝路文学,对中国现当代文学研究有着重要的意义。在"一带一路"倡议发展实施的今天,关注西北丝路文学的建构与开拓,具有重要的意义,对于进一步发展符合时代潮流的、具有创新性的西北丝路文学,还需进一步的努力。

第二节 海丝之花:"文化磨合"视域中的中国现代留学文学

如何切实拓宽丝路文学包括"海丝文学"的研究范围,是学界目前整合和建构丝路文学及其研究"版图"的一个重要问题。跨海越洋的中外文化的交流、互动是海丝文学 / 文化得以生成的基本前提和主要路径，而漂洋过海、绽放于异域的"海丝之花"——现代留学文学，则能够生动形象地展现中外"文化磨合"视域中的人生选择、历史情境、文学想象以及审美倾向。恰是"文化磨合"的留学体验使现代留学文学呈现出中外会通的丰富话语，同时也创化了民族性叙事话语，催生了既是民族的又是世界的中国现代文学。现代留学文学的诞生和发展，为当下及未来的海丝文学创作提供了宝贵的经验。

目前"海丝"研究已成为广受关注的热门话题之一，但也存在相关研究难以深入的问题。有学者严肃指出："'海丝'名称虽然崇贵新颖，但是在研究内容上看，却没有超越以往学界所从事的'中国海洋文化发展史'，'移民文学'的范围"[1]。还有学者指出："丝路文学首先面临着整合的问题。"[2]如何切实拓宽丝路文学包括"海丝文学"的研究范畴，将留学文学尤其是中国现代留学文学纳入丝路文学及其研究"版图"，确实是一个值得我们高度关注和深入研究的问题。[3]

一、"海丝文学"与中国留学文学的历史轨迹

中国的"海丝文学"其实自古有之。自秦汉以来，产生了不少反映不同民族、国家、地区通过海上丝路进行的物质、精神文化交往的中外文学作品和文学现象。海丝文学的发生是与海上丝绸之路的发生、演进、发展相关的文学性审美活动，具体呈现的形态则是围绕海上丝路而进行的政治、经济、宗教、文化、艺术等交流与互动的文学书写。海上丝路不仅是中外交通的海上大动脉，在政治经济交往等方面具有十分重要的地位，而且在不同历史时期承担着各具特色的文化交流功能。秦汉时期海上丝路主要是秦皇汉武的长

---

[1] 陈支平：《关于"海丝"研究的若干问题》，《文史哲》2016 年第 6 期。

[2] 石一宁：《丝路文学的厘清与再造》，《文艺报》2015 年 11 月 6 日。

[3] 本书主要以中国大陆通过海路留学日本、欧美的作家群为宏观考察和论述的对象，未涉论主要通过陆路留学苏联的作家群以及港台留学作家群。

生求仙之路，汉唐时期海上丝路主要是商贸、宗教、文化传播之路，宋元时期海上丝路主要是陶瓷等商品贸易及文化交往之路，明朝海上丝路主要是郑和七下西洋的政治外交之路，近现代海上丝路主要是远洋留学之路……显然，海上丝路功能的历史演变必然深刻影响着"海丝文学"的题材内容与艺术形式。

从时间、空间上对海丝文学予以界定便于厘清海丝文学的研究范畴。其一，从时间上来说，海丝文学是指自先秦以来的表现人类与海上丝路相关的历史活动和社会实践的文学作品及文学现象；其二，就空间而言，海丝文学是指从中国东部沿海诸多港口（如登州港、天津港、上海港、徐闻港、广州港、泉州港、宁波港等）出发到达众多国家和地区这一过程中产生的文学作品及文学现象；其三，海丝文学具有贯穿古今、跨越中外、文体和题材皆具多样性等特点。由此可见，无论是海商、僧侣笔下的异域风情，使臣、外交官的域外风俗考察，我国少数民族或外国人的海丝书写，现代作家的海外留学、游记书写，还是当代作家的海丝题材创作……总之，凡是涉及海上丝路题材的各种问题及作品，都应是海丝文学的研究对象。

古代海丝文学的文体大致涵盖神话传说、诗词歌赋、散文类、小说类、戏剧类等，其代表性作品有以下几大类。第一，古代神话故事，如《山海经》中的海外神话；第二，海外风土、风俗游记，如《扶南异物志》《吴时外国传》《佛国记》《诸蕃志》《岭外代答》《岛夷志略》《大德南海志》《真腊风土记》《瀛涯胜览》《星槎胜览》《西洋番国志》等域外记载；第三，与海上丝路相关的神仙方术、志怪传奇、神魔小说，如《洞冥记》《十洲记》《汉武故事》等神仙方术小说，《搜神记》《南方草木状》《南州异物志》等志怪小说，《夷坚志》《沙门岛张生煮海》《蜃中楼》等海外传奇，《扫魅敦伦东度记》《南海观世音菩萨出身修行传》《达摩出身传灯记》等宗教传奇，《东游记上洞八仙传》《西洋记》等神魔小说；第四，描写海关、海商、海外华侨的古代小说，如《蜃楼记》《镜花缘》等；第五，海上丝路题材的诗词，包括描写商船、海港、海上航行、蕃人（外国人）等诗文，如《中国古代海上丝绸之路诗选》；

第六，关于海上丝路的戏曲及说唱类文学，如闽南戏曲中的"陈三五娘""荔镜情缘"的文本等。

从总体上看，古代海丝文学取得了很大的艺术成就，主要表现在以下几个方面。第一，对海上丝路和海洋的关注，体现了强烈的人文精神和鲜明的海洋文化特色，具有很强的包容性。海丝文学所表现出的主题、审美旨趣、艺术特征，是迥异于封闭保守的内陆文化（或农耕文化）的新型文学。第二，海丝文学范式的积极建构和对丝路精神的发扬值得肯定。商路开拓、海上探险、海外创业都体现了开放的眼光、冒险的精神和进取的意识。第三，以《西洋记》为代表的古代海丝文学具有浓郁的浪漫主义色彩，神魔、传奇等元素营造了奇异诡谲的海丝意境。第四，古代海丝文学对海上丝路沿途多民族文化、民俗风情的书写，形成了独特的审美意蕴，传达出和平友好的理念，表征着中华民族求同存异、共同发展的民族精神。同时，古代海丝文学也存在一些不足，如"内发型"文化特征突出的中华文明，其重农抑商的政策导致文化保守性远大于开放性，限制了海上丝路的有效开发，造成了海丝文学题材的偏颇和海丝文学主题的局限；古代的海丝题材大多为虚幻想象，缺乏现实主义色彩；由于政治、时代等原因，海丝文化缺乏独立、清醒的文化自觉意识，海丝文学作品缺少通透的世界眼光和相应的思想深度。

从跨国求学角度看，法显取经、玄奘西游、鉴真东渡等，都是中国古代的留学行为，《佛国记》《西游记》《唐大和尚东征传》等在一定程度上可以说是中国古代的留学文学。到了中国近现代，留学逐渐成为特别引人瞩目的文化教育"事件"和促成中国走向世界、走向变革的"触点"或"拐点"。从 1847 年赴美求学的容闳（《西学东渐记》作者）开始，中国的留学大幕渐次拉开。近现代中国学生通过海路的留学目的地主要是欧美和日本。[①] 有学

---

① 民国成立后，留学美国和留学欧洲的人数已远多于留学日本。1927—1937 年是留学欧美的黄金十年，留美、英、法的官费生、自费生构成了留学大军。中日战争时期，留学事业接近停止。详见舒新城：《中国留学史》，中华书局 1927 年版；王辉耀：《百年海归 创新中国》，人民出版社 2014年版。

者认为，以辛亥革命为分界线，可以把 1871 年至辛亥革命前的"师习各艺"的留学群体称为近代第一代留学生，他们成为中国最早的海军将领以及工业等领域的专门人才。而辛亥革命前后出国的第二代留学生（包括本书所指的现代留学作家群），鉴于甲午海战和戊戌变法的失败，他们既致力于专业学习"求图救国"，又广泛涉及各种门类，为"现代化进程"提供了"坚实的人才储备"。难能可贵的是，第二代留学群体回国后，大多保持了知识分子的独立精神和自由思想，可以"理性思考中国现代化的路径、特征与发展方向"。①其中受到世人普遍关注的就有为促进中国现代化作出多方面贡献的现代留学作家群。②

晚清民国时期政府通过海上丝路，派遣大量留学生出国留学，不断学习和引进国外的现代文化，促使中西方文化密切交流。因此，现代海丝文学的研究对象理应包括跨海越洋而来的现代留学文学。而本书所说的留学文学是指描写留学生及反映留学生思想、情感和行为的文学作品。如果说不同文化的对话、互动、融合、会通是海丝文学的表现核心，那么书写中西方文化之间的交流、碰撞和融合的留学文学则是表现这种"核心"的主要文学形态。尤其是那些具有开放理念、开拓意识、开创精神和世界眼光的文学书写，更能够充分体现出海丝文化和海丝精神，相应的文学作品和文学现象也才特别值得我们关注。显然，中国现代留学作家群笔下的留学生和留学活动最能直接、有效、及时地展现中外"文化磨合"的历史语境与文学想象，既能呈现个体独特的情感态度、审美趣味、文学选择等诸种复杂的内在因素，映照出留学生个体的多样文化心态，又蕴含着国族想象、文化冲突、"文化磨合"等宏大的时代命题。

---

① 沈光明：《近代留学生与中国现代化》，《光明日报》2002 年 3 月 26 日。

② 本书中的现代留学作家群，是指通过海上丝路前往日本、欧美等国家的留学背景作家，少数也包括在国外游学、工作的作家。

二、"文化磨合"与中国现代留学文学的叙事艺术

现代中国文化是处于现代时空中的中外文化逐步"磨合"而来的产物,[①]留学生是中西文化交流沟通的主要桥梁和纽带,同样也是中外"文化磨合"的产物。[②] 现代留学作家群亲历西方、目击西方、体验西方,中西方文化的巨大冲突使现代留学作家群较之其他出国人员有更为丰富的生命体验和更为精彩的文学表达;由此产生的许多文学作品,莫不是现代中国社会转型时期中外"文化磨合"的现实与精神的实录。可以说,现代留学文学的叙事艺术具有类似影视纪录片的特征,大多也都采用了纪录片常用的客观记录、主观介入、真实映现等叙事策略。

现代留学作家群(留学日本的如鲁迅、陈独秀、郭沫若、钱玄同、刘大白、成仿吾、郑伯奇、周作人、沈泽民、冯乃超、夏衍、周扬、田汉、胡风、穆木天、欧阳予倩、田间等;留学欧美的如胡适、闻一多、刘半农、冰心、冯沅君、徐志摩、朱湘、吴宓、老舍、朱光潜、张伯苓、洪深、丁西林、巴金、艾青、戴望舒、冯至等)大都从上海或天津乘船,沿海路前往日本、欧美等国家和地区求学。他们大都在留学过程中经历了"弱国子民"的痛苦遭遇。鲁迅的体验就很典型,他从 1902 年 2 月至 1909 年 6 月在日本留学达七年多之久,度过了 21 岁至 28 岁的青春时光,而留学的创伤体验却使鲁迅痛苦不已也思考不已。在日本求学时期,他曾因考试分数及格被同学怀疑,他们认为"中国是弱国,所以中国人当然是低能儿"[③]。随着中日民族矛盾日益加深,留日学生所受的"话语暴力"和"创伤体验"也随之加剧,[④]

---

① 李继凯:《"文化磨合思潮"与"大现代"中国文学》,《中国高校社会科学》2017 年第 5 期。

② 有学者曾用"骡子"一词来代指留学生,并以此探究中国现代文化。详见李兆忠:《喧闹的骡子——留学与中国现代文化》,人民文学出版社 2010 年版。

③ 鲁迅:《藤野先生》,载《鲁迅全集》第 2 卷,人民文学出版社 2005 年版,第 317 页。

④ 张志扬:《创伤记忆——中国现代哲学的门槛》,上海三联书店 1999 年版,第 161 页。

他们最痛苦的莫过于受到日本人的"支那人"蔑称①。郁达夫《沉沦》中主人公因为"支那人"身份恋情受挫，饱受身体和精神的折磨，当近十年的日本求学结束之时，郁达夫发出了愤怒的吼声，控诉日本为"最厌恶的土地"，发誓"我死了也再不回到你这里来了"②；郭沫若《行路难》中描绘了日本人说"支那人"时的"极端恶意"③；郑伯奇《最初之课》中屏周在点名的时候，就遭受了老师蔑称"支那"的侮辱……

如果说在日本的留学作家群"读的西洋的书，受的是东洋的气"④，那么留学欧美的现代作家群又有怎样的遭遇？留学欧美的作家如朱湘、闻一多、吴宓、老舍等与留学日本作家相似，同样遭遇了民族歧视。朱湘在美国留学两年，因为民族歧视换了三所学校，数次罢课罢学，最后只能退学回国，"我在外国住得越久，越爱祖国"⑤；闻一多的《洗衣歌》为我们呈现了一个万恶的资本主义社会的美国；吴宓在留学日记中也视美国为堕落的国家，充满功利主义和民族歧视；老舍在英国学习、教学、创作了五年，其间也饱受孤独寂寞和思家之苦，曾经的"底层"生活记忆决定了老舍的爱国主义和"反帝国主义"，他也就绝不会"乐意"与英国人交朋友。⑥

但留学体验并非只有创伤记忆，受文化心态和个体经历的影响，胡适、徐志摩等留学作家就为我们呈现了不一样的留学"风景"。胡适的留美日记为我们呈现了一个彼时进步的美国，在他的笔下美国是一个民主、自由的国家，美国人有着迥异于中国人的"此邦的个人主义"独立精神，美国人慈善博爱，"能思想"，对美国人不满的似乎只有"以个人的私德细行与政治能力

① 日本学者实藤惠秀曾详细记述中国留学生受日本人蔑称的强烈心理刺激。参见［日］实藤惠秀：《中国人留学日本史》，谭汝谦、林启彦译，生活·读书·新知三联书店1983年版，第208页。

② 郁达夫：《归航》，载《郁达夫散文》，浙江文艺出版社2007年版，第5、8页。

③ 郭沫若：《行路难》，载《郭沫若全集》（文学编）第9卷，人民文学出版社1985年版，第309页。

④ 东山：《最初之课》，《创造季刊》第1卷第1号，泰东书局1922年版。

⑤ 赵毅衡：《对岸的诱惑：中西文化交流记》，四川文艺出版社2013年版，第13页。

⑥ 赵毅衡：《对岸的诱惑：中西文化交流记》，四川文艺出版社2013年版，第54—56页。

混合言之"的"狭义私德观念"。① 徐志摩作为很能适应西方生活、文化的中国文人，极言自己对"康桥"的认同："我的眼是康桥教我睁的，我的求知欲是康桥给我拨动的，我的自我意识是康桥给我胚胎的"②，由此他力证康桥开启了自己的诗心，成就了他作为诗人的天命。依据柄谷行人的"风景"理论，③ 与其说徐志摩发现了作为"风景"的康桥，不如说作为"认知装置"的康桥使徐志摩发现了诗人的"自我"。

对大多数留学海外的现代作家而言，"弱国子民"的劣势地位使他们对所遭遇的民族歧视异常敏感，这种敏感也会反作用于个体心理，再加上去国怀乡的思家之情，留学作家群普遍生发出浓烈的爱国之情。留学域外的屈辱、创伤体验与留学报国的民族梦想，使现代留学作家群笔下的留学书写呈现突出的共性，即民族情结的彰显。这种强烈的爱国情感、自省意识等也深刻影响了现代留学文学的叙事题材及其相应的叙事方式。

第一，作家多采用贴合叙述对象的"零度"叙事，记录、记叙主人公的留学生活，以亲历体验者"自我暴露"的方式表达渴望祖国强盛的深情，这是留学作家群常用的叙事策略，不仅大量散文如此，有不少自叙小说也是如此。如郁达夫的《沉沦》即他孤独无助的日本留学生活的自传，延续了苏曼殊《断鸿零雁记》中作为"零余者"与"异乡人"的留学生形象，但《沉沦》中的"他"是一个患忧郁病的青年，更加敏感脆弱，时不时流下两行热泪。郁达夫在《沉沦·自序》中阐释了小说的主题即"性的要求与灵肉的冲突"④，作者以"自传"形式描绘了弱国子民在日本所遭遇的精神和生理的双重苦闷。《沉沦》结尾处"他"向祖国的方向看了一眼，"眼泪便同骤雨似的落下来"，哭喊着："祖国呀祖国！我的死是你害我的！你快富起来，强起来

① 胡适：《胡适留学日记》（下），同心出版社 2012 年版，第 588 页。

② 徐志摩：《吸烟与文化》，载《再别康桥》，中国工人出版社 2016 年版，第 142 页。

③ ［日］柄谷行人：《日本现代文学的起源》，赵京华译，生活·读书·新知三联书店 2003 年版。

④ 文明国编：《郁达夫自述》，安徽文艺出版社 2014 年版，第 61 页。

吧！你还有许多儿女在那里受苦呢！"① 主人公在结尾处痛彻心扉的呐喊，既是对弱国子民的警觉鞭策，又是一代知识分子所处悲凉环境的时代哭诉。郭沫若受日本"自我小说"和泛神论思想的影响，主张"艺术是我们自我的表现"，最高的艺术是"美的灵魂"的"纯真的表现"。② 在《残春》《日蚀》等自我小说中作者、叙述者、主人公统一指向"自我"，将个人的思想、情感汇入丰富的社会生活中去，以幻美的方式或愤怒的抗争表达对域外的爱憎。

第二，现代留学作家群经常有意采用限知视角，以自省者或审视者的眼光"打量"留学生群体，且叙事中常用讽刺的手法。如鲁迅在《阿Q正传》中有一段独白式对话，淋漓尽致地揭露了钱少爷等假洋鬼子极度膨胀的优越感和浅薄猥琐的个性。假洋鬼子式留学生身上的劣根性，代表了一部分归国留学生的精神顽疾，他们留洋归来恃才傲物、欺软怕硬，不仅堕落迂腐，还经常为虎作伥、欺压底层民众。鲁迅对假洋鬼子的批判对于今天的中国社会，无疑仍具有重要启示。老舍也用幽默戏谑的笔触塑造了毛博士、文博士之类的荒诞形象。《牺牲》中的毛博士，毕业于哈佛大学，言必称的美国精神具体所指竟是钢丝床、澡盆和沙发，毛博士外表"洋派十足"，骨子里却是充满"三纲五常""夫为妻纲"的腐朽没落观念。《文博士》深入剖析以文博士为代表的知识分子学成归国后如何迅速堕落于黑暗社会中并周旋自如，直指知识分子的卑污灵魂。许地山的《三博士》中的留学博士们，在西洋"兜售"中国传统文化，回国后再"兜售"西方文化，加深了中西方文化的误读，宣告了现代知识分子精英神话的破灭。钱锺书的《围城》中几乎所有留学回国的知识分子都荒谬无能，诸如对中西文化只会讲鸦片、梅毒，游学多年却学无所成的方鸿渐；伪造学历、内心龌龊，善于招摇撞骗的假洋博士韩学愈；道貌岸然，装腔作势，贪图酒色的高松年；还有优越感十足，实则肤浅、自抬身价的褚慎明；对古诗词一窍不通的董斜川……他们只吸纳了中西方的

---

① 郁达夫：《沉沦》，天津人民出版社2012年版，第42页。

② 郭沫若：《印象与表现》，《时事新报》副刊《艺术》第33期（1923年12月30日）。

文化糟粕，归国后或堕落腐败，忙于钩心斗角，或尸位素餐、不务正业，辗转于人生的各种围城，身陷牢笼。《围城》序言指出，"写这类人，我没忘记他们是人类，只是人类，具有无毛两足动物的基本根性"①。钱锺书用幽默辛辣的语言对不学无数、精神畸形、灵魂卑微的留学归国群体，进行了无情的揭露和深刻的批判。

第三，采用"零度"叙事和"成长"叙述相结合的叙述方式，借助留学群体在中西文化双向受挫的历程，揭示知识分子的精神困境和艰难抉择。如冰心《去国》中的留学生英士怀着"我何幸是一个少年，又何幸生在少年的中国"的满腔热情留美七八年，然而回国后却经历了重重打击，发出绝望的控诉："我何不幸是个中国的少年，又何不幸生在今日之中国！……不是我英士弃绝了你，乃是你弃绝了我英士啊！"②1919年12月4日《晨报》发表鹃魂的《读冰心女士的〈去国〉的感言》③，用了两个版面表达对"去国"这一人才流失现象的震惊。然而去国后无疑还要面对西方文化对弱国子民的轻蔑态度，由此陷入一个进退两难的困境。现代留学作家群借助对留学群体在中西文化中双向受挫的心路历程的展现，暴露出中西文化冲突下知识分子个体的生存困境。

现代留学文学是在地理位移与文化碰撞交织的时代语境中产生的，现代留学作家群的批判意识和反思精神具有超越时空的思想启蒙价值和现实意义。从总体看，现代留学作家在中国新文学中担当的是先觉者和启蒙者的角色。受启蒙思潮、现代性、留学体验等的影响，现代留学作家群笔下的留学与爱国交织的民族叙事话语，也体现出跨海越洋者上下求索的探路精神。同时，从民族、国家意识的启蒙话语体系出发所产生的国民性反思或许会被偷

---

① 钱锺书：《钱锺书散文》，浙江文艺出版社1997年版，第441页。
② 冰心：《去国》，载《冰心精选集》，燕山出版社2015年版，第19、26页。
③ 冰心的《去国》一文于1919年11月22日至26日在《晨报》第七版连载，小说发表一周后《晨报》就刊登了鹃魂的《读冰心女士的〈去国〉的感言》，故鹃魂一文应发表于12月4日，《冰心研究资料》（范伯群编，北京出版社1984年版，第305页）的"原载1919年10月4日《晨报》"应为误标。

换概念,"国民性思考"变为"改造国民性",仅仅被理解为"对国民性负面因素的批判性反思",甚至"国民性等同于国民的劣根性"。① 并不认同后殖民主义理论将"国民性"看作西方话语霸权的标志,但从单向度的国民性思考确实容易忽略留学生个体的多元性和域外形象的多样性,对留学生形象的扁平化叙述也会遮蔽留学生文学本身所应具备的丰富性和复杂性,这从某种程度上也会限制留学生文学研究的发展。

三、中国现代留学文学的成就及启示

现代留学文学作为海丝文学的重要组成部分,以开放的姿态、开创的精神、世界的眼光,淋漓尽致地展现了海丝文化和海丝精神。现代留学文学对古代海丝文学的传承与超越,取得了创新性成就,这主要表现在以下几个方面。

第一,现代留学文学拓展了海丝文学想象和地域空间。现代留学文学描绘了"睁眼看世界"的异域真实情境,改变了长期以来"天朝大国"对域外的"凭空"想象,由于留学生数量庞大且目的地涉及世界众多国家和地区,这就大大拓展了海丝文学中行旅文学的地域范围。第二,对留学生及其域外经历的关注与书写,拓展了古代海丝文学的题材,开掘了海丝文学的思想深度。留学经历不仅为留学生提供了文学创作的重要素材,中西文化的巨大差距也引发他们对国家和民族的历史与现实进行深入的思考。留学生强烈的责任感和使命感使留学文学具有浓厚的民族主义和爱国主义情结,提升了海丝文学的思想高度。第三,留学文学重视文学的审美价值,体现了较为自觉的美文追求。晚清以降出国考察的使臣游记,多从实用主义的角度出发考察外国的器物、制度、文化等层面。现代文化的开放促成了留学作家的观念转变和知识更新,留学文学也由晚清的"实用主义"转为现代的"审美主义",

---

① 曹振华:《中日国民性话题史上的〈国民性十论〉》,《东岳论丛》2018 年第 10 期。

自觉的"美文"追求体现了留学散文文体的成熟。第四，现代留学作家群普遍具有较为自觉的文化意识。"向外，在摄取异域的营养，向内，在挖掘自己的魂灵"①，他们利用中西方资源和多种表现手法，在中国古代文学的基础上建构了以"人的文学"为标志的新文学，从"文的自觉"走向"人的自觉"，完成了现代文学的精神转型。此外，现代留学作家群的文学活动提升了海丝文学的社会功能。现代留学作家群不仅从理论层面为新文学摇旗呐喊、鸣锣开道，而且创作了大量的"示范性"新作，还亲身参与文学革命、翻译译介、编辑出版、组织社团、培育青年等文学活动和社会实践，使海丝文学与中国新文学命运紧紧联在一起。现代留学文学从精神、主题、意象、风格、题材等方面丰富、拓展了海丝文学的内涵和外延。

进而言之，正是通过海上丝路带来的留学和思考，现代留学作家群才普遍形成了"拿来主义"的思想方法，从而大力吸取外国尤其是西方诸国的文学 / 文化资源，在中国传统文学的基础上建构了新文学 / 文化，为包括海丝文学在内的中国现代文学 / 现代文化作出了重要贡献。② 不仅如此，他们的这些贡献还在使他们获得历史"存在感"的同时，也产生了非常深远且具有丰富启示性意义的诸多影响。比如现代留学作家群发起的文学革命、文学运动大多都是如此。正是充分、丰富而又真切的留学体验及"文化习语"激发的开放理念和现代意识，使他们率先革新语言，提倡白话文，建构"人的文学"、平民的文学，从内容、形式上对中国传统文学进行改造革新，不断创建文学社团和开展文学活动，利用报刊媒介宣传文学革命，扛起了新文化运动的大旗。现代留学作家群大胆变革文学样式，使中国新文学在小说、散文、诗歌、戏剧等方面都取得了巨大的成就。同时，现代留学作家群还丰富或改编了传统文学主题和题材，作品触及越来越多的异国他乡的生活与风

---

① 鲁迅：《〈中国新文学大系〉小说二集序》，载《鲁迅全集》第6卷，人民文学出版社2005年版，第250页。

② 参见周棉：《留学生与中外文化交流》，南京大学出版社2000年版；陈辽：《略论留学生对中国文学发展的贡献》，《徐州师范大学学报（哲学社会科学版）》2005年第2期。

光。正是由于现代留学作家的生花妙笔，引导无数读者睁开眼睛看世界，才大大推动了民族的现代觉醒和文化的现代演进，甚至也才有了"中国现代文学"这一学科专业的诞生。

除了上述成就和启示，还有几点需要特别强调：

其一，现代留学作家群努力发挥"中间人"的作用，积极思考让中国文化走向世界等时代命题。现代留学作家的留学经历促使他们迅速进入比较文化、比较文学论域，使得他们快速成长为思想家、文学家、文化使者等。如留美的胡适提出"充分世界化"的主张，意思是用尽全力、尽量多地用外文译介中国经典、写作中国故事，竭尽所能让世界真正了解中国。留日的鲁迅认为，仅有"拿来主义"还远远不够，让中国走向世界，应该在"拿来"的基础上创造中国新文化、新文学，从而向世界"发声"。在《无声的中国》一文中，鲁迅呼吁青年要"觉悟"，他希望"青年们先可以将中国变成一个有声的中国"，"将自己的真心的话发表出来"，只有这样"才能和世界上的人同在世界上生活"[1]，才能彻底改变中国人被扭曲的屈辱处境。现代留学作家群用外语打开了西方文化的大门，[2] 获得了向世界"发声"的密钥。从陈季同的《黄衫客传奇》到林语堂的《京华烟云》，这些用外语书写的中国故事，让更多西方人了解中国，为西方人开启了解、认知中华文化的一扇扇窗户。

总之，以鲁迅、林语堂、老舍、钱锺书等为代表的现代留学作家群，作为"西学东渐"和"中学西传"的理论者和实践者，作出了坚持不懈的努力并取得了巨大的成就，在中西方文化的交流中发挥了甚为重要的作用。现代留学作家群通过世界眼光和反省精神，努力拓宽留学文学的国际视野，这也是留学文学对世界文学的贡献。鲁迅在《科学史教篇》中便呼吁知识分子应该"洞达世界大势"，陈独秀也敬告青年新文化运动是"世界的"，胡适在美国留学期间业已形成了"世界主义"思想，主张中国现代文化要"充分世界

---

① 鲁迅：《无声的中国》，载《鲁迅全集》第 4 卷，人民文学出版社 2005 年版，第 15 页。

② 郑春：《"最愉快的梦想"——具有留学背景的现代作家与外语》，《山东大学学报（哲学社会科学版）》2005 年第 1 期。

化"。鲁迅还进一步区分了"拿来主义"和"送来主义",倡导主动吸取西方文化。现代留学作家群以开放的目光审视世界,大胆吸取外国文学经验,自由选择不同的文化思潮,使中国新文学得以在较短的时间内汇入世界文学并与之同步发展。留学作家的反省意识一方面体现为对东西方文化差距的清醒认识,另一方面则体现在对国民性相关问题的深刻反省上,他们力求通过文学创作达到疗救精神疾病,唤醒国民灵魂的目的。

其二,从"文化磨合"与创造的角度考察留学文学及现代留学作家群的文化活动和文学创作,我们发现现代留学作家群有着极为突出的远超文学本体的贡献。这些现代留学作家是擅长进行"古今中外化成现代"的"文化磨合"的智者,他们的文化实践和文学创作在对现代文化的不同形态的追求中,经过艰难的探索也终于建构、形成了自己的新文化传统,围绕民族重建、走向现代而建构的启蒙观念和直面人生的文学创作态度,是现代作家群形成的最重要的文化传统。这一方面表现为以鲁迅、胡适等为代表的留学作家个体的文化创造:作为留日代表的鲁迅既是国民性理论的提倡者和实践者,又是现代文学文体探索的先驱;作为留美代表的胡适既是文学革命的发起者,又是白话文新诗的实验者,使诗歌与小说、戏剧唱本相融合,推动了诗歌文体的解放。另一方面则表现为春柳社、《新青年》团体、文学研究会、创造社等文学社团、流派的新文化创造,"《新青年》团体的宏观性新文化创造意识、文学研究会的改造社会人生意识,创造社的为艺术而艺术的'创生'意识等,都对相应的文学创作产生了非常深刻的影响,对文化创造产生了重要作用"①。现代留学作家群正是凭借开放意识和世界眼光,以"古今中外化为现代"的持续追求决定了新文学／新文化的基本面貌。

其三,现代留学文学所取得的成就也为当下及未来的海丝文学创作提供了丰富的经验。跨海越洋的中外文化的交流、互动是海丝文学／文化得以生成的基本前提和主要路径,而漂洋过海、绽放于异域的"海丝之花"——中

---

① 李继凯:《20世纪中国文学的文化创造》,中国社会科学出版社2009年版,第90页。

国现代留学文学，则能够生动形象地展现中外"文化磨合"视域中的人生选择、历史情境、多元文化、文学想象、叙事艺术以及审美倾向；恰是不断进行"文化磨合"的留学体验使现代留学文学创造出中外会通的丰富话语，同时也创化了民族性叙事话语，催生了兼具本土性与世界性特征的中国现代文学；现代留学文学的诞生、发展和传播，也无疑为当下及未来的海丝文学（包括留学文学）创作提供宝贵的经验，伴随着中国综合国力尤其是文化软实力的增强，新的海丝文学将会产生越来越广泛的世界影响。

第三节　"丝绸之路艺术"的文化理念

以上两节分别从"陆丝"和"海丝"两个部分以文化视角阐释"丝路文学"所蕴蓄的"文化磨合"的特质，而整体上的"丝路"艺术的文化理念也需要得到进一步的梳理。丝绸之路横跨亚欧非三大洲，绵延近万公里，断续长达几千年，其空间地域、国别、民族和时代的多维性自不待言，其文化的多维性不言而喻。[1] 基于广义"丝绸之路"和广义"艺术"基础上的"丝绸之路艺术"概念，在时间上以张骞凿空西域为重要节点和标志，向上可以追溯到前丝绸之路时期甚至更早，向下延续到近代；在空间上包括东亚、中亚、西亚、南亚、北非和欧洲部分地区由网路构成的广阔地域；在艺术门类上涉及绘画、建筑、雕塑、器物工艺、音乐舞蹈、纺织服装、书法写本等领域。丝绸之路上的艺术现象，远不是被传统认识固化的那些所谓事实和艺术史书籍中勾勒的发展轨迹，而要丰富得多。在世界各地博物馆中，有大量的藏品还不为大众所知，而它们是艺术史的确证。单在大英博物馆就有几百万件藏品，在俄罗斯圣彼得堡的艾尔米塔什博物馆也有几百万件藏品，在法国卢浮

---

[1]　程金城：《丝绸之路艺术的概念、时空和的单位》，《西北民族大学学报》2018年第6期。

宫、在美国大都会博物馆，在中国故宫及各地博物馆，在日本、印度、埃及、伊朗、土耳其、亚美尼亚等国家，与艺术相关的藏品难以计数，其中展出的或者进入艺术研究者视线的只是其中很少的部分。就在展出的部分中，其所呈现的与丝绸之路艺术相关的内容，进入以往艺术史的非常有限。而且，新的考古发现对反思传统艺术史提供了新的材料和启示。因此，提出丝绸之路艺术整体观，重新观照丰富的艺术现象，将有可能重新认识人类艺术史格局。在宏观方面，突破传统思维定式，有可能重绘丝绸之路艺术版图；在中观方面，有可能对不同文明及其艺术关系重新观照；在微观方面，有可能对具体艺术现象和作品在更大的时空中重新认识和评价。

统称的"丝绸之路艺术"是由具体时空中的艺术现象构成的。艺术时空的辽远广袤形成了丝绸之路艺术的多样性和丰富性，艺术门类的众多和样态的多姿多彩，决定了丝绸之路艺术的差别性和多维性。同时，丝绸之路艺术又有其相通性、有机性与整体性。对丝绸之路艺术的多维性和整体性进行实证与学理相结合的探讨，是丝绸之路艺术研究的理论基础之一，也是丝路艺术史观的内涵和丝路艺术史书写的认知前提。从学术研究的角度说，将其既作为研究对象，也作为学术视域，是为"丝绸之路艺术整体观"。

一、多维性："丝绸之路艺术"的"和而不同"

丝绸之路艺术的多维性主要表现在艺术类别的多样、艺术现象研究"单位"的重合交织、艺术风格的时代差异等方面。作为特定时空中的艺术现象，多维性越明显，越具有内在张力和相激相荡、相互交流的驱动力。从一定意义上说，多维性反映了丝绸之路艺术内涵的丰富性和多样性，多维性因此成为丝绸之路艺术存在的基础和这一概念得以确立的前提。

（一）丝绸之路艺术门类的多维性。艺术门类之间的多维性显而易见，似乎不言而喻。但是，什么是"艺术"，包含了哪些门类，却又有不同的理解，有不同的分类。以往的西方艺术史、世界艺术史中的"艺术"重点多在

"美术"或造型艺术，即绘画、雕塑和建筑，其他的艺术如陶瓷、金银器、青铜器等器物，以及纺织服装、音乐、舞蹈、戏剧、书法、写本等不是重点或者不在艺术史之列。而古代"丝绸之路艺术"，是与丝绸之路关联的广义艺术的统称。这些艺术的产生和发展是以其交流"需求"和"功能"为目的而形成不同艺术门类，主要包括：以宗教信仰为核心、以神灵为表现主体的宗教艺术类，如神话人物造像、宗教建筑、神像雕塑、壁画和墓葬绘画、墓道装饰、祭祀明器、经卷写本等系列艺术现象；以人神共用、在日常审美与精神象征之间有巨大张力的器物艺术类，如彩陶、瓷器、青金石、青铜器、其他金属器、玉器、玻璃、玛瑙、珐琅、装饰件、工艺品等器物；以装饰人体、美化生活和追求审美品位为特点的丝绸等纺织品和服饰艺术，如中国纺织染缬和丝绸织锦、西方纺织品和服饰、地毯等；以象征帝王权威和显示宫廷尊严为核心、具有政治色彩的艺术，如权力象征物、宫廷建筑及其艺术藏品、纪念性建筑、艺术性外交礼品等；源于祭祀仪式、以敬神娱人和满足情感表达为特点的各类表演艺术，如戏剧、音乐、舞蹈等；以审美为目的、展示艺术技巧和个人风格的艺术创造，如各种绘画作品、造型艺术、书法艺术等；以口传为存在形态的神话传说、英雄史诗、民间故事和专业文人创作的语言文学作品及其艺术形象化作品。

上述由"功用"所做的分类，在相当程度上可以说明丝绸之路艺术品类的广博及其产生的动因，却不能完全说明艺术类型的特质。因为同一类艺术品，既有为神祇的，也有为帝王的，还有为一般民众欣赏的；有为现实的日用品，也有为来世的明器（冥器）。所以，还要从艺术特质的角度归类，由此分类，则有建筑、雕塑、绘画、器物、音乐、舞蹈、戏剧、纺织染缬和服饰、民间工艺、文学、写本和书法等艺术类别。在这些艺术类别中，古今贯通、东西方共有并形成鲜明比照的，是集建筑、绘画和雕塑为一体的神话和宗教信仰艺术体系，陶瓷及其他器物艺术体系，纺织、染缬和服饰艺术体系，音乐舞蹈等表演（包括乐器）艺术体系，口传与语言文学艺术体系。它们构成了丝绸之路艺术的"大宗"，也显示出其明显的艺术的多维性。丝绸之路艺术的多维性还表现在艺术表达形式上的差异，如同样是宗教艺术，西方的基督教艺术系列与东方的佛教、道教系列的差异；如同样是佛教艺术，其建筑、雕塑、壁画，在不同地域、国家及其传播过程中的本土化形成不同艺术样态。

丝绸之路艺术类型之间的多维性，关乎"丝绸之路艺术"史架构中的具体对象和内容，同时，因为有艺术类型的多维性，也就有了艺术类型之间的互补性与融通性，如宗教艺术中的建筑、绘画、雕塑雕刻的互补，如陶瓷纹饰、服饰染缬与绘画的融通，等等。其相通与相异，也包含了重要的艺术学原理和审美差异的理论。

（二）丝绸之路艺术区划"单位"的多层次性。这里的"单位"是借用汤因比《历史研究》中的概念。他认为历史研究的单位不是"国家"，而是"文明"，实际上提出了历史研究的具体对象和范围的界定、划分问题。丝绸之路艺术的研究有同样的问题，其"单位"涉及"文明""地区""民族""国家""宗教"等不同体系和层级，它们之间常常相互交织重叠，并形成纵向"子嗣"关系差异和横向平行比照，应根据实际情况审慎地使用诸单位概念，展示丝绸之路艺术的丰富性和多维性、关联性和传承性。进而，笔者借用景观生态学的范畴和分析模式，将丝绸之路的艺术分为"廊道""基质""斑块"等不同层级。"丝绸之路艺术廊道"，大致分为"丝绸之路欧亚非大陆艺术廊道""丝绸之路草原艺术廊道""丝绸之路海上艺术廊道""丝绸之路宗教艺术廊道"。"丝绸之路艺术基质"，是与早期"文明"密切相关、具有原发性和"元典"性质的重要艺术现象，在丝绸之路上，有两河流域文明与苏美尔艺术和巴比伦艺术，尼罗河流域文明与埃及艺术，印度河和恒河流域文明与印度艺术，地中海文明与希腊—罗马艺术，欧亚草原文明与草原艺术，黄河流域华夏文明和长江流域文明与中国艺术等。丝绸之路艺术内部要素异常复杂，在空间分布和时间延续中形成不同"斑块"，构成包含地缘、宗教、国家、民族等不同层级和要素的斑块结构，比如犍陀罗艺术、马图拉艺术、笈多佛教艺术，地中海文明中的克里特岛艺术及希腊艺术，波斯艺术，中亚艺术，中国文明中的西域艺术，特别是龟兹艺术、吐鲁番—敦煌艺术，以及东南亚艺术，西南丝绸之路艺术等。丝绸之路艺术"斑块"还有一些特殊现象，有些与特殊的地理位置有关，有些与族群的交往和生存方式相关，有些则与国家民族的历史有关。文明、廊道、基质、斑块等"单位"之间差异对艺术的影响，体现在不同艺术类别中，其背后则有深刻的地缘、历史因素和文化的差异背景。

（三）丝绸之路艺术的时代差异性。从纵向时间的视角看，丝绸之路的时代差异明显，因交流、融会而不断生发出新的艺术现象。不管是文明体还是国家民族的艺术，在时间的推移中都有极大的变化发展。同样是器物艺术，石器与青铜器、铁器标志着不同时代的历史特征和文化内涵；即使统称为"陶瓷"的艺术，其彩陶与瓷器分属史前时代与文明时代。同样是绘画，不仅岩画与壁画有重要区别，即使进入文明时代的各时期绘画也有明显的时代烙印……不一而举。丝绸之路艺术时代的多维性，不仅仅是某一艺术形态自身的变化，还表现为随着时间的推移和艺术交流的展开，艺术品类和样态的日趋丰富，以及某一特定时空内艺术类型的增多和原有艺术形态的变异。大则如西方文化艺术的希腊化，如佛教艺术的中国化，如民族艺术的草原风及其影响，如西方建筑和装饰的不同风格，都是在时间的流程中变化和扩散的。小则如西方神像和佛像在传播过程中的本土化，西方神话故事、人物雕塑和壁画的变化，东方佛像系列在传播过程的时代风格，菩萨、"飞天"的逐渐美化和女性化等，都与时代及其文化精神相关。

有差异才有区别，才有交流和互补的必要。其影响表现为需求优势的满足和需求潜力的解放。玄奘"西天"取经，有着对异域了解的渴求。佛教在中国的巨大影响，是宗教文化的多维性满足了当时中国的需要。中国丝绸被西方当作神秘之物并受到青睐，成为传奇和特殊的货币，是它的独特的美和多维价值刺激着西方人的好奇心和各种欲求。西方人对于瓷器的欣赏，与中国对于胡人音乐舞蹈乐器的接受一样，都是艺术的多维性和差异性使然。丝绸之路艺术不同类型的差异、不同时空的整体差异、不同民族艺术之间的差异和宗教艺术之间的差异，都有不同的内涵，在不同的文化模式中，更有其深刻的原因，这需要在丝绸之路艺术史的新视域中进一步探讨。

二、有机性："丝绸之路艺术"的交流融通

丝绸之路艺术因其在久远辽阔时空中的交流互动而又有相通性和互融性，形成人类艺术史上具有内在关联的有机性。有机性也称整一性、整体性、完整性，是对事物做辩证的有机整体的把握。丝绸之路艺术的有机性主要指艺术时空的整一性、丝路艺术与历史关系的有机性、丝路艺术内在结构的有机性。

（一）丝绸之路艺术时空整一有机性。丝绸之路艺术的整一有机性是由交流融合的内在肌理构成的。从宏观时空来看，长安与罗马双向互动，东方与西方相互交流，远古到现代承绪贯通，丝绸之路的历史时空有其整一性和有机联系性。

在"丝绸之路"命名之前，人类已经进行了长时期的局部交流。[①] 随着历史的发展，从最早的局部的交流，到区域的逐步扩大，以至于今天的全球化，人类的历史就是交流史，而丝绸之路开启了人类交流的先河，也构成了最重要的交流史现象。从苏美尔早期文明到两河流域巴比伦、亚述文明，以及埃及、印度河流域文明，从丝绸之路的西段到东段，呈现着交流逐步扩大的态势。相互交流既是人类渴望互相了解和理解的自然本性，也是人类生存的必须。丝绸之路的交流，有时是剧烈的被动的，有时是缓和的主动的，在这个过程中，艺术发挥了特殊的作用。艺术在有明确分工之前，并不是为艺术而艺术的，目的并不"单纯"。正因为如此，艺术融入生活，介入历史，

---

① 在大英博物馆，关于丝绸之路有这样的表述：尽管"丝绸之路"这个词在 19 世纪才被采用，但通信、移民和贸易的路径至少从公元前 5000 年就跨越了欧亚大陆。在整个草原地区，不同文化之间有许多早期的联系。在中亚的绿洲城市，汉朝建立了要塞，之后，中亚和西亚的更多线路得以繁荣发展。馆藏的丰富展品确证了这种论断。

同时确证着人的历史。从历史博物馆中可以看出，丝绸之路艺术见证着历史，也连接和"整合"了常常"断裂"的历史，艺术的生命力超越了政权的更迭。丝绸之路艺术的不断延续、相互融合将其构建为一个整体。

重识丝绸之路艺术时空的整一有机性，就是重新发现丝绸之路艺术版图，也有可能对传统艺术史观有一些修正。在古代与现代之间，有一以贯之的"元典"，也有艺术基质的不断变异；在东方与西方之间，有中间环节即"内亚"的特殊位置和枢纽作用。丝绸之路艺术时空的整体性突破了以国家民族、文化模式构筑的艺术史体系，而提供了以新的艺术实体为基础的观照视角。以宗教艺术现象为例，从美索不达米亚及巴比伦的神庙和雕塑，亚述的大型神话故事和猛兽石刻艺术，埃及的金字塔、雕塑石刻艺术，印度的宗教艺术，地中海及希腊的雕塑、石刻艺术，到基督教等教堂建筑和壁画，中国的佛教石窟寺院、壁画、彩塑石刻，道教神仙系统塑像，汉画像石和魏晋墓砖画等，无不与宗教信仰主题相关，各种神庙建筑、神像、壁画等，都借助于艺术以表达不可理喻之情感，形成以神祇为核心的庞大的艺术体系，在丝绸之路上渐次展开、不断融合，既相互比照，又融为整体。它表明，人类的艺术在本质上是有共同性的，和而不同连成一体。宗教艺术作为人类通向超验世界的方式和途径，在创造"幻境"即神灵世界的过程中，体现出本质上的相通性。由此可见，丝绸之路艺术是一个具有内在联系的巨大的艺术实体和观照对象。

（二）丝绸之路艺术与历史关系的有机性。丝绸之路艺术，在人类历史中发挥了特殊的作用。丝绸之路史是文明交流的历史，物质和文化传播的历史，也是冲突的历史，征战的历史。古丝绸之路曾经是十分艰难的路。"作为中外文明交流历来是两种趋势：有冲突、矛盾、疑惑、拒绝；更多是学习、消化、融合、创新。前者以政治、民族为主，后者以文化、生活为主。"① 丝

---

① 葛承雍：《中国记忆中的丝绸之路——中国国家博物馆〈丝绸之路〉展览总述》，载《丝绸之路》，文物出版社 2014 年版，第 33 页。

绸之路艺术主要属于以文化、生活为主的文明交流，同时，在政治、民族层面也发挥了特殊的作用。在丝绸之路上，有美索不达米亚和两河流域文明、印度文明等文明的突然消失，有罗马帝国的瓦解、波斯的兴衰、十字军东征、蒙古人西征等，历史的"断裂"和剧烈的冲突似乎成为常态，但是，其艺术却呈现出连贯性、整体性和交融性。在丝绸之路上，往往有文明、国家灭亡而艺术却被接受和延续的现象，被征服者的艺术常常征服了征服者。苏美尔文明神秘消失后，苏美尔的艺术乃至后续的巴比伦、亚述等艺术现象得到了延续和发展，影响深远。"在伊斯兰化之前，大夏（犍陀罗，今阿富汗境内）佛教艺术归属于希腊——印度文化圈；同时和佛教共存于大夏的拜火教艺术，主要神祇形象系从希腊所借。……考古资料构成了一个完整的图景：大夏贵霜王朝是如何携带着拜火教圣殿和各种宗教仪轨，在丝绸之路欧亚文明交汇之际，充分运用古希腊神祇图像来充实自己的拜火教万神殿，搭起桥梁，化解希腊—波斯—印度三大文明圈之间的鸿沟，而不失去自身信仰的精髓。"① 这其中包含了艺术与人类历史的价值关系和艺术的特殊功能的道理。

丝绸之路艺术在历史的冲突和矛盾的张力中体现出自己的特质和超越性。艺术与历史的这种"悖反"现象延续到今天，在科技高度发达和精神问题日益突出的时代，人们依然寄希望于艺术，有人认为："除非发生某种能与人类的科技禀赋相并行的精神变革，否则我们将不太可能拯救这个星球。纯粹理性的教育无济于事"。"人们认为，宗教是可以帮助我们培养这种神圣态度的，但它却似乎往往投射出我们这个时代的暴力和绝望。几乎每天，我们都能看到由宗教而引发的恐怖主义、仇恨和褊狭。越来越多的人发现传统的宗教教义和宗教实践落后于时代潮流并且令人难以置信，从而转向艺术、音乐、文学、舞蹈、运动……以求带给他们似乎是人类所需要的超越的灵性体验"②。从人类宏阔的历史背景看，丝路艺术在整体上发挥了超越现实、引

---

① 〔法〕葛乐耐：《驶向撒马尔罕的金色旅程》，毛铭译，漓江出版社2016年版，第111页。

② 〔英〕凯伦·阿姆斯壮：《轴心时代》，孙艳燕、白彦兵译，海南出版社2010年版，第1—2页。

领人们走出精神困惑的作用。求真向善，追求美好，心灵安顿，情感表达，憧憬理想等，从中可以看出丝路艺术在人类发展史中的整体功能，而历史的冲突断裂与艺术的和而不同，也是值得深入思考的艺术史和艺术学理论问题。

（三）丝绸之路艺术内在结构的有机性。交流融合是丝绸之路艺术多维性与整体性统一的关键。丝绸之路展示的艺术史是不断撞击交流的历史，是艺术多维性的相互影响与多维价值关系重构与衍生的历史。正是这些不同艺术类型和"单位"斑块之间的相互冲撞、交流、共融才使得丝绸之路艺术色彩斑斓，内涵丰富，构成一个巨大的艺术实体。比如，英国伦敦维多利亚博物馆通过佛像展示了犍陀罗、阿富汗和中亚佛教艺术的关系：最早的记录表明，印度次大陆的西北地方一直是移民、入侵者和文化力量进入印度的门户，由此在白沙瓦东北部的犍陀罗以及阿富汗东部和巴基斯坦西北部的周边地区发展起来一种丰富的文化。其中著名的"犍陀罗"经常被指称整个地区的古代文化。在公元100—500年之间，许多佛教寺庙、神社和佛塔都在那里建造，也都用雕塑装饰。从风格上来说，其雕塑借鉴了罗马和希腊西部的传统。犍陀罗通过移民和商业活动，佛教和它的艺术也从中亚最终传到中国。也就是说，通过犍陀罗的佛教雕塑艺术，将西方的希腊罗马、南亚的印度和阿富汗、巴基斯坦与中亚联系起来，再经过中亚将其艺术风格传到中国和东亚。在大英博物馆中，艺术品展示了印度宗教和希腊诸神的关系，证明南亚的西北部是不同民族和文化的交汇点。在公元前的几个世纪晚期，在巴克特里亚和犍拓罗定居的希腊殖民者引进了希腊诸神。在公元前200年到公元前2年之间制造的赫拉克勒斯的青铜像表明，恒河流域的佛像，采用了希腊和罗马的属性和意象，以及印度神的因素。在中国的寺庙里，一些菩萨人物的服饰和珠宝的样式可能起源于伊朗和南亚；在雕刻中出现的旋转舞者，可能是中亚的后裔；守护神可能穿着一件中亚风格的束腰外衣和高筒靴，同时有希腊式服装的元素。① 类似这样的传播交融及其变异，在丝绸之路艺术

---

① 此处参考整理和引用了英国伦敦维多利亚博物馆、大英博物馆展厅相关介绍文字。

中是常见的现象。

丝绸之路文化艺术的交流也不是无条件被接受的，而是有条件的。基督教没有像佛教那样在中国产生巨大影响，没有类似儒释道合流的现象，也许有地理位置的原因，更重要的是文化的多维性与本土对某种文化"需求优势"方面的原因。这决定了丝绸之路艺术东段宗教艺术的特点。因此，从多维性与有机整一性的辩证关系看丝绸之路艺术的交流融合，将丝绸之路艺术连为一个整体，从中会发现某些新的艺术理论问题。

三、整体观：作为研究视域的"丝绸之路艺术"

《丝绸之路艺术的意义与价值——兼及"丝绸之路艺术学"刍议》[①] 一文中提出了"丝绸之路艺术整体观"这一概念，其主要的含义是：丝绸之路艺术不是沿线国家既有艺术成就的静态研究和归纳，也不是丝绸之路各门艺术分类研究的简单相加和组合，而是在丝绸之路上发生的人类艺术创造、交流、融汇、相互影响的现象及结果，是超越地域、国家、民族、宗教、文化界限而具有相通性的艺术样态，是人类有史以来延续时间最长、延展空间最大、艺术现象和品类最丰富的艺术整体，区别于地域艺术史和国别艺术史。进而指出，丝绸之路艺术生成发展的要素是：人类的物质交流和文化交流及其产生的精神需求是其动因，艺术与人的价值关系的构建是其核心，"交流""融合""启动""影响"是其方式和途径，各类艺术新样态和新的存在方式的出现是其载体和感性显现。这一观点的提出，当时主要是基于对丝绸之路艺术已有研究成果的梳理、归纳和分析的体会。既往的丝绸之路艺术局部的研究成果丰硕，一些艺术门类的研究已经有较多的积累和系列成果，对此应该充分肯定。但是，未能将丝绸之路艺术作为整体研究的视域局限，限

---

① 程金城：《丝绸之路艺术的意义与价值——兼及"丝绸之路艺术学"刍议》，《兰州大学学报（社会科学版）》2017年第2期。

制了丝绸之路艺术研究理论的升华和整体水准的提高，需要理念的更新和范式的创新。同时，近年来陆续发布的艺术考古资料和丝路艺术研究的新成果，也为笔者提供了新的启示。丝绸之路艺术整体观，可以理解为将丝绸之路艺术作为一个整体的认识对象和整体的研究视域，同时也包含了"观者"的位置、视域和视角。

丝绸之路艺术的视域，不同于以范式假设和概念推演为特点的理论视域，而是由具体研究对象构成并相互交叉的实在的研究领域。当以丝绸之路艺术的交流、融合、相互影响为焦点的时候，当研究对象构成一种不同于以往任何单一学科而具有显明的综合性研究领域的时候，这一"研究领域"就成为学科之间交叉自然构成的"学术视域"。

（一）人类艺术史上的丝绸之路艺术。在丝绸之路艺术的视域下，以前囿于东方—西方二元思维模式，局限于一地域一国家提出的学术问题有了新的理解和阐释的可能。以往的艺术史，不管是世界艺术史、东西方艺术史还是国别艺术史，不管用比较的方法，还是建构一个独立封闭的"单位"，因为都没有这样一个能穿越国家、民族、地域界限却又相互融合、贯通的艺术研究对象，没有发现和正视丝绸之路艺术这样一个巨大的艺术现象之间的内在联系，或者说没有这样的学术视域，所以，不管视角如何，都有可能将不同的艺术研究变成对现象的比较或者局部的相加，对其内在的关联性没有重视或者重视不够。这不仅在整体上忽略了人类因为丝绸之路而生成的艺术现象的巨大载体和广延性所包含的内容，而且也缺乏真正贯通融合的视域和研究方法上比较参照的合适角度，缺乏揭示人类艺术相关性及其前因后果的切入点。因为实际上，人类艺术史上许多重要的现象，那些具有恒久性和相通性的艺术现象，那些反映人类本质力量对象化、情感物化和理念感性显现的艺术现象，都不是由一个国家、一个民族的因素决定的，也不是一个时间段来完成的，而是在辽阔邈远的时空中萌发、生成、发展变化的。丝绸之路则正是这样一个具有实体性的人类历史活动，在这个过程中生成的艺术现象则需要以新的视域和范式从整体上重新探讨和阐释。

　　还应特别指出的是，丝绸之路艺术与以往的国别艺术史、区域艺术史、世界艺术史的不同之处，还在于它不是"纯艺术"的历史，而是与物质的交流结合在一起的艺术交流史，通过各种生活用品、器物、丝绸服饰等传播了艺术样态和美学风尚，避免了在狭义的艺术视域下建构艺术史的发展逻辑。因而，在人类艺术史乃至人类史的视域中研究丝绸之路艺术，"物的艺术表达"就成为研究的重要内容。比如，还是在大英博物馆，一副"米诺斯人在国外"的展板解释说，从早期的青铜时代开始，克里特岛与环岛及希腊大陆就有接触，并从近东获得了一些材料。随着公元前 1900 年的米诺安宫殿的建立，克里特岛与爱琴海的联系更加紧密，随之促进了与希腊大陆和小亚细亚西海岸的联系。在中世纪的青铜时代，克里特岛也可能断断续续地连接到地中海东部的贸易路线上，包括埃及、巴勒斯坦及其海岸和赛普勒斯。此后米诺斯的影响在整个爱琴海地区广泛传播，许多岛屿都表现出米诺斯的生活方式，而希腊大陆则广泛采用了克里坦艺术和工艺。埃及的米诺斯风格的壁画，以及其他埃及的壁画，证明了与克里特文明的长期关系。这表明，随着考古新发现，人类渐趋复杂的交往史及其艺术表现将获得更多的证据，丝绸之路艺术是打开新的历史镜像的独特视域。

　　艺术在丝绸之路上的传播和演变，还包括物质交流对异域生活方式的影响，以及时尚和审美趣味的改变。大英博物馆有关时尚的物品，表明审美趣味和艺术风格跨际的流行和影响。在 17、18 世纪，许多趣味和时尚的变化都受到了新商品的影响。在西方，大量的新产品是为了应对来自远东地区的瓷器和茶叶的进口，以及来自新世界的烟草、糖和桃花心木的进口而创制的。在 18 世纪后半叶，对古典艺术和建筑的迷恋占据了主导地位，而最好的新古典主义作品却都是用新技术和由大型工厂制作的。中国的青花瓷餐具，则影响了整个欧洲的饮食习惯和室内设计。这些"物的叙事"和"物的艺术表达"说明，丝绸之路艺术不是一个虚空的概念的变换，而首先是对一个研究对象的发现，这个对象的核心是人类在丝绸之路上长期的物质和艺术交流及相互影响。

（二）学科融合中的丝绸之路艺术。在丝绸之路艺术的视域下，不同学科之间的壁垒开始打破，艺术与其他人文学科之间，艺术门类相互之间变为互证的关系。一些单一学科解释不清的问题，也因学术史视域的开阔而有了新的观照视角。贡布里希说过：

> 所谓"研究"（research），其实就是"寻求"（search）：我们是在为某个问题寻求答案。我们对任何一件物品或任何一种风俗惯例都可以提出无数个问题……例如中国陶瓷的历史。当然你还可能想知道饮茶和种茶的历史，知道茶的药物疗效和社会功效以及茶对整个文明世界的影响等等。一个研究者无论有无兴趣探讨什么问题，他在寻求答案时是必定要跨越那些人为的"领域界限"的……①

在丝绸之路上，东西方物质文化和精神文化的传播与相互影响，相当程度上与"艺术"相关，而这些艺术现象有其本来的关联性，只是在后来人为地被划分为"领域界限"。现在提出丝路艺术整体观的目的之一，就是要重新跨越那些人为的"领域界限"，也就是进行学科的融合。

丝绸之路物品的交流既是因其实用价值和文化功能，也是因其审美价值和艺术特色，二者融为一体。瓷器和其他器物、丝绸和织物、乐舞和乐器、建筑和雕塑等，审美属性和艺术价值与现实功用相得益彰，或可说，不仅是物的实用性而且是其艺术性征服了世界。丝绸之路艺术以其审美性和超越性统摄丝绸之路的物质交流和精神领域，成为独一无二的艺术哲学，也是丝绸之路艺术在人类艺术史上独特意义之所在。

丝绸之路艺术研究的合法性是由研究对象的重新发现和认识决定的，而其学术价值的大小则取决于对其内在特质揭示和阐释的程度。以开阔的视野发现人文学科的相关性，发现历时性中的恒常与变异，发现共时性中的共性

---

① [英]贡布里希：《艺术与人文科学：贡布里希文选》，浙江摄影出版社 1989 年版，第 382 页。

与特质，丝绸之路艺术是最好的范本和对象。丝绸之路艺术在交流与相互影响中进行艺术自身的不断重塑和艺术功能不断拓展。神话故事、宗教精神的形象化与雕塑、建筑、壁画之间，瓷器、青铜器、丝绸织物、地毯、印章的纹饰图案与美术、审美之间，音乐舞蹈的异域传播与其本土化过程之间等，自然构成相关性，需要今天人文与艺术学科的融通重释才能切中肯綮。

（三）艺术学理论视域中的丝绸之路艺术。丝绸之路艺术以多样的、未特定性的表达方式，承载了人类在漫长的历史时空中复杂的文化内涵和丰富的精神情愫。对丝绸之路物质与精神现象的关系及其艺术表达的重新认识，对丝绸之路艺术类别、介质、载体、传播途径及其与人类史关系的重新整体观照，有可能触发对艺术学理论的一些重新思考和阐释，对当代艺术理论融通生成提供一些启示。比如艺术功能的"未特定性"问题，艺术的统一性与多维性、世界性与地域性关系问题，"东方—西方""中心—边缘"模式破除问题，艺术的神圣性和世俗化的关系问题，精神匮乏和情感抚慰与艺术发展的内在动因问题，艺术的"复功用性"与价值多维性的关系问题，艺术的"边界"和艺术的暂时功能与恒久属性之关系问题，物质实践与艺术审美的超越性关系等。

最后，需要指出的是，作为商路和物质交流的丝绸之路与作为文化艺术交流的丝绸之路密不可分，但同时，从研究的角度说，二者有所区别。丝绸之路艺术研究将会遇到的一个重要问题，是以艺术见证丝绸之路历史为焦点，还是以研究丝绸之路艺术自身发展历史为焦点？抑或以二者的互证为焦点？另外，考古学、历史学的丝绸之路研究与艺术的丝绸之路研究就都要以历史事实、考古材料为依据，但是二者的研究目的也有区别，各自的研究思路和方法也有所不同。贡布里希说："艺术科学所追求的要远远超出寻求客观判断的做法，也就是，他要提出可以检验的假设，或者至少是可以讨论并有希望决定的假说"①。郭沫若在谈及历史和历史剧时曾经说过，历史研究

---

① ［英］贡布里希：《艺术与人文科学：贡布里希文选》，浙江摄影出版社 1989 年版，第 425 页。

要实事求是，务求其真实，越零碎越具体越接近真实；而作为艺术的历史剧则要"完整"，要整体的构建。这说法有一定的启示性，就是丝绸之路艺术研究，在尊重历史考古资料的基础上，要将宏观、中观与微观有机结合，从整体上把握其艺术精神及发展趋势，揭示丝绸之路艺术的特质和在人类史上的价值，在这个意义上，"丝绸之路艺术整体观"就是生成丝绸之路艺术史观。

第四节　"文化磨合"视域下的"新移民文学"

20世纪70年代末，在中国开始实行改革开放，随之而来的是与海外政治、文化的更广泛交流。一批批中国人也将脚步迈出国门，走向欧美、日本等发达国家，"出国热""移民热"随之兴起。"海外新移民文学"在全球化、新移民思潮影响下逐渐发展壮大。"新移民文学"的出现，能够生动形象地展现人们的历史选择、生命价值、文学想象以及审美倾向。同时为我们了解移民以及这一社会现象提供了丰富的文史材料，也为社会历史发展状况提供深刻的现实启示。不同的文化背景，造就复杂、边缘的文化体验。在"文化磨合"视域下探析"新移民文学"呈现出的丰富的文化意蕴，将书写属于民族也属于世界的中国当代文学新的篇章。

一、"文化磨合"与"新移民文学"

现代中国文化是处于现代时空中的中外文化逐步"磨合"而来的产物，移民是中西文化交流沟通的主要桥梁，也是中外"文化磨合"的"产物"。他们由中国移居国外，通过自己的亲身经历，去目击、体验西方不一样的文化，中西方文化的巨大差异与冲突，使他们具有更丰富的文化经历与生命体验，由他们创作的文学作品，是中西方"文化磨合"的文字实录。

"文化"是人与世界相互联结与彼此确证的重要方式，而文化研究作为文学研究中一种至关重要且行之有效的研究范式，通过对作为文化个体的"人"与文化间诸多命题的考察与研究，提供了更为宽阔深远的学术视野与有益的启示。海外华语叙事同样具有重要的国家文化战略意义。新中国成立特别是改革开放以来，禁锢太久的中国人大批地踏出国门、涌向国外。留学、探亲、工作、定居等成为我国国民日常生活中不可或缺的生活元素。受国内外多重因素影响，改革开放以来我国共发生过三次较为集中的出国热、移民热。陈贤茂说："由于他们移居境外的时间相对还不够长，故我们将其统称为'新移民'。一些新移民在海外用汉语写作，创作了一大批文学作品，我们则称其为'新移民文学'"①。从这些新移民作家作品中，我们可以闻到东西融合的浓厚气息，他们为当代海外华语文学增添了新的叙事风格与活力，也给华文文学研究提供新的广阔领域。

事实上，从文化层面上看，"文化磨合"的前提就是不同文化形态之间的差异和冲突，而之所以需要"磨合"也恰恰反映了文化理念与文化环境的冲突。由历史积淀而形成的每一种文化都有自己独特之处，往往较难在短时间内与异质文化相兼容，甚至容易陷入二元对立状态。"文化磨合"或隐或现地贯穿于"新移民文学"之中。"新移民文学"作家由中国走向他国，不同文化在他们身上留下深深的烙印，在"文化磨合"中生成的移民体验，使"新移民文学"呈现出丰富的景象，是中国文化现代化的重要参照，移民活动中所产生的文化大交汇大碰撞将得到新的呈现。

二、"文化磨合"与"新移民文学"的叙事艺术

文化人类学家古迪纳夫认为："一个社会的文化指的就是这个社会的成

---

① 陈贤茂：《海外华文文学史》第四卷，鹭江出版社 1999 年版，第 648 页。

员用以认识、联系、解释社会现象的模式。"① 每个国家与民族都有自己独特的文化，不同的文化显示出千差万别的异质特性。新移民这个特殊群体的特殊性就在于将个体完全由一种文化转向到了另一种文化。这种环境、身份、语境、社会的转变，终将在他们身上通过不同的方式进行显现，同时也决定着新移民文学创作具有独特的特质，其叙事艺术也将得到新的呈现。

由于特殊的经历，初期的新移民文学对中国特色、中国意识有较深入的把握。"乡愁文学"是早期作家们的创作的关键因素。"乡愁""落叶归根""家园情节""游子""异乡人"等是作家笔下的叙事重心，充满着边缘人的悲悯焦虑与无所适从。这种文学创作中表现出来的倾向和现实，使得文学研究者同样无所适从，于是往往不自觉地"用一种君临的姿态，用一种与大陆文学相同的评判标准，划一地对不同地域的华文文学进行评释，统一化合的程度连用语都几乎相同，离不开'中国文学是源、海外文学是流、中国文学是干、海外文学是枝'，'血统的纯正忧虑，家国的忆念回眸，乡愁的折磨负担。'文化的误读成为一时的主流话语"②。给人的感受是相应的作品是一种单向度的研究对象，本身没有多少内涵可以挖掘。

"叙事往往是不成文的法律，它以其生动的历史图景将文化政治理念镌刻在人民心上。"海外新移民叙事，连接着两端，一端是中国，一端是海外移民地，它是中华文化与世界现代化之间的冲突与磨合。伴随着海外华人的"落地生根"，"新移民文学"叙事一个重要的特点就是告别乡愁，深入"个体生存方式"的探求，由以往的乡愁书写、移民史书写转向社会历史、文化文明、人性挖掘与自我认同与自我实现等多重维度。黄运基的《巨浪》和沙石的《情徒》是21世纪以来推动新移民叙事发展的重要作家作品。他们塑造了新移民形象，叙述中西文化融合，进行自我确认和自传叙事，以独特的叙事模式，充分展现了新移民的现代历史和文化境遇。

---

① ［日］绫部恒雄：《文化人类学的十五种理论》，国际文化出版公司1998年版。

② 钟晓毅：《世界华文文学格局中的澳华文学》，载《新视野新开拓——第十二届世界华文文学国际学术研讨会论文集》，复旦大学出版社2002年版，第285—291页。

余念祖是《巨浪》中塑造的中心人物,"念祖",顾名思义就是对祖国的挂念,他想念祖国,弘扬中华文化,更注重当下作为移民的自身生存,落地生根,奋斗不已,事业有成,胸装华人,又心怀世界,是最具"移民"文化内涵的移民形象。该形象在新移民叙事中具有标志性意义,他是一个正面的移民形象,一改过去世界华文文学中移民形象的内涵及面貌,让我们看到了一代卓越的华人移民新形象。

《情徒》中的主人公王大宝也是典型的新移民,他不是留学生学成就业而定居美国,而是在中国新时期和平年代被文化商人运渡到美国去的新一代移民。他已经双名化,既是王大宝,又是查理斯,正常华人起的"大宝王"或者什么的,在他那儿不奏效。作为形象的内涵,他也双重化了,内心诚实但却行欺骗之实,行欺骗之实却又倍感懊悔,被完全异化了;作为情徒,在情感上却根本不能自主。因此,移民形象的异化和多元化,复杂的身份冲突和文化矛盾意识构成了这个形象的突出特点。

由此可以看出,在"文化磨合"视域下,移民叙事发生重大变化,余念祖、王大宝这些新移民文学形象的塑造,给读者丰富的启迪,尤其是从正面形象余念祖到反面形象王大宝和威廉身上,可以看到现代移民的多样面相,看到移民们从商人、淘金者、餐馆打工仔,到企业家、社会活动家、作家和"情徒"等诸多诸色人相,看到移民从"他乡沦落人"到他乡奋斗人和他乡主人翁再到移民庸众化、世俗化、平常化的形象变迁轨迹,看到华人移民身份变迁和精神成长的轨迹,也看到了移民叙事主题内涵演变的些许缩影。

新移民是承载着中国文化的一个个个体,来到陌生的文化环境,感受着不同的文化,在不同文化之间进行激烈的冲突与碰撞。不同的文化对个体而言,同样是自我的矛盾与不断对抗。作为人类社会最重要的交际工具和思维工具,语言它在文化的建构、传承及碰撞、交融等方面发挥了其他因素难以替代的作用。海外新移民要在异己的语言环境中表达自己,而表现自己,就必须学习异国语言,一旦慢慢掌握异国语言并在每天的日常生活中使用它,就能越来越真切地触摸到异国文化的肌肤,于是对这种文化的感受也更全面深入。但也正因为认识的清醒，文化冲突之中必然生成的精神苦痛反而更觉锐利而悠长。如果不愿学或学不会异国语言，面临的就是寸步难行的生存绝境，这就是新移民在海外所面对的语言苦境和话语困境。用母语写作便带给他们快乐与慰藉。"他们在异域他乡坚持用华文写作，这是一种灵魂的活动，是意味着自己的灵魂回到了故乡，也是对自己精神家园的寻找"。①

新移民们在不同的文化间苦苦挣扎，最终为的便是在自己所在的国家居住，与他国文化进行完美的契合，在更加好地融入文化，融入社会后，获得生存或者自身发展的更大空间。然而，不同文化之间的相互融合，不是简单的揉面团式的捏合，作为文化表现形式的各种思想观念、意识取向，是无形无限又复杂纷纭的，并且在人们的心灵深处留下了深深的积淀。尤其中华民族五千年文明史，已经在人民的生活、行为方式，意识形态等方面留下烙印，如果想尽快地摆脱，似乎是一件非常困难的事。试图缩短与那片土地、那个文化的距离，那个距离还是始终会存在，即使不断地逼近无穷小也永远不可能达到真正毫无间隙的融合。早期移民前辈在初抵异乡及其以后的相当长时期里，一定也深深地感受过文化冲击对自身的震荡，在几经挣扎后被迫或自觉地寻找自身与异己文化的契合点，努力自救于文化身份尴尬的深渊。在那一方他们已繁衍了子孙后代的土地上，他们的国籍归属了所在国，在某些生活习俗上也接受了主流社会的同化。所以，在他们的灵魂深处，对祖国、故乡的依恋，对根的追寻，即时不时出现。

面对这种复杂的文化冲突，作家们不仅仅是迷惘和矛盾，而是更多地立足于个体的微观体验和理性认知，积极寻求不同文化的"混血"方式，传达某种更具包容性的价值观念。如陈河的《女孩和三文鱼》《黑白电影里的城市》，袁劲梅的《老康的哲学》，苏炜的《远行人》，施雨的《纽约情人》《刀锋下的盲点》《针》，吕红的《美国情人》，林湄的《天望》《浮生外记》等，都不再强调异域生存的漂泊感和命运的失重感。这些作品中的人物，也会遭

---

① 饶芃子、费勇：《本土以外——论边缘的现代汉语文学》，中国社会科学出版社 1998 年版。

遇文化观念上的尖锐对抗，甚至出现内心的焦虑和迷惘，但他们并不逃避对异域现实的积极介入，而是自觉地寻求多元共存的生存方式。

三、"新移民文学"的文化沉思与启示

伴随着改革开放的浪潮，新移民文学兴起。中国人渐渐融入世界的怀抱，他们在不同于中华文明的其他异域文明中，显示着自己的不断开拓、不断努力拼搏的精神。中华文化自古以其强大的包容性彰显自己的内核，以包容的魅力吸引着世人，这是一种在全球化视野中，中国经验不断融入于此的呈现。这是一种优势，同时也是弊端与不足的体现。我们可以探析到，新移民文学是多重文化相互碰撞与交汇的产物，它的不断兴起与逐步发展，对于中国文坛而言，是新鲜血液的输入，以及审美价值的不断提升。而且以其自身特有的审美经验、文化视野和生存体验，极大地充实了中国当代文学的审美内涵和精神思考，为中国当代文学不断融入全球化语境提供了广阔的途径。

中西文化历来有着巨大的差异，西方文化有着深刻的殖民意识，这就导致其他的异域文化很难或者根本无法走进，造成包括中国文化在内的文化走入的困难。如今，中国的国力不断得到提升，在全球化语境下也有了一席之地。例如莫言等作家的作品崭露头角并不断获奖，开始在世界文坛不断引起反响。然而也应看到，从中外文化平等互动、彼此交融的层面上，让中国文学逐渐成为域外读者心中的一种审美期待，或者说使域外人群更自觉、更积极地分享中国文学的艺术成果，仍有一些需要克服的障碍。面对这些障碍，新移民文学却显示出其特有的活力。它自觉地深入不同文化的肌理之中，以双重"他者"的文化立场和审美眼光，致力于展示中国人在异域文化中的生命追求和精神探索，使我们看到了中国文学与域外文学积极对话的姿态，为中国文学融入世界文化版图搭起了一座桥梁。

"文化磨合"，是在面对复杂的古今中外文化，所采取的态度不是二元对立或者排斥，而是进行相互间的磨合，以此来激发自身的活力。从事文化创

造，我们在看到文学价值与意义的同时，也应该看到它的文化价值与意义。所以相应的文化创造也是"文化磨合"的重心，通过磨合，经过相互间的运动和接触，寻求契合与互动的最佳结构，确立最具效应的文化创造机制。

同时还应该意识到全球化的问题，全球化正在影响与冲击着我们的文化，"'世界化'这一概念是在现代强权足智多谋和现代知识界勃勃雄心的汹涌浪潮中创造出来的。整个概念家族不约而同地齐声宣示了改造世界和改善世界以及把这一改造和改善推向全球、推向全物种的坚强意志。同样地，它宣示了使每人和每地的生活条件和人生机遇趋同的愿望，也许甚至使他们相互平等"①。无论是从作家的主体精神建构、具体的创作实践，还是从审美接受来看，新移民文学都是中国当代文学的一个极为重要的组成部分。它是中国文化步入全球化、信息化时代的重要产物，也是中国社会融入全球化进程的一种必然现象。"新移民文学与当代中国文学有着千丝万缕的血脉联系，它是中国文学的延伸、发展、补充与变异，与中国文学有着天然的互补互动关系。"② 可以说，新移民文学为中国文化的全球化提供了某种特殊的精神载体，成为西方社会解读中国的一个重要窗口，或是一座文化桥梁。所幸的是，中国文学"走出去"已经启程，处于前沿位置的新移民文学，在"保持民族文化记忆"的同时，也在异域文化中展示了自身的独特风貌，并赢得了不少声誉。将"中国经验"有效地植入全球性的文化视域，既增添了中国当代文学的精神资源，拓宽了中国当代作家的审美视野，也促使中国文学不断地融入世界文学之中。有理由相信，随着信息技术的飞速发展、中外文化交流的不断增多，新移民文学的发展也将不再局限于西方发达国家，而是渗透到世界不同地区、不同族群之中，使中国当代文学在世界文学的流散书写中成为一个新的典范。

---

① [英]齐格蒙特·鲍曼：《全球化——人类的后果》，郭国良、徐建华译，商务印书馆2001年版，第57页。

② 江少川：《中西时空冲撞中的海外文学潮——论新移民文学的发生、特征与意义》，《世界文学评论》2001年第1期。

第五节 "文化习语"与西部文学

西部文学与"丝路文学"（尤其是"陆丝"）紧密相关或是其重要的组成部分，但二者的侧重点有所不同。在全球化语境中言说中国西部文学，是时代提示的一个难以回避的重要话题，这个话题显然具有文化母题的性质，可以分蘖出许多有意义的子命题。而从"文化习语"的角度来考察西部文学，就是其中一个具有特殊意义的命题。不过应该说明的是，这里所说的"文化习语"是与文化失语、文化得语、文化误读、文化碰撞与"文化磨合"等密切相关的一个概念，意在专指对外来文化话语的自觉学习和运用，而不是泛指一般意义上的文化习惯用语。比如"全球化"（globalization）这一话语本身，就是这种"文化习语"的结果。而作为使用率仍在增高的一个语词，它已经成为当今时代的一个举足轻重的"关键词"。在辐射力和渗透性惊人的全球化语境中，作为中国文学乃至世界文学的一个有机组成部分，西部文学与地球村的命运更加息息相关。

其一，全球化语境中的"文化习语"。处于全球化时代，即使我们有许多不情愿或不习惯，也还是要努力克服种种固有的偏激和狭隘、封闭和保守，学习世界先进文化，创造现代新型文化，与时俱进，在开放加解放的文化视域中，努力学会兼容与融通多元文化的"高科技"。因为对多元文化的理性把握，必须葆有现代兼容精神，即对多种思想文化资源应兼而容之，同时又能融会贯通，别出机杼，赖此也才能从事真正的新的文化创造。西部文学创作，不仅仅是要发现民间几近原始的生命精神或原生态的文化流脉，而且也要追求建基于现代理性的文化创新，特别是超越地域文化局限的文化创造。如果没有这种文化更新和文化创造的冲动，西部大开发也就无从谈起，西部文学创作和评论也仍不免停留在自我相关、自恋的本能"展览"阶段和被他人走马观花、消费消闲的"游览"阶段。而要从事具有超越意义的文学创作和文化创造，笔者认为，实行"拿来主义"的"文化习语"仍是一个不可或缺的前提性条件，其重要性也绝对不亚于对地域文化和民间精神的重视和发掘。那种站在民族主义甚至地方主义立场任意夸大文化失语事实、编织"文化习语""罪状"的声浪，其保守性和消极性倒是显而易见、不证自明的。在全球化语境中可以说，清明的现代理性与浑茫的反现代的非理性相比，前者对中国西部文学的积极意义当明显大于后者。从中国这块热土上开始的全球化进程虽然并非自今日始，但作为重要论题或热点话题的"全球化"，只是在近些年来才格外受到国人的"青睐"。而只要略加回顾，就会看到，中国"走向世界"或与外来先进文化"兼容"的全球化之路确实漫长而又艰辛。其中，无论从往日的经验还是今天的实践来看，以开放和改革为背景、以学习和运用外来文化为特征的"文化习语"，都始终是走向全球化的初阶。清末民初与五四时期的文学嬗变便透露了这方面的消息，新时期以来的文学发展和文化演进也给出了这方面的确证。事实上，在近现代以来的文化进口与出口的过程中，或与所谓文化失语相比，我们的"文化习语"则更突出，而由"文化习语"引起的文化效应固然有时也会造成文化失语，但"大现代"中国文化（文学）实践已充分证明，从"文化习语"而来的文化得语和强国弘文的业绩，当更是值得我们注意和珍视的主导方面。固然在"大现代"中国文学的文本里可以看到各种各样的文化因素，但其中通过"文化习语"所获得的外来文化因素则起到了相当关键甚至是领航的作用，"文化习语"与文化创造的互动也愈益成为突出的文化现象。西部文学和文化的发展自然也不例外，甚至对"文化习语"的需求更为重要和迫切。

其二，物质文化层面的"文化习语"。目前人们言说的全球化，其实主要还是经济层面的全球化，对经济基础的高度重视几乎成了全球性的共识。不过在这方面西方发达国家觉悟较早，中国只能算是后发国家或发展中国家。经过一个多世纪的努力，中国的"全球化"进程终于发展到了快速挺进的阶段，并以此为前提积极建构能够提升中国文化整体地位的现代民族文化。而要想如此，就不能仅仅发展局部地区文化，也必须全面发展各地区文化，当中国西部大开发的战略决策付诸实施的时候，这样的旨在整体发展和提升中国文明水平和文化品位的伟大变革就进一步展开了。然而，由于历史的复杂原因，中国西部的现实文化，特别是物质文化还处在明显的弱势地位，因此"文化习语"就成为西部开发，包括西部文学发展中必须进行的补课项目。虽然来自秦地的老诗人侯唯动在新中国成立初期曾满怀激情写下《西北高原黄土变成金的日子》等长篇叙事诗，强烈憧憬大西北的美好未来，预言大西北物产丰富，必将"发挥她的巨大力量"。他还曾梦想西北的秃山会变成树海，黄河根治以后的西北将像江南一样温暖……但至今的大西北和整个西部，经济基础仍远不如黄土高原那样深厚。由此在经济全球化的背景下，西部经济亟待大发展就成为必然的选择，我们必须在抗拒被物化、异化的同时努力发展西部经济，而经济基础的多方面作用，也必然会对文化艺术产生影响或促进作用。事实上，在注重物质文化的思维渗透下，务求实效的文学实用目的或务实派文艺观，对五四文学、左翼文学、抗战文学、解放文学、改革文学、建设文学，包括西部文学，都产生了前所未有的重要影响。这在"大现代"中国文学史上也由此形成了以"务实派"文学为主流文化代表的历史现象。从西部文学大省之一的陕西来看，重量级的作家作品，多都带有现实主义的文学品格。从柳青的《创业史》到路遥的《人生》和陈忠实的《白鹿原》等，可以看出陕西文学及"白杨树派"对现实主义的坚守和发展。同时，西部物质文化发展固然较东部缓慢，但纵向看却也有了较大发展，西部作家的衣食住行、书写工具及作品的印刷出版和发行等方面，确实有了明显的改观。学习西方先进出版文化，发展我国现代文化产业，构建现代传播媒体网络，实行版税与稿费制度，这对于相对"贫穷"的西部作家来说，意义自然非同一般。有些西部作家的外流，就与西部物质条件较差有关。但文学发展的不平衡规律，在西部也生动地体现了出来。在某些情况下或在某一时期里，西部文学仍可以创造奇迹，在激烈的文学创作的竞争中脱颖而出，如新中国成立前重庆文坛、延安文艺的兴起，新时期以来陕军文学的崛起，边塞诗歌的雄起和雪域文学的奇幻等，都构成了引人瞩目的文坛胜景。如果以西部题材内容为标准来命名西部文学，那么许多名家也都有"西部文学"方面的作品，《中国西部作家精品文库》《中国西部人文地图》（中国西部文学丛书之一）等就收录了这些名家的作品。西部文学、西部作家并不一定是封闭落后的，在苍凉中坚守，是西部人能够有所创造的基本条件，许多西部作家以生命的代价终于受到了艺术女神的青睐。也幸好艺术女神有她的优良品格，不嫌贫爱富，也不那么看重文凭地位，而看重钟情于她的人儿是否拥有足够的虔诚和坚韧，是否拥有热爱自由、热爱生命的意志和丰沛的艺术想象力。由此才有像陈忠实、路遥、阿来、昌耀、周涛、贾平凹、马原、刘亮程和张贤亮等优秀作家及其优秀作品的诞生。

其三，制度文化层面的"文化习语"。西部文学发展的一个显而易见的标志，就是西部文学界有比较可靠的作协、文联等组织机构（成为"作家之家"），并创办了《延河》《中国西部文学》《四川文学》《飞天》《朔方》《青海湖》《小说评论》《南方文坛》等文学类刊物，还成立了多个西部作家创作中心、西部文学研究中心，同时设立有关西部文学及评论的奖项，努力营造奋发向上的文学氛围。如陕西作家协会多年来采取了不少措施，致力于"铸文学大省黄钟大吕，绘西部开发宏伟画卷"，就对陕西那些实力派作家尤其是有为的中青年作家产生了明显的激励和推动的作用。他们"互相拥挤，志在天空"（贾平凹语），吃苦玩命，争创佳绩，确为陕西和西部文学赢得了可贵的荣誉。如路遥、陈忠实获茅盾文学奖以及叶广芩、红柯等获鲁迅文学奖，就是他们身在西部、志在全球、虚怀若谷、渴望创造的结果。

其四，精神文化层面的"文化习语"。总体而言，现代中国作家接受的现代教育，多与所谓"新学"相关，而这新学与西学自然有着密切的关系，尤其是现代的中小学校和高等学校以及留学教育，对培养他们的现代意识产生了巨大作用，也使精神文化的增殖成为"大现代"中国文化的一种主要发展趋势，即使精神危机四伏的时期，现代教育影响下的文学也以其顽强的生命力维系着民族精神文化的血脉。西部作家也与东部作家一样，都在开放文化视界中心仪手追过一些外国作家，受到过明显的外来影响。比如从文学与语言文化的关系来看，也可以清晰地看出其明显的外来影响。汉语言文学的生命在 20 世纪中国受到了很大的冲击，但却在适度变革中又有了新的发展。这为作为现代汉语艺术的新文学（包括世界华文文学）提供了必不可少的基础和载体。语言既具有物质性，更具有精神性。作为媒介的语言以可视性符号与可闻性声音显示其存在的物质文化特征，但其中蕴含的文化信息或个体心态情绪则带有精神文化特征。在五四前后发生的汉语言文化的巨大变化，尤其是对众多外来语词的积极吸纳，对新文学产生的影响是如此显著和巨大，没有人能够忽视它和贬低它，也正是这种"文化习语"或文学语言形态的整体转变，使文学从旧文学到新文学的整体转型加快了步伐。而以白话文学为主体的新文学，也在整体上体现出了新的文化价值。西部文学对新语词的关注，从整体上讲，也早已超过了对方言土语的依赖和兴趣。"文化习语"最明显的是对那些带有强烈时代气息和精神指向的新语词（包括个性、创新、自由等）的学习和运用，对这些新语词的心领神会便可以更新观念，使精神生态出现新的面貌，这也是实现其文学创新，文化创造的重要途径之一。比如出于对西部自然生态和精神生态的双重关注，贾平凹写出了一系列作品（如《怀念狼》《白夜》《猎人》等），这既与他对西部生态危机双重关注和忧患意识有关，也得益于他在"文化习语"基础上对中西文化的深入比较。自然，关于西部文学的界定有各种意见，狭义的西部文学是指作者生长在西部，创作在西部，专注写西部，是"纯西部文学"；广义的西部文学则宽泛得多，即与西部有较为密切关系的文学作品（题材取于西部但作家未必在西部，作家在西部但取材未必限于西部，作家短期在西部取材亦为西部等），都可以视为西部文学。而无论是狭义的还是广义的西部文学，都要以世界范围内的先进文化为学习和再造的对象，绝不能满足于对地域文化的孤立观照和民间趣味的自我鉴赏。

其五，对文化创造的不懈追求。"文化习语"诚然十分必要，不通过这一初阶就无法迈向文化创造。"文化习语"严格说来是仅仅是为了"文化接轨"，但我们的根本目的却在于"文化创造"。如前所说，在文学文本中出现较多的外来话语甚至成为文学"关键词"，就有助于中国文学包括西部文学的嬗变和创新，如20世纪前半个世纪和最后20年的文学史以及"陕军东征""川军东进"就是如此。无疑，"文化习语"不能代替独立的文化创造，追求利在自我而又福荫全球的文化创造才是我们的真正目的。从追求文化创造的高度来看，或在结果而非过程的意义上讲，文化创造确实较"文化习语"更重要。诚所谓："复古固为无用，欧化亦属徒劳。不有创新，终难继起，然而，创新之道，乃在复古欧化之外。"（吴芳吉语）所以为了文化创造，就要从"欧风美雨作吟料"，进到"更搜欧亚造新声"，在全球化的过程中努力学习宽容、相容和兼容，养成善于理解和吸取的宽阔心胸，在兼容复古和欧化的同时尽力寻求创新超越之路，这就是正面意义上的全球化。但与全球化相反相成的本土化或民族个性化过程，也应引起我们的高度重视。因为每个民族、国家、区域或个人都须珍惜自己的文化个性，才能有真正意义上的文化兼容和文化创造，并由此不断充实和丰富全球化的文化内涵。因此，文化全球化与文化本土化的"互动"与"双赢"才能体现人类社会的巨大创造，文化的多元统一的理想也才可能逐步实现。事实上，至少是从五四文学开始，我们固有的文学便发生了很大的变化。而后来一些优秀作家（包括西部作家）的持续努力，将对文学创作的提升和文化创造的期待延至今日，这本身也形成了一个优秀的文化传统。无视和贬低这一传统的存在和作用显然是可笑的，也是无济于事的。西部文学在继承和发展新文学传统方面，在放出眼光、积极拿来方面也有较为自觉的努力，但西部文学也要努力走出摹仿或消极写作的阴影，因为强调"文化习语"的重要性是为了更好地从事文学创作，而带有文化创造意义的文学创作总是"积极建构性的写作"。但在西部文学中，却有不少作品是低层次摹仿外国文学或准翻译文本的，甚至以其他地区的摹本为蓝本；还有的作家"随遇而安"，与世俗有了更多的妥协，在"文化习语"中缺少价值判断或选择意识，没有深刻的思想和严肃的艺术方面的追求，总在展览丑恶、渲染恐怖、暴露病相、玩弄无聊、搜奇志怪、迎合市场等方面下功夫，甚至给读者造成了关于西部人形象与环境的整体恶劣印象的后果，这些不良倾向也是应该加以克服的。西部文学只有实现从"文化习语"向"文化创语"的转化，才能获得其文化层面的自足与自信。

第六节　"文化磨合"视域下的秦地小说与"三秦文化"

秦地文学(陕西文学)是西部文学的重镇，伴随着中国改革开放的进程，进入新时期的中国西部也迎来了新的机遇与挑战。改革开放以来，西部文学渐渐兴起，紧密相关的文学研究也伴随着社会转型、文学新变而呈现出了竭力振作、旨在重建的发展面貌。诚然，西部在复苏，老树绽新花，旷远辽阔的苍茫大地也发出了"谁主沉浮"的叩询，本应作为中国文学及其研究"半壁江山"的西部文学世界包括文学研究也在积极重建之中。① 而作为西部文学的代表性区域之一的秦地文学(陕西文学)，向来享有"文学大省"的称谓，古来的长安文化、汉唐文学以及现当代的延安文学、创业文学和"陕军东征"等，都有丰富的意涵值得探讨。在地域文化的背景上深入考察"大现代"秦地小说的文化轨迹、文化格局、文化主题、文化心态等，而这自然离不开对历史上的地域文化、西部文化、长安文化及民间文化的回顾，也离不开对现实社会、创作主体、现代文化及文学变迁的关注。

一、从"西北风"谈到长安文化

古老强劲的"西北风"，吹过冰山雪地、戈壁荒漠、森林草原、大河峻岭和高原沟坡，穿过历史的尘埃烟云、遗迹旧址和城市乡村，在游牧文明和

---

① 李继凯：《中国西部文学研究三十年》，《文学评论》2008年第4期。该文就新时期以来"西部文学研究"这一话题或"作为一种文学思潮"的西部文学的若干主要方面进行了简略回顾和较为深入的思考。

农耕文明、本土文化和外来文化共同熔铸的时空中，回旋流转，抑扬顿挫，声声入耳，<u>丝丝透心</u>，令人良多感慨，兴奋且复悲凉。倘用一句时髦点的学术话语来说，这入耳透心的"西北风"，① 恰是一种有力度和深度的"审美范型"。至少在 20 世纪的一个时期里，其情形确如陕北作家高建群所形容的那样："西北风像一个阴沉着脸的陕北汉子，正在猛烈地、凶狠地冲击着艺术领域，或音乐，或影视，或绘画，或文学。"② 亦如有的学者指出的那样："在西部（主要指大西北，引者注）作家眼中，西部精神从某种意义上讲是西部文化与原始人性相结合所体现出的价值总和。西部精神的价值不仅是作家意识里承袭的烙印，而且更要发掘历史的、现当代的、让人们感受到和目睹到的荒芜与恐怖环境中那些属于人的踪迹。西部作家在现代意识的统摄下，发现了那些能震颤人们灵魂的原始古朴、原始淳厚的人性。并且，西部还保持着自身的神秘。……西部作家在展现这种特殊的地域文化时，具有历史的纵深度和忧患意识。"③ 而这种"西部精神"及其影响下的文学，必然拥有着鲜明的地域文化特色，透现出独异的地域风貌和人文景观，其粗犷沉雄、深邃凝重的审美风范，冷峻而又提神，对那种甜腻缠绵、靡靡之音型的消费文学，是一种反拨，也是一种补充既为"互补"。贾平凹也说过："在霍去病墓前看石雕，我觉得汉代艺术最了不起，竟能在原石之上，略凿细腻之线条，一个形象便凸现而出，这才是艺术的极致。所以，在整个民族振兴之时振兴民族文学，我是崇拜大汉之风而鄙视清末景泰蓝一类的玩意儿的。"④ 这位从

---

① 当然，这里说的"西北风"是文艺家创造的"西北风"或"大西北风情"。赵园说："'大西北风情'在某种意义上是文学艺术创造的结果。文学艺术不只成功地创造了这'风情'的美感形态，而且创造了陶醉于这风情的观众与读者。"（赵园：《地之子》，北京十月文艺出版社 1993 年版，第 151 页。）

② 高建群：《东方金蔷薇》，陕西人民教育出版社 1991 年版，第 6 页。

③ 赵学勇等：《新文学与乡土中国》，兰州大学出版社 1993 年版，第 36—37 页。

④ 《平凹文论集》，青海人民出版社 1986 年版，第 31 页。贾平凹在《我看小说》中也说："霍去病墓前的石雕，或虎，或羊，或卧牛，随便将一块不规则的丑石凿几下，一件精美无比的艺术品就产生了，但它正是在一块石头上完成的！"这种作为秦地文化的石雕艺术，显然对贾平凹小说观念也产生了深切的影响。

秦地商州山地走出来的作家，深得秦头楚尾之商州地气的滋养，讲求雅中有韵、秀中有骨、柔中有刚，务求独立的艺术品格，遂在海外也有人视之为文坛上的"独行侠"。贾氏内潜的意志毕竟是有相当大的力度的。他既如此，那来自陕北黄土高原的路遥，来自关中白鹿原一带的陈忠实等，更是注重捕捉秦地神韵、大西北风采的渴求骨力和大气的作家，更希冀通过对历史或时代的独特把握，营构出雄奇豪放而又忧郁苍凉的充溢着"大西北风情"的史诗，来给历史、给读者一个深厚的交代。或许，秦地小说家也有赵园所说的那种"大西北情结"，既有对北方气象的倾慕，也有那种令人动容的"大西北的忧郁"。① 是的，"西北风"，强劲而复悲凉。

大西北，在中国版图上一般是指陕、甘、宁、青、新这五个省区（有人认为也应包括内蒙古西部）。从主要方面看，这里幅员辽阔，地老天荒，展现着雄奇苍凉的景观，珍藏着人和自然的奥秘。确如一诗人所吟："大西北，雄伟辽远的大西北／奔驰着：风、云、烟沙、马蹄／列祖列宗开发的地方／悍野的自然，强者的领地／红柳丝点亮风沙中的辉煌／地平线展开梦幻般的神秘／遥远的沙柱摇摆着地球的旗语。"② 然而就在大西北这块雄奇广邈而又苍凉浑茫的土地上，比较而言，有一方似乎特别适宜于"故事树"生长的水土，这就是典称"三秦"③、今称"陕西"、雅称"秦地"④ 的地方。或可借"西北歌王"王洛宾的歌词"在那遥远的地方，有位好姑娘……"的形式，来描述这块不仅有许多好姑娘、好儿郎，而且有许多好故事、好小说的地方——

① 赵园：《地之子》，北京十月文艺出版社 1993 年版，第 214—222 页。
② 章德益：《我应该是一角大西北的土地》。秦地散文家李若冰在《心系大西北》一文中也再次申明自己酷爱大西北的理由："虽然，我看到的是大沙漠，大戈壁，可是，不正是这样的地方，更能显示我们人民的生活、劳动、斗争和建设的魄力吗！"并说"至今，我仍然抱有这种感情。随着时间的推移，这种感情变得更牢实，更强烈了"。见《李若冰散文选》，陕西人民教育出版社 1995 年版，第 4—5 页。
③ "三秦"一名，从起源到现在已有两千余年，今陕西省简称秦（也简称陕），在陕西人口里多呼之为"三秦"。
④ 如唐诗人韦庄有诗云："心为岳色留秦地，梦逐河声出禹门。"李白亦有诗云："黄河万里触山动，盘涡毂转秦地雷。"

在这古老的地方，

有丰富宝藏，

珍藏的故事多如牛羊，

小说借此插上了翅膀。

……

当然，歌唱的时候也并非始终理直气壮。因为提起赫赫有名的"秦"字，对大部分中国人以及一些外国人来说，似乎便可引发出极其复杂的意念和情感。

也许会由此令人马上想到"先秦"。是的，那是在中国历史上标划得非常鲜明的一个断代。就在这个断代里，秦国从无到有，从弱到强，使"秦"之大旗沾满腥风血雨，迎风猎猎飘舞，睹之胆气频生，憧憬向往；抑或不寒而栗，仇怨恨骂；自然也会有人泰然处之，冷静分析。据有关学者指出，"秦"字的甲骨文和金文写法，上部均作双手持杵临臼之形，下部则都作双禾，禾即今日小米（谷子）。① 这表明，历史悠久的"秦"字从双禾和作双手持杵临臼之状，正含稻谷加工之意，恰是秦地农业文明的符号化。《说文解字》释"秦"曰："秦伯益之所封国，地宜禾，从禾春省。"② 查考历史，秦伯益初封之地并非陕甘一带，而在鲁地。有学者指出："伯益族兴起于帝尧时期，秦人、秦之称始于舜时期。以鲁地曲阜为中心，是秦之先的发祥地；以嬴、费为中心的地域，是伯益多年经营的发展地；以今河南为中心的'秦'地，是伯益东移入居华夏的居地，以及受封后的邑地。所以说，秦的发源地是在东方，而不是复兴后的'西垂'"。③ 作为文化地理寻根意义上的考证是

---

① 徐中舒主编：《甲骨文字典》；容庚编著：《金文编》。

② 段玉裁：《说文解字注·七篇上》，注云："地宜禾者，说字形所以从禾从春也。职方氏曰：雍州谷宜黍稷，岂秦谷独宜禾欤？……按此字不以春禾会意为本义，以地名为本义者，通人所传如是也。"

③ 杨东晨、杨建国：《秦人秘史》，陕西人民教育出版社1991年版，第54页。

烦琐、困难的，其结果往往也是歧见纷出、莫衷一是。但无论如何，"秦"作为一个国家一种文化形态，是于西北（主要是陕甘一带）崛起并走向四方的，是多种民族和文化在人文地理以及社会历史中融合的结果。① 由此，秦地文化或三秦文化是可以在较大程度上代表"西北文化"的。

言及文化即意味着复杂和争议。特别是当秦国"奋六世之余烈，振长策而御宇内"，进而统一了六国、确立起秦大帝国地位的时候，就不免"树大招风"，引起了世间历代难以休止的各种议论。其中倾向于否定和憎恶的议论长期居于主导地位，尤其是在倡扬民主自由、反对独裁专制的时代，对秦始皇的所作所为竭力贬抑或否定。自然，也有与此截然相反的意见喧嚣一时，甚至在一个时期，竟大有将秦王朝及始皇帝嬴政奉为楷模之意。其实，从历史的、辩证的观点出发，历史或现实的语境不同，看法出现差异在所难免，理性的态度则是：对秦王朝、秦始皇和秦文化都应好处说好、坏处说坏，好坏兼有或难于判断则谓为复杂，实事求是地给予具体的分析。只要从历史的角度看问题，就能够明白，在秦国发展史中，业已积淀着此前炎黄文化的富于生命力的部分，其中由炎帝的农耕取向、黄帝的修德振兵所体现的勇于开拓、锐意进取和务实创新，就是极具积极意义的方面。② 而秦亡后的秦文化的精华部分，也并未真正消亡。消亡的是始皇后期强行扭曲的秦"暴政"，那是秦文化中被推至残暴之极端的部分，就其主体而言，秦文化作为一种融汇再造的"第三种文化"，仍然具有旺盛的生命力，并继续促成关中地区（亦称秦中、秦川）在政治、经济和文化上的崛起。③ 从文化传承的意义上讲，秦文化在历史的风雨中既不可避免地会风化消蚀，又自然会适逢其会地增生发展。这实足以证明起自古老秦地的文化是有较大较强的生命力

---

① 黄新亚：《三秦文化》，辽宁教育出版社 1993 年版。前五小节，据《辞海》介绍，古时西域称中国为"秦"。作为陕西省的简称，则因战国时为秦国地而得名。"秦"又作为中华文化共同体的代称流播于世界。冯天瑜等：《中华文化史》，上海人民出版社 1990 年版，第 428 页。

② 炎黄文化的生成与发展，与秦地关系很密切。详参武文：《永不板结的黄土地》，人民出版社 1995 年版；杂志《西秦纵横》1993 年。

③ 王大华：《崛起与衰落》，陕西人民出版社 1987 年版，第 8—9、126 页。

的。① 甚至在不少关键之处，为中国之所以为"中国"的特色，提供了相当稳固的文化基型。史称"汉承秦制"，就是一个有力的证明。从本质上讲，汉家与秦人在文化追求上并没有大的差异。及至后世，肇始于秦的那种重视变法、讲求改革、酷爱统一、热衷秩序，讲农耕经济、求功利价值的文化律令，仍时或迸射出耀眼的光芒。② 秦之兴衰确有很大的研究价值。

驻足秦地，观照秦地文化的行旅和秦地小说的世界，必会使人想到很多。翘首西秦惹梦思，挥斥方遒会有时。绵绵思绪中，亦必会产生对秦地文化和小说命运的深切关注，由此也可领略到秦地小说与本土文化幽邃而又复杂的关系。因为地域历史文化的客观存在，总要通过各种渠道对该地域的人文面貌或文化个性产生重要影响，并通过影响作家文化心理（即作为中介的"文心"）来影响其作品的创作。从历史上看，考察史地、文化与文学之关系，向来为有识之士所关注，但迄今为止能在这方面进行系统、深入考察、研究的专著仍不多见。

近些年来，在秦地关于文化的讨论常常涉及"长安文化""长安学""西安学"等概念，提倡者可谓不遗余力。倘若从区域文化角度来看，所谓"长安文化"，当然是生成于长安及关于长安的文化。而长安是秦地的文化中心、政治中心，所以长安文化在较大意义上是可以代表秦地文化的。而长安文化从某种意义上说，也是"西北风"与中原文化等文化要素结合生成的复合形态。仿佛儒道进入潼关、刘邦进入汉中，西北风的遒劲有力也会化为"征服"的力量。自然，细究之，西北风与长安文化还是有其差异的。

因为长安文化的"成熟"与宫阙相关联，而"西北风"则更多地与多民族的民间文化相关联。但我们关注的却主要是两者的契合所彰显的更具包容性的审美文化，因为要探讨秦地小说与地域文化的关联，我们的眼光就不能

---

① "秦文化"仅指历史上秦国人创造的文化，"秦地文化"（主要是三秦文化）则是该地域古今生成、存在的文化，后者包括了前者但又不限于前者。

② 自从公元前 221 年秦统一中国以后，"大一统"的观念和追求似乎就成了中国人的"宿命"，在治乱轮回中，顽强地支撑起华夏民族那具古老长寿而又伤痕累累的躯体。仅此一点，就不可轻予否定。历史毕竟不是幻想。古老的"大一统"现象及文化心理，是一个很有研究价值的关乎人类命运、国家命运的文化课题。

仅仅关注朴野的"西北风"或代表都市文化的"长安文化",而要充分注意秦地与西北风的血脉相连以及与长安文化的遇合。在这种意义上,我们自然不能忽视源远流长的长安文化对秦地文学的深刻影响。

众所周知,古都长安是中国历史上建都朝代最多、历时最久的都市,先后有13个王朝建都于此,绵延一千一百余年。经过漫长的岁月洗礼和深厚的文化积淀,诞生了辉煌灿烂的长安文化。但作为观念中的长安与地理位置的长安,都曾有或可以有一定程度的"位移",特别是在历史长河中,即使辉煌如汉唐的长安,也实际上很难"长治久安",经常会有这样那样的变乱,但有心者总是特别注重主要方面和文化事相,从事相关的文化记载和研究。如汉朝的陇东人辛氏便有著作考察汉时长安文化,还有汉代赵岐,晋代葛洪,唐代韦述和杜宝,宋代张礼、宋敏求和程大昌,元代骆天骧,清代毕沅等,他们都曾考察、搜集和研究过长安文化,并留下了相关的著述。笔者以为,无论是秦地文化还是其代表形态之一的长安文化,都是建构性的,有其不可忽视的动态的、发展的、变化的亦即不断建构的特征,兼容并蓄、博大精深、雄阔刚健且博雅大气,从"新国学"视野来看,尤其如此。比如,长安文化在历史上曾是无可争议的主流文化、官方文化,也是当时理想形态的都市文化、地域文化,长期在世界范围内特别是在东亚地区,有着非常巨大的影响。作为中国历史上鼎盛时期极其辉煌的盛世文化,确实不仅泽被九州大地,而且惠及海外诸国。但由于政治经济军事方面的变故,长安文化也曾沦落尘埃,主要在民间日常生活中加以维系,在文化传承的意义上,长安文化则更多体现在精神文化认同或历史文化记忆方面,并经常通过文学艺术的形式呈现出来。迄今人们提及长安文化,脑海中便仍会很快想象出它的繁盛、开放、包容及大气磅礴、强劲有力,想起丝绸之路、西天取经等极富文化象征意味的事件。秦人或长安人的视野是世界性的,因此也衍生出"守正求变"的基本文化建设策略,渴望进入文化大融合的圆融境界,却也并不忽视变通,更不拒绝变化,这也是古今长安文化的魅力所在,甚至是吸引陕北陕南当代作家落户长安(西安)的一个文化之因。从大处着眼,历史上的长安文化对中国古代文学的风貌与古今文学的嬗变及文学思想的形成都产生了重要影响，而随着国际化大都市西安的崛起，长安文化的复兴和人文西安的兴盛也必将吸引更多的国内外文人，并给予更多的关注、研究和书写。

二、"三秦大地"与"秦地文化"

秦地，本不是固定不变的疆域。秦人的踪迹也东西流徙，动荡不定。史家证明，秦人复兴之地在渭河上游一带，即甘肃东南部的天水市，旧名为秦州，另有秦安县，在清水县还有秦亭。这些以"秦"名之的地方，大抵和秦人的早期活动有关。而秦人，既有本地人，也有外来人。秦人带着较为深厚的文化传统和异地流徙中的广见博识，从很早便抛弃了夜郎式的偏狭，开始有意识地强固自身，①并努力吸收外来文化和进行外向开拓。本书所特指的"秦地"，并非是指变动不居的秦国领土，而是如今通常所说的"三秦大地"，亦即"秦地"是"三秦大地"的略语。

"三秦"之称，代指如今陕西的三个区域：陕南、关中和陕北。这样，"三秦"也就成了陕西的别称或雅号，②"秦地"也成了与此相应的一个颇有历史感和文化意味的地理名称。而这里所说的"秦地小说"，便是在这块荣辱交并、故事特多的土地上生长、开放的精神花朵；"三秦文化"，③便是在这块历史悠久的厚土上生成、传播的人文成果，无论从物质到精神，还是从民间到宫廷，各种文化成果都有极为丰富和辉煌的记录。不仅在这块土地上曾诞生大

---

① 林剑鸣：《秦史稿》，上海人民出版社 1981 年版，第 443 页。

② 史学界有人将东晋十六国时期的前秦、后秦和西秦合称为"三秦"。此三国属地在关陇地区。前秦和后秦属地均在今陕西境内，并且都建都在长安。只有西秦在今甘肃境内，都苑川（甘肃榆中）。此"三秦"属地与嬴秦王朝的腹心地带基本相合。参见洪涛：《三秦史》，复旦大学出版社 1992 年版。唐诗人王勃有诗句云"城阙辅三秦"（《送杜少府之任蜀州》），其中的"三秦"出典即《史记》所说的三秦之地。又可参汉辛氏撰：《三秦记》。

③ 学者严家炎先生称之为"陕秦文化"，见《二十世纪中国文学与区域文化丛书》总序，湖南教育出版社 1997 年版。

量的典籍，而且那些地上地下的文物也成了令人叹为观止的巨大博物馆。

事实的确如此。在历史上，尽管三秦的三大板块地貌不同（关中平原、陕北高原和陕南或秦巴山地），但总体看三秦大地的水土似乎格外丰足，对秦人也格外厚爱，致使三秦文化拥有着几乎是无与伦比的昔日辉煌，并牢固地将周秦汉唐的文化旗帜插在古老的城头上，迎着八面来风，使古今中外的人们领略到它的雄奇和凝重。从某种意义上说，三秦文化在中国传统文化的版图上，有似一般中国地图所示的那样，占有着"中国"之"中"（略偏西）的重要地位，可以说秦地确是中华文明的一个举足轻重的发祥地。① 历史学家张岂之先生在和同事共同完成《陕西思想文化史》一书之后又撰文指出："从蓝田人和大荔人，陕西境内的仰韶文化、龙山文化、轩辕黄帝时代的文化、先周文化、秦文化，写到汉、唐文化，以迄宋代关学，直到陕西当代革命历史文化，我们的总看法是：陕西是中华民族文化的摇篮。从人文初祖轩辕开始，在这块丰厚的文化沃土上，耸立着周秦汉唐诸座文化丰碑。近代，这块古老的文化基地又孕育产生了光辉的延安精神。民族历史文化传统和延安革命精神，是陕西文化的两大特色。"② 当然，在面对望不尽的八百里秦川、说不尽的秦皇汉武、听不尽的秦腔陕调、忆不够的往昔灿烂时，也要正视三秦文化中所存在的封闭、落后和荒谬的东西，这些东西在历史和现实中的存在导致了许多悲剧和闹剧的发生。因此，在称赏三秦文化的雄奇和凝重

---

① 这里说的"秦地"，准确地说只是"陕秦"，没有包括"陇秦"，但从文化上看，发展而来的陕秦文化（即三秦文化）则在总体上远远超越了陇秦文化并广为人知。单纯从地理而言，陕西关中一带居于中国腹心，中华人民共和国大地原点即位于现在的陕西泾阳县境内。

② 张岂之：《三秦思想文化特色》，《文史知识》1992年第6期。从三秦历史和现实的文化构成来看，兼容外地乃至外国文化以充实自己，也构成了三秦文化的一个重要特色。这也促使三秦文化成为具有影响力的文化，在全国乃至世界，都产生了广泛的影响。那种认为"地域文化"只能是本土原始文化的观点无疑非常狭隘，面对地域文化中的外来影响，总是设法用"除法"或"减法"去掉，这样的思路和研究固然不能说毫无意义，但负面的作用更大。三秦文化特别是关中文化、长安文化具有开放性、兼容性和建构性，因此才呈现出博雅大气、丰富厚重的总体特征，在彰显其地域文化特征的同时，也便具有了世界性。这是历史上三秦文化特别是长安文化对近现代以来秦地作家最具影响力的一个方面。

的时候，也应注意到：与雄奇的风采和韵致同在的，还有荒诞的骚动；与凝重的思绪和情调同在的，也有沉滞的压抑。历史悠久的三秦文化，就仿佛是关中平原上常见的巨型坟山，其中有诸多珍贵的文物遗产，同时也让人能够嗅到扑鼻的死亡气息。那是储满珍宝的"矿山"，又是压在秦人身上的沉重负累。① 在一本名叫《人文中国：中国的南北情貌与人文精神》的书里，在总题为"老成正统陕西人"的章节里，又称"保守、封闭，间以开放的陕西人""粗中有细的陕西人""老成温厚与圆通狡猾的陕西人""贪图安逸与吃苦耐劳的陕西人""贵族情结与自卑意识的陕西人""玩得'土'，玩得雅的陕西人"等，就较为简明而又生动地揭示了三秦文化影响下的矛盾形态的陕西人的性格特征与文化特征。②

三、秦地小说与"三秦文化"

这也自然会使人想到秦地小说，想到秦地小说与这种具有矛盾特征的人和文化的关系。

从历史上看，"三秦文化"的文化遗产绝不是静止不变的，其内潜的文化功能和影响力相当巨大。对秦地文学（尤其是小说）产生了极为深刻的影响。③ 作为地域文化（Regional Culture）的三秦文化，就像空气和食物一样，

---

① 综观 20 世纪秦地经济上的落后，其因有许多，除人为因素之外，也与地理限制或地域文化的局限有关。"带河阻山，隔绝千里"的秦地人，有安土重迁、自给自足、重农轻商等小农思想，宋明理学中的"关学"在这方面起到了明显的推波助澜的作用。在一定意义上讲，文化优势有时也是存在局限性的，正是由于文化优势形成的心理依赖，造成了秦地人的思想较保守，文化心态较陈旧，这确是相当"沉重的负累"。

② 辛向阳等：《人文中国：中国的南北情貌与人文精神》下册，中国社会出版社 1996 年版，第984—1034 页。

③ 秦地评论家王愚曾指出："由于大西北地区历史土层的深厚，历史重负的沉重，需要开放和开拓的迫切性造成了人们精神世界复杂而深刻的变化，给文学家们提供了可以纵横驰骋的天地，可以探寻的丰富内涵。"见《人·生活·文学》，陕西人民出版社 1987 年版，第 180 页。这话尤适宜于秦地。

通过作家生理和心理的作用，转化为艺术的生命。换言之，三秦文化在此充任了人和地域文学、一方水土和一方故事的联系中介，以其化育作家之"文心"的方式，将人和地、水土和故事所特具的秦风秦韵，收摄于小说的表现世界，并由此使秦地小说从总体上呈现出了相当鲜明的地域特征：土气、大气和刚气——土得掉渣、大得雄奇、刚得凝重，同时又美得撩人，"燎扎咧！""美的太！"笔者在秦地时与文学圈中的人接触，便常听到这类对秦地好小说的赞美，那种身处"文学大省"的骄傲之情有时也溢于言表。正如鲁迅所言："愈是民族的，愈是世界的"，由此想到"愈是地域的，愈是全国的，超地域的"。茅盾也曾指出："关于'乡土文学'，我以为单有了特殊的风土人情的描写，只不过像一幅异域的图画，虽能引起我们的惊异，然而给我们的，只是好奇心的厌足。因此在特殊的风土人情而外，应当还有普遍性的与我们共同的对于运命的挣扎……"①那些上乘的秦地小说，就是既有特殊的风土人情，又有以普遍的共同运命为基本内容的。走南闯北的茅盾，特别是在上海滩领受海洋季风劲吹的他，这样来看待乡土文学丝毫也不奇怪。而以乡土文学的观点来看秦地小说，几乎可以说，秦地那些有较大影响的小说，都属乡土文学者流。即使晚近的贾平凹、莫伸、麦甲等人所写的都市小说（如《白夜》《尘缘》《黄色》），写的也是乡土性质的都市生活，其情形有如老舍先生笔下的旧北京。吴福辉曾说："老舍在京地开创的市民文学，没有海派味，它是乡土性旧都会的一曲哀歌，与乡土文学有更多的精神联系。"又说，在乡土文学于北京失势之后，"'西部文学'遂有了领衔乡土文学之势，最近又来了个'陕军东征'"。②秦地小说确实主要以乡土文学的形质为人所关注。这种乡土文学也带有鲁迅所说的那种乡土文学的特征：侨寓异地而又心萦故乡，从而写出胸臆，隐现乡愁等。只不过，秦地作家侨寓的大城小城与自己的家乡并不遥远，并且可以经常而又方便地返回家园。因此，其作品

---

① 茅盾：《关于乡土文学》，《文学》第 6 卷第 2 期（1936 年 2 月 1 日）。

② 吴福辉：《都市漩流中的海派小说》，湖南教育出版社 1995 年版，第 14—15 页。

的本土味更浓郁，当下的现实色彩也更加鲜明。与此相应，秦地小说与地域文化就更有了天然的深厚联系。在这个意义上称秦地小说为"三秦地域文化小说"，大抵也是能够成立的。秦地小说属于地域文学，三秦文化属于地域文化。地域文学与地域文化的血肉关联本是毋庸置疑的事情。然而也许正是由于二者存在着过于密切的关系，天生是一家子，人们反倒视之为常识，熟视无睹，向来少有系统而又深入的考究和思量。熟知却非真知、粗知而非细知的必然结果，多少忽视了秦地小说与三秦文化之间实存的复杂而又微妙的关系。一方面，秦地小说作为文化载体，其所承载的主体就是三秦文化（包括外来被同化的文化因素）①，诸如秦地的风俗人情、地方风物、社会景观、生活状况等，都会被秦地小说所收摄、所反映，从而展示出在异地他乡难以领略到的风俗画、风景画、生活画。另一方面，秦地小说及围绕其存在所形成的文化圈、评论圈，客观上也对三秦文化产生了影响，充实和重建着三秦文化，虽然不一定说秦地小说就是三秦文化的最佳代表，却可以说秦地小说是三秦文化的重要组成部分，并且是在主导方面能够为其增光添彩、扩其声誉的艺术文化。尽管有时秦地小说招也来了一些是是非非。

如果从纵向视角来看三秦文化与秦地小说的历史变迁和历史关系，就会发现文化与小说所经历的曲折进程，恰似那九曲回肠的黄河，令人睹之亦会感慨不已。透过烟云缭绕的历史，可以依稀看到三秦文化的几个大起大落的曲折踪迹，可以看到蓝田人、大荔人、半坡人、轩辕黄帝及秦地炎黄子孙留下的一串串闪光的历史脚印，神往于由西周青铜文化、始皇陵兵马俑、汉唐丝绸之路、骊山烽火台和贵妃池以及法门寺地宫珍宝等交织而成的文化奇观或文化网络。在秦地，几乎每一寸土地都有一段神奇的传说或故事，从小说史和文化史的角度看待秦地的神话传说和汉唐之神仙传与传奇小说，则可以发现深植于秦人生

---

① 三秦文化是个具有动态特征的概念，其内涵不断地处于建构之中。不仅三秦本土的古典文化、民间文化属于三秦文化，那些外来的、能在秦地生根存活的文化也属于三秦文化。这种外来而又"陕化"的文化在秦地的古代和现代，都很可观。尤其是在汉唐、现代的秦地，这种外来文化甚多。

命追求中的创业意识、造反意识和享受（或逍遥浪漫或世俗享乐）意识都非常强烈，并凝聚成历史文化的情结对秦地小说产生了深微而又巨大的影响。这种影响在现代秦地小说中，仍有着相当鲜明的体现，且被注入了新的时代内容，使秦风吹拂下的神话传奇得以在新的组合、重构或置换中新生。

展望秦地现代文学，有三大文学现象最为引人注目，一是"延安文学"，二是"白杨树派"，三是"陕军文学"。这三种文学现象在历史时空中都各自形成独立的一环，但又环环相扣，既显示了三环相接续的历史特征，又昭示了文学自身的发展变化。

延安文学之前的秦地新小说，尚可称道的也许首先应推郑伯奇的作品。但郑氏作为游子，其小说的"秦味"相对寡于"洋味"，这似乎也影响到了他的艺术成就。直到延安文学崛起，秦地才拥有了出类拔萃、独领风骚的小说，这就是从根据地迅速成长起来的"根据地小说"。从一定意义上说，伴随着革命在黄土高坡上的迅猛成长，延安文学（包括根据地小说）也在逐渐"长大"。根据地小说与上海或大后方的左翼小说虽有某种逻辑上的关系，但更有明显的不同之处。这种差异从丁玲到延安前后的创作中即可看出。表面上看延安文学多是由外地人创造的"移民文学"，实质上却是本土文化与外来文化（如马克思主义）、新兴文化与地域文化（如延安农民文化）深度融合的结果。根据地小说，就正是植根于边区根据地厚积的民间文化土壤和聚集的革命文化热土之中而"长大"的文学果实。对作家（如丁玲、欧阳山、柳青等）而言，特定的人文环境和接受对象亦即地域文化氛围，不可能不对其创作心理产生深刻的影响。总之，当革命及其文学从黄土地上崛起或"长大"的时候，无论如何都不能忽视这片古老的黄土地，忽视这里潜蕴的革命和文学的种子以及来自地母（民众文化及生活）的能量。而从历史发展的眼光来看，延安文学则是从圣地延安生成并传播开去的一大文学流派。这是一个带有母本性质的流派，其对当时其他解放区文学和新中国成立后的中国文学所产生的重大影响，是有目共睹的。当然，所有大大小小的文学流派都有其局限性，影响也并不单纯，在这方面，延安文学也不例外。受孕于延安根据地土壤的根据地小说，则尤其具有代表性，其所建构的革命化和大众化有机融合的创作范式，对秦地小说家也尤其具有久远的影响。

这种影响的一个鲜明标志，即体现在秦地实际存在的小说流派的创作上。如众所知，中国现代小说史上有不少已被学界承认的小说流派，但遗憾的是却多少忽视了秦地小说世界中的流派现象。这种流派现象类似于"山药蛋派"和"荷花淀派"，大抵都是作为文学（艺）流派的延安文学（艺）深刻影响下的子流派、次级流派。这里尝试将之命名为"白杨树派"。它孕育于延安文学（艺）运动，初成于 20 世纪中期，深植于坡沟山游堀畔，它主要以柳青、杜鹏程、王汶石等为代表，晚近则有路遥、陈忠实、冯积岐、京夫、邹志安、李天芳、赵熙、高建群、贾平凹（前期）、蒋金彦、文兰等在某种程度上的承继和发展，并构成了具有一定开放性的流派"方阵"。① 这个小说流派的命名，显然与茅盾著名散文《白杨礼赞》有关。简言之，所谓"白杨树派"，是从秦地小说的创作实际出发，主要参照茅盾《白杨礼赞》及其他有关诗文所提示的精神特征和审美特征以及评论界已有的相关成果，而郑重命名的一个小说流派。这个小说流派基于三秦文化传统和革命文化的交融，形成了自己鲜明的流派特征，即像生长于大西北的白杨树那样，具有逼人的刚气、豪气和土气，既淳厚、质朴、正直、刚劲，端肃、雄健、峭拔、顽韧，又保守、忍苦、克己、无奈，孤寂且复苍凉，困窘且复麻木。"白杨树派"的老一辈作家多从肯定层面着眼，倾力揄扬"白杨"精神，而新一代作家（并非秦地所有作家）则注意全息把握，倾力状写"白杨"的复杂，且较多透入了否定层面，加强了反思色彩。但从整体性或主导方面来看，"白杨树"的那种攒劲向上、不畏风寒沙尘暴雨，竭力与恶劣的生态环境抗争，从而努力追求在黄土地上自由、幸福而又诗意地"生存"的精神，对秦地小说影响极其深巨，并对其美学风貌产生了决定性的制约作用，苍凉、悲怆总

---

① 这个"方阵"还有复杂的一面，即对"白杨树派"进行消解的一面。这里仅从相通的一面立论。

掩不住奋发和荣光，刚韧雄壮的力之美透观出独具风采的西北风情和拥抱崇高的审美基调，形成了"白杨树派"独特的平凡而又壮伟、普通而又奇崛的文学流派风格和相应的地域文化色彩。

历史上的"白杨树派"并非昙花一现，但确曾跌落深沟大壑，气息奄奄，直到新时期到来，才逐渐复苏和发展。这从新时期"陕军"的逐渐崛起及其创作中即可看出。然而"陕军"又有其庞杂的包容性，并非仅承"白杨树派"之一脉。这从贾平凹的转换、杨争光的怪诞以及陕军都市小说和通俗小说的躁动中，便不难看出。从一定意义上说，"陕军"小说之于"白杨树派"，既是一种映现和拓展，又是一种遮蔽和消解，二者之间的确存在着相当密切而又复杂的关系。

如果我们从横向视角来看取三秦文化与秦地小说的内在联系，便会领略到秦地小说具有的秦风秦韵及相应的文化风貌。由历史沿革至今，所谓"三秦"是习惯上将秦地分为陕北高原、关中平原和陕南山地三个板块，地理风貌及人文历史的积淀使"三秦"的文化和文学均呈现出复杂的结构。陕北高原属草原文化过渡地带，文化呈现出多民族融合的特征，民勤稼穑，俗尚鬼神，民性粗豪，昂扬悠长的信天游、狂跳猛擂的腰鼓、娱神娱己的秧歌等，是这一地区民间艺术的代表，其内蕴的生命文化精神对陕北作家很有影响；关中平原属麦粟文化地带，是历史悠久、光辉灿烂的黄河中游文化的重要组成部分，其文化积淀的深厚，对关中作家的影响非常深刻；陕南山地属稻作文化过渡地带，具有较为鲜明的长江文化的特点，奇崖清流，山清水秀，颇具南国风味，连山歌也忽起忽落，悠扬委婉。早在1984年，贾平凹就从人文地理的角度来看待秦地作家，认定由此"势必产生了以路遥为代表的陕北作家特色，以陈忠实为代表的关中作家特色，以王蓬为代表的陕南作家特色。这三位作家之所以其特色显著于文坛。这种地理文赋需要深入研究"①。

---

① 《平凹文论集》，青海人民出版社1985年版，第134页。其实，贾平凹更能代表陕南作家特色。

诚然如此，从人文地理的差异看，秦地的南北走向及文化(包括文学) 构成，均呈现出三大板块组合的特点及相应的复调特征。然而三秦文化渗透影响下的秦地文学，在三分天下的同时也存在着共通之处。譬如，在面对现代秦地文化所涵容的民间文化、古典文化和现代文化时，秦地作家的选择大抵也是趋于复合性的，特别是在那些文化意蕴丰厚的中长篇小说里，作家们的文化复合性选择，常常体现为对一些不同文化范畴的"兼容"，① 同时又常常出现契合地域文化特征的程度不同的"侧重"。譬如，当秦地作家在面对农村文化和城市文化时，就出现了上述的"兼容"而又有所"侧重"的情形。就秦地作家的现实身份而言，大多数都来自黄土地，是地道的农家子，但又或长或短地经受了城市文化的熏陶，求学和工作的具体环境大都有一个由农村到城市的变更。秦地评论家李星据此将秦地作家称为"农裔城籍"的作家。② 这样的作家，情绪记忆中满贮着乡村生活的信息，所以其小说多为农村题材，本土农民文化在作品中占有突出地位，便是很自然的事。仅从秦地小说中厚积的民俗文化及内蕴的民间原型 (人物的、风俗的、信仰的、文艺的，等等)，便可领略到相当丰富的秦地农村文化及相应的地域色彩或乡土气息。读柳青的《种谷记》《创业史》，读贾平凹的"商州"文学，③ 读路遥的《人生》，读高建群的《最后一个匈奴》等，都会有这样的感受。但这些作家作品又都有贯通城市文化的一面，城市生活及由城市文化所显示的发展方向，都会影响到作家。即使是像柳青那样的由农村到城市，再由城市到农村的作家，其文化心理结构中的城市文化也在起着参照和推动情节发展的作用。如写城中干部的下乡，写改霞的入城等，就实际表明柳青不是个"城盲"，尽管他对现代城市文化缺乏更多更充分的认识。至于像路遥、贾平凹、京夫、文兰、

———————————

① 黄新亚在《三秦文化》中指出三秦文化也具有宽容精神。得势时实际未绝对排除其他地域文化，失势时也未放弃自身特征。详参该书第 2 页。汉、唐时代的主动"拿来"，更是传为佳话，玄奘的"西天取经"及名著《大唐西域记》，便是极为生动的一个例证。

② 李星：《求索漫笔》《书海漫笔》等书。自然，秦地作家并非都是"农裔城籍"的作家。

③ 指贾平凹以"商州"为题材而创作的小说和散文。长篇有《商州》《商州三录》《浮躁》等，中短篇很多，难以枚举。其地域文化气息之浓，简直可以说是"形象的地方志"。

杨争光这类后起作家，在城乡间穿梭往来，如鱼得水，生活空间更为广大。尽管他们对农村文化和城市文化都有情感上排斥的地方，但他们在创作上却尽可能地促成二者的结合，从而使秦地小说的文化品格带上了城乡交叉的特点。即使是杨争光那些写不明年代的乡村生活的作品，背后也都有城市文化作为参照系。读杨争光的《赌徒》《老旦是一棵树》《黑风景》等小说，想到他是一个读过大学、活得"现代"的作家，就会觉得他就该这么痛苦和"冷酷"地观照中国农民。在某种意义上，其写法有点类似于鲁迅的"刨祖坟"式的笔法。就整体讲，秦地作家侧重于选择农村作为描写对象，但又努力把握城乡文化的碰撞、冲突及融汇的"交叉"性质，这也构成了秦地作家心意相通、表叙有异的一个重要方面。

总之，秦地小说在"大现代"时空中绝非一团过眼云烟，其与地域文化的关系也深微复杂。它是秦地这块文化厚土中生长出来的具有观赏和评析价值的精神花朵。本书拟从历史的纵向视角和横向视角，来开掘秦地小说多方面的文化内涵，探其文化轨迹，现其文化风貌，析其文化特征，并在社会的、审美的和文化的批评视野中，深入体认这种三秦文化影响下的小说世界，从中撷取一些于人生和艺术都有一定价值的东西。即使不尽全面不够深刻，但想必也有一定的启示意义。因为，说到底，秦地小说虽是地域文学，饱经西北风的吹拂，但毕竟还是冲出了潼关，成了许多地域读者的案头读物，其经验教训、成败优劣，也就自然超越了地域的限制。

第五章 "文化磨合"视域下的专题探讨

"文化磨合"在"大现代"中国文学与文化研究中具有理论指导与实际应用意义,本章以"民族魂灵"鲁迅、"文化游子"林语堂、"革命作家"丁玲、"天才诗人"吴兴华四位著名作家及"延安文艺观"作为考察对象,从"现代文化人"的主体生成过程与文化创造成果来把握"文化磨合"在微观层面的映现与成就。

第一节 "民族魂灵"鲁迅的文化业绩

鲁迅是文化思潮和文化元素积极磨合的杰出代表,同时,鲁迅的诸多表述也是"文化磨合"思想的经典表达,本节从作为"民族魂"的鲁迅出发,分别从"世界鲁迅"、"现代中华民族魂"、"新三立"与"三不朽"、鲁迅与中国书法文化四个方面进行论述,强调鲁迅和现代新文化传统与文化自信的密切关系,彰显"战斗型""建设型"的"民族魂"。其中,"新三立""三不朽"和书法便是在磨合中建构成功的,并且,它们之间并非各成一体,而是在不同视角中共同印证"磨合思想"的同时,有着互动与同构的联系。作为"现代中华民族魂"的鲁迅,通过文化实践对传统的"三立"即"立德立功立言"进行了重构,并创构了现代人文精神及个性思潮影响下的"新三立",即"立人立家立象",并在文化语境的转换下由"新三立"而存有"三不朽"。对"新三立"中的"立象"而言，笔者借助鲁迅的书法、书写行为进行具体的讨论。在传统与现代之间，鲁迅作为五四文化人的代表之一，他对书法文化的创化具有重要的文化启示作用。同时，对于"文化磨合"视角下的鲁迅，不仅要重视其作为"民族魂"的价值归属，更要强调"世界鲁迅"的文化意义。

一、"文化磨合"与世界鲁迅

文化是人的创造物，且可以作用于人本身及社会发展。《易经》有云："观乎人文，以化成天下"，这突出体现了作为人类物质生产和精神生产总和的文化，在历史发展演进过程中的巨大作用。实际上，在"润物细无声"与"骤雨已喧山"紧密结合的"文化磨合"时代，文化"化人"的具体实践往往由某一位既有本土特色又兼具世界眼光的文化巨人来承担。鲁迅，作为文化巨人之一，在支撑起中国文化大厦的同时，也得到了全民族、全社会乃至全世界的认可，成功地由中国走向了世界。

1909 年 5 月 1 日东京出版的《日本及日本人》杂志第 508 期《文艺杂事》栏目刊登了有关周氏兄弟《域外小说集》第一册的出版、翻译、销售情况信息。此条在该书出版仅两个月后的报道虽仅有百字，但却是日本报刊中最早的关于鲁迅的介绍。朝鲜汉学家梁白华翻译的日本学者青木正儿的《以胡适氏为中心的中国文学革命》一文，在 1920 年 11 月至次年 2 月连载于《开辟》杂志，内文提及："在小说方面，鲁迅是以为属于未来的作家。他的《狂人日记》描写了以为迫害狂的惊悚的幻觉，达到了中国小说家至今尚未达到的境界。"由此，尚处在殖民统治之下的朝鲜文化界始知鲁迅其人。1930 年 4 月，印度加尔各答的英文月刊 *Modern Review*（《现代评论》）刊登了斯迈德利评述现代中国文学发展倾向的文字，这是目前所知的印度出版物上最早提及鲁迅的例证。1943 年由越南汉学家邓台梅（又译邓台枚）翻译的《阿 Q 正传》《野草》中的部分短篇和数篇鲁迅杂文陆续发表在《清议》杂志上，次年邓氏撰写的《鲁迅的生平和文艺》一书作为越南首部鲁迅研究著作正式出版，这给沉浸在中国鸳鸯蝴蝶派译介热潮中的越南"新文学"界吹来了一股新风。

鲁迅在欧美诸国的传播始于 20 世纪 20 年代中期,其名篇译本不断刊出。仅以《阿 Q 正传》为例,就有 1926 年梁社乾翻译的英译本、敬隐渔翻译的法译本,1928 年廖馥君翻译的德译本(未出版),1929 年瓦西里耶夫翻译的俄译本。由此,鲁迅以及其代表的五四新文学在欧美传播的进程正式开启,此后数载,《阿 Q 正传》之意大利文、西班牙文、捷克文、波兰文、罗马尼亚文译本亦相继译介出版,成为中国现代文化参与世界文化现代转型、价值重构的开端和典范。在大洋洲,借助于同为英语国家的便利,澳大利亚的鲁迅研究成果自 20 世纪 50 年代陆续出现,1955 年 H. 洛的《鲁迅和〈阿 Q 正传〉》、1965 年 A.R. 戴维斯的《20 世纪中国的革命和文学》、1982 年刘忠元的《鲁迅与古代文学》、1985 年梅贝尔·李的《从庄子到尼采:论鲁迅的个人主义》……正如乐黛云教授所言,"鲁迅研究已成为一种世界性文化现象"①,而每一个研究问题的深入,每一个研究视角的开拓,每一部研究论著的出现,都成为鲁迅属于全世界的最好注脚,也是用世界眼光看待鲁迅的实证。

按照大卫·丹穆若什的观点:"一个作品,只有展现并且活跃在超出原有文化范围之外的另一个文学作品中,才可以说,它作为世界文学有了实在的生命力。"②毫无疑问,诞生于新文学革命,标志着中国从传统走向现代,从封闭自守走向世界现代文明的鲁迅作品具备此种能力,《狂人日记》的礼教吃人揭露、《阿 Q 正传》的国民性批判、《野草》的精神内省、《孤独者》的启蒙主义实践,居于东方的鲁迅以其对中国现代文化的独特经验和个体的生命体验完成了属于自己的艺术化表达和文化建构,并在经历了跨文化旅行之后,于东亚、欧洲及世界范围内产生了巨大影响。

事实证明,鲁迅由中国走向世界的过程,不仅是其人其作传播与研究过

---

① 乐黛云:《鲁迅研究:一种世界文化现象》,《读书》1990 年第 9 期。
② [美] 大卫·丹穆若什:《什么是世界文学?》,北京大学出版社 2014 年版,第 5 页。

程，更是其所代表的文化类型走向世界、拥抱世界的过程。但是，一种文化与另一种文化的相遇，既有其历史机缘，也一定会有一个"磨合期"，正如现代中国文化是处于现代时空中的中外文化逐步"磨合"而来一样，鲁迅与世界接轨的过程必然也要经历"文化磨合"的历程。鲁迅及其作品因意识形态、地缘政治、学术生态及研究传统的影响，在传播与研究过程中产生的文化误读即显示出中西方"文化磨合"的复杂性和长期性。不过，从文化层面上看，"文化磨合"的前提就是不同文化形态之间的差异和冲突，而之所以需要"磨合"也恰恰反映了文化理念与文化环境的冲突。这就意味着，尽管有对立、冲突乃至碰撞，鲁迅由中国走向世界，从中国鲁迅转化为世界鲁迅的进程不会终结；鲁迅及其所代表的文化类型深度参与、积极建构世界文化的步伐不会停止。

二、"民族魂"与文化自觉

一个伟大的民族必有其伟大的"民族魂"，也必有能够代表其文化精魂的文化巨人。身处于由古代转型为现代的历史"大时代"，鲁迅便是应运而生的为创构"大现代"不懈努力的文化巨人。"鲁迅与民族魂"这一重大命题，足可以和"孔子与儒学魂"之类的命题相媲美。他们都是中华民族伟大的"民族魂"。而"民族魂"曾被书写在覆盖于鲁迅灵柩上的那面白旗上。在 20 世纪末笔者围绕"民族魂"这一重大命题做过研究，并结集为《民族魂与中国人》① 出版。很明显，"民族魂"与鲁迅的关联不是偶然的遇合或某种权力人士的策划与决策，而是民众和知识界不约而同的长期感知与认同。

鲁迅本人就是诸多文化思潮和文化元素积极磨合的一个杰出代表。事实上，"文化磨合"与鲁迅的双向"拿来主义"是相通的，与五四以来的"文化磨合"也是相通的。鲁迅的"双向"而非单向的"拿来主义"实际就是"文

---

① 李继凯：《民族魂与中国人》，陕西人民教育出版社 1996 年版。

化磨合"思想的经典表述。而在当今时代,重新思考相关问题包括对鲁迅文化的价值重估认定,大力主张双向"拿来主义"的鲁迅就是现代中华"民族魂",这是契合时代需求的一个值得深究的重大命题。

"文化磨合",其实早在鲁迅的《文化偏至论》中就体现出来了。他说:"此所为明哲之士,必洞达世界之大势,权衡较量,去其偏颇,得其神明,施之国中,翕合无间。外之既不后于世界之思潮,内之仍弗失固有之血脉,取今复古,别立新宗,人生意义,致之深邃,则国人之自觉至,个性张,沙聚之邦,由是转为人国。人国即建,乃始雄厉无前,屹然独见于天下,更何有于肤浅凡庸之事物哉?"① 这样的文化哲学思想通达而又经典,作为人文学说的魅力仍在,至今也有重要的引领和启迪作用。文化发展肯定要有"破与立"以及二者的辩证和互补。但遗憾的是,过去我们常常单方面强调鲁迅的"破"或"战斗",总是强调鲁迅是不屈不挠的战士或猛士,总是以手中的笔为"投枪""匕首",文中总在揭示"吃人"真相。长期以来,"民族魂"鲁迅就只是战斗不止的形象。其实,鲁迅并非只知道战斗,即使那样的"投枪"书写、那样的"呐喊"战斗也包含着文化策略以及叙事策略上的考虑,且对同时代读者接受心理也有"预馈"性的判断和把握,归根结底也是为了"立人""立国"而揭露和批判。这也就是说,要从大格局大视野来看待鲁迅对"破与立"的把握,一定要高度重视鲁迅对文化之"立"的追求,对其"立人""立国"之说要有动态的、更为系统的把握。鲁迅身处的时代是风雨飘摇、战争不断、内乱不止的时代,他所主张的"立人""立国"都是当务之急,迫在眉睫,刻不容缓。所以鲁迅的战斗和峻急都是时代使然,在这方面他确实算是特定意义的"主流文人"。何况,他的清醒和洞察也是时代的赐予,使他能够拥有古今中外"文化磨合"的理想和视野,并在古今中外"文化磨合"基础上形成了对建构现代文化的自觉追求。而仅仅从现代文人鲁迅的人生追求来看,实际也确立了明显有异于古代文人"旧三立"(封建文化价值观制

---

① 鲁迅:《坟·文化偏至论》,载《鲁迅全集》第1卷,人民文学出版社1981年版,第56页。

约下的立德立功立言）的"新三立"（现代文化价值观重构中的立人立家立象）境界。①不少人都以为鲁迅仅仅是"破坏型人物"，缺少"立得住的东西"，其实，鲁迅在"立人"（倡导现代人的充分自觉）、"立家"（眷顾个人、集体、国家乃至人类之家）和"立象"（创造以文学、学术及书法等为代表的形象化、符号化世界）等方面，贡献了许多具有原创性和标志性的重要思想成果和艺术成果，留下了丰富的烙有"鲁迅"深深印记的文化遗产，他帮扶众多青年学子的文学教育业绩也是值得称颂的。鲁迅的"立人"包括了立德立品但不限于立德立品；"立家"包括了立国立功但不限于立国立功；"立象"包括了立言立说但不限于立言立说。显然，他的"新三立"思想体现了他作为现代中华"民族魂"的文化思想特色和价值意义，尤其值得关注和深究。

这里要特别强调一点，即鲁迅是清醒的"文化自信"者，他既反对"文化自大"，也反对"文化自卑"。这种文化立场和价值取向极有启示意义。如今，时人多讲文化自信，而且多从古代传统文化的角度大讲文化自信，这无疑十分必要。但是，中国人作为文化创造主体为今人提供的文化资源确实并不限于古代。除了丰富的古代文化资源，还有"古今中外化成"的现代文化资源。这个"现代"虽然远不如"古代"那样悠久，但却与今天强调的"文化创新""文化发展"和"文化自信"等有着最为直接的关联，且其本身也以"新文化"形态为其主要特征。这就意味着，中国不仅拥有辉煌的古代传统优秀文化，而且也拥有灿烂的现代新文化传统。事实上，自晚清民初以来，中国几代人尤其是与"民族魂"相通的仁人志士上下求索，创造了以现代汉语为符号体系、以现代文化为价值目标、以改革创新为发展机制的"现代新文化传统"。而这样的"现代新文化传统"在促成古老的中国走向现代化、走向新世界的进程中，发挥了巨大的作用。其中，也包括五四文人建构的启蒙文化、"左联"文人建构的左翼文化和延安文人建构的革命文化，都在这一历史文化发展进程中发挥了不可替代的重要作用。而事实上，如果没有起码的

---

① 李继凯：《略论鲁迅的"新三立"和"不朽"》，《鲁迅研究月刊》2013 年第 9 期。

文化自信，就不可能拥有建构和创造现代中国文化的心理基础和文化能力；没有必要的现代新文化视域和对古代封建的旧文化传统的反思与批判，也不可能形成"现代文化意识"并初步建构世界格局中的"中国特色的现代文化"。事实一再证明，立足于当下现实之中的人们要在文化创造上有所作为，就需要不断开阔文化视野，在"古今中外化成现代"的文化发展规律影响下，积极而又明智地采取多向度的拿来主义，"化合多元文化"，磨合生成，美美与共，由此建构宽容的、和谐的、丰富的"大现代文化"，在跨文化、跨民族的层面逐步实现文明互鉴、共生双赢。

为此，有必要重温一下鲁迅作于1934年的《中国人失掉自信力了吗?》[①]。自然，重温与回顾是为了再次出发和前行。鲁迅遭逢的那个时代，是一个千疮百孔的时代，他的《呐喊》《彷徨》《野草》《坟》《热风》《且介亭杂文》等一系列作品，对时代都有真实的描摹和批判性的书写。正是那种直面惨淡人生的勇气和启蒙的冲动，使他像手持匕首、投枪的战士那样，针对严酷的现实及"乱世"中的纷纭世相进行了不留情面的剖露和讽刺。难能可贵的是，就在中华民族处于"内忧外患"和"白色恐怖"的时代，鲁迅仍然能够"肉搏黑暗""反抗绝望""敢遣春温上笔端"，写出了千古不朽的名文《中国人失掉自信力了吗?》。一些人蓄意将鲁迅视为消解民族文化自信的代表人物，读过此文便会认识到，鲁迅原本就是求索不止地寻找文化信心、重建文化自信的代表性人物。那些举证出鲁迅批判国民劣根性以及一些文化现象（愚昧、吃人、中医、汉字等）作为否定鲁迅的根据，其实都是未能顾及历史语境、语言修辞、文化策略和整体把握的"误读"。作为现代中国"在场"的鲁迅，他原本就是求索不止地寻找文化信心、重建文化自信的代表性人物之一，他绝对不是要毁灭中国人的自信，而是千方百计要设法"立人立国立自信"。

总而言之，强调鲁迅和现代新文化传统与文化自信的密切关系，与强调

① 鲁迅:《且介亭杂文·中国人失掉自信力了吗?》，载《鲁迅全集》第6卷，人民文学出版社1981年版，第117页。

古代传统文化价值一样，都是为了重拾文化信心，更进一步，振兴中华，实现民族文化的伟大复兴。郁达夫曾感慨："没有伟大的人物出现的民族，是世界上最可怜的生物之群；有了伟大的人物，而不知拥护，爱戴，崇仰的国家，是没有希望的奴隶之邦。"① 一生多情、多才且爱国的郁达夫在真诚地怀念鲁迅，意在彰显鲁迅的精神，今天也需要这样的文化自觉。不仅对优秀的传统文化要有自信，对优秀的现代文化要有自信，对"现代中华民族魂"鲁迅也要有自信。当然这绝不是简单的神化和膜拜，其本身也是敬仰"民族魂"、续存"民族魂"、弘扬"民族魂"的文化行为，值得大力提倡和践行。

三、在传统与现代之间——论鲁迅与中国书法文化

鲁迅的"中间物"意识是非常强烈的。其间韵味深厚、隽永，思致繁复、多义，有哲理，也有悲情；有达观，也有忍耐；有历史感，也有现实性；是生命哲学，也是文化哲学。这在他的人生追求和文化创造活动中都有相当充分的体现。中国人围绕书法而展开的有关活动创造出了丰富多彩而又源远流长的中国书法文化。作为中国现代文化巨人的鲁迅与中国书法文化也有着至为密切的关系。所谓"书法文化"，是超越了"书法"或"书法艺术"的文化范畴，绝不局限于书法艺术本体。而所谓"鲁迅书法"，也仅仅体现了文化名人鲁迅的一个不可忽视的侧面，是其生命融合、创化的一种方式。从书法文化角度看鲁迅，是文化研究的一个尝试，却在一定意义上也具有文学研究科际整合的意味。可以说，中国书法乃至东方书法（主要以中国书法和日本书道为代表），恰是融入鲁迅文化生命中一种重要的文化元素。而鲁迅与书法文化的深度融合，不仅彰显着他与传统文化的深切联系，也非常恰切地体现了"中间物"的存在特征及深远意义。鲁迅曾说："一切事物，在转变中，是总有多少中间物的……或者简直可以说，在进化的链子上，一切都是中间

---

① 郁达夫：《怀鲁迅》，《文学》第 7 卷第 5 号（1936 年 11 月 1 日）。

物。"① 其实，无论进化还是归化、优化还是转化，甚至退化或者腐化，都有中间物。"中间物"存在形态是客观的、必然的，但其"中介"功能则因性质和向度而有差异。作家主体和书法文化作为"中间物"，其文化功能无疑也是多方面的。

如果说鲁迅是中国文化的守夜人②，自然他也是中国书法文化的传承者。显然，在文字书写和书法创作之间，在书法创作和文学创作之间，最终形成的手稿书法文本实际是许多文化信息包括社会信息、情感信息、审美信息的"载体"，也具有历史文化的文献价值。鲁迅著译及大量的辑校典籍、石刻的文字，乃至赠书题签和日用便条，多用毛笔书写完成，从书体上看，有篆书、楷书、行书等。广而言之，也多可视为书法作品。这些笔迹或手稿具有的文化载体功能无疑是巨大的。在这种意义上称《鲁迅全集》为 20 世纪百科全书式的文本，也就说明鲁迅的书写留给后人的是一份怎样宝贵的文化财富。即使仅仅从文学性书写的角度看，鲁迅手握毛笔"金不换"，在并不太长的创作岁月里，辛勤笔耕，创造了辉煌的业绩。正是由于鲁迅在现代史上的重要性，鲁迅的书法也格外受到关注，于是人们实际普遍以为这是"因人而宝之"，其实是先有这些书法笔迹才成就了一代文化巨人，而不是相反。由此也足可以看出，鲁迅书法承载着多么丰富的文化信息，这才是人们宝爱鲁迅书法的主要原因，也是我们不能低估鲁迅书法价值的主要原因。即使是他的那些被视为纯粹的书法作品，即条幅、横幅、斗方、对联等，也在体现书法艺术形式美的同时，承载了相当丰富的文化信息。如其行草《万家墨面》、行书《答客诮》、对联《横眉冷对》《人生得一知己》等③，都是令人普遍称赏、品味不尽的佳作。客观地说，鲁迅的这类"纯粹"的书法作品从量上看是不多的，但传播却很广，超过了许多同时代的书法家。有人以为这是政治文化现象，其实，从书法文化信息多元化或复合性来看，鲁迅书法的文

---

① 鲁迅：《写在〈坟〉后面》，载《鲁迅全集》第 1 卷，人民文学出版社 2005 年版，第 298 页。

② 王富仁：《中国文化的守夜人——鲁迅》，人民文学出版社 2002 年版，第 1 页。

③ 详见上海鲁迅纪念馆编：《鲁迅诗稿》（手迹，上海人民美术出版社 1991 年版）等书。

化载体功能无疑也是相当强大的。

中国书法文化在传承中华传统文化方面，有着巨大的作用。如果说鲁迅的诗歌继承和发扬了中国诗学文化传统，那么这些诗作的手稿和有意为之的诗书同辉的书法作品，更是将中国传统文化中的"诗书"传统继承了下来，并纳入了"大现代文化"的格局中。鲁迅批判和反思传统文化全面而且深入，却在书法文化方面置评甚少、继承甚多，个中意味，耐人寻思。古人云"书如其人""以心主笔""书法传心"，都在强调书法与写者之间的同一性，其实，鉴于人的丰富复杂和具体情境的变化，鲁迅的书法性情与鲁迅杂文性情的主要取向显然是有差异的。如果说鲁迅的诗词继承和发扬了中国诗学文化传统，那么这些诗作的手稿和有意为之的诗书同辉的书法作品，更是将中国传统文化中的精华部分"诗书"传统继承了下来并纳入了"大现代文化"的格局中。正是在这样的诗书同辉的文化景观中，我们领略着"无情未必真豪杰"（《答客诮》）、"岂有豪情似旧时"（《悼杨铨》）、"如磐夜气压重楼"（《悼丁君》）、"有弟偏教各别离"（《别诸弟》）、"我以我血荐轩辕"（《自题小像》）、"梦里依稀慈母泪"（《惯于长夜过春时》）、"十年携手共艰危"（《题〈芥子园画谱三集〉赠许广平》）、"运交华盖欲何求"（《自嘲》）等，鲁迅的这些诗书作品恰恰表征着他的"中国文人"身份，传统色彩相当浓厚。

鲁迅的作品包括书法也是要通过文化传播渠道来实现的，日常的书法交流也是一种文化传播。从艺术与人文的视野来看鲁迅书法，也应注重他与友人间的翰墨情缘，其作品的"人文"意味常为后人所激赏不已。鲁迅与书法的深切结缘其实也是对其人生的充实，而通过书法为中介的人际交往，又在更大程度上丰富了他人和自己的人生。鲁迅定居上海的十年里应友人之求或朋友之间诗联的唱和之作较多。鲁迅交往的朋友中，也多有通书画的朋友。鲁迅书写一生，书写尤其是艺术创造性质的书写成为其生命焕发的生动体现。他给许多人尤其是亲朋好友题字相赠，也成为精神交流和增进友谊的重要手段。他有意识地将书法作为媒介，在书法交往中不断开拓人生。《赠瞿秋白录何瓦琴句》《赠章茅尘孙斐君录司马相如〈大人赋〉》《赠许寿裳录唐李贺诗〈开愁歌〉》等，都是给好友甚至是终生知音的"赠礼"。鲁迅曾为日本友人写了许多诗词条幅、横幅等。据不完全统计，如今可以查考出的为日本友人或来宾书写的诗词作品（未含书信手稿等）就有40幅左右①。他平生最后的遗墨也是写给内山完造先生的。书法可以娱悦性情，可以契合艺境，更可以交友交流。如果说鲁迅从日本文学经验中多采取了"拿来主义"的话，在书法艺术方面，情形几乎相反，多采取的是"送去主义"，这是友好的赠予，深切的纪念，情谊的象征。鲁迅与日本友人的书法情缘，突出了跨国的书法交际功能，在此或可名之为"书法外交"——文化传播的一个古老却又年轻的交流方式。如1931年2月12日，小原荣次郎在中国购买兰花将要回日本，鲁迅赋诗并写成条幅相赠；1931年2月25日，为日本长尾景和写唐代钱起《归雁》一幅留念；1931年初春，作旧体诗《赠耶其山》并书写成条幅赠内山；1935年3月22日，为今村铁研（日本医生，增田涉的表舅）、增田涉等书写书法作品相赠。从这些行为看，鲁迅书赠友人书作较多的原因，也主要是从"实用"层面进行考量的。当然，鲁迅书赠的日本友人交谊深浅不同，但即使短期接触，也是印象好才会赠送书法作品。"秀才人情纸一张"，

---

① 如：1923年，书《诗经小雅采薇——赠永持德一》；1931年，书《赠耶其山》《送 O.E. 君携兰归国·赠小原荣次郎》《赠日本歌人·赠升屋治三郎》《无题（大野多钩棘）·赠内山松藻》《无题（大野多钩棘）·赠熊君磴》《湘灵歌——赠松元三郎》《无题（大江日夜向东流）·赠宫崎龙介》《无题（雨花台边埋断戟）·赠柳原煙子》《送增田涉君归国》《钱起归雁·赠长尾景和》《老子虚用成象韬光篇·赠长尾景和》《李白越中览古·赠松元三郎》《欧阳炯南乡子·赠内山松藻》《书旧作〈自题小像〉赠冈本繁》；1932年，书《无题(血沃中原肥劲草)·赠高良夫人》《自嘲(运交华盖欲何求)·赠山本勇乘》《所闻·赠内山美喜》《答客诮·赠坪井方治》《无题（惯于长夜过春时）·赠山本初枝》《一·二八战后作（战云暂澈残春在）·赠山本初枝》《李白越中览古·赠山本勇乘》；1933年，书《赠画师·赠望月玉城》《题呐喊·赠山县初男》《题三义塔·赠西村真琴》《悼杨铨·赠樋口良平》《赠人（秦女端容理玉筝）·赠山本》《无题（一枝清采妥湘灵）·赠土屋文明》《楚辞九歌礼魂·赠土屋文明》；1934年，书《无题（万家墨面没蒿莱）·赠新居格》《金刚经句·赠高岛畠眉》《钱起归雁·赠中村亨》；1935年，书《郑思肖锦钱余笑（二十四首之十九）·赠增田涉》《郑思肖锦钱余笑（二十四首之二十二）·赠今村铁研》《刘长卿听弹琴·赠增井劲夫》；1936年，书《杜牧江南春·赠浅野要》；1933—1936年间，书《潇湘八景·赠儿岛亨》；等等。

自古以来，除了书信，书画往来就成了文人交往中出现最多的一种形式（且常和赠诗赠言相结合）。到了现代，这种文化习惯依然存在，只是增多了赠书籍、赠笔砚等更务实的行为。这些情形在鲁迅那里大抵都出现了。包括他与日本友人的交往，也生动体现了这样的特征。

"鲁迅与书法"在某种意义上也可以解读为"文学与书法"，从鲁迅的文化实践中便透露出这方面的丰富信息。他虽无意以书法家名世，但在书法文化创造方面却有着重要的奉献。这说明，作家可以把艺术灵感、意象带入文学文本，也可以带入书法艺术世界；而书法审美经验和创作体验也可以化为文学写作的营养。如书法讲究的布局、意象、虚实、疏密、浓淡、直曲、节奏，以及灵动、优美、豪放、龙飞凤舞等，其实也为作家所追求。所以林语堂曾说："如果不懂得中国书法及其艺术灵感，就无法谈论中国的艺术。""通过书法，中国的学者训练了自己对各种美质的欣赏力，如线条上的刚劲、流畅、蕴蓄、精傲、迅捷、优雅、雄壮、谨严与洒脱，在形式上的和谐、匀称、对比、平衡、长短、紧密，有时甚至是懒懒散散或参差不齐的美。这样，书法艺术给美学欣赏提供了一整套术语，我们可以把这些术语所代表的观念看作中华民族美学观念的基础。"[1] 他还说："我觉得中国人不会放弃他们传统的书写方式，因为这与中国文化和书法韵味深厚的美感联系在一起，书法作为一门艺术可以与绘画相媲美并与绘画唇齿相依。"[2] 身为文学巨匠的鲁迅，其实他的知识谱系本身就体现出了"交叉共生"的特征。其艺术兴趣相当广泛。除读书写作外，他于金石书画、汉画像石、古钱币、古砖砚、木刻版画等方面的收藏和研究也都有兴趣。尤其是在金石碑拓的研究和收藏上，鲁迅更是舍得投入时间、金钱和精力。他早年曾从章太炎学习文字学，在北京教育部做佥事期间时间宽裕，遂大量抄写古碑，搜寻碑帖拓片，不断地描摹整理。从 1913 年一直到 1936 年 8 月

---

① 林语堂：《吾国与吾民》，陕西师范大学出版社 2006 年版，第 38 页。

② 林语堂：《中国人的生活智慧》，陕西师范大学出版社 2005 年版，第 61—62 页。

临终前两个月，仅据《鲁迅日记》中所列历年"书账"作粗略统计，他持续搜集的金石拓本（包括汉画像石拓片等）总数已近 6000 张。所以，鲁迅对书法、美术有着极高的鉴赏力，对篆、隶、章草等各种书体，均可熟练掌握。难怪他曾对友人表示"字不好"，但"写出来的字没什么毛病"，显示出他在文字学上的自信。所以他的笔迹时有篆隶笔意的映现，在书体上体现出某种程度的交叉融合。从很大程度上讲，鲁迅的书法活动本身也是其严肃工作的补充。这也就是说，鲁迅书法既具有生活性或审美性等文化功能，也具有实用性或战斗性等作用。实用和审美的交叉也为鲁迅所重视。在他看来，钢笔之所以会取代毛笔，其主要原因应该是它提高了效率，节约了时间。对此，深谙个中滋味的他最有发言权，他指出："洋笔墨的用不用，要看我们的闲不闲。我自己是先在私塾里用毛笔，后在学校里用钢笔，后来回到乡下又用毛笔的人，却以为假如我们能够悠悠然，洋洋焉，拂砚伸纸，磨墨挥毫的话，那么，羊毫和松烟当然也很不坏。不过事情要做得快字要写得多，可就不成功了，这就是说，它敌不过钢笔和墨水。譬如在学校里抄讲义罢，即使改用墨盒省去临时磨墨之烦，但不久，墨汁也会把毛笔胶住写不开了，你还得带洗笔的水池，终于弄到在小小的桌子上，摆开'文房四宝'。况且毛笔尖触纸的多少就是字的粗细，是全靠手腕作主的，因此也容易疲劳，越写越慢。闲人不要紧，一忙，就觉得无论如何总是墨水和钢笔便当了。"① 鲁迅关于毛笔、钢笔之争的议论显然隐含着一个书写工具现代化的问题。扩大一点看，西方文化对中国传统文化的影响与改造，总是从器物层面入手，然后才触及人们的观念领域。余秋雨在其《笔墨祭》中已有相关思考。在他看来："一切精神文化都是需要物态载体的。五四新文化运动就遇到过一场载体的转换，即以白话文代替文言文；这场转换还有一种更本源性的物质基础，即以'钢笔文化'代替'毛笔文化'。五四斗士们自己也使用毛笔，但他们是用毛笔在呼唤着钢笔文化。毛笔与钢笔之所

---

① 鲁迅：《论毛笔之类》，载《鲁迅全集》第 6 卷，人民文学出版社 2005 年版，第 406—407 页。

以可以称之为文化，是因为它们各自都牵连着一个完整的世界。"① 鲁迅从实用层面为钢笔文化辩护，却也习惯于毛笔文化。这是过渡形态的"中间物"行为和言论。

鲁迅文化的再生功能也在书法文化创造中体现了出来。不少人喜欢以鲁迅的作品为书法材料或对象，即为旨在追求文化创造的文化选择行为，其间也蕴含着"活的中国"与"活的鲁迅"这样的文化纪念意味。女书法家周慧珺在 1974 年书《行书字帖——鲁迅诗歌选》，印刷达上百万册，影响很大。后世有人书写鲁迅诗句或言语赠日本友人的事情也透迤不绝。而在日本，以书法为媒介的纪念也有一些，如增田涉曾就鲁迅书法风格发表了比较中肯的看法②；内山先生曾发起组织了鲁迅先生书简手迹搜集委员会，动员藏有鲁迅书简手迹的日本友人予以透露或公布③；内山完造的弟弟内山嘉吉也曾以日文书法纪念鲁迅诞辰百周年，在东京内山书店二楼也挂有鲁迅的诗联；在仙台，人们则可以看到更多的纪念鲁迅的景观和墨迹④。臧克家有诗云："有的人活着，已经死了；有的人死了，却还活着。"鲁迅的书法文化作为再生性的鲁迅文化中的一个有机组成部分，也无疑是极具魅力的"活的文化"。

鲁迅笔耕墨种、孜孜乾乾，像老黄牛一样奋斗了一生。然而他仅仅将自己视为一个必将逝去的"中间物"。也许他的某些文章的意义会因时过境迁而消失，但他的墨宝墨迹却可以继续成为文物宝物而为后人所珍惜和使用。作为文化象征性人物，鲁迅不仅代表着"新文化的方向"，而且他对书法文化的创化也代表着"弘扬优秀传统文化的方向"，在传统与现代之间，鲁迅的文化生命中所蕴蓄的中国书法文化，具有重要的文化启示作用。

文化是人的一种生存状态。《易经》有云"观乎人文，以化成天下"，这突出体现了作为人类物质生产和精神生产总和的文化，在历史发展演进过程

---

① 余秋雨：《笔墨祭》，载《文化苦旅》，东方出版中心 1992 年版，第 266 页。

② 鲁迅博物馆等编：《鲁迅回忆录》下册，北京出版社 1999 年版，第 1367 页。

③ 陈梦熊：《〈鲁迅全集〉中的人和事》，上海社会科学院出版社 2004 年版，第 380 页。

④ 参见黄中海：《鲁迅与日本》，远方出版社 2002 年版，第 101、129—139、147 页。

中的巨大作用。实际上,在"润物细无声"与"骤雨已喧山"紧密结合的"文化磨合"时代,文化"化人"的具体实践往往由某一位既有本土特色又兼具世界眼光的文化巨人来承担。他们既在属于自己的时空维度中构筑体现时代、地域、民族底蕴与特色的文化大厦,又在新旧异变的社会转型期肩负起文化变革的大旗,成为某一文化类型的代表,在民族与国家、本土与域外之间架构起一条连接中外、沟通世界的文化大桥。而既为现代中国留下了丰富文学遗产和深邃文化思想,又以其超强的示范效应在世界文化版图上留下了深厚印记的鲁迅,就作为文化巨人之一,在支撑起中国文化大厦的同时,也得到了全民族、全社会乃至全世界的认可,由中国走向了世界。

第二节 "文化游子"林语堂的中西之道

如果说鲁迅在传统与现代之间的磨合中以"现代中华民族魂"的形象出现,那么林语堂便以"文化游子"的身份游走于中西文化之间。总的来说,林语堂文化身份的建立处于一个从矛盾到磨合、从磨合到融合的动态过程,其文化选择与文学创作具有主动性与持续性的特征。文化身份的构建到文化选择的嬗变,再到体现在小说"文化磨合"的价值取向,可以看出林语堂以文化小说为代表的磨合成果构建起了中西文化联结的桥梁。从家庭教育的影响到国外留学的经历,从中国传统文化的学习和涉猎到西方文化资源的认知与熏陶,林语堂一直试图消解在中西文化间形成的疏离感与边缘性。他以七部小说为实践正视文化矛盾,寻求多元文化的互通点,以磨合共存的思维进行文学创作。在林语堂的七部小说中,他并未真正地完成了中西文化的融合,而是在"文化磨合"中创造了一种反思多元的途径,这也是林语堂用小说建构起中西文化桥梁的积极努力。

"文化磨合"视域下研究林语堂的小说作品是一个全新的视角,脱离了以往面面俱到的传统模式，专注于林语堂小说作品中的文化因素，也更为贴合林语堂的中西文化思想。林语堂的小说作品全部是在其中年旅居海外期间完成，这一时期的林语堂无论是在文化思想还是文学创作上都进入了一个相对成熟的时期，也是其整个创作生涯中最为独特的一部分。同时林语堂曾说："'小说'者，小故事也。无事可做时，不妨坐下听听。"①这种休闲性不仅切合了林语堂小说创作的实际，更贴合了林语堂想要向大众广泛进行文化思想传播的目的，可以更好地将作家想要表达的文化意蕴延伸到更深更广的层面。因而在"文化磨合"视域下观照林语堂的小说作品自然也更加鲜明。林语堂的七部小说中，对于多元文化的思考是贯穿始终的，这也是他创作小说的文化支点。小说作品中包含的多元文化呈现驳杂状态，但是林语堂并没有站在二元文化对立的模式下一味批评或赞扬某种文化，而是以一种包容接纳的态势，在理性的磨合思维模式下力图将多元文化全面呈现在读者的面前，将中西方文化共同放置在一个共生共存的"文化磨合"范式之中。透过小说中的人物、情节、环境传递出了林语堂本人对于多元文化的思考，并展示了其"文化磨合"的理想愿景。因而林语堂的小说作品读起来常常会让人感觉到一种意蕴丰厚的文化韵味，尽管没有夸张、张扬的人物形象设置，也没有曲折离奇的情节，多是大段的自然景物描写以及哲理式的文化叙述对白，却无形中透露出一种柔和坚毅的力量，也将中西文化的风度展露无遗。这种在多元文化的背景下温和的文化写作观念以及文体创作方式，无疑与"文化磨合"的内涵达成了某种默契。

同时"文化磨合"视域的引入更能展示林语堂小说研究的动态性、主动性、持续性。林语堂创作周期漫长，在旅居海外创作小说期间又辗转世界各地参与文学活动，多元文化在不断的发展过程中也在不断动态磨合。局部的零散的文学作品无法真切地透析林语堂完整的文化思想，因而在一个动态的"文化磨合"发展过程中来整体分析林语堂的小说作品更为细致全面。尽

---

① 林语堂：《京华烟云》（上），张振玉译，湖南文艺出版社 2016 年版，第 1 页。

管磨合的形式有很多，但不变的是以一种动态的思维方式观照小说脉络的发展，这种始终磨合的状态已经创造了一种文化景观，也展现了林语堂小说百年来的跨文化价值。

一、多源和多元：文化身份的构建

施建伟曾说：“林语堂集古今中外各种文化因素于一身，看似中西结合，却又不中不西，又中又西。”① 多元文化中，他一直在探寻自我的文化身份。在林语堂文化身份构建的过程中，来自中西方多源的文化底色都转换成了其多元文化接受的一部分。林语堂是从中国走出去的现代作家，出生在中国，深谙中国传统文化；却有着西洋的教育经历，接受了西方的情感观念，也熟知西方文化，甚至有着三十多年在西方国家生活的经历。无疑东方的思想底蕴、西方的情感倾向都在其适应两种异质文化、构建文化身份的过程中起到了重要的作用。林语堂出生在一个中国式的基督教家庭。他曾回忆：“我们家是老教堂改造的牧师住宅，家母在大客厅贴了两张壁画。一张是柔美的西方姑娘，手捧一顶女帽，里面装了几个鸡蛋。另外一张是清朝倒数第二个皇帝光绪（1875—1908）的照片。”② 正是中西文化并存的家庭背景赋予了他多元的生活环境。林语堂在童年时期就有着对西方文明的了解与认知，在他的眼里，西方文化从来就不是陌生的异域文化，中西方的文化也从来就不是对立排斥的。迥异的双重文化背景造就了他特殊的文化身份，除了接受以中国传统思想为主的文化熏陶，他也被西方文化背景影响着。

林语堂的成长教育经历大多是西洋式的，在上海圣约翰大学接受系统专业的西式教育，在清华大学教书期间又获得留学机会于 1919 年赴美，这些

---

① 施建伟：《林语堂研究论集》，同济大学出版社 1997 年版，第 65 页。
② 林语堂：《八十自述》，中国戏剧出版社 1990 年版，第 19 页。

都极大丰富了他的海外阅历。在圣约翰大学上学期间，林语堂系统完整地学习了西方的理论知识，广泛阅读了各种西方书籍，与西方文明发生了更加密切的情感关系，也有了更加专业的知识储备。林语堂曾说："我仍觉得圣约翰大学对我有一特别的影响，令我将来的发展有很深的感力的，即是它教我对于西洋文明和普通西洋生活具有基本的同情……那令我确信西洋生活为正当之基础，而令我觉得故乡所存留的种种传说为一种神秘。"① 西洋的教会大学，又几经出国游历，在林语堂成长经历中，西方的思想与知识占据了成长教育的绝大部分。尽管不是从小生活的异质文化的环境下，但是相比较于其他作家的本土成长学习经历，林语堂比他们更多了对于西方文化的情感倾向，在进入西方主流文化的过程中，他不得不认同自己的西方文化身份，但是在他潜意识中的东方文化底蕴却也无时无刻不在提醒他可以利用西方的教育和情感倾向更好地阐释中国传统的思想底蕴。他曾说："一切取舍都是根据于我个人的见解"②。在他眼中，中西文化都是构成他文化身份的一部分，无论优劣都是他的文化底色。中国传统文化中有他的根基，而在西方文明中可以重新发现自己，因而不能简单以从属中方或者西方来判别林语堂的文化身份。涅夫扎特·索谷曾说："身体住在东方，有时也在西方，然而精神上以西方思想为食的人。他是非西方人，却把自己置身于西方的影像之中。西方总是重加易于理解而易于满足的，因而比东方更具有吸引力。"③ 这仿佛更贴合林语堂的文化身份，他将身上多源的文化底色转换成其多元的文化观念，立足于中西方文化的视野，进行视角的转换。林语堂曾说："这基本的西方观念令我自海外归来后，对于我们自己的文明之欣赏和批评能有客观的、局外观察的态度。自我反观，我相信我的头脑是西洋的产品，而我的心却是中国的。"④ 正是双重的文化底蕴给了林语堂广阔的文化视野，给了他在

---

① 刘炎生：《林语堂评传》，百花洲文艺出版社 2015 年版，第 6 页。

② 林语堂：《生活的艺术》，华艺出版社 2001 年版，第 6 页。

③ Nevzat Soguk, "Reflections on the 'Orientalised Orientals'", *Alternatives*, 1993 (18).

④ 刘炎生：《林语堂评传》，百花洲文艺出版社 2015 年版，第 7 页。

此文化背景下进行"文化磨合"的可能性。林语堂在一个动态磨合的文化阐释过程中逐渐掌握自己对于文化、文学的话语权,以西方的观念审视中国的传统,又借用中国的传统文化消解西方文明呈现出的不足,在多元文化中尝试构建自己的"文化磨合"身份。但是这也使他多了一些文化边缘人的矛盾,这"一团矛盾"也在 20 世纪新旧时代交替下反映在了林语堂独特的文化选择上。

文化选择的过程是漫长的,在不同的文化语境下,林语堂发出了不同的声音。他在清华大学短暂的教书生涯中正式开始了对于中西文化之间的探索。这个时期林语堂以启蒙者的姿态将矛头直指中国传统文化,将它们视为陈腐的文化并进行猛烈的抨击。同时高度赞扬西方文明,于 1918 年就撰写了《论"汉字索引制"及西洋文学》一文,将借鉴西方文明作为促进国内文学发展的方式。后在《语丝》周刊、《剪拂集》中林语堂更是以"浮躁凌厉"的斗争精神对腐朽陈旧的传统文化进行不遗余力的抨击。以尖锐、讽刺的语言抨击黑暗的现实社会,以大量的时政评论散文对当时的社会局势发表自己的看法,大肆宣扬西方文明,将中西文明置于二元对立的情况下进行简单的评定。早期的林语堂在文学创作及思想认识上一直强调利用西方文明来促进中国文明的发展,尽管也起到了一定针砭时弊的作用,但并未真正对社会产生振聋发聩的效应。伴随着社会局势的不断发展,林语堂逐渐认识到启蒙与激进的态势并不能真正解决中西文明的关系,因而对中西文化的态度也开始发生转变。对西洋文明多了一些理性的认知,对中国文明多了一些敬畏,尽管依旧强调西方文明总体上比中国文明先进,但是也认识到不能以绝对的长短来对多元文化进行衡量与评判。此时的林语堂已经不是完全的肯定西方、否定东方,更能洞察到东西文明各有的长处和不足,只有站在世界文化的整体高度上挖掘其合理内核才能真正实现文化理想。在谈论到中西文化时他说:"外国文化也并不是十全十美,各国文化有其利弊优劣,外国月亮,也要欣赏,外国臭虫也要防范,对本国外国文化都具有真切的认识,批评的眼光,东西的优劣,各以大公无私的学者眼光见识去批评,这才是叫做东西文化沟通，而且才沟通得来。"① 此后，林语堂在《人间世》中开辟《西洋杂志文》栏目，又陆续登载了一些西方的小品文，同时创办《论语》《宇宙风》，在"幽默""闲适"引领下开始尝试用一种全新的幽默方式诠释文学思想。

在中西文化接触和碰撞的过程中，林语堂并不是处于某种封闭文化的内部，而是直面多元文化，但也正因为此，他始终有一种矛盾的边缘化危机。相比较于中国文化而言，林语堂有一种疏离感；同样，相比较于西方文化而言，也存在一种边缘化倾向。尽管林语堂一直在中西文化矛盾之间"撕扯"，但他也一直努力尝试消解这种边缘性，试图进入中西文化的中心区域作出更契合真实自己的文化选择，正视融汇在他身上来自中西文化的"矛盾"。他曾在《八十自叙》中称："我是一捆矛盾，我喜欢如此。"以玩笑的形式展露自己的真实想法。诚然，林语堂所宣称的"一团矛盾"其实并不是异质文化之间非此即彼的冲突与对立，而是中西文化交汇过程中所迸发出来的火花与表现。20世纪的中国社会为"一团矛盾"的"文化磨合"提供了最佳的场所，多元文化也有了更多展现的机会。如何平衡中西多元文化之间的比例关系以及如何在文学书写中阐释自己的思想开始成为林语堂的文化思考。在中西文化的比例关系上，林语堂以自己独特的中西文化背景为依据反观两种不同的文化。在《论东西思想法之不同》中他曾说："中国重实践，西方重推理。中国重人情，西人重逻辑。中国哲学重立身安命，西人重客观的了解与剖析。"② 同时林语堂开始试图成为中西文化多元文化沟通的媒介，通过"对外国人讲中国文化，对中国人讲外国文化"③，让中西方的文化直接进行对话，取长补短，又试图书写符合西方人阅读期待的中国形象以及吸引中国读者的现代西方世界。的确，文化交流的过程其实也就是多元文化的磨合过程，林语堂以一种全方位的包容姿态接纳古今中外的文化思想，借由"文化磨合"来消解矛盾带来的困境。因此当林语堂体味到一团矛盾的深层共生意义时，

① 林语堂：《论月亮与臭虫》，《文艺春秋丛刊》1944年第10期。
② 林语堂：《林语堂散文经典全编》第一卷，九州出版社2002年版，第601页。
③ 陈平原：《两脚踏中西文化——林语堂其人其文》，《读书》1989年第1期。

便不再掩盖自己的矛盾，反而承认矛盾，宣称以矛盾为乐趣，把这些当成中西"文化磨合"的成果。其实这也反映了那一代知识分子在民族觉醒的过程，面对中西方文化的时代选择。

无疑，离开中西文化谈林语堂几乎是不可能的，东西文化的关系以及如何书写是萦绕在林语堂一生中的文化问题，也是他一生割舍不掉的文化情结。因而他的"文化磨合"选择及认同方式也是在跨文化创作过程中进行的。20世纪的时代背景下，社会动荡与文化冲突造成了社会文化与政治语境的差异，也造就了林语堂独特的文化选择。他接受了来自中西方不同的文化传统和历史语境，对中国传统的文化多了一些重新审视和复归，对待西方的文化也多了一种挑剔和理性的眼光，取其精华，去其糟粕。林语堂用理性、平和的目光看待多元的文化，以一种平和中庸的方式寻求中西方多元文化的互通点，以磨合共存的思维进行文学创作，试图推动多元文化的共通发展，也在这个过程中完成了"文化磨合"的认同。

林语堂文化选择及认同过程是在一种或隐或显的动态变化中，通过不断思考、认识、选择、磨合后的结果。正如埃德蒙·马克·李比扬斯基曾说"文化身份的变化贯穿于人的一生。它不是'成分'的不断增加，而是来自'成分'的改组和或多或少取得了成功融合的尝试……因此，文化身份的建构好似一个生气勃勃的进程，没有完成的时候，总是不断的进行，其中饱含着断裂和危机"。诚然，"文化磨合"认同过程肯定是漫长的，充满着同一性和差异性。在接纳文化身份之后林语堂将更多的目光投放到"两脚踏东西文化"的文化主张上，以中西文化的宣讲为己任，对西方讲述中国文化，同时也用西方文化反观中国文化，将多元文化进行同质化的磨合构建。不同的文化语境给了他文学展示的巨大舞台，但同时也对他如何双向言说带来了挑战。他曾以译作方式直接对文化进行宣讲，编写和翻译过《英文文学读本》《开明英文讲义》等书籍。但是这些著作大多是专业书籍有些甚至具有教科书性质，受众群体有限，无法满足读者的兴趣和真正达到林语堂想要向整个西方世界介绍中国，也向中国介绍西方世界的传播意图。在国内进行文学创作遇到的隔膜与不适应并没有使林语堂丧失以文学创作拯救国民性的决心，又恰逢此时的赛珍珠也正在寻觅一位中国作家用英文写作一本介绍中国文化的书，林语堂精通中西文化，又擅长写作，自然成为最佳的人选。正是这样的一个机会，用艺术作品代替理论文章，也给了林语堂更多宣讲中西文化的机会。在赛珍珠的帮助下林语堂在赴美前后陆续创作了《吾国与吾民》与《生活的艺术》。《吾国与吾民》中以外国读者为对象，真实展现了中国社会和中国国民的面貌，并对中国政治生活、艺术家生活、文学生活等诸多方面进行了详细的介绍，受到了西方读者的一致好评。书中对中国社会进行全面解析的过程中，给了林语堂对于中西方文化新的诠释方式，也帮助林语堂找到了如何在中西文化之间搭建沟通的桥梁。这是一个全新的开始，林语堂初到美国后开始以相同的方式创作《生活的艺术》。在《生活的艺术》中，立足于中西文化比较的眼光，体现了关于异质文化之间相互碰撞、交流的思考，小小展示了他中西"文化磨合"观念。既满足了西方世界对于中国文化情况的好奇，填补了中西文化之间的间隙；又在西方工业社会面临瓶颈的时期传递了中国式哲学的思考，弘扬了中国的传统文化。1938 年，《生活的艺术》正式出版并迅速成为全美最畅销的书籍，在美国高居畅销书排行榜的第一名，并且持续了 52 个星期。此后，林语堂对于中西文化的磨合创作越来越得心应手。

林语堂将自己置身于世界文化的背景下，以整体眼光审视多元文化，认为中西文化是可以磨合共生的。正是这种异质的文化语境为林语堂提供了文化宣讲的最佳机会，在多元文化中逐渐明确自己的文化选择，以文化创作的方式认同自己的文化身份。这种对于中西文化的磨合并不是简单的文化输入与文化输出，而是有目的、有选择的对中讲外，对外讲中。自此林语堂没有了那个时代下普遍存在于中国现代作家之中的痛苦与矛盾，他找到了自己的文化使命。在世界各地的演讲中，他曾不止一次阐述他的东西文化观，最终认同了中西"文化磨合"和互补。林语堂曾玩笑地说："世界大同的理想生活，就是住在英国的乡村，屋子里装着美国的水电煤气管子，请个中国厨子，娶个日本太太，再找个法国情人。"①

二、林语堂小说"文化磨合"的价值取向

林语堂在 20 世纪曾试图架起中西方文化交流的桥梁。他一生对中讲西，对西讲中，以切实的文学创作推动多元文化之间的接触与磨合，并取得了巨大的成就。尤其是林语堂在旅居海外期间创作的文化小说更是呈现出了"文化磨合"视域下的价值最大化。笔者曾说："积极'磨合'体现出了渴望开放自我，激发活力并从事文化创造的精神。"②诚然，在磨合价值呈现的过程中，林语堂的文化小说并不单是一个静态的中介桥梁作用，而是以一种更为积极主动的介入取向，做出了主动的文体选择。20 世纪文化语境的巨大变化下，林语堂既没有陷入复古主义的泥淖，也没有全盘的西化，而是以主动的姿态进行了小说文体的创新，将中西方的文体观念进行双向的沟通与磨合，最终形成了更为丰富和错综的文体世界，也为中西方文化的双向言说作出自己的努力。

正如别林斯基所言，作家在"文体上按下自己的个性和精神的独创性的印记"③。林语堂在自己的文化语境和小说空间中完成了从文体观念到文体实践的认定，最终小说文体呈现出了散文化的倾向，这也是他在中西磨合、新旧交织中完成的小说文体磨合。"我创出一种风格，这种风格的秘诀就是把读者引为知己，向他说真心话，就犹如对老朋友畅所欲言毫无避讳一样。所有我写的书都有这个特点，自有其魔力。这种风格能使读者跟自己接近。"④诚然这种散文化倾向很宽泛，有许多学者曾提出过自己的观点抑或是进行过类似的文学创作，但大多是认为小说是按照散文的特点和要求写成的，虚化

① 转引自黄荣才：《超然之美：林语堂的心灵境界》，中国华侨出版社 2017 年版，第 121 页。

② 李继凯：《"文化磨合"中的新文学》，《长江学术》2006 年第 4 期。

③ 钱谷融、鲁枢元：《文化心理学》，华东师范大学出版社 2003 年版，第 282 页。

④ 林语堂：《八十自叙》，载《林语堂名著全集》第十卷，东北师范大学出版社 1994 年版，第 303 页。

的人物形象、自由的抒情倾向和松散的情节结构为主要特征。而林语堂在小说文体中更倾向于用一种温和的方式观照文本中的文化内容和审美情趣,将小说文体与散文文体互相渗透,最终形成的一种兼具散文结构精髓和小说文化意蕴的文体形式。

首先,林语堂小说文体中的散文化倾向表现在以文化闲谈的方式淡化了小说的故事结构和情节设置。将传统小说的"开端、发展、高潮、结局"结构直接转化为大段的介绍性文字、哲理式叙述。其次,林语堂小说文体中的散文化倾向体现在独白、书信等多种形式。经典小说的文体构建本应该是通过人物、情节与环境的交流再现客观世界,但是林语堂的小说却直击读者的心灵,更强调了一种主观性,浓缩了小说情感。最后,林语堂的小说文体中营造出了一种独特的散文化意境,打破了小说界限,这种散文化意境相比较于经典小说塑造典型环境以及诗化小说极尽追求诗化审美效果,更多的是一种随意性的情致,用抒情散文的笔调描绘出文化意境。"'散文化'小说是随意小说。"① 林语堂的小说文本中没有大段的抒情句子,而是将情感内化到整篇小说中,通过散文潇洒自然的叙述笔法营造一种抒情的意境氛围,最终呈现出独特的小说韵味。

对林语堂小说文体磨合探源,诚然与林语堂接受的中西方文化和早期的文体实践密切相关。小说与散文结合的文体形态本就颇有历史渊源,到 20 世纪文化语境下,时代的浪潮又为文体交流提供了一个最佳的磨合舞台。中国古代小说文体面临西方影响而呈现出了新旧中西的文体变化,在被动开放的过程中,西方的文体方式介入。传统小说文体通过严密的逻辑构造人物的外在行动、社会关系,通过典型环境的搭建展现价值内涵的表达方式在西学东渐大潮下逐渐加入了西方小说文体关于现代结构、视角、人称、语言等外在形式的新特征。在这个磨合的过程中文体的过渡性特征明显,同时作家们的视野被开阔,文体创作个性也被解放,文学创作中也留下了深深的文体磨

---

① 杨义:《中国现代小说史》第一卷,人民文学出版社 1986 年版,第 543 页。

合印记。而林语堂本人就是 20 世纪中西"文化磨合"造就的特殊人物，对林语堂"文体模式"影响最突出者莫过于中西文化，这也是林语堂小说文体磨合最值得探讨的部分。在"文化磨合"的视域下，他以积极主动的态势在小说中创造了一个多元"文化磨合"的平台。其小说文体更是在这个多元多样的文体"文化磨合"兼容中产生，因而呈现出了诸多文体并存的面貌。西方文化在林语堂的教育经历中尤为重要，除了对现代西方文体作家和文体理论的系统学习外，早期西方文明、希腊文明传递出来的文体意识也深深影响到了林语堂的小说文体形成。希腊文化作为西方文明的源头，早在希腊先贤们的著作中就具有鲜明的闲谈对话思维。"对话在文学体裁上属于柏拉图所说的'直接叙述'一类，在希腊史诗和戏剧里已是一个重要的组成部分。"[1]柏拉图的《共和国》就是在闲谈放逸中完成了艺术性与智慧性的并存。"希腊人思想那么细腻，文章那么明畅，都是得力于有闲的谈话，柏拉图之书名《对话录》（*Dialogue*）可为明证。《宴席》（*Banquet*）一篇所写的全是谈话，全篇充满了席上文士、歌姬、舞女和酒菜的味道，这种人因为善谈，所以文章非常的可爱，思想非常的清顺，绝无现代廊庙文学的华丽萎靡之弊。"[2]除了西方文体底蕴的熏陶，中国文体文化也对林语堂产生了深刻的影响。《庄子》《论语》中大量闲适的文化漫谈与会谈极具感染力，《论语》中就曾借用对话的方式记录孔子及其弟子的对话，以展现孔子的思想。同时苏东坡的旷达舒放、明清小品文的性灵、周作人的"闲适文章"也都成为林语堂中国文体观念形成的因素，在新旧的磨合下林语堂吸收了传统文化精华。此外小说文体磨合中呈现的散文化倾向与林语堂的文体驾驭能力密不可分，他在早年有着丰富的小品散文的创作经验，在长期的小品文中创作中表现出来的从容闲适文风、丰富细腻情感都为林语堂的小说文体磨合提供了准备。林语堂曾这样说："《人间世》小品文笔调，以谈话腔调入文，而能为此笔调者尚少。

---

[1]　[古希腊] 柏拉图：《柏拉图文艺对话集》，朱光潜译，译林出版社 2020 年版，第 306 页。

[2]　林语堂：《论谈话》，载《林语堂名著全集》第十八卷，东北师范大学出版社 1994 年版，第 8 页。

愚见以为西文所谓谈话（娓语）笔调可以发展而未发展之前途接为远大，并且相信，将来总有一天中国文体必比今日通行文较近谈话意味。"① 因而林语堂利用自己最擅长的文体方式进行小说的书写，认真经营自己的小说文体，将书写散文时的洒脱、闲适主动介入了小说的文体创作中，让散文文体与小说文体互相影响，最终呈现出文体磨合的态势。

林语堂着力在多元文化背景下探讨中西"文化磨合"的现实可能性，曾有学者说："林语堂的文化立场缺乏一以贯之的坚守性。"② 诚然，这反映的是林语堂"文化磨合"的持续性反思，在20世纪的文化小说创作中，他没有被静态的文化束缚。而是在创作的过程中，对现实的中西文化进行观照，将中国文化放置在异质文化之中，也将异质文化植入中国文化之中，在"文化磨合"的时空中，不断持续努力为中西文化寻找一种言说方式。"如果说文化是一种宏大的历史叙事，那么文学在其本质上是一种于历史中存在的文化现象。只要历史没有终结，那么对为文学的文化思考也就没有终结。"③

诚然，林语堂在文化小说中一直尝试从"文化磨合"走向文化融合，但他并未设定中西文化一定要在期限内达到交融的结果，而是更注重过程性意义。在文化持续交流对话的过程中，多元的文化不断磨合也不断产生问题，矛盾不可避免。当这种矛盾痛苦凸显，在异质文化语境下林语堂决定回归到中国传统文化，以中国传统文化作为化解中西文化的手段，寻找归属感。但这不是融合的失败，也不是磨合的失败，而是在磨合探索中找寻文化归宿的最深刻体验。林语堂始终认同西方文明的先进精髓和无与伦比的异域魅力，但是也在不断磨合的过程中发掘出了中国文化的博大精深和无法割舍的东方血脉联系。诚然，"文化磨合"的路途不是一直向前的，

---

① 林语堂：《与又文先生论〈逸经〉》，《逸经》1936年第1期。

② 沈庆利：《虚幻想象里的"中西合璧"——论林语堂〈唐人街〉兼及"移民文学"》，《山东社会科学》2000年第5期。

③ 杨经建：《家族文化与20世纪中国家族文学的母题形态》，岳麓书社2006年版，第270页。

可能存在短暂的反复亦或是倒退。林语堂在最后一部小说《赖柏英》中采用一种全新的思维反观"文化磨合",磨合的过程是注定的,走向融合的目的也是明确的。就像《奇岛》中林语堂对中西文明所作的预测,有些已经实现了,或许我们应该放置在更长的时间线里等待中西"文化磨合"的结果。

陈平原先生曾说"我们仍承认他抓住了'东西文化综合'这么一个二十世纪最激动人心的课题,发挥东西兼通的特长,为传播中国文化作出了贡献"①。陈平原先生在这里用的是"东西文化综合",而非融合。林语堂也并未真正在这七部小说中做到完全的中西文化融合,而是在"文化磨合"的过程中却推进了一种理性反思文化的方式,多元的文化在他的笔下散发出了一种新的审美魔力;同时这种一直在磨合过程中的努力还是有着十分重要的理论价值和实践意义。关于未来之路,林语堂虽然没有提出具体的途径,但是从文化大视野的角度来看,这只是大"文化磨合"过程中一部分,矛盾的共同体确实存在,而"文化磨合"也是未来世界的不二选择。站在双向文化之间,不可否认,林语堂的小说作品就是古今中外文化交汇、磨合的结果,在"文化磨合"走向融合的过程中林语堂一直在追求一种"互惠共赢"。就像笔者所说的那样:"近现代以来中国与世界的磨合尽管艰难异常,却也已经创造和正在创造着人间奇迹和文化盛景。"② 在林语堂文化小说的书写中,磨合虽然尚未完成,但是在文化与异质文化碰撞交汇的过程中,还是可以感受到这种不断寻求契合的文化创造精神。

三、用小说建构起的中西文化桥梁

"文化成了一种舞台,上面有各种各样的政治和意识形态势力彼此交

---

① 陈平原:《在东西方文化碰撞中》,浙江文艺出版社 1987 年版,第 61 页。
② 李继凯:《"文化磨合"中的新文学》,《长江学术》2006 年第 4 期。

锋。"① 五四以来中国社会时局动荡，政治与经济的艰难转型也迎来了思想上的宽松与自由，思想上的多元发展也为文化提供了绝佳的磨合平台，东西文化经历了由接触到交流，由碰撞到磨合的过程。不可否认，多元文化的交流磨合是文化发展不可阻挡的趋势，而林语堂有着来自中西的双重文化背景，同时兼具多种文化的创作优势，无疑成为 20 世纪时代的弄潮儿。在跨文化的传播过程中他一直尝试通过自己创作的文化小说主动构建理想的中西方形象，并在小说中借由多元"文化磨合"呈现出积极的文化价值取向和生活艺术面貌。但也正因为林语堂所具有的双重文化身份为他在创作过程中如何阐释中西方形象带来了潜在的焦虑，因而他选择了一种更为智慧的做法。以双重的身份进行双语的写作，用西方的语言讲述中国的故事，传播中国的历史与文化，将中国形象介绍到西方世界；同时也将西方的语言再翻译成中文，对中国社会进行二次文化传播，将西方形象的精神价值和观念传递到中国社会。规避了语言的障碍，林语堂可以更好地对不同文化进行选择与提取、磨合贯通，以新的面貌诠释他构建的中西方形象，完成多元文化的阐释以及实现"文化磨合"的终极目的。

正如陈平原所说："东方与西方处于不同的历史发展阶段，有不同的民族传统，因而产生不同的文化需求。在东方走向西方与西方走向东方的历史过程中，双方吸取的可能是对方发展中的现代文化，也可能是对方已经扬弃的传统文化。"② 诚然，林语堂的文化小说中构建的其实是他理想中的中西文化面貌，是他依据自己的人生观、文学观、世界观构建了心中完美的中国形象和西方形象，并将中国形象宣讲给西方，也将西方形象传递给中国，最终希冀促进中西文化和谐相处、共生共赢。在创作的过程中，由于林语堂同时接受着来自中西方的文化教育和思维方式，他更清楚地认知到西方世界需要怎样的中国形象以及中国社会需要怎样的西方价值观文明。因此林语堂的文化

---

① ［美］爱德华·W. 赛义德：《文化与帝国主义》，载《赛义德自选集》，谢少波、韩刚等译，中国社会科学出版社 1999 年版，第 165 页。

② 陈平原：《在东西方文化碰撞中》，浙江文艺出版社 1987 年版，第 62 页。

小说中对于中西方文化的选择、吸收、融合、解读都带有极为明显的主动性，对有价值的文化特性进行了加深，以更鲜明的方式突出这些文化品格。同时，也刻意回避了一些不相符的文化特点。这是林语堂主动构建中西方形象的方式之一，让主动选择下的文化特质之间彼此接纳、磨合构建成中西方整体形象，最终完成林语堂的"文化磨合"理想。当然，这个主动构建的中西方形象和真实中的中西方文化社会也存在差异。林语堂小说中中西方形象的构建其实是坚持了既要把握文化之"源"又不割裂中西方文化。尽管文化之间存在矛盾与差异，但是中西方文化却在 20 世纪的"文化磨合"视域下求同存异，磨合共生。通过文化元素的主动选择完成"异质重构"，这更贴合了中国人需要西方文化，而西方世界也需要中国文化的时代要求。林语堂以海外华人夹杂在多元文化下的独特创作敏感度及文化体验，迫切地展现带有明显选择性的文化形态，使中国传统文化焕发了现代化的生命力。借由这种独特的文化表达方式，让文化之间进行真正的对话。同时通过主动构建的中西方形象有意消除了政治、意识形态的影响因素，从而消解了文化霸权主义。因而在林语堂的文化小说创作中我们可以看出，蕴含着的"文化磨合"机制主动催生作家反观中西文化，并带着包容性展现了一个特别的中西方形象，而这种全新的中西方形象推动了文化之间的交流与传播，最终完成了"文化磨合"。

笔者在谈到"文化磨合"时曾说："只有唤起一种新的'文化自觉'、倡导充分的'文化交流'，才可能逐渐走向前途光明的'文化磨合'之境界。"[①]林语堂作为双语作家在小说的创作中一直努力将中西文化之间进行平等的对话，构建一个平等的平台，将多元文化进行磨合尝试，在不同文化形态沟通、交流、传播的过程中互相作用，将中国传统文化的内核弘扬出来。林语堂将磨合作为应对文化多样性最有力的工具，展现出了积极的文化能力。在审视中西方文化时，将西方的价值体系作为自己潜在的参考体系，主动地将中国文化进行"输出"，将其以西方读者期待的文化面貌呈现在西方读者面

---

① 李继凯：《"文化磨合思潮"与"大现代"中国文学》，《中国高校社会科学》2017 年第 5 期。

前进行重估。这也是林语堂对于中西文化交流的重要贡献，使中西文化不是时代语境下一方的独语，而是双向的对话。在"文化磨合"视域下，林语堂将中西方形象平等看待，进行有意识的对话与交流，避免陷入一种过于自卑或者是过于自信之中。同时林语堂在文化小说中极力让错综复杂的"文化磨合"机制发挥积极的倾向，规避负面的颓废主义倾向、欲望化精神取向。这也是林语堂多年来对于中西"文化磨合"的心血和结晶，达到了传播中国文化和促进接受的双重目的。

"林语堂的价值不在于和其他中国现代作家的相似相同之处，而是其相异相别的方面。"①与20世纪中国社会大部分现代作家书写苦痛压迫、极力探寻批判国民性不同，林语堂站在了一个截然不同的角度上，通过探讨多元文化的共生共存推动多元文化的交流。其更为深远也更有高度的思考显示出的"目光如炬"更像是21世纪的眼光，有一种超前的意识。林语堂以切实的文学创作与后世对话，这种超前的时代眼光更展示了其文化个性。林语堂自己曾说"凡事只论是非，不论时宜，我写文章，是为十年后人读的，本是不合时宜，你说写与十年后人读，却正中下怀"②。20世纪的文化语境下，林语堂在中西文化之间的磨合努力，为如何弘扬中国传统文化的精髓，并在世界文化语境下如何让中国传统文化更能展现出西方式审美接受作出了巨大的贡献，也为全球化时代下文化的发展提供了借鉴。这是一代文人的时代使命感与责任感的交织，也是世界文化格局中的真切人文关怀。在文学创作的路上，林语堂书写着自己的文化理想，也完成着磨合古今中外文化的重要使命。由此也见证了他自己的观念："文学是不能为传统之功臣，也不能为趋时主义之走狗。其元素在于能否引起我们于我们时代之反应，加增我们心灵经验之丰富。"③

---

① 王兆胜：《林语堂与中国文化》，社会科学文献出版社 2007 年版，第 354 页。

② 林语堂：《林语堂散文经典全编》第一卷，九州出版社 2002 年版，第 341 页。

③ 林语堂：《新的文评·序言》，载《林语堂名著全集》第二十七卷，东北师范大学出版社 1994 年版，第 292—293 页。

　　林语堂是中国现代文学史上一道独特的风景，过去的百年间，无论是对外讲中还是对中讲外都取得了前无古人的成功。20世纪的中国本就是一个多元文化交汇磨合的年代，中西文明大潮在这片古老的土地上产生了碰撞与磨合，丰富的文化资源与文化气息交错繁衍。林语堂正是在这样错综复杂的文化环境下，怀揣着一代知识分子的使命感与责任感以文学创作的方式尝试为中西方文化的发展作出自己的努力。尤其以他在旅居海外期间完成的七部小说作品最能彰显其积极的价值取向。林语堂在七部文化小说中采用一种更为平和的姿态来观照历史与现实中的中西文化关系，以多元文化间的矛盾点为契机，试图找寻中西文化中具有生命力的部分，并在文化的磨合重构中达到新的生命力，从而建立"文化磨合"视域下的新文化形态。以积极的文化取向站在"文化磨合"视域下重新审视小说文本，体味来自小说文本中独特的"文化磨合"魅力，感受林语堂在多元文化的交汇碰撞中一直极力构建出的中西"文化磨合"理想愿景，最终把握在此过程中小说呈现出来的磨合价值，这同时也是林语堂在中西"文化磨合"下的精神使命。同时通过"文化磨合"这一新提出的文化视域，透过林语堂的文化小说，我们可以站在更高的视角上感受古今中外化成"大现代"的精髓之处，体味一种共生共存、互利共赢的文化创造，对现实和未来的新文学发展寄托更多的希冀，也更加具有一种超越社会与时代的文化情怀意义。

第三节 "革命作家"丁玲的文化底色

　　在"古今中外化成现代"的"大现代"中国文学中，"文化磨合"生成的文化创造成果无处不在。鲁迅和林语堂是现代与传统，中西文化之间遇合、磨合乃至融合的重要代表，也是20世纪中国文学不同文化形态生成的旗帜性人物。其中，文学与革命、五四文化与延安文化之间所经历的碰撞与融合，丁玲为此作了有趣的注解。笔者试图发现和探索丁玲的文化皈依之路，探求丁玲如何通过自我生命体验与革命实践完成其文化身份与文化认同的转换与确认。从文化主体的创作发生谈起，在梳理与辨析丁玲复杂身份与创作转变的过程中揭开其"文化磨合"状态的持续性和动态性，同时聚焦丁玲的文学创作和革命思想，其中丁玲自身与"环境"之间达成的磨合与平衡，是值得关注的部分。延安时期的丁玲再一次经历了"文化冲撞""文化溃败、反思、坚守""文化重建"的历程，最终完成的是知识分子主体意识的文化皈依。值得注意的是，在延安战时体制的文化生态里，真正意义上的"文化磨合"是不存在的，丁玲作为作家、知识分子，她个体的"文化磨合"现象始终存在，因此，讨论延安时期丁玲的"文化磨合"症候是有意义的。

一、丁玲的"创作发生学"——"文化磨合"的内在涌动

1927年秋，蛰居于北京银闸公寓的丁玲开启了自己的文学生命，在一种愁苦情绪与逼仄境遇之下写下了第一篇小说《梦珂》。以一种后见之明来说，丁玲在此之前的人生似乎都是为其走上文学之路做铺垫。幼年丧父寄人篱下的经历使得丁玲具备了敏感细腻、极善察人且独立思考的文学气质。丁玲自言："我小的时候是个沉默的人，不爱讲话，喜欢观察别人，他们讲话的时候我就在一旁观察，我有我自己的分析，看法。"[①] 同时自小的家庭文学教育及之后四处求学所接受的学校文学教育（文学阅读）也培育了其文学审美，尤其是丁玲就读周南女子中学时的语文老师陈启明对其文学兴趣与创作尝试的鼓励与引导，"使后来我在社会上四处碰壁无路可走的时候，我会想起用一支笔来写出我的不平"[②]。在上海大学期间，正困惑于当下与未来之时

---

① 转引自李向东、王增如：《丁玲传》，中国大百科全书出版社2015年版，第12页。

② 丁玲：《我怎样飞向了自由的天地》（1946年5月），载《丁玲论创作》，上海文艺出版社1985年版，第131页。

的丁玲受到了瞿秋白的鼓励："走文学的路"，"在文学上有所成就"，"按你喜欢的去学，去干，飞吧，飞得越高越好，越远越好"。遗憾的是，丁玲并未径直走向文学的路，或者说是缺少一个创作的契机。但丁母尽管生活穷困仍以极为宽容的态度支持丁玲的四处求学，希望丁玲学到一些切实的学问和本领，能在社会上找到自己的位置。丁玲自 1918 年夏在桃源县立第二女子师范就读，1919 年下转学至长沙周南女子中学，1921 年夏又转入岳云中学，1922 年春随王剑虹等同学赴上海平民女校学习，1922 年秋与王剑虹去南京游学，1923 年秋经瞿秋白介绍进入上海大学中国文学系旁听，1924 年独自去北京在一个补习学校备考美术学院，1925 年春落考后于当年夏天回湖南老家，1925 年秋随胡也频回北京，蛰居西山，后又萌生出演电影的念头，1926年春到上海访洪深、田汉后"明星梦"便破灭，遂回北京，心绪愁苦，意志消沉；1927 年春，革命陷入低潮，同年秋丁玲开始文学创作。考察丁玲这几年的求学道路，可以看出丁玲几乎没有接受过完整学段的学习，也没有系统性地掌握某种技能或知识，但丁玲自幼年始就形成的一种习惯或爱好便是阅读，尤其是文学书籍，读书成为丁玲在求学奔波过程中苦闷情绪的寄托。

　　丁玲在北京的"蜗居"生活尽管窘迫，却也并无过多的经济压力。她一直靠着母亲每月从湖南寄来的 20 元钱加之胡也频的并不稳定的零星稿费过活，自己是没有任何收入的。当然她也试图去谋职工作，但无论是远赴巴黎、做商人秘书还是电影演员都遭到反对或是不尽如人意，只得作罢。而1927 年春天上海、长沙、北京等一系列的事变使得革命近乎"流产"，丁母所任教的常德妇女俭德会附属女子小学也因此被迫关门，失去了工作，这无疑打破了丁玲安稳而又苦闷的生活。她失去了母亲每月稳定的资助，而此时胡也频的稿子逐渐有了出路，并且还组建了一个文学社团"无须社"①。似乎此时无论是失去经济后盾带来的生存的窘境，还是革命落潮而对现实的愤慨与革命志向的彷徨，或是对人生出路的探寻，加之周围热烈的文学氛围，命

---

①　转引自李向东、王增如：《丁玲传》，中国大百科全书出版社 2015 年版，第 47 页。

运之门似乎只为丁玲开启了一丝缝隙，她别无选择，走上了文学的路。文学对于丁玲而言，无疑是一种"更多与个体的情感、生存、欲求问题相关"的"私人性的'志业'"。①

丁玲走上文学之路可以说是在一种复杂境遇下的个人历史之必然。仅就其文化动因而言，丁玲这一时期的精神世界所郁积的苦痛情绪源于其文化心理层面的某种"磨合"，而这种心理状态下的精神需求便是其创作文化动因的主要方面。丁玲自言："我那时为什么写小说，我以为是寂寞，对社会不满，自己生活无出路，又找不到机会，于是便提起了笔，要代替自己给这社会一个分析。"②实际上，除了现实生活的窘境外，丁玲无论是在当时的反思或是后来的回忆中都强调由于精神上的苦痛无所排解从而以写作为释放渠道，因而她当时的小说"就不得不充满了对社会的鄙视和个人孤独的灵魂的倔强挣扎"③。而精神的苦痛则源于其思想的混乱，当时丁玲"有着极端的反叛情绪，盲目地倾向于社会革命，但因为小资产阶级的幻想，又疏远了革命的队伍，走入了孤独的愤懑、挣扎和痛苦"④。换言之，她思想混乱的本质在于此时她陷入了一种有关人生、有关"主义"的、矛盾的"文化磨合"与文化抉择的情势之中。

丁玲作为真正从五四新文化中成长起来的"新派青年"，其自幼开始的"流浪式"生活便熏染沐浴在各种新潮的思想、主义与文化之中。而丁玲早年所接受的女性主义与无政府主义的文化思潮在其对世界、社会与人生的初步认知阶段提供了一份思想指南并赋予其一种确切的文化身份，同时在其不断的阅历与社会活动中内化为一种人生价值趋向与文化主张，从而成为丁玲

---

① 姜涛：《公寓里的塔：1920年代中国的文学与青年》，北京大学出版社2015年版，第13页。

② 丁玲：《我的创作生活》（1933年4月），载《丁玲全集》第7卷，河北人民出版社2001年版，第15页。

③ 丁玲：《一个真实人的一生——记胡也频》（1950年11月15日），载《丁玲全集》第9卷，河北人民出版社2001年版，第67页。

④ 丁玲：《一个真实人的一生——记胡也频》（1950年11月15日），载《丁玲全集》第9卷，河北人民出版社2001年版，第66页。

早期创作的重要支点。在目前学界对于丁玲的阐释格局中，从女性主义和革命道路的阐释路径已经成为常规操作与"传统"项目。而近年来，从无政府主义思想角度的重新阐释成为丁玲研究的新的增长点。实际上，梳理丁玲研究史会发现，丁玲初期创作中所流露出的无政府主义思想从被视为一种"坏的倾向"到丁玲思想中的消极成分，直至目前有学者旗帜鲜明地指出："无政府主义思想不仅是促成丁玲成名的要素，而且如同一个挥之不去的幽灵长时间游荡在丁玲的文学世界中"①，也从侧面证明了丁玲确实"不简单"。对于无政府主义思想，丁玲向来是由于"政治正确"而讳莫如深，仅承认："我在迷茫中探索人生道路的时候，我的朋友中有个别无政府主义者，我随着参加过一二次无政府主义者组织的集会。但在我的头脑里谈不上形成了无政府主义思想"②，并以自己的第一篇短篇小说《梦珂》作为其对无政府主义者讽刺的证明。而研究者通过具体的考据工作逐渐拨开了这层笼罩在丁玲研究领域的迷雾，对于丁玲与无政府主义运动之关系及其相关史料进行了细致翔实的梳理与考辨。其中认定的事实有：丁玲废姓改名的行为；曾密切接触交往无政府主义者（包括张闻天、沈泽民、瞿秋白、施存统、朱谦之等）并参与了他们组织的集会或活动③；受到了女权主义者艾伦·契、朵拉·布莱克（曾到访中国）以及主张节制生育与性解放的玛格莉特·桑格、美国的艾玛·戈德曼等具有无政府主义与女性主义倾向的国外思想家的影响④。由此可以得出的结论是：丁玲并不是一个狂热的无政府主义者，也没有史料能证明其加入过无政府党，但毫无疑问这一时期丁玲有着明显的无政府主义的思想倾向。美国学者白露得出的结论是较为妥帖的："丁玲早在开始写小说之前就是一个女权主义者了"，并且"她有点象俄国人那样把女权主义和无政府主

---

① 熊权：《"自杀意象"与丁玲的无政府主义思想之探寻》，《文学评论》2017 年第 1 期。

② 转引自李向东、王增如：《丁玲传》，中国大百科全书出版社 2015 年版，第 26 页。

③ 张全之：《丁玲与中国无政府主义运动：破解丁玲研究之谜》，《西南大学学报（社会科学版）》2007 年第 6 期。

④ ［美］白露：《"三八节有感"和丁玲的女权主义在她文学作品中的表现》，载孙瑞珍、王中忱编：《丁玲研究在国外》，湖南人民出版社 1985 年版，第 273 页。

义融为一体"。① 可以说，这时丁玲的文化身份是一个具有着无政府主义倾向的女性主义者。而张全之在文章《丁玲与中国无政府主义运动：破解丁玲研究之谜》中认为："丁玲和胡也频在加入左翼阵营之前，属于小资产阶级的个人主义者，对政治并无兴趣，对从事政治活动的人（包括共产党人），怀有明显的排斥情绪。"② 但这样的观点在某种程度上有着因袭旧论、滑入阶级论的窠臼以及批判话语简单化的问题，对于丁玲加入"左联"前的认知也不够准确。

实际上，考察丁玲的成长历程，其个人的文化性格与文化追求都具有十足的革命性。但此处的"革命性"并非直接指向中国左翼文化的革命性，而是指丁玲成长中所逐渐塑造或培养的革命性人生观与文化观。丁玲之所以过着那种几近"游牧式"的流浪生活③，其内在目的性是追求新思想、新文化与新主义，即一种能对现实社会作出确切的解释与分析，并提供一项社会方案或描绘一幅新的社会图景从而使得其追随者获得某种人生方向与信仰的思想或主义。因此，丁玲无论是跟随王剑虹到上海平民女校，还是"北京老同学来信说那里思想好"④，从而义无反顾去到北京，抑或是"带着一种朦胧的希望到上海去"，都源自丁玲自身革命性的人生观与文化观。对于丁玲而言，"革命就是走在时代最前面的一股力量"⑤，她不断地追随这股力量，紧贴着时代，也感受着时代，不断地吸取着新的思想资源与文化资源，并得以为其追随的行为提供价值逻辑与行动能量。贺桂梅称之为"丁玲的逻辑"，"就是

---

① ［美］白露：《"三八节有感"和丁玲的女权主义在她文学作品中的表现》，载孙瑞珍、王中忱编：《丁玲研究在国外》，湖南人民出版社 1985 年版，第 273 页。

② 张全之：《丁玲与中国无政府主义运动：破解丁玲研究之谜》，《西南大学学报（社会科学版）》2007 年第 6 期。

③ 刘盼佳、李广益：《从文学青年到革命作家——论胡也频与丁玲早期创作的相互影响》，《中国现代文学研究丛刊》2018 年第 3 期。

④ 李向东、王增如：《丁玲传》，中国大百科全书出版社 2015 年版，第 33 页。

⑤ 丁玲：《和北京语言学院留学生的一次谈话》（1982 年 4 月 27 日），载《丁玲全集》第 8 卷，河北人民出版社 2001 年版，第 293 页。

她始终以强烈的主体意识面对、认知外在世界，并在行动和实践中重新构造自他、主客关系，以形成新的自我"，是"一种生存态度和独特的生命哲学"，更是"历史赋予丁玲而被她内在化的一种精神气质"。① 因此丁玲革命性的人生观与文化观呈现出内在的反抗性、主体性、自觉性，成为丁玲的文化性格中的核心特质。基于此种革命性的人生观与文化观，丁玲的思想与人生必然会趋于革命化与政治化，而非一些学者所认为的丁玲在加入左翼阵营前对于政治的疏离与抵触。"丁玲的逻辑"的内在规定性使得丁玲始终保持着较强的政治敏感，但矛盾与复杂性在于此时蛰居北京的丁玲在文化、思想与主义层面上处于一种挣扎、纠结与磨合的态势，实际上其革命思想与政治倾向已隐隐呈现出"左"倾的态势，但距离诉诸行动还有一段路要走。丁玲创作完《梦珂》后，沈从文曾提议丁玲将稿子给自己经常发稿的《现代评论》，然而丁玲却寄给了自己喜欢的《小说月报》。见微知著，从此处便能看出二人思想倾向的不同。丁玲后来说："我自以为比他们（胡也频和沈从文——笔者按）懂得些革命，靠近革命，我始终规避这从文的绅士朋友，我看出我们本质上有分歧"②，后来二人的分道扬镳实际在交往之初就已决定了。

二、丁玲的文化转变与"磨合"困境

丁玲是沐浴在五四新文化中成长起来的第二代作家。她既经历了新文化所带来的思想自由与个性解放，也经历了后五四时代革命落潮后的理想失位与价值空虚，她追随着的各种主义在新的社会现实中无法给予她明确的价值与意义而趋于茫然与无所适从。中国左翼文化在后五四时代兴起则是一种历史之必然，而丁玲的"左转"亦是其个人命运之归宿。当丁玲拿起笔来创作时，文学在思想文化界的主导地位已然过渡给社会科学："它是一种与人生

---

① 贺桂梅：《丁玲的逻辑》，《读书》2015 年第 5 期。
② 丁玲：《一个真实人的一生——记胡也频》（1950 年 11 月 15 日），载《丁玲全集》第 9 卷，河北人民出版社 2001 年版，第 68 页。

的道路、政治、社会的未来，国家的命运乃至整个世界的前途都环环扣联的新科学"①，而这种"新科学"的运作则以提供一种"人生观"或"主义"的方式介入个体生命中，"将个人遭际与国家命运联结起来，将已经被打乱了的、无所适从的苦闷与烦恼的人生，转化、汇聚成有意义的集体行动"②。中国左翼理论体系所建构的人生观、所主张的马列主义无疑在各种人生观的角逐中取得优势地位，而文学在左翼文化体系中所扮演的角色则以工具理性的方式成为取得革命胜利的一种手段或辅助性地位，这也消解或解构了五四新文化所赋予文学的主体性的超然姿态。五四新文学主张的个性解放与自我表达显然在左翼文艺理论中格格不入，因而从"文学革命"到"革命文学"不仅是文学所处位置、价值意义的转换，也是文学主体的文化立场的重新抉择。丁玲的"左转"并非意识形态迫使下的无奈选择，而是丁玲积极主动地向革命靠拢并响应革命的召唤而作出的人生道路的抉择与文艺思路的转型。但就文化层面而言，文学主体在经历这种转换的过程中必然需要面对文化主体性的结构性置换，文化立场与文化身份的改换必须得到其主体的身份认同与自我扬弃。这一过程必然伴随着文学主体内部的矛盾、质疑、游移与困惑从而达到文化主体性的"动态平衡"，呈现出一种动态性的"文化磨合"态势。因此，丁玲的"左转"不仅强调其转向后的革命文学成果，更应该重视其转向过程中个体的革命文化建构。

1928 年 7 月丁玲和胡也频到上海后，过着安稳而又忙碌的生活。丁玲这时创作的短篇集《自杀日记》仍是"在黑暗中"打转，丁玲的经验话语用尽了，或者如贺桂梅所言："遭遇并穷尽个人主义话语的困境"，但创作惯性却很难停下。实际上，丁玲是一个非常典型的经验主义作家，其创作多源于自身的生命体验。而她在《自杀日记》之后创作的《韦护》、《一九三〇年春

---

① 王汎森：《后五四的思想变化：以人生观问题为例》，载许纪霖编选：《现代中国思想史论》，上海人民出版社 2014 年版，第 109 页。

② 王汎森：《后五四的思想变化：以人生观问题为例》，载许纪霖编选：《现代中国思想史论》，上海人民出版社 2014 年版，第 111 页。

上海（之一）》（简称《之一》）、《一九三〇年春上海（之二）》（简称《之二》）虽然加入了"革命者"的人物角色，但仍是她熟练惯用的那一套写法。她其实也意识到了自己陷入了创作的"真空期"，她不愿"只能写一些浅薄感伤主义易于了解的感慨"①。她这时期的一篇随笔《仍然是烦恼着》显然透露出丁玲处于一种无可寄托的茫然的写作困境中，而现实生活却不能给她更多的新的体验来充实自己的创作。《韦护》《之一》《之二》可算作丁玲这时期"左倾"的革命思想与单一的生命体验所共同酝酿出的作品，尽管未能更有力地突破，但还是不乏创作上的新意。

从北京到上海，这是丁玲人生的一个转折期，也是她文化身份的一个磨合期。北京与上海的文化环境是不同的。在上海浓烈的革命氛围中，丁玲并未急于表现出自己的政治倾向与革命思想。根据丁玲回忆："事实上，在北京时，我是左的，胡也频是中间的，沈从文是右的"②，但到了上海，胡也频为了偿还办《红黑》所欠下的债务而到济南教书后便迅速地投入了革命，学习了马列主义及鲁迅与冯雪峰翻译的文艺理论，并开始宣传普罗文学。回到上海后，胡便积极加入了"左联"，于1930年11月加入了中国共产党并被选为"左联"的代表去江西苏区参加中华苏维埃工农兵第一次全国代表大会。丁玲对于自己与这时迅速"左转"的胡也频有着清晰的认知："当时我的确是不懂他的，一直到许久的后来，我才明白他的话，我才明白他为什么一下就能这样，我的确同他的出身、他的生活、他的品格有很大的关系。"③"丁玲说也频有一个很大的优点，'那就是他知道了，认识了，就身体力行，勇敢地冲上前去。我在这一点上不如他，不如说，我就不大愿意跑腿，背棍打旗'。"④丁玲与胡也频在革命进程的不同还有一个深层的原因，即二人的文

① 丁玲：《〈在黑暗中〉跋》（1928年9月8日），载《丁玲全集》第9卷，河北人民出版社2001年版，第3页。

② 包子衍等整理：《丁玲谈早年生活二三事》，《新文学史料》1986年第2期。

③ 丁玲：《一个真实人的一生——记胡也频》（1950年11月15日），载《丁玲全集》第9卷，河北人民出版社2001年版，第69页。

④ 转引自李向东、王增如：《丁玲传》，中国大百科全书出版社2015年版，第69—70页。

化底色的不同。胡也频文化底色的单纯与透明使得其更容易接受革命思想和理论并迅速投入具体的革命实践中去，而丁玲文化底色的驳杂导致各种文化、思想、主义在其文化版图中都占据了一定的位置、显现出了某种复杂性。她所因袭的一切也成为她生命的一部分，以至于她不能够轻易卸下负在身上的重物而轻装上阵。这种持续性、动态性的"文化磨合"状态不仅潜伏于丁玲的革命思想中，也显露于具体的文学创作中。相比于胡也频"飞跃式"的"前进"，丁玲确实在"爬"着前进①，丁玲在未打算真正投入革命工作或革命实践之前，试图用"爬"着写作的方式来对革命进行个人的记录、理解与分析。胡也频从文学家"改行"到革命家，似乎并未遇到什么疑虑与阻碍，显得是那么自觉而又果断，而其社会身份与文化身份的转变实则关联着其对于革命主体、文学与革命、文学与政治间关系的认知。胡也频接受了普罗文学所主张的文艺要为政治、为革命服务，政治具有绝对的优先级，文学只是实现革命任务的一种手段。但"丁玲'不喜欢也频转变后的小说'，说他是'左'倾幼稚病"②，对于当时丁玲而言，文学是她在社会上生存、与社会联系的一种方式（或可能是唯一方式），也是她"走出黑暗"的孤舟。而丁玲尽管自以为懂得革命但还未能学习到有关革命与马列主义的理论，对革命只有一些感性的理解，在《之一》《之二》所探讨的问题依旧是有关"抉择"的套式，将革命与恋爱、革命与文学进行简单的对立。

诚然，这是丁玲通过写作靠近革命的方式，但在丁玲的理解中，革命与文学如同并排的两条道路，行走在这两条道路上的人可以相互欣赏与探讨，而一个人却不能同时走上这两条路，仅选其一。③ 这或许可以解释丁玲尽管思想上倾向于革命但却未能选择投入革命实际的缘故，因此，在"左联"成

---

① 丁玲：《一个真实人的一生——记胡也频》（1950 年 11 月 15 日），载《丁玲全集》第 9 卷，河北人民出版社 2001 年版，第 70 页。

② 转引自李向东、王增如：《丁玲传》，中国大百科全书出版社 2015 年版，第 71 页。

③ 丁玲：《一个真实人的一生——记胡也频》（1950 年 11 月 15 日），载《丁玲全集》第 9 卷，河北人民出版社 2001 年版，第 68 页。

立之前，姚蓬子邀请丁玲加入却被她拒绝。这中间可能有冯雪峰的因素，但最为重要的原因可能是丁玲对于文学与革命间关系的个人理解。与此同时，丁玲又在小说中对写作展现出一种焦虑情绪的发泄与背叛的欲望。在《之一》中若泉在革命与文学中作出了选择："对于文章这东西，我个人是愿意放弃了"①，在《年前的一天》中女主人公表达了对卖文为生生活的厌倦："她来回在心里说道：'无论如何，我要丢弃这写作的事，趁在未死之前，干点更切实的事吧。'"②不能说这其中没有丁玲个体情感的投射，但矛盾在于尽管丁玲思想倾向革命，在创作中也强调革命的优先级，但却又因为胡也频所犯的"左"倾幼稚病而对革命表现出警惕、观望，似乎投入革命会对其创作产生某种威胁。并且丁玲对其文学才能有着相当的自信："我不相信，我除了写文章之外，就不能作别的事情。正因为丁玲是一个善于写文字的人，而又没有更多的人去写。所以我又觉得写下去，或者有一点小小的用处吧"③，这种矛盾的自我纠缠与自我搏斗幻化为丁玲"左转"之路中长期潜伏且不时闪现于眼前的多重身影。

尽管丁玲的革命思想或革命意识形成较早，"但丁玲在文学创作上的转向革命，却表现在胡也频牺牲之后"④。胡也频的死确实给了丁玲以感情上的强烈冲击与生活上的巨大变故，但导引着丁玲走上革命道路、从事革命文学创作并给予丁玲持续的"精神援助"与外在驱动的确是冯雪峰，是他加快了丁玲的"左转"的速度。

《一天》作于1931年5月8日夜，是胡也频去世后丁玲创作的一篇有着重要意义的小说。根据丁玲经验主义的创作方法，小说中从事通信写作的青

---

① 丁玲：《一九三〇年春上海（之一）》，载《丁玲全集》第3卷，河北人民出版社2001年版，第270页。

② 丁玲：《年前的一天》，载《丁玲全集》第3卷，河北人民出版社2001年版，第264—265页。

③ 丁玲：《我的自白》（1931年5月），载《丁玲全集》第7卷，河北人民出版社2001年版，第4页。

④ 施蛰存：《丁玲的傲气》，载《中国》编辑部编：《丁玲纪念集》，湖南人民出版社1987年版，第202页。

年作者陆祥的角色似乎来源于胡也频①，也似乎"是丁玲自身的写照，更确切地说应是丁玲试图重新去理解胡也频的一种镜鉴书写"②。丁玲采用了一种层套式的创作方式来进行一种文本内的革命文学创作的试验：小说中陆祥为了完成"革命导师"石平安排的工作报告——一篇通信而陷入一种几近崩溃而又被所谓的革命理性束缚于灶披间里自我磨杀，而他的"另一种任务"——走访相识的工人也屡屡受挫，尽管他"极力模仿一些属于下层人的步态，手插在口袋里，戴一顶大鸟帽"但仍被排斥、驱赶、嘲弄甚至是侮辱，而陆祥也无法抑制内心的鄙夷与厌恶。二者之间无疑有着巨大的隔膜，但却由于"一种自觉，一种信仰"必须去"同情这些人，同情这种无知"，"应耐烦的来教导他们"，"革命导师"石平的话常常作为画外音出现于叙事中以规制陆祥、引导或者鼓励着陆祥，诸如"开始总是困难的"，"我们是站在文化上的"，这成为陆祥进行自我说服、自我排解的"金科玉律"。但这种空虚的说教并未切入问题的本质，陆祥仍要单枪匹马以所谓"信仰的力量"来弥合他同"那些人"间的鸿沟，因此他采用的方式便是以"文艺的体裁"来完成自己的通信，而通信所要表现的则是"一种在困难之中所应有的，不退缩、不幻灭的精神"③。

这篇小说完全展现出了丁玲在其"左转"时期陷入了创作与精神的双重撕裂与折磨之中。革命文学的主体与其所要表现的对象之间的巨大鸿沟完全超越了丁玲对革命罗曼蒂克式的想象，而主体只能通过革命的逻辑对其进行结构性的转变，才能与其所要表现的对象之间实现同一，并有"正确"表现的可能。其深层的矛盾在于五四新文化与革命文化二者精神内核的异质性所导致的文化个体在其转型中所发生的不可避免的摩擦与对抗，前者对个性文

---

① 1930 年胡也频加入"左联"后不久便被选为"左联"执行委员，并担任工农兵文学委员会主席，这时期工农兵通信作为文艺大众化的最先进的文体而备受重视。

② 吴舒洁：《革命的"写作"如何可能——再探"左联"时期丁玲的创作》，《中国现代文学研究丛刊》2019 年第 7 期。

③ 丁玲：《一天》，载《丁玲全集》第 3 卷，河北人民出版社 2001 年版，第 357 页。

化的释放、推崇与后者对大众文化的提倡、神化都需要通过文化个体的这一"平台"实现其理想文化的建构。

1931 年 5 月，丁玲在上海光华大学作了题为《我的自白》的讲演，主要对其当前的创作思路与不足进行了反思："采取革命与恋爱交错的故事，是一个缺点，现在不适宜了"，"在我的作品里，我不愿写对话，写动作，我以为那样不好，那样会拘束在一点上"，"我也不愿写工人农人，因为我非工农，我能写什么！我觉得我的读者大多是学生，以后我的作品的内容，仍想写关于学生的一切。因为我觉得，写工农就不一定好，我以为在社会内，什么材料都可写"。① 对照短篇小说《一天》与讲演《我的自白》，似乎这次演讲是在呼应《一天》的创作，将陆祥在革命的"自觉"与"信仰"压抑下的所郁积的个人情绪进行释放与宣泄，并且似乎还夹杂着对革命文学创作主张的抵触与不满。但戏剧性的是丁玲紧接着就创作出了《田家冲》《水》两部完全颠覆她讲演中文学观念的作品，先是在《田家冲》里以"幺妹"视角写了一个出身于地主家庭却向往革命的三小姐到农村去发动革命的故事，而《水》更是放弃了个体视角，直接突出受灾农民群像，以对话和动作串联小说故事情节的发展。冯雪峰对此有着极为精确的评析："在《田家冲》和《水》之间，是一段宝贵斗争过程，是一段明明在社会的斗争和文艺理论上的斗争的激烈尖锐之下，在自己的对于革命的更深一层的理解之下，作者真正严厉的实行着自己清算的过程。"② 可以说《田家冲》和《水》的创作理念有着很大的不同，而《水》一经刊出就得到左翼文坛的认可，茅盾认为："《水》在各方面都表示了丁玲的表现才能的更进一步的开展"，"意义是很重大的"，③直至现在仍然被认为是丁玲"左转"过程中标志性作品。但就丁玲的创作序

① 丁玲：《我的自白》（1931 年 5 月），载《丁玲全集》第 7 卷，河北人民出版社 2001 年版，第 2—4 页。

② 何丹仁（冯雪峰）：《关于新的小说的诞生——评丁玲的〈水〉》，载袁良骏编：《丁玲研究资料》，知识产权出版社 2011 年版，第 212 页。原载于《北斗》第 2 卷第 1 期（1932 年 1 月 20 日）。

③ 茅盾：《女作家丁玲》，载袁良骏编：《丁玲研究资料》，知识产权出版社 2011 年版，第 216—217 页。原载《文艺月报》第 2 号（1933 年 7 月 15 日）。

列来看，《水》似乎只是她此阶段一次激进的、概念化的创作试验，对于《水》的创作丁玲自己也并不满足，她并未接续《水》的创作模式与"作风"，也未能将冯雪峰所指出的《水》所存在的诸多问题在接下来的创作中作出反馈。

直至丁玲被捕前，她陆续写了几篇短篇小说，后于1933年6月上海现代书局结集出版，名为《夜会》。确切地说，《夜会》里充盈着革命浪漫主义的单纯气息，丁玲似乎在这里解决了《一天》那种自我纠缠、撕扯与搏斗的写作困境，也搁置了《水》的创作试验，而是选择了一种"以退为进"的"作风"（丁玲语——指写作风格），即以一种理想化的视角将民众革命的自觉性、积极性轻而易举地安置到作品人物的身上，并在故事结尾喻示一种光明的未来。丁玲在"左联"担任《北斗》主编时曾于1932年1月版"特大号"上发起了一次主题为"创作不振之原因及其出路"的征文，并为此次征文写了总结：

> 所有的旧感情和旧意识，只有在新的，属于大众的集团里才能得到解脱，也才能产生新感情和新意识。
>
> 最好请这些人决心放弃眼前的，苟安的，委琐的优越环境，穿起粗布衣，到广大的工人、农人、士兵的队伍里去。
>
> 不要凭空想写一个英雄似的工人，或农人，因为不合社会的现实。
>
> 用大众做主人。
>
> 不要使自己脱离大众，不要把自己当一个作家。记着自己就是大众中的一个，是替大众说话，替自己说话。
>
> 不要发议论，把你的思想，你要说的话，从行动上具体地表现出来。①

---

① 丁玲：《对于创作上的几条具体意见》（1932年1月），载《丁玲全集》第7卷，河北人民出版社2001年版，第9—10页。

　　从丁玲对征文的总结中，确实可以看出她在加入"左联"后掌握了一些左翼文艺理论，并且对革命文学的具体生产方式与创作立场有着清醒而又深刻的认识，但理论的认知与实际的创作之间还必须经过写作主体的文学性转化。丁玲并不能够完全按照她的"总结"去创作，而是不得不选择了一种"撤退式"的创作路径。《夜会》结集出版后得到了文坛的肯定，但也出现了一个刺耳的声音。文坛新人季羡林直接指出："在她这一些作品里，我看出了她的一个特点——黏质的惰性"，"在某一种时候，丁玲也实在被革命气息陶醉过，但是她仍留在原来的地方，不向前动一动。自己作些魅力的富有诗意的梦，她微笑着满足了，也许她也有'来了'之感罢"。① 季羡林的批评可谓一针见血，但很快这篇稿子在再版时被抽掉了②。实际上，季羡林所指出的所谓丁玲的"黏质的惰性"也过于绝对。丁玲并非止步不前，而是尽管她穿上了粗布短衣，走到工人、农民队伍里去，甚至操着和他们一样粗鄙的语言，也自知即便要把自己当成大众从而产生出新感情与新意识，但骨子里仍是一个有着"modern girl"摩登女郎气质的左翼作家。由此看来，问题的根本仍在于文化上错位、隔阂与疏离。

　　丁玲是一个从五四浪潮中成长起来的文化新人，她在不断向革命文化靠拢，而革命却直指大众文化的方向，即"当大众作为一种绝对、抽象的他者存在时，写作主体其实仍然处于追随的状态而无法真正转化为革命的主体"③。尽管丁玲已然掌握了大众的生活方式与语言习惯，也了解大众文化的特点，但当丁玲将收集来的材料与实践经验进行文学性的转化时，丁玲对其笔下所塑造的那群人物在文化上表现的疏离感在极大程度上遮蔽了认同，甚至夹杂一丝鄙夷的情绪。因此，丁玲必须在写作中时时刻刻处于一种自我搏斗的状态，将写作主体置于到大众内部，将文学主体自身所存有的文化底色

---

① 季羡林：《夜会》，《文学季刊》创刊号（1934 年 1 月 1 日）。

② 刘卫国：《论季羡林的新文学批评》，《中山大学学报（社会科学版）》2015 年第 2 期。

③ 吴舒洁：《革命的"写作"如何可能——再探"左联"时期丁玲的创作》，《中国现代文学研究丛刊》2019 年第 7 期。

与大众文化进行正向的"磨合"与调试，建立一种得以沟通、衔接彼此的文化状态。无疑，这是一个撕裂与妥协、挣扎与角力的过程，丁玲在这个过程中的文化产出显然是不尽如人意的，但丁玲主动"投靠"革命、向大众文化靠拢并寻求文化上的认同的姿态是诚恳的。而丁玲在"左联"时期未能写出让组织、读者与自己满意的作品的更直接的原因，可能在于左翼文学理论本身在逻辑与学理上的矛盾。《母亲》本是丁玲创作谱系中有别于左翼文学脉络的极有意义的创作思路，是丁玲有意识地运用中国古典文学写作手法（借鉴《红楼梦》）的创作尝试，蕴蓄了丁玲文学道路更多的可能性，但可惜由于"无妄之灾"而被迫余下残作，这可能是丁玲文学生命中最为遗憾之处。

三、"洗心革面"却"依然故我"——丁玲的文化皈依

"延安文人是个较为特殊的知识分子群体，他们奔赴延安的个人背景和动机是复杂的，但大致可归纳为：叛逆者、逃亡者与追求者。"[①] 而在这些生活于国统区的知识分子未抵达陕北之前，边区的文艺事业相当匮乏贫瘠。中国共产党深知文艺与知识分子对于革命的重要作用。毛泽东于 1939 年 12 月 1 日曾为中共中央起草了《大量吸收知识分子》的决定，他明确指出"没有知识分子的参加，革命的胜利是不可能的。""全党同志必须认识，对于知识分子的正确的政策，是革命胜利的重要条件之一。"[②]1940 年 10 月 10 日，中央宣传部、中央文化工作委员会作出了《关于各抗日根据地文化人与文化人团体的指示》，事无巨细、相当周全地考虑到奔赴延安的知识分子在物质生活与精神生活等方面的需求，其求才之切可见一斑。胡乔木于 1941 年 6 月 10 日在《解放日报》发表社论《欢迎科学艺术人才》，一面豪情满怀地宣

[①] 朱鸿召：《延安文人》，广东人民出版社 2001 年版，第 5 页。

[②] 《毛泽东选集》第二卷，人民出版社 1991 年版，第 618、620 页。

扬："延安不但在政治上而且在文化上作中流砥柱，成为全国文化的活跃的心脏"；一面又坦率承认："由于历史的社会的种种条件，边区曾经是、现在也仍然是一个文化上落后的地区。"故"虔诚欢迎一切科学艺术人才来边区，虔诚地愿意领受他们的教益"。① 边区政府真诚热情地呼吁全国知识分子"投奔"延安以丰富、发展边区的文艺事业，乃至于为新民主主义国家储备人才资源。虽说这在很大程度上是以工具化或是功利性的态度来看待知识分子，但这种热情欢迎的姿态实在表现出一种主动寻求"文化磨合"以发展壮大边区科学文化事业的追求。

丁玲是从南京国民政府特务机构的软禁之下逃亡的叛逆者，也是对党组织怀着无限虔诚与向往的追求者。她"是第一个到保安的文人，也是最典型的延安文人"②。而丁玲之"典型"在于，她是"革命的一个活的化身"，她是"革命的肉身形态"，"她用自己活生生的生命，展示了二十世纪中国革命的全部复杂性"。③ 她出身湖湘名门望族，官宦之后。家道中落后随寡母寄人篱下，后外出求学，四处奔走。在五四的浪潮中她执着于女性解放的事业，追随过无政府主义的号召，结识了革命人士瞿秋白、冯雪峰、胡也频。她一步步向革命靠拢，身陷囹圄三年，脱身后怀着圣徒般虔诚的向往奔赴陕北，命运大起大落。到新时期，她又以革命的"孤影"立于时代潮流的对面。三十年"风雪人间"，当革命话语逐渐式微而启蒙话语再度兴起时，回归文坛，面临着时代的拷问与立场的抉择，她却亲手为自己贴上了"左派"的标签，这是众人始料未及的。或许是历史的吊诡与鬼魅，"左""右"皆能加诸其身，但丁玲却仍以极强健的生命力奉献于革命事业。究其根源，全在延安之于丁玲是有着"涅槃重生"的意味，自此便缔结了她与中国革命的难解之缘。正如解志熙所言："丁玲与中国革命的复杂就在于此——这是一种既相向而行、生死与共而又不无矛盾和抵触、甚至必有抵触和磨折的复杂

---

① 《欢迎科学艺术人才（社论）》，《解放日报》1941年6月10日。

② 朱鸿召：《延安文人》，广东人民出版社2001年版，第5页。

③ 贺桂梅：《丁玲的逻辑》，《读书》2015年第5期。

关系"①。

丁玲到达陕北后，"经过了初到解放区的激动惊喜，初尝了军旅生活的粗狂豪迈，率领过一支军事宣传团体亲历紧张复杂的斗争，又经受了组织严厉审查、恋爱招来的闲言碎语，加上萧军等人强烈的影响，有着了这种种丰富经历的丁玲，能够站在一个新的高度上俯瞰延安，作品也变得深刻厚重，显出战斗的锋芒"②。从而在 1940 年底到 1942 年春，丁玲有了一段较为安稳的创作年月，迎来了她在延安文学创作的高峰期。这一时期的主要代表作品包括：小说《一颗未出膛的枪弹》《东村事件》《新的信念》《我在霞村的时候》《在医院中》《夜》，杂文《适合群众与取媚群众》《开会之于鲁迅》《什么样的问题在文艺小组中》《干部衣服》《我们需要杂文》《"三八节"有感》，散文《风雨中忆萧红》。从作品表达的主题内容层面看，"丁玲这一时期的创作由开始时的单纯的歌颂鼓动转变为对现实更真实更深刻的描写。她把更多的经历用在了对革命队伍内部那种消极腐朽现象的揭露和针砭上"③。但从"文化磨合"的视域去审视，丁玲在经过一段时间的缓冲期后，深刻认识到现实的延安与理想的圣地之间还是有所不同的。由此，以丁玲为代表的左翼知识分子思想中所铭刻的个人主义、启蒙主义以及持现实批判立场的五四文化传统与延安的革命集体文化、大众文化之间不可避免地产生摩擦与冲突。

丁玲作为一个左翼知识分子奔赴延安，怀着一种理想与信仰投入党组织的怀抱中。丁玲到了延安后经历了一段短暂的"甜蜜期"，受到了延安革命领袖们的高度重视，并与他们建立一种良好的革命友谊。而随之真正进入具体的延安人民大众的日常生活中后，丁玲并未如愿以偿地收获"左联"时期所宣扬的进入大众集体中所产出的新感情与新意识，她的生活方式与工作方式仍然保留着城市生活的状态。尽管延安的生活条件较为艰苦，但根据地政

---

① 解志熙：《与革命相向而行——〈丁玲传〉及革命文艺的现代性序论》，《文艺争鸣》2014 年第 8 期。

② 李向东、王增如：《丁玲传》，中国大百科全书出版社 2015 年版，第 243 页。

③ 张永泉：《个性主义的悲剧——解读丁玲》，中国社会科学出版社 2005 年版，第 141 页。

府仍尽量满足着知识分子们在物质与精神层面的需求。延安这一时期的文化运动不仅对当时的延安、陕甘宁边区、各解放区乃至国统区产生了很大的影响，并且对新中国成立后的文艺体制的建构提供了模板，甚至在更为深远的层面上塑造、决定着我们当下的文化形态与文艺面貌。

1941—1942 年在延安出现的一股文艺新潮便是以丁玲、萧军为首的延安文人为批判、揭露延安或者边区政府一些社会问题而进行的一系列论争与创作。左翼知识分子的到来为"延安文化群落"注入了一股新鲜的文化血液。在度过了一段缓冲期后，从国统区来的左翼知识分子显然直视了延安的真实面相，从而出现了各种不适应的"症状"。丁玲后来也承认："到延安后，总还有那么个想法，过几年抗日战争打完了，我还回上海去"①，这种文化上的隔膜必然会引发相互之间的冲突、对抗、压制、整合，并由此呈现出"文化磨合"的形态。

倘若从文化角度重新阐释延安时期的丁玲，会发现她的文化观念经历了"文化冲撞"—"文化抵抗"—"文化溃败、反思、持守"—"文化重建"的复杂波折的自我"更新"的历程。丁玲的政治立场与文化立场无疑是鲜明的，但其文化身份却是多元而又驳杂的。丁玲在文化上的复杂性、暧昧性印证了"文化磨合"是一种动态性、持续性的过程。其创作的《太阳照在桑干河上》之所以既获得了革命价值标准下的褒奖，也有着更为长久的文学生命，便因其倾注了丁玲的强烈的主体意识。丁玲在对"土改"中人物命运的细致展现，以及对"土改"斗争的历史性记录中所灌注的主体意识，无疑为这部作品的丰富性与历史性在更深层次上展开赋予了文学的话语蕴藉。因此，作品在话语层面的复调式呈现决定了《太阳照在桑干河上》是一部"文化磨合"的典范文本。

回望丁玲一路走来的文化历程，上海和延安时期丁玲文化身份的驳杂、立场的游移与孤傲的个性使得丁玲在革命集体中经受着"文化磨合"所带来

---

① 李向东、王增如：《丁玲传》，中国大百科全书出版社 2015 年版，第 326 页。

的磨折与困惑，也使得丁玲既完成了其作为"革命作家"的文化皈依，亦持守了作为知识分子的主体意识。"她的一生凝聚了太多的中国现、当代文学史乃至思想史的内涵"①，作为一名现代文化人，丁玲的文化人生所承载的"磨合"张力展现出了中国现代知识分子与革命、政治间的不解之缘。

第四节　"天才诗人"吴兴华的文化创造

"民族魂灵"鲁迅、"文化游子"林语堂、"革命作家"丁玲……在"大现代"中国文学的长廊中，文化名人的身份在"文化磨合"中各自得到了不同的确认。不同的是，吴兴华在现代文学史上却是一个被冷落的、不在场的诗人，此次将吴兴华放置在"文化磨合"中加以审视，在一定程度上是一次不同于"名人"文化身份的讨论和判断。笔者试图在"文化磨合"的视域中打捞吴兴华诗歌的价值，论证吴诗及文学观念方面的价值与不足。从传统与现代磨合的路径出发，吴兴华一类"古事新作"的诗歌呈现了传统与现代磨合的艰难过程。

吴兴华作为新古典主义诗潮中的一员，自然"企图在接续中外古典诗学传统的基础上为年轻的中国新诗拓展出开阔的前途"②，吴兴华的诗歌确实证明了他在接续中西诗学传统方面所做的努力，但其诗歌从哪些路径并如何与中国古典诗学资源发生"磨合"，"磨合"后的结果是否在中国古典诗学传统的基础上有所创造，对新诗建设是否带来了启示……这些问题还待下一步论证。通常意义上讨论新诗与传统的关系时，其中"传统"的时间限定往往在

---

① 张永泉：《走不出的怪圈——丁玲晚年心态探析》，《华北水利水电学院学报（社科版）》1999 年第 1 期。

② 解志熙：《暴风雨中的行吟——抗战及 40 年代新诗潮叙论（下）》，《解放军艺术学院学报》2017 年第 2 期。

新诗诞生以前，新诗与传统诗学资源的对应也是题中应有之义，但值得注意的是，新诗本身也形成了一种传统，并在内部已形成一条有迹可循的脉络，呈现出新诗自有的源流。在这个意义上，传统的定义是相对的，我们可以说新诗的传统与现代内部涌动着两条呼应传统的潜流，也可以说新诗作为中国诗歌的一脉发展至今，它与传统的联结从未断裂过，传统的碎片越过五四的洪流，与换了新颜的现代诗歌进行了艰难的磨合。吴兴华不是返回传统的第一人，其诗在返回古典诗歌世界与继承新诗传统两方面兼而有之。这是吴兴华诗歌与传统磨合的一条路径。

对于新诗而言，传统不只是定格在诗歌史中堆积的意象群，现代诗人只需择取旧诗语言或形式的一二便可算继承传统的话，那么新诗继承传统的尝试便是失败的。在继承传统的基础上创造一个新的传统，是新诗之为"新"的关键。在确定这个关键的同时，还要注意到的是如艾略特所言的传统继承的艰难性[1]，传统不是继承得到的，传统的继承需要艰辛的劳力。换句话说，对于新诗而言，继承传统的过程中需要经过艰难的"磨合"。中国现代诗人对"传统"之于新诗意义的发现，未尝不是一段艰难的"磨合"史。吴兴华及他的诗歌，便是其中一段。

一、古事新作：传统与现代"磨合"的两条路径

吴兴华曾在其 1941 年燕京大学毕业论文《现代西方批评方法在中国诗学研究中的运用》（An Application of Modern Methods of Criticism To the Study of Chinese Poetry）中提及传统的话题：

中国诗歌的背后有着更为悠久的同质性的文学传统，因此，有

---

[1] 〔英〕托·斯·艾略特：《传统与个人才能》，卞之琳译，载《卞之琳译文集》，安徽教育出版社 2000 年版，第 276 页。

着可以从中提取典故的更为丰富的来源。我们在西方文学中看到的是，欧里庇得斯（Euripides）使用埃斯库罗斯（Aeschylus）的作品来开始他自己的作品，这是通过更为现实和熟练的方法完成的。要了解更晚的欧里庇得斯是如何来写作《厄勒克特拉》（Electra）的，就必须知道埃斯库罗斯的《俄瑞斯忒亚》（Oresteia）。中国诗歌中我们也可以找到相同的例子。①

吴兴华此刻对于"传统"的认知并不算新鲜，无论是在中国文学还是西方文学那里，后代的作品中总能找到与前代作品的联系，伟大的文学作品更是如此，只不过这种联系更为成熟和丰富。但有一点值得注意，吴兴华将西方文学传统与中国传统并置，从西方传统那里看到了自身传统的价值，这一点与艾略特、卞之琳他们有共通之处。回到我们自身的位置，当中国新诗面对"更为悠久的同质性的文学传统"的时候，诗人们如何处理和看待传统与新诗之间的关系？当我们用"磨合"的视角去试图梳理和解答这一问题的时候，吴兴华的诗歌为此作了有趣的证明。

在现存可见的吴兴华诗歌中，有相当一部分诗歌皆以"古事"为题，以诗歌为体式"重写"了历史和传说，如《柳毅与洞庭龙女》《演古事四篇》等。从这个创作事实来看，吴兴华诗歌创作与古典文学传统之间的联系毋庸置疑，这也回应了吴兴华在其毕业论文中对文学传统的基本认识，而在其论文的另一部分，"历史"一词的出现让"传统"与诗歌之间产生了另一重想象的空间。吴兴华在那篇毕业论文中以《史记》为例说明了诗人们获得灵感的一种源头，历史并非真实的前提使得诗歌与历史产生了相当密切的关系——诗歌能很好地解决历史非真实的问题。吴兴华还谈到，诗人运用历史的原因在于：一是历史并非科学，通常被视为纯文学；二是中国诗人以诗歌作为保

---

① 吴兴华：《现代西方批评方法在中国诗学研究中的运用》，陈越译，载《吴兴华全集2》，广西师范大学出版社2017年版，第337页。

存神话的系统;三是"诗人如何借用历史典故来表达原本通常不好表达的内容"①。与此同时,吴兴华在文中引述了艾略特《传统与个人才能》的部分内容,如上所述,吴兴华对传统与新诗之间的认知与卞之琳、叶公超他们是一致的——新诗与传统无法割舍。吴兴华从艾略特那里,与卞之琳等人经历了同一条与传统磨合的路径,并得到了中国诗歌数百年来与传统"磨合"的启示:

> 这段话以极其简洁和准确的语言描述了中国诗人几个世纪一直
> 在做的事情。他们不惮于使用已被用滥的保留意象,采用一定的
> 形式,或是遵循某些传统。无论有意还是无意(最有可能是前者),
> 他们的目的是创作出能赋予所写作的主题或是通常处理该主题的方
> 式以新意的作品。他们对传统有着非常强烈的感受。他们始终意识
> 到"过去不仅有其过去性,也有其当代性"……这种历史感有时带
> 来非常有趣的结果,我们会读到一些诗歌,它们所引发的诗意回响
> 比它们本身要重要得多。②

或许可以将此当作吴兴华关于传统与诗歌创作关系的一段宣言,其中既阐释了中国诗人在传统中寻求创新的传统,也说明了传统需有当代性,这种传统带来的超越诗歌本身的意义不可忽视。吴兴华所论皆基于艾略特有关传统与个人才能的看法,但两者之间并非全然贴合。吴兴华一边认同艾略特诗学思想在中国诗歌中的适用性,一边用自己的叙述将之转化为中国诗歌语境下的创造性表达。艾略特认为新鲜事物介入一直存在且发展的体系时,体系存在的前提必须因新事物而修改,使得新旧事物

---

① 吴兴华:《现代西方批评方法在中国诗学研究中的运用》,陈越译,载《吴兴华全集2》,广西师范大学出版社 2017 年版,第 354 页。

② 吴兴华:《现代西方批评方法在中国诗学研究中的运用》,陈越译,载《吴兴华全集2》,广西师范大学出版社 2017 年版,第 360—361 页。

之间达成一致，艾略特强调的是新事物加入传统后传统应该如何作出回应，"加入新花样以后要继续保持完整，整个的秩序就必须改变一下，即使改变得很小"①。而吴兴华在这个问题上更倾向新传统的创建者应如何思考和处理其中的关系，"我们现在写诗并不是个人娱乐的事，而是将来整个一个传统的奠基石。我们的笔不留神出越了一点轨道，将来整个中国诗的方向或许会因之而有所改变"②。虽然吴兴华从艾略特那里吸取到一点"传统"的意见，但基于不同的文化背景和创作实际，他对此做了创造性的转化，而转化的过程必须要经过吴兴华对当下诗歌现状的考虑与新诗未来发展方向的考量，其间存在着吴兴华本人关于现代与传统、新传统与未来传统体系之间艰难的磨合，这是他关于新诗发展的一次创见，并与其诗创作相互印证。

吴兴华的《柳毅与洞庭龙女》（1940 年）取材于柳毅为龙女传书的神话传说，现知最初记载于唐人李翰编《异闻录》，唐人李朝威撰写成《柳毅传》，存于宋人李昉等编的《太平广记》419 卷，原题《柳毅》，无"传"字。唐传奇《柳毅》完整叙述了柳毅与洞庭龙女的故事：柳毅于旷野中遇见洞庭龙女，怜悯龙女哀苦帮其传书，龙女得救，叔父钱塘君欲与柳做亲却遭拒绝，其后柳毅在人间娶妻，实为龙女，最终柳毅得道与龙女归隐洞庭。"柳毅传书"在唐后流传颇广，后人取材演变为元杂剧、地方戏曲等，也多有诗人将其化为典故，小说家重写龙女故事……到新诗这里，吴兴华并未将此作为诗歌的某一典故或意象，而是以新诗的形式将古事重演，在处理传统题材方面进行了自觉磨合后的激活与创新。诗歌《柳毅与洞庭龙女》是长诗，从内容看只截取了唐传奇的部分情节，即从柳毅与龙女相遇到携书离去，"唐仪凤中，有儒生柳毅者……不数十步，回望女与羊，俱亡所见矣"③。其诗也复现

---

① ［英］托·斯·艾略特：《传统与个人才能》，卞之琳译，载《卞之琳译文集》，安徽教育出版社 2000 年版，第 277 页。

② 钦江（吴兴华）：《现在的新诗》，《燕京文学》第 3 卷第 2 期（1941 年 11 月）。

③ （唐）李朝威：《柳毅》，载（宋）李昉等编：《太平广记》卷四一九，中华书局 1961 年版，第 3410—3417 页。

了这一情节，诗句竟与唐传奇表意无差，似有古文转为白话之意，在龙女与羊群消失在旷野之后，诗歌在结尾做了这样的处理：

> 星星正如天幕上无数漏洞
>
> 闪着如泪眼的光明，夜云不语的浮动。
>
> 地下纵横交错那些老树模糊的影子。
>
> 忽然他揉了揉眼睛喘一口气道：
>
> 该死！
>
> 我还不快走干什么？
>
> 用脚向马腹一踢，
>
> 可是他糊涂了，应该往东的，他往了西……①

　　值得注意的是，柳毅之形象在吴兴华诗中与唐传奇有所差别，唐传奇中柳毅有侠气，面对龙女的悲诉"深为之戚"，而吴兴华以诗重写"龙女托书"这一古事时，对柳毅这一人物进行了重新"打磨"。龙女诉苦不止，"她偷眼一看柳毅并没有特殊表情，因此又接着说……他好像从梦中初醒：当然可以，我本来是好替他人仗义的……怅然立在大道旁……可是他糊涂了……"②除去唐传奇对白在诗歌中原封不动的呈现，若将柳毅似醒非醒、如在梦中的状态与唐传奇中的柳毅做对照，便可发现吴诗中的柳毅仍为侠义之士之外，多了一层迷惘的气质，赋予了诗歌本身更加模糊和具有暗示的特质。这种模糊与暗示并没有确切的答案，这一点本身已让诗歌有了更多的阐释空间：也许柳毅对龙女的托付有所迟疑？也许他糊涂地往了西意味着传书的失败或神话结局的改写？这不能不说是一个有趣的现象，或许也是对"柳

---

① 吴兴华：《柳毅与洞庭龙女》，载《森林的沉默：诗集》，广西师范大学出版社 2017 年版，第 40 页。

② 吴兴华：《柳毅与洞庭龙女》，载《森林的沉默：诗集》，广西师范大学出版社 2017 年版，第 35—40 页。

毅传书"这一神话未完成的表达。可以说，吴兴华以诗重写神话，利用诗歌本身具有的朦胧与多义的属性，使神话的人物、故事走向、情节的确定性等方面发生改变。一方面，他确实利用了古典文学传统的资源，并将其放在现代的诗歌语境中做了个人的创造性表达；另一方面，吴兴华此类诗歌对古典文学传统资源的再次"打磨"，意味着对以诗歌跨越传统限制的尝试，那些沉睡在中国古代文化典籍中的神话传说、历史故事抑或是传奇话本、杂剧小说、诗词歌赋以新诗的形式再次出现在现代视野里。

事实上，吴兴华在诗体上的"磨合"与"通变"不只表现在以《柳毅与洞庭龙女》为代表的"诗歌为体，戏剧为用"的文体实践上，其他创作如《绝句》一类的诗，也展现了与传统诗歌磨合的其他路径。如吴兴华刊于《文学杂志》第 3 卷第 1 期上的《绝句》："寸寸相思至终成不扬的死灰 / 一人向隅满座皆惨然为伤悲 / 明灯与红酒他年彻夜的筵会 / 满怀凄凉的预感将诉向阿谁"①，便化用了"绝句"的体式。较为特别的是，这一类"绝句"并不是直接取用所谓"五绝""七绝"的形式和韵律，也没有遵循一般白话诗的成长轨迹即以近代诗体为中介而转向自由诗的经历，而是从古代诗体与现代白话那里"通变"而来。或者可以说，这也许是现代诗体继承古代诗歌传统的一次较为新鲜的尝试——以"绝句"之形体作诗，但不囿于"五七绝"的形式，语言文白皆用，意象古今皆有，便成了现代之"绝句"。然而，这样的诗体实验是否对诗歌的表意有所损害？或许受传统的思维和语感使然，这些以"绝句"为体的诗歌，似乎并不是非常成功的尝试。在诗体的"磨合"与"通变"中，其实吴兴华做的不止以上两点，但出于现下讨论的需要，只以《柳毅与洞庭龙女》作为代表说明其中的一个方面。

如果说《柳毅与洞庭龙女》在大体上暗合了现代与传统之间磨合的轨迹，其中包含了对中国古典文化资源的回应，也与新诗尚为雏形的"传统"产生了初步磨合，那么吴兴华在其后同类诗歌的创作中所体现的"磨合"轨迹则

---

① 吴兴华：《绝句》，载《森林的沉默：诗集》，广西师范大学出版社 2017 年版，第 265 页。

更加圆熟了，如"演古事四篇"便是代表。将典故作为诗歌的题材和主题的创作手法，吴兴华的出发点与袁可嘉对典故入诗的评价在某种程度上是一致的，"典故的价值不仅在以怀古幽情，讽喻当前浊世，而尤在通过古今并列，历史与现实的交互渗透，使二者更获丰富的意义"①。吴兴华写过一篇《现在的新诗》来表达个人对于新诗发展的看法，其中提到："大家写作时应当想一想过去，想一想将来——中国过去的诗有着一个何等光荣的历史，我的作品即使不能成为古人绝对的继承者，会不会给他们丢太大的脸?"②那么，吴兴华的作品是否成为古人绝对的继承者呢？他并没有完成绝对继承古人的任务，事实上也没有人能够完成"绝对的继承"。"文化磨合"的视域下，在古与今、东与西、历史与现实、传统与现代之间，"磨合"使它们在历史的长河中产生了无数"合金型的创造物"③，推动异质与冲突的文化走向融合，发现与重揭已被历史尘封或遮蔽的文化命题，意味着"文化磨合"不是一个已完成的结果，而是一个正在进行的文化调整与创新的过程。那么，在这个意义上，吴兴华在《北辕适楚》中所展现的，一方面是与杜甫所开创的"以诗论诗"文学批评方式的回应与磨合，他为此所做的努力在于调整了诗歌的形式——以新诗而非绝句来议论新诗的创作及发展之路，还在于以《战国策》中"南辕北辙"的典故作为论证的依据，以寓言表达个人的见解，这不同于吴兴华其他"演古事"的诗歌，他在此直接表达了自己的文学观与诗歌观，认为新诗应该回归古典文学传统从而努力成为古人的继承者。从另一方面讲，他在卞之琳、何其芳之后对"新诗传统"的调整，也可看作自五四以后对于传统源流的一次并不成功的"导流"。可新诗并没有按照他预想的道路继续前进，正如"20 世纪风波诡谲的历史航道，没有选择向吴兴华预判的方向前行。我们的新诗，领受的是另一份遗产——来自穆旦"④。

---

① 袁可嘉:《诗与晦涩》，载《论新诗现代化》，生活·读书·新知三联书店 1988 年版，第 95 页。
② 吴兴华:《现在的新诗》，载《沙的建筑者：文集》，广西师范大学出版社 2017 年版，第 75 页。
③ 李继凯:《"文化磨合思潮"与"大现代"中国文学》，《中国高校社会科学》2017 年第 5 期。
④ 吴剑文:《在不为别人了解里存在他的伟大》，《中华读书报》2017 年 4 月 26 日。

这不能说是一个遗憾，历史自有它的发展轨迹，吴兴华诗歌的意义也在被人们打捞和清理着，我们不能判定吴兴华在新诗史上留下的痕迹可以被抹去，从而认为他所走的那条路才是"北辕适楚"，穆旦有他"丰富和丰富的痛苦"，吴兴华也自有他"不为别人了解里的伟大"。从吴兴华身处现代面向传统的位置上，他也许不是完美的例证，甚至在两者的磨合中没有达到新诗发展所需要的平衡，但他与任何一个在诗史上留下盛名的诗人一样，其诗歌本身所包含的陌生感与复杂性在新诗关于现代与传统的命题中值得被书写和阐释。还值得注意的是，吴兴华的创作观与实际创作之间产生的距离，若以文本去反观他公开发表的诗论，会发现诗歌本身所体现的创作观与吴兴华的诗论似乎产生了微妙的差异，这是文本的误读还是对其诗歌创作观的误解？或是在两者之间，本就存在着需要继续磨合的空间？值得深思。

当然，吴兴华的诗歌远远不止上述所说的以"古事"为题的一类，以传统为基点，吴兴华的另一类诗虽然不是如《柳毅与洞庭龙女》《演古事四篇》等将"古事"作为诗的背景和题材，以新诗为体重写那些神话传说、历史典故、人物传奇……那类在文本内部化用了古典诗歌的新诗克服了前一类"古诗新作"的异质性，在中国诗歌传统内部中磨合得较为自如，如《花香之街》《西长安街夜》《鹧鸪》《病中》《无题（枇杷门巷）》等。在此意义上，这些诗可大致划分为另一类的"古事新作"。以《杏花诗》为代表的这一类诗，由于"古典密码"的加密以及随之带来的疑问，使得吴诗比其他新诗多了一层阻碍读者进入的屏障，这种以新诗表达古典诗歌的意境的方式，在一定意义上失去了大多数读者与诗人对话的可能。

在"文化磨合"的视域下，吴兴华这类"古事新作"的诗歌呈现了传统与现代磨合的艰难过程，在这个意义上，吴兴华及其创作并未脱离新诗发展的轨道，其诗所呈现的现代与传统磨合的两条路径也是新诗经历的轨迹，即使后来的历史轨道并未如吴兴华所愿，吴兴华用"艰辛的努力"为传统的"现代性"作了自己的注解。《柳毅与洞庭龙女》中，神话或历史经过前人的重写和改造后，在吴兴华这里再次以新诗的形式复活了，并且在诗歌内部仍能找到古与今奇妙的呼应，最重要的是吴兴华在新诗戏剧化方面创造了另一种与中国传统戏曲接轨的可能，这不仅仅意味着文体的超越，还在于从元杂剧那里而不是西方戏剧那里获得传统的意义。在《北辕适楚》中，吴兴华以新诗论诗，其间或融入寓言或以白话入诗，回应了自唐代杜甫以诗论诗的文学批评传统，其中诗人文学观之磨合也是饶有意味的话题。与之相对应的是另一类"古事新作"的诗歌，吴兴华的新诗创作化用古诗词及其意境的第一例，但他的化古之多之复杂却造成了文本与接受者之间的隔阂，可这并非不是不可调和的矛盾，在如《无题》中，吴兴华便很好地解决了这一问题：自《诗经》以降的以描写女子为题材的比兴传统在吴兴华这里得到了自然的磨合与接续，其中"诗言志"以及文人精神品格的传承，是吴兴华诗歌与"文化磨合"潜流下最深刻动人的一例。

"文化磨合"视域下的"古事新作"，意味着吴兴华诗歌的探索和评价在古与今、传统与现代的磨合中从未停止，在另一个方向上，吴兴华由西而中，描画了现代与传统磨合的多重面孔。

二、由西而中：现代与传统"磨合"的多重面孔

曾有论者认为穆旦"最好的品质却全然是非中国的"①，但这一评价并非定论。其实在涉及新诗中国性与非中国性的话题中，很多诗人都可以在这个范围内有所论证，吴兴华也不例外。对于吴兴华来说，其诗最好的品质在于中国还是非中国的答案，必定不是非此即彼的简单回答，一位诗人和他的诗歌也必定呈现出对立因素磨合下的多重意义。但从诗歌的分类来看，吴兴华似乎对创作分区的态度较为鲜明，他在 1944 年 3 月 24 日致好友宋淇的信中提出，想将自己所有的诗分为甲乙两部分，前者收集根植在本国泥土的诗，后者包括受英法德意诗影响下的诗和一些译诗。

---

① 王佐良：《一个中国诗人》，载《穆旦诗集》，中国文联出版公司 1998 年版，第 120 页。

吴兴华意识到西洋和传统之间"不调和""无法融合"的问题，在一个月后也就是 1943 年 8 月 8 日给宋淇的信中自答了这个问题，"至于 stick out a mean，我渐渐有点觉得不太可能，自然，除非你借用外国的外衣来咏 typical 中国的事和情感，像我用无韵诗和十四行咏史一样——但这种表面的混合不算……看起来只有让它们平行的发展下去了"①。可以看出，中西形式上的混合在吴兴华眼里并不是一条兼收并蓄的路，以至吴兴华直接以"平行"的标准将自己的诗歌划分为两大阵营，其实这未免有点偏颇。从形式上看，吴诗确实体现出明显的差异，有十四行，有无韵诗，也有拟古的绝句……通过直观的区分自然很容易将吴诗一分为二，但又如吴兴华自己所说，"表面的混合"不算，那么在吴诗的内部，是否也能轻易地将它划分为任何一方呢？任何一位现代诗人都不会断定自己某一首诗全然受了西洋或传统的影响，吴诗也是，抛去诗歌的外衣，在诗歌内部一定涌动着异质因素之间磨合的潜流。

从吴兴华将诗歌分为甲乙集的行为来看，其受中西影响而创作的事实毋庸置疑（当然，也有可能直接从里尔克的《新诗》甲乙集那里得到了启发）。另一方面，吴兴华与好友宋淇的通信（集中于 1940 年至 1952 年）几乎贯穿了他诗歌创作的主要时期，吴在书信中与好友谈诗论艺篇幅居多，并可看出在中西之间对于中国文学传统的侧重，从这个意义上来说，吴的创作立足点一直未变。吴兴华也曾谈过新文学出路的问题，其前提也在于容纳过去的文学；对于中国文学的将来，"我和芝联都同意……纯粹正统的文学……在一班'五四'学者的狂谬论著（韩愈所谓'蚍蜉撼大树，可笑不自量'是也）上，拉上（永远地，这回）一面遗老的帐子"②。五四之后，吴兴华在反传统之中回归传统的态度是坚定的，他一直都在重复着他侧重中国性、传统、本土的观念和主张，但他在另一方面又是非常西化的，他在创作或译作中表现

---

① 吴兴华：《一九四三年八月八日》，载《风吹在水上：致宋淇书信集》，广西师范大学出版社 2017 年版，第 105 页。

② 吴兴华：《一九四三年四月三十日》，载《风吹在水上：致宋淇书信集》，广西师范大学出版社 2017 年版，第 92—93 页。

出来的丰富的天才，让人难以否认他自西方所接受的深厚学养。在"文化磨合"的视域下，吴兴华走的那条中西磨合的路与同时代诗人并无二致，正如冯至所说，"可是先后次序要明确一下，那就是先有了西方文学的影响，新文学才更好地继承和发展了中国文学的优良传统，而不是相反"①。只不过吴更看重与传统的联结，拟古的新诗实验自不必说，那些被吴兴华归纳为深受英美意奥影响的诗作乙集其实也并非"表面的混合""平行的发展"，吴兴华对其诗"似乎无法融合""stick out 一条兼收并蓄的路"的看法并不是像他所说的"不太可能"，也许他最终并未找到一条完美的兼收并蓄的路，可是他的诗歌已经证实了他以磨合的努力去创造一条属于自己的路。

吴兴华与好友宋淇的书信往来，陪伴着他经历了创作和生活上的转折与变化，其中或与宋淇谈论诗艺，或分享近作，皆可成为吴兴华诗歌的"暗道"。如原载于 1941 年《燕京文学》第 3 卷第 2 期上的《给伊娃》一诗，吴在 1942 年 1 月至 6 月写给宋淇的信中曾多次提及 ②，可以看出诗人认为《给伊娃》这首诗的关键点在于竭力探索前人未知的领域，这首诗所体现的那种激发读者无数想象和猜测的用意也许就是为新诗开辟一条新传统的路径，当然，这一切都建立在"中国味"的基准上。也有论者深入阐释过这首《给伊娃》，并将其放置在西方象征世界里以寻找自荷马时代以来的记忆点，"这首《给伊娃》其实立意很高，丁尼生的尤利西斯精神，雪莱的柏拉图主义，济慈对'美'的歌颂，但丁对 Beatrice 的崇拜，里尔克的水仙美少年式神话建构……"③ 诚然这是一种阐释吴诗的方式，为我们在西方文学的象征世界中找到一个追求欲望与智性的谱系，这也许就是诗人所期待的读者视野，能在一首不加批注的诗中找到通往谜底的钥匙。值得注意的是，也许诗人期望后

---

① 冯至:《新文学初期的继承与借鉴》，载《冯至全集》第八卷，河北教育出版社 1999 年版，第 218 页。

② 吴兴华:《一九四二年六月二十九日》，载《风吹在水上：致宋淇书信集》，广西师范大学出版社 2017 年版，第 51 页。

③ 冯晞乾:《吴兴华: A Space Odyssey》，《万象》2010 年第 6 期。

人能读懂他的诗，但这仅仅是期望，对吴兴华这样一个天才式的诗人，也许这种期望中还带有一些不想被人完全揭开面纱的潜意识。

如果说《给伊娃》描画了以西施和伊娃为代表的两副虚与实的面孔，指向了吴兴华处理中西两方磨合的方式，那么《自我教育》（1943 年）浮现的则是诗人的自画像。吴兴华曾分别在 1943 年 2 月 20 日、3 月 29 日和 1944 年 4 月 12 日给宋淇的信中提及这组诗的重要性，并把它们看作诗歌创作中里程碑式的存在，"它们是代表着我诗歌进展中最可纪念的一个阶段（我有一个预感，这回我真走上正路了，以后即使改变，也只是修改而绝不可能是弃舍，现在的途径）"①。关于这首诗是为谁而作，其主旨何在的问题，宋淇之子宋以朗曾在《宋淇与吴兴华》一文中说过："吴兴华特别重视那五首《自我教育》，因为它们都是针对他自己和我父亲的性格弱点而写的：诗旨就是说，要藉意志约制自己的天才，不可贪图片刻喝彩，如此才能有大成。我认为，这几首诗不单是吴兴华写给自己和我父亲看的，也是用来告诫孙道临的。"② 可以说，宋以朗对《自我教育》诗旨的定义是准确的。一方面他从父亲宋淇和吴兴华书信手稿中发现"水银四面溢流"的表达同样出现在《自我教育》里，其中所触及的背景和与友人交往的细节皆可以书信为证；另一方面，其诗旨"藉意志约制自己的天才"的表达，在提及《自我教育》的另外两封书信里也可以看到类似的表达，"诗人必不可 let himself go，而必须自己时时矫正自己"③，"我为什么对那些诗抱好感，因为我实在是藉了意志的力量把自己限定"④。由此可知，《自我教育》涉及的是作为一个诗人或艺术家，

---

① 吴兴华：《一九四三年三月二十九日》，载《风吹在水上：致宋淇书信集》，广西师范大学出版社 2017 年版，第 85 页。

② 宋以朗：《宋淇和吴兴华》，载《风吹在水上：致宋淇书信集》，广西师范大学出版社 2017 年版，第 273—274 页。

③ 吴兴华：《一九四三年三月二十九日》，载《风吹在水上：致宋淇书信集》，广西师范大学出版社 2017 年版，第 78 页。

④ 吴兴华：《一九四三年三月二十九日》，载《风吹在水上：致宋淇书信集》，广西师范大学出版社 2017 年版，第 144 页。

要有意识地约束自己，而不能为一时荣誉而显露自己。再从组诗表达的内容来看，虽如宋以朗所说写此诗是为了告诫自己和友人，但这首《自我教育》同《演古事四篇：北辕适楚，或给一个青年诗人的劝告》一样，都是以诗论诗，以诗来表达自己的文学观，只是在形式上有所区别。

如前所说，《自我教育》是诗人在不同角度下经过"磨合"而形成的一幅"自画像"，其中五首诗各从不同方面补充和重描了诗人的面孔，这是一次吴兴华作为诗人自省的磨合过程。值得注意的是，诗人在这里呈现的并不是"磨合"后相对平衡和包容的状态，而是"磨合"中的挣扎和艰难。在诗与名之间，诗人告诉自己要忍耐，在"美才"如水银向四方溢流的时候要约束自己，在继承经验与灵感，过去和现在的时候强调前者之于源流的重要性，这都说明诗人"自我教育"中经历了不平衡的磨合过程。直到诗歌创作的末期，吴兴华在这首《重读莎士比亚之"暴风雨"》（1947年）透露出了一点答案。

> 外面海洋上的狂风暴雨
> 就是他内心的无边宁静，
> 永远是劫夺，却从未不给与，
> 他因此更了解和爱惜生命。
> 罪恶被发现，同时也被宽容，
> 美和丑一样在反映永久，
> 荒岛和闹市没有什么不同，
> 生存的智慧早就为他所有。
>
> 而我再也不神往于那些魔术，
> 爱俪尔的歌唱，米兰达的笑颜，
> 这些沉醉再不能使我流连。
> 让我成熟学会容忍和宽恕，

> 让真正的慈悲滋生自心田，
>
> 撒给众生像杨枝上的甘露。①

　　这首诗创作于 1947 年，此时的吴兴华渐渐放下对诗歌的兴趣。1946 年 11 月，吴兴华曾对宋淇说："我诗放下已久，然而读书很多……"② 此后与宋淇的书信往来，谈起诗的情绪明显消沉了，基本内容都是讲近来的生活和读书的情况。因而这首《重读莎士比亚之"暴风雨"》自然也是读书感想和当时心境交织于一体的表达，"狂风暴雨"和"无边宁静"、"美"和"丑"、"荒岛"和"闹市"、"劫夺"和"给予"，这些对立的概念重现了戏剧中情节和人物内心的冲突，即使这部传奇剧的冲突不如莎士比亚其他剧作那样强烈。这些冲突和对立最终都被主人公普洛斯彼罗的容忍和宽恕所消解，普洛斯彼罗的宽恕也不只源于公爵之位的重获和女儿米兰达的幸福，正如他在最后的致辞中所强调的"给我以自由"，这是普洛斯彼罗之宽恕的内在动力，以仇恨的消解而获得自我的自由。那么，吴兴华重读《暴风雨》仅仅是为了以新诗的形式抒发观后感吗？这与吴兴华以往的创作事实不符，吴兴华无论是在新诗的形式上革新，如移用绝句、十四行诗歌、素体诗等，还是在诗歌内部进行传统与现代的磨合，他所做的努力皆是在探索一种新的写诗路径。也如上文所提到的，诗歌皆是诗人关于新诗创作观的表达。对于新诗以至中国文学的继承和发展，吴兴华有自己的见解和承担，"我们现在写诗并不是个人娱乐的事，而是将来整个一个传统的奠基石。我们的笔不留神出越了一点轨道，将来整个中国诗的方向或许会因之而有所改变"③。因而这首写于创作后期的《重读莎士比亚之"暴风雨"》透露出了诗人对诗歌的"告别"，那些关

---

① 吴兴华:《重读莎士比亚之"暴风雨"》，载《森林的沉默：诗集》，广西师范大学出版社 2017 年版，第 175 页。

② 吴兴华:《一九四六年十一月五日》，载《风吹在水上：致宋淇书信集》，广西师范大学出版社 2017 年版，第 169 页。

③ 钦江（吴兴华）:《现在的新诗》，《燕京文学》第 3 卷第 2 期（1941 年 11 月）。

于诗歌的"徘徊"和"对立",以及诗人在其中的冲突和磨合,正如《暴风雨》中"狂风暴雨"后的"无边宁静","而我再也不神往于那些魔术/爱俪尔的歌唱,米兰达的笑颜/这些沉醉再不能使我流连/让我成熟学会容忍和宽恕……"① 吴兴华似乎也与普洛斯彼罗一样不再神往诗歌的世界,他在1947年5月和9月向宋淇说道"诗已经放下很久,一年多了"②,"近来我慢慢觉得诗文作为一种事业甚为无聊③,因而这首诗很有可能就是其思想之转变的一个信号——从竭力尝试中与西、古与今、现代与传统、形式与思想、自我与外部等多维度的磨合后,诗人最终没有到达他理想的诗歌境界,于是他选择"不再流连",以宽恕给予自己自由。但不得不说,诗人"宽恕"了诗歌,反而在此心境下完成的这首《重读莎士比亚之"暴风雨"》在很大程度上摆脱了之前因过于注重形式、继承与创新带来的负累,至少在语言和思想的表达上更为清晰了。

在此,《重读莎士比亚之"暴风雨"》代表着吴兴华诗歌创作后期的一个预兆,它预示着诗人创作阶段的告一段落,也预见了诗人在探索新诗"新的传统"与现有传统之间的难以调和的问题,而这个问题还需要长久的磨合。同时,这首诗还透露出一点讯息,它不同于《给伊娃》里隐藏的那对虚与实的面孔——提供了诗人处理磨合的方式,也不同于《自我教育》进行的一次关于诗人身份与创作观念的磨合,它意味着磨合不仅是一个进入诗歌的角度和视域,不仅是一种方式和过程,还意味着磨合没有终点,它可以被诗人按下暂停键,呈现出诗歌在当下的语境中已完成或未完成的状态。也许诗人在磨合的某一节点停止了这样的探索,也许还预示着磨合的再次开始需要接受者们重新的阐释和接续。

---

① [奥]里尔克:《神仙阿利哀尔——读完莎士比亚的暴风雨而作》,吴兴华译,载《石头和星宿:译文集》,广西师范大学出版社2017年版,第364页。

② 吴兴华:《一九四六年十一月五日》,载《风吹在水上:致宋淇书信集》,广西师范大学出版社2017年版,第177页。

③ 吴兴华:《一九四六年十一月五日》,载《风吹在水上:致宋淇书信集》,广西师范大学出版社2017年版,第179页。

三、"磨合"与疏离：吴兴华的诗学观念

除了诗人或作家的创作之外，其诗论、文论往往也是值得重视。吴兴华的诗学思想、文学批评等，一般是通过书信、论文、散文的形式呈现。吴兴华致宋淇的六十余封信最值得关注。这六十余封信现收入《吴兴华全集》之《风吹在水上：致宋淇书信集》，独立成一集，时间跨度为 1940 年 7 月 18 日到 1952 年 7 月 19 日，见证了吴兴华作为朋友、诗人、论者和译者等身份的转变，其重要性已有学者强调过：

> 尤其值得称道的是《全集》"首次公开吴兴华写给挚友宋淇的书信六十余封"，这是吴兴华研究的一个重大发现……这批信札之所以吸引人，不仅在于吴兴华视宋淇为挚友、畏友，推心置腹，无话不谈，更重要的是几乎每一通都是论学书简。吴兴华在信中向宋淇畅谈读诗写诗心得，交流对中国古典文学和外国文学名著的看法……因为是私人通信，没有顾虑，所以他在信中不断臧否当代作家和诗人，赞谈分明。①

另外，值得关注的文学批评还有《谈诗的本质——想象力》（1941 年）、《现在的新诗》（1941 年）、《黎尔克的诗》（1944 年）、《现代西方批评方法在中国诗学研究中的运用》（1941 年）等，以上文章皆收入《吴兴华全集》之《沙的建筑者：文集》中。如果说吴兴华致宋淇的信中谈诗论艺是不拘一格、未成系统的只言片语，或许我们稍加整理便能看出一个大致的动态过程和基本面貌，那么他的这些关于诗的"专论"则是相对完整和严肃地分析和回答了诗与诗学的相关问题，表明了吴兴华的诗学立场。

---

① 陈子善：《不该被忘记的吴兴华》，《文汇报》2017 年 2 月 24 日。

纵观现代新诗发展的历史，从 20 世纪 20 年代诗之贵族化和平民化的论争、30 年代"国防诗歌"论争、"抗战诗歌"论争到 40 年代新诗大众化的转向，其间见证了不同诗人在不同时期的徘徊与坚守。从大的方向看，新诗大众化与纯诗化之间虽有"交错"和"互渗"，但整体呈现的仍是对立竞争的状态，即使一些诗人作出了不同程度的修正和调整，但这些尝试和努力并未改变根本的对立。具体到创作实践和诗学主张上，大众化与纯诗化在对立中存在着不同程度的"磨合"现象，这些"磨合"现象是否认和打破二元对立模式的尝试，它们不仅仅是"交错"和"互渗"，还在于磨合中产生的除大众化和纯诗化之外的诗学立场。这在一定意义上补充了新诗的诗学主张，意味着新诗大众化和纯诗化两者并非对立，并非非此即彼——诗的大众化不全等于实用和功利性，纯诗化以外的诗学主张也不只指向大众化的唯一范围，尽管它在很多情况下被"二元对立"的模式所遮蔽，它们之间仍存在着"磨合"的场域。

坚持某一方向而不变的诗人有之，徘徊于两者之间的诗人也有之，恰恰吴兴华是比较特殊的一例，他对任意一方都未完全否定，也未犹豫不决。换句话说，他在两者之间各有偏重却又有不同，他对新诗传统的建立和发展有自己预判的方向。1941 年 11 月，吴兴华在《燕京文学》发表《现在的新诗》一文，表达了他对当下新诗创作的看法，同时对"新诗大众化"有所讨论，不妨将其引录如下：

> 我很明白我写这篇短文是不大容易招那些提倡"新诗大众化"的学者先生们喜欢的。要是写新诗需要这样多的准备、思索，写出来谁看得懂呢？我的答案是：用心博学的作品不见得难。陶潜的平淡正是繁缛之极的结果，所谓"重返天真"，和普通的浮浅是不可并论的。再说诗叫大众都能懂得是无妨的，然而这一点本身却并不足以称为优点。白居易的诗好处不在老妪能解的皮毛讽刺，也不在自弄豪富的风流闲适诗，而在他那些从心而发的感叹……新诗努力

去求"大众化"，在我看起来是一种非常可笑而毫无理由的举动。大众应该来迁就诗，当然假设诗是好的，值得读的，应当"新诗化"；而诗不应该磨损自己本身的价值去迁就大众，变成"大众化"。在这眼看就要把诗忘却的世界里，诗人的责任就是教育大众，让它们睁开眼睛来看"真""美"和"善"，而不是跟着他们喊口号，今天热闹一天，不管明天怎样。[①]

联系其诗歌创作，吴兴华似乎是一个"雕琢玉杯的诗人"，他被质疑的原因往往是沉迷在"化古""化洋"里，几乎未对时代和现实有所回应，加之"新诗努力去求'大众化'，在我看起来是一种非常可笑而毫无理由的举动"，似乎吴兴华是朝着"纯诗"的方向前行的。但这样的判断还是太过直接，需要进一步的斟酌和讨论。

首先，吴兴华认为新诗大众化"可笑而毫无理由"，但这并不意味他否定新诗"大众化"，反而他认同大众化本身就应是诗歌的"属性"但非"优点"。其次，吴兴华提倡的"新诗化的大众化"，立足于新诗化，也就是诗的本身价值，因此他说新诗要"准备、思索"，"用心博学的作品不见得难"。"新诗化的大众化"只是吴兴华提出的新诗大众化的理想方向，他要达到的大众化意味着在审美意义上经典化的生成，与文学史上的"新诗大众化"到达的终点是不同的。再次，也就是从"新诗大众化"的目的来说，吴兴华认同大众化的基本功用是"老妪能解"，但这不是最终的目的，最终应是通过"新诗化的大众化"解诗人之心语，识世界之真善美，更重要的是，这种大众化是有助于新诗承传统之前、启现代之后的。总的来说，能指意义上的"新诗大众化"，吴兴华是认同的，毕竟"大众化"代表着民众对新诗的普遍认识和接受，对吴兴华一直关注的新诗建设及发展是较为有利的。所指意义上的"新诗大众化"，吴兴华的态度与文学史所定义的"大众化"态度是不同的，

---

① 钦江（吴兴华）:《现在的新诗》,《燕京文学》第 3 卷第 2 期（1941 年 11 月）。

它们分别指向了文学的内部和外部。

无论是新诗大众化还是纯诗化，吴兴华都未对两者进行完全的否定，而是在两者的对立和磨合之中预设了新诗未来的方向——"新诗化的大众化"和"重返天真的纯诗化"。吴兴华并不是坚决地捍卫大众化和纯诗化的任何一方，他肯定大众化具备的传播和教化功能，肯定新诗应以"真"和"美"的条件去实现"善"的社会功用，否定的则是单纯为实现功利性而形成的"被动的大众化"。在新诗大众化和纯诗化两种诗学倾向对立的状态下，重新思考"诗的大众化是否完全能用实用性、功利性的诗学立场来概括？在平民化与纯诗化两个诗学立场之间，还有没有另外与它们并不全然一致的诗学立场现象？是否纯诗化以外的诗歌创作与诗学主张都可以概括在大众化、平民化的潮流里面？"①这是必要的。上文曾提及新诗的大众化和纯诗化并非对立，原因在于它们之间存在"磨合"的场域，正是在"磨合"的场域下，诗的大众化不全等于实用和功利性，纯诗化以外的诗学主张也不只指向大众化的唯一范围。吴兴华为此作了注解，即新诗大众化与纯诗化并非对立，两者之间所产生的磨合之场域——"新诗化的大众化"与"重返天真的纯诗化"，这是吴兴华预设的理想方向，尽管在此后的创作中，他最终并没有在"大众化"和"纯诗"之间达到平衡。

此外，吴兴华基于中西磨合的视域对中国现代诗学进行了很多有意义的尝试，如吴兴华曾介绍了英国批评家蒂利亚德获得诗之隐晦效果（obliquity）的七种手段，分别为：节奏、象征、情节、典故、地理、人物、神话和修辞。要使得蒂利亚德的原理与中国诗歌相适应，两者必然经历一个"磨合"的过程，"磨合"的双方也必然有所扬弃。于是，吴兴华基于中西诗歌的基本特质只保留了节奏、象征、典故、情节四项，另外增加了"历史"一项，这五项成为解释中国诗歌隐晦效果的主要手段。这五个手段是吴兴华基于中西磨合的视域对中国现代诗学所做的一次有意义的尝试，吴兴华不只从蒂利

---

① 孙玉石:《新诗研究路上的一个"初来者"》，载刘继业:《新诗的大众化和纯诗化》，北京大学出版社 2008 年版，第 4 页。

亚德那里，还从如瑞恰慈、艾略特等人那里寻求有益于中国诗学研究的方法，并结合中国文学批评传统的缺点和诗歌创作实践，为现代新诗建设探索一条兼具理论性与实践性的路径。它们有的是现代西方批评方法与中国诗学磨合的结果，有的是直接在中国诗学中加以运用，有的是基于西方批评方法的启发，在中国诗学内部探求"本土化"。总而言之，在这篇系统的诗学论文中，我们可以发现吴兴华在诗歌理论探索的磨合与坚守，在中西之间，他并非全盘接受，也并非全然偏向一方，他基于中国诗歌发展的考量，有磨合之处，有融通之处，也保留了中西诗学各自所长。可以看出，吴兴华文学观的建立总体呈现出系统和完整的面貌。我们对吴兴华的"论"到这里已然有了大致的认识，那么由此观照他的诗与论之间的关系，呈现出的则是一种磨合与疏离的状态。"疏离"在于吴兴华创作能力与批评能力的不同步，这一点吴兴华自己也有所认识，他对新诗理论的建设和创作实践有很多比较成熟的思考，但在他自己的诗中没有付诸实践，甚至在诗歌创作中发生了偏离，最明显的便是吴兴华诗歌中"典故"和"历史"的运用，使他的诗在接受和传播方面遭遇了阻碍，这也是吴兴华被文学史"忽视"的原因之一。

第五节　"文化磨合"视域中的延安文艺观

延安文艺是"大现代"中国文学的重要命题之一。随着目前学界对于这一命题研究的不断深入与拓展，延安文艺已从之前较为狭窄单一的视野中跳出，进而从政治、民间、知识分子、地域、战争、左翼等多重视角进入这一文化场域。延安文艺在多元文化相互摩擦、互动与磨合、共生下呈现出复杂的历史图景。笔者从延安文艺中两个重要命题——延安小说观念、延安戏剧改革——入手，深入分析不同文化是如何参与、影响且作用于具体的延安文艺生产之中，并在更深层次上塑造着延安文艺的文化品格。

一、"文化磨合"中建构的延安小说观念

文学作为一种具有审美特性的社会意识形态，既具有审美属性又具有意识形态属性，小说亦然。在中国现代小说发展历程中，人们对小说的意识形态属性颇为重视。从小说功能来看，小说是启蒙与救亡中重要的宣教工具；从小说题材来看，在对"人的文学""平民文学""大众文学""工农兵文学"等的倡导中，可以看出多数的论者在小说"写什么"的问题上达到高度共识；从小说形式来看，人们普遍关注到了小说形式"大众化""民族化"的问题。这些问题在延安小说的实践中得到了进一步强调。虽然苏区文艺观念、左翼文艺观念、延安民间文艺观念作为1942年之前延安文艺观念的主要构成，它们之间的同质性大于差异性，但是在战时文化背景下，随着民族矛盾、阶级矛盾的凸显，1942年之前延安小说创作的繁荣所体现出的小说观念并不能完全符合党对文学的要求与革命斗争的需要，因此便有了此后的延安文艺。延安文艺对此前的多元小说观念进行了价值重估，在小说创作中，什么是正确的，什么是错误的，什么需要大力倡导，什么需要坚决排斥，这些问题都有了非常明确的答案，延安小说由此从多元化走向一体化，形成了新的小说文体，有研究者将之称为"延安体"。"文体有其'生命'且也需要与时俱进、吐故纳新，总体看也在不断成长和发展变化中，需要不断地磨合再造。"① 在陕甘宁边区，这种新的小说文体的出现，是对1942年之前延安小说实践经验总结与小说观念整合后的结果，它符合战时中国的现实环境与新民主主义革命斗争的需要，它的形成可谓是水到渠成。

苏区文艺观念和左翼文艺观念在很多层面有着相似性，但在文艺形态上却呈现出两种不同的风格。由于文艺活动参与主体的不同，苏区的文艺活动更加贴近工农兵群体，因而在文学方面，便于演出的戏剧和便于朗诵、谱曲

---

① 李继凯：《变则通：在文化磨合中建构近代文体》，《文艺争鸣》2020年第4期。

的诗歌得到长足的发展；左翼文艺则更加贴近市民阶层，因而在文学方面，以报刊为主要媒介发展起来的小说、散文（含速写、报告、政论等）有着丰富的经验积累。在陕甘宁边区，苏区文艺、左翼文艺与陕甘宁地区民间文艺互相取长补短，在磨合中创化。在文学方面，各类体裁得到均衡发展。整体而言，陕甘宁边区文学在注重陕甘宁接受群体民间文艺观念的基础上，经历了苏区文学之"武的"与左翼知识分子文学之"文的"的磨合，促成了文学的"文武双全"；经历了"亭子间的人"与"山顶上的人"的磨合推进了文学的雅俗合流；经历了从新民主主义文化之"鲁迅方向"向党的文学之"赵树理方向"的磨合，最终确立了新的文学发展方向，逐步促成了陕甘宁边区的文艺观念在共鸣中由多元化趋向一体化。延安文艺座谈会的召开，标志着陕甘宁边区文学观念一体化进程的正式起步，逐步形成了以《讲话》精神为核心的新的文学观念，新的文学观念的成型又进一步使陕甘宁边区小说在这一系列的磨合中呈现出新的面貌。

1938 年 3 月，艾思奇在谈及陕甘宁边区的文艺运动时指出了延安的三种不同来源的文艺力量，"（一）边区老百姓自己的文艺，（二）八路军过去的文艺工作传统，（三）全国各地来的新旧各派文艺人"①。事实上在陕甘宁边区政府正式成立之前，陕甘宁苏区作家的内部构成便已经形成了类似的结构，第一类是随长征而来的红军作家，如冯雪峰、成仿吾、徐梦秋、李伯钊、任萧、沙可夫等；第二类是延安地区的本土作家，如马健翎、高敏夫、高朗亭、墨遗萍等；第三类是从其他地区投奔而来的作家，如丁玲、吴奚如、陈克寒、张非垢等。从来源地来看这三类作家，似乎可以对应苏区文学、延安本土文学、左翼文学三种派别，但由于多数作家的社会身份多元化，这三类作家的内部构成具有复杂性。

红军作家中如冯雪峰、成仿吾、徐梦秋等人有着较好的教育背景，他们在参加革命之前也曾有过亭子间的生活，属于典型的有文化的革命者。此外，

---

① 艾思奇：《两年来延安的文艺运动》，《群众》1938 年第 8—9 期。

红军作家中也有如童小鹏、彭加伦、舒同等宣传工作者，张爱萍、陈士榘、刘亚楼等将军作家，董必武、谢觉哉、徐特立等政要作家。从《二万五千里》的集体写作中可以看出他们的文学创作既不同于苏区工农兵文学的大众化风貌，也不同于左翼作家市民化的文学形态，他们是干"武的"直接参与文化活动的典型。随着陕甘宁边区文化人构成的变化，这类以革命者为第一身份的红军作家在后来便很少有文学创作。

延安地区本土作家的构成大致可以分为两类，一类是接受过现代教育的革命青年作家，一类是活跃于民间的农民作家。前者大多是延安地区的出走者，他们通过求学走出贫瘠落后的家乡，随着中共中央到达陕北后纷纷返乡。如马健翎、高敏夫等人是在西安事变发生后才返回陕西，柳青虽于1936年在西安参与了党的一些文化工作，中途也曾返乡，但一直到1938年4月才正式落脚延安，成为陕甘宁边区作家之一。延安地区民间的农民作家如韩起祥、孙万福、汪庭有等人在全面抗战之前虽也有一些文化活动，但他们多是在1942年之后才被发现。整体而言，延安地区本土作家大多数在延安文艺座谈会之前并没有得到充分的关注，也未产生较大影响。

从其他地域而来的作家在这一时段尚属少数，以左翼作家为主。这类作家有着较为丰富的文学创作经历，到达陕甘宁苏区后能够迅速引领陕甘宁苏区的文学走向。从1935年10月中央红军到达陕北到1937年9月陕甘宁边区政府正式成立不到两年的时间内，陕甘宁苏区可以发表文学作品的刊物主要是《红色中华》和《新中华报》的副刊、《解放》周刊，其间共发表了8篇短篇小说，分别是莫休（徐梦秋）的《张士保想不通》《深夜》《抢桥（长征记片段）》，丁玲的《一颗未出膛的枪弹》《东村事件》，吴奚如的《老革命碰着新问题》《土地在笑着》，白浪的《白杨树下》。值得注意的是，这4位小说写作者均为"亭子间作家"，可见，"亭子间作家"是陕甘宁苏区小说的主要创作者，或者说，"亭子间作家"的到来弥补了陕甘宁苏区小说的缺位，又或者说，小说是"亭子间作家"最为擅长的一种文学体裁。

由这三类作家所组建的陕甘宁苏区写作群体，其内部结构并没有延续很长时间。1937 年 9 月 6 日，中华苏维埃共和国临时中央政府西北办事处正式更名为陕甘宁边区政府，"成为国民政府直接系统下的地方政府"[①] 之后，大批知识分子涌入了陕甘宁边区。"黄河上下、大江南北，流民遍地。逃亡者以知识分子为最多。据统计，高级知识分子中的 90%，一般知识分子中的半数以上，从敌人占领区迁徙到了抗战大后方和解放区。"[②] 在上海、南京、北平等文化中心相继沦陷之后，这些都市的文化人在流亡中寻找新的落脚地，从而开辟出战时中国许多新的文化中心。延安便是在这样的历史背景下从一个落后闭塞的小城逐步转变为全国的文化中心之一。

通过对《延安文艺档案·延安作家（1—6 卷）》中所收录的延安作家进行梳理，除去陕甘宁边区之外的其他革命根据地作家和前文所提的红军作家、延安地区本土作家，从 1936—1945 年之间奔赴陕甘宁边区的作家共计258 人。这 258 位作家中，主要由青年学生、曾经的"左联"作家和战士构成（其中青年学生和战士有一部分是到达陕甘宁边区之后才开始从事文学创作）。通过对 258 位作家到达陕甘宁边区的时间进行统计可得出图 5-1：

从图 5-1 中可以看出，1937—1938 年到达陕甘宁边区的人数最多，从1939 年起，国民党开始对陕甘宁边区进行封锁，阻断了很多人去往陕甘宁

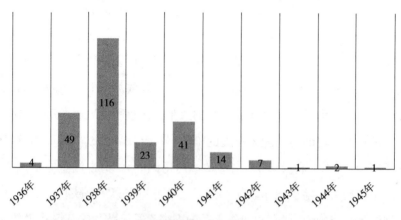

图 5-1　1936—1945 年赴陕甘宁苏区／边区的作家人数统计

① 齐礼：《陕甘宁边区实录》，解放社 1939 年版，第 3 页。
② 马嘶：《1937 年中国知识界》，北京图书馆出版社 2005 年版，第 222 页。

边区的道路，使得奔赴陕甘宁边区的作家数量大大缩减。从文化背景来看，这258人大多是受左翼文化以及国内外共产主义运动影响而来，因而在动机上与丁玲有着较大的相似性，因此他们既是"流亡者"，也是"追梦者"，在整体的思想倾向上较为一致。从来源地来看，这258人大多是从沦陷的文化中心而来，尤其是从上海而来的"亭子间作家"居多。这些"亭子间作家"的涌入改变了陕甘宁苏区作家群体结构，成为了陕甘宁边区文学的主要创作者，且也是陕甘宁边区小说的主要创作者，陕甘宁边区的小说便是在这一批"亭子间作家"的参与之下逐步发展起来的。

初到陕甘宁边区的"亭子间作家"在生活上有着各种优待，这难免会引发很多人的不满。1938年4月10日，毛泽东在延安鲁迅艺术学院成立时发表了讲话，在讲话中毛泽东指出："亭子间的人弄出来的东西有时不大好吃，山顶上的人弄出来的东西有时不大好看。有些亭子间的人以为'老子是天下第一，至少是天下第二'；山顶上的人也有摆老粗架子的，动不动'老子二万五千里'。"①从毛泽东的这个讲话中可以看出，"亭子间的人"和"山顶上的人"已经产生了一些摩擦，但这里的"亭子间的人"和"山顶上的人"指的都是"弄东西"的人。毛泽东更希望这两类"弄东西"的人"弄出来的东西"既好看又好吃，更加注重的是两类作家的团结问题，这一观点得到了很多人的拥护。到1941年周扬在《文学与生活漫谈》一文中再一次强调，"作家和延安的生活，即使有些许扞格不入的地方，因为基本方向是一致的，而又两方都在力求进步，是终会完满地互相拥抱起来的。现在正是毛泽东同志所特别称呼的'在山上的'和'在亭子间的'两股洪流汇合的过程。"②这篇文章刊发后却引发了一场论争。③从亭子间走来的周扬在文学观念上能够迅

---

① 《毛泽东文艺论集》，中央文献出版社2002年版，第13页。

② 周扬：《文学与生活漫谈》，《解放日报》1941年7月17日。

③ 周扬此文刊出后，萧军、丁玲、艾青、白朗、罗烽、舒群等人于7月22日在杨家岭文抗分会上就周扬文中所提出的"弄创作的人为什么写不出或写得很少""太阳中的黑点""写什么问题""人们不能融洽，是因为心没有打通"等问题的认识进行一一指摘。

速地发生转变，并不能够赢得其他的"亭子间作家"们的赞许，这场看似属于"亭子间作家"之间的一场论争，实则显现出的依旧是"亭子间的人"与"山顶上的人"之间的一次摩擦。

从文学创作和文学接受角度来看，"亭子间的人"更加趋近于文学创作群体，"山顶上的人"更加趋近于文学接受群体，二者的磨合在一定程度上也是文学创作者和文学接受者之间的磨合。随着大批知识分子的到来，陕甘宁边区的文学刊物与文学组织也如雨后春笋般涌现出来，为陕甘宁边区小说的繁荣提供了传播媒介与接受群体，小说从数量上相较于此前的苏区文学有了极大的增加。陕甘宁苏区在近两年的时间内仅发表了 8 篇小说，但是到 1938 年仅《文艺突击》便刊载了 16 篇短篇小说，另《新中华报》也刊载了 11 篇短篇小说，此外《文艺战线》和《解放》周刊也刊载了少量的小说。到 1939 年，陕甘宁边区各类刊物中刊载的小说相较于上一年增加了近 5 倍，此后的 3 年中，陕甘宁边区的小说刊发量一直保持着这样的高产。就小说的文体形态来看，1938 年到 1942 年之间陕甘宁边区小说的创作主体虽然以流亡而来的"亭子间作家"居多，但小说整体风貌相较于左翼小说已经产生了较大的变化，其中最为明显的是小说叙写内容和叙事人称的改变。表现工农兵生活已然成为陕甘宁边区小说的主要叙写内容，尤其是表现八路军战士和陕甘宁边区农民的作品居多，且"我们"成为小说的主要的叙事人称。但是，这些小说却并未赢得广泛赞誉，甚至引起了很多人的不满，"打了三年仗，可歌可泣的故事太多了，但是好多战士们英勇牺牲于战场，还不知他们姓张姓李，这是我们的罪过，而且也是你们文艺的罪过"①。就目前的研究来看，多数的研究者也认同 1937—1942 年间来到陕甘宁边区的文化人"基本陷于无所作为的处境"，因为"除了冼星海的《黄河大合唱》，1937—1942 年，极少有可留在历史上的作品产生；今天人们熟知的延安文艺代表作，秧歌剧《兄妹开荒》《夫妻识字》，新歌剧《白毛女》，新编历史剧《三打祝家庄》《逼上梁山》，

---

① 《朱德：鲁迅艺术文学院举行二周年纪念大会》，《新中华报》1940 年 6 月 21 日。

小说《小二黑结婚》《李有才板话》《荷花淀》《芦花荡》，诗歌《王贵与李香香》，报告文学《诺尔曼·白求恩片断》等，均诞生于《讲话》之后。"①在此我们不得不追问，为什么接受者会普遍认为《讲话》之后出现的这类作品是陕甘宁边区文学的"代表作"，而将《讲话》前陕甘宁边区文学创作视作"无所作为"呢？这样的价值判断到底是历史的真实还是对历史的塑造呢？

对比《讲话》前后的小说，可以大致理解什么是论者所称道的"有所作为"，怎么样才能够被视为"代表作"。《讲话》前后的陕甘宁边区小说在"写什么"的问题上基本没有太大的差异，都主要以军人、农民或革命者为表现对象，主要的差异在于"怎么写"。同样是写工农兵战士，同样是写农村和战场的人和事，《讲话》前多数小说的写法还属于五四以来新文学的写法，阴郁、细腻、讽喻、批判；而到《讲话》后小说整体上呈现出新的样貌，明朗、质朴、热烈、歌颂。在《讲话》前，陕甘宁边区小说创作者大多是有着一定创作经验的作家，有的甚至在文坛已小有名气，但是到陕甘宁边区后他们的作品并不受接受者好评，或许并不在于写作者的"无所作为"——至少就小说数量来看不是"无所作为"——而是没有满足"接受者"的审美期待。陕甘宁边区小说"接受者"的身份决定了他们的审美期待，这些"接受者"是谁呢？在知识分子大量到达陕甘宁边区的同时，随着陕甘宁苏区/边区扩红工作的展开，陕甘宁边区"武的"群体也逐渐壮大起来，其中以陕甘宁地区农民居多，外来爱国青年次之，他们的加入为陕甘宁边区文学提出了新的诉求。"武的"力量在战时的环境下肩负的是保家卫国的大业，他们作为知识分子的叙写对象，有充足的理由来评判文学作品中的形象写得像不像，好不好。在一定程度上来看，知识分子就是为他们而服务的，他们需要这些知识分子的作品能够"娱人"，而不是"自娱"。因此，在这时陕甘宁边区的知识分子从"文"还是从"武"的自我身份磨合逐渐转变为陕甘宁边区"亭子间的人"与"山顶上的人"之间的磨合。

---

① 李洁非、杨劼：《解读延安——文学、知识分子和文化》，当代中国出版社2010年版，第55页。

在《讲话》中，毛泽东再一次提到"亭子间作家"的问题，此时他对"亭子间作家"们的态度已经不同于4年之前在鲁艺成立时讲话的态度。他批评"亭子间作家"们："因为思想上有许多问题，我们有许多同志也就不大能真正区别革命根据地和国民党统治区，并由此弄出许多错误。同志们很多是从上海亭子间来的；从亭子间到革命根据地，不但是经历了两种地区，而且是经历了两个历史时代。一个是大地主大资产阶级统治的半殖民地半封建的社会，一个是无产阶级领导的革命的新民主主义的社会。到了革命根据地，就是到了中国历史几千年来空前未有的人民大众当权的时代。我们周围的人物，我们宣传的对象，完全不同了。过去的时代，已经一去不复返了。因此，我们必须和新的群众相结合，不能有任何迟疑。"①《讲话》明确地指出了陕甘宁边区需要什么样的文艺，并非常清晰地指出文艺工作者应当怎么做。在具体的实践过程中，除了对知识分子进行下乡、入伍的派遣，通过"深入生活"来向工农兵学习，进行思想"改造"之外，更主要的是改变知识分子的文学创作环境，从过去的自由散漫的写作到有组织有目的写作。最为直观的是报刊图书出版政策的调整。通过对陕甘宁边区主要文学报刊和有刊载文学作品的主要综合性报刊的存续状况进行梳理可得出图5-2。

从图5-2中可以看出，陕甘宁边区的文学刊物的存续时间集中在1938—1942年之间，且持续时间都不是很长。到1942年之后，专门的文学刊物几乎全部停刊，能够刊载文艺作品的刊物只有《解放日报》、《边区群众报》(《群众日报》)、《关中报》、《三边报》、《陇东报》等几类综合性刊物的副刊。这类综合性的刊物基本都是各机关的机关报，因此，刊载于这些报刊上的文学作品则自然而然地成为"党的文学"，或者是党所需要的文学。至此陕甘宁边区文学在多重的磨合之后创化成型。

---

① 《毛泽东选集》第三卷，人民出版社1991年版，第876页。

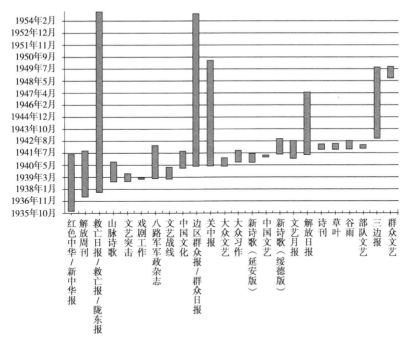

图5-2 陕甘宁边区主要文学报刊及有刊载文学作品的综合报刊存续一览表

二、"文化磨合"视域中的延安戏剧改革

延安戏剧改革在强调启蒙现代性的前提下，以"民族化""大众化"为主要议题的"民族形式"论争为主要理论背景，以话剧、秧歌剧、歌剧、传统戏曲的转化创造完成了新旧、中外、雅俗文化的大融合，构成了新民主主义文化建设的重要部分。延安文艺界在理论积累和现实需求的基础上，积极有效地参与了"民族形式"论争，并针对性地指导了延安戏剧改革，这场论争成为延安戏剧改革的主要理论背景。1938年9月29日至11月6日期间，中国共产党在延安举行扩大的六届六中全会。会议召开期间，毛泽东代表中共中央政治局作题为《抗日民族战争与抗日民族统一战线发展的新阶段》的报告。其中，第七部分报告《中国共产党在民族战争中的地位》提出了"洋八股必须废止，空洞抽象的调头必须少唱，教条主义必须休息，而代之以新

鲜活泼的、为中国老百姓所喜闻乐见的中国作风和中国气派"①。

延安文艺界关于"民族形式"的论争以毛泽东的这一经典论述发表为界，可划分为前后两阶段。在党的六届六中全会召开之前，延安文艺界对"民族形式"的探讨略显零散，主要有 1938 年 2 月 10 日《新中华报》第 4 版推出的"戏剧问题专刊"，该专刊集中刊发了映华的《谈谈边区的群众戏剧运动》、白苓的《关于戏剧的旧形式与新内容——问题的提起》、少川的《我对延安话剧界的一点意见》、杨斐的《〈天皇的恩惠〉观后感》四篇文章，以及 1938 年 4 月 20 日徐懋庸在《新中华报》上发表的短文《民间艺术形式的采用》等。这一时期的讨论主要观点是通过旧形式新内容的简单结合、有所扬弃地利用旧形式、创作新形式新内容三方面建立"民族形式"，简单地认定中国传统戏曲为旧形式，未能充分注意到其中蕴含的创造性，体现出将形式与内容、旧形式与新形式二元对立的局限。

毛泽东在《中国共产党在民族战争中的地位》提出建立"为中国老百姓所喜闻乐见的中国作风和中国气派"之后，延安文艺界迅速地发起了有组织有计划的关于"民族形式"的讨论，以《文艺战线》《文艺突击》两大刊物为主要阵地将这一论争推向高潮。

1939 年 2 月 16 日，《文艺战线》创刊号出版，艾思奇的《抗战文艺的动向》指出利用旧形式是推动抗战文艺运动的重要途径之一。作为党内重要的哲学家，艾思奇对五四新文学运动源头的阐释，为"旧形式"的"正名"，一定意义上推动了这一时期延安文艺界关于"民族形式"论争的转折，"旧形式"的负面意义被剥离，其内蕴的更新、创造可能性得到了重视。1939 年 6 月 25 日出版的《文艺突击》新第一卷第二期设立了"民族形式问题"专辑，集中刊载了五篇关于"民族形式问题"的文章，分别是杨松写作的《论新文化运动中的两条路线》、艾思奇写作的《旧形式新问题》、萧三写作的《论诗歌的民族形式》、罗思写作的《论美术上的民族形式与抗日内容》、柯仲平写

---

① 《毛泽东选集》第二卷，人民出版社 1991 年版，第 534 页。

作的《介绍〈查路条〉并论创造新的民族歌剧》，并同期刊发了马健翎创作的秦腔剧本《查路条》。这是一次有计划的组稿，是延安"民族形式"论争的高潮之一。在这一专辑中，首篇文章是《论新文化运动中的两条路线》，作者杨松时任中共中央宣传部副部长，是延安新哲学学会的成员之一。在学界以往关于"民族形式"问题的研究中，此文几乎不被注意。事实上，尽管此文未曾在文艺具体创作层面进行理论探讨，但此文以马克思主义哲学为方法论，从中华文化发展的角度论述了"民族形式"建设，具有极强的理论价值。

延安的"民族形式"论争发展到该阶段，已基本上扬弃了将文化分为新旧、中外、古今、雅俗等范畴的二元对立思维。在论争中，"民族化""大众化"的内涵逐渐丰富，从启蒙工具论中解脱出来，开始成为具有本质意义的整体性审美风范。文艺界的这一理论发展既是在新民主主义文化思想的指导下进行的，又是对新民主主义文化的细化与完善，体现出强烈的现代特征。

延安戏剧改革正是在新民主主义文化建设中，对戏剧文体的革新发展。由启蒙民众的精英立场转向改造自我投身民众的延安文艺工作者和在民间文化中浸染已久但追求新知的延安民众，共同响应了新民主主义文化建设理想的召唤，致力于将传统民族审美资源与现代思想相融合，对古今中外雅俗不同类型的戏剧形态进行开创性的"文化磨合"，为创造出审美民族性与思想现代性兼备的新型戏剧作了深入的理论探讨和丰富的实践创造。

1942年5月13日，在延安文艺座谈会召开期间，延安戏剧工作者召集了戏剧座谈会，在批判"大戏热"的前提下讨论了戏剧活动的提高和普及问题。在这次座谈会中，存在两种不同意见，第一种意见是"由于当前中国客观现实中所存在的高低距离，使得文艺活动不得不有普及和提高的分工，但这种分工只是暂时的，是向着同一目标行进的。这行程和所需时间的久暂，是要看文艺运动自身的努力程度来决定。因而普及和提高要同时并行。但在一定的客观情况下——决定于时间、地点、条件——要有偏重的一面。在目前，大家一致承认应该着重于普及工作"，"第二个意见的基本论点，是认为现实既有高低之分，在文艺运动上就应该有普及和提高的高低之分"。① 普及工作强调文艺的首要任务是做到宣传效果最大化，提高则是在确保文艺宣传作用的前提下培养大众的欣赏能力。第一种意见强调应尽所有力量从事目前急需的宣传工作，第二种意见则认为应针对不同的观众群体，戏剧工作者也应发挥自己所长，分别从事普及和提高的工作。

延安文艺座谈会结束以后，边区文委临时工作委员会于 1942 年 6 月 27 日召开延安剧作者座谈会，商讨剧运方向问题。与延安文艺座谈会召开期间举行的戏剧座谈会的纷争与分歧不同，此次座谈会中，之前的"演大戏"活动被认为是错误偏向而遭到批评，"以工农兵为主要对象，在普及中提高"成为剧作者共识。此后，五四以来被视作先进文艺形态的话剧活动遭遇"滑铁卢"，从延安文艺座谈会召开后至 1948 年间，延安共演出话剧 38 部，与 1937 年至 1942 年期间演出话剧 195 部相比，落差巨大。

从"文化磨合"角度来观照延安时期话剧演出骤减，可以对这一文化现象作出更为客观、学理化的辨析。首先，话剧在延安时期的衰落固然有意识形态的推动作用，但究其根本，是话剧这一源自西方、以表现知识分子趣味为主的艺术形式与中国民众的审美习惯不相适应的结果，而不同文化类型相遇时发生的文化生产与受众接受错位是"文化磨合"过程中的常见现象。其次，话剧演出的减少并不意味着话剧的发展在延安就此中断，相反，在五四浪潮中成长起来的延安知识分子在深入学习了民间戏剧文化之后，通过选择吸收、转化创造，将话剧因素与秧歌这一民间娱乐形式融合，推动了秧歌剧的产生发展。

1943 年元旦，鲁艺全体人员借鉴各地民间文艺形式并加以融合，最终创造出一套"有花鼓，有小车，有旱船，有挑花篮，还有大秧歌"的以民间娱乐形式为主要表演因素的节目。出乎鲁艺知识分子的意料，民众不仅理解了节目的宣传内容，也非常欢迎这种宣传形式，与之前延安民众对活报剧、

---

① 唯木：《当前的剧运方向和戏剧界的团结》，《解放日报》1942 年 5 月 19 日。

"大戏"等戏剧演出的拒斥大相径庭，由此延安知识分子更加坚定了将民间审美形式与现代民族国家话语融合创造的信心。以鲁艺秧歌为主体的秧歌改造运动取得了初步胜利，在随后的 1943 年春节期间，秧歌剧这一新型戏剧艺术形式以一个精彩的亮相登上了历史舞台。在传统节日春节期间，延安民众习惯自发组织秧歌表演，既以娱神又以自娱，延安政权也会利用这一时机集中进行政治宣传。在秧歌改造"是创造民族气派的新艺术的工作"的认识下，鲁艺创作了第一个完整意义的秧歌剧《兄妹开荒》。作品讲述了一个颇富喜剧意味的小故事：妹妹到田间为开荒的哥哥送饭，发现哥哥正在偷懒，妹妹劝告无效后便以"开会把你斗"告诫哥哥，由此故事发展到高潮。此刻哥哥才告诉妹妹，偷懒不过是一个玩笑，自己已经开好了一大片荒地，并提出兄妹俩要搞生产比赛，向劳动英雄看齐，最终实现"赶走了日本鬼呀，建设新中国"的目标。

作为一种新的戏剧形态代表作，《兄妹开荒》典型地体现了延安戏剧改革中博采众长的文化融合思路。就戏剧精神来说，《兄妹开荒》创作者舍弃了知识分子对悲剧的偏好，转而选用符合民众接受心理的喜剧框架，以明朗乐观的基调进行新思想的传递，洋溢着积极向上的革命乐观主义精神；就戏剧表现而言，在"大现代"以来的中国戏剧发展过程中，如何将民族传统戏曲与西方舶来的话剧进行有效融合，一直是戏剧工作者面临的棘手难题，在这方面，秧歌剧《兄妹开荒》作出了可喜的尝试。特别需要指出的是，《兄妹开荒》对写意性与写实性的融合并不仅仅是两者简单的拼贴，表演者王大化事实上以经典话剧表演体系"斯坦尼体系"对传统戏曲表现手法进行了洗涤重塑，从而总结出既符合民族审美心理又体现了现代戏剧特征的新型表演经验。"'斯坦尼体系'强调戏剧应真实反映生活，演员在舞台上不是模仿形象，而应成为形象，要求演员在创造形象的过程中应带有真正的体验。"① 在

---

① 　熊庆元：《歌舞成剧：延安秧歌剧的形式政治——以〈兄妹开荒〉的艺术革新为例》，《文艺研究》2018 年第 11 期。

塑造人物形象时，王大化力求设身处地地体验"陕甘宁边区的一个农民，一个青年农民"的外形、情感、动作、语言，在此基础上进行角色设计，从而使《兄妹开荒》中的农民不再是一个程式化的角色，而是具体生动的"这一个"人物；在表演技巧上，王大化强调表演者要在真切体验人物的基础上，以表演者丰富的内心感受使角色的程式化动作变得生动真实，从而感染观众的情绪，由此将传统戏剧中程式化的动作变成"有意味的形式"，剧中的"登高望远"便不再是简单的动作技巧，而是展现了解放区人民积极乐观的精神风貌。在这一时期，"斯坦尼体系"在延安文艺界已遭到否定，但王大化的这一表述说明延安戏剧改革并不是一次简单粗暴的"断裂"式剧变，而是各种文化形态在相互对话中不断地磨合再造，吐故纳新。尽管《兄妹开荒》的艺术完整性尚需商榷，但这种重在将民间文化与五四以来的现代文化融合的改革思路已经初见成效，为延安戏剧改革的后续发展提供了宝贵经验。

西北文工团、中央党校秧歌队、联政文工团也创作了《向劳动英雄看齐》《挑花篮》《牛永贵负伤》等大批秧歌剧，歌颂在解放区生活战斗中涌现出来的英雄模范。1944年春节期间，佳县店镇宋家山村秧歌队将《搬水船》《拖瞎子》《钉缸》三个旧秧歌不仅进行了内容的改编，还将三剧融而为一，成为剧中剧，借以宣传拥军拥政和反对迷信等新思想。1945年，《惯匪周子山》《刘红英》《红鞋女妖精》出现，标志着经由秧歌剧发展而来的新歌剧雏形产生，最终形成了新歌剧的奠基之作《白毛女》。《白毛女》在音乐上自由汲取了各地民歌、说书、唢呐曲、佛曲等民间曲调，在表演上不仅突破了传统戏曲程式，也超越了延安时期创造的秧歌剧形式，并借鉴部分话剧表现因素，最终创造出"民族新歌剧"这种全新的戏剧形态。

"新文化运动以来，掌握社会主要话语权的知识分子群体，一直习惯性地用否定传统的方式表达推动国家现代转型的强烈愿望，而传统戏剧遭遇的重重冲击，就是这种激进的政治与文化主张在戏剧界的折射。"① 在新民主主

---

① 傅谨：《新世纪中国戏剧全景扫描》，《南方文坛》2020年第6期。

义文化理想的号召与数十年实践积累的综合作用下，延安知识分子重新认识到"推动国家现代转型"并不意味着全面拒斥传统文化，相反，传统文化所蕴含的生命力与影响力是其他外来文化所不具备的。由此，延安戏剧改革不仅对全国性剧种京剧，也对地方性剧种秦腔、眉户戏等陕西地方戏曲开始了改革，涌现出新编京剧《逼上梁山》《三打祝家庄》、秦腔《血泪仇》等传统戏剧改革代表性创作。这些创作将传统戏剧的审美形式与现代的民族国家话语宣讲通融交汇，其艺术成就有力地证明了延安戏剧改革思路的行之有效。

"延安文艺的发生并不是植根于其当地原有的文脉，而是'忽如一夜春风来'，是随着陕甘宁边区的创建，在短时间聚集了大量知识分子和文化人后出现的。"①1940年前后，延安涌进了大批外来的知识分子，在当时政治环境较为宽松的条件下，文化水平较高的知识分子占据了话语权，但作为延安生产战斗的主体力量，农民群体对文化需求的偏好必须得到重视。由此，两类不同审美趣味的冲突日益显著。知识分子群体也急需突破话剧活动遭遇的困境。在延安文艺起步阶段，话剧曾深受民众欢迎。但由于这一阶段话剧创作的粗糙，话剧表现内容与民众的生活距离过于遥远，民众在短暂的新鲜感过后对话剧产生了审美疲劳。尽管知识分子一再慨叹农民热爱《小放牛》而不欣赏《海滨渔妇》，"他不禁忆起了四年余前那些救亡演剧工作者所遭遇的阻碍，想不到四年余后，戏剧工作者依然在重复这样的钉子"②。但与传统知识分子的曲高和寡的自矜心理不同，面对民众的不理解，延安知识分子所表现出的是急于启蒙大众却无从下手的焦虑，启蒙与戏剧发展同时遇到了困境。

"文化/文学的期待与现实的矛盾恰好是民族文化/文学发展的动力所在，必然会推动本民族文化在原有基础上多方借鉴并不断向前发展。"③ 延安

---

① 刘卓：《"群众的位置"——谈延安时期文艺体制的"非制度性"基础》，《陕西师范大学学报（哲学社会科学版）》2019年第1期。

② 江布：《剧运二三问题》，载红色档案·延安时期文献档案汇编委员会编：《红色档案·延安时期文献档案汇编·谷雨》，陕西人民出版社2014年版，第138页。

③ 李继凯：《变则通：在文化磨合中建构近代文体》，《文艺争鸣》2020年第4期。

戏剧改革立足于本民族文化的发展需要，大胆扬弃了新旧、中外、雅俗等二元对立思维，以极为宏阔的"拿来主义"精神对既有文化遗产进行继承、选择，以不拘一格的创造精神积极创作新的戏剧文化形态，从而不仅实现了中国戏剧发展的突破，也参与了新民主主义文化建设，对后世的中国戏剧与文化发展都产生了极为深远的历史影响。

三、"文化磨合"视角下的歌剧《白毛女》文本阐释

如果说，以《兄妹开荒》为代表的新型秧歌剧在发掘民间文化的立场上找准了路子，融合进了新民主主义文化秩序要求的人民性叙事，并做到了为边区老百姓所高度认可，那么可以看出，这种深入民间而生成的经验自然显得弥足珍贵。周扬以文艺家和革命家的双重视域来制定"白毛仙姑"的创意策略，很大程度上就来自秧歌剧改造成功而累积起来的经验底气。从毛泽东倡导建立起"新鲜活泼的、为中国老百姓所喜闻乐见的中国作风和中国气派"[1]到《在延安文艺座谈会上的讲话》提出"革命的文艺，应当根据实际生活创造出各种各样的人物来，帮助群众推动历史的前进"[2]。可见文化领导权的领导效力在逐步加强，领导方向和领导范围愈加明朗化，为工农兵主体服务的"人民文艺"面临着如何走进民间以及如何表达革命文艺内涵的现实考验。既然秧歌剧已显现出改造民间的宝贵经验，那么选择更大范围的集体合作并力求继续呈现民族化品格也就顺乎了已有的发展逻辑，所以歌剧《白毛女》的应运而生是在政治意识形态规约前提下有目的性的生产结果。这是笔者认知其组织行事的逻辑起点，即正视政治话语对民间文化的既定改造。与此同时，《白毛女》"直接触动了穷苦中国人最深层次的情感结构，让他们从千百年精神奴役的创伤中觉醒"[3]，这无疑体现了解放区大众文艺创作保有的

---

① 《毛泽东选集》第二卷，人民出版社 1991 年版，第 534 页。
② 《毛泽东选集》第三卷，人民出版社 1991 年版，第 861 页。
③ 李满天：《歌剧〈白毛女〉诞生记》，《团结报》2015 年 8 月 8 日。

鲜明的价值追求。从政治意识形态的主题界定到大众意识形态的表意策略，歌剧文本渗透着政治话语、民间话语和大众话语的缠绕、交汇甚至是冲突，三种话语营构而起的应有秩序在话语场中进行角力与彰显的同时，其本质上也是在不断发生着碰撞与磨合。

　　不管是认定民间秩序塑造了政治话语，还是论证政治话语完成了对民间传统的改造，其本质上运用的多是二元思维，也就是认为《白毛女》在不断进行修改、完善以及主题呈现的行进中，始终纠缠着民间话语与政治话语这两种主体模式的交互往来。从《白毛女》创作的本事来看，它的政治主题的预设以及在此预设前提下多次被加工和打磨，这和周扬定的“旧社会把人逼成鬼，新社会把鬼变成人”的调子有着必然联系，也就是说剧本的创作及改写一定要朝着这个政治目标去努力，因此借助集体力量把“白毛仙姑”的民间传奇演变为具有阶级关系演变史和新旧社会对比史的革命叙事是合乎情理的道路选择，这不仅在抗日民主文化氛围下强化了对人民大众的革命动员机制，而且符合当时新民主主义社会语境下对“延安道路”（马克·赛尔登语）的意识形态想象。可以说，自《白毛女》在延安诞生之日起，它的生命活力已展现出不同于其他文艺范式的政治功能，作为歌剧的《白毛女》已经进入到党的革命事业中。周扬的“命题作文”显然包蕴着前瞻性的政治眼光。归结起来说，“白毛女人”的民间传奇性不足以构成政治说教的规范载体，它必须进入合乎目的性的政治话语的演绎之中才可能焕发出新的生命力，与其说是政治发现了民间改造了民间，倒不如说是政治与民间在解放区文化领导下达成了一定程度上的磨合。即使民间话语在现实民众原生生活中拥有无可争辩的合法性，那也只能是构成歌剧日常生活叙事或生活伦理叙事的合法性，而只有经由文艺工作者的剔除、精拣以及磨合后才可能生产出合乎政治话语的文本范式。这原发性的肇始开端源自事先认可周扬的政治命题具有的无可争议的合法性。李杨①的分析判断显有自身言说上的合理性。然而，即

---

　　① 李杨：《50—70年代中国文学经典再解读》，山东教育出版社2002年版，第287—288页。

便是以政治／民间二元视角看，歌剧文本的主题建构和生产过程也不是在两种话语对抗中完成的一种叙事，而是在政治规约和组织创作观念发生磨合后，才找到了自足的叙述空间，这固然也包括对民间伦理的移用。

力求从民间视域去寻求政治主题表达的有效策略，显然不是《白毛女》这个文本的生产在延安开创的先例，但可以说正是因为它的出现才上演了具有样板意义的现实一幕。延安文艺整风后，鲁艺学员排演的秧歌剧在操持民间话语上已经积淀起了较为丰富的艺术体验，带着知识分子气息的创作队伍虽然历经了文艺下乡后的短暂性迷失，但难能可贵的是，他们最终理解了如何将民间元素迁移到新秧歌剧的文本叙事中，《兄妹开荒》引起边区自上而下的观看与体味就表明其选择的改造之路获得了成功。这就是《讲话》所呼唤的大众化之路。从《兄妹开荒》引来老百姓的赞誉和获得政治家的称赞来看，其剧本及演出最为称道的地方，其实既不能笼统地说是由于借用了民间话语，也不能简单地就归结为它凸显出了边区大众的新生活，而是在于它传递出了一种令人向往的大众情怀和憧憬未来的图景构成，艾青当时就把秧歌剧的上演，看成是群众迎来了新的喜剧时代的标志[1]，边区群众在欢愉地歌唱中与新民主主义时代产生了合拍。"文章合为时而著，歌诗合为事而作"，将此番话语放在应时而需的秧歌剧艺术革新上，我们会生发出新的想法，《兄妹开荒》这类作品的集中登场恰恰应和了广大民众对新民主主义文化的积极认同，再从艺术技巧上讲，《兄妹开荒》已然放弃了"旧瓶装新酒"的装置模式，在适应新的时代反映新政权的主题讲述中也已经迈向了民族化的营造。这都是大众文艺求新求变的表现。"白毛仙姑"的民间故事进入延安后，已经将此写成诗剧的邵子南因创作观念不同而选择了退出，剧组把贺敬之等人安排到集体创作队伍中，看得出是对鲁艺已有改造民间经验的认可，特别是包括对《兄妹开荒》《周子山》这些剧作创作经验的认可。《白毛女》建构或重塑农民主体的行为践行了大众文艺的表达心声，强化了农民主体在新／

---

① 艾青：《论秧歌剧的形式》，载《艾青全集》第5卷，花山文艺出版社1991年版，第419页。

旧两个不同社会的形象变迁，发生的这种位移就是大众话语的呈现，它和政治话语、民间话语共存于文本叙述和文本生产中。

"戏的作用在于使群众想起他们过去及现在的生活，而了解了在共产党领导下获得了解放"①，贺敬之的陈述直指政治诉求，并且也指向了戏剧服务于大众生活的本意。从研究的角度上讲，如果过于强调政治/民间话语形态的存在，那就会忽略其大众话语应有的价值体现，《白毛女》上演之初之所以能够赢得广大群众的广泛热爱，从文艺的传播和接受方面看，就是因为戏剧带来的情感认同满足了受众群体的心理需求。剧本设置的"翻身"主题和"阶级"立场是通过朴素的大众情怀来加以呈现的，讲述"过去及现在"就是讲述普通大众群体的心理认知及生活观念发生的转变。讲述大众心理变化的过程同样隐含在剧本的叙事构架中，无论是借用民间元素达到讲解政治主题的目的，还是以叙说民间伦理来述说"政治的敌人"②，显然剧情都没有搁浅和闲置而是在伴随大众话语而发展。以叙述新旧不同社会的大众生活为主体、以解放大众的生存局限和历史困境为归宿，《白毛女》无疑就是言说这些大众话语的可靠基石。这种言说就是笔者所说的"文化磨合"。对大众话语的分析，笔者择取文本中三个非主要人物进行分析。赵大叔、张二婶和虎子等人物的设置与安排是有意义的，从他们身上来看剧本对大众话语和大众生活的介入。《白毛女》安置的赵老汉、张二婶和年轻的虎子都是大众群体中的一员，这种大众话语激活了富有张力的民间秩序，并且和政治革命、阶级立场紧密联系在一起，不难看出其叙事结构中游离着政治话语、民间话语和大众话语的磨合姿态。"文本的修改过程也始终伴随着生活性元素淡化，阶级性元素束紧的鲜明指向"③，对于承担政治话语言说的《白毛女》而言，这个评价是准确的，它不能缺少大众和阶级话语的存在。

① 贺敬之:《〈白毛女〉的创作与演出》，载王巨才主编:《延安文艺档案·延安戏剧·延安戏剧家（一）》，太白文艺出版社 2015 年版，第 230 页。
② 孟悦:《人·历史·家园:文化批评三调》，人民文学出版社 2006 年版，第 263、262 页。
③ 惠雁冰:《〈白毛女〉的修改之路》，《中国当代文学研究》2020 年第 3 期。

喜儿是歌剧的中心人物，作为佃农的女儿，加之受到地主一家的凌辱，她和大春的爱情也被迫中断，更残酷的是被迫逃到山中寄居洞穴成了"野人"。如前所言，周扬站在政治学层面预设的文本主题中的"鬼"，强调的是阶级压迫使然，指的是反动势力把"人"奴役成了"鬼"，让"人"过上了"鬼"一般的生活；当地老百姓供奉的"仙姑"，强调的则是民间层面的迷信看法，是把夜间出没的"幽灵"拜为了"仙"。究其原因，"鬼"就是受到地主压迫后产生的异化的"人"，而"仙姑"实际上是通过民间话语口耳相传后神化出来的"人"。大春在洞中质问喜儿"是人还是鬼"，这是革命话语的考量，但也有民间蕴藉的含义，是充满暧昧意味的问法，他说的"鬼"和老百姓说的"仙"恰好是相对的，但这样说是以破除迷信的名义来行使革命的话语权。"白毛仙姑"被打上灵异色彩后，本是"野人"日常生活的细节经过当地民众的言行改写才有了"以讹传讹"的话本，这样也就和战士王大春与区上人员眼里的"迷信"形成了因果关联。从本质上来理解，大春驱"鬼"成功，才将迷信破除，同时使得"仙姑"完成了自身所谓的"祛魅"过程，但此时的"白毛女"还是周扬表达意义上的"鬼"，只有在民主社会中被革命队伍接受了，才实现了喜儿个体肉身身份的真正转变。这种身份的变迁以及背后促使其发生改变的正是政治话语、民间话语和大众话语产生的磨合力量，借助这种磨合，大众才把喜儿的身世遭遇和个体成长勾画得清楚明白。喜儿得以恢复"人"的面目解决了很多问题，比如经由政治动员唤起的阶级立场，比如以"诉苦"①形式呼唤而起的斗争意志，比如以公审制度对反动势力展开的民主宣判，它们都顺其自然地从喜儿的控诉和遭遇中求得了合法性。所以说仅从民间伦理对黄世仁蛮横霸道的道德审判，以及借助民间机制的鬼魂相报和因果轮转也只能获得个人心灵世界的释然，或者说也只能停留在对道德观念中惩恶扬善的怀想。而当喜儿由"鬼"变成"人"，现身倾诉起黄世仁和穆仁智的罪恶史，这样才会激发在场群众对受害人苦难的重审，还有

---

① 王彬彬：《〈白毛女〉与诉苦传统的形成》，《扬子江评论》2016年第1期。

就是激发起对压迫者仇恨情感的迸发。借此，地主／农民的阶级对立全然呈现，民间构筑起来的伦理规范走向倾塌。相反，共产党人领导的民主社会和民主制度得到了大众群体的肯定和拥护。这依然是喜儿身份转化起到的重要作用，体现出村庄之内政治话语、民间话语和大众话语构成的磨合效应。

从秧歌剧《兄妹开荒》获得边区群众广泛赞同时日起，音乐、舞蹈和戏剧的艺术范式就已在融会和磨合中显现出富有卓见的创造性。《白毛女》比秧歌剧更进一步，这与歌剧的"翻身"主题以及剧本存在的故事感染力显然分不开，但更重要的是把歌剧这门西洋艺术进行了民族化处理，这种处理不是排斥西洋艺术，而是磨合中西艺术，"其创作除继承和发展了新秧歌从民歌和地方戏曲中吸取充足的艺术营养的优长外，还从我国历代传统戏曲和西洋歌剧中吸取了有益的营养"①，加上剧本的唱词设计，可以说"非常适合于音乐的发挥"②，这便是艺术上磨合的创新，践行和探索西方歌剧"中国化"与中国故事"歌剧化"。在一些细节方面也有成功的探索，如"在作曲上打破了过去那种片段的'民歌配曲'的做法，而更多地采用了合唱、领唱、重唱等形式"③，同时一些唱段还借鉴了河北梆子、地方民歌等多种元素，更丰富了民族化品格。这种磨合是艺术学层面的交织与创新。在民族歌剧建构自身艺术品格的同时，并没有偏离大众化，"我们很自然地想起那些多种多样的民间音乐风格，想起劳动人民怎么用这些音乐的语言表现他们多方面的思想感情"④，简言之，这是歌剧《白毛女》从集体创作那刻起就坚守的最宝贵的艺术经验，它是大众话语的代言，也是"人民文艺"智慧的结晶，由此也铸就了中外文化／文艺磨合而成的现代品格。

---

① 何火任：《〈白毛女〉与贺敬之（续）》，《文艺理论与批评》1998 年第 3 期。

② 瞿维、张鲁：《歌剧〈白毛女〉的音乐创作》，《新文化史料》1995 年第 2 期。

③ 延安鲁迅文艺学院：《〈白毛女〉·前言》，载王巨才主编：《延安文艺档案·延安戏剧·延安戏剧家（一）》，太白文艺出版社 2015 年版，第 234 页。

④ 马可：《歌剧〈白毛女〉音乐形象的塑造》，《新文化史料》1995 年第 2 期。

附　录

附录一　文化中国与世界对话的重要课题

——关于"文化磨合"的对话

子夜 [①]（加拿大）　李继凯（中国）

张志业（以下简称"张"）：继凯教授，我在 2019 年的《文化中国》中策划一期有关"文化磨合"的专题，其中主要文章就是你提供的。但刊发后仍感到意犹未尽，这个课题似乎还有更多的内涵需要去挖掘，而且现实中也有更多的现象长期以来得不到解释，而"文化磨合"的提出，似乎让人寻找答案时有了一线亮光。所以，我认为这个话题不妨再持续下去。我在加拿大，你在中国，这个对话可能也是一个典型的超越时空进行"文化磨合"的实例吧。

李继凯（以下简称"李"）：感谢子夜先生此前对我提供稿件的采纳及对"文化磨合"问题的高度关注。我个人对"文化磨合"这个话题感兴趣是许多年前就开始了的，而且恰恰来自多年来生活与工作本身的启示（如家庭、单位、团队、球队，甚至开车都非常需要"磨合"），以及我对有思想家风范的中国大陆学者王富仁先生所提倡"新国学"之说的感应。十多年前，我在

---

① 子夜，本名张志业。原为《人民日报（海外版）》编辑，加拿大文化更新研究中心（Culture Regeneration Research Society）高级研究员，《文化中国》加拿大方执行总编辑。现为国际人文学会理事长、国际儒联理事、《文化中国学刊》总编辑（加拿大），陕西师范大学人文科学高等研究院特聘研究员。

《"新国学"与"新文学"》（2005 年）和《"文化磨合"中的新文学》（2006
年）等短文中就已经涉猎了"国学整合""文化磨合"之类的话题。近年来
鉴于你所说的世界形势和学术界动态，我更为强烈地感受到言说"文化磨
合"的必要性和重要性，甚至和你一样觉得讨论这一话题有一种紧迫性和针
对性。而事实上，这一话题无疑具有极为强烈的现实针对性和相当深远的价
值意义。面对人类陷入的某些危机，我们自然不会无动于衷，通过我们"隔
空"的自由对话，表达着我们共同的关切和忧思，也是一件既荣光又有意义
的工作。我的一些想法在过去的相关文章中有所表达，随着我们两人思路的
打开，我觉得"文化磨合"作为一个极有张力的重要话题，确有更多的内涵
值得继续挖掘，也由衷地认为这个话题值得学界持续讨论下去。

张：这种讨论可能会长期进行，而"名正才能言顺"，所以有必要把"磨
合"作一个初步的厘定。我最早听说"磨合"这个概念，是半个多世纪前在
中国东北农场。当时，农场会新添一些拖拉机，包括履带式和胶轮式的。拖
拉机来了之后，全新崭亮，发动后声音也比旧的好听和"清纯"多了。但奇
怪的是，好好的一台车，不会立即下地履职，而是空空开着到处走，就像闲
逛一样。后来问了一下，才知道新车或新机器都必须有这样一个"磨合"阶
段。一台新车，每个零部件都是新的，保留着许多加工的痕迹，当组合在一
起时，大家彼此之间都是陌生的，所以要经过一定时期的空转，在运转中把
摩擦面上的加工痕迹磨光而变得更加吻合。例如，拖拉机的曲轴轴颈与轴
瓦、柱塞与柱塞套、活塞与缸筒等，在制造中虽经过精细加工，但在显微镜
下依然能观察到它们的表面是凹凸不平的，有可能产生零件之间的冲突或磨
损。磨合就是指在良好的润滑条件下，转速由低到高，负荷由小到大，将零
件接触面逐渐磨平，以形成良好光滑的工作接口和最佳的配合间隙和工作性
能，达到减少事故和延长使用寿命的目的。另外，虽然经过事先设计和检
查，机器仍可能存在某些缺陷，可以通过磨合发现和排除。

李："磨合"从这里而来，说明人类在社会生活中不但是普遍存在着"磨
合"的，而且在某些运行节点上是相当关键的。我以为"磨合"现象确是很

普遍的，是一种"大道"，所谓天人合一、和而不同等都体现着"磨合"之道。同时，"磨合"也是与人的个体生活、日常生活息息相关的"小道"，体现着生活的策略、智慧、修养甚至是境界。也就是说，在日常世俗生活中也大量存在"磨合"，例如，我的夫人在去年"520"（数字谐音"我爱嗷"）这个被称为"网络情人节"的日子里，大发感慨，还特意主观地解释了一下这个日子和"521"（数字谐音"我爱你"）的区别，认为前者是趋向整体的泛爱博爱，后者则是有特指意义的唯一的恋人、情人之爱，是个体性的，与前者强调的整体泛爱或人类大爱明显不同。我当时就联想：其实无论是情人之间还是人人之间对爱的追求和维系都很必要、很重要，并且都会伴随着"文化磨合"过程，无论是物质文化还是精神文化，无论是生理调适还是心理契合，都少不了自觉或不自觉的不断磨合。磨合不好就会酿成个体或整体的或大或小的悲剧。

张：夫妻是家庭、婚姻、生活的一个共同体，所谓共同体就是其中组成的各种部分都是一种互相依存的关系，无论大小，都是缺一不可的，在组成价值上都是平等的，相互磨合就是一种平等相处的必然规律。就如拖拉机事实上也是一个集各种零部件的生命"共同体"，在构筑运行机制中，即使一个小螺丝钉，也同其他处于相互平等地位上，也享有"被磨合"的平等地位，没有哪个零部件可以因为体大或重要而豁免"被磨合"。拖拉机不存在与宇宙飞船进行磨合的问题，因为就磨合来说，它们不处在一个共同体里面。所以，我认为，只要是涉及"磨合"问题，就是把各种磨合对象都视为共同体内部的交往处理过程，"共同体"是一个关键的定位。我知道你一开始是从文学的视野审视"文化磨合"的，而且，也是最早把"文化磨合"概念引入文学研究领域的，能否作详细介绍？

李：上面我已经提到，我最早关注"文化磨合"是因为对王富仁"新国学"的感应，并将其运用于新文学中的研究。我认为，现代中国文化是在现代时空中的中外文化逐步"磨合"而来的，也因此我们看到了从"文化碰撞"走向"文化磨合"的现代中国文学演进过程。在这个过程中，以《新青年》创刊为标志，百余年来的文化思潮在初期便显示了"文化磨合"的凝聚和外溢，其中，五四前后旨在"拿来"的"文化习语"倾向尤其令人难忘，由此我们真正踏上了从事"大现代"中国的文化创造之路。在初期，这个"文化习语"过程本身就相当痛苦。有学者曾用"文化碰撞"来形容，其间便深含着某种"灾难性"的感受。但这又是历史文化演进的必然选择，显现出从"文化习语"到"文化创语"的规律和要求。同时也表明，主要向西方现代文化进行学习、借鉴的这一历史性选择，包括对人道主义、马克思主义、科学主义等学说的学习和评介，总是与国人的现实生存与发展需求息息相关，而百余年中国文学的现实感之强烈，恰恰表明从清末民初与五四以来，作家们始终将中西"磨合"的现代文化（不单纯是"文化习语"所得的外来文化，更有趋向现代转型的民族文化），努力"复活"在繁复多样的"文本"里。在百余年来的中国文学的文本里，我们可以看到各种各样的文化因素，其中，通过"文化习语"所获得的外来文化因素则起到相当关键的作用，"文化习语"与文化创语的互动也愈益成为突出的文化现象。无论是强调"人"之存在的"自觉"与"启蒙"，还是强调"人民"的"反抗"与"解放"，都体现了中外文化的交流和磨合，也都体现出了百余年中国文学的"文化习语"、文化创语与文化追求。

　　张：虽然讲的是新文学，但这个视野是放宽到中外文化的交流和磨合，其实，这本身也是一个巨大的生命共同体，只不过其间充斥的冲突和矛盾远超出我们的想象和估计，这恰恰也是"文化磨合"的必要，更是"文化磨合"的一个典型案例。

　　李：确实，这是非常典型的"文化磨合"案例。在新文化运动的发生期，我们可以看到这种积极意义上的"文化习语"和文化追求。而这种"文化习语"和文化追求便是通向文化创语、文化创造的前提和动力。五四新文化运动的兴起催生了一系列文化新变和成果，在此后发生的曲折变化中，已经发生、形成的中外"文化磨合"、文学思潮、文学运动、文学实践和文学批评等，也大都转化为现实存在的文化资源，对同时期及此后的文化创造、文学创作都产生了或明或暗的影响。即如五四文学中的启蒙文学、反帝文学、儿童文学、女性文学及劳工书写等，既体现为新文化、新文学的业绩，对后来的文学而言也体现为通常所说的"新文学传统"。从文化创造角度看，这种磨合而成的"新文学传统"便是对"现代民族文化"的积极建构，直到新时期以来的文学，仍然深受其影响。从文艺社团流派看，文化团队也积极参与了"文化习语"和文化创造，仅从文化思想角度看就可以领受其创造性的贡献。如《新青年》团体的宏观性新文化创造意识，文研会的改造社会人生意识，创造社的"创生"意识，"左联"的革命和大众意识，以延安鲁艺为代表的"延安文艺派"的"人民解放"意识，新时期文学的新启蒙意识和后新时期文学的多元化文化创造意识等，都对相应的文学创作现象产生了非常深刻的影响。其中，文化名家和文学大师们在文化创造中更是发挥了突出的作用。尤其是我们的新文化先驱进行了世界化与民族化复合性的文化选择，表现出了难能可贵的明智和练达。即使是文化保守主义者，也有其"新思路"，也在某些方面竭力去从事"会通中西"（如著名的学衡派和桐城派），并获得了真正意义上的"文化磨合"与文化创造。此后，随着历史的发展，当年的文化保守主义还在文化传播和接受层面转化为真诚的文化建构主义，具有了越来越广泛的文化影响（尤其是进入 21 世纪更是如此）。而如何才能有效地改造不能适应现实发展需要的文化现状，是五四以来一代代文化人共同面对的严峻问题，不同的文化派别都会给出不同的改进方案或文化策略。而这些方案或策略大都会保持或包含"接触"与"磨合"的要素。

张：你是从文学现象入手研究"文化磨合"，但重视"文化磨合"的意义远远超过文学本身。对"文化磨合"的研究还有相当的空白和滞后。我始终认为，"文化磨合"这个问题不仅有其理论和学术意义，而且对如何化解多种冲突有一定的现实指导意义。你从文学论域发现的"二元对立"，实在是一个非常独特的现象，是值得重视的。

李：我一直对"二元对立"的现象比较关注。近些年来，从文化视野观照文学成了学术界的一个重要范式，从文化思潮和文艺思潮角度观照文艺的发展变化，也成了一种行之有效的学术途径。然而，人们通常言说文化思潮指的就是"二元对立"的文化激进主义与文化保守主义，言说文艺思潮指的就是"三分天下"的现实主义、浪漫主义和现代主义。有些人总是热衷于强调文化的对立、冲突和碰撞，并在此基础上进行文化决策，且一定要给出非此即彼的文化价值判断。事实上，从文化层面上看，"文化磨合"的前提就是不同文化形态之间的差异和冲突，而之所以需要"磨合"也恰恰反映了文化理念与文化环境的冲突。由历史积淀而形成的每一种文化都有自己独特之处，其文化特点往往不能与另外的文化兼容，甚至容易陷入二元对立状态，形成敌对关系。文化征服与军事征服相携而至，于是文化帝国主义和军事帝国主义成为 20 世纪极为突出的现象。但同时，"不打不相识"，中外文化由此相遇了，伟大而又艰难的"文化磨合"历程开始了。在中国被"帝国主义"打击式唤醒的同时，五四时期其他众多"主义"也给国人带来了极为丰富的文化启示。如马克思主义作为"主义"之一便逐渐给我们带来了历史唯物主义和辩证唯物主义的思想方法，将忠实于历史与现实的"实事求是"和"具体问题具体分析"视为最具有科学性、针对性的思想方法。而被视为马克思主义"活的灵魂"就是指"具体问题具体分析"。循此思想方法便不难理解五四各种文化派别的所思所虑各有其具体的针对性与合理性，客观上又相互构成了互补或"磨合"的关系，从效果上看，恰恰极大地促进了中国封建文化体系的解构和中国现代文化体系的建构，这种文化功绩毕竟是主要的方面，已经有很多专门史著及论文进行了阐述，这里不再多说。我曾指出，当今之世，迫切需要有更多高水平的旨在寻找民族文化"优根"的具有"正能量"和真正"人民性"的小说，通过否定之否定的文化辩证亦即"文化磨合"途径，达成一种新的文化平衡以及文学表达上的"生态平衡"，力求通过更好的"文化磨合"，更快、更好地恢复我们的民族文化自信心，且同时也要力求避免重新陷入"二元对立"的思维陷阱，导致大规模的简单化、运动式的文化破坏。问题是，进入 21 世纪以来，伴随着"文化磨合"的深入发展，更具兼容性和多样性的多元文化，使我国"新世纪文学"呈现出多元多样的文学形态，在体现出有容乃大的文化气度、文化自觉以及文学和文化创新等方面，呈现出了新的气象，但同时也难以避免地出现了二元对立的文化思潮，这种意在抵御"文化磨合"的思潮不仅妨碍着现代文化创造，也对文学创作产生了消极影响。

张：二元对立固化思维，不仅对文学创作产生了消极影响，作为一种广泛的思维惯性和文化行为，几乎在整个社会生活中尤其人际交往中都可看到它作为一只无形的手，往往无处不在起着撕裂的作用。从我与你多年的交流中，发现你对"二元对立"始终持批判态度，而且几乎都同时与"文化磨合"提出的场合并现。可见，在你的思想或论述中，"二元对立"和"文化磨合"是一对矛盾事物的两面。我想，你的基本论述是，一种文化与另一种文化相遇，一定会有其历史的机缘，也一定会有一个磨合期，这其实是一种非常正常的现象。从文化层面上看，"文化磨合"的前提就是不同文化形态之间的差异和冲突，而之所以需要"磨合"也恰恰反映了文化理念与文化环境的冲突。由历史积淀而形成的每一种文化都有自己独特之处，如果处理不好，甚或各自抱着文化傲慢的态度，其文化特点往往不能与另外的文化兼容，甚至容易陷入二元对立状态，形成敌对关系。正如你所说，文化征服与军事征服相携而至，于是文化帝国主义和军事帝国主义成为 20 世纪极为突出的现象。但同时"不打不相识"，中外文化由此相遇了，例如，五四时期其他众多"主义"也给国人带来了极为丰富的文化启示。五四各种文化派别的所思所虑各有其具体的针对性与合理性，客观上又相互构成了"互补"或"磨合"的关系。而在这个思维过程中，你又似乎特别重视"度"，这是非常有创造性的一种观察，这实际上就是涉及"文化磨合"的实践意义问题了。

李：我认为所谓"度"就是"适度"，我把"互补"或"磨合"相提并论，实质就是想点出了"文化磨合"同二元对立的区别。二元对立从根源上是西方哲学衍生出的批判理论，而在运用到社会和文化现象中非常普遍。面对这种根深蒂固的文化习性，需要提出新的文化论述，而这又往往会成为一种宏大叙事，我从文学这个相对可以焦聚的论域，找出了"文化磨合"中的一个有普遍意义的关键元素，就是"度"。就新世纪中国文学来说，已经展示了新的气象，也显示了更为丰富的文化价值，那种"厚古薄今"或"崇洋贬中"的妄断，以及基于所谓"纯文学"立场而产生的悲观其实是不必要的。这就需要拥有历史唯物主义的实事求是精神和辩证唯物主义的明智来把握"文化磨合"的"度"。百余年来的中国历史证明，我们不仅需要讲求"适者生存"的大道理，更要讲求"适者适度"的硬道理。

张：谈至此，我认为你基本把"文化磨合"的两个关键点阐述得很清楚，而且有机地贯穿起来，一是只有克服了"二元对立"思维，才能自觉地进行"文化磨合"，二是在"文化磨合"过程中有必要掌握一个"度"的问题。前者是一个前提问题，后者则在某种方面具有方法论的意义。通过"文化磨合"达到某种"度"，无论如何是一种相对完善的诠释。这种磨合，就不仅限于文学的论述，而是适用于我们所着眼的大文化论域；也不仅是纵向的历史观察，而是切切地击中当前我们对更广泛意义上"文化磨合"产生的问题。我在阅读对其他学者对你的"文化磨合"评论时，注意到了"文化磨合"理论思考，是与强调文化碰撞、文化冲突、文化斗争诸说不同的一种理论尝试；它体现于动态的、延续的、反思的、自觉的文化交往活动中；它重视不同文化的"重选共识"，但又顾及差异；在文化交往交流方面强调广义的交通交心的"丝路精神"，强化和彰显世界意识，并力避文化霸权或厚古薄今等"文化偏至"的弊端。特别是认为，"文化磨合"的当代思想价值在于，作为一种理论其发生作用的方式在于改变人的思维模式，提供一种思考现实的方法和前提；也有助于我们认识反省与自觉相结合的动态磨合在文化交往和思考中国知识体系中的重要意义。而从"文化磨合"域中观照文艺和世界，也会有助于当今的人们更包容和理解"全球化"时代的经济互动、文化互惠、文艺互赏和微信互联等一系列文化现象（刘旭墨《小议"文化磨合论"》）。因此，从这个意义上来说，"文化磨合"的提出，可以从更广泛的文化背景上为解释和处理当前国内外不同层面、不同领域的摩擦和冲突，提供一种冷静的和理性的思考维度，特别是从你不但诠释"文化磨合"而且诠释其中的"度"

来看，"文化磨合"也具备了一定的方法论意义。中国经济正在崛起，它走向世界一定伴随着中国特色的文化，以历史积淀为本的中国文化同以现代经验为本的西方文化，在交往中是肯定绕不开"文化磨合"这个门槛的。在全球化这个大的语境中，如果忽略了各自文化背后的潜杠杆作用，就会对必须经过的"文化磨合"这一过程丧失心理准备和应对方案。无论是企业跨国合作，还是贸易谈判，或者金融、投资领域的市场融合等，经常在法律、合同等方面出现纠纷和问题，相当一部分得把"互补"或"磨合"相提并论，这实际上是切中要害地点出了"文化磨合"同二元对立的区别。

李：在我的朴素理解中，人是最典型的文化动物，是人类文化创造者，其文化行为所创造的文化包括了人们常说的物质文化、精神文化和制度文化。历史总是在发展变化中，人类的思想认识也能够且势必会进入新的历史阶段，即我最关切的通过高度自觉的"文化磨合"进入整体超越"二元对立"的新阶段。究竟有没有这种可能呢？我觉得是可能的，而且也是应该的。我认为人类思想历史大致经历了"神本"阶段、"人本"阶段，而如今正在逐渐进入具有整合性和超越性的"命本"阶段，亦即全人类共同发展和生命生态构建阶段，要面对的主要是历史新阶段的人类命运问题和天人关系问题。

张：就人文学者来说，我们更多地关注"文化磨合"能否和如何消解"文明冲突"论所带来的世界性误读。文明和文化是两个不同的概念和论述对象。按我的理解，文明（英语为 Civilization）原初的意义，是一定范围内的群体，因国家、民族、地域、血缘不同而形成的生产方式和思想文化的相对固定的表现模式，包括民族意识、生产技术、礼仪规范、宗教思想、风俗习惯以及艺术和科学等。文明具有坚固的持久性和不可轻易改变性。至于文化（英语为 Culture），则是在一定文明的背景下所形成的一定地域的人类生活表现的知识和习惯的统称，包括语言、规仪、艺术、行事方法和规范等，相对文明来说，具有一定的可塑性和可培养性，从这个意义上，"文化磨合"具有一定的可践性和成功性。问题是，如果仔细观察和研究，人类不同文明的群体

（包括国家）交往时，其实直接碰触的并不是"文明"，而往往是"文化"。

李：我同意你对"文化磨合"的"亲切"而又到位的理解和阐释。你对文明与文化的区别，我也没有异议。包括你结合自己见闻和体验所借喻的中西医之别、拖拉机部件磨合等，能令人会意于文明冲突与文化矛盾的区别。你实际已经讨论了"文明冲突必然论"以及"文化磨合"被动论（恕我如此概括），你也初步表达了一些看法，使我深受启发，但其间关涉问题太多，我仍觉得有些困惑之处，还稍有点难以理解或存在认识上的差异。

张："文化磨合"本来就是因应人际交往、文化交流、文明比较中存在误读、误会、误解等各种可能而提出的。不可否认，各种交往中必然有各自利益的坚持，但利益的互置或互利则必须通过既定成熟的对话、谈判等游戏规则，这就基本是以文化层面作支撑了，整个"游戏规则"几乎就是一种"文化磨合"了。人类社会是一个大家共同生存和活动的运转空间，所有的关系归根结底或者说最基本的就是人与人之间的关系。人们不能因为文明的不同（冲突）、价值观的不同、发展程度的不同而拒绝往来。人与人之间、公司与公司之间、国家与国家之间，总要经过一个认知、交流、熟悉，包容、认同（合拍或和谐）的过程，这就是文化上的磨合。在这个磨合过程中，倘能取得价值观上的交流和融合，固然是好事，既便不是如此，而只是互相之间加深了解，遵守共同制定的交通规则，熟稔出了事故之后的处理程序和法则，恰恰就是对"文化磨合"最单纯却也是最起码的理解。文明具有一定的凝固性和权位性／自主性（所以"文明冲突"是一个更难解的课题），"文化磨合"作为一个互相认知和熟识的过程，最终的目的是建立交往规则中的默契，而不是在游戏规则之外做文章。在这里，谈判的聪慧、算计的精明，都不是主要的，重要的是对各自行为方式（文化）的理解和包容，并尽可能寻找不同规则的公约数。

李：现在国际发生的冲突事件，不能像有些人那样，简单将其定为"文明冲突"性质。我总认为文明无论多么"文明"，也只是人类创造的一种文明，所有文明之间应该是平等的。文明主要是在信仰或价值论层面建构的，也少不了"人为"的种种界定或定义。文明从根本上都是反对巨型暴力的，否则就不是真正属于人类的文明。而那种以为自己最文明并不择手段"灭他文明"的"霸道"文明，其实最不文明。如两次世界大战中都是自以为是的民族或国家发起了战争，从而将暴力病毒传染开去，至今其遗毒的传播仍然很深很广。至于"文化"这个概念就更加复杂凌乱，众说纷纭，仅定义就有几百种。就概念的理解而言，我也确实有万言难尽、欲说还休的感觉。这里只想特别强调一点，就是文化与文明确实有着密不可分的联系，且与具体的时代发展需要以及人类或族群的日常生活息息相关。

"磨合"和"对接"基本上就是"文化磨合"的提出意义和实践目标，非常有意思的是，近年我在研究"丝路文化"中，认为这恰恰就是寻觅以求"文化磨合"的一种典型文化形态。在北京的一次研讨会上，我强调了五个字，即"路—学—新—书—合"。所谓"路"，就是"丝绸之路"。从当年的"丝绸之路"到如今的"一带一路"，总体看都是"文明人"对交流交通、"文化磨合"的积极探索。要想富先有路，这种最为朴素而又古老的创业经验确实非常宝贵；要有福，须接触（交流交融），丝路也就是一条通向心路的幸福之路。事实上，从丝路历史、丝路文化、丝路文学到丝路精神，诚为中国人和异国朋友为人类文明所作出的重大贡献。这样的历史和现实一再证明，地球上的人类命运是相通的，山水阻隔也山水相连……无论曾经有过多少隔膜、误解乃至争斗，只要人类不断探索现实和心中的"丝路"，就会相遇相知，逐渐发生"文化磨合"，从而携手并进，相向而行，就能一起走向幸福安宁和谐美好的境界。这已经超越了国界。所谓"学"，是指研究丝绸之路的学问。言说丝路多了，且能逐步深入，就会催生诞生新的学说，亦即"丝路学"。在丝绸之路上有个明珠"敦煌"，并且成就了一门显学"敦煌学"。我想整个丝绸之路研究成就一门新的学问即"丝路学"应该是成立的，可行的。其实，就像古代丝绸之路一样，无论你是否关注，它都客观存在着，丝路学也这样，关注丝路、研究丝路，从国内到国外也早有人进行了。我所在的陕西师范大学人文科学高等研究院设立了

"丝路学研究中心"，很想在丝路学理论建构方面有所建树，在具体研究领域方面也想有所拓展。所谓"新"，是特指"新丝路"。近些年来所说的"新丝路"是指新时代语境中的"一带一路"。而我所说的"新丝路"，与我本身熟悉的学科专业"中国现当代文学"是对应的。新丝路与新文化（包括新文学）是密切相关的概念。这个"新"也就是"现代"，只是相对于古代之"旧"而言的"新"。在我看来，中国和许多国家一样，都有着非常伟大辉煌的"古代文化"，但也有尚在建构中的体量更大、由多元"文化磨合"而来的"现代文化"。如果说中国有一个"大古代"，那么，经过近现代几代人（包括世界朋友）的共同努力，中国也在古今中外文化资源的发掘和磨合中逐渐建构起了堪称"大现代"的中国文化。所谓"书"，是指相关的研究可以成就许多专题著作，就像我们的"两地书"，积累多了也可以成书，我和博士生也合作出版了一本专著，题为《丝路文化视域中的现代中国文学》。力争在自己感兴趣的研究领域，有一些实实在在的学术贡献。比如在丝路研究方面，可以努力弥补丝路文学研究的不足。所谓"合"，即是"文化磨合"。在发言中我将"文化磨合"与文化策略结合起来，强调开拓丝路其实也是一种战略和策略，由此"文化磨合"与文化策略密切相关，丝路文化也就成了"文化磨合"、文化策略的成功典范，从古代的丝绸之路到如今的"一带一路"，体现了时代的发展变化，"一带一路"作为古代丝绸之路的"升级版"，其"升级"的关键就在于有了更为真切和全面的全球化意识及相应的"世界观"。如此我们也就能够更好地理解文明与文化的关联和区别，也能够更好地理解二者之间存在的矛盾和冲突。因为这些都可以纳入"文化磨合"存在的"过程现象"来看待。由此也会给我们带来更多的历史和未来的乐观主义。

张：我为继凯教授"更多的历史和未来的乐观主义"所感染。用"丝路文化"诠释"文化磨合"，我认为具有某种典型的文化形态意义，"丝路文化"基本上从时空两个方面统摄了东西方文明和古代现代文明的主要元素。有关"文化磨合"可以愈说愈远，愈说愈广。人与人之间、企业与企业间、国家与国家之间，为了达到一定范畴内的"共同体"互相生存依赖所必须经过的理解、认知、默契、包容、习惯并最终形成共识或共同的行为规则。我们所处的世界面临一个艰巨的选择关头。我们拒绝走回头路，要往前走，唯有通过"文化磨合"才能消除歧见，求同存异，实现双赢或多赢。

附录二 访谈录·"文化磨合"视域中的文学研究

采访人:张旖华(陕西师范大学文学院博士研究生)

受访者:李继凯(陕西师范大学文学院教授、陕西师范大学人文科学高等研究院院长)

一、"文化磨合"与中国现当代文学

张旖华(以下简称"张"):李老师您好,非常有幸能够采访您,与大家分享您的治学经验。围绕"文化磨合"视域中的文学"这个论题,您近年来进行了一些探索,或独立,或合作,已经发表、出版了相关的论文和著作。您能否就这一论题涉及的相关问题做一介绍,如您为何如此关注"文化磨合"这一现象并尝试进行理论思考?您格外强调要在"文化磨合"中建构"大现代"文学,并将"文化磨合"作为建构"大现代"文学的重要机制和路径,其学理依据是什么?

李继凯(以下简称"李"):好的。首先要感谢《当代文坛》杂志社给了我们这次对话的机会。说来话长,我自己从生活和学习经历中,很早就知道要努力"协调"各种关系、"容纳"各种知识,这样才能有正常的生活并不断有所进步。即使在我当"知青"的年头,我也挺注意做人做事的分寸,曾是一个挺有存在感的知青连副连长,既抓劳动,也抓文艺。尽管时代局限很大,却也有所收获,包括吃苦吃瘪受累受伤的经历本身,也可以成为一种历练。待恢复高考便成了"七七级"大学生，更是增加了各种"考验"或"竞争"，要处理的事情更多了，加之大环境的影响，就更加理解"协调发展"对于个人、社会及文化的重要性。后来在工作和攻读硕士的过程中，已经逐渐意识到生活积累和学术积累过程中存在着"综合、复合"的特点，不是简单的"破旧立新""告别过去"。

然而我从学理上感悟"综合""磨合"的重要性则是在进一步求学过程中形成的。记得是在 20 世纪 90 年代初期，我曾在北师大王富仁老师那里访学一年，后来也有书信往来和电话联系等，他还为我的书作序。我敬重王富仁老师，对他的学术探索、文化思考一直很关注。当年听他畅谈和讲座真的有一种"胜读十年书"和"如坐春风"的感觉，静夜里拜读他的论著也会有很多启发。尤其是他的关于"新国学"方面的论著，促使我思考学术文化乃至各种文化如何"整合创新"的问题。开始阶段我写过《"新国学"与"新文学"》(2005 年)、《"文化磨合"中的新文学》(2006 年) 等比较短的文章，将整合创新的学术路径和方法提升到文化理论以及文化哲学的高度进行探索。随着思考的延伸，越来越觉得许多问题不是或不仅仅是简单的敌我、斗争、生死、好坏的问题，而是复杂的更具有常态性的共存、磨合、互动、相生、共享的问题。总之是在寻寻觅觅过程中千方百计寻求高效"磨合"并由此建构"适配"的关系。

在我看来，真正理想化的"整合"或"融合"其实是非常困难的，而且在实践层面总有个"谁"为主体进行整合与融合的问题，但"磨合"却相对易于进行且实际普遍存在。从个人的"适者生存"到家庭的"和睦幸福"，从国家的"和谐发展"到全人类的共同发展与文化交流，都非常需要磨合，也都实际存在一个不断磨合的过程和相对易于达成的磨合境界。而在文艺 / 文化方面更是如此，更要讲求多元多样、百花齐放，因为文化发展包括文艺发展，更不是简单选择"清一色"及"弃旧图新"的问题，亦即不是要不断消灭某些文化 / 文艺的问题，而是要持续促成命运关联并推动全人类发展前提下的文化 / 文艺"和谐"发展问题。如你所说，近年来我有多篇较长的论文都在讨论这个问题，在加拿大《文化中国》以及《文化中国学刊》上也有系列文章讨论"文化磨合"、文化策略及和平文化等相关问题。与学生们、朋友们的合作或对话催生了一些相关成果，如《20世纪中国文学的文化创造》《心事浩茫连广宇——作家"文心"窥探》《中国现当代作家与书法文化》《"和而不同"与中国散文》等著作，都有"文化磨合"的思路渗透其中。近期还将个人与同人直接言说"文化磨合"的相关研究成果初步编成了书稿。你提的一些问题涉及许多方面，我在后面都会谈到，这里就先说这些。

张：我也曾拜读过王富仁先生的论著，感觉他愈到后期愈是特别关注文化问题。他的专著《中国文化的守夜人——鲁迅》（2002年），着重研究鲁迅与中国文化的复杂关系，进而试图从学术文化大整合的角度，对现代中国学术文化进行整体性的把握和理解。为此提出了立足于"现代学术文化"的"新国学"并加以积极建构。他不仅发表了长文，还主编了《新国学》集刊。这在当时产生了相当大的影响，包括对您的治学也产生了明显影响。从您的介绍中，得知您的"文化磨合"论即与"新国学"有着密切的联系。您还将"文化磨合"视为中国近代以来一种重要的"文化思潮"，对中国文学现代化进程产生了非常重要也非常深远的影响。能否介绍一下您的相关想法及核心观点？

李：我曾经说过我的学缘与"东西南北中"都有关系，向国内多地的许多老师请教过，也曾游学访问过中国大陆以外的十多个国家和地区。有了比较广的阅历和确实多的经历，就会觉得这个世界真的是很广大也很包容，原本是"我"受各种局限不了解的国家、地区也有很多值得我们学习的地方。至于亲近过学习过的老师，自然"我"要多关注多研究，自觉师承其治学精神及学术思想，努力把老师们的"亮点"收拢起来，照亮自己前行的小路。我从本科毕业论文开始直到今天坚持研究鲁迅就受到我的多位老师包括陈金淼、吴奔星、黎风、王富仁、易竹贤等的影响。

最近我还写了一篇长文《"文化磨合"视域中的鲁迅"大现代"文化观》，认为：鲁迅是仁立在中国"大现代"文化场域中的文化巨人，是"现代中华民族魂"。他在历史转换期通过古今中外的"文化磨合"，创化并形成了"大现代"文化观，其文化思想有三大特征：通古今之变、通中外之大和通人类之情，且因通变化而大、通世界而大和通大爱而大，从而昭示着他所代表的"中华民族新文化的方向"。潜心研究鲁迅的人们从他创造的文化结晶中，发现了非常宏富的文化思想与精神，情不自禁地誉之为"百科全书"，并将相应的研究视之为"鲁学"。"鲁学"的兴盛与中国人民对"大现代文化"（包括现代社团与传媒等）的追求息息相关。对于鲁迅这样一个思想文化个体而言，他接受和创化了所接触的古今中外文化思想资源，并经过创造性的磨合、整合形成了自己的文化思想。单一文化资源不能成就鲁迅，以线性思维或对立思维理解鲁迅必然会产生偏差。恰是多元多样文化的相遇与磨合成全了鲁迅，从而也为"中国鲁迅"走向世界提供了可能。最近我还为《俄罗斯鲁迅研究精选集》写了推荐语："鲁迅是中国的，也是世界的。本书即为一个有力证明，同时也彰显了俄罗斯学者对鲁迅精神及文学文本精深而又独到的研究。鲁迅既为现代中国留下了丰富文学遗产和深邃文化思想，又在世界文化版图包括俄罗斯学术文化领域留下了深刻印记。鲁迅在积极践行'拿来主义'时进行了高效的'文化磨合'，他对现代文化与文学的执着追求和无私奉献，他对俄罗斯文学的译介、借鉴和阐发，对身处当今风雨交加世界中的人们尤其是热心读书的年轻人，仍会带来有益的启示。希望这本关于鲁迅与俄罗斯的著作能够受到大家的欢迎。"很多人都仅仅强调鲁迅热衷批判的尖锐乃至尖刻，我却同时要强调更为丰富、复杂的鲁迅所践行的多向度的拿来主义和高效的"文化磨合"，他对"大现代"中国文化的探索及其"新三立"人文精神。我在这方面也有专文探讨（《略论鲁迅的"新三立"和"不朽"》，《鲁迅研究月刊》2013 年第 9 期）。

至于你说我将"文化磨合"视为"文化思潮"，我还确实摸索了好长时间才写出了一篇长文，题目就是《"文化磨合思潮"与"大现代"中国文学》（《中国高校社会科学》2017 年第 5 期）。认为我国自晚清民初以来，中外文化便开始了不断"磨合"的曲折历程，并在此后百余年间形成了一种具有普遍性、持久性和复杂性的"文化磨合",这种思潮对中国的新民主主义文化运动、社会主义文化运动及相应的文学现象都产生了重要的影响。进入 21 世纪以来,伴随着"文化磨合"的深入发展,我国新世纪文学呈现出丰富多样的形态,体现出有容乃大的文化气度。此文发表后引起了一些关注,如美国英文杂志《东西方思想杂志》(*Journal of East-West Thought*,2019 年春季号)有评介文章,加拿大《文化中国》杂志在百期专号上转载拙文并同期发表了讨论"文化磨合"的文章,《中国社会科学文摘》也转载了这篇论文,在多次学术会议和讲座中我都会结合不同话题贯穿"文化磨合"这一命题。如今已经有越来越多的学者开始关注"文化磨合"及相关问题了。

张:您谈到了早年当知青及求学的经历,对此我印象深刻。我也曾查过相关材料,知道您自 1983 年秋从苏北来到了西北,研究生毕业后便留校任教了。从 20 世纪 80 年代到 90 年代,当时的陕西作家群的文化心态正在经历一个变化的过程,其中既有如何在商品文化冲击下认识传统文化的困惑,亦有在文学创作上如何平衡传统的现实主义与新兴的现代主义及后现代主义的求索,还有在作品主题与受众范围上如何"扬"陕西文学地域文化之长而"避"其短的思考。您的研究很早就关注到了陕西作家群面临的如上问题。您在著作《秦地小说与"三秦文化"》中,从"文化创造""文化心理分析"等角度,对秦地小说所蕴含的以关中文化为代表的地域文化以及由这一文化滋养的陕西作家的创作进行了深入的研究。随后,以秦地小说为主,您的研究进一步扩展到了大西北文学与文化,对西部文学的"文化习语"以及研究状况都很关注。近年来对丝路文学与文化的研究也成了您研究的兴趣点之一,合作出版的学术专著《文化视域中的现代丝路文学》(2020 年)是您在这方面的最新研究成果。这本专著对陆丝文化与陆丝文学、海丝文化与海丝文学进行了全面的观照和研究。正如您所说"丝路文学、丝路文化是'文化磨合'、文化创造、文化策略的典范,丝路文学是跨时空、跨民族、跨文化的研究领域"。您是如何从新文学名家、新文学史论研究拓展到西部文学、区域文学研究的,这种研究兴趣的渐变其中的联系又是什么呢?

李：我多年来常常挂在口头上的话是"古今中外化成现代，这个现代是'大现代'。"我坚持认为：在中国确实有"古代中国"与"现代中国"之别，既有一个辉煌灿烂也丰富复杂的"大古代"，也有一个艰难求索、奋斗不息的"大现代"。通常所言说的近代、现代、当代在"大现代"视域中得以整合、磨合，体现了中华民族对现代化中国及其文化的持续追求。所谓中国"大现代"文化，就是"古今中外化成现代"的集成文化、多样文化，其中有对古代优秀文化的继承和弘扬，有对世界优秀文化的接受和消纳。在观照个别作家和地域文学时自然也应该从这个"大现代"文化视野中进行研究。在我的观念中，中国古代和现代都有好东西也都有坏东西，包括文艺也是有优劣之分，这些都要结合具体语境具体分析。我主要研究现当代文学和书法文化，最早于 20 世纪出版的小书是书法文化方面的，书名是《墨舞之中见精神》（1988 年），我喜欢书法也喜欢这个书名，后来持续研究，也有新书和论文问世，如《墨舞之中见精神：李继凯论书法文化》（2016 年）、《中国现当代作家与书法文化》（2021 年）以及发表于《中国社会科学》上的《书法文化与中国现代作家》（2010 年）等。

我觉得古今中外文化"活在中国"现代时空之中都可以被建构为"现代中国文化"。我还觉得学术研究也要与时俱进，跟进时代发展包括实事求是地改变一些看法也是合情合理的。我在 20 世纪 80 年代也有二元对立观念，后来有时候也不能摆脱其影响甚至个人的好恶。但在与时俱进、扩大视野的同时，我会尽量去动态地把握和理解研究对象。比如在研究地域文化与文学时也会注意这点。在《秦地小说与"三秦文化"》中，我认为"三秦文化"是传统的也是现代的，就像兵马俑文化既是古代的也是现代的，且尤其是现代陕西乃至世界旅游文化、人文景观的一大亮点。地域文化也会在不断接受外来文化影响中被建构，从而有了新的发展变化。这样来看待秦地小说与"三秦文化"的关联就比较合乎实际，也会看到秦地小说与"三秦文化"都是动态建构的、丰富而又复杂的，不是一成不变的。

我一直看重文学与文化的关系，因为文学本身就是一种文化形态，且与人生、人学的方方面面都有密不可分的关系。所以我会关注文学的内部、作家的内心，也会关注文学的外部、社会的发展。我在主持相关国家课题时就曾着力探讨在当今（当下）时代语境中，我们要强调在"文化习语""文化磨合"历程中来建构经典，从而进入"文化创造"的境界。也许在先秦或古希腊时代，比较单一的文化形态即可孕育文化经典，仅仅是那些口传的神话传说就可以被视为不朽的经典。但到了现当代中国，各种文化的交流、磨合、会通成为不可逆转的文化发展趋势，在这样的具有广泛性的文化生态中，大作家的诞生和经典作品创作都离不开丰富、多元的文化滋养。而那些堪称重要文学现象的五四文学、左翼文学、延安文学、新时期文学，抑或启蒙文学、反帝文学、乡土文学、城市文学、儿童文学、女性文学，以及现代丝路文学、现代旧体文学、现代通俗文学等，也都体现了多元多样文化滋养并皆有经典作家作品产生。现代文学大家们的文化追求和文学实践业已证明，"大现代"中国文学确是在古今中外的多元多样文化交汇中生成的文学现象，是在中国与世界的"磨合"特别是"文化磨合"中诞生的文化产物。你提及的《文化视域中的现代丝路文学》一书，主要是与两位博士研究生合作的，也在文化交流与磨合如何影响文学方面进行了初步的探索。在涉猎丝路文学与文化研究的过程中，我也对"丝路学"的相关问题进行了探索，还特别强调和阐释了丝路文学与创业文学的关系。

二、"文化磨合"作为一种理论和方法的可能性

张：我在学习和研究的过程中接触了本专业及相关学科的许多材料和观点，感觉到许多学者都是在想方设法努力自圆其说，他们提出的各种看法或观点应该说大都是言之有据的。我有时候也有些迷惑甚至无所适从，觉得不同的观点看上去大都言之有理却又让年轻人有些难以辨识和把握。包括您提出的"古今中外化成现代，这个现代即为'大现代'""丝路文学是探路和创业文学"，以及我们今天讨论的"文化磨合"等。您研究这些学术问题的目

的何在？在引导青年学子治学方面，是否具有理论和方法的启示？也就是说，"文化磨合"是否可以作为文学研究的一种理论与方法来运用？它所蕴含的理论范畴包括哪些方面呢？

李：我在此前的相关论文中已经指出：近些年来，从文化视野观照文学成为学术界的一个重要研究范式，从文化思潮角度观照文艺的发展变化，也成为一种行之有效的学术途径。"文化磨合"以强调文化差异、文化配方、文化互补、文化平等、文化对话、文化共享等为要义。这种观念与人们熟悉的"文明冲突论""文化磨合"有明显的联系和区别。探索文化问题实际就是探讨人类命运。但有的理论潜在地支持了文化不平等或文化失衡，甚至支持了文化侵略乃至全面侵略。即使主张"融合"，也往往是"以我为主"去"融化"他者文化。而"文化磨合"主张不同文化的平等、共存、对话和互鉴互谅，寻求磨合与适配前提下的合作和共享。近期我和子夜先生有一个关于"和平文化与共享主义"的对话，认定和平与繁荣仍是人类的共同期待，共享主义与和平文化仍是我们的追求，为此我们要积极进行"文化磨合"，寻求民意相通的文化途径，即或有各种纷争、斗争，也要守住全人类共同发展的底线，力争做到"斗而不破"和"化干戈为玉帛"，要努力续写人类的反战文学与"和平文学"。我还受邀为《上海文化》撰写了《略谈"和合文化"与"命运共同体"》一文，也是贯穿了"文化磨合"的思路，还说这个话题与"战争还是和平"等密切相关。

其实，这个话题也与很多日常的、家国的、人类的大小话题都有关联，是一个最具有普遍意义和哲学意味的话题。诸如和合文化传统与现代化，和合与恶斗的水火不容，和而不同与"文化磨合"，和为贵与国泰民安，文化学意义上的"家和万事兴"，和平文化与共享主义，等等，都值得研究。文中也指出：古人的"和合"主张缺少"先见之明"（文化差异）和"实践特征"（磨合而行），为此人类要有这样的共识，既要承认和允许不同文化/文明的同在与对话的差异性及其必然性，更要看到不同文化可以磨合、共存和发展，和而不同（即各美其美，美人之美，美美与共），合作互助，才能共享共赢，才有"世界之大，和合为尚，人间之美，福祉共享"。这显然也是对人类"共享主义"理想的诗意表达。我的所有论述包括你看到的论文、著作，其实也都是努力自圆其说的表达，这是人文学科的特点。往往不是"一是一二是二"，而是"众说纷纭"和"百家争鸣"，这是合乎人文学科崇尚"独立思考"规律的。年轻人要形成自己独立且自信的看法，要有一个比较长的过程，这个积累、修炼的过程本身也有磨合的痛苦和欣悦。

这些年通过我本人和一些朋友及年轻人的尝试，基本上可以证明或说明"文化磨合"是可以不断建构的，不仅可以借此言说文化问题，也是可以作为文学研究的一种理论与方法来运用的。在境内外多次学术会议交流和学术讲座中，都有学者充分肯定"文化磨合"之说，称之为很有现实性和阐释力的学说与方法。运用这种来自生活与时代启示、朴素而又真切的理论方法，有传统文化根基且没有玄学或乌托邦色彩，运用之也可以避免套用、搬用西学而被诟病为"强制阐释"，对年轻学者来说也容易理解并比较容易驾驭。事实上有些年轻人已经借鉴和运用"文化磨合"来研究问题并产出成果了，我主持编写的相关图书中就收录了不少年轻学者的文章。还有的年轻人借鉴"文化磨合"来论证课题，成功申请到了国家社科基金项目。

张：我注意到，一方面您在研究中国"大现代"文学时特别关注相关的文化问题，另一方面您的不少研究成果并不脱离文学本身的发展与变化，文学的文体演变以及作品本身的审美要素分析或作品鉴赏也会成为您的聚焦点。有论者认为文化研究介入文学研究是对后者的威胁，会忽视对文学本身的内部研究，会淡化乃至消解文学之所以为文学的审美特征。关于文学与文化的关系或文学的文化研究的价值与意义，您是如何看待的？可否结合研究中国现当代文学的实例说明一下？

李：我早些年研究鲁迅、郭沫若、茅盾、沈从文、张爱玲、路遥等作家，都注重从文本出发，也讲究"知人论世"及"全人研究"。曾主编过《三名文品·现代文学卷》《中国文学史话·近代卷》等书，也出版了《全人视境中的观照——鲁迅与茅盾比较论》《新文学的心理分析》等书。还应邀写了不少鉴赏类的文章（署本名或笔名），被编入一些大书或词典。我觉得，对年轻人来说，多关注文学本体研究，多解析作家作品及文学现象很有好处。等积累多了，视野宽了，自然就更会觉得文学不是孤立的存在，而只是文化的一部分，且通向人生、社会和文化的方方面面。我曾在一篇文章中谈到五四文学及其"文化磨合"，指出五四新文化除了须与西方文化的磨合之外，也有与传统"文化磨合"的问题。中国传统文化也在顺应时代生活而进行置换和化用。五四作家的文学文本也体现了"文化磨合"的特征，由此创作的"新文学"从内容和形式上看，也都是在中国与世界的"磨合"特别是"文化磨合"中诞生的文化产物。也就是说，与传统文学判然有别的"新文学"，且作为在多元文化交汇、融通中生成的文学现象，尤可视之为在中国与世界的"磨合"特别是"文化磨合"中诞生的文化产物。

中国与世界的积极"磨合"尤其是极为深广的"文化磨合"，恰恰体现了中国现代文学和文化的整体追求。而五四新文学、新文化运动就是开启这种整体追求的极为关键的历史阶段，对后来的中国文学、文化的发展产生了决定性的深远影响，同时也定下了"文化磨合"而非"文化碰撞"的发展基调；即使仅仅从文化修辞角度讲，此种"文化磨合"说也较之于曾经流行甚广的"文化碰撞"说对中西文化、文学关系的描述，当更准确、更本质，也更合乎求和谐、求共生、求沟通、求发展的人类愿望。"碰撞"是暂时的、突发的、互损的且通常还是暴力的、灾难的，而"磨合"则是渐进的、持续的、运作的和创化的，是在彼此接触沟通过程中逐渐达成的相互适应和协调，结果是"和而不同"与"互惠共赢"。我也曾专论过西藏文学的"文化磨合"问题，文章题目就是《在"文化磨合"中创造西藏文学大气象》。还写过关于阿来"博文"的文章及探讨民族文学入史等相关文章。作为主要从事文学研究的人，自然会借助于各种理论方法来思考文学本身的问题，我也曾采用"文化磨合"来阐释近代文体的演变，撰写了《变则通：在"文化磨合"中建构近代文体》（《文艺争鸣》2020 年第 4 期）。

其实，不仅对"时代（断代）文体"可以如此研究，对经典作家也都可以如此进行案例分析。如对鲁迅、茅盾、巴金、沈从文、赵树理、柳青、莫言、阿来、贾平凹等作家的文体创新，就都可以结合其代表作从"文化磨合"视角切入进行细致的研究。最近我与程志军合作的论文《"文化磨合"与歌剧〈白毛女〉》（《南方文坛》2021 年第 4 期），开篇即特别强调了文化研究与文本分析的紧密结合："笔者近年来持续关注和研究的'文化磨合'问题，其实也是一个文化哲学、艺术哲学方面的重要论题，不仅可以由此分析古今中外文化的磨合以及文化发展等问题，也可以借此分析经典作品在多元多样文化元素磨合中如何生成亦即被创化的具体过程，更可以进一步恰切地理解作品意涵和人物形象以及文体样式，避免片面化地解读和阐释文本。"我本人指导的研究生已有多位运用"文化磨合"理论方法写出了有关经典作家作品分析的论文。我相信这方面的学术实践还会增多，有兴趣的朋友不妨一试。最后我还要强调一下，在文学研究领域也要有自主选择和"自然分工"，有人喜欢文学内部分析，这很好，要特别鼓励和赞赏，但不能就以此否定文学的外部研究。其实，这种否定本身也很容易被否定，因为文学内外原本是浑然一体的。

张："陕甘宁文艺文献史料整理与研究"是您的另一个重要研究领域，您主持的相关课题获得了国家社科基金重大项目。自 20 世纪 80 年代起，您在延安文艺、革命文艺和陕甘宁文艺研究等方面陆续发表、出版了一系列论著，成果丰富。具体研究还涉及作家作品研究、文本鉴赏、文献史料整理以及理论批评研究等。近年来，您又高度关注"文化磨合"及其相关问题研究，这之间有关联吗？此外，我还想请教一个问题：在"文化磨合"理论的观照下，当年延安文艺作品如何调节或结合大众话语和革命话语？换言之，从陕甘宁文艺研究到"文化磨合"的提出，您的研究兴趣的渐变应该有内在的"引线"。您在文学与文化之间穿针引线，从"文化磨合"的视角认识"大现代"中国文学，又从文学思潮以及现象的分析中认识到"文化磨合"的普遍存在。显然，从您一系列的研究成果可以看出您研究兴趣的渐变及之间的联系。那么，用"文化磨合"的视角重新认识陕甘宁文艺，是否会有不同的发现？

李：我在 1992 年便参与主编《延安文艺精华鉴赏》大型图书并执笔撰10 余万字，还先后撰写了相关论文，如《茅盾与延安文艺窥探》、《多维的世界与审美的透视》、《毛泽东与外国文学》、《论毛泽东与历史文学》、《论延安文人与书法文化》、《镜头中的延安》、《赵树理创作的雅文化透视》（合作）、《大师茅公与秦地小说》等，作为执行主编编辑了多卷本《延安文艺档案·文学档案》；作为子课题负责人参加了国家社科基金重大项目《延安文艺与 20世纪中国文学》，作为课题主持人正在推进国家社科基金重大项目《陕甘宁文艺文献的整理与研究》，近期还牵头成功申报了国家出版基金资助项目《陕甘宁边区文学研究》（15 卷）。

我个人的体会是：文学世界是广阔的，文学原本就有内外、上下、左右、雅俗及颜色等具体的不同，因此研究视野也应该尽可能广阔一些。在常态情况下，可以说文艺／文学世界确实应该是多色同在、百花齐放的"艺苑"。因此，研究哪一色或哪一类文学都可以成为学问。我关注红色文艺和文化由来已久，也认定"人民本位"的文艺／文学在"大现代"中国文学中有着非常崇高的地位。但任何显赫的国别或民族的文艺／文化也只是人类文艺／文化中的一种一派，甚至只是一枝一叶。试图将文艺／文化世界搞成"清一色"是不应该也不可能彻底实现的。尤其是在"大现代"社会与文化发展到 21 世纪的第 21 个年头，要有对不同文明、文化的理解和包容，求同存异，和而不同，互鉴互谅，和乐共享。在这个意义上，我特别热衷于言说"共享主义"，还曾与加拿大子夜先生在《文化中国学刊》上进行了一次比较长的对话。而要达成这种相当现实、务实、求实且不易被污名化的"共享主义"，就少不了要进行各种各样的"文化磨合"，这是必要的过程和机制，在某些阶段，这也是具体的任务和目标。前述的《"文化磨合"与歌剧〈白毛女〉》，就涉论和体现了这种"文化磨合"的具体任务和目标。该文结合红色经典进行的"磨合阐释"显然不属于"强制阐释"。该文从材料和实例出发，具体论述了歌剧《白毛女》在解放区的诞生及其特征，这不仅可以看作是一次汇集了集体组织和集体智慧的文艺创作实践，还可以把它作为一起具有显在的

"文化磨合"特征的文化事件（西方歌剧"中国化"与中国故事"歌剧化"）。其中不仅有中外文化的磨合，也有雅俗文化即文人文化与民间文化的磨合。从《白毛女》的诞生和持续研究中，我们感到即使是在"战时"，中外艺术文化的磨合取得的文艺硕果，依然会给人们带来有益的启示。

三、"文化磨合"的跨学科"文学研究"及其意义

张：我国现代文学很早就注意到了东西方文化在碰撞过程中所形成的差别失衡，这种城城之间和城市内部的文化差别直到今天乃至今后恐难以消除。我注意到您在《心事浩茫连广宇——作家"文心"窥探》一书中对城市文化与乡村文化的交叉心态重点着墨。您认为在路遥笔下的"加林""少平"身上，受众会非常强烈地感受到主人公嫉羡城市人的复杂心理，由此体现的也有因为作家由农而市带来的创作心理上的矛盾。这种城乡文化在个人与社会的融合发展中是否能实现如您提出的"各美其美，美人之美，美美与共"？最近我在从事灾害文学研究，也注意到人类当下过度的开垦与环境破坏引发了生态危机，这种方式所唤醒的乡愁延续与文化记忆的认同具体是不是应该表现为天人合一、田园栖居？在这样的情况下，新的发展方式是否要记得起乡愁、中国人是否能为世界提供一种新的生活方式？马克思在《政治经济学批判大纲》中提到"亚细亚生产方式"的中心假设——"由于农业和制造业的高度统一，未来从事农业和工业的将是同一些人，而不再是两个不同的阶级"，这一说法，您怎么看？作家在叙述文化差异时，他的怀疑和批判是否是他创作道路的出发点并有助于"文化磨合"？

李：你此处关注到的文艺现象包括影视剧、小说以及灾害文学等，涉及东西方文化、城乡文化的交叉和碰撞等，在我看来都可以在"文化磨合"的视域中进行跨学科的研究。建议你的若干思考可以在这方面继续深入下去，有可能取得不错的研究成果。尤其是在影视与文学的交叉、磨合，城市文化与农村文化的交叉、磨合，灾害文学的复杂文化意蕴分析等方面，都有可以

发掘的东西。比如在灾害文学及文化分析方面，可以多借鉴灾害文艺学、生态美学、文学地理学和马克思主义文论等学说进行深入探讨。这其中显然也有跨学科理论与研究方法的磨合问题，通过持续探索还可以找到契合于文本也适合于自己独立表述的话语。文学原本有内外、上下、左右、雅俗等情况，只有充分调动跨学科的理论方法，庶几才能揭示文学世界的丰富性和复杂性。而事实上，无论乡村人生、城市生活还是城乡交叉生态，都存在真善美与假恶丑以及许多令人纠结的复杂形态，你从中已经发现了一系列问题。这些问题都要在悉心研究之后才可能有比较恰切及较为清晰的论断。

比如目前大家都很关注人类面临的生态危机，而中国人的应对方式确实可以为人类提供"中国经验"，我们身在其中也认为非常值得认真研究和总结。而这种"中国经验"应该会给无限膨胀、贪得无厌的人带来一种警示。所以，生态危机能够唤起乡愁或怀乡情怀以及对天人合一、田园栖居境界的向往，这是文艺应该关注和表现的重要领域。至于你提到的马克思《政治经济学批判大纲》，学术界也叫《1857—1858年经济学手稿》，关注和研究者很多。你提及的"亚细亚生产方式"的中心假设，我个人的理解是：其一，这是马克思对人类早期一种生产方式的命名，但对未来人类探索发展道路仍有启发意义；其二，人类历史上所有的生产、消费方式都值得研究甚至借鉴，尤其是来自西方世界和东方世界的主要经济体的经验和教训；其三，经济制度也是人类创造的一种文化形态，而经济作为基础也会对上层建筑包括文艺产生影响；其四，马克思所探索的历史上各种经济、政治等制度应该有其历史生成的规律也有其经验教训，我们今天要认真加以总结，并积极在"大现代"中国文化建构的意义上，进行卓有成效的"文化磨合"，从而不断"综合成新"，继续创造更加完善和理想的文化，进一步全面增强文化自信；其五，在富足的物质文化和理想的制度文化基础上，创造更为丰富多彩的精神文化，包括百花齐放的文艺；其六，马克思主义阐发了人类的共产主义理想，有人称其为"乌托邦"，而我们则坚信不疑且继续在实践中增强文化自信，不断地丰富、发展、践行马克思主义。我的这些理解是简略的且未必准确，但属于个人真切的体会和认知而有助于我个人思考文艺问题，这本身也表明，跨学科进行探索原本就是马克思主义学说（包括文论）自身发展的一个重要特点。由此来看你说的作家创作出发点，自然可以因人、因时、因境而异，不能强求一律。所以，有的作家注重叙述文化差异、"文化磨合"，经常怀疑和批判，显然也是可以的。

张：今年革命历史题材电视剧《觉醒年代》的热播，使大众重燃起对于新文化运动、五四乃至整个中国近代史的热情。您一直在教学过程中对我们强调五四精神的深远意义，甚至可以努力成为五四优良文化传统的传人。您在著作《新文学的心理分析》（1991年）以及后来大幅度扩充的《心事浩茫连广宇——作家"文心"窥探》（2018年）中从宏观到微观，从理论到创作，从作家到读者，以广义的心理分析为视角对新文学做了全面的把握，得出"生命存在的危机和外来人本思潮启蒙，导致了'五四'人生命意识觉醒，并进而催生了真正的'人的文学'"。您出版的多部著作和发表的多篇文章，如著作《民族魂与中国人》（1996年）、《全人视境中的观照——鲁迅与茅盾比较论》（2003年）、《"师者"茅盾先生》，论文《"新国学"与"新文学"》《"文化磨合"中的"新文学"》等，也聚焦新文学名家、新文学史论。您对于五四新文学后的"文化磨合"，有什么样的看法？同时您如何看待"鲁迅研究已成为一种世界性文化现象"，对于中国现当代文学与传统文化的关系究竟应该如何把握和理解？

李：我也看了《觉醒年代》，特别强烈的一个感觉就是当年人们觉醒的过程就是诸多文化观念交织和磨合的过程，也是一个或亢奋或痛苦或呐喊或彷徨的艰难过程，无论是新派、旧派还是亦新亦旧派，都是百般滋味在心头。今年是中国共产党成立一百周年及若干重要文艺社团成立一百周年的不平凡的年头，回溯历史，鉴往知来，不忘初心，通过观看革命历史题材电视剧《觉醒年代》和阅读"红色经典"，可以重燃或唤起人们尤其是年轻人了解甚至深究新文化运动、五四以来中国历史的热情。其实关注现实感很强的电视剧和文学作品，也可以唤起人们的热情。我近期观看电视连续剧《山海情》就被激发起了这种久违的热情，而有了较多积累和"文化磨合"的视域，就可以有更多的感悟，也可以借此进入较高的"视境"（特指学术视角和境界等），于是我认真撰写了长文《论〈山海情〉对延安文艺精神的承传与创新》，认为该剧对"初心"和"民心"的彰显，恰是延安文艺精神"人民性"的具体体现；劳动叙事、创业范式、集体创作、艰苦奋斗及南泥湾精神等也都内蕴其中。在这些积极而又内敛的承传基础上的艺术创新更能彰显其磨合、重构、创化的时代特征和艺术魅力。我还特别强调"大现代"视域中的乡土中国故事中有两个激动人心的宏大主题，一个是"翻身解放"，一个是"普遍脱贫"。承传着"翻身解放"而来的"普遍脱贫"无疑是一场关乎人民幸福、国家兴衰的伟大革命，生动地显示了中国故事本身的独特性和深刻性。该剧展示了中国人民艰难创业、奋斗不已的现代化进程，其感人叙事或镜像中的新题材、新主题、新人物等，都可圈可点，少有概念化痕迹，总体看是一部具有历史、现实及审美意义的新时代"创业史"。我的观点近日被《新华文摘》推介了，说明还是有人认可我的看法。

至于你连续追问的一些问题，可以参见我本人或独立或合作的一些论文，如《"文化磨合思潮"与"大现代"中国文学》《在"文化磨合"中促进文艺发展》《"文化磨合"与当代中国文艺批评话语实践》《从文化策略视角看"大现代中国文学"》《海丝之花："文化磨合"视域中的中国现代留学文学》《变则通：在"文化磨合"中建构近代文体》《陕甘宁文艺文献的整理、研究及其意义》《论书法思想史视域中的"魏晋风度"》《研究回顾、拓宽路径与价值重申》《观照经典 持续思考》《文学地理视域中的"西北书写"》《鲁迅：现代中华民族魂》《"文化磨合"与走向世界的鲁迅》等，这些或长或短的文章在中国知网上都容易查到，这里就不赘述了。

张：21世纪以来，中国快步进入商业和科技主导的信息时代。在文化转型的时代巨变中，伴随着"文化磨合"的深入，具有兼容性、磨合性的多元文化也使得新世纪文学呈现有容乃大的态势，同时"文化磨合"引导下的文学研究及批评实践，与学术界实际存在的崇尚二元对立或化多为一的批评实践有怎样的关系？您认为"文化磨合"相关的学术生长点又在哪里？

李：你提及的问题多带有跨学科的性质。历史感和现实性都很强，篇幅所限我不能逐一回答了，仅略谈以下几点：其一，"文化磨合"作为理论方法确实"阐释力"很强，前面我们曾着力讨论过。可以超越或避免各种单向突进式批评（其实这些批评也是难以避免的）带来的局限。比如历史上曾经存在的"三突出"创作律令和批评范式，以及近期存在的"强制阐释"等批评范式，都有一些明显的教训或问题。但我们不能由此走向另一个极端，就是对工农兵文艺及其批评实践的彻底否定，更不能借"强制阐释"而彻底否定对外国文化、文论的借鉴与运用。其实"文化磨合"的一个要义就是要尽量超越二元对立思维带来的局限，要发挥"和合"与"智识"的力量。在文艺批评实践中，持续关注和借鉴外国文论，其实也是"文化习语"、"文化磨合"、文明互鉴的一个过程，虽会有生硬之处却属于接受、消化过程，不能因噎废食。何况对西方文论包括西马文论也要有全面评价。所谓"哈佛腔"，所谓西方汉学心态，所谓华文文学，有的学者每每提起就是整体否定，这是值得讨论的。

客观而言，文化／文学世界之大，可以有所谓的阶段性"强制阐释"，也可以有各自探索的"独立阐释"；有细读细致、逐句逐段的"文本阐释"，也可以有跨界跨学科进而大加发挥的"过度阐释"（这个即使你不允许也会客观存在）。有东（中）释，也有西释，还有亦东亦西之释，以及不东不西之释等。阐释学里面自然会涉及各种各样的阐释，就像文学世界会有百花齐放一样，文学批评／研究也可以或应该有各种各样的阐释。

其二，中国过去有启蒙文艺和"抗战"文艺等。近期我组织了三篇短文成为一个专栏，总题就是《彰显初心：中国新世纪"三抗文艺"研究》。我在引言中说：所谓"三抗文艺"，特指抗贫、抗疫、抗灾文艺。中国新世纪文艺继承和弘扬了延安文艺精神，彰显了为人民而创作、为时代而书写的"人文初心"。而在跨世纪、观现实、迎未来的文艺实践中，中国新世纪文艺工作者在承传延安文艺及抗战文艺经验的基础上，与时俱进，创作了大量优秀的抗贫、抗疫、抗灾文艺作品，动情讲述着艰苦奋斗、和平崛起而又丰富多彩、曲折动人的中国故事，构成突出的文艺现象，产生了广泛影响。对此进行全面而又深入的研究很有必要。

其三，在"文化磨合"、文学研究中，我们既要尽可能站位高些，也要努力钻研深些，总之要实事求是、务实求真才好。这也就是我们要秉持的严肃认真的学术姿态。我关于"文化磨合"的言说确实是很严肃认真的。我说的"文化磨合"中的文化不是狭义的文化，而是指人所创化、创造、创生的一切，包括经常被一些人不视为文化的政治经济军事科技等。仅仅将"人文学科"作为文化来研究，局限太大太明显了。研究文化／文学自然应该要有大视野、大关切。

关注"文化磨合"及其相关的问题，可以说就是这种文化追求及学术诉求的一个体现。我说的"文化磨合"包括了许多过程中的各种磨合形态，其中有渐变渐进式的磨合，也有交叉冲突包括斗而不破式的磨合，更包括积极寻求、综合创新式的磨合。"文化磨合"以承认文化差异为前提，因之与文化融合、文化统合、文化大同等说法不一样，"文化磨合"说看重、尊重文化差异与平等，看重磨合是过程、是常态，看重共生共存共享是必然。总之，彼此共存共享需要磨合，彼此保持适合适配就是磨合，彼此斗而不破其实也是磨合。以此观世界，祈望人类要高度认同"和平文化"和践行"共享主义"；以此观文学，祈望人类的文学更加繁荣昌盛和百花齐放，中国文学的世界化、世界文学的中国化也由此能够进入新的理想境界。

张：这次访谈，您对"文化磨合"的理论内涵及方法做了深入浅出的陈述，也让我们对您长期的学术兴趣的发展变化有了深入的了解。谢谢您！

附录三 "文化磨合"何为？

——评李继凯《"文化磨合思潮"与 "大现代"中国文学》

　　诚如中国学者金惠敏在其文章指出的，"文化研究近来在国际范围内异军突起，因而需要一种新的理论框架来阐释相关问题"①。而李继凯教授的《"文化磨合思潮"与"大现代"中国文学》一文对中国文化问题的深入讨论正是这样一种尝试。作为研究中国现当代文学与文化的专家，李教授对这一问题的思考无疑提供了一种独特的视角和理论观点。在文章中，他提出了"文化磨合"与"'大现代'中国文学"这两个观点。

　　李教授认为，"文化磨合"是一种常见但却非常重要的文化现象，"文化磨合"既存在于异质文化之间，也见诸同质文化之内。以中国文化和文学的发展为例，李教授指出，自晚清民初以来，中外文化便开始了不断磨合的曲折历程。这是一场持久且复杂的文化进程，对中国文化的发展和新文学现象的出现都产生了重要的影响。到了 21 世纪，中国文化和文学的发展进入了新的发展阶段，相应地，"文化磨合"这一现象也越来越常见且愈来愈重要。但是，与此同时中国学界也出现了反对"文化磨合"的二元对立思潮。这种思潮或者极度重视西方文化而诋毁传统的中国文化，或者排斥前者而又极度夸大后者。李教授批判了这种二元对立的思维方式，他认为，中国文化

---

　　① Jin Huimin, "Approaches of Cultural Studies and Global Dialogism : A Study Beginning With The Debate Around 'Cultural Imperialism'", *Critical Arts*, 2017 (1), pp.34-48.

的发展急需抛却这种非此即彼的思维模式。

李教授强调，我们的文化或文学应该具有包容性、互动性、兼容性以及动态性；我们应该倡导不同文化之间的和谐共存与相互交流，在东西文化之间搭建沟通的桥梁。在这种理论前提下，他在文章中分三部分对"文化磨合"这一理论做了详细的分析。

李教授认为，现代中国文化的形成建立在中西文化的磨合之上。这一过程既有不同文化之间的碰撞，也有相互之间的磨合，有时碰撞与磨合兼而有之，同时发生。以五四新文化运动期间的文学流派为例，启蒙文学、反帝文学、儿童文学、女性文学及劳工文学等，它们都接受了西方文化的影响，但同时又具有中国传统文化的特征。它们接受了西方文化倡导的自由观念，但并没有完全丢弃中国传统文化珍视的基本道德精神。因而，这些文学流派倡导的文学观念并不难理解，如文学研究会的"改造社会人生"意识，创造社的"创生"意识，延安文艺派的"人民解放"意识等。

进而，李教授指出，应该认识到五四新文化运动期间的"文化磨合"并不是一帆风顺的过程。如倡导复古的文化保守主义代表学衡派和桐城派，他们对中国传统文化怀有迷恋情绪，因而反对西方文化。但是"文化磨合"的影响是无形的，无论是学派还是个人都不可能对"文化磨合"这一思潮免疫。李教授分析道，在"文化磨合"的影响下，即便是一向被认为是复古派的学衡派和桐城派，也有其"新思路"。在"文化磨合"的影响下，它们被动接受了中西不同文化之间的磨合，但又积极主动探索从内部复兴中国传统文化。无论主动还是被动，客观的结果是这些原本保守主义的学派获得了真正意义上的"文化磨合"和文化创造。这就是传统文化在新世纪仍有其生机与活力，并具有深层次与更广泛影响的原因所在。

通过分析五四新文化运动时期中国文化与文学的发展，李教授意在阐明，"文化磨合"的重要功用之一就是建立文化自觉意识。同时，李教授力图揭示，"文化磨合"并不意味着消解文化的独特性，而是强调建立在文化异质性之上的多样性。事实上，文化自觉意识，文化的多样性以及异质性，它们都强调"文化磨合"既存在于异质文化之间，更存在于同质文化之内。无论同质文化还是异质文化，"文化磨合"的重要方式是一样的——互助、激活、互动。只有通过"文化磨合"，才能形成具有兼容性、互动性、包容性以及动态性的文化和文学，进而形成文化自觉、文化自信以及文化包容性。

李教授进一步指明，无论是"文化磨合"、文化自觉、文化多样性或是文化的异质性，都不能建立在二元对立的思维模式之上。他认为每一种文化都有与其他文化不同的独特特征。对不同文化的分析不能基于二元对立的立场陷入非此即彼的类型划分，这种二元对立立场将会造成不同文化之间的敌意对立关系。李教授在中国是一位书法家，他以书法文化为例对如上思想进行了分析。例如，五四作家一方面并没有放弃传统的书写工具和书写方式，另一方面也在逐渐适应时代发展对书法活动提出的变革要求，开始对硬笔书法进行接触和适应。我们不能说哪一种书法工具更好，但我们确信它们都有其长处。李教授通过这一例证试图说明，事物的本质并不仅仅是非好即坏，有用或无用。文化和文学也不能被人为地划分为高尚的与低下的，支配的与屈从的，上等的与劣等的。不同的文化和文学之间没有等级之分，所有的文化都是平等的。

将理论分析与对中国文化与文学当下发展状况的清醒认识相结合，李教授提出建立在"文化磨合"基础上的"'大现代'中国文学"这一概念。这一概念的核心观点在于认识和发展中国现代文学的多元主义特征。所谓的"'大现代'中国文学"应该在时间的长度和内容的广度两方面来认识。它应该是多元对话主义、非对抗主义以及倡导多元文化的和谐共存。李教授强调，创造具有"大现代"特征的文学极其重要，它应该发掘我国本土文化的优点和缺点。同时，它应该彰显正能量，体现普通人的当下生活。它应该寻求不同文化之间的平衡，恢复我国传统文化的自信。它应该力避陷入二元对立的思维模式，谨防对文化的繁荣发展造成破坏。这是李教授对中国文化与文学发展的设想。他同时也认识到这种文学类型在当下的中国文学圈非常缺乏，而在中国发展"大现代"文学这一设想任重而道远。

最后，李教授提出了新世纪中国文化与文学发展的问题并提出了自己的建议。他认为新世纪的中国文学应该彰显社会的新形象、文化的重要价值以及作家的创造精神。

总之，李教授构建了一个包容的"文化磨合"概念，强调了"'大现代'中国文学"这一理论设想。这篇文章体现了李教授作为学者宽阔的视角和对中国现当代文化与文学深入的理解，他的思想为认识当下的文化与文学现象提供了新的视野。

另外一个事实是，关于"文化磨合"和"大现代"中国文学的理论设想是李教授长期思考的结果。数十年来，李教授对这一话题持续关注和不断深入思考。相关最早的文章发表于 2006 年①。在现当代文化与文学这一议题上，李教授有建立自己思想理论体系的抱负。毫无疑问，与单纯突出不同文化之间的融合相比，强调不同文化之间相互磨合的曲折过程，并结合现当代文化与文学予以详细分析，无疑是一个非常独特的视角。尤其应该指出的是，"'大现代'中国文学"这一提法无论在国外还是国内都是一个非常创新的理论观点。因而也就不难理解为什么李教授的《"文化磨合思潮"与"大现代"中国文学》一文会有如此广泛的影响。而且也可以预见李教授的理论观点将在相关问题领域内引起一系列的深入讨论和反响。我们期待李教授在这篇文章中的理论观点以及他接下来的文章在国内外获得更大的影响。

---

① 李继凯：《"文化磨合"中的新文学》，《长江学术》2006 年第 4 期。

附录四 博士论坛与课堂讨论实录

一、博士论坛——"文化磨合"探析

王奎:"文化磨合"之我见

"文化磨合"的提出旨在多种文化相遇后,如何能规避碰撞,从而实现融合创生,因而"文化磨合"是对文化碰撞的一种应对策略,而文化融合则更注重的是文化相遇后的结果。"磨合"与"融合"的不同在于,"磨合"强调的是多种文化相遇后在保持其自身独立性的同时能够互相借鉴、互相理解、互相发展的过程,这一过程最终的目的在于实现文化的多样性;而"融合"则没有凸显出各类文化的个性,同时"磨合"创生出的新的文化样态或多或少会影响文化多样性的发展。

"文化磨合"的过程是复杂的,多种多样的文化相遇,它们之间的磨合为文化的创生发展提供了无限的可能性,也为学术研究打开更大的空间。中国现当代文化内含了古今中外的各类文化元素,各类新文化的生成都有过"磨合"的经历,在文学领域主要是体现在不同的文学流派之中,但是文学史上的文化碰撞同样也值得我们反思。文化碰撞中的激进过程使得某些文化在暴力中拥有了话语与权力的垄断,逐步拥有了在文化场内的霸权,同时也使得许多文化在特殊的历史环境中丧失发展动力。因而强调"文化磨合"，既是对历史的反思，同时也是在新的历史环境下，在全球化的语境中所出现的种种文化碰撞提出的一种应对策略。

马克思主义哲学中强调矛盾的特殊性和普遍性，"文化磨合"同样体现出这样的特殊性与普遍性。一方面"文化磨合"力图在不同的文化相遇后，能保有不同文化的个性特征，同时也能在互动中寻找各类文化之间的共性，以期搭建"文化磨合"的前提条件。此外，"文化磨合"的普遍性也体现在文化的内部和外部。每一种文化，其内部都有各种各样的构成元素，这种内部的文化元素互相作用，也可以看作为"文化磨合"；从外部来看，不同种类的文化，无论其影响的大小都具有互相磨合的可能。

在"文化磨合"中，国族文化之间的"磨合"较容易被关注，但作为个体的人在人际交往中也能体现出"文化磨合"的必要性。每一个个体的人都有着自身独特的文化背景，不同文化背景的人之间的交往互动所展现出的就是不同文化之间的"磨合"。因此，人际之间的"磨合"与文化间的磨合有着极大的相似性，人际间的"磨合"经验对文化"磨合"有着一定的借鉴作用。人与人之间能够和谐相处，最重要的在于互相理解，相信差异终有因，这给"文化磨合"的启示是，要平等看待不同的文化，为文化的互动交流提供更广阔的空间，在包容中实现文化之间的互相"理解"，从而实现文化上的"和而不同"。

邱跃强："文化磨合"视域下延安文人群像研究

"延安文人1940年代的思想转变，是中国新文学史上的一个突出现象，也是现代作家文学精神发展链环上重要的一环。"[①] 这些深受过五四精神洗礼过的、有着对文学创作独特理解的、来自全国四面八方的文人，到了延安之

---

① 吴敏：《延安文人研究》，香港文汇出版社2009年版，第1页。

后，他们的思想究竟发生了什么样的转变，他们自身又经历了怎样的挣扎、艰难与蜕变，而最终达到不同文化思想的磨合？正如吴敏教授所说："我们早已习惯于用'救亡'、'政治'、'意识形态'或与之相关的表述这样的大麾覆盖一切，而忽略了大量具体细节的描绘和多种角度的阐释。"① 本文正是基于此种思考，运用李继凯教授的"文化磨合"理论对延安文人的思想转变进行具体细致的探究。

李继凯的"文化磨合"理论最早提出是在《"文化磨合"中的新文学》一文中，此文刊载于《长江学术》2006 年第 4 期，在这篇文章中，李继凯在理论的高度与宏大的视野下，指出"20 世纪中国文学的文化创造是在中西文化的'磨合'中发生的，这种趋势在 20 世纪时空中，早已成为非常突出的文化现象"②。时隔 11 年之后，《中国高校社会科学》于 2017 年第 5 期刊载了李继凯的另一篇关于"文化磨合"的文章——《"文化磨合思潮"与"大现代"中国文学》，在这篇文章中，李继凯看到了抵御"文化磨合"的二元对立思潮"不仅妨害'大现代'文化创造，也对'大现代'文学创作产生消极影响"③。从这两篇文章中，我们可以看出李继凯的立意高远及独立坚守，不仅为我们具体细致地研究延安文人思想的转变提供了强大的理论支撑和独特视角，而且也震撼着我们每一个学人的心灵。

就如李继凯所说："事实上，一种文化与另一种文化相遇，一定有其历史机缘，也一定会有一个磨合期，这其实是非常正常的现象。正如人们熟悉的'车磨合'那样，经过磨合，驾驶才可能谐和、顺畅。"④ 当初在 20 世纪 30 年代末 40 年代初，从上海、重庆、南京等繁华都市奔赴偏远延安的文人，无论他们是怀抱着怎样的信仰与目的来到这片土地，他们自身所具有的文化思想，从五四时期到左翼时期，再到延安时期，当他们从一个时期过渡到另

---

① 吴敏：《延安文人研究》，香港文汇出版社 2009 年版，第 1 页。
② 李继凯：《"文化磨合"中的新文学》，《长江学术》2006 年第 4 期。
③ 李继凯：《"文化磨合思潮"与"大现代"中国文学》，《中国高校社会科学》2017 年第 5 期。
④ 李继凯：《"文化磨合思潮"与"大现代"中国文学》，《中国高校社会科学》2017 年第 5 期。

一个时期，其实也是一种思想与另一种思想的"磨合"时期。

当然，"文化磨合"并不否认不同文化、思想之间存在着的矛盾、差异，甚至斗争，它不是追求唯我独尊的目标，"文化磨合"是一个漫长的过程，不是一朝一夕，也不是一蹴而就的事情，它本身就联结着多种复杂的因素，有政治的、经济的等，在这个过程中，文化主体可能会经受不同思想的碰撞、挣扎和历练，然后达到一种和谐、平衡、共享与共存。

喻雪玲：关于抗战时期的"文化磨合"思考

"文化磨合"如空气一般存在，但有时因太普遍而常常被人忽略。凡在有文化交流的地方都有磨合，都会有"文化磨合"现象，即使在全民抗战的抗日战争时期也不例外。

南京大学出版社 2001 年版《中国抗日战争史》认为：抗日战争的时间是自 1931 年九一八事变开始，1931 年 9 月 18 日至 1937 年 7 月 7 日为中国的局部抗战阶段，1937 年 7 月 7 日起为全民抗战阶段，共十四年。这十四年发生了许多改变中国命运的大事。首先是抗日战争；其次是 30 年代有一股"西北开发热潮"运动；再次是在抗日战争阶段，中国共产党召开了延安文艺座谈会，由此确立中国当代文艺的方向，影响直至现在。抗战期间中国国土分为国统区、沦陷区、解放区（抗战时称抗日根据地）。随着 1935 年红军长征胜利，到中国共产党以延安为首府建立陕甘宁边区政府。由于国统区与延安的文化政策不相同，加之共产党处于提高边区政府文化水平的阶段，延安吸引大批知识分子前来。大部分知识分子在此阶段选择转变自己的思想以适应延安的文化环境，这个过程就是"文化磨合"的过程，此时期那些转变原本风格的作家创作中应该有"文化磨合"的痕迹，值得关注研究。

在抗战期间，还有一个典型的人物——范长江，他的经历可以说是抗战期间"文化磨合"的范例。范长江 1927 年随军参加南昌起义，后部队被遣散，他为寻找读书机会加入国民党军队，并为谋生报名参加南京国民党中央党务学校招考，后被录取，入学后范长江发奋读书。当时南京党务学校有规定凡入校者必须加入国民党，范长江为抓住读书机会也加入国民党。但随着对国民党内部情况了解的增多，他对国民党某些做法不很满意，对国民党对外的宣传产生怀疑。尤其是九一八事变后国民党的不抵抗政策，使他彻底灰心，决心与国民党决裂。1932 年元旦他离开南京北上，后进入北大哲学系学习，1933 年热河抗战时，范长江自主随"后援会"到前线劳军。1934 年 5 月，正是在国民党反动派第五次"围剿"最激烈的时候，他辗转前往江西井冈山，在同乡同学的帮助下，他用将近三个月的时间阅读上千本的苏区小册子，对共产党有了初步了解，他也认识了具有政治坚定性的红军组织。此时范长江的心中有着之前对国民党文化政策的认识，加之现在对共产党的认识。如果说之前他一心相信国民党的宣传，那么，他写通讯的立场是站在国民党立场书写。1935 年 7 月他以《大公报》特派通讯员的身份经川西进入西北考察，沿路写下《中国的西北角》报道。关于范长江西北行到底是否为了考察红军长征进度至今依然有争议，但不可否认，范长江在 1935 年是最早公开向国统区民众报道红军长征近况的记者，他使国统区的人们了解到红军长征的真实情况。撰写《中国的西北角》时范长江正处于国共两种文化的磨合期，此时他没有明显的政治立场，但也让我们得以读到充满真与情的《中国的西北角》。之后他受邀到陕北延安，与毛泽东深入谈话，他对共产党有了更深一步的了解，范长江的思想由自由主义逐渐转变到亲近共产党，他的认识有一个磨合的过程，这期间他的通讯思想也发生着变化。在 1935 年的《大公报》刊物上连载的《中国的西北角》中，他以非共产党员的立场描写所见到的西北，也陈述共产党和国民党的缺点与不足。而在 1936 年他见过毛泽东之后，他的报道发生一些变化。

"文化磨合"还让我想到 1934 年西北行的张恨水。张恨水有着记者和通俗文学作家双重身份。30 年代中期，随着《春明外史》《金粉世家》《啼笑因缘》的连载发表，张恨水已是如日中天的当红大作家。张恨水出生于江西景德镇，祖籍是安徽潜山，后在北平生活多年，1934年5月18日，他自北平出发，西北行两个多月，在途中创作几十篇关于西北的散文、通讯及游记，例如《西游小记》等，返京后创作了两部有关西北的小说《燕归来》《小西天》。这两部作品不同于张恨水之前的通俗小说内容，他开始关注西北贫困交迫的底层人民，在回忆录中张恨水说到西北行彻底改变了他的思想。张恨水的西北行是否可以看作是他内心深处南方与北方认识的磨合？南方青山绿水，环境优越。而西北，黄土沙尘，条件艰苦，西北人民过着他从未曾想过的艰苦生活。因为有了西北行的见闻，进而有南北方的文化风貌的磨合，才激发了他对现实社会的深刻认识，因此才有他西北行后作品风格的变化。

吕惠静：五四与传统的"文化磨合"

在"文化磨合"视域下，重新审视五四文学与传统文学的关系，可以看出五四文学绝非对传统文学的全盘否定、断裂摒弃，而是在重估、扬弃的基础上，进行现代性改造与创造性转换，从而在抗衡、对立又会通、互补中建构民族国家的现代化想象。

在启蒙主义思潮的影响下，五四文学以现代理性对传统文学进行价值重估与思想改造，一面以民主、共和、科学、理性、平等、自由、个性解放等西方价值观念来革新封建专制、蒙昧主义、礼教等级、家族本位意识、奴性道德等传统文化的负面因素；另一面则致力于挖掘传统文化中所蕴含的现代性资源，从而改造传统，再造文明，推动中国文学的现代化转型。需要辨析的是，五四文学对传统的反叛姿态，只是针对传统文化的糟粕与惰性，而且这种反叛姿态在现代化社会的启动阶段是十分必要的，一面体现着救亡图存、思想革命的迫切欲求与历史合理性，另一面则带有文化革新的策略性，来自封建旧垒，又反戈一击的五四知识分子，实际上身受传统的压力、深谙传统的顽劣、深知传统的惰性而反传统，因而必然要求自己具备一种比僵化传统更具攻击性的反抗力量，才会有还击之力。

传统文学是五四知识分子建构文学现代性的先在的民族性背景。五四知识分子大多具有深厚的传统文学修养，因而传统文学不仅是他们知识结构的有机构成，而且是他们选择、接受、借鉴西方文学的价值参照。在吸收外国文学养分的同时，他们会自觉或不自觉地继承与发展包括文学观念、创作构思、艺术技巧、风格形式等各个方面的民族优良传统。五四文学"启蒙救亡"的济世情怀与现实主义精神，同儒家积极入世、忧国忧民的传统一脉相承。五四的白话文学观念与宋代的说唱、元代的戏曲、明清的小说密不可分。五四小说的白话文体、史传意识、抒情写意、意境美学等都离不开古典文学的熏陶，如鲁迅便积极借鉴了魏晋文章"清峻通脱"的风格、唐传奇的"文采与意象"以及古典小说的抒情传统、讽刺艺术、白描手法等；五四散文也大致遵循议论、叙事、抒情的传统散文形式，其中周作人"平和冲淡"的美文，无疑深受独抒性灵的"公安派""竟陵派"小品文的濡染；五四诗歌中的新格律诗与唐代近体诗、"象征诗"和晚唐的"温李"诗都同出一源。只有打破二元对立的思维模式，我们才能以平和、冷静、深邃的眼光探照文学的多元复杂性。

马海燕："文化磨合"视域下的作家创作风格之变

在文学作品的创作中，我们常用作家前后期不同风格去定义作家及作品，作家前后期作品因为时代变迁、地域迁移、作家经历、作家创作心理等各方面因素体现为不同的风格，这归根结底体现为创作风格的变化与"文化磨合"之间的关系。

以张爱玲为例，张爱玲在上海时期（1943 年前后）确立了以《封锁》《传奇》等作品为文风典型的张氏风格，体现为中西合璧、传统与现代相结合的特点，1952 年到香港后创作《秧歌》《赤地之歌》等，1955 年她移民到美国后翻译《海上花列传》，出版《红楼梦魇》，创作《同学少年都不贱》《小团圆》等小说。张爱玲的早期作品多数为描写爱情和欲望，有着华丽而悲怆的风格。随着年龄增长、经历的丰富和地域的迁徙，张爱玲到香港后，将视角更多地集中于历史和现实，《秧歌》描写了土改时期的中国农村，一改以往苍凉而华丽的笔触，用质朴平淡的语言和大量的细节描写反映农村的苦难，被胡适评价为"平淡而近自然"。在她去美国后，后期的一系列作品延续了"平淡而近自然"的风格，或许是因为她受到流亡异乡、居无定所、尝尽人生苦难的影响，她选择用生活中的细节来洞见世事，呈现出"文化磨合"过程中因为对中西方文化的抉择和困境，所带来的创作特点和作品风格的改变。

从张爱玲前后期作品不同风格与"文化磨合"的关系的个案来看，作家创作风格呈现为前后期风格的变化，主要取决于时代变迁和文化环境的改变，受不同时期、不同意识形态和社会环境的影响，作家本身不得不借助"文化磨合"来完成风格的改变，"其中有文化冲突、摩擦，也有文化互动、激活"。这必然导致作家创作心理在选择方面不自觉地去处理其中的多重关系，经过"文化磨合"去寻找文化能够共生共融的方式。我们在郭沫若、茅盾、延安时期作家群等中国现代作家的创作中都能找到类似的特点。

郝晓静：试论"文化磨合"与"文化融合"之异

伴随古今中外的各类文化交流活动，一系列相关词汇和术语应运而生，如文化碰撞、文化冲击、文化摩擦、文化融合以及"文化磨合"。这些词语既有相似之处，在诸多语境中经常被通用，然而细究起来，又有明显差异。大致三分的话，文化碰撞、文化冲击和文化摩擦三词强调"异"，即文化交流中凸显的差异、矛盾，但文化融合强调"同"，即文化的交融、渗透，而"文化磨合"则强调"和而不同"，即不同文化相互尊重、理解调试、共存共荣。

不同文化在交流的过程中，由于其自身特点和相互差异，必然会引起摩擦甚至碰撞，给交流各方带来文化冲击，甚至引发冲突和战争。然而，拒绝、排斥、矛盾、冲突、战争是无人乐见的。不同文化既有异质之处，更有同质之面，这为文化沟通理解、共荣共生带来可能。正如鲁迅在《文化偏至论》中所言："此所为明哲之士，必洞达世界之大势，去其偏颇，得其神明，施之国中，翕合无间。"① 因此，我们提倡文化的交流互通，期望不同文化能够融合、磨合。然而，笔者认为文化融合与"文化磨合"虽有共通和相似之处，但毕竟是不同的概念，我们有必要加以区分，谨慎使用。

文化的融合强调"融"与"合"，即不同的文化在交流过程中相互渗透交融，逐渐趋同，甚至有强势文化吞并弱势文化之嫌，其后果可能是文化单一、文化霸权，这显然不是文化交流发展的健康之路。很多国家、组织、媒体等对文化融合一词抱有排斥恐惧心理。

文化的磨合则强调"磨"与"合"，即"经过运动和接触，寻求契合与互动的最佳结构，从而确立最具效应的文化创造机制"②。显然，"文化磨合"一词更加符合中国所提倡的文化观和在文化交流过程中的本意。"一种文化与另一种文化相遇，一定有其历史机缘，也一定会有一个磨合期，这其实是非常正常的。"③ 只有经过磨合，不同文化才能和谐相处，正如车辆经过磨合，才能通畅行驶。"文化磨合"一词，既符合跨文化交流的期待，也是不同文化平等交流，消除隔阂、化解敌意、放下傲慢与偏见的必经过程。我们期望不同文化能相互吸引、交流、学习、借鉴、磨合、消化，从而形成跨文化交流的积极态势，实现各自的文化愿景。

由此可见，"文化磨合"与"文化融合"是判然有别的，是同一领域的不同术语，在写作及翻译过程中都应谨慎对待，从而真正表达本意，避免引起误读，造成交流障碍。正因为语言本身就是文化交流的重要内容和工具，对于语句、词汇的把握和使用是不容忽视的。我们所渴望达成的文化兼容和多元离不开对语言的把控调试，文化的磨合也需要语言的打磨。

"文明因交流而多彩，文明因互鉴而丰富。文明交流互鉴，是推动人类

---

① 鲁迅：《坟·文化偏至论》，载《鲁迅全集》第 1 卷，人民文学出版社 2005 年版，第 57 页。
② 李继凯：《"文化磨合"中的新文学》，《长江学术》2006 年第 4 期。
③ 李继凯：《"文化磨合思潮"与"大现代"中国文学》，《中国高校社会科学》2017 年第 5 期。

文明进步和世界和平的重要动力。"① 希望通过对语言的细化和打磨，为积极的文化交流与磨合助力，从而达到文化互鉴、创新的境界，创造文化共荣的盛景，进而推动人类文明的车轮前进。

苏芳泽：全球化视域下文化的交融与"磨合"

全球化的今天，人类的命运是息息相关的。全球化的思想不仅仅体现在信息的共享，也包括经济、政治、文化等多个领域。如果仔细分析罗兰·罗伯森关于建立全球化理论的四个参照点和五个发展模式及历程，我们会发现全球化不同时段面临和出现的主题是极其丰富的。如今的我们，应该正处于第五个阶段，其主要体现的主题是"全球意识""物质主义价值""多元化""多种族""地球生命共同体""人类""族群革命""世界公民""全球传媒""全球环境"等。随着全球化进程的加剧，这些主题和话语几乎成了这个时代的最流行的议题和话语。而文化板块作为最容易体现冲突融合的领域，活跃异常。各种主题的交融和磨合，恰恰体现了"文化全球化"的特点。

在这样的趋势下，文学的多元化不仅仅体现在作者身份的多重性，也体现在书写对象和传播途径的多样性。比如我们熟悉的许多现当代作家，其身份不单是文学家，还是书法家、画家、革命者、政治家等。我们都知道郭沫若不仅是个诗人，更是书法一绝的大家。在传统文化的加持下，浪漫的特质不仅出现在他的诗文里，还藏在他的笔画下。这样的例子，不胜枚举。可以说，许多民国文人的通才造就了那个时代特有的气质，这是东西"文化磨合"下的特质。

文学主题的多样化，也是在多重文化冲突磨合下产生的。小说家的眼光不再局限于国内动荡，而是用更多比较性的眼光来书写作品，人们的眼睛也逐渐的从关注国人命运，转向从经济全球化、政治多极化的角度，看待时局

---

① 《习近平谈治国理政》第一卷，外文出版社 2018 年版，第 258 页。

变动和发展，作品也更具深邃的冲击力。

传播途径的多渠道，这一点在我们信息爆炸的时代，体会尤为深刻。尤其是对我们青年人来说，"眼观六路，耳听八方"不再是只出现神话故事中的神仙技能。与其说"文化磨合"是一个趋势，倒不如说它是一个研究者需要具备的视角。文化的时空转变，不再是完全割裂的部分，不应该只是"就史谈史"，而是可以用各个领域的知识多角度的研究史料。

人类社会发展至今，一直都是以族群聚居，在这种聚合性的环境，本身就会延伸出磨合出来的新的知识技能。文化人类学作为一个新型的通过磨合产生出来的角度，就显得弥足珍贵。只要我们置身于这个世界现实，我们每时每刻都会遇见它们。一直很喜欢约翰·多恩的一首诗。希望有了"文化磨合"这一种解释，能够缓解当下冲突和焦虑的常态。

附诗：

没有谁是一座孤岛

约翰·多恩

没有谁是一座孤岛，

在大海里独踞；

每个人都像一块小小的泥土，

连接成整个陆地。

如果有一块泥土被海水冲刷，

欧洲就会失去一角，

这如同一座山岬，

也如同一座庄园，

无论是你的还是你朋友的。

无论谁死了，

都是我的一部分在死去，

因为我包含在人类这个概念里。

因此，

不要问丧钟为谁而鸣，

丧钟为你而鸣。

二、课堂讨论实录——"文化磨合"与文体建构

时间：2020 年 2 月 17 日下午 3—5 点

地点：2020《中国现当代小说研究》课程微信群

主持人：李继凯教授

参与人：程志军、郭大章、景兴燕、刘飞、冉思尧、魏欣怡、徐翔、张晓剑、张瑶等 2019 级中国现当代文学专业博士研究生

李继凯：大家好！在假期封闭期间，我抽时间写了一篇文章，主要是探讨小说文体方面的相关问题，题目是《变则通——在"文化磨合"中建构近代文体》，我此前就一直在关注这个问题，所以，现在想就这个问题给大家介绍一点自己的想法，然后大家也可以围绕着近现代小说文体这个问题来进行一些探讨。

这篇文章初稿一万多字，今天我主要是想谈一下引言和小说革命这两方面的情况。在引言部分，我强调书写行为是人类最具有人文意味且区别于其他动物的行为方式，具有人之为人的本体性质和特征。而书写成文，即有其文体，它承载着文化命脉，也犹如人的生命躯体的现实存在，其价值意义自不待言。在这个引言部分，我主要引了一些前人已有的论述，包括现在比较活跃的从事文体研究的学者的论述，如《易经》、刘勰的《文心雕龙》、党圣元以及吴承学的相关著作，这就为下文具体展开文体通变的论述做了一个必要的铺垫。其实呢，我是想主要强调一下，在古代中国，传统文人有着以文体为先的牢固观念，将文体的本体性视为文学的一个核心问题，而在近代中

国文人看来，文学文体问题其实也非常关键。

具体来说，文体其实也是有其自在的一种生命，它也是需要与时俱进，吐故纳新的，也是不断成长和发展变化的。它也需要在不断的"文化磨合"中，进行再造重构。事实上，当中国历史进入了通常所说的近代，即鸦片战争至五四期间，中国社会便进入了一个中外磨合、古今交合，并逐渐走向现代的过渡时期。在这样的一个时期，文学文体在理论和实践方面都发生了一些相应的变化。这篇文章就主要探讨了由中外"文化磨合"所凸显出的四大文体的变革以及在新旧磨合的过程中所彰显出的多体共存现象，还有就是在这样的一种过渡时期，近代文体所具有的一种特殊的中介作用。

下面我就以小说界革命为例，介绍一下相关的看法。近代小说界革命的提出和实践在近现代文学史上特别引人注目，近代小说革命堪称是最具有革命意味的变则通现象，梁启超在这方面确有倡导之功。梁启超在《译印政治小说序》《中国唯一之文学报〈新小说〉》《论小说与群治之关系》等文章中相当充分地阐述了他的小说界革命观，尤其是他在 1902 年发表的《论小说与群治之关系》一文，被学界普遍视为正式开启小说界革命的标志性论文，对变革小说文体以及内容表达有着经典性的阐述。

如果说梁启超在许多方面都是名副其实的改良派，那么在小说理论表达方面，却可以说是彻底的革命者，确实站稳了革命立场。在当时依然普遍轻视小说文体的时代语境中，是他及其同道竭力高抬小说这一类历史意义上的低贱文体，使之由"小说"变成了"大说"。那后来呀，我们一直到现在都将小说这种文体视为最重要的文体，这就与近代梁启超等人的倡导有关。这场以倡导文体革命为主的运动在理论和实践方面所取得的成果，从近代、现代一直到今天，可以说使小说这种文体取得了巨大的文学成就，并且，特别受到人们的关注和推崇。我们现在国家设立的最高文学奖——茅盾文学奖，就特别鼓励长篇小说方面的创作。因此，现在也仍然有无数的小说作家，在积极地承传和传扬"小说界革命"的传统，创作出了具有崭新面貌的新小说。

其实，就小说创作的类型来看，在近代，梁启超等人特别推崇的是政治小说，从现在的角度来看，这种政治小说确实比较简单一些，还有概念化的倾向。但是，万事开头难。在具有近代性或者是镜像现代性的文学语境当中，近代中国文人在文体创作方面都经过了多种向度的探索与尝试，这其中也包括乡土叙事以及各种抒情小说的创作。比如说，在近代的抒情小说创作方面，也出现了优秀的作家作品。这在小说文体变革方面也有其深刻的意义。从中国文学史角度看，抒情小说在古代几乎湮没无闻，但到了晚清民初，在"文化磨合"这样的一个过程当中，则取得了比较突出的成绩。这些抒情小说也已经出现了淡化情节叙事、结构松散自如、情感色彩浓厚、心理刻画细致且能够入情动人等一系列的艺术特点。这类创作既借鉴了西方抒情小说的特点，也在一定意义上承续了古代的诗文传统。就代表作家而言，则首推具有"情僧"之名的苏曼殊，其创作如《断鸿零雁记》等小说抒情色彩就很浓。这类擅长抒情小说创作的作家感受丰富，情感复杂，其作品文本繁复，内涵深微。较之于古代传统的叙事小说、情节小说，文体明显有异。这类增强了抒情性的近代小说所彰显的近代文体创新，对后来的中国现代抒情小说，新时期抒情小说、新世纪抒情小说都有着深远的影响。

关于近代文学，或者是晚清民初文学，王德威有一系列的阐述，他甚至还特别推崇晚清文学，认为在晚清文学当中有着更为丰富的现代性。他的一些思考其实还是有一定启发性的。大家也可以看一看一些海外汉学家的书，如夏志清、王德威、李欧梵等人的著作。

另外，关于近代文学文体，我们还要特别强调它这样的一个基本情况。这就是中国文学文体的发展变化，有其自身的规律或节奏。当文体发展进入不同的时期，它就会呈现出不同的面貌。它有的时候是以守成平稳为主，有时却是以创新求变为主，而中国近代文体演变却同时体现了这样两种态势。既有守成求稳，也有创新求变，这是非常难能可贵的。

大家要特别关注一下近代文体所处的语境，它是在一个新旧中外各种文体杂烩共存的一个时期，实际上，各种传统的文体如诗词曲赋以及应用文体都存在。而且，文言文还是主要的一种书面语言，这样的一个基本的情况，大家一定要注意。与此同时，又有一些新文体的倡导和实践，也取得了一些明显的进展。这样的一个情况实际上也体现了一种大包容的"文化磨合"的特征。

近几年，我是特别关注"文化磨合"现象的，从中国文化、文学的发展而言，从近代的整体语境以及文化氛围来讲，旧派文人所采用的传统旧文体的创作仍然是一种主要的文学现象。大量的文人书写也仍然是传统的样式。像桐城派，像各种旧的诗歌流派，都是用文言、用雅语，用所谓"贵族化"的语言来进行创作的。连赫赫有名的翻译家严复也坚持认为应该固守古文雅言。他"信达雅"的翻译文体主张，实际上也是一种尚雅的翻译文体论。此外，我们还要对受西方文学影响所形成的纯文学的观念进行一定的反思，因为在所谓纯文学观念的影响下，在近代各种各样的带有文学色彩的亚文体以及刚才谈到的译文体都容易被我们忽略，而实际上它是很值得研究的文学现象。

关于近代文学，近代文体，大家有什么想法也都可以简单地谈一谈。我上述所强调的有关近代文体的特点，大家也可以借此多多关注，多多思考。有什么想法的话呢，我们在这儿交流一下。希望大家能够好好地发表一下个人的看法，或者是有什么问题可以提出来，我们进行讨论。如果在课上没能充分讨论，课后也可以好好地查一些相关资料，进行深入的思考。

另外，今天我除了想讲有关小说文体变革的话题，实际上还想给大家说一下其他的一些问题。比如说现在新冠病毒所引起的问题，所引发出的各种各样的有关它的书写，其中也包括各种文体的文学性的书写。这也使我想起在汶川大地震的时候，那时我们恰巧正在上课，我跟几个研究生从楼上逃下来，就热烈地讨论了灾害与文学的关系，结果就有同学很快地写出了相关的文章，并且在《鲁迅研究月刊》等刊物上发表了。后来，我还在一个刊物上牵头组织了专栏，继续探讨这一现象。总之，对于灾害文学的讨论是可以继续下来的。今天，我所讲的大体就是这些内容，希望大家谈点真实的想法。

程志军：我想就刚才李老师说的小说界革命谈一下自己的看法。梁启超提出的新小说，其实解放了小说这个文体承担的社会角色，也赋予了这种文体新的角色任务。小说家也开始进入公共社会领域。一个最明显的表现就是，小说的受众群体发生了变化，创作群体发生了较大的变化，关注的人群也发生了较大的变化，小说开始了更多层面的对话或者说交往。小说要开启民智，其实就已经开始了启蒙。

张晓剑：在文体方面，我最熟悉的是小说文体，然而对于从晚清至现在的小说文体的变革是不甚了了的。在小说的翻译文体和小说原著的文体方面，我认为两者间有一定的文体距离。林纾能将外国的作品按照文言翻译出来，成为当时社会大众喜闻乐见的读物，是因为其古文运用的娴熟魅力，然而细读林纾的译文，与原著是有很大差异的，文体亦然。故此，我浅薄地认为文体差异也会体现在译者与作者之间在运用文字时所展现的异样。

徐翔：李老师好！上学期我读了陈平原老师的《中国小说叙事模式的转变》一书，书中提到中国小说在叙事时间、叙事视角、叙事结构等方面的转变，这些方面是否也属于文体的范畴呢？

李继凯：实际上，所有对形式方面的研究，都可以理解为文体研究，陈平原的关于近代文学、现代文学的叙事研究，杨义的关于中国叙事学的研究，这些都与文体研究关系非常密切。夏德勇的《中国现代小说文体与文化论》也可以参看一下。

另外，说起这门课的参考书，实际上，要看的书还是很多的，大家可以根据自己思考的问题，去进行多方面的搜索。那我现在就拿手头儿上一些书，给大家做一个提示。如王德威的《被压抑的现代性——晚清小说新论》、王晓明的《潜流与漩涡论——论二十世纪中国小说家的创作心理障碍》、赵园的《艰难的选择》、黄霖的《中国小说研究史》、叶维廉的《中国现代小说的风貌》、沈庆利的《现代中国异域小说研究》以及我自己独著或与人合著的一些书如《20世纪中国文学的文化创造》《中国文学史话·近代卷》《中国近代诗歌史论》《民族魂与中国人》《心事浩茫连广宇——作家"文心"窥探》

等等，这些书都可以作为参考。除此之外，大家也应该特别关注一些核心权威期刊，如《中国现代文学研究丛刊》《中国当代文学研究》《文学评论》《文艺研究》等一系列专业期刊。大家还要根据自己的研究，收集相关的一些著作资料。这一次听大家的介绍，还有较多的同学志在研究延安文艺、陕甘宁文艺，这很好。希望大家在这方面多做努力，将来，我们学院的学科平台也争取多给大家一些支持。

冉思尧：李老师好！各位同学好！听李老师对文体的研究，让我有耳目一新的感觉。我对文体的理解仅仅来自《文心雕龙》，但那个骈文，看得很吃力，有的地方不会翻译，也不懂。我大概说一下我对"文体"的理解，不知道对不对。刘勰的"文体"好像指的是文学体裁，不同的文体有不同的形式结构、不同的风貌、不同的情感、不同的写作规范和要求。他好像把一些公文也当作文体来概括。

李继凯：是的，刘勰关于文体的论述，主要是指文学体裁样式以及相关的修辞方法等，以期借此达到更好的文学表达效果。但是，《文心雕龙》的内在思想也通向了对文学规律、文学发展等层面的思考。这集中体现在它的《通变》篇里边，在《通变》篇中，刘勰特别强调了"通变说"的重要性，他尽管注重的是文学形式方面的、体裁方面的研究，但是也有他的一些可以发挥的理解。比如他指出："设文之体有常，变文之数无方，何以明其然耶？凡诗、赋、书、记，名理相因，此有常之体也；文辞气力，通变则久，此无方之数也。"在这里，他一方面看到了"有常之体"，却也看到了"通变则久"，也就是说，还是要在处理好继承和创新的关系中来创作新颖的文学，以达到通变的佳境。

我们搞现当代文学的人，古文的功夫都有点儿差，但是借助于各种工具书、相关的今注今译的著作、一些考论结合的书籍，还有各种诠释研究的论文，也大概能够看懂这些古代文论、书论、画论，也不是特别困难的事儿。

魏欣怡：李老师好！我有一点不成熟的想法。中国传统的文体形态往往比较圆融中和，直到近代以来新文学文体的强化和分工的精细化才标志着文学现代思维的觉醒。因此梁启超、胡适等人之所以坚持白话小说、诗歌，其背后应该是福柯所谓的话语权力的争取，也就是说文体的独立表述背后宣告的是文学自身的现代化价值取向。那在这个时段为什么还会出现文体互渗这一看上去不是很"现代"的现象？它究竟是对中国传统文论的回溯还是另一种新的现代性的表征？

郭大章：我对于近代和现代比较陌生，只说一点个人感受吧。我觉得文体互渗其实对文学的发展是有帮助的，尤其是在文体的成熟上面，文体的边界在逐渐模糊，但是，这也是文学发展的必然。比如沈从文，他很大程度上是个文体家，但他对于百年中国文学的贡献既是独特的，也是巨大的。

程志军：比如说现在流行的非虚构写作就很有意思。

刘飞：李老师好！各位同学好！李老师对于文体的研究给了我很大的启发。我有一个比较幼稚的问题想要请教。那就是文体的转变是否与文本的"载体"有一定的关系？晚清向民初的发展，实际上是有从书本向报刊发展的一个脉络的，那么延伸开来，在现如今文学的载体从"书刊"向"网络"发展的大潮中，是否也蕴含着文体发生变革的可能？

李继凯：大家即兴写的这些文字还都是很有理论色彩的，想的问题也挺有意思。就我的理解而言，这样的一种新旧之争，现代性、白话文、报刊文、大众文以及网文等的崛起，都是跟时代的发展息息相关的。而所谓大的时代语境，实际上都是我所强调的"大现代"的一个总体的追求。追求来，追求去，最后融汇的就是古今中外磨合而成的这样一个"大现代"的丰富面貌。

在这样的一个"大现代"里边，新与旧、中国与外国等各方面都是可以沟通融会的。当然，有时候对立的双方斗得也很厉害，那种二元对立的历史状况，一直到今天也未必会绝迹。但是，我也把它理解为这是一种磨合的方式。终究，新的、旧的、现代的、古代的、中国的、外国的都是可以在某种意义上共存的，就像新旧的诸多问题，也都可以共存于一个时空一样。

这就是我所说的，在近代的时候，各种旧的文体仍然大行其道，各种提倡的新文体，也都在做积极的尝试。这种情况发展到今天，我们现在主要的还是各种各样的新式文体的写作，这种写作形式占据了文学的主要场域。但是，各种传统的文体包括骈文、赋、诗词等旧体的写作形式也仍然很活跃。熟悉书法文化的人都知道，他们主要还是跟这种传统的文体打交道。

景兴燕：李老师好！我有一个疑问：在古代，小说这一文体是末技，是不入流的，所以说是"小"说。在近代，尤其是梁启超的《论小说与群治之关系》等文章发表之后，以及在鲁迅等人的实践下，小说有变为"大"说的趋势，小说逐渐承担起"建构中国"的使命。在王德威的《想象中国的方法》中，他却认为"小说不建构中国，小说是虚构中国"，这是他文体现代性的自觉。在20世纪文学中，小说在很长的历史过程中是承担了某种使命的，然而在当代，在新世纪，小说的使命功能逐渐被弱化，那么，关于小说这一功能的理解，是否也属于文体范畴呢？或者说是否需要对这一文体的内涵和外延进行匡正和调整？

李继凯：小说或者文学的价值论、功能论跟文体论是有关系的，但还是属于不同的范畴。王德威的文学观、价值观还是值得讨论的，有借鉴的参照的作用，但是不要一味地跟着跑，还是要进行辨析和思考的。你能够注意到这个情况是很好的。我们认为小说功能的弱化，是与时代发展有一定关系的。在这个信息爆炸、信息过载的时代，小说功能、文学功能的弱化是必然的。

张瑶：老师好！各位同学好！我想就最近重读一本书来谈谈一些粗浅的看法。最近重读了《许三观卖血记》，就文体这个角度而言，就感觉《许三观卖血记》也很先锋，并不是像一般的文学史所描述的那样，把这部作品看作是余华从80年代抛弃先锋外衣，进而转向90年代的分期之作。诚然，较之于余华前期的作品，《许三观卖血记》在叙事上较为悲悯温情，不像过往的创作那样过于抽象化、冷漠化。但是，我们却不能将"转折"等同于"断裂"，进而忽略在《许三观卖血记》中作者所坚守的先锋姿态。带着这样的问题，我就查了一些资料，发现学者庞守英在《寻找先锋与传统的结合部——余华长篇小说的叙事学价值》这篇文章中，对这个问题有所回应，且论述得很充分，解决了我内心的困惑。庞文认为："余华的转折，是在原来先锋的基础上转折；他向传统靠拢，但又不是简单的回归。所以他的传统总是带有先锋的味道，而他的先锋，又在某种程度上改变着传统。"其实，通过这篇文章也提醒着我们在对作家的创作进行分期化的叙述中，不能进行一种"强制性分割"，就像李老师所言，要以"文化磨合"眼光来看待作家在自身的发展脉络中所呈现出的关联性的倾向。

还有一位问题，想向大家请教，就是近代文学所出现的亚文体，是不成熟的文体吗？它出现只是一种带有先锋作用的短暂性存在呢？还是说有长久性的功效？

张晓剑：以前学英语，提到"亚"这个词，都是在某一个大的方面的向下分支。比如英语语言学的亚分支就是语音学、词汇学、文体学。所以，李老师提到文学的亚文学，我就在想是不是伤痕文学、先锋文学、改革文学这几类？我觉得说亚文体一定就有一个主文体，也就是要有被时下大众所接受的主要文体或是最重要文体，才能有亚文体的问题。我觉得有主才有亚。比如在明代，文言小说是主要文体，那么通俗小说是不是亚文体？到了晚清，社会大众都认可的是通俗小说，那文言小说是不是又变成了亚文体，因为它居于次要地位。时至近代，白话小说统治着社会大众的阅读，那么其他文体的小说是不是就是亚文体？不知道我的理解对不对。

冉思尧：我对文体了解比较少，又比较单一，不知道西方文论是怎么鉴定的。

刘飞：我的感受是亚文体其实提醒我们应该将目光投向边缘方向，很多主体变动之前，边缘往往孕育着变化的可能。

李继凯：高见！边缘与磨合，是个好题目。大家可以上网查一下，尤其是在知网中就有关于亚文学、亚文体讨论的一些文章，大家对此也有不同的看法。其实，对亚文体有不同理解，这个也不奇怪，文学中的很多问题都是不确定的，这个是人文学科的特性使然，我们可以在不同的文章、不同的语境当中根据自己的理解对此进行探讨。我偶尔用亚文学、亚文体概念，是相对于纯文学及其文体而言的。时间很快，等疫情过去，我们见面再好好地讨论。

后 记

　　笔者酝酿并思考本书相关话题由来已久，这次恰有出版机遇，遂对此前的相关思考与研究成果进行了系统性整理，期待"文化磨合"这个话题能引起学界更多的关注与讨论，对现代中国文学与文化的发展能有所裨益。

　　"文化磨合"提出后，得到了海内外学界诸多同人、好友的关心与鼓呼。"文化磨合"的提出是在综合考察中国近代以来文学与文化的"现代化"的演进过程而析出的核心观点，注重不同文化主体间的多元互动与磨合沟通，并强调以"文化磨合"的理论视野与文化观念审视各类文化现象并导引社会实践，从而得以构建多元共生共荣的文化生态。因此，"文化磨合"不仅有理论价值与文化观念导向的作用，更有其现实关切与方法论意义。

　　本书是诸位同人以及研究生合作的研究成果，体现了集思广益的学术特点，在此一并对参与者表示感谢！本书总体设计和统稿工作由李继凯、马杰和白若凡负责；前言和绪论由李继凯执笔；全书共有五章，分别由李继凯、周惠、马杰（第一章），李继凯、孙旭（第二章），李继凯（第三章），李继凯、程金城、王爱红（第四章），李继凯、王奎、马杰、白若凡、黄一晨、武菲菲、程志军（第五章）等撰写完成；附录部分分别由子夜、李继凯、张旖华、孙旭、马杰及陕西师范大学中国现当代文学专业博士研究生等完成。后记由李继凯、马杰执笔。

李继凯　马杰

参考文献

图书

陈平原:《在东西方文化碰撞中》,浙江文艺出版社 1987 年版。

龙泉明:《在历史与现实的交合点上》,陕西人民出版社 1992 年版。

赵园:《地之子》,北京十月文艺出版社 1993 年版。

赵学勇等:《新文学与乡土中国》,兰州大学出版社 1993 年版。

吴福辉:《都市漩流中的海派小说》,湖南教育出版社 1995 年版。

应锦襄等:《世界文学格局中的中国小说》,北京大学出版社 1997 年版。

钱理群、温儒敏、吴福辉:《中国现代文学三十年》,北京大学出版社 1998 年版。

王宁、薛晓源主编:《全球化与后殖民批评》,中央编译出版社 1998 年版。

桑兵:《晚清民国的国学研究》,上海古籍出版社 2001 年版。

李杨:《50—70 年代中国文学经典再解读》,山东教育出版社 2002 年版。

钱谷融、鲁枢元:《文化心理学》,华东师范大学出版社 2003 年版。

罗志田:《国家与学术:清季民初关于"国学"的思想论争》,生活·读书·新知三联书店 2003 年版。

费孝通:《费孝通文集》,群言出版社 2004 年版。

孟悦:《人·历史·家园:文化批评三调》,人民文学出版社 2006 年版。

夏志清:《新文学的传统》,新星出版社 2010 年版。

林毓生:《中国传统的创造性转化》,生活·读书·新知三联书店 2011 年版。

赵毅衡:《对岸的诱惑:中西文化交流记》,四川文艺出版社 2013 年版。

许纪霖编选:《现代中国思想史论》,上海人民出版社 2014 年版。

刘炎生:《林语堂评传》,百花洲文艺出版社 2015 年版。

李向东、王增如:《丁玲传》,中国大百科全书出版社 2015 年版。

姜涛:《公寓里的塔:1920 年代中国的文学与青年》,北京大学出版社 2015 年版。

王德威:《想象中国的方法:历史·小说·叙事》,百花文艺出版社 2016 年版。

［美］爱德华·W.萨义德：《东方学》，王宇根译，生活·读书·新知三联书店1999年版。

［美］柯文：《在中国发现历史——中国中心观在美国的兴起》，林同奇译，中华书局2002年版。

［日］柄谷行人：《日本现代文学的起源》，赵京华译，生活·读书·新知三联书店2003年版。

［美］本尼迪克特·安德森：《想象的共同体：民族主义的起源与散布》，吴叡人译，上海人民出版社2003年版。

［美］亨廷顿：《文明的冲突》，周琪等译，新华出版社2012年版。

报刊

陈平原：《两脚踏中西文化——林语堂其人其文》，《读书》1989年第1期。

王富仁：《"西方话语"与中国现当代文化》，《文学评论》2004年第2期。

王富仁：《"新国学"论纲》（上、中、下），《社会科学战线》2005年第1、2、3期。

李怡：《生命体验、生存感受与现代中国的文化创造——我看"新国学"的"根据"》，《社会科学战线》2005年第6期。

严家炎：《从"五四"说到"新国学"》，《甘肃社会科学》2007年第1期。

钱理群：《我看"新国学"——读王富仁〈"新国学"论纲〉的片断思考》，《文艺研究》2007年第3期。

李怡：《谁的五四？——论"五四文化圈"》，《中国现代文学研究丛刊》2009年第3期。

解志熙：《与革命相向而行——〈丁玲传〉及革命文艺的现代性序论》，《文艺争鸣》2014年第8期。

赵汀阳：《天下体系的未来可能性——对当前一些质疑的回应》，《探索与争鸣》2016年第5期。

朱立元：《"文学终结论"的中国之旅》，《中国文学批评》2016年第1期。

陈子善：《不该被忘记的吴兴华》，《文汇报》2017年2月24日。

熊庆元：《歌舞成剧：延安秧歌剧的形式政治——以〈兄妹开荒〉的艺术革新为例》，《文艺研究》2018年第11期。

刘卓：《"群众的位置"——谈延安时期文艺体制的"非制度性"基础》，《陕西师范大学学报（哲学社会科学版）》2019年第1期。

吴舒洁：《革命的"写作"如何可能——再探"左联"时期丁玲的创作》，《中国现代文学研究丛刊》2019年第7期。

责任编辑：姜　虹

封面设计：汪　阳

图书在版编目（CIP）数据

现代文化视域下的中国文学现象探析 / 李继凯等著.
北京：人民出版社，2025. 6. --（秦岭学术书系 / 党圣元，
李继凯主编）. -- ISBN 978 - 7 - 01 - 027027 - 2

Ⅰ. Ⅰ206.7

中国国家版本馆 CIP 数据核字第 2025UX0669 号

现代文化视域下的中国文学现象探析
XIANDAI WENHUA SHIYU XIA DE ZHONGGUO WENXUE XIANXIANG TANXI

李继凯　马　杰　白若凡　等　著

人民出版社 出版发行
（100706　北京市东城区隆福寺街 99 号）

北京九州迅驰传媒文化有限公司印刷　新华书店经销

2025 年 6 月第 1 版　2025 年 6 月北京第 1 次印刷
开本：710 毫米 ×1000 毫米 1/16　印张：24.25
字数：340 千字

ISBN 978 - 7 - 01 - 027027 - 2　定价：98.00 元

邮购地址 100706　北京市东城区隆福寺街 99 号
人民东方图书销售中心　电话（010）65250042　65289539